Alf Leue

Der Fluch des Mechanicus

Alf Leue

DER FLUCH DES MECHANICUS

Historischer Frankfurt-Roman

SOCIETÄTS VERLAG

Satz: Nicole Proba, Societäts-Verlag
Umschlaggestaltung: Nicole Proba, Societäts-Verlag
Druck und Verarbeitung: freiburger graphische betriebe
Printed in Germany 2011

ISBN 978-3-942921-18-3

Für meinen Vater.

So werden bedeut die vier element
durch die vier tiere,
durch die der mensch ist zamgesetzt,
nemen sein leben im zuletzt.
die hel bedeutet uns der ginent drach,
die sel zu verschlinden, die offen stet almal.
Der hönigseim wirt uns alhie benent
reichtum und ziere,
gwalt, er und wolust; darnach strebt
der mensch, weil er auf erden lebt
und denkt seiner geferlikeit nit nach,
die in doch hat umfangen genzlich überal,
Bis entlich got in durch den tot
leßt fallen in die letzten not.
so ganz und gar ist der mensch hie verblent
durch sein begiere;
wo got nicht durch sein milte güt
im lenket sel, herz und gemüt
zu reu und buß, so tet er ein ewigen fal.

Hans Sachs
anno salutis 1542

PROLOG

Florenz
Freitag nach St. Martinus
12. November Anno Domini 1494

„Ihr seid zu spät", ärgerte sich Sebastiano.

Der Mann zog die Kapuze seines Umhangs zurück und strich sich durch die pechschwarzen Haare. Wasser lief ihm in dünnen Rinnsalen ins Gesicht und folgte seinen kantigen Zügen. Er machte dem Wirt ein Zeichen und zeigte wortlos auf Sebastianos Wein.

„Aber jetzt bin ich da", entgegnete er ruhig. „Es ist ein Sauwetter da draußen und außerdem wollt Ihr nicht gerade nur einen Sack Getreide kaufen. Da sollte man etwas vorsichtiger sein, oder?"

Sebastiano zuckte zusammen, doch niemand in der überfüllten Schänke schien auf das Gesagte aufmerksam geworden zu sein. Unzählige Männerstimmen und die vereinzelten, lüsternen Schreie der Dirnen vermengten sich mit dem Stoßen der Tonkrüge und dem dichten Qualm der Kienspanleuchten, Kerzen und Kräuterpfeifen zu einem Brei, durch den kein klares Wort seinen Weg finden konnte. Niemand würde je auf den Gedanken kommen, dass in dieser heruntergekommenen Schänke wertvolles Wissen gehandelt werden sollte. Wissen, das so mächtig war, dass die Schätze aller Fürsten des Abendlandes womöglich nicht ausreichen würden, um es aufzuwiegen.

Ein betrunkener Tagelöhner stürzte unter dem Gejohle seiner Saufkumpane von der Bank und polterte vor die Füße einiger Huren mit grell geschminkten Gesichtern, die kreischend die Röcke hoben. Ein anderer Gast übergab sich quer über den

Tisch und erntete dafür wüste Beschimpfungen seiner Nachbarn. Hier war alles versammelt, was Florenz an Armut und Abschaum zu bieten hatte, nur niemand von Rang und Namen. Sebastiano wurde aus seinen Gedanken gerissen, als der Wirt wortlos einen Krug mit Wein und einen Becher auf den Tisch donnerte und Sebastianos Gegenüber auffordernd ansah. Der Wein schwappte über den Rand des abgestoßenen Kruges und Sebastiano wollte besser gar nicht erst wissen, wann dieses Gefäß das letzte Mal klares Wasser aus der Nähe gesehen hatte. Den Mann schien das aber nicht weiter zu stören. Er zog eine Münze aus seiner Geldkatze und warf sie vor den Wirt auf den Tisch. Der prüfte sie kurz auf ihre Echtheit und verschwand schnell wieder im Gewühl seiner Gäste.

„Habt Ihr es?", flüsterte Sebastiano aufgeregt.

Der Mann sah ihn an, schenkte sich Wein in den Becher, nahm seelenruhig einen tiefen Zug und wischte sich den Mund mit dem Handrücken sauber. Dann beugte er sich nach vorne. „Gewiss. Wie verabredet. Habt Ihr das Geld?"

Sebastiano klopfte sich auf die Brust. Es klimperte gedämpft durch den Stoff.

„Gut", sagte der Mann, „ich vertraue Euch. Aber Gnade Euch Gott, wenn Ihr versuchen solltet, mich hinters Licht zu führen, dann …" Er führte den Daumen in einer unmissverständlichen Bewegung an seiner Kehle entlang und starrte Sebastiano drohend in die Augen.

„Nein, nein, wo denkt Ihr hin. Alles wie abgesprochen", beschwichtigte ihn Sebastiano. „Ein Pfund Silber in Münzen und nicht ein Gran weniger."

Zufrieden lehnte sich der Mann zurück und lächelte.

„Na, dann sind wir uns ja einig."

„Wo ist es?", wollte Sebastiano ungeduldig wissen.

Ohne zu antworten, zog der Mann einen länglichen Lederköcher aus dem Umhang hervor und gab ihn an Sebastiano weiter. Hastig nahm dieser den Köcher, entknotete den Riemen, der ihn verschlossen hielt, und zog vorsichtig ein vergilbtes Dokument hervor. Unauffällig entrollte er es zwischen sich und der Tischkante. Das alte Pergament knisterte verheißungsvoll. Mit zittriger Hand nahm Sebastiano die Ölleuchte vom Tisch und besah sich das Schriftstück eingehend. Skizzen, geometrische Figuren, Berechnungen und kleine Zeichen tanzten vor seinen Augen im Schein der Flamme. Schließlich stellte er die Leuchte zurück, rollte das Dokument zusammen und verstaute es wieder sorgsam im Lederköcher.

„Könnt Ihr denn Griechisch lesen?“, fragte der Mann mit einer Mischung aus Hohn und Verwunderung.

„Nein, aber ich erkenne es. Und das hier *ist* Griechisch. Ein äußerst seltenes Dokument und sehr alt. Vielleicht werdet Ihr Euch über den heutigen Tag noch ärgern, an dem Ihr es mir für so wenig Silber überlassen habt.“

Der Mann lachte. „Wollt Ihr nun selbst den Preis hochtreiben? Es war ein glücklicher Zufall, dass wir uns vor zwei Wochen auf dem Markt begegnet sind. Und wie gut, dass ich darüber erfahren konnte, wie sehr Ihr in alte Schriften vernarrt seid und dafür auch etwas springen lassen wollt. Glück für mich, denn mir ist eine Katze voller Silberstücke in der Hand lieber als der Traum von zehn Kisten Gold. Aber vielleicht werdet *Ihr* auch diesen Tag einmal verdammen, denn auf diesem Stück bekritzelter Ziegenhaut soll ein Fluch liegen. Das sagte mir zumindest ein gelehrter Geistlicher aus Ravenna, dem ich dieses Schriftstück vor Euch angeboten habe. Das Mönchlein hat nur kurz darauf geschaut und ist dann kreidebleich und Kreuze schlagend davon gelaufen. Das sei wider Gott und ein Werk des Teufels, hatte er gestammelt. Ketzerisch und verflucht sei es. Aber ich glaube nicht an solchen Unfug“, fügte er lächelnd hinzu. „Was wollt Ihr überhaupt damit anstellen?“

Sebastiano antwortete ausweichend: „Ich liebe alte Schriften, das ist alles.“

Der Mann schüttelte ungläubig den Kopf. „Ihr kauft für viel Geld etwas, von dem Ihr nicht wisst, was es wert ist, nur weil Ihr es liebt? Pah, Ihr seid entweder ein Narr, ein Lügner oder gleich beides zusammen!"

„Denkt, was Ihr wollt", entgegnete Sebastiano knapp.

Der Mann stürzte den restlichen Wein in einem Zug hinunter und schob sich die Kapuze wieder über den Kopf. „Das mache ich immer, auch ohne Eure werte Erlaubnis. Nun fehlt mir nur noch eine Kleinigkeit, um mein Glück zu vervollkommnen." Mit diesen Worten legte er fordernd seine geöffnete Hand auf den Tisch. Sebastiano nestelte sofort den Geldbeutel unter seinem Umhang hervor und ließ ihn dem Mann in die Hand fallen. Der sah hinein und schätzte das Gewicht prüfend ab. „Und Ihr seid Euch sicher, dass Ihr Euch nicht rein zufällig verzählt habt?", fragte er drohend.

„Ganz sicher."

Der Mann nickte zufrieden, steckte den Beutel ein und erhob sich. Grußlos drehte er sich um und schritt zum Ausgang. Doch dann kam er plötzlich unvermittelt zurück. Er stützte sich mit den Armen auf dem Tisch ab und beugte sich tief hinunter, so dass sein Gesicht ganz nah an dem Sebastianos war. Sebastiano konnte den Atem des Mannes spüren, als er ihm die Warnung ins Ohr flüsterte: „Eines sei Euch noch gesagt, mein närrischer Freund, ich hätte es fast vergessen. Wenn Ihr vielleicht vorhaben solltet, das Dokument weiterzuverkaufen, dann tut das meinetwegen. Es ist jetzt Eures und steht Euch daher frei. Aber tut uns beiden einen großen Gefallen und verkauft es nicht hier in Florenz. Niemals! Es gehörte mächtigen Leuten und auch wenn sie nun die Stadt verlassen mussten, so reichen ihre Krallen überall hin. Verkauft es weit, weit weg von hier, am besten jenseits der Alpen. Es haftet Blut an diesem Dokument, was auch immer darin geschrieben stehen mag. Und eine Blutschuld kann immer nur mit Blut wieder getilgt werden."

Als Sebastiano aufblickte, konnte er nur noch einen schwarzen Umhang aus der Schänkentür hinaus in die verregnete Neumondnacht verschwinden sehen.

Wer soll noch in Furcht erbeben,
Wenn der Leib in Staub zerfällt,
Da man doch für dieses Leben
Grenzenlose Lust erhält?
Süßes Dürsten, süße Pflicht,
Dich zu lieben, schönstes Licht!
Nur um eines will ich fleh`n:
Sterben möcht' ich, dich zu seh'n.

Aus „Seufzer einer verbannten Seele"
Theresia von Avila (*1515 +1582)

TEIL I
DEPREHENSIO CAUDICIS

Die Wiederentdeckung des Dokumentes

1

In der Nähe von Gernsheim
Rund fünfzehn Jahre später
Tag des Apostels Jakobus
Mittwoch, 25. Juli Anno Domini 1509

Der Weidenkorb mit Kräutern und Äpfeln fiel zu Boden. Es waren zwei Männer, die das Mädchen in die Büsche zerrten. Sie schrie verzweifelt und versuchte, sich zu wehren, doch es half nichts. Zu groß war die Gier in den Augen der Wegelagerer, zu fest die Hände, die das Mädchen mit sich fortrissen. Einer der Männer trat den heruntergefallenen Korb achtlos vom Weg. Die Dämmerung kündigte sich bereits an. Niemand würde nun hier noch vorbeikommen. „Na, mein Schatz", lachte der eine, ein sehniger Kerl mit aufgeplatzten Lippen und nahezu ohne Zähne, „bist du auch so einsam wie ich?" Speichel troff aus seinem Mundwinkel, dem Mädchen ins Gesicht. Er zerrte sie hinter einen Ginsterbusch, nur zehn Schritte vom rettenden Weg entfernt, und warf sie ins Gras. Der andere Mann war erheblich kräftiger gebaut, aber gleichsam ungepflegt und in zerlumpte Kleidung gehüllt. Er bog dem Mädchen die Arme auseinander und kniete sich mit seinem ganzen Gewicht auf dessen Unterarme, dass es vor Schmerz aufheulte.

„Beeil dich, damit ich auch noch zu meinem Recht komme. Los mach schon."

„Ja, ja, aber das Miststück zappelt so", erwiderte der Sehnige.

Der Kräftige besah sich die Situation einen Augenblick, dann schlug er dem vor ihm liegenden Mädchen in den Magen. Augenblicklich presste es ein würgendes Geräusch hervor und krümmte sich vor Schmerz, doch seine Gegenwehr ebbte tatsächlich ab.

„Siehste, so macht man das. Los jetzt."

Hastig nestelte der andere an seiner Hose herum und versuchte, den Teil seines Leibes daraus zu befreien, welchen er für die Befriedigung seiner Bedürfnisse benötigte. Als er es schließlich geschafft hatte, riss er dem weinenden Mädchen die Röcke nach oben und sah zwischen seine Beine.

„Ah, das lob ich mir. Noch ganz frisch und unbenutzt", grinste er zufrieden und schob seinen Unterleib dem verheißungsvollen Eingang entgegen.

„He, was treibt ihr da?"

Augenblicklich fuhren die beiden Männer herum. Der Kräftige zog seinen Dolch und sprang auf. Vor ihnen, nur etwa fünf Schritte entfernt, stand ein hochgewachsener Mann von vielleicht dreißig Jahren. Sein Gesicht wurde von einer langen Narbe durchzogen, direkt unter dem rechten Auge. Doch es war vor allem sein entschlossener Blick, und das Kurzschwert, welches er am Gürtel trug, das die beiden Männer zur Vorsicht gemahnte.

Nun ließ auch der andere Mann widerwillig von seinem Opfer ab und erhob sich. Dabei schien es ihn herzlich wenig zu kümmern, dass man sein erigiertes Gemächt deutlich sehen konnte.

„Was kümmert's dich? Wir haben hier ein wenig Spaß mit einer Metze. Mach, dass du weiter kommst", pöbelte er den Fremden an.

Der jedoch kam behutsam näher und lugte neugierig um den Sehnigen herum auf das Mädchen, das sich hinter ihm wimmernd im Gras krümmte. „Hm, eine so ein junges Ding wie die da sieht man nicht alle Tage", bemerkte er. „Frisches Fleisch ist selten und ich liebe es, bei Gott. Was muss ich euch bezahlen, meine Freunde, dass ich auch einmal davon kosten darf?"

Verwundert blickten sich die beiden Männer an. Der Kräftige ließ den Dolch sinken und trat neben seinen Kumpanen.

„Meint ihr, ein Groschen wäre euch die Sache wert?" Der Fremde hielt das kleine Silberstück zwischen Daumen und Zeigefinger in die Höhe.

Der Sehnige stieß seinem Freund unauffällig den Ellbogen in die Rippen und grinste dreist. „Ja, aber für jeden von uns."

„Für jeden?", fragte der Fremde empört. „Das ist der halbe Wochenlohn eines Knechts."

Sein Gegenüber verschränkte die Arme vor der Brust. „Zwei Groschen oder du kannst zusehen, mit wem du dich vergnügst, aber sicher nicht mit der da. Frag doch mal einen Knecht, vielleicht kann der dir Abhilfe schaffen."

Beide lachten.

Der Fremde zögerte. Dann fasste er in seine Geldkatze und zog einen weiteren Groschen daraus hervor. Er kam noch zwei Schritte näher.

„Gut. Die Kleine sieht aber auch zu lecker aus. Hier nehmt."

Mit diesen Worten warf er den Männern die Silberstücke in hohem Bogen zu. Beide sahen auf die wirbelnden Münzen und versuchten sie zu fangen.

Der Hals des Sehnigen war durchtrennt, noch bevor einer der Groschen die Erde erreicht hatte. Der Kräftige jedoch reagierte überraschend schnell und stürzte sich nach einem kurzen Schreckensmoment mit gezogenem Dolch auf seinen Gegner.

Er lief ihm direkt in die Klinge und schrie vor Schmerz gellend auf.

Der Fremde sah dem Angreifer fest in die brechenden Augen. Seine Stimme klang eiskalt. „So fühlt es sich an, wenn man in andere Menschen eindringt. Spürst du, wie es ist? Grüß den Teufel von mir!"

Mit diesen Worten drehte er sein Schwert in den Eingeweiden des Mannes und riss den Stahl heraus. Der Angreifer ließ seinen Dolch fallen, den er nach wie vor verkrampft umschlossen gehalten hatte und brach schließlich mit einem letzten Stöhnen leblos zusammen.

Der Fremde beugte sich hinab, hob die beiden Groschen aus dem Gras auf und ließ sie wieder in den Geldbeutel gleiten. Er atmete tief durch, dann wischte er sein Schwert am Hemd des Vaganten sauber und steckte es in die Scheide zurück. Er kniete sich neben das besinnungslos gewordene Mädchen, fasste es behutsam an den Schultern und drehte es zu sich. Als er ihren zierlichen Körper prüfend betrachtete, konnte er kein Blut, keine Verletzung entdecken. So schien es, als habe er die Schändung im letzten Moment verhindern können. Er hoffte inständig, dass auch die Seele des Kindes dabei ohne Schaden geblieben war. Wenigstens war sie nicht entehrt worden und ihre Familie würde sie nicht verstoßen oder als ehrloses Weib durchfüttern müssen. Er streifte ihr die Röcke zurück und trug sie zu einer Birke, wo er sie absetzte und mit dem Rücken an den Stamm lehnte. Die beiden toten Verbrecher zerrte er tiefer in den Wald hinein und ließ sie im Dreck liegen. Das Mädchen sollte das nicht auch noch sehen, hatte ihr Gott doch anscheinend eine Ohnmacht geschenkt, um dieses Anblicks nicht gewahr werden zu müssen.

Sie stöhnte leise und kam zu sich.

Der Mann eilte zu ihr und drückte sie an den Schultern sanft an die weiße Rinde.

Als sie die Augen öffnete und zwei, drei Atemzüge getan hatte, weitete sich ihr Blick in panischer Angst. Sie schrie und schlug wie von Sinnen um sich.

Doch der Mann erhöhte nur sanft den Druck an ihren Schultern, fixierte sie fester und sprach gebetsartig und mit ruhiger Stimme auf sie ein. „Es ist vorbei. Es ist vorbei“, sagte er. Fortwährend wiederholte er nur diesen einen Satz, bis das Mädchen endlich zu begreifen schien, dass sie gerettet war, dass von diesem Mann keine Gefahr ausging. Sie begann zu weinen und der Mann hielt ihren kleinen, zitternden Körper so lange, bis sie sich beruhigt hatte.

„Es ist vorbei“, sagte er schließlich noch einmal mit betont fester Stimme und sah sie lächelnd an. „Du hast großes Glück gehabt, dass ich noch zu dieser späten Stunde zufällig hierher gekommen bin. Wie heißt du?“

„Rose“, flüsterte das Mädchen und wischte sich die Tränen aus den Augen.

„Rose?", fragte der Mann ungläubig. „Das ist ein ungewöhnlicher Name für ein Mädchen, auch wenn er, ich muss es eingestehen, gut zu dir passt."

„Ja", entgegnete Rose, „es ist auch nicht mein richtiger Name. Getauft bin ich auf den Namen Anna, Anna Felding, doch alle nennen mich Rose."

„Gut", sagte der Mann und erhob sich, „dann will ich dich auch Rose nennen, wenn es denn alle so halten. Anna ist schön, doch Rose ist schöner. Ich will mich auch vorstellen. Mein Name ist Wolf Besigheim."

Mit einer gespielten Verbeugung schaffte es Wolf sogar, dem Mädchen den Anflug eines Lächelns ins geschundene Gesicht zu zaubern.

„Auch ein schöner Name, Herr Besigheim. Seid Ihr ein Ritter?"

Wolf Besigheim erstarrte. „Ein Ritter? Wie kommst du denn darauf?", fragte er und wandte seinen Blick der untergehenden Sommersonne zu. Für einen kurzen Moment spiegelte sich der blutrote Punkt am Horizont in seinen Augen wieder. Für einen kurzen Moment hätte das Kind in die Seele seines Retters blikken können, doch es griff stattdessen ins Gras, stützte sich ab und stand vorsichtig auf.

„Ich weiß nicht. Mein Großvater hat mir immer Geschichten von Rittern erzählt, als ich noch klein war und er noch lebte. Ihr seht aus wie einer der Ritter, von denen er mir berichtet hat."

Die Sonne verschwand.

„Nein, Rose, ich bin kein Ritter. Ich bin nur ein Mann, der sich für andere Männer schlägt und den andere Männer rufen, wenn sie jemanden für etwas brauchen, das sie selbst nicht tun können oder wollen. Mehr nicht."

Er betrachtete das Mädchen prüfend.

„Meinst du, dass du reiten kannst?"

Rose Felding nickte.

„Gut, dann komm, ich bringe dich nach Hause. Deine Eltern werden sich sicher schon sorgen."

Wolf Besigheim setzte Rose vor sich auf sein Pferd und trabte an. Sie durchquerten den Wald und erreichten bald den Hauptweg, der aus Richtung Worms kommend nach Norden führte.

„Immer diesen Weg entlang“, wies Rose Wolf an und zeigte nach vorne in die heraufziehende Dunkelheit. „Unser Hof liegt weniger als eine viertel Meile von hier in Richtung Gernsheim.“

Doch nur kurze Zeit später, lange bevor sie den Hof erreicht hatten, kam ihnen ein Reiter entgegen, dem ein mit einem Knüppel bewaffneter Mann vorausschritt. Wolf zügelte augenblicklich seinen Hengst. Die beiden sahen nicht aus wie Kämpfer und stellten bei einer Auseinandersetzung gewiss keine wirkliche Bedrohung für ihn dar. Doch mit einem kleinen Mädchen vor sich im Sattel musste er vorsichtig sein. Diese Gegend hier schien gefährlicher zu sein, als man es ihr ansah.

„Halt, wer da?“, rief Wolf in die Dämmerung hinein.

„Der Bauer Rupert Felding und sein Knecht Christian. Wer seid Ihr?“

Wolf konnte nicht mehr antworten.

„Vater!“, rief Rose und machte Anstalten, aus dem Sattel zu springen.

„Warte“, sagte Wolf und stieg ab. Dann hob er Rose vom Pferd. Sofort lief sie ihrem Vater entgegen.

„Rose, mein Röschen, da bist du ja. Du dummes Kind, wir sind vor Angst fast umgekommen. Mein Gott, wie siehst du den aus, um Gottes Willen. War das dieser Mann da? Wart nur, du Lump, dich an einem kleinen Mädchen zu vergreifen“, rief Rupert Felding nun zu Wolf herüber und Christian der Knecht schickte sich gleichzeitig an, auf Wolf mit erhobenem Knüppel zuzulaufen. Wolfs Hand fuhr an den Schwertknauf, doch es kam zu keinem Schlagabtausch.

„Nein, nein, Vater. Christian, nicht!“, rief Rose, „Dieser Mann ist kein Lump, er war es doch, der mich gerettet hat.“

„Gerettet? Vor wem oder was?“, stutzte Roses Vater. Dann erhellte sich sein Gesicht. „Ach was soll‘s, Hauptsache du bist wohlauf. Ihr könnt mir alles erzählen, wenn wir bei uns zu Abend essen und mein selbst gebrautes Bier trinken", rief er an Wolf gewandt. „Ihr seid selbstverständlich mein Gast, Fremder."

Der Bauer ging an seinem Knecht vorbei, der mit der Geschwindigkeit, in der sich das Blatt gewendet hatte, sichtlich überfordert war und sich noch immer an seinem Knüppel festhielt. Rupert Felding streckte Wolf die Hand hin.

„Ganz gleich was war, ich danke Euch. Wer seid Ihr?"

„Wolf Besigheim ist mein Name."

„Gut, Herr Besigheim, dann kommt. Du auch, Christian, oder willst du hier übernachten? Und schmeiß endlich diesen Ast weg."

Wolf Besigheim war, seit er heute Morgen zwei Meilen südlich von Worms aufgebrochen war, nur schlecht vorangekommen. Zuerst hatte ihn ein mittägliches Sommergewitter zur Rast gezwungen und nun noch dieser Zwischenfall. Eigentlich hätte ihn sein Weg heute noch vor Torschluss nach Gernsheim führen müssen, doch dafür war es jetzt zu spät. Also eine notgedrungene Übernachtung auf Bauer Feldings Hof. Warum nicht? Er hätte es schlechter treffen können.

***

Früh am nächsten Morgen, gleich bei Sonnenaufgang, verabschiedete sich Wolf von Rose, ihren Eltern und Geschwistern. Sie dankten ihm nicht nur noch einmal überschwänglich und gaben ihm Gottes Segen mit auf den Weg, sondern hatten ihm auch ein schönes Bündel mit Käse, gekochten Eiern, Brot und einer Lage fettem Speck geschnürt. Wolf sah noch immer die entsetzten Gesichter von Rupert Felding und dessen Weib vor sich, als er ihnen gestern Abend erzählt hatte, was die beiden Vaganten mit Rose vorgehabt hatten. Noch größer und tränenreicher war jedoch die Erleichterung der Eheleute gewesen, als er ihnen hatte versichern können, dass es nicht zum Schlimmsten gekommen war.

Wolf ritt vom Hof, drehte sich im Sattel noch einmal um und hob die Hand zum Abschied. Dann wandte er seinen Blick nach vorne. Er hatte nun keine Zeit mehr zu verlieren. Seine Eminenz Uriel von Gemmingen, der Erzbischof von Mainz, hatte ihm Nachricht nach Straßburg an den Hof seines vorherigen Auftraggebers, Wilhelm III. von Hohenstein, zukommen lassen. Wolf solle sich bis Ende Juli in der Mainzer Burg des Erzbischofs einfinden, wenn er Interesse hätte, ihm wieder einmal in einer heiklen Angelegenheit für gutes Geld zu Diensten zu sein. Das kam Wolf zupass, denn die beiden Silbergroschen, die er den zwei Gaunern gestern so großzügig entgegengeworfen hatte, stellten, neben ein paar Hellern und Pfennigen, seine letzte Barschaft dar. Es wurde Zeit, wieder etwas zu verdienen. Nach Frankfurt solle Wolf reiten zu einem Kaufmann namens Jakob Heller, dessen Hof westlich von Frankfurt gelegen sei. Er würde Wolf im Namen des Erzbischofs erste Weisungen erteilen und ihm gleichzeitig Unterkunft bieten.

Wolf Besigheim spürte, dass es Zeit war. Zeit für einen guten Auftrag und Zeit, seinen alten Freund Valtin von Kriftel wiederzusehen, der ebenfalls dem Erzbischof von Mainz als Berater zur Seite stand. Er presste seinem Pferd die Schenkel in die Seiten und preschte in Richtung Frankfurt davon.

2

Frankfurt am Main
Sonntag vor Mariä Geburt
2. September Anno Domini 1509

Andreas hielt sich hinter einem Heuballen versteckt. Er zitterte am ganzen Leib und krallte seine Finger in die Halme. Seine Mutter hatte ihn und seine Geschwister panisch aus dem Schlaf gerüttelt, als die Männer kamen, und ihnen befohlen, sich draußen zu verstecken. Warum nur war er noch nicht so groß und stark wie sein Vater? Warum hatte er kein Schwert? Er wollte die Männer töten. Alle. Einen nach dem anderen, doch er konnte nicht. Hilflos musste er mit ansehen, wie vier der Mörder in die Feste stürmten und seine Eltern auf den Hof zerrten. Den Vater warf man in den Staub und trat und schlug auf ihn ein, bis er sich nicht mehr wehrte. Dann holten zwei der Männer ein Seil und hängten ihn am Hals an einem Balken über dem Tor auf. Er zappelte wie ein Fisch am Angelhaken. Seine Zunge trat blau hervor und er nässte sich im Todeskampf ein. Die Männer lachten. Nicht schreien, Andreas! Nicht schreien! Er durfte nicht damit anfangen. Er wusste, er hätte nie wieder aufgehört. Er würde sterben, wenn er schrie, und Andreas wollte leben. Und Andreas wollte laufen, seinen Vater vom Balken schneiden. Andreas wollte rennen und seine Mutter unter den stöhnenden, schwitzenden Männern hervorzerren, die sich nicht einmal die Mühe machten, ihre Schändung hinter einer Ecke zu begehen. Er konnte nicht. Er war nur ein Kind. Andreas sah ihr Gesicht. Starr blickte sie zum Himmel auf. Ihre Lippen bewegten sich leise. Geliebte Lippen. Sie betete. Sie verblutete. Plötzlich johlten die anderen Männer, die die Burg durchkämmt hatten, voller Freude. Andreas` Geschwister waren ihnen in die Hände gefallen. Seinem Bruder und seinen beiden Schwestern – die noch zu jung waren, um sich an ihnen gütlich zu tun – wurden die Kehlen durchgeschnitten als wäre es nichts. Ein, zwei, drei kurze Schnitte und diese Familie existierte nicht mehr. Weggeworfen in den Staub. Nur Andreas lebte weiter. Gott hatte ihm in verächtlicher Gnade die Wahl überlassen und er wählte das Leben. Andreas duckte sich hinter seinem Versteck und schlich rückwärts zur Scheunenwand. Der Schweiß rann ihm in Strömen den Rücken hinab und sein kleines Herz raste, als wolle es zerspringen. Dort, wo er mit seinen Geschwistern immer gespielt hatte, war das Loch in den morschen Holzbrettern. Er zwängte sich hindurch. Die Angst, die sich an ihn krallte wie ein wildes Tier, ließ ihn nicht bemerken, wie sich ein Nagel tief in sein Fleisch bohrte und ihm das Gesicht direkt unter dem rechten Auge aufriss. Sie trieb ihn voran. Fort, nur fort. Er bekam keine Luft mehr und ihm war schwindelig. Nur nicht schreien, nur nicht schreien. Schweig Andreas, wenn du leben willst! Er brach sich die Fingernägel ab, als er in Panik die hohe Bruchsteinmauer erklomm, wo auf der anderen Seite die alte Eiche stand. Er schlug sich Knie und Arme blutig, als er sich beim Herunterklettern viel zu früh fallen ließ. Sein Fuß schmerzte und die Angst biss und zwickte ihn mit glühenden Zangen. Doch sie half ihm auch, seine Schmerzen zu vergessen. Ja, er spürte nichts mehr. Gar nichts. Nicht einmal Trauer oder Wut. Alles war verschwunden, nur die reine Angst war geblieben. Andreas rannte, wie er noch nie gerannt war, so schnell, wie ein sechsjähriger Junge laufen konnte. Der Wald. Er musste ihn erreichen. Sein Fuß gab nach. Weiter. Die Bäume waren so nah. Seine Lungen brannten wie Feuer. Andreas ritt auf der Angst wie auf einem ungezähmten Wildpferd. Doch der Reiter, der plötzlich aus dem Nichts der Dunkelheit hinter ihm auftauchte, ritt noch schneller. Er erreichte ihn. Er packte zu. Mit eisernem Griff und mit einem höhnischen Lachen zog er den Jungen vor sich aufs Pferd. Der Reiter war ein roter Ziegenbock. Er war weiß und rot. Wie verlogene Unschuld und Blut. Nicht schreien, Andreas!

„Na, wen haben wir denn da? Den jüngsten Herrn höchstselbst! Welch freudige Überraschung. Wollt Ihr Euch denn nicht lieber zu Eurer Familie in der Hölle gesellen und einfach sterben, als vor mir zu fliehen?“ Dem Bock spritzte der Geifer aus dem Maul. Sein Atem stank nach Bier und Tod. Es zog seinen Dolch und setzte ihn zum Schnitt an Andreas` Kehle. Jetzt schrei, Andreas. Jetzt darfst du schreien! Nichts mehr, wofür es zu schweigen lohnt. Und Andreas schrie endlich.

Wolf Besigheim fuhr aus dem Schlaf. Sein Puls raste. Hektisch holte er Luft und fasste sich an den Hals. Nur ein Traum, Wolf, nur *der* Traum. Wieder einmal. Er setzte sich auf die Kante seiner Bettstatt und atmete schwer. Er erhob sich und ging zur Waschschüssel, die auf der anderen Seite des Raumes auf einem Tischchen stand. Er schlug sich zwei Hände nachtkalten Wassers ins Gesicht und spürte, wie es seine Angst fortspülte. Wolf Besigheim fuhr sich durch die tropfenden Haare. Lange stand er einfach nur da und atmete. Schließlich zog er sein Schwert aus der Scheide, das er in der Ecke der Kammer an die Wand gelehnt hatte, und umfasste es fest. Er hob es hoch und betrachtete die kalte Klinge. Es hatte ihm immer geholfen und schon viele Feinde gefällt, aber gegen diese Gegner schien es nutzlos zu sein. Sie waren nicht mit dem Schwert zu besiegen. Oder vielleicht doch? Aber nicht hier und jetzt. Er ging zum Fenster und öffnete es weit. Die kühle Herbstluft zog feucht wie durch ihn hindurch, durch seinen Schädel, hinein in die Kammer, und verwirbelte die bösen Träume langsam zu flüchtigen Gedanken. Die Angst löste sich auf. Für den Moment wenigstens. Er atmete in tiefen Zügen. Der Regen hatte aufgehört und den Sternen nach zu urteilen, musste es kurz nach Mitternacht sein. Noch Zeit zum Schlafen. Ja, er musste schlafen. Er musste erholt sein. Übermorgen schon stand der Ritt nach Mainz bevor. Doch morgen wollte Wolf zuerst noch einmal in die Frankfurter Judengasse, um zu schauen, ob sich wieder zwielichtiges Volk dort herumtrieb. Er hatte dem Erzbischof jedenfalls Wichtiges zu berichten, wichtig genug, dass er seine Sinne beieinander haben musste. Wolf ließ seinen Blick noch kurz über die Silhouette Frankfurts schweifen, die sich unweit des Hellerhofes düster am Horizont abzeichnete. Dann schloss er das Fenster und begab sich wieder auf sein Lager. Er war nicht Andreas, war es nie gewesen. Warum aber sah er ihn dann immer wieder in seinen Träumen? Er war Wolf Besigheim, ein Mann, und zwischen dem Schicksal dieser Traumgestalt und seinem eigenen Leben klaffte ein dunkles Loch. Wolf zog sich die Decke bis unters Kinn. Das Schwert aber legte er neben sich.

3

Montag vor Mariä Geburt
3. September Anno Domini 1509

Grütze, Pastinaken und Kohl, immer nur Grütze, Pastinaken und Kohl. Greger hatte es satt. Er konnte sich nicht erinnern, wann er zu Hause das letzte Mal, außer an einem hohen Feiertag, ein richtiges Stück Fleisch auf dem Tisch gesehen hatte.

Wenn sein Vater die Schulden nicht bald würde bezahlen können, verlören sie vielleicht das Kontor. Aber wie sollte er das anstellen? Sein Vater war Kaufmann der Gilde und konnte auch nicht mehr als Waren einkaufen, etwas Gewinn aufschlagen und wieder verkaufen. Die Geschäfte liefen nur mäßig und schon immer hatte er den Verdacht, dass sein Vater – obschon Greger selbst das eigentlich nicht so schwierig erschien – etwas falsch machte. Er zahlte einfach zu viel beim Einkauf und handelte schlecht beim Verkauf. Aber auf Greger wollte er nicht hören. Mit siebzehn Jahren habe er noch keine Ahnung vom Geschäftemachen, sagte sein Vater immer. Doch er hatte schon nicht auf Gregers Großvater gehört, als dieser noch lebte. Der hatte immer gepredigt, dass der Erfolg eines Kaufmanns beim Einkauf der Waren liege, nicht bei deren Verkauf. Doch Gregers Vater Jokoff vermochte beides nicht so recht zu gelingen. Als er nach dem Tod des Großvaters sein Erbe schließlich angetreten hatte, war das Kontor der Familie Cramer noch ein – wenn auch nicht mächtiges – so doch recht erfolgreiches Geschäft gewesen. Man hatte sich über mehrere Generationen einen guten Namen und etwas Wohlstand hart erarbeitet. Und nun könnte das alles bald schon für immer vorbei sein.

Der kalte Herbstwind pfiff um die Häuser und blies Greger einstweilen die düsteren Gedanken aus dem Kopf. Er durchschritt das kleine, westlich gelegene Seitentor, das die Frankfurter nur das *Judenbrückchen* nannten, und bog dann nach rechts in die Judengasse ein. Diese zog sich am östlichen Stadtrand entlang, vom großen Bornheimer Stadttor im Norden bis hinunter an den Frankfurter Stadtgraben im Süden. Die Judengasse war durchgängig von einer Mauer umgeben, der Staufenmauer, die den ganz alten Stadtbereich von der Neustadt abteilte. Auf diese Weise trennte man auch die Juden von den anderen Bürgern Frankfurts, ganz so, als befürchtete man, der falsche Glaube könne überspringen und sich verbreiten wie die Pest.

Obwohl Greger nun bereits seit über fünf Jahren regelmäßig Waren im Auftrag seines Vaters bei Abraham Siebenthal abholte, überraschte ihn das Leben hier jedes Mal aufs Neue. Diese seltsam gekleideten Menschen mit ihren eigentümlichen Hüten und Tüchern, den kleinen Löckchen, die den Männern seitlich über die Schläfen hingen, ihren Bärten und den langen Gewändern. Die fremden, fast orientalischen Gerüche, die Greger nur von den hier ansässigen jüdischen Spezereien her kannte. Und dann diese eigentümliche Sprache mit ihren kehligen Lauten, mit der sich die Juden unterhielten, wenn sie unter sich waren. Die Judengasse glich einer kleinen Stadt in einem fernen Land. Und doch lag sie mitten in Frankfurt und nur wenige Hundert Schritte von Gregers Elternhaus entfernt.

In der schier endlosen Reihe von Fachwerkhäusern und Geschäften, die sich eng aneinander schmiegten wie alte Gefährten, tauchte schließlich das Haus mit der Werkstatt von Abraham Siebenthal auf. Es lag etwa in der Mitte der Judengasse auf der Bornheimer Seite. Abraham stand davor und wechselte ein paar letzte Worte mit einem fahrenden Händler, der bereits wieder auf seinem Fuhrwerk Platz genommen hatte. Dann verabschiedeten sich die beiden Männer. Der Händler schnalzte vom Kutschbock herab mit der Zunge und ließ die Peitsche knallen. Wenig beeindruckt davon setzte sich der Lastgaul nur langsam in Bewegung und zog den schweren Planwagen an. Jetzt erst erblickte ihn Abraham.

„Greger Cramer, ich grüße dich."

„Guten Tag, Herr Siebenthal."

„Komm mit, wir gehen hinein, dann können wir schauen, was ich für dich tun kann." Aufgeregt fügte er leise hinzu: „Es ist gut, dass du heute noch kommst, denn ich habe eine wichtige Nachricht, die ich dir für deinen Vater mit auf den Weg geben muss."

Sie betraten Abrahams Ladengeschäft. Ein bis zur Decke reichendes Regal aus dunklem Holz voller Fächer und kleiner Schubladen trennte den Verkaufsraum von der dahinter liegenden Werkstatt ab. In diese konnte man nur durch einen schmalen Durchgang gelangen, der in der Mitte des Regals eingelassen war, gerade so breit, dass ein erwachsener Mann geduckt hindurchpasste. Der Blick hinein wurde allerdings von einem schweren, dunkelroten Stoffvorhang verwehrt, der von der Oberkante des Durchgangs träge herabhing. An der linken Seite des Raumes erklommen ein paar steile, ausgetretene Stiegen den Weg hinauf zu Abrahams Dachboden.

Gleich neben diesen Stiegen führte eine Tür in Abrahams Kammer. Es war nur ein einzelner, kleiner Raum, in dem er kochte, aß und schlief. Mehr brauche ein alter Mann nicht, hatte er Greger einmal gesagt und dabei lachend die braunen Zähne gebleckt. Und Greger war sich sicher, dass Abraham wirklich nicht mehr brauchte. Er hauste auf der Fläche eines Hühnerstalls und hätte gewiss gut und gerne einen ganzen Monat ohne Brot leben können, aber nicht einen einzigen Tag ohne seine Werkstatt oder Basteleien.

Vor dem Holzregal fußte eine sperrige Verkaufstheke aus demselben dunklen Holz, aus dem das Wandregal gefertigt war. Überall im Laden standen Kisten, Truhen und eigentümliche Gegenstände herum. Sogar von der Decke hingen unterschiedlich große Körbe an Seilen und Ketten herab, die noch lange behäbig schwangen, wenn man sie versehentlich anstieß. An die Theke zu gelangen, glich einem Hindernislauf.

„Einen kleinen Moment noch", sagte Abraham und huschte um die Theke herum. Er begann hastig, einen Stapel Kupfer-,

Zinn- und Eisenplättchen in kleine Holzkisten zu sortieren. Gerade so, als würden genau diese wenigen Metallstücke für das heillose Durcheinander auf der Theke verantwortlich sein. Greger betrachtete amüsiert den alten Juden bei der Arbeit. Wie seine verworrenen Haare in weißgrauen Locken unter dem schwarzen Hut hervorquollen und sich sein langer Bart dazu rhythmisch bewegte, erinnerte er ihn tatsächlich ein wenig an einen alten Hexer. Schließlich verstaute Abraham die letzten Plättchen in einer der Kisten, schob sie beiseite und sah erwartungsvoll zu Greger auf. „So, nun. Was darf ich dir zusammenpacken?"

„Die zwei Dutzend Broschenspangen, die mein Vater letzte Woche bestellt hatte, würde ich gerne abholen."

Abraham schlug sich an die Stirn. „Ach, ja, die Spangen, natürlich. Ich gehe nur rasch in die Werkstatt und hole sie. Ich habe sie bereits in ein geöltes Tuch eingeschlagen und verschnürt, ganz wie es deinem Vater beliebt." Schon verschwand Abraham hinter dem roten Vorhang und kam bereits nach wenigen Augenblicken mit den Spangen wieder zurück. Er legte das Päckchen auf den Tresen. „Soll ich anschreiben oder zahlst du gleich?"

„Nein, schreiben Sie es bitte an. Ich habe kein Geld bei mir", entgegnete Greger kleinlaut.

Abraham Siebenthal zog zielsicher ein kleines Büchlein und das Tintenfass aus der Unordnung des Tresens hervor und notierte den offenen Posten mit einem Gänsekiel. Dann schüttete er etwas Löschsand auf die frische Tinte, blies ihn nach kurzem Warten fort und schlug das Buch zu.

„Ich danke Euch", sagte Greger und klemmte sich das Bündel unter den Arm.

„Es ist nicht sonderlich gut um das Geschäft deines Vaters bestellt, nicht wahr?"

Greger stutzte zuerst, doch dann antwortete er ehrlich: „Ich könnte Ihnen nun eine schöne Lügengeschichte erzählen, aber Sie wissen es ja doch. Nein, es ist wahrlich nicht gut um unser Kontor bestellt."

„Was ist denn los? Schulden?“, wollte Abraham wissen und spielte an einem Hornknopf seines Hemdes.

Greger nickte.

„Bei wem?“

„Benisch Stoltzer.“

Abraham verzog das Gesicht. „Nicht gerade der verständnisvollste Gläubiger, den sich ein Mann wünschen kann. Aber nun gut. Es ist so, wie es ist. Umso interessanter wird deinem Vater das Geschäft erscheinen, das ich ihm vorschlagen will“, freute er sich.

Greger legte das Päckchen mit den Spangen auf die Theke zurück. „Ein Geschäft?“

Abraham nickte. „Ja, Greger, ein Geschäft. Es ist gewiss ein klein wenig riskant, aber dafür umso ertragreicher, falls es funktionieren sollte, wovon ich ausgehe. Ach, was heißt schon ertragreicher. Dein Vater wird sich nie wieder Sorgen machen müssen. Ja selbst du und noch deine Kinder und Kindeskinder werden nie wieder arbeiten müssen.“

Ungläubig sah Greger Abraham an. „Mein Großvater, Gott hab` ihn selig, sagte immer: ‚*Pass gut auf, wenn dir einer ein einmaliges Geschäft vorschlägt, denn dann will er nur dein Geld.*‘“

Abraham lachte verlegen. „Ein schlauer Mann, dein Großvater. Ja, er hat recht. Ich brauche ein wenig Kapital. Wie du weißt, bin auch ich nicht gerade ein begnadeter Geschäftsmann und lebe mehr schlecht als recht von dem, was mein Laden abwirft. Aber für einen einsamen, alten Juden, der mit wenig zufrieden ist, hat es noch immer gelangt. Nur jetzt“, Abraham senkte die Stimme und sah Greger tief in die Augen, „jetzt ist es an der Zeit, auf meine alten Tage und noch bevor ich heimgehe ins ewige Reich Gottes, zu meiner geliebten Frau Tikvah und den Engeln, die über sie wachen, ein wenig mehr Lamm zu essen und nicht mehr so viele Matzen. Ein neuer Hut und ein schöner Mantel für den Winter kämen mir auch gerade recht.“

Greger kam aus dem Staunen nicht mehr heraus. „Was soll das für ein Geschäft sein?“

Abraham stellte sich aufrecht hin wie ein beleidigtes Kind und verschränkte die Arme vor der Brust. „Nein, Greger. Das will ich nur deinem Vater persönlich sagen.“ Dann beugte er sich wieder zu Greger hinunter und flüsterte verschwörerisch: „Es ist, na, sagen wir einmal, ein Geheimnis, dass nur ich kenne. Ein *apparatus*, eine *machina*, eine wundervolle Maschine.“

Plötzlich prustete Greger laut los. „Aber es ist nicht wieder so ein Wunderding, wie Ihr es schon einmal angepriesen habt als die beste Errungenschaft der Menschheit seit der Erfindung des Rades? So ein Stab, mit dem der Kutscher die Zügel halten und sich gleichzeitig verteidigen kann? Davon hatte mein Vater seinerzeit nämlich nur einen einzigen verkauft. Doch der Kunde, dem er ihn aufgeschwatzt hatte, war gleich am nächsten Tag wütend zurückgekommen. Der Stab hatte ihm beim Ausprobieren fast den Kiefer zerschmettert und ihm war daraufhin auch noch der Gaul durchgegangen. Er schrie nach den Bütteln und hätte meinen Vater gewiss erwürgt, wenn er ihm nicht rasch das ganze Geld zurückgegeben hätte und noch einen Groschen Entschädigung. Oder ist es vielleicht wieder eine Schere, mit der man auch Nägel ins Holz einschlagen kann? Erinnert Ihr Euch noch? Entweder hat man sich die Finger abgeschnitten an dem unpraktischen Ding oder sich den Daumen zu Brei gehauen.“ Greger konnte sich kaum beruhigen und schlug sich auf die Schenkel.

Stoisch nahm Abraham den Spott hin. Ja, es stimmte. Den Zügelstab und die Hammerschere hatte er erfunden. Ja und es stimmte auch, dass beides nicht sonderlich gut funktioniert hatte. Aber diesmal war es etwas anderes. Es gab wahrhaft keinen Grund zu lachen. Als Greger wieder besser Luft bekam und sich die Tränen aus den Augen gewischt hatte, sagte Abraham zu ihm: „Ja, lache nur und verspotte mich. Du hast recht damit. Aber das, von dem ich heute spreche, das ist etwas gänzlich anderes. Etwas Großes. Ein lange vergessenes Geheimnis vom anderen Ende der Welt.“

Greger musste noch mit dem Lachen kämpfen, das immer wieder versuchte, seine gespielt ernste Miene niederzuringen. Doch er beherrschte sich schließlich, auch wenn er diesem merkwürdigen Alten kein Wort glaubte. „Vom anderen Ende der Welt? Eine vergessene Maschine? Was ist das für ein Ding und woher habt Ihr dieses angebliche Geheimnis?"

„Wenn ich dir das erzählen würde, dann wäre es ja kein Geheimnis mehr, nicht wahr? Richte deinem Vater nur aus, dass ich ihn unbedingt schon morgen Abend zu sprechen wünsche und ihn bitte, zu mir zu kommen. Allein. Es könnte euer aller Glück und das Wohl des Kontors bedeuten. Ich werde ihm sagen, was er wissen muss, um sich zu entscheiden. Je weniger Leute davon Kenntnis bekommen, desto besser. Von mir erfährst du nichts weiter. Und noch etwas: kein Sterbenswörtchen zu irgendjemandem, außer zu deinem Vater selbst."

Nun war Greger doch neugierig geworden. Vielleicht steckte diesmal ja doch etwas Handfestes hinter Abrahams Erfindung? Ach, Unsinn! Was sollte das schon sein? Sein Vater würde ihm sicher sofort von der neuesten Verrücktheit dieses Mannes erzählen, gleich, nachdem er von ihm zurückgekommen wäre. Wenn er denn überhaupt erst hinginge. Greger nahm das Päckchen mit den Broschenspangen von der Theke. „Aber eines müsst Ihr mir doch noch erklären", sagte Greger fordernd. „Wenn Euch bereits bekannt ist, dass mein Vater kaum Geld übrig hat, warum fragt Ihr ihn und nicht einen reichen Frankfurter wie Benisch Stoltzer oder Jakob Heller um Geld? Oder noch besser gleich einen Eurer jüdischen Geldverleiher und Glaubensbrüder?"

„Das ist doch ganz einfach, Greger. Wenn ich zu euren Kaufleuten gehe, dann habe ich nichts in der Hand. Wir wären niemals Partner auf gleicher Augenhöhe. Sie würden mir meine Maschine einfach abkaufen oder gar stehlen und mich nicht am Ertrag beteiligen. Sie würden noch mehr Reichtum anhäufen und ich ginge leer aus. Und meine Leute hier? Nun, denen traue ich zwar mehr, aber sie sind mir zu schwatzhaft. Es würde sich in Windeseile hinter vorgehaltener Hand verbreiten. Dein Vater ist zwar kein Jude, aber ich kenne ihn nun seit bald fünfzehn Jahren und weiß, woran ich bin. Deshalb."

Greger nickte wenig überzeugt. „Gut, Herr Siebenthal, dann mache ich mich jetzt wieder auf den Weg. Ich werde meinem Vater Ihre Nachricht überbringen."

„Und denk daran. Zu niemandem ein Wort. Versprich es mir!", sagte Abraham nachdrücklich.

Greger wandte sich um. „Ja, meinetwegen. Ich verspreche es. Meine Lippen sind versiegelt und werden schweigen wie ein Grab. Auf Wiedersehen, Herr Siebenthal."

Greger verließ Abrahams Laden und trat auf die menschenleere Judengasse. Es hatte es leise zu regnen begonnen. Dunkle Wolken schoben sich von Westen heran und verdrängten das letzte Licht vom grauen Septemberhimmel. Die Erfindungen dieses Juden, von denen noch nicht eine wirklich funktioniert, geschweige denn einen Pfennig Gewinn eingebracht hatte, dachte Greger bei sich, lächerlich. Abraham Siebenthal mochte noch so gebildet und intelligent sein, er konnte Greger nicht täuschen. Er war und blieb einfach ein harmloser, liebenswerter Irrer, der in seiner verrückten Welt voller kleiner, mechanischer Wunderdinge lebte, die keine waren. Abrahams Werkstatt war sein eigener Narrenturm. Aber jetzt musste er sich wirklich sputen. Die Zeit bei Abraham war schnell vergangen und bald schon würden die Tore der Judengasse für die Nacht geschlossen werden. Zügig stiefelte Greger mit dem Bündel in der Hand davon.

Niemand war zu sehen und doch verfolgte ein Paar aufmerksamer Augen konzentriert jeden von Gregers Schritten, bis er durch das Judenbrückchen in der Mitte der Gasse verschwunden war. Der Mann zog sich den Hut tief ins Gesicht und verdeckte so die lange Narbe, die sich direkt unter seinem rechten Auge eine Handbreit durch sein Gesicht zog. Unter seinem Umhang verbarg er ein Schwert und sein Hals wurde von einem Lederriemchen geschmückt, an dem der Reißzahn eines Wolfes befestigt war. Erst jetzt löste er sich aus dem Schatten des Hauses gegenüber von Abraham Siebenthals Geschäft. Dann wandte er sich in Richtung Untertor und verschwand mit ausladenden Schritten in der Dämmerung, bis sich seine Umrisse in dem immer dichter werdenden Regen auflösten wie eine Traumgestalt. Die großen Fußabdrücke, die er auf dem aufgeweichten Boden hinterließ, füllten sich mit kaltem Wasser. Langsam wurde es dunkel.

Wolf Besigheim hatte genug gesehen. Er schritt aus und erreichte das Untertor der Judengasse nur wenige Augenblicke später. Greger, der Sohn des Kaufmanns Cramer, war von oben gekommen. Er würde Wolf hier nicht begegnen. Dass sich in Frankfurt etwas gegen die Juden zusammenbraute, war Wolf seit langem klar, aber es würde bald geschehen, es lag in der Luft, er konnte es förmlich riechen. Wolf hatte Jakob Heller nach Greger und dessen Vater Jokoff befragt, doch sie schienen nichts mit der Verschwörung gegen die Juden zu tun zu haben. Anders dieser Pfeffersack Benisch Stoltzer, der, so hatte es den Anschein, die Umtriebe aus Eigennutz heimlich unterstützte. Doch seine Motive lagen im Dunkeln. Jokoff Cramer hingegen hatte zwar finanzielle Probleme, das war allen im Rat bekannt, aber er schien ein aufrichtiger Mann mit verhältnismäßig wenig Talent zum Kaufmann zu sein. Nicht mehr.

Dass Greger Cramer beim Verlassen des Ladens dieses eigentümlichen jüdischen Metallhändlers ein blasses und nachdenkliches Gesicht machte, konnte alle möglichen Gründe haben.

Wolf schnickte gedankenverloren einen Stein mit dem Stiefel fort und tippte sich an die Hutkrempe. Die beiden Wachen, die sich wegen des Regens unter das Vordach des Untertors zur Judengasse zurückgezogen hatten, grüßten zurück und Wolf passierte ungehindert den Bogen aus rotem Bruchstein. Er hatte seinen Hengst am Kornmarkt in den der dortigen Marktschänke angeschlossenen Stallungen zurückgelassen. Ein Pferd würde nur auffallen in der engen Judengasse.

Heute hatte er nicht viel Neues in Erfahrung bringen können. Doch oft, wenn er seine Kontrollgänge durch die Gasse der Juden gelaufen war, waren ihm einige Männer aufgefallen. Sie hatten nichts gekauft, nur beobachtet. Dieses Verhalten war seltsam für Christenmenschen. Was sonst außer Geld oder Waren wollte ein im Namen des Herrn getaufter Bürger Frankfurts im Judenviertel? Dies alles und die Informationen, die Wolf von Jakob Heller zugespielt worden waren, bestärkten ihn nur in seiner Überzeugung, dass der Übergriff kurz bevorstand. Nur wann genau, das galt es noch herauszufinden.

Wolf hatte den Kornmarkt erreicht und schritt zielstrebig zu den Stallungen hinüber. Dort ertappte er den Knecht, wie er ein Nickerchen auf einem Strohhaufen machte. Er stieß ihn mit dem Fuß an und sah zu, wie der verschlafene Mann erschrocken aufsprang und ihm das Pferd sattelte. Wolf gab ihm zwei Pfennige und ritt aus Frankfurt hinaus in Richtung des Hellerhofes. Von dort aus würde er morgen nach Mainz aufbrechen, um Uriel von Gemmingen, dem Erzbischof von Mainz, über die Lage zu unterrichten.

4

Wurde aber auch Zeit", sagte Jokoff Cramer ungehalten zu seinem Sohn, als dieser mit dem Bündel unter dem Arm das Kontor betrat. „Was hat denn so lange gedauert?" Gregers Vater hatte bereits fünfundvierzig Jahre durchgestanden, aber dieses war gewiss eines der härtesten in seinem Leben. Sein heller Schnurrbart, der ihm fast bis ans Kinn hinabreichte, unterstrich das sorgenzerfurchte Gesicht. Die vollen blonden Haare, die Greger von ihm geerbt hatte und auf die er immer ganz besonders stolz gewesen war, hingen ungepflegt und strähnig halblang auf seinen Nacken herab. Die einstmals stolze Kaufmannskleidung war fadenscheinig und mehr als einmal von seiner Frau Agnes ausgebessert worden.

Greger legte Abrahams Waren vor seinen Vater auf den Tisch. „Ach, du kennst doch Abraham Siebenthal. Er hat immer etwas zu erzählen und schwatzt viel dummes Zeug. Außerdem soll ich dir eine wichtige Nachricht überbringen."

„Eine wichtige Nachricht, so, so", bemerkte Jokoff Cramer desinteressiert und wickelte die Spangen aus dem Tuch. Er betrachtete sie prüfend. Sie waren sauber gearbeitet. Er würde sie an seine Kunden weiterverkaufen oder für Reparaturen verwenden. Einige würde seine Frau zu Schmuckstücken aufarbeiten. In jedem Fall aber versprachen sie wenigstens ein klein wenig Gewinn.

„Konntest du bei Abraham anschreiben?"

„Ja, Vater, sonst hättest du die Spangen wohl kaum vor dir liegen, denn Geld habe ich keines, wie du weißt", antwortete Greger spitzer, als er es beabsichtigt hatte.

Jokoff Cramer zuckte kurz zusammen. „Sei nicht so vorlaut. Meinst du, es bereitet mir Freude, überall Schulden zu machen? Ich würde auch lieber mit barer Münze bezahlen und das eine oder andere Skonto mitnehmen. Ich kann es aber nicht im Moment."

„Ja, ich weiß. Es tut mir Leid", entgegnete Greger kleinlaut. „Aber Abraham hat dir ein Geschäft vorzuschlagen und vielleicht ist es ja diesmal etwas Lukratives? Er bittet dich nämlich …"

Jokoff hob die Hand. „Ja, ja, später", wiegelte er ab. „Komm Greger, geh und feg` noch rasch den Hof, während ich die Spangen einsortiere. Aber spute dich ein wenig, wir wollen zu Abend essen."

„Ja, Vater", antwortete Greger wenig erfreut über diese lästige Aufgabe. Er nahm sich den Reisigbesen, der in der Raumecke stand, und verschwand durch die Hintertür auf den Hof hinaus. Jokoff sah ihm betrübt nach. Wie gerne würde er seinem Sohn einmal ein gut gehendes Kontor vermachen, so wie es ihm selbst von seinem Vater überlassen worden war. Aber dieser Wunsch schien in weite Ferne gerückt zu sein. Er befreite die Spangen vollends aus dem Tuch und verstaute sie einzeln unter dem Tisch in einer Schublade. Dann nahm er die Schatulle mit dem Wechselgeld hervor und verriegelte die Ladentür, wie er es jeden Abend tat. Jokoff hatte nicht die Absicht, während er schlief auch noch einem Dieb die dürftigen Einnahmen zu überlassen, die das Kontor abwarf. Langsam ging er in die Küche, die auch gleichzeitig als Wohn- und Esstube diente, und zog die Tür hinter sich zu. Er nahm seine Mütze vom Kopf und legte sie auf die Küchenbank neben dem Esstisch. Dort saß bereits Gregers vier Jahre jüngere Schwester Grite und lächelte ihn an. Agnes Cramer hob den schweren Gusstopf mit der Kräutergrütze vom Haken über dem Herd und stellte ihn auf den Tisch. Jokoff setzte sich auf den Stuhl an der Stirnseite und stützte den Kopf auf seine Hände. Er starrte ins Leere. Kurz darauf betrat auch Greger die Stube. Er zog sich die Jacke aus und nahm neben seiner Schwester Platz. Donnerstags war es an Grite, das Tischgebet zu sprechen.

„Jedes Tierlein hat sein Essen,
jedes Blümlein trinkt von dir,
hast auch unser nicht vergessen,
Lieber Gott, hab` Dank dafür."

„Amen", sagten alle im Chor. Agnes tat Jokoff als Erstem mit dem hölzernen Schöpflöffel eine Portion Grütze auf. Danach gab sie ihren Kindern und nahm dann erst sich selbst. Lustlos stocherte Jokoff in dem Getreidebrei herum. Agnes ergriff seine Hand.

„Du musst mehr essen, mein Liebster. Verhungern kannst du auch später noch, wenn es Grund dazu gibt."

Jokoff blickte auf und sah in ihr hübsches Gesicht, das von goldblonden Haaren umrahmt wurde. Er liebte selbst die kleine Narbe über der Lippe an ihr. Agnes war über zehn Jahre jünger als Jokoff und seine zweite Frau. Die erste hatte die Schwindsucht schon nach drei kinderlosen Ehejahren dahingerafft. Es schien fast so, als wolle der Herrgott nicht eine einzige Prüfung in Jokoffs Leben auslassen. Er strich ihr zärtlich über die Wange und nickte. „Ja, du hast recht. Aber mir vergeht jeden Tag der Appetit, wenn ich in die Münzkassette schaue."

„Wie gerne würde ich uns wieder einmal etwas Gesottenes auftischen oder ein fettes, gebratenes Huhn, aber ich wüsste nicht, womit ich das bezahlen sollte", stöhnte Agnes.

„So war es auch nicht gemeint, mein armes Weib. Du musst diese Grütze ja auch jeden Tag essen und ich würde dir gerne ein anderes Leben schenken. Aber ich vermag es wohl nicht."

Agnes winkte ab. „Du tust, was du kannst. Das weiß ich. Und der Herrgott weiß es auch. Er wird uns helfen."

„Wenn ihm danach ist", fügte Jokoff resigniert hinzu und schenkte sich einen großen Krug Dünnbier ein. Es war das Einzige, was ihm noch wirklich schmeckte. Der Gerstensaft vertrieb ihm den Kummer immerhin ein wenig. Der Krug ging reihum und jeder füllte sich seinen Becher.

„Was ist denn nun mit der angeblich so wichtigen Nachricht von Abraham?“, wollte Jokoff wissen und sah seinen Sohn fragend an.

Schmatzend antwortete Greger: „Ja, also er bittet dich, ihn morgen Abend unbedingt in seinem Laden aufzusuchen. Er sagte mir, er habe dir ein sehr ertragreiches Geschäft vorzuschlagen.“

Agnes Cramer verdrehte die Augen und ließ den Löffel in die Grütze fallen. „Oh Himmel, was ist es denn diesmal? Wieder so eine Erfindung von ihm, die uns nur Ärger einbringt?“

„Na, ja“, sagte Greger, „es ist schon eine Erfindung, aber er hat es mit solcher Überzeugung erzählt, dass ich nicht sicher bin, ob sie diesmal vielleicht nicht doch etwas taugt.“

„Gewiss mit derselben Überzeugung, mit der er uns schon diese unbrauchbare Hammerschere und diesen Prügelstab angepriesen hat“, sagte Agnes kopfschüttelnd. „Was soll es denn diesmal sein?“

Greger zögerte. Er blickte abwechselnd in die fragenden Gesichter seiner Mutter und seines Vaters.

„Hat es dir die Sprache verschlagen, Sohn?“, wollte Jokoff wissen.

„Nein“, druckste Greger herum, „aber ich habe Abraham versprechen müssen, es nur dir allein zu sagen. Außerdem weiß ich auch nicht viel mehr.“

Empört fuhr Agnes auf. „Was soll diese Heimlichtuerei? Was denkt sich dieser Mann? Wenn du auch nicht viel mehr weißt, dann kannst du es ja getrost sagen, oder?“

Jokoff Cramer legte beschwichtigend die Hand auf den Arm seiner Frau. „Komm Agnes, lass es gut sein. Wir wollen doch Greger nicht dazu verleiten, sein Wort zu brechen. Und sicher hast du recht. Es wird wieder so eine von Abrahams zusammengebastelten, dummen Spielereien sein. Ich werde dem alten Wirrkopf den Gefallen tun. Viele Lieferanten, bei denen ich noch anschreiben kann, haben wir nämlich nicht mehr und ich will es mir mit ihm nicht auch noch verderben. Auch wenn man den Juden Raffgier nachsagt, so kann ich das nun wirklich nicht bestätigen. Denn er hat sich noch nie beklagt, dass ich zu spät gezahlt habe, und seine Preise waren niemals Wucher. Wenn sein Herz so daran hängt, wie es scheint, dann werde ich ihn morgen Abend besuchen. Danach erzähle ich es dir sowieso.“

Agnes grummelte ein „Tu, was du nicht lassen kannst“ und wandte sich wieder ihrer Grütze zu.

„Morgen werden wir mehr wissen und etwas Schlimmeres als ein abendlicher Spaziergang wird es wohl nicht werden.“ Hätte Jokoff Cramer auch nur geahnt, wie sehr er sich damit täuschen sollte, er wäre niemals gegangen.

5

Mainz
Dienstag vor Mariä Geburt
4. September Anno Domini 1509

Bereits früh am Morgen war Wolf Besigheim vom Hellerhof aus nach Mainz aufgebrochen. Das Gut des Frankfurter Kaufmanns Jakob Heller lag in östlicher Richtung etwas außerhalb der Stadt. Er gewährte Wolf Besigheim Essen und Unterkunft für die Zeit seiner Nachforschungen in Frankfurt und unterstützte ihn mit Informationen und Kontakten. Und das ohne Wissen des Frankfurter Stadtrates, dem er selbst angehörte. Heller war – wie der Mainzer Erzbischof auch – ein strikter Gegner der antisemitischen Bestrebungen, mit denen der Kölner Dominikaner und jüdische Konvertit Johannes Pfefferkorn Hetze betrieb und das ganze Land zu vergiften trachtete. Wolf Besigheim waren Politik und Kirche eigentlich einerlei. Dennoch konnte er den Verleumdungen gegen die Juden nichts abgewinnen und hasste es ohnehin, wenn sich der Pöbel gierig auf Unschuldige stürzte und sie zu fressen drohte. Er hatte sich in all den Jahren immer wieder verschiedensten Auftraggebern verpflichtet, das eine Mal als Soldat, das andere Mal als Berater. Was sonst hätte er auch machen sollen? Er konnte nur das Eine. Und doch diente er vor allem sich selbst. Niemand wusste davon, aber etwas trieb ihn um, ließ ihn rastlos umherirren und von Zeit zu Zeit schien es ihm, als drohte diese tief verwurzelte Bestimmung sein Selbst zu verzehren. Er musste dem Teufel die bösen Träume abkaufen, mit denen er ihn immer wieder heimsuchte. Träume, die er ihm scheinbar aus den blutigen Schatten vergangener Tage sandte und in seinem Schädel zu Dämonen erwachsen ließ, bis sie Wolf die Sonne verdunkelten und sein Herz zerdrückten wie nasses Brot. Nur die Klosterjahre als junger Mann hatte ihm die

Erinnerung gelassen. Was davor geschehen war, war ihm vom Teufel geraubt worden. Er musste diese zum Himmel schreiende Ungerechtigkeit wiedergutmachen. Er wollte seine Erinnerungen wiederhaben. Alleine und ohne seine Hilfe schien Gott damit überfordert zu sein. Ein Schwert und eine mutige Hand hatte Wolf, doch das allein genügte nicht. Er suchte seine Vergangenheit, die sich ihm verschloss, und den Grund, warum das so war. Aber er brauchte auch Geld zum Leben. Wolf besaß weder Land noch andere Besitztümer. Also war es nun an ihm, sich für Geschick und Mut die Börse an seinem Gürtel mit ein paar Münzen füllen zu lassen. Und genau das hatte er vor.

Die Sonne stand noch nicht hoch und goss müde ihr fahles Herbstlicht wie dicke Milch in die Nebelschwaden über dem Fluss. Wolf Besigheim überquerte die Rheinbrücke der erzbistümlichen Residenzstadt und folgte dem Verlauf der Stadtmauer am Rhein entlang, bis sich vor ihm die Martinsburg erhob. Sie war die Stadtfeste von Mainz und der Sitz des Erzbischofs Uriel von Gemmingen. Er schmunzelte. Der Erzbischof, der den eigenen Schäfchen nicht traute, war ihm schon immer amüsant erschienen. Oder warum residierte er nicht am Dom, im Zentrum der Stadt, wie es die Erzbischöfe über Jahrhunderte hinweg gemacht hatten? Seit der zweiten Amtszeit des ehemaligen Erzbischofs Graf Diether von Ysenburg zogen es die Bischöfe vor, die von ihm seinerzeit errichtete Burg zu bewohnen. Das schien ihnen allemal sicherer, als inmitten der Stadt ungeschützt zu herrschen. Die Mainzer Erzstiftsfehde und der Kurpfälzische Krieg waren noch nicht vergessen.

„Gott zum Gruße. Wohin des Wegs?“ Einer der vier kurfürstlichen Wachsoldaten am Tor der Burg war mit seiner Hellebarde zu Wolf vorgetreten. Wolf zügelte sein Pferd.

„Ich bin gehalten, dem Erzbischof eine Mitteilung zu machen.“

Der Mann beäugte Wolf argwöhnisch, der ihm in seinen einfachen Kleidern wohl nicht allzu würdig erschien, vom Erzbischof empfangen zu werden. „Werdet Ihr erwartet?“

Wolf sah dem Soldaten fest in die Augen. „Meldet mich einfach. Die Losung ist *Fortes fortuna adiuvat.*"

„Gut, dann folgt mir bitte."

Der Soldat machte einem anderen Wachposten ein Zeichen, ihn zu begleiten. Sie eskortierten Wolf bis in die Mitte des Burghofes, wo sich umgehend ein Knecht einfand und Wolf das Pferd abnahm. Er führte es zu den Ställen, um es zu versorgen. Die beiden Soldaten gingen quer über den Hof voraus durch ein mächtiges Portal und betraten das Innere der Feste.

„Wartet hier einen Moment, Herr, ich werde Euch melden." Der Soldat verschwand nach einigen Schritten in einem Seiteneingang. Wolf setzte sich auf die hölzerne Bank neben dem Eingang. Der zweite Soldat hingegen betrachtete ihn einen Moment lang aus den Augenwinkeln, dann stützte er sich wieder auf seine Hellebarde und wartete. Wolf schob sein Schwert zurecht und legte den Kopf in den Nacken. Der Ritt und die kurze Nacht saßen ihm in den Knochen. Er fuhr die unregelmäßigen Fugen zwischen den wuchtigen Steinen der Mauern mit Blicken ab und stellte sich vor, es seien Flüsse zwischen verfeindeten Burgen. Jeder Stein eine Burg und jede Fuge ein Wassergraben. Er konnte sehen, wie sich die Gegner erbittert mit Bombarden und Schleudern beschossen und sandkorngroße Männer schreiend ins Wasser stürzten. Die ganze Wand war voller Krieg.

Ein Räuspern holte ihn aus seinen Tagträumen zurück in die Eingangshalle der Martinsburg. „Folgt mir bitte." Ein hagerer Augustinermönch stand direkt vor Wolf und nickte ihm ausdruckslos zu. Er machte den beiden Soldaten ein Zeichen und die Männer verschwanden aus dem Eingang, um wieder Posten am Burgtor zu beziehen. Wolf erhob sich und schloss den Mann in die Arme.

„Seid gegrüßt, Bruder Valtin. Ich freue mich wahrhaftig, Euch wiederzusehen."

Der Mönch löste sich lächelnd aus Wolfs Umarmung und schob die Hände in die weiten Ärmel seines Habits zurück. „Mir geht es nicht anders, mein Sohn. Wie lange ist es nun her?"

Wolf dachte einen Augenblick nach. „Ich glaube, beinahe vier Jahre. Es war damals in Köln, erinnert Ihr Euch?“

„Wie könnte ich das vergessen? Der Erzbischof spricht noch heute davon“, entgegnete der Augustiner schmunzelnd. Dann wurde sein Gesicht plötzlich ernst. „Genug von alten Zeiten. Darüber können wir später noch ausgiebig sprechen. Deshalb seid Ihr nicht gekommen. Was gibt es Neues in Frankfurt?“

„Es braut sich etwas zusammen“, antwortete Wolf.

Sie gingen bedächtig nebeneinander her. Auch tagsüber fiel nur wenig Licht in das dunkle Gemäuer. Ihre Schritte hallten durch die Gänge.

„Wisst Ihr bereits Genaueres? Wer sind die Unterstützer Pfefferkorns in Frankfurt?“

„Viele Unterstützer haben Pfefferkorn und seine Hetzreden nicht im Rat. Ich weiß es von Jakob Heller. Allerdings finden sich immer auch ein paar Männer für derlei Aufruhr. Sei es, weil man sich damit die Taschen auf Kosten anderer füllen kann oder aber schlichtweg, weil jeder noch so wahnwitzige Gedanke bei irgendwem auf fruchtbaren Boden fällt. Und Anhänger solcher Ideen muss man nicht zwingend im Rat allein suchen. Ich habe den Verdacht, dass einige reiche Kaufleute in Frankfurt sehr wohl in die Hände klatschen würden, sollte Pfefferkorn seine Hetze auch in diese Stadt tragen.“

Valtin von Kriftel nickte nachdenklich. Dann sah er Wolf prüfend an und hielt ihn am Ärmel fest. „Gestattet Ihr mir eine Bemerkung, Wolf? Ihr seht etwas blass um die Nase aus. Ihr wisst, ich bin nicht nur Gemmingens erzbischöflicher Berater und Vertrauter. Ich bin in erster Linie das, was ich immer war und sein werde, nämlich ein treuer Diener Gottes. Wenn Euch etwas bedrückt oder Ihr vielleicht beichten wollt, dann ...“

Wolf lächelte und hob abwehrend die Hand. „Nein, nein, Bruder Valtin. Es ist nichts. Ich hatte eine unruhige Nacht, das ist alles. Ich weiß Eure Fürsorge um mein Seelenheil sehr zu schätzen, aber es ist alles gut.“

„Wie Ihr denkt. Wenn Ihr Eure Meinung ändern solltet und des Beistandes bedürft, dann steht Euch meine Tür immer offen, das wisst Ihr?“

Wolf legte freundschaftlich die Hand auf die Schulter des Mönches, antwortete aber ausweichend: „Ja, das weiß ich, Bruder Valtin. Ich danke Euch, doch nun lasst uns zum Erzbischof gehen und ihn unterrichten.“

Kurz darauf klopften sie an die von zwei weiteren Wachen flankierte Tür zu den Räumen des Erzbischofs. Nur gedämpft klang die Aufforderung einzutreten durch das Eichenholz. Bruder Valtin und Wolf Besigheim gingen hinein und die Wachen schlossen leise die Tür. Uriel von Gemmingen stand mit dem Rücken zu ihnen an den ausladenden Butzenfenstern seines Raumes, als versuche er, die unscharfen Konturen, die das Glas hindurchließ, zu Bildern zusammenzusetzen. Abrupt drehte er sich um und stützte sich auf der Armlehne des Stuhls ab, der hinter seinem Schreibtisch stand.

„Willkommen, Wolf Besigheim. Geheiligt sei Jesus Christus. Ich habe Euch erwartet.“ Der Erzbischof löste sich von seinem Stuhl und streckte die linke Hand auf Hüfthöhe vor sich. Wolf trat vor, kniete nieder und küsste den Ring des Bischofs. Anschließend erhob er sich und trat einen Schritt zurück.

„In Ewigkeit, Amen. Ich danke Euch, Eminenz. Ich bringe wie versprochen Nachricht aus Frankfurt und den dortigen Umtrieben.“

Uriel vom Gemmingen wies auf den großen Tisch mitten im Raum, der von acht Stühlen umrahmt wurde und auf dem einige Schriften lagen. Er ging voraus und setzte sich an die Stirnseite, auf den Stuhl mit der höchsten Lehne und den prächtigsten Schnitzereien. Wolf und Valtin nahmen beiderseits von ihm und in gebührendem Abstand Platz. Wolf dachte einen Augenblick darüber nach, wie leer seine Börse war und was wohl das Bischofsgewand und der Hut gekostet haben mussten. Beide waren aus rotem Samt geschneidert und mit goldenen Verbrämungen und Fell besetzt. Eine Reihe von einem Dutzend kleiner Knöpfe aus purem Gold hielt die Jacke zusammen. Unter dem Hut quollen die kurzen, blonden Locken des Bischofs hervor. Sie krönten ein weiches, fast kindliches Gesicht, dessen Mittelpunkt eine viel zu große, gekrümmte Nase bildete. Sie wollte so gar nicht zu ihm passen. Die Züge des Bischofs wirkten fast, als hätte sein Antlitz mit der Zeit zwar Falten und Furchen erhalten, aber auf eine wundersame Weise einfach vergessen zu altern. Doch die aufmerksamen und erfahrenen Augen Uriel von Gemmingens verrieten schnell, dass man sich von der kindlichen Ausstrahlung seines Gesichtes besser nicht täuschen lassen sollte. War er auch ein Mann mit edlen Prinzipien und einem großen Herzen, so hatte er dennoch das Amt des Erzkanzlers des Reiches inne. Er war einer der sieben Kurfürsten, ohne deren Wohlwollen der Kaiser weder ernannt werden konnte noch seine ganze Machtfülle innehatte. In eine solche Position gelangte man nicht mit einem kindlichen Gemüt und schon gar nicht ohne Disziplin, Diplomatie und Machtstreben. Das hatte Wolf damals schnell begriffen, als er ihm zum ersten Mal begegnet war.

„Nun, Herr Besigheim, was habt Ihr zu berichten?" Fordernd sah ihn der Erzbischof an und schob ein Dokument zur Seite, um auf dem Tisch etwas Platz für seine Arme zu schaffen.

„Eminenz, ich fasse mich kurz und komme gleich zum Punkt. Eure Vermutungen haben sich als richtig erwiesen. Dank der Informationen des Herrn Jakob Heller und meiner eigenen Nachforschungen kann ich nun mit Gewissheit sagen, dass etwas gegen die Juden in Frankfurt geplant ist. Der Frankfurter Stadtrat ist gespalten, jedoch ist – wenigstens nach Aussage des Jakob Heller – der überwiegende Teil des Rates gegen Pfefferkorn und verbittet sich eine Einmischung in die inneren Angelegenheiten."

Der Erzbischof lehnte sich zurück und spreizte die Finger auf der Tischplatte. „Wer ist der Unterstützer Pfefferkorns, wer steht zu ihm und wann soll etwas geschehen?"

Wolf Besigheim wog seinen Kopf hin und her. „Tja, wenn ich Eminenz das alles verraten könnte, dann wären wir weiter, aber ich weiß es leider auch nicht genau. Noch nicht. Gewiss bin ich mir indes darüber, dass das Frankfurter Dominikanerkloster in Bornheim der Stachel im Fleisch Eurer Friedensbemühungen ist. Hier laufen die Fäden zusammen. Vermutlich wird Johannes Pfefferkorn, falls er in Frankfurt auftauchen sollte, was für mich außer Frage steht, dort Unterschlupf finden."

„Was veranlasst Euch zu dieser Vermutung?"

„Ich habe die Ankunft eines Mitgliedes der Kölner Dominikaner aus dem engsten Zirkel von Pfefferkorn beobachten können. Sein Name ist Thomas Ulrepforte und er hat bei den Frankfurter Dominikanern Unterschlupf gefunden. Er dürfte Euch bekannt sein, gilt er doch als enger Vertrauter des Johannes Pfefferkorn und wäre nicht zum ersten Mal Vorbote seiner Untaten. Außerdem hat er sich dort mit einem mächtigen Kaufmann und Stadtratsmitglied namens Benisch Stoltzer getroffen."

Uriel vom Gemmingen atmete hörbar aus. „Pah, Ulrepforte, dieser Scheinheilige. Er ist mir tatsächlich kein Unbekannter. Sie haben recht, Besigheim. Wo dieser Mann auftaucht, folgen Unfrieden und Verrat auf dem Fuße. Mit wem, sagt Ihr, hat sich Ulrepforte getroffen?"

„Benisch Stoltzer, Eminenz."

„Der Kaufmann auf der Zeyl?"

„Genau dieser."

„Dann hat Pfefferkorn einen mächtigen Unterstützer gefunden. Stoltzer sitzt im Rat, hat Geld und beste Verbindungen in alle wichtigen Städte des Reiches. Mailand, Antwerpen, Hamburg, Köln, Augsburg und Nürnberg zählen zu seinen Handelspartnern. Wir müssen jedenfalls äußerst wachsam bleiben. War das alles, was Ihr in Erfahrung bringen konntet?"

„Ja, Eminenz, das wäre alles für den Moment."

„Gut", sagte der Erzbischof und schob geräuschvoll seinen Stuhl zurück, „dann würde ich vorschlagen, Ihr erholt Euch ein wenig. Ihr seht müde aus. Frater Valtin wird dafür sorgen, dass Ihr etwas zu essen erhaltet und danach würde ich Euch bitten, schnellstmöglich wieder nach Frankfurt zu reiten, um Eure Nachforschungen weiter fortzusetzen."

Valtin und Wolf waren ebenfalls aufgestanden. Wolf zögerte.

„Was ist noch?", wollte von Gemmingen wissen.

„Ich bräuchte etwas Geld, Eminenz, einen Vorschuss. Ich habe Auslagen und fühlte mich wohler, wenn mein Säckel etwas praller wäre."

Uriel von Gemmingen ging zu seinem Tisch und zog aus einer Schublade einen fein gearbeiteten Lederbeutel hervor. „Ich habe Euch zehn Silbergroschen pro Woche für Eure Dienste geboten und Ihr habt eingeschlagen. Von einem Vorschuss war nie die Rede. Aber Ihr sollt nicht denken, ich sei ein Geizkragen. Ich zahle Euch die Hälfte dessen, was Ihr bisher für mich geleistet habt, den Rest gibt es am Ende Eurer Arbeit, wie wir es vereinbart haben. Ihr seid ein tüchtiger Mann und lieber kaufe ich Euch, als dass es jemand anders tut."

Wolf empörte sich. „Ihr habt mein Wort, Eminenz. Auch wenn mir jemand das Doppelte böte, wäre ich Euch dadurch verpflichtet."

Uriel von Gemmingen schmunzelte. „Wenn Ihr wüsstet, wie viele ach so ergebene Männer mir schon das Gleiche ins Gesicht gelogen haben, nur um mich bei der nächsten Gelegenheit zu verraten, dann wäret Ihr auch vorsichtiger. Aber Ihr habt gute Referenzen und was Ihr sprecht, klingt ehrenvoll. Das ist selten geworden. Fast wie ein Ritter aus vergangenen Tagen."

„Ich kenne meine vergangenen Tage nicht, Eminenz", flüsterte Wolf verbittert.

„Hier Besigheim, kommt her!" Der Erzbischof winkte Wolf heran und stellte sechs gleich hohe Stapel mit fünf Münzen auf den Tisch. „Ihr seid nun bereits sechs Wochen in meinen Diensten, seit Ende Juli. Folglich steht Euch genau ein Schock Silbergroschen zu. Davon die Hälfte macht dreißig. Nehmt sie und kehrt zurück, sobald Ihr mehr erfahren habt. Es ist wichtig.

Wenn Ihr Eure Arbeit zu meinem Wohlgefallen ausführt, soll es Euer Schaden nicht sein. Und nun geht mit Gott, aber geht." Wieder streckte der Erzbischof Wolf die beringte Hand entgegen.

Bruder Valtin führte Wolf zu einer Gästekammer. „Sagt, was habt Ihr vorhin damit gemeint, Ihr würdet Eure vergangenen Tage nicht kennen?"

„Ach, das war nichts, Bruder Valtin, nur so eine Redensart." Wolf Besigheim verbarg sein trauriges Lächeln.

6

Frankfurt am Main
Dienstag vor Mariä Geburt
4. September Anno Domini 1509

Greger machte sich voller Vorfreude auf zu Dorothye. Sein Vater hatte ihm den Nachmittag freigegeben, denn es gab heute nicht mehr allzu viel zu tun. Das Kontor hatte Greger schon früh morgens aufgeräumt und zusammen mit seinem Vater die angelieferten Waren einsortiert: Decken, einige Felle, Knöpfe, Schnallen sowie Gürtel aus den Gerbereien Frankfurts. Weitere Lieferungen würden heute nicht mehr kommen und mehr Geld stand für den Wareneinkauf auch kaum noch zur Verfügung. Jokoff Cramer ahnte zwar sicherlich, wohin sich sein Sohn in seiner freien Zeit begeben würde, aber er hatte nichts weiter dazu gesagt. Ginge es ihm besser, würde er sich sicher vehementer dagegen stellen, doch im Moment hatte er andere Sorgen. Oft genug schon hatte er Greger von der – in seinen Augen nicht standesgemäßen – Beziehung zu Dorothye Hausner abgeraten. Und das nur, weil ihr Vater nicht der Gilde der Frankfurter Kaufleute angehörte. Ja, er hatte ihn sogar das eine oder andere Mal dazu gedrängt, sich endlich eine anständige Frau aus gutem Hause zu suchen statt einer einfachen Krämerstochter. Die Töchter der Kaufmannsfamilien Heberlin und Schmaller seien noch frei, gesund und mit sechzehn Jahren doch gerade im besten Alter, hatte Jokoff Cramer betont. Und ihre Eltern sind reich und werden dir eine schöne Mitgift einbringen, hatte Greger in Gedanken hinzugefügt, aber nichts gesagt. Greger wollte das nicht. Er liebte Dorothye, da konnte ihn sein Vater noch so sehr drängen. Es würde ihm nichts nutzen. Greger wollte sein Herz nicht für eine Mitgift verschachern. Da blieb er lieber allein, auch wenn er befürchtete, dass er irgendwann einmal werde heiraten müssen. Aber wer konnte schon genau wissen, wann das sein würde, so düster, wie sich die Zukunft des Hauses Cramer im Moment ausnahm.

Gedankenverloren trat er in einen Haufen Pferdeäpfel, der mitten auf der Fahrgasse lag. Er schnickte sich den Mist vom Schuh, ließ das Gelächter der Gassenjungen hinter sich und überquerte zielsicher den Bornheimer Brunnenplatz. Nachdem Greger das Obertor zur Zeyl hin durchschritten hatte, folgte er der Gasse ostwärts in Richtung des Allerheiligentores. Der Krämerladen von Dorothyes Vater, Bechthold Hausner, lag genau an der Ecke zur Breiten Gasse, die etwa in der Mitte der Allerheiligengasse nach Norden abzweigte. Dorothye stand vor dem Laden und sortierte konzentriert Webtücher auf dem Auslagentisch. Schon von Weitem konnte Greger ihre schwarz glänzenden Haare erkennen, die unter der Haube in zwei dicken Zöpfen auf den Rücken herunter hingen. Dorothye bemerkte nicht, dass Greger sich hinter sie geschlichen hatte.

„Sagt, edles Fräulein, was mag ein solch feiner Stoff wohl kosten, der einem Fürsten zur Ehre gereichen würde?“, fragte Greger mit verstellter Stimme. Behutsam legte er ihr dabei die Hand auf die Schulter.

Dorothye drehte sich um und schlug die ihr fremde Hand fort. „Finger weg und spottet nicht über unser Tuch, es ist ...“ Jetzt erst erkannte sie Greger. „Ach, du? Du elender Hofnarr! Jedes Mal falle ich wieder auf dich herein“, fuhr sie ihn in gespielter Entrüstung an. Dann wurde ihre Stimme sanft. „Es ist schön, dich zu sehen. Komm, wir gehen hinein. Mein Vater ist nicht da, und es wird schon genug getratscht. Diese gaffenden Weiber hinter ihren Fensterritzen haben sonst nichts zu schaffen.“

Er folgte Dorothye drei ausgetretene Sandsteinstufen hinauf in den engen Krämerladen. Greger sah sich um. Gewiss, sein Vater hatte recht. Viel Reichtum war von einer Verbindung mit der Familie Hausner nicht zu erwarten. Dieser kleine Laden bot kaum genug Ertrag, Dorothye und ihren verwitweten Vater zu ernähren. Aber es gab hier etwas anderes, das Greger noch nicht gekannt hatte, bevor er Dorothye unter dem letzten Maibaum zum Tanz aufgefordert hatte. Es war nicht nur das körperliche Verlangen nach einem Weib. Das hätte sich Greger auch für ein paar Münzen bei den Hübschlerinnen erkaufen können. Nein, es war die Liebe. Er war verliebt in Dorothye und sie liebte ihn. Greger kannte zu viele Söhne anderer Kaufleute, die sich auf die Ehe mit einer Frau eingelassen hatten, die sie nicht liebten. Sie hatten nur zugestimmt, um den Eltern zu gefallen und den Standesanforderungen zu genügen oder um wirtschaftliche Beziehungen zu festigen. Manchmal auch, weil ihnen schlichtweg keine andere Wahl gelassen wurde. Früher oder später jedoch waren sie alle zu den Dirnen gegangen oder hatten eine Magd verführt. Einige hatten nun einen Bastard am Bein, der vertuscht und bezahlt werden wollte. Diese Männer hatten entweder die wahre Liebe nie kennen gelernt oder aber stellten Geld und Macht über ihre Gefühle. Das eine war für Greger genauso bedauerlich, wie er das andere verwerflich fand. Dorothye schlang ihre Arme um Gregers Hals und küsste ihn lang und innig. Dann ließ sie wieder von seinen Lippen ab und funkelte ihn mit ihren smaragdgrünen Augen liebevoll an.

„Du hast mir gefehlt, Greger Cramer“.

„Du mir auch, mein Herz.“

Dorothye fuhr Greger durch die Haare, doch plötzlich stutzte sie „Was ist mit dir?“

„Ach, nichts“, entgegnete Greger wenig überzeugend.

„Erzähl mir keine Märchen. Ich kenne dich nun schon ein wenig und spüre, wenn du Sorgen hast. Also?“

Sie stupste ihn leicht mit der Hand vor die Brust. Greger löste sich von ihr. „Ach, es ist mein Vater und das Kontor. Es will und will nicht besser werden mit den Finanzen. Er steht bei Stoltzer hoch in Schulden und wird nicht zahlen können, wenn es so weitergeht. Und natürlich drängt er mich ständig, ich solle mir endlich eine gut betuchte Frau anlachen. Er meint sicher, ich solle ihm eine gut betuchte Mitgift anlachen. Das ist es.“

Dorothye zuckte gefasst mit den Schultern. „Kannst du es ihm verübeln? Alle machen es so und für eure Familie wäre unsere Verbindung kein Vorteil. Im Gegenteil. Sieh dich um. Uns geht es auch nicht besser als euch, nur dass wir wahrscheinlich nicht so tief in der Kreide stehen. Aber mehr als unser täglich` Brot und einmal im Jahr vielleicht ein neues Kleid für mich oder ein Hemd für meinen Vater wirft dieser Laden nicht ab. Wenn Vater nicht auch noch auf die Märkte fahren würde, dann wüssten wir gar nicht mehr, was wir essen sollten. Sieh dir meine Schuhe an. Ich trage sie seit bald drei Jahren, seitdem ich vierzehn geworden bin. Mir tun die Füße weh, aber neue kann ich mir nicht kaufen. Doch all das Jammern hilft nichts. Jeder so gut, wie er kann und wie Gott ihn lässt. Ich habe dir immer schon gesagt, dass unsere Liebe etwas Wunderbares ist, aber nichts für die Ewigkeit. So sehr ich es auch bedauere, aber ich glaube nicht daran."

Greger verschränkte die Arme vor der Brust und starrte verärgert an die Wand. Er wusste, dass Dorothye recht hatte, wollte es sich aber nicht eingestehen.

Sie nahm behutsam seine Hand. „Greger, mein Liebster, du weißt doch, dass es stimmt, was ich sage, nicht wahr? Lass es uns genießen, solange es geht. Aber weder würde es dein Vater je erlauben noch könnte meiner es sich leisten. Es geht nicht. In meinem Herz wohnt niemand außer dir. Und wenn du eines Tages eine andere heiraten wirst, so wird es zerspringen vor Schmerz, aber ich werde dich nicht hassen dafür. Ich könnte es verstehen."

Greger schüttelte ihre Hand ab. „Ich könnte es nicht verstehen", rief er erbost. „Dann müssen wir eben fortgehen. Weg von hier, an einen anderen Ort, wo mir die Stände, die Gilde und das Geschwätz meines Vaters mal den Buckel runterrutschen können."

Mitfühlend sah Dorothye Greger an. Wenn er aufgebracht war, wirkte er manchmal noch wie ein kleiner Junge. „Wo soll das sein? Und womit willst du das bezahlen? Für so etwas braucht man Geld, Greger, und das haben wir beide nicht. Außerdem könnte ich meinen Vater nicht alleine zurücklassen. Er hat niemanden sonst und einen Knecht kann er sich nicht leisten. Meine Mutter und meine Brüder sind tot. Das weißt du doch. Er schafft es nicht ohne mich."

Greger war außer sich. „Gut", brüllte er, „dann geh` ich jetzt und such mir eine feine Tochter reicher Kaufmannseltern. Wenn es alle so wollen, dann muss es wohl das Richtige sein. Fett und hässlich kann sie ruhig daherkommen und Zähne braucht sie auch keine im Maul. Es ist mir auch gleich, an welchem Fleck ihr Herz sitzt. Nur einträglich muss es sein. Schau doch mal bei meinem Vater vorbei und rede mit ihm. Ich richte ihm gerne aus, dass du seiner Meinung bist und dich mit ihm treffen möchtest. Gewiss werdet ihr mir zusammen schon ein feines Weib aussuchen!" Mit diesen Worten stürmte Greger aus dem Krämerladen und ließ die bestürzte Dorothye zurück. Auf der Straße wischte er sich die Wuttränen aus den Augen und rannte die Allerheiligengasse entlang, die er nur verschwommen wahrnahm. Raus, nur raus aus der Stadt. Für einen Augenblick wenigstens. Er würde sich an den Main setzen und alleine sein. Alleine nur mit Gott, der ihm Dorothyes Liebe anscheinend nicht gönnte.

Kurz darauf betrat Bechthold Hausner seinen Laden. Über der Schulter trug er eine Holzstange, an der verschieden große Töpfe und Pfannen an Haken herabhingen. Mit dem Daumen der freien Hand zeigte er über seine Schulter nach draußen. „War das nicht Greger Cramer, der da eben grußlos aus unserem Laden geflohen ist?"

Dorothye nickte stumm. Sie kämpfte mit den Tränen. Bechthold Hausner ging zu ihr und stellte die Töpfe klappernd auf den Boden. „Ach, meine kleine Amsel. Du liebst ihn wirklich, nicht wahr? Hätte ich einen Zuber voll Gold, dann wäre er nur für deine Aussteuer. Ich wollt` davon nichts haben. Ich schwör`s bei Gott. Aber", fuhr er betrübt fort, „ich habe leider keinen solchen Zuber und weiß nicht, wo ich ihn hernehmen soll." Dorothye entgegnete nichts. Stattdessen umarmte sie ihren Vater so fest sie nur konnte. Dann rannte sie auf ihre Kammer und weinte.

7

Greger sprach kein Wort beim Abendessen. Seine Mutter musste ihn nur anschauen. Sie wusste sofort, dass es Dorothye war, und gab ihrem Mann mehr als einmal Zeichen bei Tisch, Greger nicht weiter zu fragen, warum er so lustlos in seinem Essen herumstochere. Jokoff, wie Männer in solchen Dingen eben oft sind, zuckte nur mit den Schultern und machte sich gleich nach dem Essen auf zu Abraham Siebenthal. Noch eine Stunde, dann würde es zu dämmern beginnen. Es blieb nicht mehr viel Zeit bis zum Torschluss. Nahmen es die Wachen an den innerstädtischen Toren zur Judengasse auch nicht ganz so genau wie die an Frankfurts Stadttoren, so hatte Jokoff dennoch keine Lust auf Diskussionen. Aber er würde ohnehin nicht allzu lange benötigen, um zu erkennen, welchen Humbug ihm Abraham wieder einmal aufschwatzen wollte. Er seufzte. Wie schön wäre es hingegen, wenn ihm der alte Zausel vielleicht doch ein zumindest einigermaßen ertragreiches Geschäft vorzuschlagen hätte. Doch Jokoff verbat sich diesen Gedanken. Die Zeiten waren schwer genug und da war kein Platz für falsche Hoffnungen.

Als er Abrahams Laden betrat, wurde er schon von ihm erwartet. „Ah, Herr Cramer. Schön, dass Ihr kommen konntet. Tretet doch näher.“ Abraham kam hinter seiner Theke hervorgeeilt und streckte Jokoff Cramer die Hand entgegen.

„Hallo, Herr Siebenthal. Greger sagte mir, Ihr hättet mir ein Geschäft vorzuschlagen. Was ist es?“

Abraham erschrak und legte den Finger auf den Mund. Hastig ging er zur Tür und schloss zweimal ab. „Ihr kommt ja gleich zur Sache. Aber bitte nicht hier, Herr Cramer“, flüsterte er, „folgt mir.“

Abraham schob sich an dem Kaufmann vorbei und stieß dabei einige der Körbe an, die von der Decke hingen. Sie pendelten in kleinen Ellipsen sanft hin und her. Er stieg über einen unsortierten Haufen Lederriemen hinter die Theke, schob den roten Vorhang zur Werkstatt zur Seite und verschwand dahinter. Jokoff sah ihm stirnrunzelnd nach und fragte sich in diesem Augenblick, was er im Haus dieses Verrückten eigentlich zu schaffen hatte. Hatte er sich tatsächlich ein echtes Geschäft mit diesem wundersamen Kauz vorgestellt, der sich einbildete, ein begnadeter *inventoris* zu sein? Jokoff wollte nach Hause zu Agnes, den Kindern und einem Bier. Er hatte Besseres vor, als seine Zeit mit Abraham Siebenthal zu vergeuden. Der Vorhang wurde ruckartig ein Stück beiseitegeschoben und Abrahams Kopf tauchte inmitten des fadenscheinigen Stoffgebirges auf. „Was ist nun, Herr Cramer?“, fragte er ungeduldig. Sein Bart zitterte erregt. „Worauf wartet Ihr? Hier hinein, rasch, rasch!“

Jokoff gab auf. Er musste es nun wohl oder übel über sich ergehen lassen. Er hätte besser gleich abgelehnt. Nun war es zu spät. „Ja, ja, ich komme.“ Jokoff Cramer stolperte über den Haufen aus Lederriemen, schob den Vorhang zur Seite und erschrak. Vor ihm stand Abraham Siebenthal in seiner Werkstatt. In all den Jahren hatte Jokoff noch nie einen Blick hier hineingeworfen. Es hatte auch nie Grund dazu bestanden. Doch nun befand er sich in der Zauberstube eines Alchemisten. Die Werkstatt hatte keine Fenster. Nur das Licht von unzähligen Kerzen erhellte den Raum dürftig. Die Flammen atmeten unruhig auf ihren Dochten und malten lange Schattenbilder an die vollgestellten Wände. Es war stickig und warm und nicht ein Fußbreit freier Raum fand sich noch in dieser Kammer. In der Mitte stand ein Tisch mit unzähligen Brandspuren, höchstwahrscheinlich von siedenden Hexengebräuen, die giftig schäumend über den Rand der Tiegel gestiegen waren und am Holz der Platte gefressen hatten. An allen Wänden Arbeitsbänke, über und über voll mit Apparaturen, Röhrchen, Töpfen und Gestellen. Über den Bänken Regalbretter an den Wänden, die ein Buch neben dem anderen verwahrten. Hebräische Schriften standen neben lateinischen, ja selbst die Schriftzeichen der gottlosen Muselmanen konnte Jokoff Cramer auf einigen Buchrücken entdecken, wenn er sich nicht täuschte. Der Schock stand ihm ins Gesicht geschrieben und Abraham Siebenthal sonnte sich darin.

„Was ist das hier, um Gottes willen?“, stammelte Jokoff Cramer.

Abraham breitete die Arme aus, legte den Kopf in den Nakken und drehte sich mit wehendem Bart im Kreis wie ein spielendes Kind. „Willkommen in meiner Werkstatt“, rief er lachend und ließ sich schließlich auf einen derben Holzschemel vor dem Tisch plumpsen. „Was sagt Ihr?“

Jokoff ging zögerlich einige Schritte im Raum umher und besah die Apparaturen aus der Nähe. Er traute sich jedoch nicht, sie zu berühren. Die Kerzenflammen malten kleine, dämonische Feueraugen auf ihre metallenen Oberflächen. „In Gottes Namen sagt es frei heraus, Abraham. Seid Ihr ein Zauberer? Ist das Hexenwerk? Damit will ich nichts zu schaffen haben!“

Abraham lachte wie ein Vater, dessen Sohn eine über die Maßen dumme Frage gestellt hatte. „Zauberei? Hexenwerk? Nein, gewiss nicht. Das ist *scientia*, Herr Cramer, Wissenschaft. Ich führe die Alchemie mit der Mechanik zusammen. Sie sollen sich küssen und befruchten. Doch, bis vor Kurzem noch, war mir jede Hoffnung geschwunden, dass ich sie jemals miteinander verkuppeln würde können. Jahr um Jahr habe ich es im Verborgenen versucht und es ist mir nicht gelungen. Alle meine kleinen, erfolglosen Erfindungen, von denen Ihr ja einige kennt, sind nur der Not entsprungen, um ein wenig hinzuzuverdienen, damit ich meine Nachforschungen und Versuche fortführen konnte. Matze, Pastinaken und Kohl habe ich gegessen, tagein, tagaus. Jeden Pfennig in meine Apparaturen, meine Kinder, gesteckt. Doch es wollte und wollte mir nicht gelingen. Bis vor etwas mehr als fünf Monaten. Denn da hat das Schicksal, ja vielleicht Gott selbst, mir einen Fingerzeig gesandt. Ein geheimes Dokument. So alt und von so weit her, dass man es vergessen hatte. Es wird mir gestatten, in diesem Haus endlich ein Wunder zu vollbringen. Die Mechanik wird die Alchemie begatten.

Sie werden uns ein Kind gebären. Es wird uns solch unermessliche Reichtümer schenken, dass jeder König all seine Ländereien dafür hergäbe. Ich", donnerte Abraham und sprang plötzlich zu dem völlig verdutzten Jokoff Cramer auf, „ich werde es erschaffen, das Wunder, so groß und machtvoll wie das Feuer, das Prometheus einst den Göttern stahl und zu den Menschen brachte."

Jokoff Cramer taumelte einen Schritt zurück. Abrahams Augen waren entflammt vor Begeisterung und Jokoff war sich nicht sicher, ob aus ihnen ein genialer Hexenmeister oder einfach nur ein Wahnsinniger sprach. Beides gefiel ihm ganz und gar nicht. Er wäre gerne auf der Stelle verschwunden. Abraham bemerkte Jokoffs erschrockenes Gesicht. „Ihr wisst nicht, wovon ich spreche, nicht wahr? Wie solltet Ihr auch? Verzeiht, ich wollte Euch nicht ängstigen. Glaubt mir, es ist nichts Gottloses daran und auch keine Hexerei, der ich im Übrigen nicht mächtig bin." Abraham lächelte und ging zu einem der Bücherregale. Hinter einem Stapel dicker Folianten zog er einen braunen, länglichen Lederköcher hervor, der mit einem Riemchen aus demselben Material verknotet war. Abraham Siebenthal öffnete den Köcher mit fahrigen Fingern und zog behutsam eine Schriftrolle daraus hervor.

„Seht her, Herr Cramer. Das", er entrollte das knisternde Pergament sorgsam auf dem Werktisch und beschwerte jede Ecke mit einem Stück Blei, „ist eine Bauanleitung. Eine Konstruktion aus dem alten Griechenland. Ich habe sie bereits gänzlich entschlüsselt und übersetzt."

Zögerlich trat Jokoff Cramer näher und sah Abraham über die Schulter. „Auch wenn ich es nicht verstehe, so sieht es nicht danach aus. Was sind das für seltsame Zeichen? Ist das Hexenschrift?"

Abraham verdrehte die Augen. „Das ist Griechisch, keine Hexenschrift", erläuterte er entnervt. Jokoff Cramer beugte sich noch tiefer über das Dokument. Ja, das könnte stimmen. Jokoff meinte, einige der Zeichen schon einmal bei einem Mathematicus in Frankfurt gesehen zu haben. Langsam beruhigte er sich wieder.

„Gut, Griechisch also. Doch Ihr spracht davon, dass es eine Bauanleitung sei. Aber wofür?"

Abrahams Miene wurde ernst. Er wandte sich zu Jokoff Cramer um. „Könnt Ihr ein Geheimnis bewahren? Ein Geheimnis so groß, dass es für eine Seele allein zu schwer ist? Könnt Ihr bei Gott und Eurem eigenen Leben schwören, es niemals außerhalb dieser Mauern zu erwähnen und mit keinem Menschen darüber zu reden? Verflucht und des Todes sollt Ihr sein, wenn Ihr diesen Schwur brecht. Schwört es bei Gott und auf Euer Leben!"

Jokoff dachte nach. War es nur Humbug, so müsste er es niemandem erzählen. Wäre es jedoch tatsächlich ein so großes, gewinnträchtiges Geheimnis, dann wäre es ohnehin unklug, jemand anderem davon zu berichten. Schließlich nickte er. „Ja, ich schwöre es bei Gott und auf mein Leben!"

Abraham holte tief Luft. „Dann will ich es Euch verraten. Vor uns liegt die vergessene Anleitung zum Bau einer Goldmaschine. Es ist der Plan zum Stein der Weisen, dem *Lapis Philosophorum, El Iksir,* dem großen Elixier. Wenn ich sie erschaffen habe, können wir jedwedes unedle Metall in pures Gold verwandeln. Viele Hundert Jahre lang dachten die Menschen, es sei ein Stoff, eine Substanz oder gar der Heilige Gral, an dessen erträumte Existenz ihr Christen euch noch immer klammert wie ein Schiffbrüchiger an eine morsche Planke. Doch die Menschen suchten vergeblich danach. Pah, wie hätten sie es je entdecken können, suchten sie doch das Falsche. Ich weiß aber nach dem Studium dieses Dokumentes, dass es kein Stoff, sondern ein *apparatus* ist. Ich kann ihn bauen. Ich kann uns reich machen." Abraham stand auf und legte dem völlig entgeisterten Jokoff Cramer die Hände auf die Schultern. „Gebt mir nur so viel Geld, Herr Cramer, wie ich für den Weiterbau benötige, und ich werde alle Erträge mit Euch teilen. Nie wieder werdet Ihr Not leiden müssen. Und wenn Benisch Stoltzer sein Geld haben will", Abraham lachte verächtlich,

„dann könnt Ihr ihn damit überhäufen, bis er nicht mehr zu sehen ist. Was sagt Ihr?“

Jokoff Cramer war jede Farbe aus dem Gesicht gewichen. Dieser Jude war wahnsinnig, das stand für ihn nun unumstößlich fest. „Ich muss darüber nachdenken“, stammelte er ausweichend, „ich muss gehen.“

„Ja, denkt darüber nach, aber nicht zu lange. Je eher ich mit dem Bau beginnen kann, desto schneller könnt Ihr Eure Gläubiger bezahlen. Geht nur und sagt mir bald Bescheid. Aber denkt an Euren Schwur.“ Abraham geleitete Jokoff Cramer zur Tür, schloss auf, aber sperrte gleich wieder hastig zu, kaum dass der verwirrte Kaufmann über die Schwelle getreten war. Jokoff Cramer schwindelte. Konnte das wirklich wahr sein? Hatte der Herrgott ein Einsehen mit ihm und schickte sich an, alle Sorgen von ihm zu nehmen oder war es gar eine verfluchte Teufelei? Er schleuderte diesen Gedanken weit von sich und schüttelte heftig den Kopf, als würde das etwas helfen. Nein, er würde sich auf solche Geschäfte nicht einlassen. Niemals! Jokoff steckte die Hände in die Taschen und machte sich völlig verwirrt auf den Heimweg.

8

Frankfurt am Main
Donnerstag vor Mariä Geburt
5. September Anno Domini 1509

Du bist verrückt, Jokoff!" Agnes Cramer war außer sich. Sie fuchtelte wild mit den Händen herum und lief aufgeregt kreuz und quer durch die Stube. „Was für ein Unfug! Als hätten wir nicht schon genug Geldnöte und nun willst du diesem Verrückten auch noch unseren Notgroschen in den Rachen werfen? Ich frage dich, hat er schon jemals etwas zustande gebracht, das auch nur wenigstens die Hälfte dessen Wert gewesen war, was es gekostet hat? Nein. Hat auch nur eine seiner unsäglichen Erfindungen keinen Ärger eingebracht? Nein. Und dann hältst du dich auch noch bedeckt, willst nicht mit der Sprache herausrücken, um was es denn eigentlich geht? Du vertraust mir nicht und das ist das Schlimmste von allem."

Jokoff Cramer saß schweigend am Tisch und beobachtete seine Frau, der die Zornesröte ins Gesicht gestiegen war. Er musste ihr recht geben. Wären ihre Vorwürfe nur haltlose Behauptungen gewesen, dann hätte er sie einfach anherrschen oder züchtigen können, dass sie es wagte, in diesem Ton mit ihrem Mann zu sprechen. Aber er konnte es nicht. Jokoff war sich selbst nicht sicher, ob er sein letztes Geld nicht auch gleich in den Main würde werfen können, anstatt es diesem jüdischen Metallbieger anzuvertrauen. Es stimmte. Abraham Siebenthal hatte noch nie etwas Anständiges zustande gebracht. Er war ein guter Handwerker und ein gebildeter Mann, aber als Erfinder großer Dinge taugte er nichts. Und dennoch, welche Wahl hatte Jokoff? Er kannte die Zahlen seines Kontors nur zu gut und die sprachen Bände. Noch zwei, vielleicht drei Monate und sein

Kontor wäre bankrott. Jetzt stand auch noch der Winter vor der Tür und in dieser Zeit waren die Umsätze erfahrungsgemäß noch schlechter als in den anderen Monaten. Und wenn Stoltzer nun auch noch bald sein Geld zurückhaben wollte ... Jokoff wagte nicht, zu Ende zu denken.

Er rieb sich erschöpft die Augen und versuchte seine Frau zu beruhigen. „Agnes höre mir zu. Alles, was du sagst, stimmt, ich muss es gestehen. Aber ich sehe keine andere Möglichkeit. Vielleicht ist es tatsächlich wieder nur ein wirres Hirngespinst dieses Verrückten, aber dieses Mal scheint es mir anders zu sein. Es ist nicht seine eigene Erfindung, sondern er will nur einen Apparatus bauen, dessen Plan er kaufen konnte. Seine Ideen waren bisher schlecht, gewiss, aber die Ausführungen waren handwerklich immer sehr gut. Wenn er also mit seinem Können und dem überlieferten Wissen eines anderen, der sein Handwerk wirklich versteht, etwas bauen wollte, dann hat das Unterfangen zumindest eine gewisse Aussicht auf Erfolg. Agnes, mir ist auch nicht wohl dabei, aber welche andere Möglichkeit siehst du für unser Kontor? Unternehme ich nichts, dann erleben wir das Frühjahr in unserem Haus vielleicht nicht mehr. Lasse ich mich hingegen auf Abrahams Vorschlag ein, dann könnten wir in wenigen Wochen schon alle Sorgen los sein. Vielleicht für immer."

„Oder eben noch früher auf den Gassen Frankfurts um Almosen betteln, während unsere Kinder Äpfel stehlen und ich mich als Magd verdinge", fauchte Agnes Cramer dazwischen.

Jokoff hieb mit der Faust auf den Tisch. „Verflucht und verdammt, Weib! Verstehst du nicht, dass uns dieses Schicksal ohnehin blüht? Es ist nur eine Frage der Zeit. Und ob ich erst in zwölf oder bereits in acht Wochen erfriere und verhungere, das ist mir relativ gleich. Der Herr ist mein Zeuge. Ich kann es nicht mehr ändern. Was geschehen ist, ist geschehen. Aber auf ewig will ich in der Hölle schmoren, wenn ich nicht wenigstens alles versucht hätte, das Kontor und uns zu retten. Damit könnte ich weder leben noch sterben."

Agnes starrte ihren Mann fassungslos an. „So schlimm ist es um uns bestellt?“

Jokoff erwiderte ihren Blick und nickte. „Ja, so schlimm“, räumte er kleinlaut ein.

Entgeistert sank Agnes auf die Küchenbank. „Ich dachte, wir hätten wenigstens noch Zeit bis zum Sommer.“

Ihr Mann schüttelte den Kopf. „Das war einmal. Doch jetzt musste ich neue Waren für die Winterzeit einkaufen und das hat unsere Börse weiter belastet. Mit leerem Lager kann ich gleich zumachen. Ich habe heute unser Geld gezählt. Es sind noch genau neun Groschen und ein paar Pfennige.“

Agnes war entsetzt. „Das ist nichts für ein Kontor.“

„Ja“, sagte Jokoff zustimmend, „das ist wahrhaftig so gut wie nichts. Und genau deshalb werde ich Abrahams Erfindung mit diesem kümmerlichen Rest finanzieren. Es ist wie eine Weisung von Gott, der mich auffordert, alles das zu tun, was ich tun kann.“

„Oder vom Teufel“, flüsterte Agnes.

„Ach was“, wiegelte Jokoff ab, „ich muss es versuchen. Gleich morgen sende ich Greger mit zwei Groschen zu Abraham. Er soll beginnen und wer weiß, vielleicht wird das einmal der glücklichste Tag in unserem Leben gewesen sein.“

„Ich glaube nicht daran, Jokoff“, zweifelte Agnes, „aber es ist dein Geld. Tu, was du meinst, damit tun zu müssen. Doch wäre es nicht angebrachter, besser noch einmal mit Benisch Stoltzer zu sprechen oder einem anderen Kaufmann aus eurer Gilde? Vielleicht leiht dir einer von denen etwas Geld?“

Jokoff lächelte zynisch und schüttelte resigniert den Kopf. „Von diesen Pfeffersäcken? Niemand wird mir auch nur einen Pfennig geben. Entweder fürchten sie Stoltzer oder aber den Verlust ihres Geldes. Und ich würde es an ihrer Stelle vielleicht auch nicht machen. Ich kann dafür nicht garantieren. Mit was auch? Stoltzer hat schon unser Kontor und unser Haus als Pfand. Was könnte ich sonst noch anbieten? Soll ich dich oder unsere Kinder verkaufen? Nein, Agnes. Es ist beschlossen! Greger wird Abraham morgen mein Einverständnis überbringen.“

Jokoff erhob sich, doch Agnes hielt ihn am Arm fest. „Jokoff sag' mir bitte wenigstens, um was es sich handelt. Was ist das für ein Apparatus und woher stammt dieser ominöse Bauplan?"

Jokoff zögerte. In seinem Schädel flogen die Gedanken umher. Der geleistete Schwur focht einen erbitterten Kampf mit der Liebe zu seiner Frau. „Ich habe es bei meinem Leben schwören müssen", gestand er zögerlich ein.

„Jokoff, bitte ...", flehte Agnes.

Jokoff wischte sich den Schweiß aus dem Nacken. Einen Schwur zu brechen, war eine Sünde und gegen die Ehre. Aber er hatte es begonnen und nun musste es zu Ende gebracht werden. Und er würde ja auch nicht das ganze Geheimnis preisgeben. „Es ist eine Maschine", platzte er plötzlich heraus, „ein Apparatus, der Dinge in, in ...", Jokoff suchte verzweifelt nach Worten, „ ... in bessere Dinge verwandeln kann. So, nun weißt du es und mehr werde ich nicht sagen."

Agnes` Augen weiteten sich entsetzt. Sie stand langsam vom Tisch auf und trat ein Schritt zurück. Mit zitternder Stimme presste sie mühsam ihre Worte hervor „Dinge in bessere Dinge verwandeln? Was redest du da für ein verrücktes Zeug ohne Sinn? Jokoff, was hast du mit diesem Juden vor? Hexenwerk und Zauberei? Alchemie und Teufelszeug? Bevor wir noch in den Gassen Frankfurts verhungert sind, werden sie uns auf dem Galgenberg hinrichten. Du wirst uns alle ins Unglück stürzen, mich und die Kinder, du verdammter Narr!"

Sie ließ Jokoff einfach stehen und stürzte aus der Tür hinaus, die Stiegen zur Schlafkammer hinauf. Jokoff stand wie versteinert in der Küche. Er fühlte sich elend. Natürlich hatte auch er Angst vor dem, was Siebenthal in seiner Werkstatt zusammenbrauen und -bauen würde, wo dieser doch anscheinend selbst nicht so recht wusste, auf was er sich da einlassen wollte. Doch noch mehr Angst hatte er davor, alles zu verlieren. Haus, Kontor und Ansehen. Jokoff goss sich einen Krug Dünnbier ein und setzte sich wieder. In einem Zug stürzte er das Bier hinunter und schenkte sich sofort nach. Nein, es musste sein. Er würde

Greger morgen anweisen, zu Abraham zu gehen und dann würde Jokoff beten. Beten, dass Abraham Siebenthal, dieser verrückte Jude, ihn aus seiner Not befreien konnte. Er nahm wieder einen Schluck aus dem Krug und wischte sich den Schaum vom Mund. Vor der Küche, im Verkaufsraum, erhob sich ein Schatten hinter der Theke und schlich gebückt zu den Stiegen nach oben. Jokoff brauchte seinem Sohn nichts mehr zu sagen. Greger hatte schon mehr erfahren, als ihm lieb war.

9

Ein eisiger Wind peitschte den kalten Regen in Böen wie Nadelschwärme durch die Nacht. Die beiden Männer, die durch die engen Gassen Frankfurts im Schatten der buckligen Häuserkonturen in Richtung des Dominikanerklosters gingen, schlugen sich die Krägen hoch und zogen die Hüte tief ins Gesicht. Der kleinere der beiden, dessen Bekleidung aus bestem Stoff und mit Pelz an Ärmeln und Kragen besetzt war, ging voraus. Ihm folgte ein wahrer Hüne, dessen einfacher Umhang jedoch darauf schließen ließ, dass er von geringerer Herkunft und weitaus weniger vermögend war. Beide sahen sich von Zeit zu Zeit verstohlen um, so als befürchteten sie, bei ihrem Gang zum Kloster entdeckt zu werden. Als sie von der Predigergasse schließlich in einen kleinen unbefestigten Weg abbogen, der kaum die Breite eines Fuhrwerks hatte, gelangten sie nach wenigen Schritten zur verabredeten Stelle. Es handelte sich um einen verborgenen Seiteneingang des Klosters. Der Hüne stellte sich geübt und mit einigem Abstand rücklings zur Pforte, den kleinen matschigen Weg fest im Blick. Der andere Mann sah sich vorsichtig um. Dann erhob er die Hand, um gegen die hölzerne Tür zu klopfen. Doch in diesem Augenblick wurde sie bereits von innen mit einem leisen Ruck geöffnet. Er ließ die Hand erschrocken fallen und trat einen Schritt zurück. Der Hüne fuhr herum.

„Ich habe Euch bereits erwartet“, flüsterte der Dominikaner, während er den Kopf aus der Pforte steckte und sich nach rechts und links auf dem Weg umsah. „Kommt herein, rasch!“

Die beiden Männer betraten das Kloster. Der Mönch verriegelte die Tür und huschte dann durch die dunklen, verschlungenen Wege des Klostergartens voraus. Schließlich erreichten sie die Mitte eines überdachten, etwa einhundert Schritte breiten Laubenganges, der sich vom Kloster quer durch den Garten zog. Das mächtige Hauptgebäude erhob sich im Hintergrund schemenhaft wie ein düsterer Gebirgszug. Der Mönch betrat den Gang und wandte sich nach rechts. Die beiden Männer folgten ihm, bis sie schließlich am Ende des Ganges einen kleinen Anbau erreichten, der nur aus einem Raum bestand. Sie gingen hinein. Lediglich eine einzelne Kerze, die inmitten der karg eingerichteten Kammer auf einem niedrigen Tisch stand, warf ihr schwaches Licht zitternd an die Wände. Die Schatten der Männer tanzten wie Dämonen auf den gekalkten Mauern.

„Auch wenn ich auf die Verschwiegenheit meiner Brüder zählen kann. Sie wissen nicht genau, was wir vorhaben und so soll es auch bleiben. Daher sollten wir unser Gespräch so kurz wie möglich halten", sagte der Dominikaner.

„Das ist ganz in meinem Sinne", antwortete der kleinere der beiden Männer und versuchte sich die Erregung in seiner Stimme nicht anmerken zu lassen. „Also, Frater?"

„Ich habe erst gestern Informationen aus Köln erhalten. In drei Wochen ist es soweit. Am achtzehnten Sonntag nach Trinitatis, der der zweite nach Sankt Hubertus ist, werden wir losschlagen und die reinigenden Flammen auf ihre Lügenschriften herniedergehen lassen. Der Herr ist mit uns, Herr Stoltzer. Die Verräter Jesu werden ihr Torafreudenfest noch ein letztes Mal inmitten ihrer abscheulichen und gotteslästerlichen Schriften feiern können. Dann werden wir ihnen ein Freudenfeuer daraus bereiten, das sie wahrlich nicht vergessen sollen."

„Das heißt also", fragte Benisch Stoltzer aufgeregt und rieb sich die Hände, „dass unsere Abmachung gilt?"

„Ja, so Gott will", entgegnete der Dominikaner, „und wenn wir Eurer Unterstützung auch weiterhin sicher sein können. Habt Ihr das Geld?"

Wortlos zog Benisch Stoltzer einige Münzen hervor und legte sie auf den Tisch. Der Mönch nahm das Geld und nickte zufrieden. „Zehn Goldgulden wie abgemacht. Man kann sich scheinbar auf Euch verlassen." Dann zeigte er auf Stoltzers Begleiter. „Ist das der Helfer, den Ihr mir versprochen habt?“ Unerschrocken blickte der Dominikaner dabei in das Gesicht seines Gegenübers, der ihn um eine ganze Kopflänge überragte. In seinem Umhang hätten leicht zwei Männer von der Statur des Mönches Platz gefunden.

„Ja. Das ist Jeckel Schmied“, entgegnete Benisch Stoltzer, „und: *Nomen est omen*, Frater. Seine Hände sind wie Hammer und Amboss. Wehe dem, der dazwischen gerät. Jeckel wird Euch zur Seite stehen. Er ist eine wahrhaft tatkräftige Hilfe, das könnt Ihr mir glauben.“

„Kann man sich auf deine Verschwiegenheit verlassen?“, wollte der Dominikaner jetzt von Jeckel Schmied wissen.

Jeckel Schmied verzog sein Gesicht zu einem abstoßenden Lächeln. „Ihr könnt Euch meiner Verschwiegenheit sicher sein, sonst stünde ich nicht hier“, hauchte er.

„Gut“, sagte der Mönch ungerührt, „das ist sehr gut. Du kommst also an besagtem Sonntag noch vor Sonnenaufgang vor das Obertor der Judengasse, so wie ich es mit deinem Herrn vereinbart habe?“

Jeckel Schmied betrachtete den Mönch schweigend und mit eiskalten Augen. Benisch Stoltzer ergriff das Wort. „Er wird da sein, Frater. Besorgt Ihr mir nur meinen Schuldschein von diesem Judd`, der mir einst für teuer Zins Geld geliehen hat und Ihr sollt auch noch die andere Hälfte des Geldes erhalten, wie ausgemacht.“

„Wenn alles vorüber ist, dann hört Ihr von mir“, sagte der Dominikaner zu Benisch Stoltzer und fuhr fort, „und ich hoffe, Ihr denkt auch dann noch an unsere Vereinbarung.“ Er trat einen Schritt zurück und öffnete die Tür. „Nun aber darf ich Euch bitten, wieder zu gehen, denn mönchisches Geschwätz und Neugier wären uns gewiss nicht dienlich.“

Der Mönch führte die beiden Männer wieder zurück zum Nebeneingang. Der Regen hatte aufgehört, und als die Tür leise knarrend hinter ihnen geschlossen wurde, war niemand sonst auf dem kleinen Weg zu sehen. Doch das bedeutete nicht, dass sie alleine waren. Kaum, dass Stoltzer und Schmied nämlich im Dunkel verschwanden, trat Wolf Besigheim aus dem Schatten der efeuüberwucherten Mauern an der Stirnseite der Gasse hervor. Wolf ging vorsichtig, bis er an der Predigergasse angekommen war. Dort wandte er sich nochmals um und war froh, diesen Ort verlassen zu können. Wolf hasste das enge Dunkel. Er hasste es, seitdem ihm der rote Ziegenbock zum ersten Mal im Traum erschienen war und Andreas in diese lichtlose kleine Kammer gesperrt hatte. Es schnürte ihm die Luft ab und nie würde Wolf Andreas` Tage in diesem Loch vergessen, nie seine Angst. Doch nun musste er wieder aus der Stadt, zurück zum Hellerhof. Er hoffte, auf dem Weg zum Mainzer Tor, wo die Wachen ihn für ein paar Münzen und ohne zu fragen hindurchlassen würden, keinem Nachtwächter zu begegnen. Der hätte nur überflüssige Fragen gestellt. Noch ein paar Tage, dann würde er dem Erzbischof vielleicht schon wieder neue Nachricht überbringen können. Doch es galt, noch mehr zu erfahren. Er musste entweder an Stoltzer oder an diesen Dominikaner Thomas Ulrepforte irgendwie herankommen. Wolf Besigheim machte sich auf den Weg durch die Nacht, denn er hatte bereits eine Idee, wie er das bewerkstelligen könnte.

10

Frankfurt am Main
Mittwoch nach Mariä Geburt
10. September Anno Domini 1509

Abraham Siebenthal setzte die Augengläser ab und rieb sich das Kreuz. Ihm tat der Rücken weh vom langen Lesen. Immer in dieser gebückten Haltung auf das alte Pergament zu starren, das den Sinn seines schlecht erkennbaren Inhaltes verteidigt hatte wie ein waidwundes Tier sein Leben, das war eigentlich nichts mehr für einen alten Mann. Vor ein paar Jahren noch (oder waren es Jahrzehnte?) hätte es ihm nichts ausgemacht, nächtelang Dokumente aus dem Griechischen zu übersetzen und deren Geheimnisse zu ergründen. Im Gegenteil. Es hätte ihn nur noch mehr angespornt, je mehr sich ein Text mit komplizierten Konstruktionen oder ausgefallenen Allegorien gegen die Wahrheit einer klaren Sprache gewehrt hätte. Aber heute? Er war müde und wollte auf seine Schlafstatt. Doch wer sollte diese Aufgabe sonst erledigen? Es war sein Dokument, sein Geheimnis. Aber hatte er es auch richtig übersetzt und gänzlich verstanden? War das, was er bereits geschaffen hatte, das, was es zu schaffen galt? Abraham zog hastig den Bart zurück. Beinahe wäre er in die Kerze geraten. Er strich ihn fast zärtlich vom Tisch hinter die Kante der Arbeitsplatte. Doch eigentlich konnte er zufrieden sein. Er hatte nun bereits eine Ahnung, wie seine Maschine funktionieren sollte. Die Anleitung im Dokument war gut, doch noch lange nicht perfekt. Einen Kupferkessel musste er bauen. Ein rundes Gefäß, in dem die verborgene Kraft erwachsen konnte. Mehr Feuer würde er benötigen, um dem scheinbar harmlosen Element, der Ingredienzie, die ihr Geheimnis hinter ihrer Unscheinbarkeit verbarg, seine Macht noch besser entlocken zu können. Dann würde sie funktionieren. Produzieren. Doch hier in seiner Werkstatt war das Geheimnis nicht gut genug versteckt. Was, wenn jemand den Apparatus erblickte? Sicher würde niemand seine Maschine verstehen, aber was, wenn doch? Oder was, wenn Jokoff Cramer eines Tages hereinkäme und sehen wollte, was Abraham geschaffen und womit er das Gold gemacht hatte? Was, wenn er begreifen würde, dass Abraham ihm von Anfang an nicht die Wahrheit erzählt hatte? Abraham musste schmunzeln. Cramer. Er war ein armer Tropf, der das Gold in der Not mehr anbetete als seine Kirche. Er tat ihm fast ein wenig leid. Aber er war auch nur wie die anderen. Juden, Christen, das war einerlei. Sie alle würden nicht begreifen, was er hier vor sich auf dem Tisch liegen hatte. Welch unermessliche Macht dieses spröde Dokument beinhaltete. Auch der Florentiner Händler, dieser Bernardo Tagnini, hatte keine Ahnung gehabt. Dieser Narr. Er hatte sich von seiner Gier auf schnelles Geld genauso treiben lassen, wie von seiner unverständlichen Angst vor einem Fluch. Pah, Flüche waren etwas für alte Weiber und kleine Kinder. Er wollte nur ein paar Groschen dafür. Eine schaurige Mär hatte er sich ausgedacht, um den Preis für ein Schriftstück hochzutreiben, das er ohnehin nicht verstanden hätte. Es war Abrahams letztes Geld gewesen, den Rest hatte der Bau der ersten Maschine aufgefressen. Aber der Florentiner ahnte gewiss nicht einmal, dass er dem alten Juden dafür die Fackel mit dem göttlichen Feuer der Erkenntnis überreicht hatte. Abraham wusste es besser. Er verschränkte die Finger ineinander und streckte die Arme nach vorne, dass die Knöchel prasselten wie ein trockenes Holzscheit im Feuer. Dann ließ er die schmerzenden Hände auf den Tisch sinken und dachte weiter nach. Er musste einen Weg finden, Jokoff Cramer bei der Stange zu halten. Er dürfte nicht zu bald erfahren, worum es hier wirklich ging. Natürlich würde er ihn beteiligen, wenn es einmal etwas zu verdienen gäbe, das gebot Abraham die Ehre. Vertrag ist Vertrag. Aber es würde noch lange dauern und Jokoff Cramer hätte niemals zugesagt, wenn Abraham ihm gleich die ganze Wahrheit offenbart hätte. Er hätte es nicht verstanden. Menschen ohne Visionen hatten keinen *Spiritus*, keinen Geist. Abraham strich das Dokument glatt und befühlte verliebt dessen trockene Oberfläche. So alt, so vergessen. Als hätte man das Geheimnis göttlicher Kraft achtlos in den Abort der Ewigkeit geworfen.

Dann sprach er zu dem Pergament und es war gut, dass ihn niemand dabei belauschte. Der beste Platz im Narrenturm wäre ihm sicher gewesen.

„Ich habe dich verstanden. Ich weiß, wer du bist. Du bist von Gott gesandt. Aus meiner Welt kannst du nicht stammen. Du bist das Erbe eines genialen Geistes. Ich bin nun dein Diener. Ich habe dein Geheimnis verstanden und werde den Menschen dieses Geheimnis ein zweites Mal geben, ja mehr als das. Ich werde es vervollkommnen!"

Abraham musste über sich selbst lachen und stützte sich ächzend mit den Händen vom Tisch ab. Dann stand er auf und schob behutsam die Bleigewichte von den Ecken des Pergaments. Die befreiten Enden begannen sofort, sich langsam nach innen zu drehen, als wäre das Leben in sie zurückgekehrt, als wären sie darauf bedacht, den Inhalt schnell wieder zu bedekken. Abrahm nahm das Pergament vorsichtig auf, rollte es zusammen und steckte es in den Lederköcher zurück, den er wieder sorgsam hinter den Folianten auf dem Regal verstaute. Er rieb sich nachdenklich das Kinn. Hier konnte es nicht liegen bleiben. Das Versteck hinter den Schriften war einfach zu offensichtlich. Wenn jemand ein Dokument suchte, würde er hier damit beginnen. Abraham hatte kein gutes Gefühl dabei und auch die neue Maschine konnte er nicht in seiner Werkstatt fertig bauen. Doch er hatte schon eine Idee. Spitzbübisch sah er zur Decke des niedrigen Raumes wie zum Himmel auf und erinnerte sich. Er lächelte. Dann zog er den Lederköcher mit dem griechischen Dokument wieder hinter den Folianten hervor, blies die Kerzen aus und verschwand durch den roten Vorhang in seinen Laden.

11

Frankfurt am Main
Dienstag nach St. Hubertus
23. September Anno Domini 1509

Zwei Wochen später stand Abraham Siebenthal plötzlich in Jokoff Cramers Kontor. „Abraham? Was macht Ihr denn hier?“ Jokoff Cramer legte überrascht das Schreibzeug auf seine Bücher und trat hinter dem Tresen hervor, um dem Metallhändler die Hand zu reichen. Doch Abraham lächelte nur verschmitzt, nestelte in seiner Jacke herum und drückte Jokoff einen auf Haselnussgröße zusammengeschlagenen Stofffetzen in die geöffnete Hand.

Er beugte sich nah an Jokoffs Gesicht und flüsterte: „Das ist mein erster Erfolg. Klein nur, zugegeben, aber ein Beweis immerhin. Prüft es in Ruhe und wisset, dass wir nicht mehr weit vom Ziel entfernt sind.“ Seine Augen funkelten und er strahlte geheimnisvoll über das ganze Gesicht. „Gebt mir nur gleich wieder zwei Groschen mit, auf dass ich weiter am Apparatus forschen kann.“

Zögerlich zog Jokoff die Hand zurück und betrachtete den winzigen, grünen Leinenballen darin. Dann umschloss er ihn mit seiner Faust. „Ich vertraue Euch, Abraham, das wisst Ihr, nicht wahr?“, sagte Jokoff mit Nachdruck.

Empört trat Abraham zurück. „Ja, ja, gewiss, und Ihr tut auch gut daran. Prüft nur dieses erste Ergebnis und Ihr werdet sehen, dass es wahrhaft kein Fehler war, mir zu glauben. Stünde ich wohl sonst hier, wenn ich etwas zu verbergen hätte?“

Jokoff nickte einsichtig und holte die Kassette mit dem Geld aus der Tischschublade hervor. Mit spitzen Fingern und schweren Herzens nahm er zwei Münzen heraus und hielt sie Abraham entgegen. „Enttäuscht mich nicht, Herr Siebenthal. Das

Wohl des Hauses Cramer und meiner gesamten Familie liegt nun in Euren Händen."

Abraham nahm hastig das Geld und ließ es in seine Geldkatze fallen. „Ich danke Euch. Ich will keine Zeit verlieren und mich sogleich wieder an die Arbeit machen. Mit Eurem Geld und Gottes Segen werde ich nun neue Materialien einkaufen können, um den Apparatus zu verbessern. Lange müssen wir nicht mehr warten. Auf Wiedersehen." Mit diesen Worten drehte er sich um und verließ das Kontor auf die Fahrgasse hinaus. Draußen sog er tief die Luft ein und war glücklich. Nun hatte er fast alles zusammen, was er für den Bau benötigte. Vielleicht würde er jetzt sogar bei seinem Lieferanten etwas Kredit bekommen? Zufrieden befühlte er die beiden Silbermünzen in seinem Geldbeutel, die sich noch bis vor Kurzem auf dem Boden von Jokoff Cramers Geldkassette befunden hatten, und ging in Richtung Judengasse davon. Unterwegs beäugten ihn manche Bürger argwöhnisch, andere grüßten freundlich. Für die einen waren die Juden ehr- und gottlose Wucherer – vor allem für die, die bei ihnen Schulden hatten –, für die anderen nur eigentümliche Leute. Doch eines hatten alle gemein: Keiner dieser Menschen ahnte, dass ihnen soeben ein Mann begegnet war, der sich für Prometheus' Nachfolger oder etwas ähnlich Verrücktes hielt. Und vielleicht hatte Abraham sogar recht damit.

Jokoff Cramer ging hinter den Tresen und stützte sich mit den Ellbogen auf der wuchtigen Holzplatte ab. Behutsam öffnete er die Faust, mit der er noch immer den kleinen Leinenballen umschlossen hielt. Er ließ ihn aus seinen Fingern auf das Holz des Tresens gleiten und starrte ihn unschlüssig an. Vorsichtig hob er den zusammengerollten Stoff an seinem offenen Ende in die Höhe. Der Inhalt war so leicht, dass sich das Leinen nur widerspenstig auswickelte. Jokoff musste mit der anderen Hand etwas nachhelfen. Dann plötzlich hörte er ein leises Geräusch, so als wäre ein Samenkorn auf das Holz gesprungen, doch er konnte nichts erkennen. Jokoff ging in die Knie, bis er mit seinen Augen auf der Höhe der Tresenplatte war und suchte nach dem Gegenstand, der dieses Geräusch verursacht haben könnte. Und dann sah er einen kleinen Krümel. Sein Umriss zeichnete sich nur schwach gegen das Licht ab, das die Fenster von der Gasse her hineinließen. Ein flohgroßer, dunkler Fleck mit klaren Konturen. Jokoff tastete mit dem Zeigefinger danach, bis er ihn erfühlte. Es war ein Sandkorn. So klein, dass er es nicht fassen konnte. Er drückte das Körnchen fest in die Haut seines Fingers, drehte ihn nach oben und hielt sofort die andere Hand darunter, um es hineinfallen zu lassen. Konzentriert schritt er zum Fenster des Kontors und hielt seine Hand etwas in die Höhe. Er ließ die diffusen Lichtstrahlen der Vormittagssonne durch das Glas auf das Körnchen fallen. Ein freudiger Schauer durchlief ihn. Ja, es war ein Körnchen wie aus Sand. Es hatte die gleiche Größe, das gleiche Gewicht und fühlte sich auch genauso an. Doch im Unterschied zu Sand warf dieses Körnchen den Hauch eines gelben Scheins zurück, wenn es die Sonne an der richtigen Stelle traf. Es war kein Sand. Es war pures Gold.

Jokoff hätte jubeln können. Wie gerne wäre er jetzt gleich zu Agnes gelaufen, um ihr diese frohe Neuigkeit zu erzählen. Dann hätte sie ihm vielleicht endlich geglaubt und ihr Groll, den sie seit dem Gespräch in der Küche gegen ihn hegte, wäre verflogen. Sollte es tatsächlich wahr sein und Gott hatte seine Gebete endlich erhört? Hatte der Herr ein Einsehen? Rasch ging Jokoff zur Theke und setzte den Goldkrumen vorsichtig wieder auf den Stofffetzen. Dann fuhr er erschrocken herum, denn gerade in diesem Moment öffnete sich die Tür des Kontors. Ein blasser Mann von gewaltiger Statur stand im Eingang. Er war schlecht rasiert und sein haselnussbraunes Haar fiel in dünnen Strähnen über eine kurze Stirn und die buschigen Brauen, unter denen zwei blassgraue Augen stechend hervortraten. Jokoff kannte diesen Mann nicht, aber er hatte das Gefühl, dass er ihn irgendwo schon einmal gesehen hatte. Er erinnerte Jokoff an jemanden, an irgendjemanden.

„Gott zum Gruße, Herr Cramer." Die Stimme des Fremden klang rau. Jokoff fühlte sich unwohl. Dann erschrak er. Nun wusste Jokoff, an wen ihn dieser Mann, dieses derb geschnitzte Gesicht mit den stechenden Augen, erinnerte. Es war das Gesicht eines Henkers. Jokoff sammelte sich.

„Auch Euch einen guten Tag, mein Herr. Was kann ich für Euch tun?"

Der Fremde trat näher und Jokoff war, als schöbe er eine Wolke aus Eis vor sich her, die ihn erfasste.

„Man sagte mir, Eure Broschen seien von hoher Güte und gute Handwerkskunst. Ich suche etwas Schönes für die Dame meines Herzens", lächelte das Henkersgesicht. Jokoff sah den Mann ungläubig an. Welches tote Herz konnte er wohl schon meinen?

Den Mann ärgerte Jokoffs Zögern. „Habt Ihr nun eine solche Brosche oder nicht?", fuhr er ihn an.

„Ja, ja, gewiss, verzeiht", antwortete Jokoff schnell, steckte sich unbemerkt den Stofffetzen mit den Goldkörnchen in die Rocktasche und fingerte eine Holzschatulle aus dem Verkaufsregal hinter dem Tresen hervor. Er öffnete den Deckel und hob eine Stoffrolle heraus, die er vor dem Fremden ausbreitete und aufschlug. Brosche für Brosche kam zum Vorschein. Jokoff hatte einige von Abrahams Spangen von Agnes mit Verzierungen belegen lassen, die er bei den unterschiedlichsten Handwerkern zugekauft hatte. Fein geschnitzte Intarsien aus edlen Hölzern, filigrane Silberplättchen, farbige Seidenschleifen und Halbedelsteine säumten die Metallspangen. Nicht ohne Stolz präsentierte Jokoff dem Fremden die Schmuckstücke und vergaß darüber fast dessen unangenehme Ausstrahlung. „Bitte, mein Herr. Wir bieten Euch nur die feinste Handarbeit. Dies ist zum Beispiel edles Gehölz aus Italien. Es wächst nicht bei uns. Es ist Olivenholz, das Holz des heiligen Ölbaums. Der Schnitzer, ein Meister seines Fachs, hat aus ihm feinst gearbeitete Heiligenfiguren geschaffen. Oder sehen Sie hier. Ein Vogelnest aus Seide, in denen es sich ein Schwan aus gediegenem Silber bequem gemacht hat.

Er würde die Brust Eurer geliebten Frau schmücken und ihre Schönheit noch mehr zur Geltung bringen. Oder hier. Sehen Sie diese wunderschöne Rose? Sie ist aus ..."

„Genug!", fuhr ihm der Mann derb ins Wort. „Ich will kein Geschwätz kaufen, sondern eine dieser Spangen. Gebt mir die hier." Er deutete mit der rechten Hand ungehalten auf die Spange mit dem Silberschwan. Jokoff zuckte zusammen.

„Eine gute Wahl. Ihr habt ein kundiges Auge, mein Herr. Es ist die Edelste ..."

Der Mann schlug mit der Hand auf die Theke. „Wollt Ihr sie mir nun verkaufen oder muss ich Euch erst schütteln?" Mit zornigen Augen blickte er Jokoff ins Gesicht. Jokoff schwankte zwischen Wut und Furcht. Gerne hätte er diesen Mann für sein ungehobeltes Benehmen einfach aus dem Kontor geworfen. Doch er befürchtete, dass er ihm wohl kaum gewachsen war. Und dann lockte noch der Verkauf der Brosche. Sicher würde ihm der Mann einen halben Groschen oder mehr dafür geben, wenn er ein wenig verhandelte. Jokoff beschloss, die Unverschämtheiten für den Verkauf einer Brosche zu ertragen und lieber den Preis etwas zu erhöhen. Er würgte seinen Ärger hinunter.

„Einen Silbergroschen und sie gehört Euch."

Der Mann lächelte vergnügt. „Ein stolzer Preis für dieses Ding. Aber Ihr sollt das Geld haben." Mit diesen Worten zog der Mann eine Münze aus dem Säckel und warf sie überheblich auf den Tresen. Jokoff starrte ungläubig auf das tanzende Metall. Es war ein ganzer Rheinischer Goldgulden. Dafür hätte der Mann nahezu alle Spangen und noch mehr haben können. Zögerlich legte Jokoff die Hand auf die Münze, nahm sie hoch und betrachtete sie eingehend.

„Sie ist echt, Herr Cramer, keine Sorge. Wollt Ihr mir nun vielleicht endlich die Brosche einschlagen und mir den Rest auf den Gulden herausgeben?" Jokoff konnte das nicht. Er hatte schlichtweg nicht genug Bargeld, um den Restbetrag auszuzahlen.

„Ich würde gerne, mein Herr, aber meine Kasse gibt heute nicht genug her. Habt Ihr es nicht passender?“

Der Mann grinste. „Heute nicht, wie? Also sonst schon? Seht doch einmal für mich in Eurer Geldkassette nach, ob es sich nicht doch einrichten lässt, dass Ihr mir herausgebt.“

Eingeschüchtert versuchte Jokoff den Mann zu überzeugen „Mein Herr, wenn ich es doch sage. Ich kann Euch nicht herausgeben, so gerne ich es täte.“

Die Züge des Mannes versteinerten sich. „Seht in Eurer gottverfluchten Geldkassette nach. Habt Ihr nicht gehört?“

Nun platzte Jokoff der Kragen. Was bildete sich dieser Mann eigentlich ein? Wütend schlug er den Gulden auf den Tresen. „Ich will, dass Ihr nun geht. Nehmt Euer Geld und verlasst auf der Stelle mein Kontor. Euch geht meine Geldkassette nichts an. Und nun raus oder soll ich nach den Bütteln schicken?“ Jokoff kam um den Tresen herum, um dem Mann die Tür zu öffnen, doch plötzlich erhielt er einen Schlag in den Magen, dass ihm die Luft wegblieb. Stöhnend beugte er sich nach vorne, nur um einen heftigen Stoß an den Kopf zu erhalten. Es warf Jokoff krachend und scheppernd in einen Stapel Kisten neben den Tresen. Einige brachen auseinander und haufenweise gezogene Kerzen fielen heraus und zu Boden. Jokoff schlug dabei so heftig mit dem Kopf an die Tür zur Küche, dass diese sich einen Spalt öffnete. Sofort erschienen Agnes und Grite, die den Schlag gehört hatten und sich wunderten, was im Kontor vor sich ging.

Der Fremde stand breitbeinig im Raum und lachte. Dann sah er Agnes. „Oh, was ist denn das für ein hübsches Täubchen? Deine Frau, Cramer? Wenn ich sie so anschaue, dann fallen mir auf der Stelle ein paar ganz lustige Sachen ein, die ich mit ihr anstellen könnte. Sachen, die du nicht einmal zu träumen wagst“.

Jokoff war benommen. Mühsam versuchte er sich zu erheben, doch seine Arme gaben immer wieder nach. Sein Magen schmerzte höllisch und vor seinen Augen tanzten Sterne umher. „Agnes lauf’ und hol’ die Büttel. Rasch!“, brachte er stöhnend hervor.

Der Mann äffte Jokoff nach „Ja, Agnes, los. Lauf' und hol' die Büttel. Lauf' und hol' die Büttel!" Dann lachte er laut und fügte donnernd hinzu: „Los Agnes, geh' schon und hol' sie. Denn auch ich habe den Bütteln einiges zu berichten und es wird sich weisen, wer von uns beiden danach in den Turm kommt. Ich oder du." Dabei zeigte er mit der ausgestreckten Hand auf Jokoff Cramer, der es mittlerweile geschafft hatte, sich aufrecht an den Türrahmen zur Küche zu setzen und den Fremden ratlos anstarrte. Auch Agnes, die sich schon auf den Weg nach draußen gemacht hatte, hielt inne.

„Ja, jetzt glotzt ihr dumm, nicht wahr?" Zügig ging der Mann um den Tresen herum. „Hast du deine Geldkassette noch immer hier in der mittleren Schublade, Cramer?" Er zerrte die Schublade aus dem Holz, holte die Kassette mit dem Geld hervor und sah hinein. Enttäuscht ließ er sie sinken und schüttete den Inhalt auf den Boden. Die wenigen Münzen aus der Kassette klimperten auf die Dielen, rollten umher, bis sie irgendwo anstießen, um umzufallen und schließlich liegen zu bleiben.

Agnes ergriff das Wort und stellte sich mutig vor den Mann. „Was im Himmel bildet Ihr Euch ein und wer gibt Euch das Recht, meinen Mann zu schlagen und uns zu überfallen?"

Der Fremde schmunzelte. „Ja, so ist es recht. Du hast weitaus mehr Mut in den Knochen als dein kümmerlicher Mann. Du gefällst mir wirklich. Ich mag es, wenn sich die Weiber wehren, dann macht es mehr Spaß zu siegen."

Er kniff Agnes in die Wange. Sie schrie und schlug dem Mann ins Gesicht. „Es reicht. Ich hole jetzt die Büttel und dann werden wir sehen, ob Ihr noch so unverschämt seid."

Der Mann rieb sich verärgert die Wange und stellte sich Agnes in den Weg. „Du kleiner Teufelsbraten, sieh dich vor", zischte er. „Wie ich schon sagte, du magst ruhig die Büttel holen, doch ich weiß nicht, wie es Euch schmeckt, wenn sie das hier zu Gesicht bekommen." Der Mann zog ein Dokument aus der Tasche, faltete es auseinander und las:

„Frankfurt am Main,
am Tag 1 Oktober Anno Domini 1508,

Ich, Jokoff Cramer, Händler und Kaufmann zu Frankfurt am Main, der Unterzeichner dieses Schuldscheins, bekenne mit Gott als Zeugen und bei klarem Verstand, dass ich Herrn Benisch Stoltzer, ebenfalls Händler und Kaufmann zu Frankfurt am Main, 120 Rheinische Goldgulden für Waren schulde, die mir Letztgenannter in Großmut und Güte zur Zahlung aussetzte, und dass ich diese Schuld begleichen werde, spätestens bis zu dem Tag, an dem ein Jahr nach der Unterzeichnung verstrichen ist. Als Sicherheit verpfände ich Herrn Benisch Stoltzer meinen gesamten beweglichen und unbeweglichen Besitz, darunter namentlich mein Haus und Kontor in der Fahrgasse zu Frankfurt am Main, nebst aller Waren in meinem Lager, mit dem er nach Ablauf der Frist verfahren kann, wie es ihm beliebt, und mir hernach nur noch gehalten sei, die Differenz aus der Verwertung meines Besitzes und der obigen Summe zu zahlen. Wenn mein Besitz in diesem Falle den obigen Schuldwert nicht decken sollte, so bleibe ich für die Differenz bei Herrn Benisch Stoltzer so lange verschuldet, bis ich den fehlenden Betrag aufbringen und die gesamte Schuld begleichen kann.
Jokoff Cramer

Nun Agnes, mein Täubchen. Das Jahr ist bald verstrichen. Willst du immer noch die Büttel holen und deinen Mann im Schuldturm besuchen, wenn Herr Stoltzer Euch vor die Tür seines Hauses gesetzt hat? Denn laut dieses Schuldscheines dürfte es ihm ja bereits in einem Monat gehören. Dann nur zu. Geh nur."

Der Mann faltete das Papier zusammen und steckte es wieder ein. Mit Genugtuung betrachtete er die Cramers, denen das Entsetzen ins Gesicht geschrieben stand. Ruhig fuhr er fort: „Mein Name ist Jeckel Schmied. Ich bin im Auftrag des Herrn Benisch Stoltzer unterwegs, um mich nach dem Stand der Rückzahlung zu erkundigen, doch mir scheint, ich werde ihm nichts Gutes berichten können. Eure Kasse ist leer, bis auf diese paar elenden Groschen und Pfennige hier." Er schnickte wütend eine der am Boden liegenden Münzen mit dem Fuß über die Dielen, „und das scheint mir nicht zu genügen. Was also, frage ich euch, soll ich meinem Herrn berichten?"

Agnes sah auf ihren Mann, der sich mühsam erhoben hatte und resigniert am Türrahmen stand. Jokoff zuckte mit den Schultern. „Ich weiß es nicht. Ich habe kein Geld, das seht Ihr doch selbst. Woher soll ich es so schnell nehmen?"

Jeckel Schmied baute sich vor Jokoff auf. „Das ist mir völlig einerlei, woher du das Geld nimmst. Ich würde euch am liebsten sofort aus diesem Haus werfen, weil ich nicht glaube, dass du auch nur einen Bruchteil dessen wirst bezahlen können, aber Herr Stoltzer ist aufrecht. Er hält sich an seine Abmachungen. Genau einen Monat ab heute hast du laut Schuldschein noch Zeit, die Summe zurückzuzahlen. Einen Teil hast du bereits beglichen, warum nicht also noch den Rest? Mit Zinsen sind es doch nur noch einundsechzig Gulden."

„Zinsen sind für Christen verboten und davon steht auch nichts in diesem Schuldschein!", fuhr Agnes dazwischen. Jeckel Schmied drehte sich blitzschnell um und packte die überraschte Agnes am Kragen, dass es ihr die Luft abschnürte. Seine Augen funkelten gefährlich. „Du bist mir eine gehörige Portion zu vorlaut, Weib. Welcher Judd hätte euch damals Geld geliehen? Keiner. Deshalb ist dein Mann auch zu Stoltzer angekrochen gekommen. Und ein Judd nimmt vier Zehntel, Stoltzer nur drei. Halt also besser dein Schandmaul, bevor ich es dir stopfe. Dein Mann hat dir anscheinend verschwiegen, dass er dafür etwas an Zinsen zu zahlen hat. Und es muss auch nicht im Schuldschein stehen. Es genügt völlig, dass ich es weiß, verstehst du das?" Er stieß Agnes von sich. „Also, in einem Monat sehen wir uns wieder, und wenn ihr das nicht wollt, was ich durchaus verstehen könnte", lachte Schmied hässlich, „dann seht zu, dass ihr Herrn Stoltzer vor Ablauf dieser Frist das gebt, was ihm zusteht. Oder aber ich werde es für ihn holen."

Mit diesen Worten ging Jeckel Schmied aus dem Kontor, ohne sich noch einmal umzudrehen, und ließ die Tür zur Gasse hin einfach offen stehen. Ein Bürger gaffte im Vorbeigehen neugierig hinein, ging aber rasch weiter, als er die Szene sah. Agnes liefen zornige Tränen über die Wangen. Sie hatte soeben ihre letzte Hoffnung darauf verloren, dass ihr Leben jemals wieder glücklich werden könnte. Auch Grite schluchzte still vor sich hin. Jokoff fasste sich als Erster. „Agnes, ich weiß nicht, was ich sagen soll. Es tut mir Leid. Es ist alles meine Schuld. Das habe ich nicht gewollt."

Seine Frau wischte sich hastig die Tränen aus dem Gesicht. „Nein, Jokoff, das hast du sicher nicht gewollt. Wer wollte auch schon einen solchen Gläubiger freiwillig im Nacken haben? Und doch ist es deine Schuld, da hast du völlig recht. Du hast nie auf deinen Vater gehört, hast seine Einwände immer als Einmischung abgetan, obwohl er zweifelsohne ein besserer Kaufmann war als du. Selbst Greger hat früh erkannt, dass du das Geschäft nicht gut genug führst, doch was hätte er tun sollen? Du hast seine Bemerkungen immer als Frechheiten gegen den eigenen Vater und als dummes Geschwätz eines vorlauten Jungen abgetan. Mehr als einmal hat er sich eine Schelle von dir eingefangen. Und dass du dem Stoltzer auch noch Zinsen zahlst, dass hast du mir verschwiegen. Doch all das Gejammer und Geklage hilft nun nichts, denn etwas muss nun geschehen. Ich sage dir, was du tun wirst und auch wenn es nur ein schwacher Hoffnungsschimmer ist, es ist alles, was uns noch bleibt. Aber wenn du es nicht tust, dann werde ich mit Grite und Greger lieber nach Mainz zu meinem Bruder gehen und um Aufnahme flehen, als noch länger bei dir zu bleiben. Lieber verdinge ich mich als Magd, als an der Seite eines Mannes zu bleiben, der tatenlos in sein Verderben stürzt und seine Familie mit in den Abgrund reißt."

Jokoff zitterte am ganzen Leib. „Agnes ich verbiete dir, so mit mir zu sprechen!" Er klang wenig beeindruckend.

Agnes lächelte traurig. „So, du verbietest es mir? Ich schwöre dir bei Gott, Jokoff, dass ich gehen werde und nichts und niemand wird mich aufhalten. Du kennst mich und weißt, dass ich nicht scherze. Jahr und Tag habe ich zu dir gestanden, wie es sich für ein anständiges Eheweib geziemt. Und ich lasse dich auch jetzt nicht im Stich, wenn du tust, was du kannst. Aber wenn nicht, dann werde ich um die Aufhebung unserer Ehe bitten, und wenn ich beim Erzbischof persönlich auf Knien vorsprechen muss. Ich habe dann nichts mehr zu verlieren. Höre einmal in deinem Leben auf andere Leute und überwinde deinen Starrsinn. Er hat uns bisher nur Ärger eingebracht." Agnes atmete schnell. Es war ihr nicht leicht gefallen, das ihrem Mann zu sagen. Ja und sie wusste sogar, dass es ihr gesetzmäßig nicht zustand. Wahrscheinlich würde nicht einmal der Erzbischof diese Ehe mit Jokoff annullieren, das stand einfach keinem Weib zu. Doch es war ihr bitterernst und Jokoff spürte das. In ihm tobten Frust und Wut. Wut über seine eigene Dummheit, dass er sich jemals auf ein solches Geschäft mit Stoltzer eingelassen hatte. Wut auf Jeckel Schmied, diesen unverschämten Halunken, der es gewagt hatte, in seinen eigenen vier Wänden Hand an ihn, Agnes und sein Eigentum zu legen. Jokoff war gedemütigt. Schuldenlast und Ehrverlust hatten sich wie fette Trolle in seine Schultern gekrallt und versuchten ihn zu Boden zu ziehen.

„Was schlägst du vor, was soll ich tun?", fragte er Agnes mit tonloser Stimme. Agnes Cramer strich sich eine Haarsträhne nach hinten, die sich gelöst hatte.

„Grite, mein Schatz, geh` nach oben. Ich muss mit deinem Vater etwas besprechen."

Grite sah ihre Mutter verzweifelt an und wieder füllten sich ihre Augen mit Tränen. Agnes ging zu ihr, wischte die kleinen Tümpel aus dem Gesicht ihrer Tochter und strich ihr zärtlich durchs Haar. „Geh' schon, mein Schatz, geh'". Grite sagte nichts. Sie sah zu ihrem Vater hinüber, der ihrem Blick auswich, dann zu ihrer Mutter. Wortlos stieg sie schließlich die Stiegen hinauf und zog oben die Tür hinter sich zu. Agnes drehte sich mit einem ernsten Gesicht zu ihrem Mann um.

„Was für ein Apparatus ist das, den Abraham Siebenthal da baut?"

Jokoff starrte sie an. Das also hatte sie gemeint. Hastig suchte er nach einer glaubhaften Lüge, einer guten Geschichte, um das Geheimnis weiterhin vor ihr verbergen zu können. Er wollte sie nicht in Gefahr bringen, denn der Fluch des Dokumentes und dieser Maschine war vielleicht die heilige und gnadenlose Rache Gottes. Sie sollte nicht auch noch seine Agnes vernichten. Ihn hatte sie bereits erfasst. Doch wollte ihm nichts einfallen, und selbst wenn er seiner Frau eine gute Geschichte auftischen könnte, sie würde ihn durchschauen. Es hatte keinen Sinn mehr, nach Ausflüchten zu suchen, er musste ihr die Wahrheit sagen und beten, dass Gott ihm beistand. Ohne zu antworten, zog er den kleinen, grünen Leinenballen aus der Tasche und legte ihn Agnes in die Hand.

„Schau es dir an, Agnes. Aber sei vorsichtig. Es ist sehr klein und könnte herausfallen."

Verwundert nahm Agnes den Stoff aus Jokoffs Hand und betrachtete ihn argwöhnisch.

„Was ist das?", fragte sie mürrisch.

„Komm mit."

Jokoff ging in die Küche und machte sich daran, zwei Kerzen auf dem Tisch anzuzünden. Agnes folgte ihm, legte den Stofffetzen auf den Tisch und sah Jokoff fragend an.

„Mach es auf."

Agnes setzte sich und wickelte vorsichtig das Körnchen aus dem Stoff.

„Was soll das sein?"

„Halte es ins Licht und du wirst es erkennen."

Agnes konnte das Körnchen mit ihren zarten Fingern greifen und besah es eingehend im Kerzenschein. Dann fuhr sie auf.

„Bei Gott, Jokoff, das ist ja Gold!"

Jokoff ließ sich auf seinen Stammplatz an der Stirnseite des Tisches fallen.

„Ja, das ist Gold."

„Aber wo um Himmels willen hast du es her? Von Abraham Siebenthal?“

„Ja, Agnes. Abraham Siebenthal hat es mir heute Morgen gebracht, kurz bevor dieser Kettenhund von Stoltzer hier bei uns erschienen ist und um sich biss. Und nun verrate ich dir, was für einen Apparatus Abraham gebaut hat. Es ist ein Apparatus, der Gold aus unedlem Metall erschaffen kann. Das, was du hier in deinen Fingern hältst, dieses unscheinbare Körnchen, war vielleicht einmal ein Stück Eisen oder Blei. Doch nun ist es pures Gold, gemacht mit Abrahams Maschine. Deshalb habe ich es dir nicht verraten. Du hättest es mir ja doch nicht geglaubt.“

Agnes Wangen glühten. „Aber wenn das stimmt, dann ...“. „Ja, dann“, fuhr ihr Mann für sie fort, „dann hat Abraham eines der größten Geheimnisse der Menschheit gelöst. Dagegen nimmt sich die Summe, die ich Benisch Stoltzer schulde, wie ein falscher Heller aus.“

Wieder beäugte Agnes Cramer das Körnchen zwischen ihren Fingern. Es war klein, aber es hatte diesen unverkennbaren Glanz. Kein Zweifel, es musste Gold sein. Gefasst sah Agnes zu Jokoff auf. „Wie lange, meinst du, wird Abraham brauchen, um so viel Gold herzustellen, dass wir Stoltzers Schulden bezahlen können?“

Jokoff zuckte mit den Achseln. „Er arbeitet nun erst seit zwei Wochen daran und das Gold, das du in den Fingern hältst, ist alles, was ich bis jetzt von ihm erhalten habe. Wenn er so weiter macht, wird es ein Menschenleben dauern, bis wir genug Gold zusammenhaben.“

„Wenn das auch alles ist“, warf Agnes skeptisch ein.

Dieser Gedanke war Jokoff noch gar nicht gekommen. Was, wenn Abraham ihn betrügen würde? Was, wenn er den Großteil des gemachten Goldes behielte und ihn nur ab und an mit einem Körnchen abspeiste. Doch diesen Gedanken verwarf er schnell wieder und schüttelte den Kopf. „Nein, das glaube ich nicht. Er ist gewiss genauso daran interessiert wie ich, aber ich würde es doch rasch bemerken, wenn er auf einmal viel Geld besäße. Und dann könnte ich aus Wut oder Rache das Geheimnis verraten. Das will Abraham auf keinen Fall. Und außerdem bräuchte er meine paar Groschen dann auch nicht mehr."

Agnes saß nachdenklich am Tisch. Vorsichtig legte sie das Goldkörnchen auf den Leinenfetzen zurück. „Gut, Jokoff. Ich fasse zusammen. Abrahams Apparatus scheint dieses Mal tatsächlich zu funktionieren. Es ist nicht bewiesen, aber dieses Goldkörnchen gibt zumindest Anlass zur Hoffnung. Niemand weiß jedoch, ob und wann Abraham genug Gold herstellen kann, dass dein Anteil groß genug sein wird, um uns bei Benisch Stoltzer auszulösen. Wir haben keine Zeit mehr. Folglich gibt es nur eine einzige Möglichkeit, schnell an genügend Geld zu kommen."

Jokoff Cramer sah seine Frau fragend an. „Was meinst du?"

„Du musst deinen Anteil an dieser Erfindung verkaufen."

Jokoff sprang auf. „Verkaufen? Meinen Anteil? Aber dann wäre ja alles umsonst gewesen!"

„Nein", wandte Agnes ein, „umsonst wäre es gewesen, wenn es Abraham nicht gelingen sollte und der Monat verstrichen wäre, den uns Stoltzer noch zugesteht. Denn dann würdest du alles verlieren. Deinen Besitz, die Maschine, die du eigentlich schon jetzt nicht mehr finanzieren kannst", sie machte eine lange Pause und fügte traurig hinzu, „und mich. Noch hast du Zeit, aber die verrinnt schnell."

Jokoff setzte sich wieder und starrte an die Wand. Er hatte Agnes` Drohung noch in den Ohren. Sie würde ihn verlassen. Sie würde gehen. „Wem soll ich das verkaufen?"

Agnes lächelte geschäftstüchtig. „Na, wem wohl? Benisch Stoltzer natürlich."

Jokoff sah sie entgeistert an.

„Schau nicht so. Du gehst zu Stoltzer und bietest ihm deinen Anteil zum Kauf an. Nimm das Goldkörnchen mit und zeige es ihm. Was hast du zu verlieren? Wenn er ablehnt, kann man immer noch versuchen, einen anderen Interessenten zu finden oder vielleicht gewährt er dir wenigstens weiteren Aufschub. Doch morgen gehst du als Erstes zu Abraham und lässt dir den Apparatus zeigen. Das kann er dir nicht verwehren, denn schließlich bist du sein Teilhaber und du musst Gewissheit haben. Versprichst du es mir?"

Jokoff zögerte und dachte nach. Agnes hatte recht. Lieber den Spatz in der Hand, als die Taube auf dem Dach. Er würde es so machen. Er nickte.

„Gut", sagte Agnes, „dann werde ich jetzt zu Grite nach oben gehen und mit ihr sprechen. Sie braucht mich." Sie erhob sich und ließ Jokoff alleine in der Küche zurück. Der saß nachdenklich am Tisch, den Kopf auf die Arme gestützt, und sah den Kerzen beim Abbrennen zu. Vielleicht hatte das alles seinen Sinn, war Gottes vorbestimmter Weg für ihn? Wie nah doch Freude und Leid nebeneinanderlagen in diesen unsicheren Tagen. Zuerst das Glücksgefühl, das ihn erfasst hatte, als Abraham ihm das Goldkörnchen übergeben hatte. Hoffnung und Zuversicht waren in ihm aufgekeimt wie ein zartes Pflänzchen. Doch das hatte dieses Henkersgesicht von Jeckel Schmied einfach zertrampelt. Demütigung und Spott hatte Jokoff über sich ergehen lassen müssen. Das wollte er nie wieder erleben. Agnes war sein Halt. Und sie war gewitzt. Er sollte auf sie hören, und Abraham war es ihm schuldig, den Apparatus vorzuführen. Es war an Jokoff allein, über seinen eigenen Anteil an diesem Geschäft zu verfügen. Schwur hin, Fluch her, denn was nützte Abraham schon ein bankrotter Geldgeber – der er in wenigen Wochen mit Sicherheit sein würde –, wenn sich Stoltzer auf seinen Vorschlag nicht einließe? Eine der Kerzen verlosch zuckend und hauchte eine letzte, gekräuselte Rauchfahne in die Luft. Jokoff schenkte sich ein Bier nach und beschloss, auch noch der anderen Kerze beim Sterben zuzusehen und sich erst dann zu seiner Frau ins Bett zu legen.

12

Frankfurt am Main
Mittwoch nach St. Hubertus
24. September Anno Domini 1509

Gleich am nächsten Morgen machte sich Jokoff auf den Weg zu Abraham. Er fühlte sich noch immer äußerst aufgewühlt und übermüdet. Die Nacht hatte er mehr mit Herumwälzen und schlechten Träumen verbracht als mit Schlaf. Zu viel stand auf dem Spiel, und die Last hatte Jokoff wie ein Alb auf der Brust gesessen und in seinem Kopf getobt. Als er in die Judengasse einbog, musste er kurz innehalten. Ihm war nicht gut, und er stützte sich einen Moment lang vornüber gebeugt an eine Hauswand ab, um den Schwindel zu besiegen. Dann musste er sich übergeben und spie sein Frühstück auf den Boden. Grützbrocken und Dünnbier sammelten sich zu seinen Füßen in einer schmierigen Lache. Ein jüdischer Geldverleiher machte einen großen Bogen um Jokoff, verzog angewidert sein Gesicht und schüttelte verständnislos den Kopf. Wahrscheinlich dachte der Mann, er hätte einen Säufer vor sich, der schon am frühen Morgen zu tief in seinen Humpen geschaut hatte oder gar nicht erst vom Feiern heimgekommen war. Jokoff war es in diesem Moment allerdings völlig gleichgültig, was der Geldverleiher über ihn dachte. Er wusste nur, dass er, wenn er über dessen Vermögen verfügen würde, sicher nicht würgend in der Judengasse stünde. Er war einfach zu zermürbt, um sich zu schämen. Jokoff richtete sich auf, wischte seinen Mund am Ärmel seiner Jacke sauber und betrachtete diese eingehend. Sie schien nichts abbekommen zu haben. Der säuerliche Geschmack allerdings, der aus seinem entleerten Magen aufstieg, schmeckte nicht gerade schön, doch er musste weiter. Es half nichts.

Kurz darauf betrat er Abrahams Geschäft.

„Guten Morgen, Herr Cramer." Abraham stockte. „Mit Verlaub, Ihr seht furchtbar aus. Seid Ihr erkrankt?"

Jokoff hatte weder Zeit noch Lust auf Höflichkeiten. „Wo ist die Maschine, Herr Siebenthal? Ich muss sie sehen."

Abraham blickte nervös auf. Er wirkte wie ertappt. Kurz fragte er: „Warum?"

„Weil es zur Hälfte auch meine Maschine ist und ich sie sehen will, ganz einfach deshalb."

Abraham verschränkte trotzig die Arme. „Wie kommt Ihr auf den Gedanken, dass ein Teil der Maschine Euch gehöre? Unsere Vereinbarung besagt, dass Euch die Hälfte *der Erträge* gehört. Von der Maschine war nie die Rede. Die Hälfte der bisherigen Erträge habt Ihr erhalten. Es war nicht mehr. Ich habe also meinen Teil der Abmachung immer erfüllt, was man von Euch nicht sagen kann. Zwei weitere Silbergroschen schuldet Ihr mir mittlerweile. Wie soll ich weiterarbeiten, wenn ich kein Geld mehr von Euch erhalte?"

Jokoff war außer sich. Er sprang an dem überraschten Abraham vorbei und stürmte in die Werkstatt. Dabei riss er den roten Vorhang fast herunter. „Wo ist sie?", brüllte Jokoff wütend aus dem Raum heraus und tobte darin wie von Sinnen umher. Abraham hörte das Poltern herabstürzender Bücher und Folianten. Kurz darauf kam Jokoff wieder herausgesprungen und packte Abraham mit beiden Händen am Kragen seines Mantels. „Du alter gieriger Judd`. Ich will die Maschine jetzt sehen. Sofort. Wir haben es so ausgemacht. Und Geld zahle ich erst wieder, wenn die Maschine Gold macht. Vorher nicht. Behalte für's Erste meinen Teil, aber zeig` sie mir auf der Stelle. Und wo ist das Dokument? Wo hast du es versteckt?"

Abraham versuchte sich aus Jokoffs Griff herauszuwinden, doch es gelang ihm nicht. Jokoff Cramer hielt den alten Mann mit der Kraft der Verzweiflung am Kragen gepackt und schüttelte ihn. Abraham schrie verzweifelt: „Niemals! Und wenn Ihr mir den Kopf abreißt. Sie ist meine Maschine, mein Geheimnis.

Mir gehört sie, mir allein. Und das Dokument werdet Ihr auch nicht bekommen. Eher sterbe ich und nehme das Geheimnis mit ins Grab!“

Jokoff öffnete langsam seinen Griff und starrte ihn hilflos an. Sofort taumelte Abraham einige Schritte zurück, bis er mit dem Rücken an die Theke stieß, und rieb sich den Hals. Jokoff betrachtete geistesabwesend und erschrocken seine geöffneten Hände. Sie glühten feuerrot, so fest hatte er an Abrahams Kragen gezerrt.

„Was habe ich getan?“, flüsterte er zu sich selbst, „Oh Gott, was geschieht mit mir?“ Er schien Abraham gar nicht mehr wahrzunehmen. Jokoff ging langsam rückwärts auf die Tür zu, ohne den erstarrten Blick von seinen Händen abzuwenden. „Ich muss, ich ... Agnes, das Geld. Was soll ich nur tun? Verzeiht mir.“ Dann öffnete Jokoff die Tür zur Judengasse und stolperte benommen davon.

„Bringt mir mein Geld und der Kontrakt soll wieder gültig sein. Doch vorher will ich davon nichts wissen“, rief ihm Abraham nach. Dann rückte er seinen zerknitterten Mantel zurecht und zog die Tür hinter Jokoff zu. Was dachte sich dieser Krämer dabei, ihn in seinem eigenen Laden zu attackieren? Nichts da. Nicht mit Abraham Siebenthal. Ja, er sollte seinen Teil erhalten, aber erst brauchte Abraham das Geld. Vielleicht war das mit Cramer doch keine so gute Idee gewesen.

Abraham schlurfte zum Regal und griff hinter einen Stapel kleiner Holzkisten. Er konnte die lederne Dokumentenhülle fühlen. Es war noch da. Gut, dass er auf sein Gefühl gehört hatte. Nur er allein sollte wissen, wo es steckte. Hinter den Folianten war es nicht mehr sicher gewesen, nachdem Cramer es dort gesehen hatte. Aber vielleicht sollte er das Dokument von hier fortbringen. Aus dem Haus oder besser gleich ganz weg aus Frankfurt. Er würde es ohnehin bald nicht mehr benötigen. Er hatte alles im Kopf. Zufrieden zog Abraham Siebenthal die Hand aus dem Regal und schloss die Tür ab. Er würde sich nun einen schönen Kräuteraufguss und ein heißes Fußbad machen.

Er hatte heute keine Lust mehr, an der Maschine zu arbeiten, nachdem, was geschehen war. Vielleicht kam dieser Cramer wieder? Wer konnte das schon wissen? Nein, besser, Abraham würde sich heute etwas Gutes tun. Es war ohnehin nicht mehr viel zu machen am Apparatus. Schon bald würde die Maschine arbeiten. Für ihn. Und vielleicht würde er sich nächstes Jahr um die gleiche Zeit ein schönes Haus kaufen können, wo ihm eine junge Magd das Fußbad bereitete, wann immer ihm danach war. Und er könnte ihr dabei ungestraft ab und an in den Hintern kneifen, wenn Tikvah aus den Wolken gerade nicht hinsah. Aber zuerst musste er für die Menschheit dieses Geheimnis lüften.

***

Jokoff lief mit starrem Blick durch die Straßen und Gassen Frankfurts. Er nahm alles nur wie durch ein geöltes Pergament wahr. Nichts konnte ihn aus seinen Gedanken holen. Nicht die voll beladenen Karren mit den gackernden Hühnern in ihren Holzkäfigen oder den Händler und seinen Kunden, der sich mit ihm um eine Elle Stoff mehr oder weniger stritt. Nicht die beiden Mönche, die ihm verwundert nachsahen und tuschelten. Auch nicht die Hübschlerinnen, die ihm mit ihren rübenrot geschminkten Gesichtern aus einem Hurenhaus heraus nachpfiffen und die Brüste aus den zu engen Miedern herausquellen ließen. Er übersah spielende Gassenjungen genauso wie die streunenden Hunde, die an einem Katzenkadaver herumrissen. Auch die Krüppel, die ihm die ausgemergelten Hände für ein Almosen entgegenstreckten und an seiner Hose zupften, entgingen ihm. Er hatte nur Augen für sich selbst, für sein Innerstes. Die Sorgen, die Angst und die Hoffnungslosigkeit türmten sich zu beiden Seiten seines Gesichtsfeldes zu dunklen Wänden auf. Sie stürzten über ihm zusammen, dass die Wirklichkeit in einem schwachen Lichtpunkt am Ende des Ganges zu verschwinden drohte. Er hielt an einer Ecke an und versuchte ruhig zu atmen. Es war kalt an diesem Septembertag und sein Atem bildete dichte Wolken. Jokoff blickte zu dem reich verzierten Fachwerkhaus von Benisch Stoltzer empor, das sich erhaben in die Patrizierhäuser an der Zeyl einreihte und verächtlich durch die Butzenfenster auf ihn herabstierte. Er musste sich beruhigen. So wollte er nicht vor seinen Gläubiger treten. Nur für Mut würde er bare Münze erhalten und daher würde er gut lügen müssen, denn seine Zuversicht hatte er in Abrahams Werkstatt verloren. Jokoff fuhr sich mit dem Ärmel über die Stirn und wischte sich den Schweiß ab. Dann trat er die exakt behauenen Steinstiegen empor und atmete noch einmal tief durch, bevor er fest an die Tür zum Stoltzerhof pochte. Nach kurzem Warten öffnete sich die Tür einen Spalt und eine Magd lugte hervor.

„Gelobt sei Jesus Christus, was wünscht Ihr, mein Herr?“

„In Ewigkeit, Amen“, entgegnete Jokoff und fuhr fort: „Herrn Stoltzer möchte ich sprechen. Cramer ist mein Name, Jokoff Cramer, Gildekaufmann aus der Fahrgasse.“

Die Magd öffnete die Tür und machte eine einladende Geste. „Bitte tretet ein. Ich werde Euch Herrn Stoltzer melden.“ Jokoff betrat die Eingangshalle des Hauses. Es war um so vieles prächtiger als sein eigenes. Stoltzer war der geschicktere Kaufmann, keine Frage, und sein Reichtum war der Beweis. Die Magd entfernte sich und klopfte an eine reich verzierte Tür an der Seite der Halle. Kurz darauf verschwand sie darin und Jokoff ließ seine Blicke weiter über die Deckenmalereien schweifen. Plötzlich trat die Magd, gefolgt von Benisch Stoltzer, aus dessen Arbeitszimmer. Jokoff drehte sich zu ihm um und reichte ihm die Hand.

„Ich grüße Euch, Herr Stoltzer und danke Euch, dass Ihr mich empfangt.“

Stoltzer war ein kleiner, schlanker Mann mit filigranen Gliedern. Und doch spürte Jokoff die Kraft und die Entschlossenheit, die in ihm steckten, als er ihm die Hand drückte. Dieser Mann wusste, was er wollte und auch, dass er es bekam, wenn ihm danach war. Stoltzer sagte nur: „Herr Cramer“, und lächelte unverbindlich. „Kommt“

Stoltzer ging voraus und betrat das Arbeitszimmer. Jokoff folgte ihm und staunte weiter. Das Beste schien für Benisch Stoltzer gerade gut genug zu sein. Seine Kleidung war nur aus den teuersten Stoffen geschneidert. Unter dem schwarzen Wams aus englischem Tuch stachen die grün schimmernden Ärmel eines Hemdes aus Samt hervor. Stoltzers Kopf bedeckte eine schwarze Mütze eines der besten Frankfurter Hutmacher und sein Hals schien wie dafür gemacht, aus dem fein gestickten, weißen Kragen herauszuwachsen. Nur wenige Jahre älter als er, hatte es dieser Mann weit gebracht, musste sich Jokoff insgeheim eingestehen. Auch die Einrichtung des Zimmers war nur aus den teuersten Materialien gefertigt. Schreiner, Schnitzer und viele andere Handwerker mussten Monate damit zugebracht haben, die dunklen Edelhölzer der Deckentäfelung, des Tisches und der Stühle zu einem beeindruckenden Gesamtkunstwerk zu formen, das sich wohl so mancher Adlige auch gewünscht hätte.

„Setzt Euch, Cramer.“

Jokoff suchte sich zögerlich einen Platz am Besprechungstisch aus, der gegenüber von Stoltzers mächtigem Schreibtisch stand. Der machte es sich derweil im Lehnstuhl dahinter bequem und blickte auf Jokoff hinab. „Herr Cramer, was führt Euch zu mir?“ Stoltzer kannte die Antwort, aber er genoss es, Jokoff schwitzen zu sehen.

„Herr Stoltzer. Ich hatte den unschönen Besuch eines Ihrer Männer, namens Jeckel Schmied.“

Stoltzer machte keinen Hehl daraus, dass er natürlich davon wusste. Er schmunzelte. „So? Und was wollte dieser Jeckel Schmied von Euch?“

Jokoff räusperte sich. „Ich denke, das wisst Ihr ganz genau. Schließlich habt Ihr ihn geschickt, nicht wahr?“

Benisch Stoltzer faltete gelassen die Hände vor dem Bauch und lehnte sich zurück. Er fixierte Jokoff. „In der Tat, Herr Cramer, das habe ich und Ihr wisst auch warum, nicht wahr?“ Dann schnellte er blitzschnell nach vorne, dass Jokoff zusammenfuhr. „Ihr, Herr Cramer, schuldet mir noch eine gewisse Summe Geld. Und gemäß unseres Vertrages ist dieser Betrag bereits in vier Wochen zur Zahlung fällig. Ich bin es nicht gewohnt, meinem Geld hinterherzulaufen, für gewöhnlich kommt es zu mir zurück. Unaufgefordert. Ich habe Jeckel Schmied zu Euch gesandt, damit Ihr die Frist auch nicht versehentlich vergesst. Schmied mag hier und da etwas übereifrig sein, aber er forderte in meinem Namen nur was mir gehört oder wollt Ihr das bestreiten?“

Jokoff blickte zu Boden und schüttelte beschämt den Kopf.

„Ja, das dachte ich mir. Es wäre auch der Gipfel gewesen, wenn Ihr nicht nur ein säumiger Schuldner, sondern auch noch ein Lügner wäret. Mit Eurer Zuverlässigkeit scheint es nicht weit her zu sein.“

Jokoff blickte zornig auf. „Es ist nicht die Zuverlässigkeit, die mir fehlt, es ist das Geld, Herr Stoltzer.“

Benisch Stoltzer stand von seinem Stuhl auf und stützte sich mit den Fäusten auf den Tisch. „Schulden sind Ehrensache für mich, Herr Cramer. Kommt mir nicht so. Ich bin damals nach Frankfurt gekommen mit fast nichts in der Tasche und habe es in nur zwanzig Jahren zu etwas gebracht. Und warum? War es nur mein Geschick? Nein. Es war auch meine Verlässlichkeit. Jemanden in einem Geschäft zu übervorteilen, ist eins, aber ich habe niemals etwas zu spät zurückgezahlt.“ Dann hieb er sich fest mit der rechten Hand auf die Brust, „Hier drin steckt etwas, das sich Kaufmannsherz nennt. Die Leute haben sich das Maul zerrissen, als ich noch nicht vermögend war, und heute machen sie es wieder, weil ich nun wohlhabend bin. Sie können mir ruhig alles neiden, aber mein Geld, wofür ich lange Jahre hart gearbeitet habe, das nimmt mir niemand!“ Er setzte sich wieder und sah Jokoff drohend in die Augen. „Was wollt Ihr mir anbieten? Könnt Ihr mir überhaupt etwas anbieten? Wenn nicht, dann werde ich mir holen, was mir laut Schuldschein zusteht. Und zwar schon bald.“

„Ich brauche nur noch etwas Zeit, Herr Stoltzer, bitte. Vielleicht nur zwei oder drei Monate mehr."

Stoltzer schüttelte bestimmt den Kopf. Mit fast väterlicher Stimme sagte er zu Jokoff: „Wofür Herr Cramer? Ihr glaubt doch selbst nicht, dass Ihr es in dieser Zeit schaffen werdet, die Schulden zurückzuzahlen. Ihr seid doch jetzt schon froh, wenn etwas zu essen auf dem Tisch steht. Nein. Ich will in einem Monat mein Geld zurück oder Euren Besitz, so wie es vereinbart ist."

Jokoff kämpfte mit den Tränen. Auch wenn er sich dafür hasste, sich diese Blöße vor Stoltzer geben zu müssen. Er konnte nicht anders. „Aber mein Haus, das Kontor meiner Vorfahren, meine Familie. Was sollen wir denn machen?"

„Es tut mir leid für Euch, Cramer, aber das hättet Ihr Euch vorher überlegen sollen. Ich kann und will es nicht ändern. Vertrag ist Vertrag."

Jokoff schluckte seine Verzweiflung herunter und holte tief Luft. „Ich kann Ihnen sehr wohl etwas anbieten, etwas, das meine Schuld mehr als aufwiegt."

Mit einem ungläubigen Lächeln lehnte sich Benisch Stoltzer wieder in seinen Stuhl zurück. „Ach, und was soll das so plötzlich sein?"

Und wieder überlegte Jokoff, ob er nicht einen Riesenfehler beging, wenn er das Geheimnis jetzt an eine weitere Person verriet. Selbst Agnes hätte es niemals erfahren dürfen. Er hatte es bei seinem Leben und auf Gott geschworen. Vielleicht würde er doch irgendwie noch die paar Groschen für Abraham zusammen bekommen und vielleicht würde Abraham tatsächlich schnell Gold herstellen können. Dann würde Jokoff jetzt einen unermesslichen Reichtum fast verschenken. Nein, er musste es sagen. Agnes würde ihn verlassen. Er konnte es nicht riskieren.

Benisch Stoltzer wurde sichtlich ungehalten. „Cramer, wenn Ihr mich für dumm verkaufen wollt, dann gnade Euch Gott. Redet endlich oder geht."

Jokoff schloss einen Moment die Augen, dann sagte er: „Herr Stoltzer. Ich biete Euch für den Erlass meiner Schulden die Beteiligung an einer Maschine, die ihrem Besitzer unermesslichen Reichtum stiften wird."

Stoltzer war so verdutzt, dass er seine Wut vergaß. Er glaubte, er habe sich verhört, doch fasste sich schnell wieder. „Wollt Ihr mich ins Bockshorn jagen? Was soll das für eine Maschine sein und bei wem seid Ihr beteiligt?" Das „Ihr" sprach Benisch Stoltzer dermaßen herablassend aus, dass Jokoff unwillkürlich die Faust ballte.

„Ich bin beteiligt an dem Bau einer Maschine, dessen Eigentümer ein Jude hier aus Frankfurt ist. Er besitzt ein altes Dokument zum Bau dieser Maschine und mit meinen letzten Groschen habe ich versucht, diesen Apparatus zu finanzieren."

„Bei einem Juden", sagte Stoltzer verächtlich, „dann kann es nicht weit her sein mit ihm, wenn er schon Eure paar Groschen braucht, um einen Apparatus zu konstruieren. Wer ist es?"

„Abraham Siebenthal."

Stoltzer lachte laut auf. „Dieser verrückte Spinner und Metallhändler? Der ärmste Jude, den ich kenne. Mir hat er auch einmal versucht, etwas anzudrehen. So einen völlig nutzlosen Stab, mit dem sich ein Kutscher angeblich gegen Angreifer verteidigen und gleichzeitig die Zügel halten konnte. Das hat er zumindest behauptet. Ich habe ihn zum Teufel gejagt. Nur ein Idiot würde einen solchen Unsinn kaufen."

Jokoff konnte darüber gar nicht lachen. „Ja, genau dieser Mann ist es, von dem ich spreche."

Stoltzers Miene wurde wieder ernst. „Und für ein solches Hirngespinst wollt Ihr, dass ich Euch die Schulden erlasse? Macht Euch und vor allem mich nicht lächerlich."

„Vielleicht ändert Ihr Eure Meinung, wenn Ihr hört, um was es sich handelt?", warf Jokoff ein.

Stoltzer machte mit den Händen eine gnädige Geste und Jokoff fuhr fort: „Abraham Siebenthal hat eine Maschine gebaut, die unedles Metall in pures Gold verwandeln kann."

Stille.

„Wie bitte? Dieser Scharlatan hat den Stein der Weisen gefunden? Und das soll ich Euch glauben?"

Jokoff erhob sich, trat vor Stoltzers Tisch und ließ das kleine grüne Stoffknäul vor ihn fallen. „Seht selbst. Das hat mir Abraham erst gestern gegeben. Er hat es mit seiner Maschine gemacht."

Stoltzer wickelte das Goldkörnchen aus dem Stoff und prüfte es eingehend. Dann legte er es wieder auf den Tisch und sah Jokoff an. „Das ist Gold, keine Frage. Und dieser Judd' hat es Euch gegeben und behauptet, er habe es gemacht?"

Jokoff nickte. Stoltzer dachte nach.

„Gut Cramer. Ich glaube das zwar alles nicht, aber ich werde es prüfen. Ich bin felsenfest davon überzeugt, dass man Gold herstellen kann, nur ein Dummkopf würde das Gegenteil behaupten, aber es ist eine Formel, die Gott ausschließlich dem Erleuchtesten mitteilen wird. Daher bin ich genauso fest davon überzeugt, dass er es niemals einem Juden und schon gar nicht diesem Siebenthal überlassen würde, das Rätsel zu lösen."

„Es war nicht Gott, das Dokument stammt aus Griechenland."

„Ein altes Dokument aus Griechenland also und eine Maschine sagt Ihr? Nun, ich werde der Sache auf den Grund gehen und Herrn Siebenthal dazu befragen. Wem habt Ihr noch davon erzählt?"

Jokoff schüttelte heftig den Kopf. „Niemandem, Herr Stoltzer, bei Gott, nicht einmal meiner Frau", log er.

Stoltzer sah Jokoff prüfend an. „Und das soll ich Euch auch glauben? Nicht einmal Eurer Frau?"

„Nein, vor allem nicht ihr. Sie hätte mich zum Teufel gejagt, wenn sie davon erfahren hätte. Ihr wisst doch, wie die Weiber sind."

Benisch Stoltzer grinste. „So weiß ich das? Nun gut, wenigstens das glaube ich Euch. Anstelle Eurer Frau hätte ich Euch vermutlich schon viel früher zum Teufel gejagt."

„Und wenn Ihr meinen Anteil an der Maschine erhalten habt, sind wir dann quitt?“, lenkte Jokoff das Gespräch schnell in eine andere Richtung.

Stoltzer nickte zögerlich. „Wenn das stimmen sollte, dann zerreiße ich eigenhändig Euren Schuldschein, aber wenn nicht“, er machte eine Pause und sah Jokoff scharf an, „dann habt Ihr jetzt noch einen Monat in Eurem Haus und keinen Tag länger. So wahr ich hier sitze.“

Jokoff trat vor Stoltzer und hielt ihm die Hand hin. „Hand drauf?“

Benisch Stoltzer lächelte mitleidig, schlug aber ein. „Meinetwegen, Hand drauf, Herr Cramer.“

Jokoff verließ das Haus von Benisch Stoltzer überglücklich. Er würde Agnes und den Kindern berichten, dass vielleicht doch noch nicht alles verloren war. Kurz darauf betrat Jeckel Schmied Stoltzers Zimmer aus einer Hintertür.

„Du hast alles gehört?“

„Ja, Herr Stoltzer“, murmelte er.

„Ich finde, das passt alles vortrefflich. Haben wir nicht ohnehin bald in der Judengasse zu tun?“, fragte er Schmied mit einem zynischen Lächeln. „Ich denke, du solltest gleich zwei Fliegen mit einer Klappe schlagen oder sollte ich besser sagen, zwei Juden? Wenn Pfefferkorn und Ulrepforte losstürmen, dann geh sofort, nachdem du mit Thomas Ulrepforte meinen Schuldschein den raffgierigen Klauen dieses jüdischen Wucherers entrissen hast, zu dessen Glaubensbruder Siebenthal und finde heraus, was es damit auf sich hat. Doch Ulrepforte soll davon nichts mitbekommen. Das sollte dir im Tumult nicht schwer fallen. Bring mir dieses Dokument, wenn es existiert, und am besten auch gleich die Maschine. Und wenn das alles nicht stimmt“, er machte genüsslich eine Pause, „nun, dann habe ich in einem Monat eben ein Haus mehr. Es gibt Schlimmeres oder Jeckel?“

Schmied nickte düster. Wenn tatsächlich etwas an dieser Sache dran war, dann würde er es herausfinden. Die Existenz einer solchen Goldmaschine hatte plötzlich auch sein ganz persönliches Interesse geweckt. Aber das würde er Benisch Stoltzer natürlich nicht auf die Nase binden.

Nur das Leben höhenwärts
Kann man wahres Leben nennen.
Nimmer freut man sich hienieden,
Ehe dieses Leben stirbt.
Dann erst leb` ich, wenn ich sterbe;
Denn ich sterb`, weil ich nicht sterbe.

Aus „Sehnsucht nach dem ewigen Leben“
Theresia von Avila (*1515 +1582)

TEIL II
MORS INVENTORIS

Der Tod des Erfinders

13

Frankfurt am Main
Donnerstag nach St. Hubertus
27. September Anno Domini 1509

Geheiligt sei Jesus Christus. Ich grüße Euch, Herr Pfefferkorn." Thomas Ulrepforte deutete eine Verbeugung an.

Johannes Pfefferkorn blickte von seinem Tisch auf und schob das Talglicht und sein Schreibzeug beiseite. „In Ewigkeit Amen, Frater Thomas. Tritt näher."

Thomas Ulrepforte machte drei Schritte auf Johannes Pfefferkorn zu und faltete die Hände vor dem Bauch. „Ich bin glücklich, Euch endlich in Frankfurt zu wissen. Der Herr sei gepriesen. Meine Mitbrüder und vor allem ich selbst können es kaum mehr erwarten, Euch und Eurer Sache endlich tatkräftig dienlich zu werden."

Johannes Pfefferkorn fuhr ausdruckslos die Konturen seiner wulstigen Lippen mit der Spitze der Schreibfeder ab. „Ja, Bruder Thomas, auch ich sehe dem mit Inbrunst entgegen. Die Bischöfe sind schwach, der Heilige Vater ist unstet und weit fort. Keine Weisung erreicht uns aus Rom, nur ausweichendes Gewäsch. Es ist nun an uns, ein Zeichen zu setzen und diesem Judenpack endlich ihre Gotteslästerung und Häresie angemessen zu quittieren." Pfefferkorn nahm seine schwarze Mütze vom Haupt und legte sie vor sich auf den Tisch. „Der Herr ist für uns. Hier bei den Dominikanern weiß ich unsere Sache gut aufgehoben. Der einzig wahre Orden und seit jeher der Bewahrer der kirchlichen Grundfesten. Wie ich höre, ist es auch um die finanziellen Mittel gut bestellt?"

Eifrig trat Thomas Ulrepforte ganz an Pfefferkorns Tisch. „Ja, Herr Pfefferkorn, auch das. Der Frankfurter Orden selbst steht Euch zur Verfügung, doch seine Gelder sind natürlich begrenzt."

„Natürlich." Pfefferkorn lächelte zynisch.

„Aber", fuhr Ulrepforte fort, „ich habe einige vermögende Männer, darunter sogar einen Stadtrat, anwerben können, die hinter unserer Sache stehen und uns mit entsprechendem Kapital versorgen."

Pfefferkorn erhob sich und ging im Zimmer umher. Er dachte nach. Schwarze Beinkleider, schwarzes Wams, schwarze Schuhe, alles an ihm war schwarz. Dunkel wie ein Abgrund, in den der falsche Glaube hineingezogen wurde. Thomas Ulrepforte hatte, wenn auch keine Furcht, so doch Respekt vor diesem Mann. Er strahlte etwas Mächtiges aus. Er hatte Macht, auch wenn er keine Krone trug. Herr der Straße, Herr der Massen. Pfefferkorn drehte sich zu Thomas Ulrepforte um, machte einen Schritt auf ihn zu und fuchtelte energisch mit dem Zeigefinger umher.

„Am Sonntag soll es sein. Am Sonntag werden wir in der Judengasse ein Exemplum für Frankfurt und Kurmainz statuieren." Pfefferkorn kam noch einen Schritt auf Ulrepforte zu. „Höret ihr Juden, höret, ihr Verräter und Kreuziger von Gottes Sohn. Eure Hetze hat ein Ende. Hier und heute. Heraus mit Euren Schriften, heraus mit Schmähungen, Lügen und lästerlichem Druckwerk. Heraus und in die Flammen damit!" Jetzt stand Pfefferkorn mit funkelnden Augen vor dem Dominikaner und stach ihm im Rhythmus seiner Worte mit dem Zeigefinger in die Brust. „In die Flammen. Die reinigenden Flammen. Ja, ihr Flammen, leckt danach und fresst die Lügen, verdaut sie und scheißt sie als Asche in den Wind, der Gottes Atem ist. Er wird sie fortblasen, als wären sie nichts."

Thomas Ulrepforte schaffte unweigerlich etwas Abstand zwischen sich und dem stechenden Finger und zog sein Habit glatt. Pfefferkorn glaubte, was er sagte und was er sagte, das war Glauben. Das war seine Macht.

„Recht so, Herr Pfefferkorn. Ja, wir werden Gottes Werk verrichten. Gott kann sich glücklich schätzen, einen so wackeren

Streiter wie Euch für seine gerechte Sache auf Erden zu wissen. Wir sind bereit."

Pfefferkorn ließ den Finger sinken. Noch immer tobte sein Herz vor Eifer und schlug ihm bis zum Hals. Das ansonsten so blasse, fleischige Gesicht hatte sich mit einem zarten Rosa durchzogen. „Ich werde es verkünden. Geht nur rasch zu Abt Burkhardt von Ilbing und teilt ihm mit, dass ich wünsche, dass sich alle Brüder vor der Komplet im Refektorium einfinden mögen. Ich werde sie für den morgigen Abend genau instruieren. Dann werden wir gemeinsam beten."

Thomas Ulrepforte nickte. Auch wenn ihm oft nicht gefiel, wie Johannes Pfefferkorn mit ihm umsprang, es war das Wunder, das dieser Mann in sich trug, welches ihn fesselte und ihn darüber hinwegsehen ließ. Pfefferkorn hatte nicht die Position, um einem Dominikaner – und sei es auch bloß ein Novize – Weisungen zu erteilen. Er war doch selbst bloß ein Werk der Kölner Brüder. Hätten sie ihn nicht vom jüdischen Irrglauben auf den rechten Weg gebracht, so wäre er verdammt wie die, gegen die er nun selbst vorging und die er so sehr hasste. Und doch war er ein Fischer. Die Leute liefen ihm nach und wer ihm gefiel, der gefiel auch dem Pöbel. So einfach war das. Man stand lieber mit ihm im Boot, anstatt sich in seinem Netz wiederzufinden.

„Ich werde es Abt von Ilbing mitteilen und gewiss wird er Eurem Wunsch entsprechen."

„Davon ist auszugehen", nickte Johannes Pfefferkorn selbstgefällig. Er nahm wieder hinter seinem Schreibtisch Platz. „Sagt dem Abt, dass ich sehr wohl zu schätzen weiß, hier, in diesem Haus Gottes, Aufnahme gefunden zu haben. Dankt ihm auch dafür, dass er mir seine eigene Kammer für meine Vorbereitungen überlassen hat. Ich werde nun meine Ansprache erarbeiten."

Als Thomas Ulrepforte merkte, dass Johannes Pfefferkorn sich seinen Texten widmete und ihm keine Beachtung mehr zu schenken schien, ging er aus dem Zimmer. *Morgen also*, dachte er, *werden wir ein Feuer machen. Und wenn Gott will, dann werde ich den Schuldschein, den Benisch Stoltzer begehrt, vor diesen Flammen bewahren können. Ich werde dafür noch mehr Geld für die gerechte Sache des Herrn Pfefferkorn erhalten. Gold und Feuer haben die gleiche Farbe und sie werden mir auf dem Weg zur Erleuchtung der wahren Lehre dienen. Gepriesen sei der Herr.* Lächelnd schob er die Hände in die weiten Ärmel seiner Kukulle und schritt bedächtig durch das kalte Gemäuer.

14

Frankfurt am Main
am 18. Sonntag nach Trinitatis
30. September Anno Domini 1509

Agnes Cramer fiel vor Schreck fast der Löffel aus der Hand. Es hämmerte an die Tür zum Kontor, als stünde der Leibhaftige davor. Der Lärm drang bis in die Küche. „Um Gottes willen Jokoff. Wer kann das sein? Doch nicht wieder dieser Schmied?"

„Gewiss nicht", sagte Jokoff ungehalten und erhob sich vom Abendbrottisch. „Ich habe nichts mehr von Stoltzer gehört seit meinem Besuch, und Zeit haben wir noch ein wenig. Zumal er es auch nicht nötig hätte, solch ein Aufsehen zu veranstalten. Ich werde nachsehen, was da vor sich geht. Vielleicht nur ein paar Gassenjungen, die um eine Schelle betteln."

Alle am Tisch hatten aufgehört, zu essen und lauschten gespannt. Ein beunruhigendes Gefühl machte sich breit. Aus der Küche konnten Greger, Grite und deren Mutter hören, wie Jokoff den Riegel der Kontortür zurückschob und sie öffnete. Jokoffs verwunderte Stimme mischte sich mit der eines anderen Mannes und mit einer weiblichen, die Greger sofort erkannte und aufsprang.

„Dorothye?", rief Greger überrascht und stürmte nach vorne. Agnes und Grite folgten ihm. Jokoff Cramer stand mitten in der Tür zur Gasse und diskutierte mit Bechthold Hausner. Dorothye versuchte um ihren und Gregers Vater herum einen Blick auf ihren Geliebten zu erhaschen. Schließlich blickte sie ihm direkt in die Augen und lächelte. Aber es war nicht das Lächeln, wie es Greger sonst von ihr kannte. Es war, als läge ein Schatten auf ihr. Sie wirkte aufgeregt, ja fast ängstlich. Irgendetwas schien vor sich zu gehen und es war nichts Gutes. Greger wollte sofort zu ihr, doch da drehte sich Jokoff Cramer bereits um. „Agnes, Kinder, Herr Hausner hat mir gerade berichtet, dass die Dominikaner unter Johannes Pfefferkorn und einer tobenden Menge soeben in die Judengasse eingedrungen sind. Sie zerren dort die Menschen aus ihren Häusern, misshandeln sie und verbrennen ihre Schriften. Das ist eine Ungeheuerlichkeit! Wie kommt dieser Hund dazu, Frankfurter Bürger in der Stadt anzugreifen?"

Agnes war mit erschrockenem Gesicht hinzugetreten und nickte Herrn Hausner und Dorothye einen wortlosen Gruß zu. Grite klammerte sich an ihre Mutter. Auf der Straße war in einiger Entfernung Geschrei zu vernehmen, das wie dicker Brei durch die engen Häusergassen und über die Plätze quoll. Es klang bedrohlich. Unmenschlich. Immer mehr Bürger liefen am Kontor der Cramers vorbei in die Richtung, aus der das Geschrei zu kommen schien.

„Wir gehen da jetzt hin und werden mit den *domini canes* und diesem Herrn Pfefferkorn ein Wörtchen reden", sagte Jokoff Cramer entschlossen. „Agnes, Grite, ihr bleibt hier und werdet derweil Fräulein Hausner Gastrecht gewähren, während wir drei sehen, was dort geschieht."

„Sieh dich vor, Jokoff", sagte Agnes Cramer zu ihrem Mann, doch der war schon mit weiten Schritten Richtung Judengasse unterwegs. Sie wusste sehr wohl, dass Jokoff nicht nur die Ungerechtigkeit gegenüber den Juden trieb. Es gab mehr in der Judengasse für ihn zu verlieren. Bechthold Hausner folgte ihm und danach Greger, der Dorothye noch unbemerkt einen flüchtigen Kuss zurückgelassen hatte. Jokoff Cramer war nicht zu halten. Dass irgendein daher gelaufener Demagoge Teile der Bevölkerung mit seinen Hetzreden gegen die Frankfurter Juden aufbrachte, war Grund genug, erbost zu sein. Doch Jokoff Cramer hatte, kaum dass das Wort *Verbrennung von Schriften* gefallen war, noch ein viel schlimmeres Gefühl beschlichen. Er musste zu Abraham. Sofort. Das Feuer und die Dummheit der Menschen würden keinen Unterschied machen zwischen Schriften angeblichen religiösen Irrglaubens und heilsbringenden Texten. Der Pöbel konnte die Tora genauso wenig lesen, wie er altgriechische Bauanleitungen verstand. Hoffentlich war es noch nicht zu spät.

Als die beiden Männer und Greger durch das Judenbrückchen in der Staufenmauer die Judengasse betraten, schwollen Gebrüll und Gezeter, Weinen und Wüten sowie die vereinzelten Rufe und spitzen Schreie der Menschen zu einem abstoßenden, allgegenwärtigen Getöse an. Es war ein einziger Tumult. Zwei Dominikaner zerrten gerade einen alten Juden im Nachtgewand aus seinem Haus auf die Gasse. Er klammerte sich wie besessen an ein Bündel Bücher und ließ sich auf die Knie fallen. Er weinte und zeterte und verlor dabei einige der Folianten. Doch die Mönche gingen mit versteinertem Gesicht ihrem Auftrag nach und zogen ihn rücksichtlos bis zu einem Haufen brennender Schriften, wo sie ihn zu Boden schleuderten. Seine kostbaren Bücher sprangen auseinander und verteilten sich auf dem Boden. Einer der Mönche sammelte die Schriften ein und warf sie trotz des flehenden Schreiens des Juden ins Feuer. Zwei andere Dominikaner hielten den Mann dabei fest. Diese Haufen mit brennenden Büchern waren überall auf der Judengasse entzündet worden, immer im Abstand von etwa dreißig Schritten. Sie wurden gut genährt. Die Gasse war über und über voll von schreienden Menschen. Entweder waren es die Anhänger Pfefferkorns, die die Bücher aus den Häusern rissen und ins Feuer warfen, oder aber Juden, die, ihrer Rollen, Folianten, Drucke und Bücher beraubt, verzweifelt und schreiend versuchten, die Täter davon abzuhalten. Doch es nützte nichts. Ohne Erbarmen wurde Buch um Buch, Werk um Werk den Flammen zum Fraß vorgeworfen. Was an augenscheinlich wertvollen Schriften oder als Beweis für die gotteslästerlichen Umtriebe der Juden nicht gleich an Ort und Stelle verbrannt werden sollte, wurde konfisziert. Pfefferkorns Leute packten ihre Beute in Leinensäcke und schleppten sie davon.

Greger war starr vor Schreck. Er kannte weder Krieg noch Mord und Totschlag aus eigener Erfahrung. Bis jetzt. Denn das, was er hier sah, malte ihm in düsteren Farben aus, was ihm sowohl sein Großvater als auch sein Vater Jokoff immer über die Mordlust der Menschen erzählt hatten. Das hatte er aber nie so recht glauben können. Bis heute.

Greger, Jokoff Cramer und Bechthold Hausner waren wie gelähmt. „Mein Gott im Himmel. Was ist das hier?“, stammelte Greger kreidebleich, doch keiner der beiden anderen konnte ihm darauf wirklich eine Antwort geben. Die Masse schob sich langsam vom Bornheimer Tor in Richtung Untertor und hatte das Judenbrückchen soeben passiert. Jokoff löste sich als Erster aus seiner Starre. Er schrie gegen das Gebrüll an: „Ich muss zu Abraham Siebenthal. Herr Hausner, gebt gut auf meinen Sohn acht!“ Greger sah noch kurz den Hut seines Vaters auf dem Menschenmeer aus Fackeln und schwarzen Köpfen tanzen, dann war er verschwunden. Ratlos und eingeschüchtert sah er nun zu Bechthold Hausner.

„Sieh nur, da hinten kommt endlich der Stadtrat mit den Bütteln“, zeigte dieser mit einem Mal erleichtert in Richtung Obertor. Gregers Blick folgte seinem Finger. Tatsächlich tauchten zwischen den Flammen und den vereinzelt zurückgebliebenen Juden, die hilflos versuchten, die Reste ihrer glimmenden Bücher zu retten, einige Männer in Begleitung eines Zuges Stadtsoldaten auf. Ihnen voran schritten der Bürgermeister, der Stadtrat Jakob Heller und ein weiterer Mann.

„Ich muss meinen Vater suchen und zu Abraham“, sagte Greger plötzlich. Er hatte Angst um seinen Vater und auch um den alten Juden. Mochte der doch verrückt sein, wie er wollte. Er hatte ihn gern.

„Aber wie willst du das denn anstellen?“, wollte Bechthold Hausner wissen. „Es ist gefährlich, und bis du dich durch diese Menge da hindurchgezwängt hast, ist alles vorüber.“ Hausner wies mit dem Kopf in Richtung des bücherfressenden Wurms, der sich im Schneckentempo durch die enge Gasse schob. Wo er vorüberkam, blieb kein Haus verschont, keine jüdische Familie ohne Schaden.

„Ich weiß schon wie“, rief Greger, als er auch schon vom Judenbrückchen aus losstürmte und zurück in Richtung Predigergasse verschwand. Zuerst war Bechthold Hausner zu verdutzt, um etwas zu sagen. Als Greger dann aber schon einige Schritte gelaufen war, rief er ihm wütend hinterher: „Du Trottel! Ich habe deinem Vater versprochen, auf dich achtzugeben. Komm zurück! Sofort! Sei doch vernünftig.“ Doch Greger war nicht mehr zu sehen. Ratlos zuckte Bechthold Hausner mit den Schultern, konnte sich eines Schmunzelns aber nicht erwehren. Dorothye hatte eine Leidenschaft für Unberechenbares. Vielleicht liebte seine Tochter diesen jungen Mann auch gerade deshalb. Er sprach ein kurzes Stoßgebet für Greger und sich und ging dann auf den Stadtrat und die Büttel zu. Er wollte wissen, was nun passieren würde.

Greger rannte wie von Sinnen. Die Häuser flogen an ihm vorbei. Verwunderte und erschrockene Bürger machten ihm Platz oder er sprang wie ein junger Bock um sie herum. Die Predigergasse hinunter bis zum Graben und dann links. Seine Lungen brannten, doch er wollte zu seinem Vater. Hoffentlich ging seine Rechnung auf. Noch dreißig schnelle Schritte und er stand endlich vor'm Untertor zur Judengasse. Hier war es ruhiger. Zwar konnte er die näher kommenden Menschen hören, doch sie schienen sich tatsächlich von oben nach unten vorzuarbeiten, ganz wie Greger es gehofft hatte. Hier war niemand. Das Tor stand auf. Torschluss war eigentlich vorüber. Da aber die Unruhen vorher begonnen hatten und die wenigen Männer an den Toren keinen Wert auf einen Händel, weder mit einer entfesselten Menge noch mit fanatischen Dominikanern, gelegt hatten, waren sie einfach getürmt. Greger atmete kurz durch, dann rannte er weiter. Es war stockdunkel. Die Juden hatten aus Furcht alle Lichter gelöscht. Bestimmt beteten sie jetzt im Kreise ihrer Familien und schlotterten vor Angst. Im Laufen drehte Greger sich um, um zu schätzen, wie weit er bereits gekommen war. Plötzlich erhielt er einen furchtbaren Schlag an den Kopf. Er war gegen etwas geprallt. Gegen jemanden. Der Mann schien den Zusammenstoß kaum bemerkt zu haben, denn er war nur kurz stehen geblieben. Greger brummte der Schädel. Als er aufsah, erblickte er einen hünenhaften Mann, doch sein Gesicht versteckte sich in der Dunkelheit.

„Pass auf, wo du hinrennst, du Missgeburt, oder ich schlitze dich auf!“, zischte er.

Der Mann hatte das Böse in seiner Stimme und Greger glaubte ihm jedes Wort. Das war keine leere Drohung. Greger überlegte kurz, wie er flüchten könnte, da ging der Mann einfach weiter und ließ Greger erleichtert zurück. Greger rappelte sich hoch, rieb sich den Kopf und rannte weiter. Kurz darauf erreichte er Abrahams Laden. Pfefferkorns Bücherverbrenner waren hier zum Glück noch nicht angekommen. Greger hämmerte aufgeregt an die Tür.

„Herr Siebenthal, Abraham! Ich bin es, Greger. Macht auf, Ihr müsst hier weg, rasch!“

Quietschend öffnete sich die Tür. Jetzt erst sah Greger, dass sie aufgebrochen worden war. Panische Angst ergriff ihn. Sein Herz ging schnell. Irgendetwas stimmte hier nicht. Zitternd schob er die Tür auf und ging hinein. Es war stockfinster.

„Abraham? Abraham?“

Nichts. Greger ging weiter. Er stolperte über eine Kiste, die scheppernd umstürzte, und erschrak fürchterlich. Die schwingenden Körbe, die von der Decke hingen, berührten ihn pausenlos wie Finger, die nach ihm tasteten und ihn anstupsten. Noch einen Schritt, dann trat er gegen etwas Weiches. Es war schwer und ließ sich nicht zur Seite schieben. Greger hatte eine furchtbare Ahnung und kniete sich auf dem Boden. Er strich vorsichtig mit den Händen über den unbekannten Gegenstand und schrak zurück. Haare.

„Abraham?“, flüsterte Greger und beugte sich nach vorne auf die Unterarme. Sein Gesicht berührte den Bart des alten Mannes. Das leise Rascheln schien den Raum, ja die ganze Welt auszufüllen. Er konnte sonst nichts mehr wahrnehmen.

„Abraham“, flüsterte er noch einmal. Er strich dem Metallhändler über den Kopf. Greger sog erschrocken die Luft ein. Seine Hand war feucht. Warm und feucht. Es war Blut. Greger zitterte. „Oh Abraham, wer hat dir das nur angetan?“

Ein schwaches Beben ging durch Abrahams müden, alten Körper. „Greger?“, hauchte er kaum hörbar.

„Ja, ja, ich bin es, ich bin hier“, antwortete Greger. Abraham murmelte etwas, aber Greger konnte es nicht verstehen. Er presste sein Ohr ganz nah an Abrahams Lippen. Seine Stimme war kaum hörbar. Nicht mehr als ein leiser Wind, der zarte Wörter mit sich trug. Abrahams Atem ging rasselnd und unregelmäßig. Doch Greger verstand ihn jetzt.

„Greger ... Ich gehe heim. Tikvah. Oh, meine Liebe. Sie haben es nicht bekommen. Niemand soll es haben, der nicht würdig ist ... *Prometheus eram ... Prometheus nunc in caelum est!*“ Wie als würde eine tonnenschwere Last an seinem Arm hängen, stieg sein Finger nur schleppend langsam höher und höher. Dann verharrte er. Er zeigte in Richtung der Decke, zum Himmel hinauf. Sein Arm fiel herab. Er war tot.

Die Tür sprang auf und Menschen drangen ein. Der Mob spülte in Abrahams Laden wie brackiges Wasser und riss alles mit sich. Fackeln wurden geschwungen, Stimmen ergossen sich in den Tod. „Hier noch ein Judenhaus. Schriften. Reißt es herunter, ja alles aus dem Regal. Wer sucht, der findet!“

Einige Männer sprangen über Greger und den toten Abraham, als seien sie gar nicht da. Niemand schien zu erkennen, dass hier eben ein Mensch gestorben war. Greger war fassungslos. Er sprang auf und schrie: „Mord, Mörder, hört mich denn niemand?“ Einige der Männer hatten schon die Schriften aus Abrahams Werkstatt geholt, um sie auf die Straße zu werfen, da leuchtete einer Abraham mit der Fackel ins Gesicht.

„Der Bub hat recht. Hier liegt ein toter Judd`. Raus, damit wollen wir nichts zu schaffen haben. Los nehmt die Bücher ruhig noch mit. Lesen kann er sie nun ohnehin nicht mehr!“ Die Männer drängten aus dem Laden und gegen den Strom kämpfte sich Jokoff Cramer zu Greger vor. Er hatte einem der Männer einfach die Fackel aus der Hand gerissen und erkannte sofort, dass Abraham nicht mehr lebte, als er zu ihm getreten war. Entsetzt fiel er auf die Knie und starrte den alten Mann an, dessen Kopf über und über mit Blut überzogen war und in einer roten Lache lag.

„Sie haben ihn ermordet, diese Hunde!“, rief er verzweifelt.

Dann betrat auch schon Stadtrat Jakob Heller in Begleitung dreier Büttel und eines weiteren Mannes das Haus. „Man hat einen Toten gefunden?“, fragte er durchdringend. Die Büttel traten sofort zu Greger und seinem Vater. Einer packte Greger am Arm und die beiden anderen zogen Jokoff auf die Beine, der noch immer vor Abrahams Leichnam kniete. Der fremde Mann trat hervor und hob die Fackel auf, die Jokoff dabei aus der Hand gefallen war. Er leuchtete ihm und Greger ins Gesicht.

„Herr Cramer?“, fragte Jakob Heller entsetzt. „Was habt Ihr damit zu schaffen?“

Jokoff war noch immer blass vor Schreck und wurde nur langsam gewahr, dass sich Greger und er in einer relativ unangenehmen Situation befanden, die schwer zu erklären war. „Ich habe damit nichts zu tun. Mein Sohn hat den alten Siebenthal gefunden. Als ich kam, war er schon da. Mein Gott, diese Mörder! Wir haben doch bloß immer Waren bei ihm gekauft. Nicht mehr!“, beteuerte er hilflos.

Ungerührt ging der fremde Mann an den Bütteln vorbei, die Vater und Sohn fest im Griff hatten, stieg über Abrahams Leichnam und leuchtete mit der Fackel in dessen Werkstatt hinein. Der rote Vorhang lag zerrissen am Boden. „Um Himmels willen, was ist denn das hier?“, klang die Stimme des Fremden aus der Werkstatt. „Das ist ja eine wahrhaftige Alchemistenküche!“ Man hörte das Geklapper von rollenden Tiegeln und angeschobenen Metallkesseln, dann tauchte die Fackel wieder im Durchgang von Abrahams Regal auf. Greger und Jokoff konnten nichts erkennen. Der Schein blendete und sie kniffen die Augen zusammen.

„Ich glaube, Ihr könnt die beiden getrost freilassen, Herr Heller. Zum einen scheint Ihnen der Ältere der beiden ja bekannt zu sein und zum anderen kann ich bestätigen, dass dieser junge Mann hier Waren bei dem Toten abgeholt hat." Dabei leuchtete der Fremde mit der Fackel auf Greger, dessen Gesicht kurz aus dem Dunkel auftauchte. „Der Vater des jungen Mannes scheint also die Wahrheit zu sagen, zudem sehen sie nicht aus, als würden sie zu dem Pfefferkorn'schen Gesindel gehören, dass hier in der Gasse tobt, oder gar die Mörder eines alten Mannes sein, bei dem – wie mir scheint – ohnehin nicht viel zu holen war."

Sichtlich erleichtert wies Jakob Heller die Büttel an, von den beiden abzulassen. „Ich dachte schon, selbst ein Gildekaufmann hätte seine Finger in diesem Spiel."

Der Fremde trat näher zu Heller. „Ich will Euch ungern widersprechen, aber es gibt sehr wohl Kaufleute der Gilde, die bei dieser unlauteren Bücherkonfiskation ihre Finger im Spiel haben, vor allem einer dürfte Euch gut bekannt sein. Nur war ebendieser schlau genug, hier nicht persönlich zu erscheinen."

„Da mögt ihr recht haben", musste Jakob Heller eingestehen, denn er wusste nur zu gut, wer gemeint war. Dann erteilte er nacheinander an seine Büttel Befehle. „Du gehst zum Bürgermeister und unterrichtest ihn über den Mord. Er mag herkommen. Du machst dich auf zum Schinder. Er soll den Toten abholen und zum Henker zur Untersuchung bringen." An den letzten Büttel gewandt sagte er, „Und du sputest dich und läufst zu Medicus Hoffner in die Allerheiligengasse. Er soll sich ebenfalls beim Henker einfinden. Ich will eine ordentliche Untersuchung der Leiche und zwar noch heute Nacht! Unsere jüdischen Bürger haben schon genug gelitten, dann sollen sie wenigstens ihre Toten schnell bestatten können, wie es ihr Ritus vorschreibt. Zum Rabbi gehe ich nachher persönlich. Nun aber voran, voran!" Zügig verließen die Stadtbüttel Abrahams Laden und verschwanden auf der Judengasse.

„Nun, Herr Cramer", richtete Jakob Heller das Wort an Jokoff, „trotzdem ich Euch gerne glauben will, dass Ihr nichts Schändliches verbrochen habt, seid Ihr mir dennoch eine Erklärung schuldig."

Jokoff berichtete nun, wie die Hausners zu ihnen gekommen waren. Wie er, Greger und Bechthold Hausner, in Sorge um die Geschehnisse, und insbesondere um Abraham Siebenthal, der ihm als guter Lieferant am Herzen gelegen habe, in die Judengasse gelaufen waren. Jokoff schloss mit den Worten: „Und dann habe ich Greger in Bechthold Hausners Obhut zurückgelassen und bin mit der wütenden Menge bis hierher gelangt. Doch Greger war schon da und hat den toten Herrn Siebenthal gefunden."

Alle Blicke richteten sich nun auf Greger, dem das sichtlich unangenehm war. Zögerlich hob er an: „Ich wollte nach Abraham Siebenthal sehen. Ich hatte Angst um ihn und in der Menge war kein Durchkommen. Also bin ich die Predigergasse nach Süden hinabgerannt, um schließlich vom Untertor der Judengasse hierher zu kommen. Doch er war schon tot, als ich ihn fand, und die Tür war aufgebrochen."

Er machte eine Pause. Das Rufen und Lärmen von der Judengasse drang nur gedämpft durch die geschlossene Tür. Greger atmete hörbar angespannt, begleitet von dem Knistern der Fackel, die den Raum mittlerweile mit ihrem Rauch gefüllt hatte und die Luft langsam, aber stetig verdaute. „Ich habe ihn gesehen", flüsterte Greger, als könne ihn der hören, von dem er sprach.

„Wen?", wollte Jakob Heller wissen.

„Den Mörder."

Jokoff Cramer packte seinen Sohn augenblicklich an den Armen und schüttelte ihn stärker als er es eigentlich beabsichtigt hatte. „Mein Gott, so rede doch. Wer war es? Wo hast du ihn gesehen?"

Der Fremde schob seinen Arm zwischen Vater und Sohn und drückte Jokoff Cramer sanft aber unbeirrbar von ihm fort.

„Ich denke, Ihr Sohn hat genug Schlimmes erlebt heute Nacht. Lasst uns die Fragen stellen und haltet Euch ein wenig zurück, Herr Cramer."

Jokoff ließ von Greger ab. Dennoch passte es ihm nicht, dass ihn ein Fremder daran hinderte, seinen eigenen Sohn etwas zu fragen. „Wer seid Ihr überhaupt und was wollt Ihr hier? Aus Frankfurt seid Ihr nicht, ich würde Euch kennen."

„Mein Name", hob der Fremde beherrscht an, „ist Wolf Besigheim. Und Ihr habt recht, denn aus Frankfurt komme ich tatsächlich nicht, aber ich stehe dem Rat der Stadt und seinen Interessen recht nahe. Das ist eine meiner Aufgaben und mehr müsst Ihr nicht wissen."

Jakob Heller erläuterte: „Herr Besigheim ist von höchster Stelle zu uns gesandt worden, um dem Rat über die Umtriebe zu berichten. Ihm haben wir es zu verdanken, dass wir überhaupt vorbereitet waren und Schlimmeres verhindern konnten. Er hat uns auch bei Ausbruch der Unruhen sofort benachrichtigt."

Wolf Besigheim beobachtete Jokoff Cramer genau. Er konnte nicht sagen, warum ihm dieser Mann seltsam vorkam. Seine Finger hatte er nicht in diesem Mord, das traute sich Wolf, allein aufgrund des ehrlichen Ausdrucks in Jokoffs Augen, beurteilen zu können. Aber genau diese Augen waren es auch, die ihn stutzig werden ließen. Er hatte schon in viele Gesichter gesehen. In verschlagene, in böse, in ehrliche, in treue und auch in verliebte. Diese wirkten gehetzt. Der Mann hatte Angst und er wusste mehr, als er zugeben wollte.

„Herr Cramer, warum geht Ihr nicht mit Stadtrat Heller auf die Gasse. Ich würde Euren Sohn gern noch einmal zu diesem Mann befragen, den er angeblich gesehen hat."

Jokoff wollte aufbegehren, doch Wolf Besigheim hob bestimmend die Hand. „Unter vier Augen, Herr Cramer. Wäre Euch das Recht, Herr Heller?"

Wolf warf dem Stadtrat einen Blick zu. Der verstand. „Ja, natürlich", beeilte er sich zu antworten und wandte sich an Jokoff. „Kommt, Herr Cramer, etwas frische Luft tut uns beiden gut.“

Widerwillig folgte Jokoff Cramer dem Stadtrat nach draußen. Hier hatten die Büttel begonnen, die Juden und Ihren Besitz zu schützen. Die Anhänger Pfefferkorns, ein Haufen aufgebrachter Dominikaner und einige Bürger Frankfurts, diskutierten mit den anwesenden Stadträten und dem Bürgermeister. Es war ein trauriges Bild, wie die Juden – Frauen und Männer jeden Alters, teils in Nachtbekleidung, und sogar deren Kinder – auf der Judengasse umherliefen, um zu retten, was noch zu retten war. Doch der Schaden war riesig, das war schon jetzt abzusehen. Denn die Juden galten allgemeinhin als Besitzer wertvoller Schriften aus aller Herren Länder. Viele dieser Schriften flatterten nun verkohlt im Wind. Buchdeckel waren zerrissen, herrliche, ledergebundene Folianten lagen zertrampelt auf der Gasse und handgezeichnete Farbillustrationen aus unbezahlbaren Unikaten wirbelten achtlos zwischen den Füßen der Menschen umher. Überall loderten noch die Feuer, genährt von Papier und Pergament. Scheiterhaufen aus dem Wissen und den Künsten der Menschen, in denen Reime und Geschichten genauso vernichtet worden waren wie Landkarten und religiöse Schriften. Außerdem verbrannten Hunderte von Schuldscheinen, Verträgen und Vermögensnachweisen. Die Flammen machten keine Unterschiede. Sie konnten genauso wenig lesen, wie viele, die ihnen die Bücher zum Fraß vorgeworfen hatten. Mit festem Schritt ging Jakob Heller auf den Bürgermeister zu, der, flankiert von einem Dutzend schwerbewaffneter Stadtsoldaten, mit Johannes Pfefferkorn in ein Streitgespräch verwickelt war.

„Die Juden sind die Leugner, sie sind die Plage und eine Beleidigung für Gott und seine heilige Kirche. Das war erst der Anfang. Alle Schriften werden von uns vernichtet werden, alle. Auch wenn Ihr noch so viele Soldaten zusammenzieht, die gerechte Sache wird wie ein Sturm über das Land und die Judengassen fegen. Sie wird die Lügen- und Schmähschriften vernichten, wie einst der Herr die Ägypter. Nur wird es ein Meer aus Feuer sein, das über diesen hier zusammenschlägt."

Ein Speichelregen ergoss sich auf die Umstehenden. Johannes Pfefferkorns Gesicht war zu einer Fratze verzerrt. Der blanke Hass und der Wahn der vermeintlichen Wahrheit sprangen aus seinen Augen wie wilde Tiere.

Der Bürgermeister blieb ruhig. Es war an ihm nun wieder die Ruhe herzustellen und das möglichst ohne weitere Gewalt. „Herr Pfefferkorn. Ihr mögt derlei Reden und Taten in Köln, Bingen und anderen Städten versuchen, doch nicht in Frankfurt. Und auch anderorts – so ist mir zu Ohren gekommen – waren die Bürger nicht eben erfreut daüber."

Doch Pfefferkorn ereiferte sich dadurch nur noch mehr und trat einen Schritt vor. Wild fuchtelte er mit den Händen umher, als habe er nicht genug Worte, um seiner Wut Ausdruck zu verleihen. „Der Kaiser steht hinter mir", schrie er. „Seine Durchlaucht Kaiser Maximilian I. persönlich hat mir dieses Mandat erteilt und ich bin an seiner statt hier, um dies durchzusetzen."

Nun reichte es auch Jakob Heller. Wutentbrannt ging er zu Pfefferkorn. „Habt Ihr nicht gehört, was der Herr Bürgermeister angeordnet hat?" Hellers Stimme donnerte, dass selbst die anwesenden Mönche das Rufen und Getuschel einstellten. „Geht besser, Johannes Pfefferkorn, und nehmt diese Leute gleich mit. Dies ist die freie Reichsstadt Frankfurt und der Kaiser hat nicht zu bestimmen, was hier zu geschehen hat, und Ihr schon gar nicht. Was maßt Ihr Euch an? Verbreitet Eure Hetze meinetwegen im Wald, in der kaiserlichen Wildbahn, vielleicht hören Euch die Vöglein zu, doch hier in Frankfurt", Heller stampfte wütend mit dem Fuß auf, dass sein schulterlanges Haar zitterte, „hier macht Ihr das, was Euch der Rat erlaubt und anweist. Und der Rat hat beschlossen, solche Dinge hier nicht länger zu dulden, also trollt Euch, bevor wir Euch festsetzen lassen!"

Johannes Pfefferkorn stand der Mund offen. Er war nicht gewohnt, dass man so mit ihm sprach. Der Bürgermeister nickte Jakob Heller dankbar zu, dann wies er die Büttel an, die Versammlung aufzulösen. „Geht, Pfefferkorn, das ist meine letzte Aufforderung."

Die Augen des Demagogen waren vor Zorn geweitet und stierten den Bürgermeister hasserfüllt an. „Das hat ein Nachspiel. Das wird sich der Kaiser nicht gefallen lassen. Und diese Schriften gegen Gott sind unser. Wir nehmen sie mit, und wenn wir dafür sterben müssten." Pfefferkorn deutete auf einige Dominikaner, die Leinensäcke voller Bücher über den Schultern trugen und ihre Finger besessen hineinkrallten. Jakob Heller fuhr auf, doch der Bürgermeister machte ihm ein Zeichen sich ruhig zu verhalten.

„Nein, die bleiben hier. Doch behandelt die, die Ihr schon geraubt und fortgeschleppt habt pfleglich, denn auch ich gedenke, beim Kaiser Einspruch einzulegen. Vielleicht werdet Ihr sonst für einen noch höheren Schaden aufkommen müssen, als er ohnehin schon zu beklagen ist."

Johannes Pfefferkorn stach durch die Büttel hindurch und stürmte an den Mitgliedern des Stadtrates achtlos vorbei. Die umstehenden Juden, die sich in Gegenwart der städtischen Büttel wieder etwas sicherer fühlten, überzogen ihn mit hebräischen Schimpfwörtern. Er verstand als jüdischer Konvertit nur zu gut, was sie ihm hinterherriefen, doch er würdigte sie keines Blickes. Jakob Heller sah Pfefferkorn nachdenklich hinterher. „*Habent sua fata libelli*", murmelte er betrübt. „Ja, da sprecht Ihr ein wahres Wort", sagte der Bürgermeister, der zu ihm getreten war, „Bücher haben ihr eigenes Schicksal."

Nachdem Pfefferkorn aufgebrochen war, kam auch Bewegung in die Anhängerschar des Antisemiten und die Judengasse leerte sich langsam. Ein schlimmer Abend für die Juden Frankfurts und alle, die zu Ihnen standen, schien vorüber zu sein. Unter den Dominikanern war auch ein hagerer Mann mit kantigem Gesicht, der sich verstohlen umblickte. Thomas Ulrepforte suchte Jeckel Schmied, doch der war nirgendwo zu sehen. Noch immer nicht. Zufrieden fasste er sich an den Habit und spürte den Brief darin. Wenigstens den Schuldschein des Geldverleihers hatte er für Stoltzer aufgetrieben. Das waren blanke Gulden. Doch die als so tatkräftig angepriesene Hilfe dieses Jekkel Schmied, Stoltzers Mann, hatte auf sich warten lassen. Er war zuerst wie vereinbart zum Treffpunkt am Obertor erschienen, aber dann in Windeseile in der Menge untergetaucht und verschwunden. Das würde Schmied ihm erklären müssen.

15

In Abrahams Laden indes bekamen Greger und Wolf Besigheim von all dem nichts mit. Wolf interessierte sich momentan viel mehr für diesen Mord. Seine Aufgabe in Frankfurt im Auftrag des Mainzer Erzbischofs war noch nicht gänzlich abgeschlossen. Die Bücherkonfiskation hatte nur bedingt vereitelt werden können, aber eine zweite würde es so schnell nicht geben. Zumindest der angerichtete Schaden war durch seine Nachforschungen und Aufmerksamkeit etwas begrenzt worden, daher käme ihm ein neuer Auftrag gerade recht. Vielleicht die Suche eines Mörders im Auftrag der Stadt Frankfurt? Es wartete zwar immerhin noch der größte Teil des vom Erzbischof versprochenen Lohns darauf, abgeholt zu werden, aber Wolf hätte nichts gegen einen weiteren Auftrag gehabt. Und dann war da noch sein seltsames Gefühl, das ihn nicht mehr losgelassen hatte, seitdem er hier über Jokoff Cramer, dessen Sohn Greger und den toten Juden gestolpert war. Das schien irgendwie mit der Konfiskation zusammenzuhängen, aber es steckte mehr dahinter. Der Mörder des Juden war nicht aus Glaubensgründen hierher gekommen, genauso wenig wie Jokoff Cramer, das war gewiss. Nur warum, das galt es herauszufinden. Greger wollte den Mörder gesehen haben oder hatte zumindest einen Hinweis auf dessen Verbleib.

„Wo hast du den Mann getroffen?"

„Ich war auf dem Weg vom Untertor hierher. Plötzlich stieß ich mit ihm zusammen."

„Wie sah er aus? Versuche dich zu erinnern. Jede Kleinigkeit kann wichtig sein."

Greger versuchte, sich die Situation noch einmal ins Gedächtnis zu rufen. Doch da war nicht viel. Ein Umriss im nachtdunklen Nichts. Nur diese Stimme konnte er nicht vergessen. „Es tut mir Leid, Herr Besigheim. Ich konnte nichts erkennen.

Es war stockfinster und die Juden in der Gasse hatten auch noch alle Lichter in den Häusern gelöscht."

Wolf Besigheim dachte angestrengt nach. „Aber sage mir, wie du eigentlich darauf kommst, dass das der Mörder gewesen sein muss? Hätte es nicht irgendein Jude hier aus der Gasse oder ein anderer Bürger auf der Flucht vor dem Pöbel sein können?"

Greger schüttelte energisch den Kopf. „Nie und nimmer. Es war der Mörder. Ich weiß es. Er hat mich bedroht."

„Womit?"

„Er sagte, er würde mich aufschlitzen."

Wolf schwieg, als hätte er das gar nicht gehört. Nach einer kurzen Pause fuhr er fort: „Ich danke dir, junger Herr Cramer. Es ist nicht viel, doch immerhin ein Hinweis, denn ich denke, du hast recht mit deiner Vermutung und zudem noch großes Glück gehabt. Genug für heute. Lass uns diesen Ort verlassen und draußen auf den Stadtrat und deinen Vater warten. Ich bin gespannt, was Pfefferkorn noch alles angestellt hat."

Damit schritt Wolf Besigheim zur Tür. Plötzlich drehte er sich zu Greger um. „Noch auf ein Wort. Ist sonst etwas Besonderes vorgefallen? Hast du irgendetwas entdeckt, als du in den Laden kamst, oder etwas gehört? Weißt du sonst noch etwas?"

Greger erschrak und hoffte, sein Gegenüber würde es nicht bemerken. Er versuchte, seiner Stimme einen sicheren Klang zu geben. „Nein, Herr Besigheim, nichts." Er wollte dem Fremden nichts von Abrahams letzten Worten sagen, auch wenn er nicht wusste, was sie bedeuteten. Vielleicht waren sie wichtig oder hatten sogar etwas mit dem seltsamen Gespräch zwischen seinen Eltern vor ein paar Tagen in der heimischen Küche zu tun. Greger beschloss einstweilen, diesem Mann nichts weiter zu verraten.

„Gut", sagte Wolf, „aber wenn dir doch noch etwas einfallen sollte, dann geh zu Herrn Jakob Heller und lass mich rufen."

Kurz darauf trafen die Stadträte in Begleitung einiger Soldaten ein. Ihnen folgten der Medicus Hoffner und der Schinder, um den toten Abraham für die angeordnete Untersuchung beim

Henker abzuholen. Wolf Besigheim klopfte Greger zum Abschied auf die Schulter und tippte sich an den Hut, dann schritt er auf Jakob Heller zu. Wolf interessierte sich nun sehr für diesen mysteriösen Mord, denn der Junge hatte gelogen. Auch er wusste mehr.

16

Urbino, Norditalien
Etwa 14 Monate zuvor, an Johannesfeuer
24. Juni Anno Domini 1508

Giacomo di Vernaccia beeilte sich, zum Palast des Herzogs zu gelangen. Heute Morgen, in aller Herrgottsfrühe, noch lange bevor die Sonne hinter den Palazzi, Kirchen, Marktplätzen, Türmen und Häusern der Stadt emporgestiegen war, hatte der Herzog ihm einen Boten gesandt. Der hatte ihn äußerst unsanft aus dem Bett geworfen. Monsignore Lorenzo II. de'Medici hatte Giacomo zur zwölften Stunde in den Palast befohlen, und Giacomo hasste es, zu spät zu kommen. Es musste schon etwas sehr Wichtiges sein, wenn es keinen Aufschub duldete, zumal die Familie de'Medici seine Dienste seit Jahren nicht mehr in Anspruch genommen hatte. Das letzte Mal, überlegte er angestrengt, musste es vor bald fünf Jahren gewesen sein, als der Vater des jetzigen Herzogs, Piero II. de'Medici, noch gelebt hatte. Damals hatte er dem mächtigen Bankier einige Dokumente wiederbeschafft, die beim Sturm der Florentiner auf den Palazzo Medici geraubt worden waren. Schwere Zeiten waren seinerzeit für die Medici angebrochen. Sie hatten an Einfluss eingebüßt. Seither lebten die Familienmitglieder verstreut im ganzen Land. Da nutzte es Herzog Lorenzo auch nichts, dass er de facto noch Regent von Florenz war, denn die Herrschaft vor Ort blieb ihm noch immer verwehrt.

Giacomo hastete durch die engen Gassen von Urbino. Vor azurblauem Himmel erhob sich eine goldene Sonne direkt über der Stadt, deren Strahlen von den engen Häuserschluchten eingefangen und festgehalten wurden. Es war unerträglich heiß, und nur wenige Menschen waren zu sehen. Wem es nur irgend möglich war, der zog es vor, die Zeit bis zum Nachmittag in einem Haus zu verbringen. Nur diejenigen, die wirklich mussten, hielten sich unter freiem Himmel auf. Giacomo gehörte leider dazu. Ihm lief der Schweiß in Bächen herunter und das dünne Hemd klebte an seinem Körper wie öliges Papier. Sein schwarzer, kurz gestutzter Vollbart, in dem bereits einige graue Stellen auszumachen waren, kam ihm vor wie ein Schwamm. Erst gestern war Giacomo aus Florenz eingetroffen, zwei Tage, nachdem ihn die Nachricht des Herzogs erreicht hatte. Die imposanten Zwillingstürme des Palastes, die Urbinos unverwechselbare Silhouette bestimmten, hatten ihn schon von Weitem begrüßt. Nun sollte er das Gebäude bald aus der Nähe und von innen betrachten dürfen. Er folgte einer staubigen Gasse, bis er endlich die dreieckige Piazza, den Marktplatz von Urbino, erreichte. Er lag in einer kleinen Senke zwischen zwei Buckeln eines Hügels. Von dort hielt er sich bergauf zum *Palazzo ducale.* Giacomo di Vernaccia war zwar bereits ein Mann in den besten Jahren, aber noch immer ein durchtrainierter Kämpfer. Nun schmerzten ihm die Waden von den schnellen Schritten bergauf. Bewaffnet über ein Schlachtfeld zu laufen, schien ihm leichter zu sein, als ohne Waffen Urbino bei dieser Hitze und in diesem Tempo zu durchqueren. Er versuchte erfolglos, sich mit dem klammen Ärmel die Stirn trocken zu tupfen. Aber als hätte er eine nicht versiegen wollende Quelle in den Haaren, rannen ihm sogleich wieder aufs neue Schweißperlen über die Haut. Es war zwecklos, einfach zu heiß. Die beiden Wachen am Palazzo ließen sich die Botschaft des Herzogs zeigen und kurz darauf konnte er passieren. Im gleichen Maße, wie der Eingang des Palastes Giacomo enttäuschte, überraschte er ihn, als er durch das Portal getreten war. Präsentierte sich die herzögliche Residenz von der Stadtseite aus eher noch unauffällig, ja fast gewöhnlich, so war allein schon der Innenhof ein Meisterwerk der Proportion und Lichtführung. Alle Arbeiten schienen von den geschicktesten Händen des Landes ausgeführt worden zu sein und Giacomos Auge wusste nicht, woran es sich zuerst sattsehen sollte. Der Palast diente sowohl als Wohnhaus und seit dem Exil auch als Sitz der weltumspannenden Medici-Bank, dem mächtigsten aller achtzig Bankhäuser von Florenz. Er atmete kurz durch und überquerte den Hof, vorbei an Stallungen, Küchen und den Wohnungen des Gesindes. Giacomo hielt direkt auf den Eingang des Palazzos zu, der sich etwas zurückversetzt unter einem Überbau aus korinthischen Arkaden verbarg und mit Wappen und Grafiten verziert war. Der Palazzo erinnerte Giacomo eher an eine Burg als an ein repräsentatives Fürstenhaus. Zielstrebig betrat er das Eingangsportal des Palazzos und folgte der breiten Marmortreppe hinauf in das erste Obergeschoss, den *primo piano*. Giacomos Schritte hallten durch die angenehm kühlen Gänge. Zwei Wachen wiesen ihm den Weg zu den Räumen des Herzogs. Er pochte an die zweiflüglige Zedernholztür und trat ein.

„Giacomo di Vernaccia, nehme ich an. Tretet näher." Lorenzo II. de`Medici saß in seinem Lehnstuhl hinter dem Schreibtisch und trotz seines zarten Alters von erst siebzehn Jahren war seine Ausstrahlung erhaben. Er war der Enkel des im April 1492 verstorbenen Lorenzo de`Medici. Diesen hatte man bereits zu Lebzeiten *il magnifico*, den Prächtigen, genannt. Auch war er ein Neffe des Kardinals Giovanni de`Medici und der Erbe eines Finanzimperiums, das seinesgleichen suchte. Das dicke Blut dieser Familie hatte sich schon immer als Garant für Erfolg und Macht erwiesen. Selbst klerikale Grenzen stellten kein Hindernis dar, im Gegenteil. Die geschickte Verteilung der Macht auf Geld, Handel und Kirche hatte die wirtschaftliche Position der Medici nur noch mehr gestärkt. Hinter ihrem Sohn stand die Herzoginmutter, die Hände auf die Lehne von Lorenzos Stuhl gelegt, und musterte Giacomo ausdruckslos. Es wirkte fast, als halte sie buchstäblich die Fäden in der Hand, die an ihren Sohn geknüpft waren. Jederzeit bereit, die vor ihr sitzende Marionette durch einen leichten Zug in ihren Bewegungen zu korrigieren. Obwohl Giacomo den Brief mit persönlicher Signatur und dem Siegel des Herrschers von Urbino erhalten hatte und obwohl diese Frau nicht einmal die Lippen zur Begrüßung öffnete, wusste er sofort, wer hier das Sagen hatte. Dazu bedurfte es keiner Worte von Alfonsina Orsini, der Witwe des Piero de`Medici. Dieser eigentlich bildhübschen Frau mit den zart geschnitzten Gesichtszügen und ihren rehbraunen Haaren ging jedoch die Schönheit verloren, sobald man in ihre Augen blickte. Es war nicht deren tiefes Meerblau, es war das, was unter seiner Oberfläche lauerte. Giacomo kannte Alfonsina schon lange, und wusste, was man sich über den Herzog und dessen Mutter überall auf den Gassen von Florenz erzählte. Lorenzo sei, wie sein Vater Piero, zwar ein vielseitig begabter und gebildeter Mann, aber er könne genauso wenig wie sein Vater rasche Entschlüsse fassen oder beherzte Schritte wagen. Daher beherrsche ihn seine Mutter, die die Familiengeschäfte zielstrebig und despotisch leite. Die ehrgeizige Alfonsina wurde daher vom Volk nicht eben geliebt, verfolgte sie doch stets vornehmlich die Interessen der Familie de`Medici und insbesondere die ihres Sohnes Lorenzo.

„Ihr habt mich rufen lassen, Monsignore, und hier bin ich. Es ist lange her, dass jemand Eurer geschätzten Familie meine Dienste in Anspruch genommen hat."

Lorenzo de`Medici kam sofort zur Sache. „Giacomo di Vernaccia, ich habe Euch zu mir befohlen, weil ich durch Eure Dienste für meinen Vater um Eure Verlässlichkeit weiß. War ich damals zum Zeitpunkt Eures letzten Auftrages auch erst ein Knabe von zwölf Jahren und verstand von derlei Dingen noch nicht viel, so hat mir meine Mutter dies bestätigt und Euch empfohlen." Bei diesen Worten zuckten die Finger Alfonsinas kurz auf der Lehne des Stuhls, doch sie blieb still und überließ ihrem Sohn weiter das Reden. „Ich betone das, weil ich vorhabe, Euch mit einer heiklen Angelegenheit zu betrauen, bei der Eure Verschwiegenheit nicht nur reich belohnt werden soll, sondern auch Voraussetzung ist."

Giacomo hörte konzentriert zu, konnte ein Schmunzeln aber nur schwer verbergen. Die Aufträge der Medici waren immer heikel gewesen. Wenn ihn der alte Piero de`Medici hatte rufen lassen, dann waren alle offiziellen Wege bereits beschritten worden und hatten nicht zum gewünschten Erfolg geführt. Es hatte dann gegolten, geheime Unterlagen zu beschaffen, Komplotte abzuwenden, Leuten im Verborgenen nachzustellen oder auch Schwert und Dolch im Dunkeln zu gebrauchen. Warum also sollten die Aufgaben, die der Sohn des verstorbenen Potentaten nun für ihn bereithielt, weniger brisant sein?

„Ihr könnt Euch meiner Verschwiegenheit gewiss sein, Monsignore, und auch Ihr, Signora." Giacomo deutete eine kleine Verbeugung in Richtung Alfonsina Orsini an.

Über das Gesicht der Herzoginmutter huschte ein Lächeln. Doch es war zu schnell vorüber, als dass Giacomo Gefühle darin entdecken konnte. Der Fürst selbst nickte wohlwollend. „Gut, dann will ich Euch eine Geschichte aus dem Leben meiner Familie erzählen, insbesondere von meinem Großvater und meinem Vater, Gott hab sie selig." Lorenzo de`Medici erhob sich und ging, gefolgt von seiner Mutter, zu einem Nebenraum, der durch einen Brokatvorhang mit goldenen Bordüren von dem weiten Arbeitszimmer abgetrennt war. Er lupfte den schweren Stoff zur Seite und machte Giacomo eine einladende Handbewegung. Giacomo schritt durch den Raum und setzte sich, wie der junge Herzog auch, in einen gepolsterten Sessel. Alfonsina Orsini stellte sich hingegen wieder hinter ihren Sohn. Das gleiche unverbindliche Gesicht. Die gleiche kontrollierte Haltung.

„Obwohl mein Großvater Lorenzo, dessen Namen ich mit Stolz trage, von Standes wegen kein Fürst, sondern nur ein einfacher Bürger von Florenz gewesen ist, hat der *Rat der Siebzig* seine faktische Herrschaft anerkannt. Ebendieser Rat war von Anhängern unserer Familie besetzt und so war es nur konsequent, dass, nach dem Tod meines Großvaters, auch meinem Vater die Macht zufiel. Der Rat ernannte ihn sogar zum *Accoppiatore*, was ihn dazu befähigte, die richtigen Männer für Staatsämter zu wählen." Was Lorenzo de`Medici unter den *richtigen Männern* verstand, war Giacomo klar. Es waren natürlich Männer, die von den Medici abhängig und somit kontrollierbar waren. Nicht mehr und nicht weniger. Der Herzog verscheuchte eine Fliege und fuhr fort.

„Allerdings zählte politisches Kalkül nicht gerade zu seinen Stärken. Er beging drei schwere Fehler, welchen unsere Familie dieses unglückselige Exil hier zu verdanken hat. Durch seine unbedachte neapelfreundliche Politik war er dafür verantwortlich, dass der Franzosenkönig Karl VIII. 1494 seinen Italien-Feldzug begann. Ludovico Sforza hatte ihn zur Hilfe gerufen. Das war der erste Fehler. Doch als mein Vater ihn als solchen erkannt hatte und begann, um seine Herrschaft zu bangen, beging er auch schon seinen zweiten. Er lieferte Karl ohne Rücksprache mit dem Rat die wichtigsten Festungen von Florenz und auch die Häfen von Pisa und Livorno aus.“ Lorenzo nahm einen Schluck Wein von einem Kelch aus feinstem Muranoglas. Giacomo entging nicht, dass es dem jungen Mann sichtlich schwerfiel, über Fehler seiner eigenen Familie zu berichten. Aber gerade deshalb und weil diese vergangenen Vorfälle wohl seinen Auftrag irgendwie betrafen, lauschte er weiter gespannt den Worten des Herzogs.

„Natürlich stießen diese Maßnahmen nicht auf Gegenliebe bei den Großen der Stadt. Und da beging er den dritten, den schwersten Fehler. Er trat in Begleitung mehrerer Bewaffneter vor die *Signoria*, den Stadtrat von Florenz, um seine Entscheidungen zu rechtfertigen. Doch nun reichte es den Florentinern und eine wütende Volksmenge plünderte schließlich unseren Palazzo. Und nicht nur das. Auf meinen Vater wurden vier- und auf meinen Onkel Giovanni zweitausend Florin Kopfgeld ausgesetzt. Sowohl mein Vater und seine Brüder Giovanni und Giuliano als auch sein Cousin Giulio mussten überstürzt nach Bologna fliehen.“

Lorenzo schenkte sich neuen Wein in den Kelch. Giacomo ließ einen Moment verstreichen. Dann fragte er: „Nun, Monsignore, vieles von dem war mir durch Euren Vater bereits zugetragen worden. Es ist – mit Verlaub – nicht viel Neues darunter. Wie kann ich Euch nun dienlich sein?“

Der Herzog sah ungehalten auf und auch Alfonsina Orsinis Augen funkelten einen Moment gefährlich. Doch keiner der beiden sagte etwas. Der Mann, der da vor ihnen saß, war vielleicht der einzige, der ihnen helfen konnte, etwas wiederzubeschaffen, das ihnen verloren gegangen war.

„Ich will es Euch sagen, di Vernaccia. Mein Großvater hat Vieles geleistet und dabei leider Fehler gemacht, doch wer tut das nicht? Er war sehr tüchtig und vielseitig. Unserem Bankhaus, das zur damaligen Zeit fast am Boden lag, verhalf er durch geschickte Geschäfte zu einem ungeahnten Wiederaufstieg. Und mehr noch. Seine Liebe galt auch der Kunst, insbesondere der Dichtung und Literatur. Er sammelte wertvolle Handschriften aus aller Herren Länder und führte dieses, von meinem Urgroßvater begonnene Werk, erfolgreich fort, bis daraus eine unendlich wertvolle Sammlung alter Schriften erwachsen war." Lorenzo de`Medici lehnte sich im Sessel zurück und spielte mit seinem gefüllten Weinglas, in dem sich die Strahlen der Mittagssonne rubinrot brachen. „Als meine Familie aus Florenz vertrieben wurde, konnte sie von diesen Schriften kaum etwas mitnehmen. Vieles war für immer verloren. Geraubt oder verbrannt. Mir liegt ein genaues Verzeichnis all dieser Schriften vor."

Giacomo nickte. „Ja, das ist mir bekannt. Euer Vater hat oft voller Wehmut von den Verlusten dieser Tage berichtet."

Ungerührt fuhr Lorenzo fort: „Unter diesen Schriften waren Unikate, sagenhafte, unersetzliche Einzelstücke, teils Hunderte von Jahren alt. Ich habe mir zum Ziel gesetzt, die Sammlung meiner Familie weiterzuführen und die Stücke, die uns geraubt wurden, wieder zurückzuholen, koste es, was es wolle. Und hier kommt Ihr ins Spiel. Mutter?"

Lorenzo de`Medici ergriff die Hand von Alfonsina Orsini und drückte sie kurz. Die Frau, die bis jetzt nicht einen einzigen Ton gesagt hatte, nickte. Dann sprach sie zu Giacomo. Ihre Stimme war leise, fast zart, doch wie eine beständige, unhörbare Drohung schienen Macht und Gewalt darin mitzuschwingen. Giacomo hatte keine Angst und schon gar nicht vor vierzigjährigen Weibern, auch wenn sie feinsten Zwirn trugen und berühmten Familien vorstanden. Aber ihn fröstelte. Er wollte diese Frau besser niemals zur Feindin haben.

„Unlängst hat sich etwas zugetragen, dass uns die Spur eines ganz besonderen Dokumentes aufzeigte. Es handelt sich um eine alte, griechische Handschrift aus Alexandria. Der Zufall wollte es, dass uns ein Mann in die Finger fiel. Dieser hatte beim damaligen Raub der Dokumente in Florenz eine nicht unerhebliche Anzahl unserer wertvollen Schriften an sich gebracht. Viele hat er verkauft, aber einige behalten. Nun schien ihm wieder einmal das Geld knapp geworden zu sein und er hatte einige Pergamente angeboten. Pech für ihn, dass er dieses Angebot einem Bankier machte, der uns sehr verbunden ist und der uns umgehend Meldung machte. Also haben wir diesen Mann ausfindig gemacht und befragt. Was für ein Glück, denn schon bald darauf hat ihn Gott nach nur kurzem Siechtum zu sich befohlen." Alfonsina Orsinis Lippen umspielte ein giftiges Lächeln.

Giacomo lächelte zurück. Er konnte sich gut vorstellen, von welcher Art Siechtum die Rede war. Doch er ging nicht darauf ein. „Ja, die Wege des Herrn sind wirklich unergründlich. Hatte der Mann auch besagtes Dokument geraubt?"

„Ja, das hatte er", erklärte Alfonsina Orsini, „aber da er ein dummer Mann war, wusste er nicht einmal, was er in den Händen hielt, als er es vor Jahren schon verkaufte."

„Wo ist es jetzt?", wollte Giacomo wissen.

„Wir wissen es nicht", antwortete die Mutter des Herzogs. „Was wir aber wissen ist, dass er es einem Florentiner Händler für nur ein Pfund Silber verscherbelt hat." Alfonsina Orsini schnaubte verächtlich.

Giacomo hingegen hätte ein Pfund Silber nicht mit solcher Verachtung gestraft, sagte aber nichts dazu. „Wie hieß der Mann und was soll ich machen?"

„Der Name dieses Räubers und Hehlers ist unerheblich. Er ist tot und soll vergessen werden. Der Händler, der das Dokument von ihm erworben hat, hieß Sebastiano Tagnini, aber auch er ist bereits tot."

Giacomos Blick musste Alfonsina aufgefallen sein. Sie lächelte zynisch. „Eine Kette von tragischen Unglücksfällen, nicht wahr? Aber auch dieser Spur sind wir natürlich nachgegangen. Es scheint, als habe der Sohn des Sebastiano, ein gewisser Bernardo Tagnini, die restlichen Dokumente von ihm geerbt, also auch das gesuchte."

Giacomo nickte. „Wo hält er sich auf?"

„Wir wissen es nicht genau. Allerdings haben wir in Erfahrung gebracht, dass er, wie sein Vater, als Händler arbeitet und zweimal im Jahr Waren von hier über die *Via Imperii* in die nördlichen Handelszentren jenseits der Alpen, nach Nürnberg, Augsburg, Straßburg und Frankfurt fährt. Es kann also durchaus sein, dass er es mit sich führt und gar nicht weiß, was er besitzt."

„Woher wisst Ihr denn, dass er genau dieses Dokument überhaupt noch hat?"

„Wir wissen es nicht, wir hoffen es. Und das herauszufinden, wird Euer Auftrag sein. Wenn er es hat, dann bringt es uns zurück!"

Giacomo di Vernaccia blickte abwechselnd zum Herzog und dessen Mutter. „Was ist das für ein Dokument, dass Euch so wichtig ist? Wie werde ich es erkennen?"

Alfonsina Orsini hob gebieterisch die Hand. „Das muss Euch nicht kümmern. Es ist auf Griechisch verfasst und stammt aus unserem Besitz. Mehr müsst Ihr nicht wissen. Bringt uns einfach alle Dokumente dieses Mannes, dann wird das gesuchte schon darunter sein." Alfonsina Orsini verließ die Sitzecke und ging zum Schreibtisch des Herzogs, wo sie wie selbstverständlich eine Schublade aufzog und ein versiegeltes Schreiben sowie einen Beutel entnahm. Beides legte sie neben Giacomo auf den niedrigen Beistelltisch.

„Dieses Dokument ist ein Geleitbrief, der Euch als einen unserer Händler ausweist. In dem Beutel warten fünf Goldflorin auf Euch. Die dreifache Summe erhaltet Ihr bei Eurer Rückkehr, wenn Ihr uns das Dokument aushändigen könnt. Wenn nicht, dann erhaltet Ihr nichts und vielleicht wäre es dann auch besser, Ihr kämet erst gar nicht wieder."

Giacomo nahm beides in die Hand und erhob sich. Er sah die Mutter des Herzogs fragend an. „Wann soll ich aufbrechen?"

„Bald. Kehrt morgen nach Florenz zurück. Wir werden veranlassen, dass Ihr mit einigen Kaufleuten nach Norden zieht. Ihr brecht noch Anfang des kommenden Monats auf. Und dass dieser Auftrag von höchster Wichtigkeit ist und der Geheimhaltung unterliegt, brauche ich wohl nicht zu erwähnen, oder di Vernaccia?"

Giacomo schob sich das Schreiben unters Hemd und steckte das Gold in seine Geldkatze am Gürtel. „Nein, Signora, natürlich nicht, Ihr kennt mich. Dann darf ich mich jetzt empfehlen?"

„Ja, geht, aber enttäuscht uns nicht!"

„Nein, Signora. Natürlich nicht." Er verbeugte sich tief.

Als die Schritte des Florentiners in den Gängen verhallt waren, fragte Lorenzo seine Mutter, „Wird er es schaffen?"

Alfonsina Orsini zuckte mit den Schultern. „Ich hoffe es für ihn und für uns." Sie setzte sich an den Schreibtisch ihres Sohnes und fuhr eine der zahlreichen Seiten des vergilbten Dokumentenverzeichnisses der Medici mit dem Zeigefinger ab. Name und Herkunft jedes einzelnen Folianten, jeder Pergamentrolle und jedes Manuskriptes standen dort in der Handschrift ihres verstorbenen Gatten Piero de`Medici und seiner Vorfahren geschrieben. Beim dreizehnten Eintrag blieb ihr Finger plötzlich haften. *Documento greaco di Alessandria – macchina d'oro.* Alfonsina Orsini lächelte. *Macchina d'oro*, Goldmaschine.

17

Frankfurt am Main
am Montag vor dem 19. Sonntag nach Trinitatis
1. Oktober Anno Domini 1509

Benisch Stoltzer liebte es, nach dem Abendessen noch einige Zeit in seinem Schreibzimmer zu verbringen, bevor er zu Bett ging. Wenn es nichts Geschäftliches zu tun gab, dann spielte er eine Partie Karten mit seinem Sohn Johann. Wenn dieser es jedoch wieder einmal vorzog, mit seinen Freunden lieber die Schänken und Hurenhäuser Frankfurts unsicher zu machen, legte er sich selbst eine Patience. Er liebte dieses Spiel, das er bei Kaufleuten in Frankreich gelernt und von dort mitgebracht hatte. Wenn er auch dazu keine Lust verspürte, griff er sich einen der zahlreichen, kostbaren Folianten aus seiner Bibliothek, blätterte darin umher und ließ seine Gedanken von den farbigen Illustrationen entführen. Oder er saß einfach nur in seinem Armsessel und dachte nach.

So wie heute.

Benisch Stoltzer beschäftigten die letzten Tage. Abraham Siebenthals wundersame Maschine, Jokoff Cramer, Thomas Ulrepforte und die verblendeten Dominikaner, die diesem Pfefferkorn hinterherliefen wie junge Enten ihrer Mutter. Verspürte er Mitleid gegenüber den Juden? Nein. So sehr Benisch Stoltzer auch in sich forschte, er konnte dieses Gefühl nicht entdecken. Wie auch die Gegner Pfefferkorns hielt er die tatsächliche Gefahr, die von den Juden und ihren Schriften ausging, für gering und kalkulierbar, wenn nicht gar für unerheblich. Ihm war kein Christ persönlich bekannt, der je zum jüdischen Glauben konvertiert wäre und schon gar nicht aufgrund irgendeines hebräischen Textes. Somit schien die Kraft dieser Schriften eher beschränkt zu sein. Und wenn selbst die Menschen, die doch beinahe jeder Versuchung täglich und fortwährend erlagen, immun gegen diese Schriften waren, wie sollte sich Gott erst daran stören? Gedankenversunken schüttelte Stoltzer langsam seinen Kopf, so als wolle er, im stillen Dialog mit sich selbst, seiner Überzeugung Nachdruck verleihen. Aber es war trotzdem ein Glücksfall für ihn gewesen, dass Pfefferkorn die jüdischen Schriften konfisziert und verbrannt hatte. Das erst hatte es Benisch Stoltzer möglich gemacht, den Schuldschein dieses jüdischen Geldverleihers ohne Gold auszulösen. Und Stoltzer kannte einige, die es genauso gemacht hatten. Viele derer, die die Schriften aus den Häusern der Juden gerissen hatten, konnten nicht einmal lesen. So war es natürlich ein bedauerliches Missgeschick, dass bei der Beschlagnahme gotteslästerlicher Schriften auch einige Schuldscheine verschwunden waren. Stoltzer betrachtete den abnehmenden Mond, der sich durch die Butzenfenster wie verwaschen als milchige Scheibe abzeichnete. Es war schon recht spät und er wartete auf Nachricht wegen ebendieser Sache. Er erhob sich aus seinem Sessel und schenkte sich etwas Wein nach. Zimtsüßer Burgunder, leicht erwärmt und teuer, wie alles in Stoltzers Leben. Gerade als er sich wieder in den Sessel sinken lassen wollte, flog ein Steinchen an die Butzenscheibe und er zuckte zusammen. Kurz darauf noch eins. Stoltzer verzog das Gesicht und wischte eine kleine Weinlache mit dem Ärmel von der ledernen Sessellehne. Er stellte den silbernen Weinkelch auf seinen Schreibtisch und schritt zum Fenster. Noch ein Stein. Angestrengt starrte er durch einen Fensterspalt in die Nacht hinaus. Es war kaum etwas zu erkennen, nur der Mond malte hinter den Häusern lange Schattenfinger auf den Boden der Zeyl. Zwischen zweien dieser Finger konnte Stoltzer den Umriss eines großen Mannes erkennen. Klack. Noch ein Steinchen. Endlich. Stoltzer ging durch sein Zimmer, hinaus auf den Flur, bis er an dessen Ende zum Hinterausgang gelangte. Er wollte Schmied zu dieser Stunde nicht durch den Vordereingang seines Hauses einlassen. Er mochte diesen Mann nicht, auch wenn er seine Verlässlichkeit und

Skrupellosigkeit sehr schätzte. Wie ein gut gefertigtes Werkzeug, das man auch pfleglich behandelte, sich aber deshalb nicht gleich in die Wohnstube legen will, einfach weil es da nicht hingehört. Benisch Stoltzer entriegelte die Hintertür und trat ins Freie. Die Kälte der sternklaren Nacht kroch in seine Glieder und er beeilte sich, zum Tor zu kommen. Er öffnete es einen Spalt und zischte leise durch die Zähne. Jeckel Schmied hatte bereits wieder ein Steinchen in der Hand, um es gegen das Fenster zu werfen. Er drehte sich zu ihm um und kam wortlos näher. Benisch Stoltzer ließ ihn ein und zog das Tor zu.

„Ich dachte schon, Ihr würdet gar nicht mehr öffnen. Es ist kalt“, grummelte Schmied unzufrieden.

„Wärest du pünktlich erschienen, hättest du nicht so lange warten müssen“, antwortete Benisch Stoltzer spitz. „Hast du den Schuldschein von Ulrepforte erhalten?“

„Gewiss.“

Schmied zog ein gefaltetes Schriftstück hervor und übergab es an Benisch Stoltzer. Der prüfte es nicht einmal, sondern schob es sich ungesehen in den linken Ärmel.

„Ein ganz schönes Sümmchen, das Ihr dem Judd schuldet. Dagegen nimmt sich mein Lohn und das, was Ihr dem Mönchlein Ulrepforte dafür gebt, fast lächerlich aus“.

Stoltzer verzog verächtlich das Gesicht, griff in seine Rocktasche und drückte Schmied einen Geldbeutel vor die Brust. „Es gilt eine alte Kaufmannsregel: Es wird nicht nachverhandelt, Schmied. Wenn dir mein Lohn nicht passt, dann such' dir einen anderen. Gib' dem Dominikaner seinen Anteil und Schluss. Sag' mir lieber, was du über die Maschine des Juden in Erfahrung gebracht hast, der bei diesen Unruhen unglücklicherweise umgekommen ist. Findest du sie, dann soll es dein Schaden nicht sein. Ich werde dich fürstlich entlohnen.“

Schmieds kalte Finger glitten über Benisch Stoltzers Hand und griffen nach dem Geldbeutel. Stoltzer durchlief ein Schauer und er war froh, seine Hand zurückziehen zu können. Jeckel Schmied wog das Gewicht des Beutels ab und steckte ihn zufrieden ein. „Nein, ich habe nichts Neues zu berichten. Aber so sicher der Teufel Schwefel scheißt, so sicher bin ich, dass dieser Cramer mehr weiß."

„Ja, das glaube ich auch", stimmte Stoltzer zu. „Ich denke, es wäre eine gute Idee, wenn du ihn dir noch einmal vornehmen würdest. Aber lass ihn ganz und übertreibe es nicht. Melde dich, sobald du etwas Neues herausbekommen hast. Ich werde morgen im Rat betreiben, meinen Teil zu unserer Suche beizutragen."

Schmied nickte. Er würde sich Jokoff Cramer noch einmal vornehmen. Aber ob der dabei ganz bliebe, das lag an Cramer selbst. Wahrscheinlich aber würde er dabei zu Schaden kommen, denn tote Lippen mochte Schmied am liebsten. Sie redeten nicht. Er schlich aus dem Tor und verschwand zwischen den Schattenfingern in der Dunkelheit.

18

Frankfurt am Main
am Mittwoch vor dem 19. Sonntag nach Trinitatis
3. Oktober Anno Domini 1509

Greger lehnte sich entspannt im Heu zurück und fingerte sich einen Halm aus dem Gesicht, der ihm fortwährend in die Nase stach. Es war schlecht, dass es so wenig im Kontor zu tun gab. Selbst an einem Wochentag hatte er schon zur vierten Stunde nach dem Mittag freie Zeit zur Verfügung. Aber es war auch gut. Er drehte sich zu Dorothye um und stützte seinen Kopf auf dem Ellbogen ab. Interessiert sah er zu, wie sie ihr Kleid anzog und den derben Stoff über ihre makellose, helle Haut streifte. Wie zwei perfekte Hügel standen ihre Brüste in verführerischen Rundungen ab. Ihre Haare waren zerzaust und voller Heu. Sie wandte sich um und sah Gregers begehrlichen Blick.

„Komm, mein Liebster, wir müssen zurück", sagte Dorothye schweren Herzens. „Mein Vater kauft mir schon jetzt gewiss nicht mehr ab, dass ich nur schauen wollte, ob Töpfer Bertram unsere Schalen fertig hat. Außerdem will ich nicht riskieren, dass uns hier jemand entdeckt."

Gekonnt schlüpfte sie mit den Armen ins Kleid und zog das Lederriemchen stramm, das es vor dem Busen zusammenhielt. Sie kniete sich neben Greger und streichelte zärtlich das Heu aus seinen Haaren.

Greger stöhnte widerwillig. „Ach, wer soll uns hier schon entdecken? Komm noch einmal zu mir." Er packte Dorothye am Arm und zog sie zu sich, doch sie entwand sich seinem Griff und stand auf.

„Nein, Greger. Ich will jetzt nicht mehr. Ja, diese Scheuer ist verlassen, aber der Zufall will es, dass man uns doch noch sieht.

Vielleicht gibt es außer uns weitere Paare, die sie als Liebesnest benutzen? Außerdem müssen wir noch gut und gerne eine halbe Meile laufen, bis wir wieder in Frankfurt sind, und ich möchte nicht erst zur Dämmerung vor den Toren angekommen sein. Zuviel Gesindel treibt sich hier herum. Also troll dich und komm auf die Füße!", scherzte sie, dennoch klang ihre Stimme bestimmt.

Enttäuscht musste Greger sich eingestehen, dass seine Überredungskünste wohl heute nicht mehr fruchten würden. Wenn Dorothye nicht mehr wollte, dann wollte sie nicht mehr. Schade, denn wie gerne hätte er sich noch einmal mit ihr durchs Heu gewälzt. Feuchte Zungen wie liebende Fische. Zusammen entdecken, was verboten war, zusammenfügen, was ineinander gehörte. Sich dem herrlichen Sturm hingeben, geschüttelt und gepeitscht wie junge Pappeln, bis sich Blitz und Donner in einem einzigen, gleißenden Aufbäumen entluden. Greger bemerkte die aufkommende Schwellung zwischen seinen Beinen. Er versuchte krampfhaft an einen Haufen Pferdemist zu denken, erhob sich hastig, zog Hose und Hemd über und stieg in seine Stiefel. Es würde ein anderes Mal geben. Geben müssen.

Als sie beide voreinander standen und sich gegenseitig die letzten trockenen Grashalme aus dem Haaren zupften, hielt Dorothye mit einem Mal inne und fasste Greger sanft am Kinn. „Greger, wir müssen aufpassen. Wir sollten uns der Versuchung nicht so oft und ungehemmt hingeben. Ich habe Angst, dass ich einmal doch ein Kind von dir empfange. Es hätte keine Zukunft, würde nie einen Vater haben und ich wüsste nicht, wie ich es versorgen sollte."

Greger schüttelte ungläubig den Kopf. „Achtest du nicht auf den Mond? Nimmst du nicht zu Hause den Sud dieser alten Vettel aus der Galgengasse ein, nachdem wir zusammen waren? Springst du nicht sofort auf der Stelle, um meinen Samen aus dir fortzuschleudern? Was also soll geschehen?"

Dorothye trat einen Schritt zurück und klopfte sich das Kleid von Staub und Spreu frei. „Doch das mache ich natürlich alles, aber es gibt genug Weiber, die trotzdem schwanger geworden sind, weil Gott sie für ihre Unzucht strafen wollte. Ich sage nicht, dass wir es lassen sollten, ich sage nur, wir sollten maßhalten und vorsichtig sein."

Aus heiterem Himmel sprang Greger zu ihr auf, umarmte sie und schlug ihr mit beiden Händen auf den Po. „Maß halten, bei einem solchen Leib?", rief er übermütig.

Dorothye lachte. „Ach hör auf. Ich bestehe noch aus mehr als nur meinem Hintern."

Greger lächelte gespielt anzüglich und starrte auf ihren Busen. „Ich weiß."

Dorothye schlug ihm mit der flachen Hand vor die Brust und machte sich von ihm los. „Du blöder Hund! Ein geiler Bock bist du, sonst nichts. Komm jetzt. Wir müssen wirklich gehen, ich will keinen Ärger".

Zusammen stiegen sie die morsche Leiter vom Heuboden hinab und traten aus der alten Scheune. Es hatte leise zu nieseln begonnen und ein kühler Wind trug die feinen Tröpfchen kaum sichtbar durch die Luft. Sie gingen etwa zweihundert Schritte, bis sie aus dem ginsterüberwucherten Trampelpfad auf den Weg von Frankfurt zur Friedberger Warte und nach Breunsheim stießen. Der Vorort lag in nordöstlicher Richtung etwa noch eine Meile entfernt und bereits außerhalb der Frankfurter Landwehr, die die Stadt wie ein schützender Arm weitläufig umgab. Die Friedberger Heide lag in dieser Richtung in einem fahlen Licht, konturlos und blass. Niemand war zu sehen. Sie wandten sich Hand in Hand auf dem aufgeweichten Weg nach Süden in Richtung Frankfurt. Als sie nach einigem Fußmarsch schließlich am Friedberger Tor in Frankfurt ankamen, war bereits die sechste Stunde nach dem Mittag angebrochen und die Dämmerung kündigte sich an. Die Wachen am Tor tuschelten. Zuerst dachte Greger, sie würden sich über Dorothye und ihn die Mäuler zerreißen, doch dann bemerkte er, dass die Männer sie kaum eines Blickes würdigten. Er machte Dorothye ein Zeichen, zu warten und schritt auf die vier Stadtwachen zu, die einen Kreis gebildet hatten und angeregt diskutierten. Greger war neugierig, denn so unaufmerksam kannte er die Wachen nicht.

„Verzeiht Männer. Ich bin Greger Cramer, Sohn des Jokoff, Gildekaufmann der Stadt. Ist etwas vorgefallen?“

Die Männer hielten abrupt inne und starrten Greger entgeistert an. „Wenn man vom Teufel spricht“, raunte einer seinen Kameraden zu. Ein andere räusperte sich und kam näher.

„Der Sohn des Jokoff Cramer aus der Fahrgasse?“

Greger wurde siedend heiß. Er nickte.

„Dann solltest du schleunigst nach Hause laufen, denn im Haus deines Vaters ist etwas geschehen. Ein Verbrechen.“

Greger wurde schwindelig. Er brachte kein Wort heraus. Dorothye, die das Ganze aus einigen Schritten Entfernung gehört hatte, kam schnell hinzu und schmiegte sich dicht an ihn.

„Was für ein Verbrechen?“, fragte sie den Soldaten erschüttert. Doch der zuckte nur mit den Achseln. „Ich weiß es auch nicht. Ich kam auf dem Weg zum Dienst und der hiesigen Wachablösung dort vorbei und alles war voller Menschen. Sogar ein Stadtrat und der Richter waren da. Man wollte mir aber nichts Genaues sagen“, fügte er fast beleidigt hinzu, „nur den Namen Cramer verriet mir einer meiner Kameraden. Aber irgendetwas ist geschehen, so viel steht fest. Und nichts Gutes.“

Greger wartete nicht auf Dorothye. Er riss sich los und rannte wie von Sinnen nach Hause. Der tote Abraham, Benisch Stoltzer, brennende Bücher und die tödliche Schattengestalt in der Judengasse. Alles zog vor seinen Augen vorbei. Er hatte Angst.

19

Frankfurt am Main
Vor etwa fünf Monaten
am Tag nach Philippus und Jakobus
4. Mai Anno Domini 1509

Abraham sah von seiner Theke auf, als sich die Tür zu seinem Geschäft öffnete. Er musterte den Mann mit den fremdartigen Kleidern argwöhnisch. Er konnte nicht von hier stammen. Angestrengt blinzelte er durch den spärlich beleuchteten Raum. Doch dann erkannte er ihn, trat hinter der Theke hervor und streckte ihm freundlich die Hand entgegen. „Herr Tagnini, was für eine Überraschung. Ich dachte bereits, Euch sei etwas zugestoßen. Ich hatte Euch spätestens im September vergangenen Jahres erwartet, wie sonst."

Es war ein ungewöhnlich warmer Frühlingstag. Bernardo Tagnini klopfte sich den Staub der anstrengenden Reise aus den Kleidern und gab Abraham die Hand. Sein schlechtes Deutsch war kein Hindernis, zumindest nicht bei Abraham Siebenthal. Das, was Bernardo nicht oder nur ungenügend zu erklären vermochte, sagte er einfach deutlich auf Italienisch und Abraham verstand ihn, dank seines fundierten Lateins; das Italienische konnte seine Herkunft nicht verleugnen.

„Ja, ich weiß, ich wollte letzten Herbst noch zu Euch kommen, aber ich konnte nicht früher. Mein Vater ist im vergangenen Jahr einem abscheulichen Verbrechen zum Opfer gefallen. Dann fand sich auch erst viel später als erhofft ein Wagenzug mit Kaufleuten, dem ich mich anschließen konnte."

Abraham war ernsthaft entsetzt. „Euer Vater Sebastiano ermordet, sagt Ihr? Um Gottes willen, wer tötet denn einen alten Mann?"

Bernardo sah Abraham ratlos an. „Niemand weiß es. Er war nicht mehr bei bester Gesundheit und dennoch verschwand er eines Abends spurlos aus unserem Haus. Das war normalerweise gar nicht seine Art. Er liebte es mittlerweile mehr, das Ende des Tages mit einem guten Toskanawein am heimischen Herd zu verbringen. Drei Tage später fand man ihn grausam zugerichtet vor den Toren von Florenz in einem Graben am Wegesrand. Weggeworfen wie ein Stück Unrat. Es war furchtbar."

Abraham wunderte sich „Grausam zugerichtet? Aber warum? Hat man ihn beraubt?"

Bernardo Tagnini schüttelte traurig den Kopf. „Nein, das ist es ja. Er hatte sogar noch seine volle Geldkatze dabei und bei uns zu Hause fehlte auch nichts. Ich war nur einen Tag fort, um im Umland von Florenz Waren einzukaufen, kam zurück und fand das Haus durchsucht vor. Was für ein Durcheinander. Nichts haben sie verschont. Alles war durchwühlt und Vater war fort. Uns ging es – dank der guten Geschäfte meines Vaters – gewiss nie schlecht, aber von Reichtum kann man wahrhaftig nicht sprechen. Da fielen mir einige mehr ein, die ich als Dieb an unserer statt beraubt hätte. Es sah eher aus wie Rache, doch Feinde hatte er auch keine. Zumindest keine, die zu so etwas imstande wären", fügte er hinzu. „Es ist ein Rätsel, das mich schon viele Nächte um den Schlaf gebracht hat, das könnt Ihr mir glauben. Jedenfalls habe ich das Haus verkauft und bin nach Bologna gezogen. Ich wollte fort aus dieser Stadt und konnte dort nicht wohnen bleiben."

Der Händler machte eine Pause und sah sich im Laden um. Dann sagte er: „Aber, Herr Siebenthal, ich bin nicht gekommen, um Euch mein Leid zu klagen, wie Ihr Euch denken könnt. Wollt Ihr sehen, was ich dieses Mal für Euch dabei habe?"

Abraham legte seine Hand auf Bernardos Schulter. „Bernardo, seit nunmehr über zehn Jahren kommt Ihr regelmäßig zu mir und davor war es Euer Vater. Ich kenne außer meinen Leuten hier in der Gasse kaum jemanden so lange wie Euch.

Da sollte es Euch erlaubt sein, von Euren Sorgen genauso zu sprechen wie von Euren Waren."

Bernardo Tagnini nickte gerührt. „Ich danke Euch, Herr Siebenthal. Wer viel reist, hat wenig Zeit, und wer kaum Zeit hat, hat auch nicht viele Freunde. Aber nun kommt."

Er machte Abraham ein Zeichen, ihm nach draußen zu folgen, wo er seinen wuchtigen Planwagen abgestellt hatte. Die beiden Pferde schauten kurz auf, als die Männer auf sie zukamen, wandten sich aber schnell wieder kauend dem Inhalt der Hafersäcke zu, die ihnen Bernardo für die Dauer der Rast vorgebunden hatte. Sie gingen um den Wagen herum auf dessen Rückseite. Bernardo Tagnini schlug die Plane zurück, fixierte sie seitlich mit einem Hanfseil und klappte die hintere Holzwand nach unten. Dann sprang er behände auf die Ladefläche. Abraham beneidete ihn in diesem Augenblick um sein Alter. Tagnini war mit Anfang dreißig weniger als halb so alt wie er, der sich an die Tage ohne Gelenk- und Rückenschmerzen kaum noch erinnern konnte. Dann fiel sein Blick ins Innere. Die Ladefläche des etwa fünfzehn Fuß langen Wagens war nur noch halb gefüllt.

„Ihr habt ja gut verkauft, Bernardo", bemerkte Abraham anerkennend. „Fangt doch im kommenden Frühjahr hier in Frankfurt an und fahrt erst auf dem Rückweg, nach Nürnberg, Augsburg und Straßburg."

Von drinnen konnte man ein hölzernes Schieben hören. Zuerst erschien das Ende einer Truhe und kurz darauf Bernardos Kopf. Er lachte. „Nein, nein, Herr Siebenthal. Ich muss da verkaufen, wo ich kann. Und es ist nun einmal so, dass Frankfurt mein nördlichstes Ziel ist. Wenn ich also weiter südlich schon verkaufen kann, dann tue ich es. Außerdem müssten meiner Gäule die ganze Fuhre erst hierher in den Norden ziehen. Es sei denn, Ihr bestellt etwas bei mir, so wie diese Metallfäden." Mit diesen Worten sprang er von der Ladefläche, drehte die wuchtige Truhe auf der Stelle und öffnete den Deckel. Heraus nahm er einen stabil genähten Leinensack, der zwar nur von der Größe eines Kopfes war, aber äußerst schwer zu sein schien. Man konnte Bernardo ansehen, dass er Mühe hatte, den Sack über den Rand der Truhe auf das verbliebene Stück freie Ladefläche zu wuchten. Er entknotete den Sack, griff hinein und präsentierte Abraham kurz darauf eine derbe Holzspule, auf der ein feiner Metalldraht gewickelt war, nur so dick wie vier, allenfalls fünf Rosshaare. Abraham nahm die Spule ehrfurchtsvoll entgegen.

„Und habe ich zu viel versprochen?“, fragte Bernardo stolz.

„Nein, wahrhaftig. Das ist eine feine Arbeit. Wie viel ist es?“

„Um jedes Holz wurden etwa zwanzig Ellen *capelli di ferro* gewickelt. Eine solche Spule wiegt recht genau zwei Pfund und in dem Sack sind zwei Dutzend dieser Hölzer, also sind es fünfzig Pfund, wie Ihr es wolltet. Die Feinschmiede um Bologna vermögen das gleiche auch mit Silber, ja sogar mit Gold zu tun, aber dann würde ich Euch einen geringen Aufpreis abverlangen müssen“, scherzte Bernardo.

Abraham steckte die Spule in den Leinensack zurück. „Welchen Preis hatten wir vereinbart?“

Bernardo grinste. „Keinen, Herr Siebenthal, da ich Euch im letzten Jahr nicht sagen konnte, welchen Preis ich dafür zahlen muss. Aber ich kann Euch den Sack für fünf Silbergroschen überlassen, das wäre ein halber Pfennig je Holz.“

Abraham rechnete angestrengt. „Sagen wir vier Groschen und ich nehme sie.“

„Sagen wir vier Groschen und sechs Pfennige.“

„Drei Pfennige“, entgegnete Abraham.

Bernardo lächelte und schlug ein. Abraham griff nach dem Sack, um ihn von der Ladefläche zu hieven, doch er war zu schwer. Bernardo schob ihn sanft beiseite. „Nein, lasst das, das mache ich für Euch. Der Lohn dafür ist im Preis enthalten“, zwinkerte er Abraham freundlich zu. Bernardo hatte den Sack gerade gepackt und bereits angehoben, da fiel Abrahams Blick in die noch immer offen stehende Truhe und er stutzte. Auf dem Boden der Truhe waren einige Dokumente und ein Lederköcher zu sehen, aus dem ein altes Pergament herauslugte. Abraham zupfte Bernardo am Ärmel und deutete auf die Schriftrolle.

„Was ist das?“, fragte er neugierig.

Bernardo setzte den Sack wieder ab. „Interessiert Ihr Euch für Schriften?“

„Ja, sehr. Was ist es? Darf ich es sehen?“

Bernardo griff in die Truhe und holte den Köcher heraus. „Gewiss, seht es Euch ruhig an. Mein Vater liebte alte Schriften und hat sich im Laufe der Jahre diese kleine Sammlung zusammengekauft. Dasjenige, welches Ihr in den Händen haltet, hat er wohl in Florenz erstanden. Er hat immer ein großes Geheimnis daraus gemacht, wie er dazu gekommen ist. Es sei unwahrscheinlich wertvoll und sehr alt, sagte er mir, als er es mir gab. Außerdem sei es verflucht“, fügte Bernardo Tagnini mit einem Lächeln hinzu. „Ich solle seine Dokumente nun haben, er brauche sie nicht mehr, seine Augen seien zu schwach und er könne sie deshalb noch nicht einmal mehr entziffern. Mein Vater war ...“ Bernardo zögerte. Er hatte sagen wollen *ein liebenswerter, alter Wirrkopf, aber leider nicht ganz bei Tros*t. Doch als sein Blick auf Abraham fiel und er im gleichen Augenblick feststellen musste, dass dieser den gleichen weltfremden Ausdruck in den Augen hatte und ihn doch sehr an seinen Vater erinnerte, verkniff er es sich. Stattdessen sagte er nur: „... schon alt“ und fuhr fort: „Aber ich kann diese Schrift nicht lesen und, ehrlich gesagt, interessiert mich weder ein Stück vergammeltes Pergament sonderlich noch glaube ich an Flüche aus Tinte. Beides macht mich nicht satt und ich muss sehen, wo ich bleibe. Wenn Ihr es haben wollt, dann gebt mir etwas mehr und ich bin es endlich los.“

Abraham hatte derweil das Pergament entrollt und entzifferte mit zitternden Händen die kaum leserlichen, griechischen Schriftzeichen. Er war blass geworden. Das konnte nicht sein. Es war das, was er so viele Jahre gesucht hatte. Das war kein Zufall. Niemals. Er holte tief Luft und versuchte seine Erregung vor Bernardo zu verbergen, doch das gelang ihm nicht.

„Was ist, Herr Siebenthal? Was steht in diesem Dokument?“, wollte Bernardo Tagnini nun interessiert wissen.

Bevor Abraham sich eine glaubhafte Lüge zurechtlegen konnte, sandte ihm der Himmel einen unerwarteten Beistand.

„Gott zum Gruß, Herr Siebenthal.“

Abraham und Bernardo schreckten auf. Sie hatten Greger nicht kommen hören. Mit fahrigen Fingern rollte Abraham das Dokument wieder zusammen und steckte es in den Köcher zurück. Doch er legte es nicht wieder in die Truhe, sondern behielt es in der Hand. Er sah nicht aus, als wolle er es freiwillig je wieder hergeben.

„Ich nehme es. Zwei Groschen mehr. Wäre das in Ordnung?“

Bernardo sah Abraham argwöhnisch an. Zwei ganze Groschen Silber waren nicht wenig für ein altes Stück Ziegenhaut. Zudem war der jüdische Metallhändler weder für seinen Reichtum bekannt noch dafür, dass er jemals etwas kaufte, ohne zu verhandeln. Das machte Bernardo nun doch stutzig.

„Zwei Groschen?“, fragte er ungläubig. „Was zur Hölle steht in diesem Dokument, dass Ihr so viel dafür bezahlen wollt?“

Abraham wurde ungehalten. Er wollte dieses Geheimnis nicht preisgeben, wo er doch noch nicht einmal einen kleinen Teil in der Kürze der Zeit hatte übersetzen können. Doch selbst eine vage Ahnung war diesen Preis wert. „Ihr wollt es loswerden, ich sammle alte Schriften und zahle einen guten Preis. Es hat Euch bis eben nicht interessiert, warum interessiert es Euch jetzt?“

Bernardo gab auf. Seine Züge entspannten sich und das sanfte Lächeln kehrte zurück. Er winkte ab. „Ja, ja, nehmt es schon in Gottes Namen und gebt mir die zwei Groschen dafür. Mich freut's. Es ist ein guter Preis und Ihr habt ja recht.“

Abraham war es unmöglich ein Siegerlächeln zu verbergen. „Gut, es sei. Gehen wir hinein, dann bekommt Ihr Euer Geld und könnt weiter des Weges ziehen.“ Er sprach hastig, als wolle er vermeiden, dass es sich Bernardo Tagnini vielleicht doch noch einmal anders überlegen würde.

Greger hatte die Szene still und mit Verwunderung verfolgt. Nun versuchte er sich in Erinnerung zu rufen und wiederholte seinen Gruß. Diesmal etwas lauter. „Gott zum Gruß, Herr Siebenthal."

Noch immer stand Abraham eine fast kindliche Freude ins Gesicht geschrieben. Er wandte sich zu Greger um. „Ach, ja, Greger. Entschuldige. Wir waren so in Geschäfte vertieft. Auch ich grüße Dich. Du willst die Waren für deinen Vater abholen, nicht wahr?"

„Deswegen stehe ich hier schon eine Weile herum", entgegnete Greger leicht gereizt, nickte aber trotzdem auch Bernardo Tagnini einen Gruß zu. Dieser hatte bereits den Sack von der Ladefläche gezogen, neben sich auf die Erde gestellt und sah Abraham erwartungsvoll an.

„Ja, gehen wir hinein", sagte Abraham schließlich zu den beiden Wartenden, als er begriffen hatte, dass es an ihm lag, dass sie noch immer tatenlos auf der Judengasse herumstanden. Den Lederköcher mit dem Dokument in der Hand, schritt Abraham leichtfüßig voran. Er würde es in der Tat nie wieder hergeben. Der scheinbar unglaubliche Inhalt dieses Pergaments hatte ihn spontan verjüngt. Er war so aufgewühlt und übermütig, dass er sicher ebenfalls versucht hätte, aus dem Stand auf die Ladefläche des Florentiner Händlers zu hüpfen. Abraham war sich sicher, dass er eines der größten Geheimnisse der Menschheit fest in der Hand hielt. Zu einem Spottpreis gekauft von einem freundlichen Dummkopf, der nichts verstand. Welche Fügung, was für ein unsagbares Glück.

20

Frankfurt am Main
am Mittwoch vor dem 19. Sonntag nach Trinitatis
3. Oktober Anno Domini 1509

Greger rannte wie um sein Leben. Seine Lungen stachen und brannten, aber er musste nach Hause. Es war etwas Schreckliches passiert. Er spürte es. Er lief mit der Dämmerung um die Wette, die sich mehr und mehr über die Stadt legte. In einigen Häusern waren bereits die ersten Leuchten entzündet worden, doch Greger nahm sie kaum wahr. Endlich hatte er das Bornheimer Tor erreicht und raste hindurch. Jetzt rechts und die Fahrgasse hinunter. Es war nicht mehr weit. Doch dann verlangsamten sich seine Schritte und er hielt schließlich einen Augenblick inne. Schon aus der Ferne konnte er eine Menschenmenge vor dem Haus seiner Familie erkennen. Sein Atem ging stoßweise. Dann rannte er weiter, erreichte die Ansammlung der Gaffer und drängte sich hindurch, bis er von einem Büttel unsanft gestoppt wurde.

„Halt! Geh' heim. Hier gibt es nichts zu sehen." Dann wandte sich der Mann auch mit lauter Stimme an die Umstehenden. „Los, ihr Leute, ihr Gaffer und Zaungäste. Nach Hause jetzt oder wir räumen die Gasse." Er und zwei weitere Büttel machten sich daran, die Leute mit quer gehaltenen Spießen abzudrängen und die Menschentraube aufzulösen. Greger wollte an ihm vorbei, doch der Büttel packte fest zu und schrie ihn an: „Hast du Dreck in den Ohren? Geh jetzt heim oder ich mache dir Beine, Jungchen!"

„Ich wohne hier!", brüllte Greger zurück, „Lass mich durch! Was ist hier geschehen?"

Der Büttel war sichtlich verunsichert. Konnte er diesem jungen Mann glauben? Seine Wut und Sorge schienen echt zu sein. Die Entscheidung wurde ihm abgenommen.

„Lass ihn durch. Er wohnt tatsächlich hier. Er ist der Sohn des Kaufmanns Cramer, das kann ich bezeugen. Ich kenne ihn." Der Büttel wandte sich kurz um, erkannte den Mann, der in Begleitung von Stadtrat Heller gekommen war, und ließ Greger passieren. Der wollte blind an dem Mann vorbeistürmen, doch dieser hielt ihn fest. Greger blickte auf und sah in das ernste Gesicht von Wolf Besigheim.

„Was ist geschehen?", wiederholte Greger, noch immer außer Atem.

„Dein Vater ist verschwunden."

„Verschwunden?" Gregers Knie gaben nach. Er war kreidebleich geworden. Wolf griff ihn unter den Armen und stützte ihn einen Moment, bis er wieder etwas Kraft gewonnen hatte.

„Ja, verschwunden. Aber das will ich dir nicht auf der Gasse erzählen. Komm, wir gehen hinein. Stadtrat Heller und der Richter sind auch bereits da." Plötzlich hörte Greger Dorothyes verzweifeltes Rufen aus der Menge. Die Büttel wollten sie nicht zu ihm durchlassen. Greger sah Wolf an und der verstand. Er pfiff, machte dem Büttel ein Zeichen und deutete auf Dorothye. Kurz darauf konnte sie sich zwischen den Menschen hindurchzwängen.

„Was um Himmels willen ist geschehen?", wollte sie schwer atmend wissen.

„Kommt jetzt!", ignorierte Wolf die Frage und schob die beiden vor sich her. Sie betraten das Kontor von Jokoff Cramer. Als Wolf die Tür geschlossen hatte, verschwanden die Geräusche, die die Menschen auf der Fahrgasse verursachten. Nun konnte man gedämpfte Wortfetzen hören, die aus der Küche in den Verkaufsraum drangen. Unterbrochen von Schluchzen. Greger ging sofort hinein. Seine Schwester Grite weinte und wurde von Agnes Cramer auf der Küchenbank im Arm gehalten. Auch sie hatte gerötete Augen. Als sie Greger erblickte, füllten sie sich wieder mit Tränen. Sie streckte ihren freien Arm in die Luft und Greger ging zu ihr, um sie fest an sich zu drücken. Jakob Heller und der Richter saßen mit betroffenen Gesichtern an der gegenüberliegenden Seite des Tisches. Dorothye stand hilflos in der Küche. Sie wusste noch immer nicht, was geschehen war. Aber dass es etwas Furchtbares sein musste, war ihr klar.

„Was ist passiert?", fragte Greger seine Mutter ängstlich.

Agnes Cramer versuchte sich zu beherrschen, doch ihre Stimme zitterte. „Greger, Vater ist verschwunden. Vielleicht wurde er entführt."

„Entführt?" Greger setzte sich neben seine Mutter. „Wer hat das getan und wie kommst du darauf?" Die Fassungslosigkeit stand ihm ins Gesicht geschrieben.

Agnes wischte sich die Tränen aus den Augen. „Ich bin mit Grite vom Markt gekommen und habe Haus und Kontor verlassen vorgefunden", erzählte sie. „Dein Vater war nicht da. Zuerst habe ich mir nichts dabei gedacht und vermutet, er würde sich im Lager aufhalten. Doch als er nach geraumer Zeit noch immer nicht wieder hereingekommen war, bin ich nach draußen gegangen, um ihn zu suchen. Und da sah ich einen großen Blutfleck zwischen den umgestürzten Kisten. Es sah aus wie nach einem heftigen Kampf." Gregers Mutter seufzte nur einmal. Aber dieser Seufzer entsprang einer solchen Tiefe, dass es alle im Raum ergriffen machte. Dann fuhr sie fort: „Hätte er sich verletzt, so hätte ich ihn entweder dort finden müssen oder aber er wäre sofort zu mir gekommen. Dass er sich verletzt und dann fortgeht, das ist unmöglich. Ich kenne doch Jokoff."

Alle im Raum waren still. Dann sagte Greger plötzlich: „Es war dieser Schmied, wer sonst?"

Wolf Besigheim, Jakob Heller und auch der Richter horchten auf. „Was für ein Schmied?", wollte Wolf wissen.

„Kein Schmied. Ein Halunke namens Schmied. Jeckel Schmied", erklärte Greger wütend. „Er steht im Dienste des Benisch Stoltzer. Mein Vater schuldet Stoltzer noch eine ganze Menge Geld und vor etwa einer Woche ist dieser Kerl hier aufgetaucht und hat meinen Vater bedroht. Es sollte mich nicht wundern, wenn der Mann, dem ich in der Judengasse begegnet bin, auch dieser Halunke gewesen wäre. Ich habe ihn nicht erkannt und kann es somit nicht beschwören, aber wer sonst sollte dahinter stecken? Ich war nicht dabei, als er ins Kontor kam, aber fragt meine Mutter, sie wird es Euch bestätigen."

Wolf Besigheim warf Jakob Heller einen wissenden Seitenblick zu. Der Stadtrat ergriff das Wort. „Nun, das klingt mir interessant, aber obwohl ich Benisch Stoltzers Art und auch seine Geschäfte nicht immer gutheiße, so ist das ein Verdacht, mit dem man vorsichtig sein sollte. Stoltzer ist Stadtrat wie ich und ein einflussreicher Kaufmann der Gilde obendrein. Ihm so etwas zu unterstellen, halte ich für äußerst fragwürdig, und das kann zu einer Verleumdung erwachsen. Derjenige, der so etwas unbewiesen behauptet, kann schnell mit dem Schandjoch um den Hals auf dem Marktplatz enden. Aber ich denke, das sollten wir Herrn Stoltzer am besten selbst fragen oder was meint ihr, Richter Behrendts?"

Noch bevor der Richter zustimmen konnte, hörte man einiges Rumoren, das vom Verkaufsraum in die Küche drang. Die Tür des Kontors öffnete sich und Benisch Stoltzer betrat, gefolgt von zwei Bütteln der Stadt, das Haus der Cramers. Er kam in die Küche. Jakob Heller musste kurz lächeln, als er an den Teufel dachte, über den er eben noch gesprochen hatte, stand aber auf und begrüßte Stoltzer mit gebührendem Respekt.

„Herr Stoltzer, ich grüße Euch. Was führt Euch her?"

Stoltzer nestelte in seinem pelzverbrämten Umhang herum und zog ein Dokument hervor, das er Jakob Heller unter die Nase hielt, der bereits wieder Platz genommen hatte.

„Das, mein lieber Ratskollege Heller, sind der Schuldschein des Jokoff Cramer und eine Quittung, nach der er mir noch einundsechzig Goldgulden schuldet und dafür mit seinem Haus und Kontor eingestanden hat. Wie mir zu Ohren gekommen ist, scheint er verschwunden zu sein, gar entführt, munkelt man auf den Gassen. Natürlich gilt mein Mitgefühl der Frau des

Herrn Cramer", dabei nickte er Agnes zu, die ihn jedoch nur voller Verachtung ansah. Sie wusste ganz genau, dass es diesen Mann einen Dreck scherte, wie es ihr ging. Stoltzer fuhr ungerührt fort, „aber ich mache mir auch Sorgen um mein Geld. Herrn Cramers Rückzahlung war bereits vor zwei Tagen fällig, wie man hier deutlich aus dem Datum des Schuldscheins ersehen kann. Ich war eigentlich großmütig dazu bereit gewesen, ihm einen Aufschub bis Ende des Monats zu gewähren. Doch nun, da er verschwunden ist und niemand weiß, warum und wohin, muss ich auf dem fristgerechten Ausgleich meiner Forderung bestehen. Vielleicht versucht er sich durch Flucht und eine vorgetäuschte Entführung zu entziehen. Dieser Vorfall scheint mir doch äußerst unglaubwürdig. Ich will mein Geld", schloss er, verschränkte die Arme vor der Brust und sah in die entgeisterten Gesichter der Anwesenden. Denen hatte es vor so viel Niedertracht und Pietätlosigkeit schier die Sprache verschlagen. Wolf hasste es, wenn Schwache, die am Boden lagen, noch gegängelt wurden. Er hasste es, wenn Menschenmassen über friedfertige Juden herfielen. Er hasste es, wenn man Frauen schlug, aber ganz besonders hasste er es, wenn Menschen weder Mitgefühl noch Ehre im Leib hatten. Seine Hand ballte sich zur Faust. Gerade als er Luft holte, um diesem Mann die Meinung zu sagen, war Agnes Cramer schon aufgesprungen und stand bebend vor Benisch Stoltzer. Sie schäumte vor Wut, doch hielt ihre Stimme mühevoll gedämpft. Ihre Worte verkamen dabei zu einem Zischen und Pressen und ihre Augen funkelten so böse, dass selbst die beiden Büttel einen Schritt zurücktraten.

„Benisch Stoltzer, hoher Herr vor Guldens Gnaden. Edler, großmütiger Kaufmann. Beschenker der Armen und Leidenden, wie seid Ihr mir soeben gänzlich ans Herz gewachsen. Euer Geld ist Euer Recht. Ihr sollt es haben. Zahlen kann ich heute genauso wenig wie Jokoff vor zwei Tagen. Aber dass Ihr es wagt, an einem solchen Tag, nach einem solchen Unglück, das über meine Familie gekommen ist, hierher zu schleichen, als hätte unser Haus Füße und würde vor Euch davonlaufen wollen, wenn Ihr es nicht schnell genug festhieltet: Das ist das Ruchloseste, Widerlichste und Verachtenswerteste, das mir in all den Jahren meines Lebens untergekommen ist."

Agnes hob den Zeigefinger und deutete zitternd auf Benisch Stoltzers Gesicht. „Ihr wagt es, hierher zu kommen? Heute? Das, obwohl es doch vielleicht sogar Euer Scherge Jeckel Schmied war, der meinen Kindern den Vater und mir den Ehemann geraubt hat? Ihr seid nicht mehr wert als ein Haufen alter Scheiße!"

Alle waren fassungslos. Jakob Heller und Richter Behrendts sprangen entsetzt auf. Greger und Grite standen die Münder offen und auch Dorothye, die sich während des beleidigenden Wortschwalls von Gregers Mutter an die Seite von Wolf Besigheim gestellt hatte, war sprachlos. Niemand hätte ihr dies zugetraut. Und Wolf hatte sich in diesem Augenblick hoffnungslos in sie verliebt. Schon zuvor war ihm Agnes ins Auge gesprungen. Alles an ihr hatte ihm gefallen. Aber eben nur gefallen und er hatte sich mit Blicken zurückgehalten. Es war ihm doch sehr unpassend erschienen, eine verheiratete Frau, deren Mann zudem noch vor nur wenigen Stunden ein Unglück widerfahren war, mit eindeutigen Blicken zu mustern. Doch nun konnte er nicht anders. Denn jetzt, als er erkannte, dass diese Frau die Ungerechtigkeit mindestens so sehr hasste wie er die Gerechtigkeit liebte, war es um ihn geschehen.

Benisch Stoltzer war wenigstens so überrascht wie alle Anwesenden, aber als er begriff, dass ihn ein Weib derart beleidigt hatte, hielt es ihn nicht mehr. Er stieß Agnes grob vor die Brust und holte mit der rechten Faust zu einem Schlag aus. Doch plötzlich ergriff Wolf Besigheim Stoltzers Arm und brachte sich mit einem einzigen Satz zwischen ihn und Agnes. In seinen Augen brannte die reine Wut. Die Hand des Kaufmanns noch immer fest gepackt, presste er die Worte leise zwischen den Zähnen hervor, so dass nur Stoltzer sie hören konnte. Aber der verstand sie gut genug. „Wagt es Stoltzer, Hand an diese Frau zu legen und ich schwöre Euch bei Gott und den Gerechten, dass ich Euren Stand vergessen und Euch lehren werde, wie man sich benimmt. Ihr habt mit Eurem Verhalten alle beleidigt, die sich hier befinden. Ihr seid quitt. Euren Pfand macht Euch niemand streitig und Ihr werdet das Haus früh genug erhalten, aber es ist besser für Euch, wenn Ihr jetzt geht, glaubt mir!"

In Benisch Stoltzers Blick kämpften für den Bruchteil eines Augenblicks Angst und Verwunderung mit seiner Wut. Doch dann fühlte Wolf, wie die Anspannung in Stoltzers Arm langsam verschwand und er lockerte daraufhin seinen Griff. Stoltzer sagte nichts. Er strich sich Umhang und Jacke glatt und schritt erhobenen Hauptes zur Tür. Dort wandte er sich um und starrte Agnes mit einer wutverzerrten Fratze an. Er schrie nicht, er bellte seine Worte mit erhobenem Zeigefinger in den Raum. „Vier Tage gebe ich Euch Zeit, mir entweder mein Geld zu bringen oder dieses Haus zu verlassen. Sollte ich Euch am Montag noch in diesen Mauern vorfinden, werde ich Euch von den Bütteln in den Turm werfen lassen. Das ist mein Recht, Jakob Heller und der Richter werden es euch bestätigen, und ich schwöre bei Gott, dass ich das tun werde. Am Montag werde ich mir dieses Haus überschreiben lassen und weder Tod noch Teufel werden mich daran hindern." Mit diesen Worten verließ Benisch Stoltzer die Küche und das Kontor.

Jakob Heller wandte sich vorwurfsvoll an Agnes Cramer. „Was Ihr da getan habt, hätte er Euch auch sühnen lassen können, das wisst Ihr?"

„Recht hat sie getan, Herr Heller! Das ist genau die Sprache, die Leute wie Benisch Stoltzer verstehen", fuhr Wolf Besigheim dazwischen.

Agnes lächelte ihm dankbar, aber traurig zu. Sie war selbst nicht mehr davon überzeugt, ob es eine kluge Entscheidung gewesen war, den Gläubiger, der ihnen Haus und Kontor wegnehmen konnte, so zu demütigen und zu beleidigen. Sie machte sich Vorwürfe. Vielleicht wäre es im Interesse der Kinder klüger gewesen, den Mann anzuflehen und auf sein Mitgefühl zu hoffen? Aber diesen Gedanken verwarf sie sofort wieder. Benisch

Stoltzer und Mitgefühl, wenn es um sein Geld ging? Eher würde der Teufel im Weihwasser ein Bad nehmen. Nein, sie hatte richtig gehandelt. Das Haus, das Kontor und ihr Leben, wie sie es bisher kannte, waren ohnehin nicht mehr zu retten, wohl aber ihre Ehre zu verteidigen. Das Wichtigste war nun, herauszufinden, welches Schicksal Jokoff widerfahren war. Alles andere war nebensächlich.

Jakob Heller hob beschwichtigend beide Hände nach oben und lenkte ein. „Meine Meinung ist eine andere, aber Euer ungestümer Geist ist mir ja bekannt, Herr Besigheim. Denkt, wie Ihr wollt. Ich für meinen Teil werde mich nun ins Rathaus begeben und die Männer der Stadtbüttel und Torwachen anhalten, unseren Herrn Cramer zu suchen. Man soll besonders nach einem mit Decken beladenen Pferdekarren Ausschau zu halten, denn den will einer der Nachbarn kurz vor dem Verschwinden von Jokoff Cramer hier gesehen haben. Es ist vielleicht der einzige Hinweis und wenn Jokoff Cramer, Gott helfe ihm, tatsächlich entführt worden sein sollte, dann könnte das immerhin eine Spur zu den Tätern sein."

Zusammen mit dem Richter verabschiedete er sich von Agnes und ihren Kindern. Wolf Besigheim geleitete die beiden Amtmänner noch bis zur Kontortür. Der Richter hob die Hand zum Gruß und ging voraus. Im Moment gab es nichts mehr für ihn zu tun oder zu protokollieren. Er würde das morgen in seiner Amtsstube machen. Jetzt dachte er nur an ein Bier und das von einer Kohlepfanne erwärmte Bett neben seiner Frau.

Richter Behrendts verschwand in der Fahrgasse und machte den draußen immer noch Wache stehenden Bütteln ein Zeichen, dass auch sie sich nun zurückziehen konnten.

„Ihr begleitet mich nicht?", fragte Jakob Heller Wolf Besigheim.

„Nein, ich werde noch bleiben und sehen, was ich herausfinden kann."

„Gut, wie Ihr meint. Ich habe übrigens über Euer Angebot nachgedacht, das Ihr mir nach dem unglückseligen Zwischenfall in der Judengasse und dem Mord an Abraham Siebenthal gemacht habt."

„Und?"

„Ich denke, dass es sich um einen Mord handelt, den Ihr niemals werdet aufklären können. Für mich steht fest, dass es ein übereifriger Anhänger Pfefferkorns gewesen sein muss, den Ihr gewiss nicht mehr dingfest werdet machen können. Selbst nach dem heutigen Tag sehe ich das nicht anders. Dass Benisch Stoltzer hier plötzlich auftaucht und mit dem Verschwundenen in Verbindung stand und dass dieser Jeckel Schmied in seinen Diensten steht, das ist zugegebenermaßen eigenartig. Auch dass Stoltzer das Haus des Abraham Siebenthal gekauft hat, stimmt mich schon nachdenklich. Ich habe es heute erst in der Stadt erfahren. Ich bin jedoch nach wie vor der Meinung, Stoltzer mag – verzeiht meine Wortwahl – ein geldgieriger Pfeffersack sein, aber ich halte ihn nicht für einen Mörder oder Entführer."

Wolf blickte nachdenklich auf die Gasse. „Wenn Ihr Euch da mal nicht in ihm täuscht. Das Haus von diesem Siebenthal hat er gekauft, sagt Ihr? Interessant." Er machte eine kurze Pause. Dann fragte er Jakob Heller: „Aber seht Ihr denn nicht, dass er hinter allem stecken muss?"

„Das sind doch nur Mutmaßungen. Es ist nichts Ungewöhnliches dabei. Der Jude hatte keine Erben, also fiel das Haus rechtmäßig der Stadt zu. Doch Stoltzer hat einen guten Preis dafür geboten. Eine Ablehnung seines Angebotes wäre reine Dummheit des Stadtrates gewesen. Und warum sollte man es ihm auch verweigern? Die Stadt freut sich immer über Geld in den Kassen und gegen ihn liegt nichts vor, auch wenn ich ihn nicht sonderlich schätze. Sollte ich denn jeden verdächtigen, der ein Haus günstig erwirbt? Da hätte ich viel zu tun."

„Ein Haus, in dem von jemandem ein Mord begangen wurde", murmelte Wolf.

„Richtig. Von jemandem. Ihr habt nicht einen einzigen konkreten Hinweis darauf, dass Benisch Stoltzer dahinter steckt, nur Vermutungen", wandte Jakob Heller ein. „Deshalb habe ich beschlossen, dass ich Euch bei der Sache nicht unterstützen kann. Euer Auftrag beim Erzbischof ist nun ja wohl erledigt und unsere Verbindung damit aufgehoben. Ich kann nicht ständig hinter dem Rücken des Rates agieren. Bei einer Sache gegen freie Bürger ist das eins, aber bei einem Mord werde ich mich nicht persönlich einmischen."

„Ihr stellt Euch gegen mich?"

„Nein, gewiss nicht, Herr Besigheim, aber ich stelle mich nicht mehr länger hinter Euch, das ist alles. Was ich persönlich am liebsten täte, tut hier nichts zur Sache. Stellt Euch vor, Ihr ginget dem Casus nach und es käme heraus, dass Ihr doch einmal Unrecht hättet und unsere Verbindung würde nach außen dringen. Ich würde nicht nur meinen, sondern auch den Ruf des gesamten Rates, ja sogar der Stadt riskieren. Das kann ich nicht."

„Ihr seid auch nicht besser als die anderen", platzte es aus Wolf Besigheim heraus.

„Das habe ich auch nie behauptet", entgegnete Jakob Heller gefasst, „und was ist denn *besser* für Euch? Gut sind nur die, die Euch unterstützen? Wenn Ihr das von mir dachtet und ich Euch nun enttäuscht haben sollte, so lag das nicht in meiner Absicht und es tut mir Leid. Ich habe die Sache unterstützt, nicht Euch."

Jakob Heller legte Wolf die Hand auf die Schulter. „Mein Gott, Herr Besigheim, nun schaut nicht so trübsinnig drein. Habt Ihr denn ernsthaft gedacht, ich sei Euer persönlicher Mäzen? Ich mag Euch, Besigheim, und ich mag, wie Ihr Sachen anpackt. Doch die Suche nach den Entführern leitet der Richter, nicht ich, und ich werde einen Teufel tun, mich da einzumischen. Was hätte ich davon, außer einem Richter, der sich hintergangen, und einem Rat, der sich betrogen fühlt? Außerdem ist Richter Behrendts kein schlechter Mann. Er hat schon so manchen Übeltäter geschnappt. Lasst Euch von seinem etwas plumpen Äußeren nicht täuschen. Kommt morgen bei mir im Kontor vorbei. Ihr sollt vier Groschen Zusatzlohn erhalten, weil Ihr Eure Sache gut gemacht habt. Es ist kein Almosen, bei Gott, es ist eine Anerkennung für Eure gute Arbeit", warf Jakob Heller sofort hinterher, als er Stolz und Sturheit in Wolfs Augen aufflammen sah. „Seid nicht so dickköpfig. Ihr könnt es doch brauchen, oder? Versucht mich bitte zu verstehen. Ich sitze nicht wie der Erzbischof mit meinem Hintern in Mainz und kann in allem folgenlos herumstochern. Können wir nicht ohne Streit auseinandergehen?"

Stadtrat Heller hielt Wolf seine Hand entgegen. Wolfs Miene entspannte sich und er nickte versöhnlich. Dann gaben sich beide Männer einen festen Händedruck und Jakob Heller ging in Richtung Rathaus davon. Wolf stand noch eine Zeit lang im Türrahmen des Kontors und überlegte. Vier Groschen zusätzlich waren tatsächlich nicht schlecht. Ein Gerber würde dafür wochenlang bis über beide Knie jeden Tag in stinkender Beize stehen müssen. Heller tat nur, was er tun musste. Wolf hegte keinen Groll gegen ihn. Also beschloss er, die Wahrheit und dieses Dokument alleine zu suchen. Weder teilte er nämlich die Überzeugung Jakob Hellers von der Unschuld Stoltzers noch glaubte er daran, dass dieser dicke Richter die Täter je aufspüren würde. Der sah für Wolf eher aus, als wäre er schon glücklich, wenn er morgens seine Holzschuhe neben dem Bett wiederfände. Das Geld des Bischofs und die zusätzlichen Groschen Hellers versetzten Wolf in die Lage, diesen Fall anzugehen. Warum er das machen wollte, war nur ihm klar. Die gerechte Sache war ein Teil seines inneren Auftrages, aber seit heute hatte dieser Auftrag auch ein Gesicht erhalten. Das Gesicht von Agnes Cramer. Er zog die Tür des Kontors zu und verriegelte sie. Er würde Agnes Cramer nun noch einmal genau befragen. Vielleicht gab es ja doch noch ein Detail, das sie vergessen hatte, zu erwähnen. Vor allem jedoch konnte er es nicht erwarten, den Lippen dieser Frau zuzusehen, wie sie die Antworten auf seine Fragen formten und dabei so wunderschön tanzten. Lippen, die nach Gerechtigkeit riefen. Lippen, die er gerne küssen wollte. Aber nicht heute Nacht.

In der Küche saß Agnes allein am Tisch und starrte ausdruckslos in die Flammen der Kerzen. Grite war bereits zu Bett gegangen und Greger noch auf dem Weg, da er Dorothye nach Hause brachte. Wolf setzte sich zu Agnes. „Nun Agnes, das alles tut mir aufrichtig Leid für Euch und Eure Kinder. Ich bin einiges gewohnt und nicht einmal persönlich davon betroffen, aber soviel Chaos, Schmerz und Ungereimtheiten in so kurzer Zeit machen mich sprachlos und stutzig. Was in Gottes Namen geht hier vor? Zuerst der Angriff auf die Juden und in der gleichen Nacht der Mord an einem Lieferanten Eures Mannes und diese düstere Gestalt, die Greger in der Judengasse gesehen hat. Dann der Schuldschein Eures Mannes bei Stoltzer und dieser Jeckel Schmied, der hier auftaucht und Euch Angst einjagt. Und nun höre ich eben von Jakob Heller, dass Stoltzer das Haus des Abraham Siebenthal gekauft hat. Ihr verschweigt mir etwas. Das kann kein Zufall sein."

Agnes sah Wolf an. „Er hat Siebenthals Haus gekauft?" Sie senkte resigniert ihren Blick. „Dann glaubt Stoltzer so fest daran wie Jokoff. Dieser apparatus ist an allem Schuld und dieses verdammte Dokument, das ohne Unterlass die Seelen derer frisst, die mit ihm in Kontakt kommen."

„Was für ein apparatus und was für ein Dokument?", wollte Wolf wissen.

Agnes rieb sich die Augen und holte tief Luft. Dann sagte sie: „Siebenthal besaß angeblich ein altes griechisches Dokument, das die Bauanleitung für eine Goldmaschine enthalten soll, eine Maschine, die unedles Metall in Gold verwandeln kann. Jokoff hat sich in seiner Geldnot und Verzweiflung am Bau dieser Maschine beteiligt und unser letztes Geld Siebenthal gegeben, in der Hoffnung, er würde es irgendwann einmal hundertfach zurückerhalten."

Wolf atmete hörbar aus und schüttelte verständnislos den Kopf. „Wie konntet Ihr nur einen solchen Unfug glauben?"

Agnes sah ihm traurig in die Augen. „Wenn man nichts mehr zu verlieren hat, dann glaubt man gerne die größten Lügen, sofern sie einem nur Hoffnung bescheren. Jokoff hat mir anfangs nicht gesagt, worum es sich bei dieser Maschine handelt. Doch vor gar nicht langer Zeit, an dem Tag, an dem uns dieser Schmied heimgesucht hat, da hat er mir einen Beweis geliefert."

„Einen Beweis?", fragte Wolf ungläubig.

„Ja. Er hat mir ein Körnchen Gold gezeigt, dass er von Abraham erhalten hatte. Abraham hat es mit seiner Maschine hergestellt und ihm als Anteil gegeben. Es war echt, ich schwöre es."

„Und wo ist es jetzt? Kann ich es sehen?", hakte Wolf nach.

Agnes verneinte. „Nein, leider nicht. Jokoff hat es mit zu Stoltzer genommen, um ihm zu beweisen, dass diese Maschine tatsächlich existiert."

„Zu Stoltzer?", fuhr Wolf auf. „Also weiß er sowohl von dem Dokument als auch von der Maschine!"

Agnes nickte.

„Aber warum in drei Teufels Namen hat Jokoff ihm das verraten? Hat er sich erhofft, Stoltzer würde ihm die Schulden dafür erlassen?"

„Genau das", schluchzte Agnes.

Agnes tat Wolf Leid. Er hatte alles andere im Sinn, als diese Frau über Gebühr mit seinen bohrenden Fragen zu quälen, aber er musste alles erfahren, wenn er ihr helfen wollte.

„Ist Euch denn nie in den Sinn gekommen, dass Siebenthal Jokoff *irgendein* Körnchen Gold gegeben haben könnte?"

Agnes liefen die Tränen. „Ihr meint, es war gar nicht von seiner Maschine gemacht?"

„Das könnte doch immerhin sein, oder? Er könnte es ganz einfach gekauft haben, von einem Teil des Geldes Eures Mannes. Das dürfte in der Judengasse ein Leichtes sein."

„Dann wäre alles umsonst gewesen. Alles", stammelte Agnes.

„Nein, nicht unbedingt, aber diese Frage kann uns nur einer beantworten."

Agnes sah Wolf durch einen Tränenschleier an. „Wer?"

„Das Dokument selbst. Nur, wenn ich es in den Händen halte, kann ich sagen, ob etwas Wahres daran ist."

„Ihr glaubt es also auch?"

„Ich glaube nicht an viel und bestimmt nicht an die Hirngespinste alter Männer. Seien sie Juden oder Christen, aber es gibt nun einmal Dinge zwischen Himmel und Erde, die wir uns nicht erklären können. Ich halte es für fast ausgeschlossen, dass gerade Abraham Siebenthal etwas entdeckt haben sollte, wonach unzählige Gelehrte seit Hunderten von Jahren erfolglos suchen. Doch Gottes Wege sind unergründlich und ausschließen, dass es nicht so ist, kann ich nur, wenn ich dieses Schriftstück vor mir habe und es jemandem vorlege, der es versteht."

Es klopfte an die Tür zum Kontor. Agnes zuckte zusammen, doch Wolf beruhigte sie und erhob sich „Das wird Greger sein. Weiß er von der Maschine?"

Agnes schüttelte den Kopf. „Nur von dem Dokument, aber nicht, was darin steht."

„Eigentlich sollte ich sagen, je weniger er weiß, desto besser für ihn. Doch wir müssen es ihm trotzdem erzählen, denn er hat ein Recht darauf, zu erfahren, warum seinem Vater vielleicht etwas zugestoßen ist. Ich hoffe, er nimmt es gut auf. Danach müssen wir uns zur Nachtruhe begeben. Morgen wird es kein leichter Tag, besonders für Euch und Eure Kinder nicht, und ich habe morgen früh noch eine Verabredung."

„Ja, Greger hat ein Recht, es zu erfahren", pflichtete Agnes Wolf bei, „keine Lügen mehr in diesem Haus."

Ein kurzes Lächeln huschte über Wolfs Gesicht, dann ging er aus der Küche, um Greger die Haustür zu öffnen.

21

Frankfurt am Main
am Donnerstag vor dem 19. Sonntag nach Trinitatis
4. Oktober Anno Domini 1509

Nach einer wenig erholsamen Nacht auf dem Küchenboden im Haus der Cramers ging Wolf Besigheim am nächsten Tag gleich frühmorgens zum Kontor von Jakob Heller. Er fragte einen der Knechte nach seinem Herrn und der schickte ihn zwischen die Stoffballen im Lagerhaus. Heller stand dort und wies drei weitere Knechte an, wohin sie welche Ballen der neuen Lieferung flandrischen Tuchs zu stapeln hatten. Er schimpfte und fluchte, wenn einer der Ballen wieder einmal wegen ungeschickter Hände auf den Boden zu fallen drohte. Als er Wolf bemerkte, gab er ein paar letzte Anweisung und kam zu ihm.

„Gott zum Gruß. Schön, dass Ihr gekommen seid. Wartet hier einen Moment." Mit diesen Worten betrat er sein Haus durch einen Nebeneingang und kam kurz darauf mit einer ledernen Tasche zurück. Er hielt sie Wolf hin.

„Was ich Euch versprochen habe, befindet sich darin. Ich habe mir darüber hinaus noch erlaubt, Euch einen Schinken, etwas Käse, einen Laib Brot und ein Dutzend Eier dazu packen zu lassen. Ich denke, die Cramers werden sich freuen, wieder einmal etwas Anständiges in den Magen zu bekommen."

Wolf nahm die Tasche und sah Jakob Heller dankbar an. „Danke, Herr Heller, und verzeiht mir, wenn ich gestern etwas aufbrausend war."

Der Kaufmann winkte ab. „Schon vergessen."

„Das Essen kommt wie gerufen, denn wir werden es als Wegzehr gut brauchen können. Agnes Cramer wird Frankfurt heute noch verlassen. Sie will mit den Kindern nach Mainz zu ihrem Bruder. Er soll sie fürs Erste aufnehmen, dann will sie weiter sehen. Ich begleite sie und gehe bei dieser Gelegenheit gleich zu Uriel von Gemmingen, um ihm zu berichten."

Jakob Heller nickte nachdenklich. „So Leid es mir für Agnes Cramer und die Kinder auch tut, aber das scheint mir eine gute Lösung zu sein. So hat sie ein Dach über dem Kopf und wir kümmern uns hier weiter um die Suche nach ihrem Mann. Wann brecht Ihr auf?"

„Sobald ich von Euch zurück bin. Wir nehmen den Karren der Cramers und auch den Gaul. Der fällt zwar eigentlich ebenfalls in den Besitz von Stoltzer, aber wenn er ihn haben will, so kann er ihn gerne in Mainz bei mir abholen. Bestellt ihm das von mir."

Jakob Heller musste lachen. „Ja, das denke ich mir, aber das wird er nicht tun. Er ist weder ein Dummkopf noch hat er das nötig."

„Gibt es etwas Neues von Jokoff Cramer?", wollte Wolf wissen.

Jakob Heller kniff die Lippen zusammen und schüttelte behutsam den Kopf. „Nein, nichts. Kein Pferdekarren, keine Leiche, keine Hinweise, keine Zeugen, einfach nichts. Als wäre er vom Erdboden verschluckt worden."

„Der wird es kaum gewesen sein."

„Gewiss nicht, Herr Besigheim, aber wir suchen weiter, und sobald wir etwas wissen, werde ich persönlich dafür sorgen, dass Agnes Cramer es erfährt. Wie heißt ihr Bruder und wohin kann man ihr eine Nachricht senden?"

„Sein Name ist Albertus Meister. Er ist Kaufmann und wohnt in der Kappelhofgasse in Mainz, nicht weit vom Rheinufer entfernt."

„Gut, das ist alles, was ich wissen muss. Dann wünsche ich Euch eine gute Reise und viel Glück für Euch und die Familie Cramer. Wollt Ihr das ausrichten?"

„Natürlich. Ich danke Euch."

Wolf Besigheim und Jakob Heller verabschiedeten sich mit einem langen und festen Händedruck. Doch Jakob Heller ließ die Hand von Wolf nicht sofort los. „Eines, Herr Besigheim, müsst Ihr mir aber doch noch verraten. Was in Gottes Namen interessiert Euch so sehr an diesem Cramer und seinem Verschwinden? Wenn ein Mann ohne ersichtlichen Grund so etwas tut, ist entweder eine Frau oder Geld im Spiel. Geld hat Cramer keins, also bleibt nur die Frau, aber das scheint mir doch arg ungewöhnlich. Was also ist es?"

„Gerechtigkeit", antwortete Wolf.

Jakob Heller ließ die Hand seines Gegenübers los und sah ihn ungläubig an. „Gerechtigkeit? Nun, wie Ihr meint. Doch was auch immer es ist, ich wünsche Euch, dass Ihr findet, was Ihr sucht. Lebt wohl und Gott sei mit Euch, Wolf Besigheim."

Wolf hob zum Abschied die Hand und verschwand aus dem Tor. Jakob Heller sah ihm noch eine ganze Weile nachdenklich nach. Gerechtigkeit? Das war diesem Besigheim zuzutrauen. Vielleicht würde er es erfahren, wenn Gott es wollte. Dann wandte er sich wieder schreiend seinen Knechten zu, die es tatsächlich doch geschafft hatten, einen Ballen bester Seide auf den Boden zu werfen.

22

Frankfurt am Main
am Donnerstag vor dem 19. Sonntag nach Trinitatis
4. Oktober Anno Domini 1509

Der Abschied der Cramers wurde von Tränen und Umarmungen begleitet und nicht nur Greger und Dorothye, die kaum voneinander lassen konnten, waren zutiefst betrübt. Die meisten Nachbarn waren mit Abschiedsgeschenken gekommen und standen neben dem gepackten Pferdekarren Spalier. Eine Decke, ein Brot, ein Korb Äpfel und viele andere Dinge reichten sie Grite und Agnes auf den Wagen. Immer wieder stiegen die beiden Frauen herab und umarmten die Nachbarn und weinten. Sie wischten sich die Tränen aus dem Gesicht, nur damit ihnen kurz darauf erneut das Wasser in die Augen stieg. Das Schicksal der Familie, die von einem reichen Kaufmann aus ihrem Haus vertrieben wurde, ließ niemanden kalt und Benisch Stoltzer tat gut daran, am heutigen Tag hier nicht zu erscheinen. Wolf hatte Greger, Grite und Agnes geholfen, den Wagen mit den Mobiliaren zu beladen, bis fast nichts mehr auf die Ladefläche passte. Knechte, die hätten helfen können, gab es keine mehr. Jokoff hatte sie schon vor Wochen entlassen müssen. Die Achsen des alten Karrens ächzten unter der Last. Wolf hoffte nur, dass sie bis Mainz durchhalten würden und auch, dass es nicht beginnen würde zu regnen. Die Plane des Wagens war in einem schlechten Zustand und würde bei einem Wolkenbruch kaum etwas nützen. Der Himmel war grau und tauchte alles in ein freudloses, fahles Licht.

Irgendwann war der Zeitpunkt der Abfahrt gekommen. Die erste Stunde nach dem Mittag war bereits angebrochen. Alles war gesagt und jeder war verabschiedet worden. Grite, Agnes und Greger saßen nebeneinander auf dem Kutschbock. Greger hatte die Zügel ergriffen und schnalzte mit der Zunge, als Wolf ihm ein Zeichen machte und voranritt. Der Wagen fuhr an. Dorothye lief noch einige Ruten neben dem Wagen her, bis auch sie schließlich stehen blieb. Sie winkte Greger nach, bis er mit dem Wagen hinter der Biegung der Fahrgasse verschwunden war. Agnes sah stumm und ausdrucklos nach vorne, als hätte sie Scheuklappen auf. Sie wollte sich nicht mehr umsehen, nicht zurückblicken. Die Trauer über die vielen glücklichen Jahre in diesem Haus schlug eine verbissene Schlacht mit den Erlebnissen der letzten Monate und vor allem denen der letzten Tage. Es schien, als hätte sie beschlossen, so lange keine Gefühlsregung mehr zu zeigen, bis dieses Gefecht entschieden wäre. Als sie von der Fahrgasse auf die Allerheiligengasse abgebogen waren, fielen sie niemandem mehr auf. Keiner wusste, welches Trauerspiel sich hier zutrug. Für die Bürger, Handwerker und Knechte, für alle Menschen auf der Gasse war es nur eine stumme Frau mit ihren beiden Kindern auf dem Kutschbock eines vollgepackten Wagens. Ihnen ritt ein entschlossen dreinblickender Mann voran, über dessen Stand man sich bei seinem Anblick nicht sofort gewahr wurde. Kleidung und Pferd dieses Mannes waren nichts Besonderes, aber sein Schwert und der stolze Blick hätten besser einem Adligen zu Gesicht gestanden als einem einfachen Freien.

Es wäre eine kürzere Wegstrecke gewesen, wenn Wolf Agnes und ihre Kinder die Zeyl hinunter und dann durch das nordwestlich gelegene Mainzer Tor geführt hätte. Ihre Route war ein Umweg. Dennoch hatte Wolf es so beschlossen, um zu vermeiden, den Wagen am Haus von Benisch Stoltzer, dem Stoltzerhof, vorbeizuleiten, der am westlichen Ende der ausladenden Gasse lag. Er konnte im Moment ohnehin nicht viel zur Verbesserung der Lage beitragen, aber das wollte er Agnes ersparen. Sie war unschuldig gestraft genug.

Sie hatten Frankfurt durch das Allerheiligentor verlassen und noch keine halbe Meile Wegstrecke zwischen sich und die Stadtmauern gebracht, als es geschah. Trotz Wolfs Umsicht gewann der Verlust in Agnes die Oberhand. Von Weinkrämpfen geschüttelt, krallte sie sich hilflos in den Sitz des Kutschbocks. Sie schlug verzweifelt mit der Faust immer wieder gegen das Holz, so heftig, dass Greger den Wagen stoppen musste und seine Mutter in den Arm nahm. Doch sie riss sich los und sprang hinab. Sie stellte sich an den Rand des Weges; Wut, Verzweiflung, Angst, Trauer und Hass entluden sich in einem Schrei. Er war so markerschütternd, dass Grite auch zu weinen begann und Gregers Augen sich vor Schreck weiteten. Wolf kam rasch zum Wagen getrabt, sprang vom Pferd und reichte Greger wortlos die Zügel. Er ging zu Agnes, die mittlerweile nur noch schluchzte und auf den Knien im bräunlichen Gras am Wegesrand kauerte. Wolf griff sie unter den Armen, zog sie hoch und drückte sie fest an sich.

„Es wird alles gut, Agnes, ich verspreche es."

Sie sah ihn an. Ihre Lippen bebten und sie zitterte am ganzen Körper. „Wie soll es wieder gut werden?", fragte sie. „Alles ist verloren. Ich habe nichts mehr."

Wolf strich ihr das Haar aus dem Gesicht, das in feuchten Strähnen an ihrer Stirn klebte. Er blickte ihr tief in die Augen. Nicht küssen, Wolf, nicht heute! „Ihr habt Eure Kinder, auf die Ihr stolz sein könnt und Ihr habt ein gerades Rückgrat, das Euch auch alle Stoltzers dieser Welt nicht werden zerbrechen können. Das ist mehr als viele je besitzen werden. Euren Mann werde ich finden und Stoltzer und alle, die mit ihm unter einer Decke stecken, werden für das bezahlen, was sie Euch angetan haben, so wahr ich hier stehe. Kommt jetzt. Eure Kinder brauchen Euch und wir haben noch eine lange Reise mit diesem Karren vor uns."

Wolf griff Agnes' Hand und führte sie zum Wagen zurück, wo ihr Grite in die Arme fiel. Greger musterte Wolf argwöhnisch. Es war ihm nicht entgangen, wie Wolf seine Mutter angesehen hatte. Er mochte Wolf, doch er liebte seinen Vater. Bei aller Dankbarkeit, die er diesem Mann gegenüber empfand, würde er es ihm sagen müssen, das war er seinem Vater schuldig. Schweigend übergab er die Zügel wieder an Wolf Besigheim, der Gregers Gefühle wohl erahnte und ihn nur einem kurzen, prüfenden Blick unterzog, bevor er sich wieder in den Sattel schwang. Doch er schwieg dazu. Der Junge war nicht dumm und Wolf ein schlechter Schauspieler. Nach dieser Unterbrechung zogen sie weiter in Richtung Mainz und umrundeten Frankfurt weiträumig in östlicher Richtung. Schließlich gelangten sie nach einer weiteren halben Meile auf den Weg nach Mainz. Wolf sah hinauf in die graue Wolkendecke. Wenigstens das Wetter schien sich nicht gegen sie verschworen zu haben, denn es sah nicht nach Regen aus. Das fahle Grau hatte sich etwas gelichtet und hie und da konnte man sogar einen zarten blauen Schimmer zwischen dem dichten Dunst erahnen.

„Herr Besigheim, auf ein Wort!"

Wolf wandte sich um und ließ sein Pferd etwas zurückfallen, bis er auf der Höhe des Wagens angekommen war. Agnes saß auf der rechten Seite und hatte sich scheinbar wieder beruhigt.

„Ja."

„Warum tut Ihr das alles für uns? Habt Ihr nichts Besseres zu tun, als einer verarmten Kaufmannsfamilie beizustehen? Ich vermag Euch nur meine tiefe Dankbarkeit, keinesfalls aber auch nur einen müden Pfennig dafür zu geben, denn ich habe keinen mehr." Greger war auf die Antwort gespannt. Er konnte sich schon denken, warum dieser Mann sich so ins Zeug legte.

„Glaubt Ihr mir, wenn ich Euch sage, dass es Gerechtigkeit ist, die mich antreibt?"

Agnes lachte freundlich. „Bei allem, was Recht ist, Herr Besigheim, nein, das glaube ich nicht. Nicht Gerechtigkeit allein."

„Und doch ist es so."

„Was wisst Ihr?"

„Was ich weiß? Ihr meint von Eurem Mann und Abraham Siebenthal? Nun, ich weiß genug, dass es mich interessiert."

Der Wagen holperte durch ein Schlagloch und rüttelte Agnes und ihre beiden Kinder ordentlich durch.

„So“, sagte Agnes mit einem ironischen Unterton, „Ihr wisst also genug. Dann wisst Ihr sicher auch, dass es dabei um Geld ging. Ist das Eure Gerechtigkeit?“

Wolf wandte sich im Sattel zu Agnes um. Sein Pferd schnaubte. „Nein, das ist nicht meine Gerechtigkeit. Glaubt, was Ihr wollt, Agnes, aber denkt nicht, Ihr wäret der einzige Mensch auf Gottes Erde, dem etwas geraubt und dem Unrecht angetan wurde. Was nützt Euch das schönste Brennholz, wenn Ihr es nicht spalten könnt? Euer Herd bliebe kalt und Ihr würdet erfrieren. Das Geld ist meine Axt. Ich brauche es zum Spalten. Aber es werden keine Holzstücke sein.“

Wolfs Augen funkelten. Agnes sah ihn lange an, dann sagte sie „Was hat man Euch geraubt, dass Ihr so verbittert seid?“

„Nicht verbittert, Agnes, durstig. Ich habe einen unbeschreiblichen Durst nach Gerechtigkeit. Mein Mund ist seit Jahren so trocken, als hätte ich Sand gefressen. Man hat mir alles genommen. Meine Heimat, meine Familie und meine Vergangenheit. Man hat mir die Identität genommen und diese Diebe leben noch immer.“

„Wenn das stimmt, warum geht Ihr dann nicht und belangt die Täter?“

Wolf zischte verächtlich. „Pah, ich war noch ein Kind. Nichts kann ich beweisen, gar nichts. Nicht einmal erinnern kann ich mich. Wen also soll ich eines Verbrechens anklagen, von dem ich weder sicher weiß noch dass ich eine Ahnung von den Tätern habe. Jedermann würde mich auslachen. Ich weiß nur, dass man mir einen Teil meines Lebens genommen hat. Wem also soll ich von einem Verbrechen erzählen, das sich vor so langer Zeit zugetragen hat, von dem ich nicht mehr kenne, als wirre Traumbilder?“

Agnes schwieg. Dann fragte sie: „Hat ein roter Ziegenbock etwas damit zu tun?“

Wolf wurde kreidebleich. „Woher ...?“, stammelte er.

„Ihr sprecht im Schlaf, Herr Besigheim. Gestern Nacht musste ich austreten und kam an der Küche vorbei. Ihr habt

Euch hin- und hergewälzt und unverständliches Zeug gebrabbelt. Doch der Ziegenbock kam immer wieder darin vor."

Wolf fasste sich wieder. „Vielleicht hat er etwas damit zu tun, vielleicht auch nicht. Wie lange habt Ihr mir zugehört?"

Agnes schmunzelte. „Lange genug, dass es mich interessiert."

Nun musste auch Wolf Besigheim lächeln. Mit einem leichten Schenkeldruck ritt er wieder vor den Wagen. Diese Frau war wunderbar. Er merkte, dass seine Gefühle für sie mit jedem Wort tiefer wurden. Gefühle, die er fast vergessen hatte. Doch er musste sich beherrschen. Es ging nicht anders.

Der Weg folgte in einigem Abstand dem Main, der sich wie ein farbloses Band behäbig durch die herbstliche Landschaft schlängelte. Ab und an kamen Lastkähne vorbei gefahren, mal mit dem Strom in Richtung Mainz oder unter Segeln und Rudern in Richtung Frankfurt. Viele der Bäume hatten sich bereits ihrer Blätter entledigt und diejenigen, die sich noch mit letzter Kraft an den dürren Ästen festhielten, waren bräunlich verfärbt. Die Felder waren abgeerntet und lagen stoppelig oder gepflügt in erdigen Tönen vor ihnen. Nur die dichten Tannenwälder des Taunus, die man in einiger Entfernung durch die diesige Luft im Norden sehen konnte, boten dem Auge wenigstens noch ein schwaches Dunkelgrün. Wolf vermisste die frischen Farben des Frühlings. Er mochte den Herbst nicht. Außerdem schlug ihnen ein böiger kalter Wind in die Gesichter. Trotz der unangenehmen Witterung verlief ihre Reise ungestört. Lediglich ein berittener Bote war an ihnen vorbeigeprescht und einen alten Bettelmönch, der sich beim Schlurfen über den Weg mit einem langen Hirtenstock behalf, hatten sie passiert. Zu guter Letzt waren sie noch einem Wagenzug, bestehend aus drei Pferdekarren voller Trödel, auf der Höhe von Hofheim begegnet, sonst war die Landschaft wie ausgestorben. Es wirkte, als hätten sich Natur und Mensch darauf geeinigt, Vorbereitungen für den nun bald folgenden Winter zu treffen. Alles Leben schien sich nur noch dann zu zeigen, wenn es sich nicht vermeiden ließ.

Als sie an Hochheim vorbeigekommen waren, konnten sie die Silhouette der Domstadt am Rhein bereits deutlich sehen. Sie waren nun schon fast vier Stunden unterwegs und Agnes taten die Knochen weh. Sie war längere Fahrten nicht mehr gewohnt und froh, dass sie bald vom Kutschbock klettern konnte, um sich die Beine zu vertreten. Doch bereits kurz, nachdem sie das Stadttor passiert hatten und sich auf dem Weg zu ihrem Bruder befanden, beschlich sie auch Sorge. Wie würde Albertus reagieren? Würde er sie fraglos aufnehmen oder ihnen gar die Tür vor der Nase zuschlagen? Agnes hatte mit ihrem Bruder nie einen Streit gehabt. Auch wenn man sich, nachdem sie Jokoff geheiratet hatte und nach Frankfurt gezogen war, nur – wenn überhaupt – ein- oder zweimal im Jahr gesehen hatte, war ihr Verhältnis bisher immer ungetrübt gewesen. Eigentlich sollte sich Agnes keine Sorgen darüber machen müssen, doch in den letzten Tagen war so viel Ungeheuerliches geschehen, dass sie auch das nicht mehr gewundert hätte.

Als sie aber in das Gesicht ihres Bruders blickte und ihm nur kurz erzählte, was geschehen war, nahm er sie sofort in die Arme. Er verlor kaum ein Wort darüber, als Agnes einwandte, dass es nun ein wenig eng werden könne in seinem Haus. „Darüber können wir uns beizeiten Gedanken machen. Jetzt gilt es erst einmal, dass du und deine Kinder eine Bleibe haben und wenn ihr euch nützlich macht, so kommt mir das auch nicht wirklich ungelegen“, antwortete er. „Einer meiner Knechte nämlich ist vor zwei Wochen bedauerlicherweise dem Wundbrand erlegen, der seinem Beinbruch gefolgt war und bis jetzt habe ich noch keinen Ersatz gefunden. Gregers Fähigkeiten im Kontor, aber auch du und Grite als zusätzliche Hilfen im Haushalt sind mir nicht unwillkommen“, fuhr er an seine Schwester gewandt fort. „Wäre das alles nicht so schrecklich, dann würde ich sagen, euch schicke der Himmel. Doch das wäre wohl reichlich unpassend“, fügte Albertus noch hinzu, bevor er die Ankömmlinge mit einer einladenden Geste ins Haus bat. Bei einem gemeinsamen Mahl mit der gesamten Familie, dem Wolf die Wegzehr von Jakob Heller beisteuerte, hatte man sich viel zu erzählen.

Sofort nach dem Essen verabschiedete sich Wolf und machte sich wieder auf den Weg. Er wusste Agnes und die Kinder nun in Sicherheit und wollte noch heute beim Erzbischof vorstellig werden und ihn um einen Schlafplatz für die Nacht bitten. Gleich am nächsten Tag jedoch hatte Wolf sich vorgenommen, wieder nach Frankfurt zurückzureiten, um seine Nachforschungen fortzuführen. Agnes und Greger begleiteten ihn vor die Tür des Hauses zu seinem Pferd. Wolf wurde das Gefühl nicht los, dass Greger ihn mit seiner Mutter nicht alleine lassen wollte. Er wachte über sie.

Agnes drückte Wolf die Hand. „Ich danke Euch. Ich weiß nicht, was ich tun kann, um das noch mehr zu zeigen. Wie gerne würde ich Euch reich entlohnen, doch ich kann es nicht."

Wolf zog zwei von Jakob Hellers Groschen hervor und legte sie Agnes in die Hand. Als sie hineinsah, schüttelte sie heftig den Kopf und versuchte, Wolf das Geld zurückzugeben. „Nein, Herr Besigheim. Das kann ich nicht annehmen. Ihr habt genug getan für uns."

Doch Wolf insistierte: „Es ist gut Agnes. Ihr könnt es gebrauchen und schuldet mir nichts. Seht zu, dass Ihr Euch um Eure Familie kümmert, den Rest erledige ich. Sobald ich etwas höre, werde ich es Euch sofort wissen lassen, ich verspreche es. Auf Wiedersehen." Für einen kurzen Augenblick küssten sich Ihre Augen oder bildete sich Wolf das bloß ein? War es Wunschdenken, dass sich Agnes' Augen hastig senkten, vor Scham darüber, dass sie das gleiche gedacht hatte in diesem Bruchteil eines Moments? Wolf wandte sich an Greger. „Eines sag mir noch Greger. Gibt es noch irgendetwas, dass ich über das Geheimnis, das dein Vater und Siebenthal ausgeheckt hatten, wissen sollte. Etwas, das du mir, aus welchem Grund auch immer, verschwiegen haben könntest? Es ist wichtig. Jeder kleine Hinweis könnte mir helfen, deinen Vater zu finden."

Greger sah Wolf forschend an. Wenn dieser Mann seinen Vater finden sollte, dann wäre es für alle gut. Er dachte nach. Eigentlich hatte er alles erzählt. In seinen Gedanken flog er in der Zeit umher und versuchte sich alles, was mit diesem Dokument, Abraham Siebenthal und seinem Vater in Verbindung stehen könnte, ins Gedächtnis zu rufen. Da war noch etwas. Etwas, das weiter weg war. Etwas scheinbar Unbedeutendes, doch er kam nicht darauf. Er schüttelte den Kopf. „Nein, Herr Besigheim, ich weiß nichts mehr. Alles, was ich wusste, habe ich Euch gesagt."

„Gut", sagte Wolf, warf sich seinen Umhang um und schulterte die Ledertasche, „dann werde ich nun aufbrechen. Auf Wiedersehen, Agnes, und Greger: Pass' auf deine Mutter und deine Schwester auf. So Gott will, werde ich euren Vater wohlbehalten finden und ihn euch zurückbringen." Wolf ging zu seinem Pferd und stieg in den Sattel. Er zog sanft am Zügel und wendete den Hengst. Dann trabte er an und hob die Hand zum Abschied. Agnes und Greger sahen ihm mit gemischten Gefühlen nach. In diesem Moment wurde ihnen klar, wie sehr sie diesen Mann mochten, wie verschroben und eigentümlich er auch sein mochte. Sie sahen ein Stück Sicherheit auf dem wankenden Pferderücken in der dämmrigen Kappelhofgasse davontraben. Wie gern hätten sie die Tage zurückgeholt, wo es noch keinen Wolf Besigheim gegeben hatte, wo Jokoff Cramer ihnen noch wohlbehalten Vater und Ehemann gewesen war. Doch diese Tage waren vorbei und eine ungewisse Zukunft lag vor ihnen, so ungewiss wie die Launen eines alten Gauls. Plötzlich wusste Greger, was er vergessen hatte. Das Bild war zurückgekehrt. Er rannte hinter Wolf Besigheim her.

„Wolf, Wolf, wartet noch einen Moment."

Wolf stoppte und wendete sein Pferd halb um, so dass es seitlich zu Greger stand, und sah fragend zu ihm herab.

„Eben ist mir noch etwas eingefallen. Es betrifft das Dokument von Abraham. Einmal war ich bei ihm. Es muss vor etwa einem halben Jahr gewesen sein. Ich sollte etwas für meinen

Vater abholen. Da traf ich ihn, als er gerade Waren von einem Händler kaufte. Diesem Händler hat er auch ein Dokument abgeschwatzt. Dem Mann schien nicht klar gewesen zu sein, was darin geschrieben stand, aber Abraham war völlig außer sich. Ich meine, er hat damals zwei ganze Silbergroschen dafür bezahlt."

„Wie hieß der Mann und woher kam er?"

Greger zögerte. „Ich bekomme den Namen nicht mehr zusammen. Sein Name war Bernhardo oder Bernardo Taijini oder Tanini glaube ich, aber ich weiß es nicht mehr genau. Es schien mir damals nicht wichtig zu sein. Er erzählte etwas von Florenz und von Bologna. Das sind doch Städte im Süden, jenseits der Alpen, nicht wahr?"

„Ja, das ist richtig", pflichtet Wolf ihm bei, „ein Südländer also. Gut, wie sah er aus? Erinnerst du dich?"

Greger überlegte wieder. „Er war so groß wie ich, nein, vielleicht etwas kleiner, etwa so." Greger hielt seine flache Hand auf der Höhe seiner Stirn in die Luft. „Er hatte dunkles Haar und eine recht lange Nase."

Wolf musste lächeln. „Na, dann haben wir ihn ja schon so gut wie gefunden. An so einen auffälligen Kerl dürfte sich jeder erinnern, der ihn einmal zu Gesicht bekommen hat. Weißt du sonst noch etwas?"

„Nur, dass Abraham mir erzählt hat, dass dieser Händler von Italien aus immer nach Frankfurt, Straßburg, Augsburg und Nürnberg reiten würde".

„Würdest du diesen Mann wiedererkennen?"

Greger nickte bestimmt mit dem Kopf. „Ja, ganz gewiss."

„Gut, Greger, ich danke dir. Ob mir das weiterhilft, wird die Zeit weisen. Jetzt reite ich erst einmal zum Erzbischof, bei dem ich um diese Uhrzeit sicher nicht mehr vorgelassen werde. Vielleicht gibt mir ein bestimmter Bruder dort ein Lager, wenn nicht, dann werde ich mir einen Platz in einer der Schankwirtschaften am Hafen suchen. Und Greger", Wolf beugte sich tief zu ihm hinunter, „mach dir keine Sorgen um mich und deine

Mutter. Ich schätze sie sehr und ich würde lügen, wenn ich behaupten würde, sie gefalle mir nicht. Aber ich habe meine Prinzipien und sie gehört deinem Vater. Ich bin niemand, der verheirateten Männern die Weiber ausspannt. Und nun gute Nacht!“

Mit diesen Worten lenkte Wolf Besigheim sein Pferd herum und trabte davon. Greger sah ihm nach, bis er um die Ecke der angrenzenden Gasse verschwunden war, und musste sich eingestehen, dass er diesen Mann zutiefst bewunderte.

23

Urbino
Vor etwa 4 Monaten, am Dienstag zwischen Pankratius,
Servatius, Bonifatius und Ascensio Domini
15. Mai Anno Domini 1509

Lorenzo de'Medici folgte dem Flug des Mauerseglers. Er zeichnete bezaubernde Figuren in den stechend blauen, wolkenlosen Frühlingshimmel. Dann stürzte er nieder, um ein Meer aus piepsenden Mäulern mit einer Raupe zu stopfen. Die Jungen reckten ihre Schnäbel aus dem Nest, das sich unter dem Gesimse des Palastes befand. Diese Vögel ahnten nichts von seinen Problemen. Sie mussten sich nicht darum kümmern, wer mit wem koalierte. Sie kannten weder Preise noch Zölle, brauchten keine Wachen und Vorkoster und vor allem hatten sie keine Mutter, die intrigierte und die sie ehrgeizig immer weiter vorantrieb. Sie hatten Hunger und die Mutter fütterte sie. Nichts weiter. Und wenn sie flügge geworden wären, würden sie aus dem Nest hüpfen und davonfliegen. Einfach so. Niemand würde je mehr an sie denken. Und sie waren frei und hatten keine Namen. Lorenzo sah von der Balkonbrüstung seines Palastes auf den weit entfernten Boden unter ihm, wo gerade ein Knecht ein Pferd quer über den Hof zu den Stallungen führte. Jeder Mensch konnte davonfliegen, aber nur einmal. Kurz und sündig. Eine warme Windböe fuhr über die Pinien durch die Gemäuer und streichelte ihn. Er atmete Sehnsucht für einen unendlichen Augenblick und wusste nicht warum.

„Mein Sohn?"

Lorenzo schreckte auf. Er hatte seine Mutter nicht kommen hören. Sie stand im Rahmen des Portales zum Balkon und hielt einen Brief in ihrer Rechten. „Ich habe Nachricht von di Vernaccia. Lies selbst."

Der junge Fürst ging auf seine Mutter zu und nahm das Schreiben entgegen. Er musste es mit beiden Händen festhalten, weil der Maiwind es ihm gerne abgenommen und mit sich fortgetragen hätte.

Straßburg, Tag Kantate, 18. April
Anno Domini 1509

Eure Durchlaucht Lorenzo II. de'Medici,
Herzog von Urbino,
hochwohlgeborene Alfonsina Orsini,

Gemäß Eures Wunsches will ich Euch nunmehr berichten. Meine Suche hat ergeben, dass sich der besagte Händler nicht mehr in Straßburg aufhält. Ein Kaufmann konnte mir jedoch bestätigen, dass er ihn noch vor wenigen Wochen hier angetroffen hat. Wenn Ihr mein Schreiben in den Händen haltet, so werde ich mich schon auf dem Weg nach Augsburg befinden. Sollten meine Nachforschungen auch hier nicht zum Ziel führen, werde ich mich unverzüglich zuerst nach Nürnberg und hernach nach Frankfurt am Main begeben. Sobald ich Neues zu berichten weiß, werde ich es Euch umgehend wissen lassen.

In tiefer Ergebenheit und Treue
G.d.V.

Lorenzo ließ den Brief sinken. „Immerhin eine Spur und der Beweis, dass die Wahl dieses Mannes kein Fehler war."

Alfonsina lächelte kalt. „Glaubst du alles, was geschrieben steht? Es kann stimmen oder nicht. Am Ende wird nur das Dokument beweisen, ob er gut und in unserem Sinne gearbeitet hat. Die Zeit wird es zeigen."

„Da magst du recht haben, aber dennoch ist ein solches Schreiben für meinen Geschmack ein besseres Zeichen, als gar keine Nachricht."

„Glaub du nur, was du willst. Ich glaube, was ich sehe."

Lorenzo faltete den Brief zusammen und ging zum Kamin. Dort zerriss er ihn und streute die kleinen Fetzen in die kalte Asche. Die Flammen würden sie heute Abend auffressen. Seine Mutter war ihm gefolgt. Er stand aus der Hocke auf und wandte sich um. „Gibt es nur diese eine Schrift?"

„Es ist kein Original", erklärte Alfonsina, „es ist selbst nur eine Abschrift, wenngleich sie doch schon sehr alt ist. Das Original muss sich noch in Griechenland befinden." Lorenzo sah seine Mutter fragend an, doch die wiegelte ab. „Aber wenn du meinst, es sei einfacher das Original aufzuspüren, so halte ich diesen Gedanken für abwegig. Wir wissen nicht, wo es sich befindet, nur, dass es aus Alexandria stammt. Wir wissen nicht einmal, ob es noch existiert. Vergiss es!"

„Dann heißt es wohl nur, dass wir warten und diesem di Vernaccia vertrauen müssen."

„Warten ja, aber nicht allzu lange. Und vertrauen?" Alfonsina Orsini schüttelte den Kopf. „Vertrauen kannst du nur dir selbst und auf Gott, auch wenn ich mir sogar bei Ihm manchmal nicht so ganz sicher bin."

Denn wir wissen nur allzuwohl,
Du bist der bittern Galle voll,
In der Dein Herze lebt und webt,
Und Deiner Ehre zuwider strebt.

Aus „Iwein mit dem Löwen", Vers 155 ff
Hartman von der Aue (um 1200)

TEIL III
QUAESTIO

Die Suche

24

Mainz
Am Freitag vor dem 19. Sonntag nach Trinitatis
5. Oktober Anno Domini 1509

Natürlich hatte Uriel von Gemmingen ihn gestern so spät nicht mehr vorgelassen. Doch wenigstens hatte Bruder Valtin dafür gesorgt, dass Wolf etwas Anständiges zu essen und eine Bettstatt für die Nacht in der erzbischöflichen Martinsburg erhalten hatte. Gleich nach der Prim war er heute Morgen zum Erzbischof gegangen. Er hatte ihm von allen Vorfällen rund um die Hetze des Johannes Pfefferkorn und der Frankfurter Bücherkonfiskation in der vergangenen Woche berichtet. Uriel von Gemmingen war wenig darüber erbaut gewesen, dass es überhaupt zu einer solchen Aktion gekommen war und noch weniger, dass ein jüdischer Bürger Frankfurts dabei sein Leben gelassen hatte. Dennoch war er froh zu hören, dass durch Wolfs schnelle Reaktion und seine Aufmerksamkeit, Schlimmeres hatte vermieden werden können. Ihm lagen bereits die Stellungnahme und das Dankschreiben des Frankfurter Stadtrates vor, beides unterzeichnet vom Bürgermeister und Jakob Heller, die diesen Eindruck noch unterstützten. Der Erzbischof hatte Wolf ohne Murren das ausstehende Geld gegeben, so dass sich Wolfs Geldkatze nun nicht mehr so leicht ausnahm wie noch bei seinem letzten Besuch in Mainz vor einigen Wochen. Er hatte dem Erzbischof nichts von dem Schicksal der Cramers erzählt. Wohl aber Bruder Valtin, dem er, seit er ihn das erste Mal vor einigen Jahren in Köln getroffen hatte, auf eine unerklärliche Art verbunden war. Er mochte diesen hageren Mönch einfach. Beim Abschied hatte Wolf ihn gebeten, ein Auge auf Agnes Cramer und ihre Tochter Grite zu werfen. Valtin hatte Wolf daraufhin versprochen, Albertus Meister in den nächsten Tagen zu besuchen. Bei dieser Gelegenheit könne er auch ein Gespräch mit dessen Schwester Agnes führen, die wahrhaftig genug Trost und gutes Zureden nötig hatte. Wolf wusste, dass er sich darauf verlassen konnte, und ihm war nun wohler dabei, diese unglückliche Frau zurückzulassen, auch wenn sein Herz wohl bei ihr in Mainz bleiben würde. Von seinen weiteren Plänen jedoch hatte Wolf weder Bruder Valtin und schon gar nicht dem Erzbischof erzählt. Uriel von Gemmingen hätte es wohl nur leidlich interessiert und Bruder Valtin hätte ihn vielleicht davon abbringen wollen. Wolf war der festen Meinung, dass es der Sache umso zuträglicher war, je weniger Menschen davon wussten.

Sein Ritt führte ihn aus der Martinsburg hinaus, den Rhein entlang, bis er etwa auf der Höhe der Mainzer Stadtmitte anlangte. Doch entgegen seines ursprünglichen Vorhabens, nämlich alleine nach Frankfurt zurückzureiten und sofort die Rheinbrücke oder eine der zahlreichen Fährkähne zum Übersetzen zu benutzen, hielt er sich rechts. Er folgte einem Gewirr aus Gässchen und Plätzen, vorbei an Kirchen, geduckten Fachwerkhäusern, Ständen und Unrat, bis er in die Kapellhofgasse einbog. Vor dem Haus von Albertus Meister hielt er an, stieg ab und band sein Pferd an einen Stützbalken des Vordaches. Agnes' Bruder trat eben mit einem Kunden aus dem Kontor und erblickte Wolf. Nachdem er seinen Kunden mit einem Händedruck verabschiedet hatte, trat er mit einem überraschten Gesichtsausdruck zu ihm.

„Herr Besigheim? Ich dachte, Ihr wäret schon auf und davon. Habt Ihr etwas vergessen oder was führt Euch noch einmal zu uns?"

„Ich habe nicht etwas vergessen, sondern jemanden. Kann ich mit Eurer Schwester und Eurem Neffen sprechen?"

„Gewiss. Folgt mir. Sie sind im Hof und rupfen gemeinsam ein Hühnchen, aber im wahrsten Sinne des Wortes", fügte er scherzend hinzu. Albertus Meister machte eine einladende Geste und hielt Wolf die Tür auf. Sie gingen gemeinsam durch das

Kontor in die Küche und von dort hinaus auf den Hof, der abseits der Gasse von Lagerräumen und einigen blattlosen Obstbäumen umsäumt wurde. Agnes staunte nicht schlecht und legte sofort das kopflose, halb gerupfte Huhn in eine Tonschüssel. Auch Greger blickte verwundert auf. Wolf wurde warm ums Herz, als er ein kurzes Lächeln und echte Freude in Agnes' Augen aufflackern sah.

„Wolf Besigheim? Was macht Ihr hier? Wolltet Ihr nicht schon längst wieder in Frankfurt sein?", fragte Agnes.

„Ja, darüber hat sich Euer Bruder auch schon gewundert. Meine Pläne haben sich geändert. Gregers Hinweis von gestern Abend war dafür verantwortlich. Ich habe die halbe Nacht wach gelegen und gegrübelt und möchte Euch um etwas bitten."

Interessiert stand Agnes auf und wischte sich die Finger an ihrer Leinenschürze sauber. Ein paar Hühnerdaunen rieselten wie Schnee auf den Federhaufen zu ihren Füßen.

„Was ist es?"

Wolf sah Albertus Meister an. „Ich will nicht unhöflich sein, denn es ist Euer Haus, aber kann ich Eure Schwester und Euren Neffen einen Augenblick alleine sprechen?"

Agnes' Bruder sah von Wolf zu Agnes und dann zu Greger. Schließlich zuckte er mit den Schultern und sagte gleichgültig: „An mir soll es nicht scheitern. Was ich nicht weiß, macht mich nicht heiß. Ich habe genug zu tun." Er verließ den Hof und ging wieder ins Haus hinein.

Agnes war näher gekommen und hielt die Hände vor dem Bauch verschränkt, so als würde sie beten. Auch Greger war aufgestanden und sah Wolf mit gespannter Miene an.

„Ist etwas mit Jokoff? Habt Ihr schlechte Neuigkeiten?"

Wolf lächelte. „Nein, Agnes, nichts dergleichen. Macht Euch nicht noch mehr Gedanken, als Euch ohnehin schon auf der Seele liegen. Allerdings hat es etwas mit der Suche nach Eurem Mann zu tun. Ich habe lange darüber nachgedacht. Es gibt weder einen echten Anhaltspunkt dafür, wo er sein könnte, noch dafür, dass ihn dieser Jeckel Schmied tatsächlich entführt hat. Sein Schicksal ist ungewiss, da muss ich Jakob Heller recht geben."

„Warum Jakob Heller?", fragte Agnes erstaunt.

„Er glaubt weder an eine Schuld noch an die Beteiligung von Benisch Stoltzer. Auf jeden Fall aber will er nicht, dass ich mich einmische, zumindest nicht offiziell", fügte Wolf schmunzelnd hinzu.

„Wieviel weiß er?"

„Nichts über die wirkliche Verbindung zwischen Eurem Mann und Abraham Siebenthal. Von der Existenz des Dokuments weiß er nichts. Ich habe ihm nichts verraten, aber genau deshalb hat er mir auch die Unterstützung in diesem Fall versagt. Würde er wissen, worum es ginge, dann würde er wohl selbst die Dringlichkeit und die Schuld Stoltzers eingestehen."

„Hält er etwa auch zu Stoltzer?", wollte nun Greger aufgebracht wissen, doch Wolf schüttelte nur den Kopf.

„Nein, Greger. Heller hat sein Herz am rechten Fleck. Aber er ist eben nicht nur Mensch, sondern auch Politiker und bei diesen Leuten weiß man nie, mit welchem von beiden man gerade spricht. Der Mensch Heller als guter Christ hätte mir gewiss gerne geholfen, aber der Stadtrat und Politiker in ihm war stärker. Deshalb brauche ich deine Hilfe, Greger."

„Meine Hilfe? Wie soll ich Euch denn nützen?"

„Oh, du kannst mir sehr nützlich sein, allerdings setzt das voraus, dass deine Mutter damit einverstanden ist, denn ganz gefahrlos ist es nicht, was ich vorhabe."

Agnes Gesicht wurde ernst. „Was wollt Ihr, Besigheim?"

„Ich möchte, dass Greger mich begleitet. Wir haben keine Spur zu Eurem Mann, aber sehr wohl zu dem verschwundenen griechischen Dokument. Greger hat mir erzählt, dass Abraham Siebenthal es von einem Florentiner Händler erworben hat und Greger ist der Einzige von uns, der diesen Mann kennt. Die Beschreibung von ihm, die Greger mir gegeben hat, hilft mir nicht weiter. Sie schließt lediglich alle blonden und rothaarigen Männer nördlich der Alpen aus. Das ist leider nicht ausreichend für eine gezielte Suche, wie Ihr zugeben müsst. Vielleicht taucht er noch einmal in Frankfurt auf und hat noch eine Abschrift oder er kann uns wenigstens mehr über Inhalt und Herkunft sagen. Vielleicht kommt Greger sogar darauf, wo Abraham es versteckt haben könnte, wenn es noch da ist. Greger kennt das Haus am besten. Haben wir erst einmal das Dokument in den Händen, dann haben wir auch eine Spur zu den Entführern Eures Mannes, davon bin ich überzeugt."

„Warum sollte Abraham das Dokument nicht in seiner Werkstatt verwahren? Wäre es nicht schlau, dort zuerst nachzusehen?", warf Agnes ein.

„Natürlich, da habt Ihr recht. Genau das werde ich tun. Aber ich befürchte, dass es längst nicht mehr dort ist. Entweder wurde es bei der Bücherkonfiskation verbrannt oder es ist so gut versteckt, dass es schwer zu finden sein wird. Außerdem dürften sich Stoltzer und dessen Henkersknecht, dieser Schmied, gewiss die gleichen Gedanken gemacht haben. Stoltzer hat Abrahams Haus gekauft. Er wird es auf den Kopf stellen, um zu finden, was er sucht."

„Und Jokoff?"

Wolfs Gesicht versteinerte sich. „Euer Mann wird so lange leben, bis sein Entführer das Dokument oder die Maschine in den Händen hält. Danach braucht er ihn nicht mehr. Wofür sollte man ihn denn sonst entführt haben? Weiß Jokoff, wo Abraham sein Versteck hatte?"

Agnes verneinte zögerlich. „Ich weiß es nicht, aber ich kann es mir nicht vorstellen. Dazu war Abraham zu verschroben und Jokoff konnte ihm auch in letzter Zeit das versprochene Geld nicht mehr zahlen. Er wird das Geheimnis mit ins Grab genommen haben."

„Ja, das glaube ich auch. Er war verschroben genug, nicht zu reden. Das hat ihn das Leben gekostet oder aber er hat geredet und musste danach sterben, da Schmied, dieser Mörder, nie vorgehabt hatte, ihn am Leben zu lassen. Und dass Jeckel

Schmied ihn getötet hat und niemand sonst, steht für mich mittlerweile außer Frage. Siebenthal war ein lästiger Zeuge."

Agnes Augen wurden feucht. „So wie Jokoff", flüsterte sie. Wolf antwortete nichts darauf, wusste aber, dass Agnes Cramer vermutlich recht hatte. Er machte sich keine Illusionen darüber, Jokoff Cramer noch lebend zu finden. Wüsste er etwas und würde reden, wäre er genauso tot, wie wenn er nichts wüsste und schwieg. Beides würde ihm letztlich zum Verhängnis werden. Die Wahrscheinlichkeit, dass Jokoff Cramer am Leben gelassen werden würde, um ihn vielleicht als Faustpfand einzusetzen oder gar aus reiner Barmherzigkeit, war verschwindend gering. Es gab nur eine Möglichkeit das herauszufinden: Wolf musste Jokoff Cramer oder das Dokument und Abrahams Maschine schnell finden. Er musste Stoltzers Schergen zuvorkommen. Viel Zeit blieb nicht, denn seit der Entführung waren bereits einige Tage vergangen und morgen, am Montag, würde Stoltzer das Haus der Cramers zufallen. Vielleicht hatte Jokoff dort etwas versteckt oder er hatte wenigstens gelogen, in der Hoffnung, seine Haut damit zu retten. Doch spätestens, wenn Stoltzer auch in Cramers Kontor nicht fündig werden würde, wäre das Jokoffs Todesurteil. Das war gewiss.

„Gut", sagte Agnes Cramer plötzlich mit entschlossenem Blick, „nehmt Greger in Gottes Namen mit. Aber versprecht mir, auf ihn aufzupassen, als wäre er Euer eigener Sohn und bringt mir ihn und meinen Mann wohlbehalten zurück."

Wolf sah ihr tief in die Augen. „Ich verspreche, auf Greger zu achten wie auf meinen Augapfel und werde tun, was in meiner Macht steht, um Jokoff zurückzubringen."

25

Nürnberg
Am Freitag nach Michael, Gabriel und Rafael
5. Oktober Anno Domini 1509

Die Nacht war über Nürnberg hereingebrochen und hatte bereits begonnen, das Licht aus den Zimmern und Fluren der Häuser zu vertreiben. Giacomo di Vernaccia mühte sich, die Umrisse der Stufen zu erkennen, als er die knarzende Holztreppe von seiner Kammer hinabstieg. Seit nunmehr zwei Wochen wohnte er bereits bei Fürchtegott Hennlin, einem jungen Nürnberger Schuster, zur Untermiete. Dieser hatte ihm die Kammer seiner jüngst verstorbenen Mutter für zwanzig Pfennige pro Woche vermietet. Ein guter Preis, wie Giacomo fand, allerdings wunderte er sich darüber, dass die Mutter des Schusters erst mit siebenundfünfzig Jahren das Zeitliche gesegnet hatte. Wer körperlich nicht in guter Verfassung war, würde die Anstrengungen des täglich mehrmals nötigen Auf- und Abstiegs der fast senkrecht gezimmerten Holztreppe kaum überstehen. Nürnberg war teuer. Die Häuser der einfachen Handwerker und Händler waren – sofern sie denn das Glück hatten, überhaupt eines ihr eigen nennen zu können – gedrungen und eng. Wohnraum war knapp und man musste nutzen, was vorhanden war. Als Giacomo den Flur am Fuße der Treppe erreicht hatte, hob er grüßend die Hand. Der Schuster war gerade aus seiner Werkstatt im Erdgeschoss getreten und machte sich auf den Weg hinüber in die Küche. Dort wartete bereits seine Familie mit dem Essen auf ihn. Hennlin grüßte freundlich zurück und sagte ein paar gewiss nett gemeinte, für Giacomo aber kaum verständliche Worte in seiner Mundart. Giacomo brummte einen zustimmenden Laut und nickte dabei. Sein Deutsch war zwar ganz passabel, aber diesen Dialekt verstand er nur bruchstückhaft. Er hoffte, der Schuster habe ihn eben nicht zum Abendbrot gebeten, denn dazu hatte er weder Zeit noch Lust. Die Erfüllung seines Auftrages saß ihm im Nacken. Der Auftrag der Medici. Er hatte schon zu lange in Straßburg und Augsburg nach dem Händler geforscht und keine Spur von ihm entdeckt. Zumindest keine, die ihm weitergeholfen hätte. Nur dieser eine Kaufmann in Straßburg, hatte behauptet, Bernardo Tagnini gesehen zu haben. Obendrein hatte er zu wissen geglaubt, dass dieser nach Augsburg und Nürnberg wollte. Es war eine kleine Hilfe gewesen. Nur eine vage Aussage, aber immerhin endlich ein Hinweis, zumal es sich mit dem deckte, was Alfonsina Orsini ihm erzählt hatte. In Augsburg war Tagnini nicht aufzufinden gewesen, daher nun also das Fortführen der Suche in dieser Stadt.

Der Schuster schien ihn nicht zum Essen gebeten, sondern etwas anderes gesagt zu haben, denn er hob nur noch einmal die Hand zum Abschied und zog die Küchentür hinter sich zu. Giacomo di Vernaccia stand einen Augenblick allein im dunklen Flur, dann öffnete er die Haustür und trat auf die Schustergasse hinaus. Er atmete tief ein, was er im gleichen Augenblick bereute. Er begann zu husten. Was für ein Unterschied zu der Luft in den Wäldern und Bergen, die er auf seiner Reise durchquert hatte. Kot, Unrat, Urin, Rauch und Ledergeruch vermischten sich zu einem beißenden Gestank, der in seine Nase drängte. Er sputete sich daher, die Gasse zu verlassen, um zur Schänke am Marktplatz zu gelangen, dem Treffpunkt vieler Reisender und der meisten fahrenden Händler, die sich zeitweise in Nürnberg aufhielten. Dort wurden – abseits von Marktgeschrei, Feilbietungen und dem haltlosen Anpreisen der Waren – die wirklichen Geschäfte getätigt. Zwischen Bier und Branntwein wechselte so manche Ladung Gewürze und so mancher Ballen Stoff den Besitzer, genauso wie Waffen, Getreide und Metall. Jedoch feilschte man hier nicht um ein paar Scheffel oder Pfund, sondern gleich um ganze Wagenladungen. An einem einzigen Abend in dieser Schänke ging wahrscheinlich so viel Geld über die Tische, wie sonst auf allen Märkten Nürnbergs in einer ganzen Woche. Wenn Bernardo Tagnini sich tatsächlich noch in Nürnberg befand, so wäre die Wahrscheinlichkeit, ihn dort anzutreffen, mit Sicherheit am höchsten.

Am Eingang der Schänke standen einige Männer in bürgerlicher Kleidung und unterhielten sich. Schon aus wenigen Ruten Entfernung konnte man Stimmengewirr vernehmen. Es drang durch die mit Butzenscheiben besetzten Fenster nach außen. Durch die lediglich für kurze Augenblicke geöffnete Tür schwoll er immer dann von neuem an, wenn ein Gast die Schänke betrat oder verließ. An beiden Seiten der Tür waren Fackeln in derben Eisenhalterungen angebracht, deren zuckende Flammen den Eingang mit einem schwachen Lichtschein umrahmten. Giacomo di Vernaccia griff nach der Tür, als diese im gleichen Augenblick von innen aufgestoßen wurde. Augenblicklich floss der Lärm aus dem Inneren der Schänke hinaus auf den Marktplatz. Ein sichtlich angetrunkener Kaufmann stand in der Tür und musste sich am Rahmenholz festhalten. Der Mann erblickte Giacomo und machte schwankend und mit einiger Übertreibung eine einladende Geste.

„Hereinspaziert, der Herr! Es ist noch Bier im Fass. Doch hegt keinen Groll gegen mich, denn ich muss leider schon gehen. Mein Weib wird zetern, ach, was wird die wieder zetern!“, lallte er, strauchelte nach draußen und fiel vornüber in den Dreck. Die Männer am Eingang halfen ihm auf die Beine und setzten ihm den Hut, so gut sie es vermochten, wieder auf den Kopf. Er bedankte sich überschwänglich und konnte nun seinen Fußmarsch mit Schlagseite fortsetzen. Giacomo verzog keine Miene und sah dem Mann nur kurz hinterher. Dann betrat er die Schänke und suchte sich einen freien Platz an dem kleinen Tisch, der links vom Eingang in der Ecke stand. Dort saß noch niemand und er konnte so die ganze Schänke gut beobachten, ohne dass man ihn dabei sofort entdeckte. Der Platz war ideal für sein Vorhaben, er saß hier nicht zum ersten Mal. Der Wirt, ein kleiner dicker Mann mit hochrotem Gesicht, kam zu ihm und hielt den Daumen nach oben. Giacomo nickte und beantwortete so die wortlose Frage, ob er ein Bier wolle. So wie immer. Giacomo mochte dieses Getränk nicht sonderlich, sondern zog Wein vor, wann immer er die Wahl dazu hatte. Aber abgesehen davon, dass der Wein hier, wenn er sich denn überhaupt im Ausschank befand, sündhaft teuer war, schmeckte er – zumindest nach Giacomos Ansicht - wie gefärbte Pferdepisse. Sauer vergoren und mit süßem Fruchtsaft oder Honig gestreckt, dass man ihn überhaupt herunterbrachte. Er war an den guten Toskanawein gewöhnt, der blutrot und gefällig im Becher lag und einem den Gaumen mit florentinischen Frühlingsaromen auspinselte. Nicht so eine schauderhafte Essigbrühe, die allenthalben als Beize dienen konnte. Den Gerstensaft hingegen vermochten die Leute hier zu einem wahrhaft anständigen Bier zu brauen, das musste man ihnen lassen. Der Wirt stellte einen schäumenden Krug vor Giacomo auf den Tisch, der ihm dafür eine Münze in die Hand legte. Giacomo blies kurz und heftig in den Krug und die Schaumkrone verteilte sich in feinen Bläschen auf dem Tisch. Dann trank einen tiefen Zug und spähte und lauschte umher. Es waren Männer aus vielen Teilen des Reiches hier versammelt und sogar welche von jenseits der Grenzen, von noch weiter her. Waren Giacomos Deutschkenntnisse auch nicht gerade hervorragend, so vermochte er sich doch auf Französisch und Spanisch fließend zu verständigen. Die meisten anderen Sprachen erkannte er zumindest an Klang und Aussprache. Doch so sehr er sich auch bemühte, es war kein Italienisch zu hören und der, den er suchte, war Italiener. Er würde ihn hören und erkennen. Mit einem Ohr bei den Gästen der Schänke dachte Giacomo, wie schon so oft, über den seltsamen Auftrag nach, weshalb er Italien verlassen hatte. Er wurde nicht schlau daraus. Was wollte Alfonsina Orsini mit einem alten Pergament? Zuerst hatte Giacomo vermutet, das Schriftstück könne vielleicht eine geheime Schuld der Familie de'Medici beinhalten, auf deren Bekanntwerden die Familie keinen Wert legte. Den Beleg für eine Intrige oder etwas Ähnliches. Aber diesen Gedanken hatte er schnell wieder verworfen. Wie konnte die Schuld dieser Familie in einem Dokument geschrieben stehen, dass lange vor dem Aufstieg der Familie angefertigt worden war? Ein einfältiger Gedanke. Eines stand jedoch fest: Dieses Dokument musste wichtig genug sein, dass Alfonsina und ihr höriger Sohn ihm dafür einen ungewöhnlich hohen Lohn zu zahlen bereit waren. Denn selbst für die Verhältnisse dieser Familie war eine solche Summe als Entlohnung kostspielig. Sicher würde es sie nicht schmerzen und wahrscheinlich fiel die Summe in den Büchern nicht einmal auf, aber dennoch war es bemerkenswert. Giacomo sah auf und nickte erneut. Sein Bier war fast geleert und der geschäftstüchtige Wirt war bereits mit einem zweiten Krug an den Tisch herangetreten. Giacomo leerte den Rest seines ersten Bieres, kramte wieder eine Münze aus seiner Geldkatze und gab sie dem Wirt. Der tauschte die Krüge und verschwand. Was aber, wenn das Dokument der Schlüssel zu unermesslichem Reichtum war? Eine Schatzkarte? Diese Idee gefiel Giacomo noch am besten. Auch wenn es schon ein ganz unerhörter Schatz sein musste, wenn selbst die de'Medicis die Finger danach ausstreckten, da diese doch nun wirklich keine Geldsorgen hatten. Oder besser gesagt: Keine, die ein gewöhnlicher Mensch als solche erachten würde. Vielleicht war es auch keine Karte, sondern ein Schatz im weitesten Sinne. Eine Beschreibung, ein Plan, irgendetwas, das seinen Besitzer mit enormer Machtfülle ausstattete und das Gold wert war. Plötzlich riss ihn etwas aus seinen Gedanken und erregte seine Aufmerksamkeit. Seine Nackenhärchen richteten sich auf. Italienisch. Er war davon überzeugt, Italienisch gehört zu haben. Rasch senkte er seinen Kopf und kniff die Augen zu Schlitzen zusammen. Sein Blick sprang von Tisch zu Tisch, von Schemel zu Schemel und von Gesicht zu Gesicht wie bei einer Raubkatze auf der Pirsch. Es war schwer, in dem unübersichtlichen Haufen an fremdländischen Köpfen, den eines Italieners auszumachen. Ein Reisender aus dem südlichen Frankreich oder ein Kaufmann aus Grenada war von einem Italiener nicht einfach zu unterscheiden. Er musste lauschen, Lippen den Lauten zuordnen, die Mimik prüfen, das erkennen, was einen Italiener von einem anderen Südländer unterschied. Da. Ein *Una birrá anche per te?* glaubte Giacomo aus der Richtung ihm direkt gegenüber gehört zu haben. Woher kam diese Stimme? Der Wirt ging zu einem Tisch, an dem zwei Männer saßen. Giacomo lächelte grimmig. Auf seine Sinne war noch immer Verlass. In gebrochenem Deutsch bestellte ein Mann etwas beim Wirt und fuhr bald darauf damit fort, seinen Tischgesellen in Florentiner Mundart zu beschwatzen. Wenn der Stimmenwind der Schänke einzelne, klare Sätze der beiden Männer zu ihm herübertrug, konnte Giacomo nun genau hören, wie der Italiener bei manchen seiner Worte das c gegen ein h austauschte. Ein untrügliches Merkmal für den Dialekt um Florenz. Nachdem der Wirt den beiden Männern die Biere gebracht hatte und sich wieder dem Schankraum zuwandte, machte Giacomo ihm ein verdecktes Zeichen. Der Wirt kam herüber und streckte ihm seinen Wanst entgegen. Er schwitzte und war noch roter im Gesicht als zuvor.

„Finde unauffällig heraus, woher diese beiden Männer dort stammen", sagte Giacomo und legte danach sofort den Zeigefinger auf seine Lippen. Mit der anderen Hand deutete er gleichzeitig kaum sichtbar in Richtung des ihm gegenüberliegenden Tisches. Der Wirt reagierte wie erhofft. Er war anscheinend gewohnt, aufgrund solcher Fragen ohne Aufsehen die gewünschten Informationen zu beschaffen, was Giacomo in dieser Schänke der Händler und Kaufleute auch nicht wunderte. Er legte dem Wirt einen ganzen Silbergroschen auf den Tisch. Ohne das Gesicht zu verziehen, nahm der Wirt die Münze, wandte sich um, zeigte mit einer kurzen Kopfbewegung in Richtung des Tisches mit den Italienern und sah fragend zu Giacomo. Der nickte zur Bestätigung. Dann verließ der Wirt Giacomos Tisch und ging zuerst zum Ausschank und danach hinüber zu den beiden Männern. Giacomo verfolgte jede Bewegung der zwei Italiener, die sich nur zehn Schritte von ihm entfernt angeregt unterhielten und scherzten. Er prägte sich die Gesichter ein, fixierte sie. Als der Wirt zu ihnen trat, unterbrachen sie ihr Gespräch und sahen zu ihm auf. Giacomo konnte nicht verstehen, was der Wirt gefragt hatte, aber er erhielt Antworten. Wieder meinte er, den Florentiner Dialekt gehört zu haben. Der Wirt lachte überzeugend und deutete auf die Krüge der Männer. Die nickten und der Wirt bestellte etwas bei der Magd am Ausschank. Dann griff er sich einen vollen Bierkrug und kam zurück zu Giacomo. Er stellte das Bier ab und sagte: „Zwei italienische Händler. Einer, der linke, heißt Giovanni, den Nachnamen habe ich nicht verstanden. Er stammt aus Neapel. Der andere heißt Bernardo Tagnini und kommt aus Bologna."

„Gut gemacht, Mann", sagte Giacomo anerkennend, „aber wie hast du ihnen die Namen entlockt?"

Der Wirt lächelte süffisant „Wenn man so lange Jahre als Wirt in Nürnberg lebt und soviel in Erfahrung bringen musste, dann lernt man das. Ich habe sie nur gefragt, ob einer von ihnen ein gewisser François aus Straßburg sei. Das haben sie natürlich vehement verneint und haben mir daraufhin mehr von sich erzählt, als ich gefragt hatte."

Jetzt umspielte auch Giacomos Mund ein Lächeln und er gab dem Wirt noch einen Silbergroschen. Gute Männer musste man mit Großzügigkeit an sich binden. Aus Bologna. Das könnte der Grund sein, dass ihn die de'Medicis nicht sofort gefunden hatten, aber es war Giacomo di Vernaccia jetzt gleich, woher der Mann kam. Er war es. Bernardo Tagnini. Das war sein Name. Giacomo brauchte nun nur noch zu warten. Und es dauerte nicht lange, denn nach zwei weiteren Bieren verabschiedete sich der Mann, der sich dem Wirt als Giovanni aus Neapel vorgestellt hatte und kurz darauf erhob sich auch Bernardo Tagnini von seinem Platz und ging aus der Marktschänke.

Tagnini war nicht schwer zu verfolgen. Betrunken war er nicht, aber zumindest etwas angeheitert und seine Sinne daher nicht geschärft. Darüber hinaus war Giacomo di Vernaccia natürlich auch ein erfahrener Mann und ließ einem Verfolgten kaum eine Möglichkeit, ihn zu entdecken. Doch die Mühe lohnte nicht, musste Giacomo feststellen. Dieser Tagnini war taub und blind wie ein altes Weib. Trotzdem huschte Giacomo leise durch die Gassen. Er hielt sich immer im Schatten der Gebäude und schmiegte sich dicht an die Hauswände, um um die Ecke zu lugen, bevor er dem Florentiner Händler weiter folgte. Giacomo hatte keine Ahnung, wohin ihn Bernardo Tagnini führen würde, wo er in Nürnberg Bleibe gefunden hatte. Aber das war auch nicht wichtig. Er wartete bloß auf eine passende Gelegenheit. Und wieder wurde seine Geduld nicht lange auf die Probe gestellt. Bernardo Tagnini war vom Marktplatz immer weiter in Richtung Stadtmauer gegangen, dahin, wo die billigeren Unterkünfte zu finden waren. Nun hielt Tagnini plötzlich direkt nach einer Biegung an, um seine von Bier gefüllte Blase zu entleeren. Er pinkelte an eine Hausecke, deren lotrecht auf die Gasse treffende Wand im Dunkel einer Lücke zwischen den Häusern lag. Es schien sich um einen kleinen Hofgarten zu handeln, denn Giacomo konnte die nachtgrauen Konturen einiger Obstbäume erkennen, die ihre Äste ausladend in die Nacht reckten. Das war die Gelegenheit. Giacomo wartete noch bis die erleichternden Geräusche aus Bernardos Mund abgeklungen waren und ihm ein eindeutiges Schütteln zeigte, dass er nun fertig war. Giacomo zog seinen Dolch. Gerade als sich Bernardo umwandte, schritt er auf ihn zu, das Messer hinter dem Rücken versteckt.

„Mi scusate. Sarebbe possibile ché Voi é il Signore Bernardo Tagini di Firenze?"

Der Angesprochene schaute völlig verdutzt aus der Wäsche. Er hatte mit vielem gerechnet, als er die Schritte hinter sich gehört hatte, aber nicht damit, dass ihn jemand des Nachts in Nürnberg in seiner Muttersprache anreden würde. Dann lächelte er. Der zweite Italiener heute. Man konnte sich mittlerweile fast wie zuhause fühlen.

„Si, io sono Bernardo Tagnini. Però non Vi conosco, Signore. Chi siete Voi e che cosa vorreste?"

Doch statt der erhofften Antwort sprang Giacomo di Vernaccia mit einem Satz zu dem ahnungslosen Bernardo und rammte ihm das Knie in den Magen. Der brach sofort stöhnend zusammen, wurde aber mit kräftigen Händen von der Gasse um die Ecke in die Dunkelheit gezerrt. Ein widerliches Gefühl von Schmerz, Angst und Übelkeit breitete sich in Bernardo aus.

„Ein Ton und du bist tot!"

Giacomo drückte dem rücklings am Boden liegenden Bernardo die Klinge seines Dolches an den Hals.

„Wer zur Hölle seid Ihr?", jammerte er.

„Still!", zischte Giacomo. „Ich stelle hier die Fragen und du antwortest nur. Und keinen Laut, sonst schneide ich dir den Hals ab."

Bernardo schluckte vernehmlich, war aber starr vor Angst.

„Du hast etwas, dass nicht dir gehört und ich bin hier, um es zu holen, da es der rechtmäßige Eigentümer zurückhaben will."

Bernardo war völlig überrascht. Er hatte keine Ahnung, wovon dieser Mann da sprach. Giacomo bemerkte das, denn er hatte im Laufe der Jahre ein feines Gespür dafür entwickelt, wann jemand log und wann er die Wahrheit sagte. Trotzdem bohrte er weiter. Vielleicht war dieser Tagnini, dessen Hals sich nur um Haaresbreite von der Klinge seines Dolches entfernt befand und der sich deshalb äußerst unwohl fühlte, auch ein ganz außergewöhnlich gerissener Lügner?

„Stell dich nicht dumm, du Hund. Du weißt genau, wovon ich spreche. Das griechische Dokument. Wo hast du es? Los rede schon oder ...". Giacomo machte einen kleinen Schnitt in die Haut an Bernardos Hals kurz unter dem Adamsapfel. Ein Blutstropfen quoll hervor und Bernardo stieß einen kurzen, ängstlichen Laut aus. Es war mehr ein spitzes Quieken als ein Schrei. Giacomo erschrak und sah sich um. Niemand war auf der Gasse zu sehen. Keine Tür sprang auf, niemand trat heraus, um nach dem Rechten zu schauen oder nach dem Nachtwächter zu rufen. Erleichtert schlug er Bernardo mit der flachen Hand vor die Stirn, dass es klatschte.

„Halts Maul und sprich. Wo ist es?"

Bernardo schluckte noch einmal. Seine Stimme war unsicher und zitterte. „Das verfluchte griechische Dokument gehörte meinem Vater. Ich habe es von ihm bekommen. Das ist alles, was ich sagen kann, ich weiß nicht einmal, was darin stand, denn ich kann kein Griechisch. Außerdem habe ich es nicht mehr. Ich habe es verkauft."

Giacomo di Vernaccia stöhnte. Das hatte er befürchtet. Warum sollte ein lukrativer Auftrag auch einmal schnell beendet werden können? Weshalb sollte er auch nur einziges Mal leicht an sein Geld kommen? Er packte Bernardo mit der linken Hand am Kragen und zog seinen Kopf nach oben. Mit der anderen Hand hielt er die Klinge weiter an dessen Hals gepresst. „An wen hast du es verkauft?"

„Lasst Ihr mich gehen, wenn ich es Euch sage, oder soll ich ohnehin sterben?", fragte Bernardo mit einem fast gleichgültigen Ton in der Stimme.

Giacomo ließ Bernardos Kopf auf dem Boden fallen und drückte wütend das Messer an seinen Hals. Er dachte nach und wog ab. Er machte fast alles für Geld. Doch zitternde Händler zu erdolchen, die wohl tatsächlich einfach nur Pech gehabt hatten, widerstrebte ihm. Und jetzt noch diese Frage. Er würde lügen müssen. Entweder jetzt und den Mann, trotz eines Versprechens, ermorden oder aber später in Italien bei den de'Medicis, die den Tod dieses Mannes wollten. Giacomo hatte seine Moral schon mehr als einmal für eine angemessene Summe verkauft, aber das waren andere Gegner gewesen, andere Zeiten. Er entschied sich dafür, diesen Mann am Leben zu lassen. Warum, konnte er sich selbst nicht erklären und er würde es vielleicht bereuen.

„Meinetwegen. Ich lasse dich am Leben, auch wenn mein Auftrag anders lautet. Aber nun rede, bevor ich es mir doch noch einmal überlege."

Bernardo zögerte. „Schwört es bei Gott und den Heiligen".

Giacomo musste schmunzeln. Wenn dieser Schwur die Wahrheit garantieren würde, dann wären alle Päpste selber Heilige. „Ja, ich schwöre es bei Gott und allen Heiligen."

„An einen Juden in Frankfurt habe ich es verkauft. Er heißt Abraham Siebenthal und ist Metallhändler in der dortigen Judengasse."

Giacomo sah ungläubig auf den vor ihm am Boden liegenden Mann herab. „An einen jüdischen Metallhändler in Frankfurt? Kann ich dir glauben? Überlege dir gut, ob du mir die Wahrheit sagst. Ich habe dich einmal gefunden und ich werde es wieder tun. Ich weiß, dass du in Bologna wohnst. Ich werde dich aufspüren, wenn nötig. Wenn du mich anlügst, komme ich zurück und ich schwöre dir nun ebenfalls bei Gott und allen Heiligen, dass du dir dann wünschen wirst, ich hätte dir heute bereits die Kehle durchgeschnitten. Also?"

Bernardo nickte hektisch.

„Gut, dann geh, aber kein Wort zu irgendjemandem und noch einen Rat für den Weg: Kehre nicht nach Bologna zurück. Suche dir eine andere Heimat, wenn du leben willst." Giacomo erhob sich und steckte den Dolch wieder in den Gürtel. „Geh' schon."

Bernardo rieb sich den Hals und kam langsam nach oben. Giacomo sah sich nur kurz zur menschenleeren Gasse um, dann traf ihn plötzlich ein furchtbarer Schlag am Schädel. Er taumelte, verlor fast das Bewusstsein und griff benommen nach einem Baum des Gartens. Er versuchte sich daran festzuhalten, glitt aber an dem rauen Stamm ab und musste sich hinknien. Blut lief ihm vom Kopf in die Augen. Bernardo Tagnini hatte ihm einen dicken Ast, den er am Boden gefunden hatte, mitten auf die Stirn geschlagen. Damit hatte Giacomo di Vernaccia nicht gerechnet und er bereute schon jetzt seine Entscheidung, diesen Mann am Leben gelassen zu haben. Nun zog Bernardo Tagnini auch noch ein Messer aus dem Stiefel und stürmte wutentbrannt auf Giacomo zu.

„Du hast meinen Vater ermordet, du Schwein!", schrie er und wollte die kurze Klinge Giacomo in die Brust rammen. Der warf sich geistesgegenwärtig zur Seite und versuchte seinerseits den Dolch zu ziehen, doch es gelang ihm nicht. Noch immer angeschlagen, stammelte er „Du Dummkopf! Nichts habe ich mit dem Tod deines Vaters zu schaffen" und versuchte sich aus der Reichweite von Bernardos Messer zu bringen. Doch Bernardo war wie von Sinnen. Er glaubte nun endlich den Mörder seines Vaters vor sich zu haben, sprang wieder auf Giacomo zu und holte weit mit dem Messer aus. Er verfehlte Giacomo nur knapp. Die Klinge sauste leise pfeifend über seinen Kopf hinweg. Giacomo hatte großes Glück, dass dieser Gegner ungeübt und wütend war. Er kämpfte unkontrolliert. Wieder stach Bernardo zu. Diesmal legte er seine ganze Wut, seinen ganzen Schmerz und sein gesamtes Körpergewicht in diesen einen Stich. Er sollte Giacomo töten. Auf einmal stand Bernardo Tagnini ganz still, fast friedlich. Langsam ließ er den ausgestreckten Arm sinken und starrte Giacomo überrascht an, bis seine Augen brachen. Das Messer entglitt seiner Hand und er stöhnte leise. Das letzte Mal in seinem Leben. Er fiel neben di Vernaccia zuerst auf die Knie und dann brach er leblos vornüber zusammen. Er war tot.

Giacomo atmete schnell. Er wälzte Bernardo Tagnini auf den Rücken, zog ihm seinen Dolch aus dem Herzen und wischte ihn an dessen Hemd sauber. Dann stand er mit wackligen Beinen auf. Sein Schädel brummte und er fasste sich mit einem unterdrückten Schmerzenslaut an die Stirn, wo das Blut der stark geschwollenen Platzwunde bereits langsam zu verkrusten begann. Glück im Unglück, denn die Verletzung war nicht tief. Wie leicht hätte ihn der Ast töten oder ein Auge kosten können. Einige Augenblicke lang betrachtete er den Toten und schüttelte ratlos den Kopf. *Narr,* dachte er, *du armer Narr. Ich hätte dich doch gehen lassen. Nichts habe ich mit dem Tod deines Vaters zu schaffen. Du wolltest dem Falschen ans Leder. Verfluchtes griechisches Dokument.* Er schleifte Bernardos Leiche tief ins Dunkel des baumbewachsenen Hofgartens und bedeckte sie notdürftig mit Zweigen und Herbstlaub. Man würde ihn sicher morgen oder übermorgen finden. Aber dann wäre Giacomo schon längst nicht mehr in Nürnberg und in Frankfurt würde man ihn deshalb nicht suchen.

26

Frankfurt am Main
Am Samstag nach Michael, Gabriel und Rafael
6. Oktober Anno Domini 1509

Wolf und Greger ritten noch vor der Mittagsstunde durch das Mainzer Tor der Frankfurter Stadtmauer. Sie waren bereits früh am Morgen bei Gregers Onkel Albertus Meister aufgebrochen. Agnes hatte ihrem Sohn den alten Braunen gegeben, der den Cramers bereits so viele Jahre verlässliche Dienste im Geschirr geleistet hatte, der aber zum Reiten kaum taugte. Es schien, als hätte der gutmütige Gaul vergessen, was er vor Jahrzehnten einmal gelernt hatte. Er ließ sich nur schwerfällig manövrieren, wie ein voll beladener Lastkahn im Rhein. Als Arbeits- und Zugtier war er zum Reiten einfach nicht geeignet, doch immer noch besser, als die ganze Strecke zu Fuß zu gehen oder gar zu zweit auf Wolfs Pferd hinter sich zu bringen. Wenigstens trottete er seinem Artgenossen, Wolfs Hengst, treu hinterher und musste daher von Greger, der ohnehin kein sonderlich geübter Reiter war, kaum in seinem Gang korrigiert werden. Wolf und Greger suchten sich eine der zahlreichen Schankwirtschaften in der Nähe des Kornmarktes aus und mieteten dort zu zweit eine einfache Kammer auf unbestimmte Zeit. Wolf wollte noch heute mit den Nachforschungen nach Gregers Vater beginnen, denn morgen würde es ihm der Sonntag nicht einfach machen, unauffällig durch Frankfurt zu gehen. Einem Tag, an dem viele Menschen – ohne ihr normales Tagwerk verrichten zu müssen – genug Zeit hatten, herumzuspazieren, die Kirche aufzusuchen oder gar zu Hause am heimischen Herd zu bleiben, um neugierig aus dem Fenster zu gaffen. Wolf holte ihnen zwei Schüsseln kräftigen Erbseneintopf mit Räucherspeck nach oben in die Kammer, und nachdem sie sich gestärkt hatten, machte er sich auf den Weg zu Benisch Stoltzer. Dort, so hatte er beschlossen, sollte seine Suche beginnen. Er verspürte Lust, diesem Mann ein wenig auf die Füße zu treten. Doch zuvor äußerte er noch eine Bitte an Greger: „Bleib mir hier in der Schänke in unserer Kammer. Ich weiß, du würdest am liebsten sofort zu deiner Dorothye laufen, aber ich bitte dich, das nicht zu tun. Ich weiß noch nicht, was hier gespielt wird und vielleicht werden die Entführer deines Vaters unvorsichtig, wenn sie sich unbeobachtet fühlen. Alle wissen, dass deine Familie aus Frankfurt weggegangen ist. Dem einen oder anderen würde es sicher auffallen, wenn du plötzlich wieder hier auftauchen würdest. Und Getratsche können wir im Moment nicht gebrauchen. Ich möchte nicht, dass sie gewarnt werden, bevor ich ins Wespennest gestochen habe."

Greger verzog das Gesicht. Er hatte sich schon in den schillerndsten Farben ausgemalt, wie er und Dorothye sich in die Arme fallen würden. Er vermisste sie sehr, auch wenn er sie erst wenige Tage nicht gesehen hatte. Seine Vorfreude fiel in sich zusammen. „Ich könnte mir einen Hut tief ins Gesicht ziehen", wandte er hilflos ein.

Wolf schmunzelte. „Gewiss, das könntest du, aber du weißt, dass ich recht habe. Wenn es heraus und den falschen Leuten zu Ohren käme, würdest du damit vielleicht den Erfolg unserer Suche gefährden. Es liegt in deinem Ermessen, was dir wichtiger ist. Ein paar feuchte Küsse oder dass wir deinen Vater finden. Abgesehen davon halte ich das auch für nicht ganz gefahrlos. Diese Männer haben deinen Vater am hellerlichten Tage entführt. Was sollte sie also daran hindern, das Gleiche mit dir zu tun, insbesondere da sie davon ausgehen müssen, dass du vielleicht auch etwas über das Dokument und Abrahams Erfindung weißt?"

Das war Greger noch gar nicht in den Sinn gekommen, aber erschrocken musste er sich eingestehen, dass es stimmte. Er schwebte ebenfalls in Gefahr. Denn wenn sein Vater nichts wusste und den Entführern daher auch nichts sagen konnte, würden sie alles daran setzen, auch ihn zu verhören, sobald sie erfahren würden, dass er wieder in Frankfurt wäre. Auch wenn er gewiss noch weniger Kenntnis von der Sache hatte, als sein Vater, aber das wussten nur er und Wolf und nicht die Entführer. „Gut, ich bleibe hier“, gab er daher widerwillig und etwas enttäuscht nach.

Wolf erhob sich mit einem zufriedenen Gesichtsausdruck. „Das hatte ich geahnt. Eine kluge Entscheidung. Nicht die eines Hasenfußes, sondern die eines besonnenen, jungen Mannes. Ich werde gegen Nachmittag wieder hier sein und dir berichten, was ich erfahren habe. Gehab dich wohl bis dahin.“

Wolf schritt aus Richtung des Kornmarktes zur Zeyl. Bereits von Weitem erkannte er das dreistöckige Haus von Benisch Stoltzer, den Stoltzerhof. Jakob Heller hatte mit seiner Beschreibung nicht übertrieben. Man konnte es nicht übersehen. Prächtig erhob es sich inmitten der anderen Patrizier- und Kaufmannshäuser. Sein gekalktes Gefache wurde von dunklen Eichebalken gerahmt, die mit aufwändigem Schnitzwerk verziert waren. Die Fenster waren unverkennbar aus echtem Butzenglas gefertigt. Dieses Bauwerk war ein selbstbewusstes Monument erfolgreichen Kaufmannstums. Benisch Stoltzer war reich und man sollte es sehen. Das ärgerte Wolf noch mehr, war er doch ohnehin nicht sonderlich gut auf diesen Mann zu sprechen. Er steckte hinter allem, hinter der Vertreibung der Cramers, hinter der Entführung von Gregers Vater und damit zwangsläufig auch hinter dem Leid von Agnes. Wolfs Wut hämmerte von innen an seine Brust. Er musste sich jetzt beherrschen. Aber ungestraft sollte dieser Mann ihm nicht davon kommen. Zielstrebig stieg er zur Eingangstür hinauf und klopfte fest an das dunkle Holz. Der Klang seiner Faust hallte im Haus nach. Kurz darauf hörte er Schritte näher kommen. Stoltzers Magd öffnete die Tür einen Spalt. Sie sah prüfend an Wolf herab und beschloss, dass sein Besuch Herrn Stoltzer wahrscheinlich kein Geld einbringen, sondern ihn höchstens etwas kosten würde.

„Geheiligt sei Jesus Christus. Ihr wünscht?"

„Herrn Benisch Stoltzer wünsche ich zu sprechen"

Die Magd wiegelte ab. „Es tut mir Leid mein Herr, aber Herr Stoltzer hat sich zur Mittagsruhe begeben und wird auch heute keine Zeit mehr haben. Kommt bitte am Montag wieder."

Die Magd wollte Wolf die Tür vor der Nase zusperren, doch Wolfs Fuß stand bereits dazwischen. Wolf Besigheim öffnete mit einem kurzen Stoß die Tür noch weiter und zwängte auch den Rest seines Körpers hindurch. Dann warf er die Tür zu. Die Magd war zu Tode erschrocken und wollte um Hilfe rufen, doch Wolf war bereits zu ihr gesprungen und hielt ihr den Mund zu. Erstickt drangen ihre Hilferufe zwischen seinen rauen Fingern hindurch.

„Ich will dir kein Leid antun, Weib, aber geh' jetzt und melde Herrn Stoltzer, dass Wolf Besigheim ihn zu sprechen wünscht, und zwar nicht am Montag, sondern jetzt. Sofort. Hast du das verstanden?"

Der Kopf der Magd, aus dem Wolf zwei ängstlich aufgerissene Augen anstarrten, beschrieb ein zögerliches Nicken zwischen Wolfs Händen. Dann ließ Wolf die Magd los. „Gut, dann geh'!"

Wolf hatte keine Lust mehr auf Spielchen oder Etikette. Er war hier, um die Wahrheit zu erfahren. Wenn es sein musste, dann würde er diesen Stoltzer auch an den Füßen aus dem Fenster hängen, selbst wenn er dafür angeklagt würde. Aber das sollten sie einmal wagen. Wolf hörte zuerst einen missbilligenden Ruf aus einem Zimmer, das rechts vom Gang abging, dann ein Klatschen und einen spitzen Schrei. Die Magd war ohne weiteres Abwarten einfach eingetreten und das schien Benisch Stoltzer nicht gefallen zu haben. Sie war sichtlich verstört gewesen, denn normalerweise legten die Besucher ihres Herrn keine Hand an Bedienstete des Hauses. Kurz darauf kam die Magd schnellen Schrittes aus dem Zimmer gelaufen und hielt sich die Wange. Sie verschwand wortlos und schluchzend in der Küche. Benisch Stoltzer stand in der Tür zu seinem Arbeitszimmer.

„Besigheim! Was fällt Euch ein, hier bei mir einzudringen? Es wird Euch teuer zu stehen kommen, dass Ihr es wagt, den Frieden meines Hauses zu brechen. Macht, dass Ihr fortkommt oder ich hole die Büttel, so wahr ich hier stehe!"

Wolfs Augen funkelten zornig. Er ging einen schnellen Schritt auf Stoltzer zu und schlug mit der Faust an die Wand neben dessen Kopf. Stoltzer zuckte zusammen.

„Überspannt den Bogen meiner Geduld nicht, Stoltzer. Ihr wollt die Büttel holen? Nur zu! Ich bin gespannt, ob alle in Frankfurt bereits von der Maschine des Juden und Euren Verwicklungen darin wissen. Solltet Ihr versuchen, mich aufzuhalten oder mich gar aus Eurem Haus werfen, dann verspreche ich Euch, dass es alle erfahren werden!"

Stoltzers kaltes Lächeln vertrieb schnell den Anflug von Schreck, den Wolf darin wahrgenommen zu haben glaubte. „Ihr droht mir nun auch noch? Wer würde Euch diesen Unsinn glauben?"

„Ein Unsinn, an den Ihr selbst glaubt", entgegnete Wolf.

„Und wer glaubt Euch das, wenn ich es lachend bestreite? Seht, wer Ihr seid. Ein heruntergekommener Haudegen, der sich auf die Seite der Juden stellt und in ehrlicher Leute Häuser eindringt, nicht mehr."

Wolf musste sich zusammennehmen, diesem Mann nicht die Faust ins Gesicht zu schlagen. „Wer von uns tiefer steht, weiß ich. Euer feiner Rock kann mich nicht täuschen."

„Ihr verachtet mich und dennoch kommt Ihr hierher und wollt mich sprechen? Mir scheint, Ihr schätzt mich etwas falsch ein. Ich habe es eigentlich nicht nötig, vor Leuten wie Euch Rechenschaft abzulegen, aber ich will Euch sagen, was ich weiß, um meinen guten Willen zu zeigen. Denn fürchte ich auch nicht irgendwelche unbewiesenen Behauptungen, so ist mir mein Ruf als unbescholtener Kaufmann doch wichtig."

Er ließ Wolf stehen und ging in sein Arbeitszimmer. Von drinnen rief er: „Kommt schon hinein und schließt selbst die Tür. Meine Magd wird sich nach ihrem Fehlverhalten eine neue

Stelle suchen müssen und Bediensteten, die man hinauswirft, kann man noch weniger trauen, als man es ohnehin schon tun sollte."

Wolf betrat das Arbeitszimmer des Kaufmanns und baute sich vor dessen Schreibtisch auf, hinter dem Stoltzer bereits wieder in seinem Lehnstuhl Platz genommen hatte. „Setzt Euch", sagte Stoltzer und wies Wolf einen Stuhl an dem etwas entfernt befindlichen Arbeitstisch zu. Wolf ignorierte das. Tiefer als dieser Mann würde er nicht sitzen, wenn er mit ihm sprach.

„Gut, wie Ihr wollt. Dann steht eben. Nun, ich höre." Stoltzer sah überheblich zu Wolf auf.

Wolf fixierte den Mann, der sich mehr für die geschälten Apfelspalten und Walnüsse auf dem vor ihm stehenden Silberteller zu interessieren schien, als für das, was Wolf zu sagen hatte.

„Wo ist Jokoff Cramer?"

Stoltzers Kaubewegungen hielten einen Moment inne, dann zermalmte er wieder genüsslich eine Nuss zwischen den Zähnen und vermischte sie mit dem Aroma des Apfels. Schmatzend sagte er: „Ach so, darum geht es. Ihr glaubt noch immer, ich hätte etwas mit seinem Verschwinden zu tun? Das ist Unsinn. Glaubt es mir oder nicht, aber ich habe nichts damit zu schaffen."

Das war genug. Wolf sprang vor, hieb den Silberteller mit den Früchten vom Schreibtisch, dass er scheppernd an die holzvertäfelte Wand flog. Er packte Stoltzer am Kragen. „Wollt Ihr mich für dumm verkaufen, Ihr scheinheiliger Lügner? Raus mit der Sprache, wo ist Jokoff Cramer?"

Benisch Stoltzer war sichtlich erschrocken über diese unerwartete Attacke und es gelang Wolf, ihm den Hochmut aus dem Gesicht zu schütteln. „Besigheim", stammelte Stoltzer nun angsterfüllt, „seid doch vernünftig. Ich habe damit nichts zu schaffen, ich schwör's! Ich habe den Cramer unter Druck gesetzt mit Jeckel Schmied, ja, das stimmt. Aber ich selbst habe von Schmied das letzte Mal vor zwei Wochen gehört. Seitdem Cramer verschwunden ist, ist auch Schmied nicht mehr aufzufinden. Wenn Ihr Cramer finden wollt, dann sucht Schmied. Er hat ihn, nicht ich."

Voller Verachtung ließ Wolf den Mann in seinen Stuhl fallen. „Und was ist mit der Maschine des Juden?", wollte Wolf wissen.

Stoltzer saß zerknittert in seinem monströsen Stuhl und wirkte auf einmal sehr klein. Er setzte sich ordentlich hin und versuchte seine Fassung wieder zu erlangen, aber das schaffte er nur mehr schlecht als recht. „Die Maschine des Juden? Ich weiß es nicht."

Wolf schnellte wieder nach vorne und stützte sich bedrohlich mit den Armen am Schreibtisch ab. „Ich frage nur noch einmal, Stoltzer. Was ist mit der angeblichen Maschine von Abraham Siebenthal und dem Dokument, das deren Fertigung beschreibt?"

Stoltzer war wieder zusammengefahren. Er sah furchtsam in die zornigen Augen des vor ihm stehenden Mannes. Und er erblickte dort etwas, das ihm Angst machte. Mehr Angst, als die haltlosen Androhungen von Strafen oder die Schädigung seines Rufes. Ja sogar mehr Angst, als die Ungewissheit über eine Lieferung kostbarer Waren und den möglichen finanziellen Verlust. Er sah in diesen Augen Ehrlichkeit und einen tief verwurzelten Heißhunger auf Wahrheit und Gerechtigkeit. Stoltzer wusste, dass man alles und jeden kaufen konnte, mit Ausnahme von Fanatikern. Er hatte den gleichen Blick in den Augen von Johannes Pfefferkorn gesehen, als er zum ersten Mal eine Hetzrede von ihm gehört hatte, damals in Köln. Standen diese Männer auch auf Seiten, die gegensätzlicher nicht sein konnten, so verbanden sie doch diese Flammen, dieses Feuer, das ihre Augen und ihr Innerstes versprühten. Gerecht gegen ihre Überzeugung, gnadenlos gegen alles und jeden, das sich ihnen in den Weg zu stellen versuchte, und voller Verachtung dem eigenen Schicksal gegenüber. Das waren die, die sich selbst verbrannten, die sich freiwillig Gliedmaßen abtrennten, wenn es ihrer Sache nur dienlich war. Vor solchen Menschen flüchtete man oder besser noch: man brachte sie um. Beides schien Stoltzer in seiner jetzigen Lage kaum machbar. Also blieb nur die letzte Möglichkeit, nämlich Wolf zu geben, was er wollte.

„Die angebliche Goldmaschine, ach ja, natürlich. Cramer hat sie mir angeboten im Tausch gegen seine Schulden. Ich habe das kaum geglaubt, denn woher sollte gerade ein verarmter, alter Judd dieses Geheimnis, nach dem die Menschheit seit Angedenken sucht, gefunden haben? Allerdings", schob Stoltzer hinterher, „habe ich natürlich nachgeforscht. Es war ja immerhin nicht gänzlich ausgeschlossen, dass an der Sache vielleicht doch etwas dran war. Schmied hat das Haus der Cramers und das von Siebenthal durchsucht und nichts gefunden. Ein Hirngespinst dieses verrückten Juden, nichts weiter."

„Seid Ihr Euch da so sicher? Warum ist Schmied dann verschwunden, ohne dass Ihr wisst, wohin? Dieses Hirngespinst war Euch immerhin so viel wert, dass Ihr das Haus von Abraham Siebenthal eigens zu diesem Zweck gekauft habt", merkte Wolf an. Er war noch immer nicht von Stoltzers Unschuld in dieser Sache überzeugt, auch wenn ihm sein Gespür sagte, dass er womöglich wirklich nichts mit Jokoffs Verschwinden zu tun hatte. Und doch: Irgendetwas Schlechtes verbarg dieser Mann hinter seinem aufgesetzten Entgegenkommen.

Für einen kurzen Moment gewann das Überhebliche wieder die Oberhand in Stoltzers Gesicht. „Das ist kein Verlustgeschäft. Ich habe wenig dafür bezahlt und kann es jederzeit an einen reichen Juden in der Judengasse verkaufen."

Wolf schüttelte den Kopf. Langsam wurde ihm klar, wer wirklich hinter dem Verschwinden von Jokoff Cramer stecken musste. „Ist Euch denn nie in den Sinn gekommen, dass Schmied Euch betrogen haben könnte? Was ist, wenn er etwas gefunden und es sich einfach in die eigene Tasche gesteckt hat?"

„Gewiss ist mir das in den Sinn gekommen und den Verdacht, dass Jeckel Schmied hinter der Entführung steckt, habe ich, seitdem Cramer verschwunden ist und Schmied sich nicht mehr bei mir gemeldet hat. Aber was will schon dieser ungehobelte Depp mit einem griechischen Dokument? Er kann ja noch nicht einmal Texte in unserer Sprache lesen. Wenn es denn überhaupt je existiert hat", fügte er zweifelnd hinzu.

„Er könnte sich mit jemandem zusammentun, der genau das vermag", sagte Wolf nachdenklich.

„Wer sollte das sein?"

„Jemand, der das hat, was Schmied fehlt. Bildung und Verbindungen. Schmied war sein Leben lang Verbrecher und das wird sich nicht geändert haben." Nach einer Pause fragte Wolf: „Wo könnte er Jokoff Cramer gefangen halten?"

Benisch Stoltzer zuckte mit den Achseln. „Es gibt unzählige Plätze in und um Frankfurt. Woher soll ich das wissen?"

„Er war schließlich Euer Mann."

Plötzlich klopfte es an der Tür. Die Magd trat ein, ein Bündel mit ihren Habseligkeiten in der Hand. Gesenkten Hauptes trat sie vor Stoltzer. „Herr Stoltzer, ich bitte Euch wenigstens um meinen letzten Lohn, wenn ich nun schon gehen muss."

Wütend fuhr Stoltzer sie an: „Was willst du? Deinen Lohn? Verschwinde aus meinem Haus, bevor ich dir Beine mache. Ich glaube nicht, dass dir der Lohn noch zusteht, nachdem du dich so ungebührlich verhalten hast. Hinaus!"

Die Magd sah hasserfüllt zu Benisch Stoltzer auf. Ihre Augen waren feucht, denn sie wusste nicht, wohin sie nun gehen und wo sie andernorts so schnell wieder in Lohn und Brot kommen sollte. Viele unehrenhaft entlassene Mägde hatten schon zu den Hübschlerinnen in Sachsenhausen, auf der gegenüberliegenden Seite des Mains gehen müssen, um wenigstens ein Dach über den Kopf zu haben. Wenn sie nicht vor Einbruch des Winters eine neue Anstellung finden würde, drohte ihr nun womöglich dasselbe Schicksal. Gesenkten Hauptes schlich sie aus dem Zimmer und konnte ihre Tränen nicht mehr zurückhalten. Sie hatte die Tür noch nicht ganz hinter sich zugezogen, da sagte Wolf Besigheim verächtlich: „Ihr seid ein durch und durch edler und gnädiger Mann. Ich bewundere Euch und Euren Mut den Starken gegenüber. Und Gott gebe, dass Ihr mir nichts verschwiegen habt. Ich müsste Euch sonst nochmals besuchen und dann würde es nicht angenehm werden für Euch, das sei Euch bei meiner Ehre versprochen."

Wolf drehte sich auf dem Absatz um und ging zur Tür.

„Besigheim", rief ihm Benisch Stoltzer hinterher. „Ich will Euch vor Jeckel Schmied warnen. Unterschätzt ihn nicht, er ist mit allen Wassern gewaschen und äußerst skrupellos"

Wolf sah Stoltzer an. „Warum warnt Ihr mich?"

„Ich kann Euch nicht leiden, aber trotzdem ist es mir lieber, Schmied bekommt seine Quittung. Ihr habt mich wenigstens nicht betrogen."

Wolf lächelte verächtlich und ging wortlos aus dem Arbeitszimmer. Er ließ die Tür offen stehen.

Auf der Zeyl schlug ihm ein Wind entgegen, der kalt und bissig um die Häuser strich. Feiner Nieselregen hatte eingesetzt. Wolf schlug seinen Kragen hoch und beeilte sich, wieder zur Schänke zu kommen, wo Greger gewiss schon voller Ungeduld auf ihn warten würde. Er war unzufrieden mit sich und dem Ergebnis des Gespräches mit Stoltzer. Gut, er wusste nun, dass dieser Mann höchstwahrscheinlich seine Finger nicht bei der Entführung von Gregers Vater im Spiel hatte, aber viel weiter war er trotzdem nicht gekommen. Schmied. Er musste ihn aufstöbern. Stoltzer hatte es selbst gesagt *Sucht Schmied und Ihr werdet Jokoff Cramer finden.* Aber wo? Frankfurt war groß und das Umland unendlich weit. Wolf konnte unmöglich jeden Stein umdrehen, um Jokoff Cramer zu finden. Das ganze Unterfangen schien sich äußerst hoffnungslos zu entwickeln. Er tappte im Dunkeln. Als Wolf von der Zeyl in die Gasse in Richtung Kornmarkt abbog, rief ihn eine zitternde Frauenstimme an.

„Herr wartet bitte!"

Wolf drehte sich um. Es war die Magd, die Stoltzer erst vorhin aus dem Haus geworfen hatte. Sie stand verloren an der Hausecke, die Arme vor der Brust verkrampft um das Bündel mit ihren Sachen geschlungen, so als suchte sie Halt. Der Wind fuhr ihr durch die Haare und ihre von Tränen geröteten Augen blickten traurig aus dem bleichen Gesicht. Als Wolf sie sah, fühlte er sich mitschuldig an ihrem Schicksal. Hätte er sie nicht so hart angepackt, so wäre sie nun nicht in dieser misslichen Lage.

„Was gibt es?"

„Ihr sucht doch diesen Jeckel Schmied und den verschwundenen Kaufmann, nicht wahr?"

Wolf trat näher zu ihr. Die Magd zuckte sofort wieder ängstlich zusammen „Woher willst du das wissen?" Dann dämmerte es ihm. „Du hast gelauscht! War es nicht so? Was hast du gehört?"

Die Magd senkte beschämt die Augen. „Ja, ich habe gelauscht, aber ich kann nichts dafür. Ihr habt so laut gesprochen, dass ich es hören musste. Jeder hätte es gehört, der vor der Tür gestanden hätte. Doch es war nur ein kleiner Teil Eures Gespräches, nicht mehr. Dann bin ich auch schon eingetreten. Bitte, Ihr müsst mir glauben."

„Ist schon gut. Sprich nur und hab keine Angst. Was weißt du über Schmied?", beschwichtigte sie Wolf.

Die Magd atmete hörbar aus und druckste herum. „Ich habe mit Jeckel Schmied einmal – es war im vorletzten Jahr – ich war neu in der Stadt und kannte doch niemanden, ich habe mit ihm einmal etwas gehabt. Doch es ging nicht lange. Er war so brutal, er hat mir wehgetan."

Wolf sah sie mitfühlend, aber auch etwas ratlos an. „Das ist gewiss nicht schön für dich gewesen, aber was hat das mit meiner Suche nach diesem Mann zu tun?"

„Weil mich Jeckel, wenn ich frei hatte, einige Male vor die Tore Frankfurts gebracht hatte. Draußen, vielleicht eine halbe Meile vor der Stadt oder etwas mehr, wenn man dem Weg zum Riederwald und vorbei am Fischerfeld folgt, vielleicht zweihundert Ruten vor der Landwehr, zweigt ein alter Trampelpfad nach links in den Forst ab. Am Fuße des Berges, nach vielleicht weiteren zweihundert Ruten, liegt dort rechter Hand die Ruine eines alten Wehrturmes im Dickicht. Er ist einst ausgebrannt und fast gänzlich verfallen, aber Teile sind noch unversehrt. Dorthin bin ich einige Male mit ihm gegangen, wenn wir ungestört sein wollten. Es gibt da auch einen verlassenen Keller unter den Mauern des Turmes. Vielleicht findet Ihr dort, was Ihr sucht. Es ist ein unheimlicher, gottverlassener Ort, denn für gewöhnlich kommt niemand dort vorbei, aber Jeckel hat er gefallen und er hat ihn eingehend untersucht."

Wolf war erleichtert. Das war der erste konkrete Hinweis, den er erhalten hatte. Jakob Heller und Richter Behrendts mochten mit ihrer Suche fortfahren. Sie würden diesen Hinweis nie bekommen. Diese Magd war es, die vielleicht um die entscheidende Spur wusste.

„Ich wünsche, dass Ihr Schmied und Stoltzer das gebt, was sie verdient haben, darum sage ich Euch das. Beide haben mich gedemütigt", fügte die Magd hinzu.

„Das werde ich, wenn ich nur irgend kann. Ich danke dir für deine Ehrlichkeit", sagte Wolf anerkennend. Dann griff er in seinen Geldbeutel. „Was ist Stoltzer dir schuldig geblieben?"

„Sieben Pfennige, Herr."

Wolf gab ihr einen ganzen Groschen. Das Gesicht der Magd strahlte. Es war mehr als der Lohn eines ganzen Monats. „Danke, mein Herr, ich danke Euch."

„Es ist gut. Jetzt hör mir zu. Sage zu niemandem, dass du mir das verraten hast, zu niemandem, verstanden?"

Die Magd nickte.

„Und in einer Woche gehst du zum Kaufmann Jakob Heller. Er ist ein anständiger Mann und Stadtrat und wird dich besser behandeln, als dein alter Herr. Sein Haus liegt nicht weit von hier und heißt Nürnberger Hof. Du kannst es nicht verfehlen, jeder kennt es. Aber nicht vorher. Verstanden? Bis dahin such' dir eine Bleibe. Wenn du zu ihm gehst, sag ihm, Wolf Besigheim schicke dich. Er möchte bitte schauen, ob er dich gebrauchen kann oder ob er von jemandem weiß, der eine Magd sucht. Mehr kann ich leider nicht für dich tun. Aber auch ihm darfst du nichts von diesem Gespräch verraten, versprichst du mir das?“

„Nein, ganz bestimmt sage ich nichts!“, gelobte die Magd überschwänglich, fiel dem überraschten Wolf um den Hals und küsste ihn dankbar auf die Wange.

***

Als Wolf die Tür zu seiner und Gregers Kammer in der Schänke in der Nähe des Kornmarktes öffnete, sah er Greger zusammengekauert und schnarchend auf dem Strohlager liegen. Er musste ihn mehrmals mit dem Fuß anstoßen, bis er endlich verschlafen die Augen aufschlug. „Komm auf die Beine, Greger. Ich habe vielleicht eine Spur zu deinem Vater gefunden. Ich will keine Zeit mehr verlieren. Wir brechen sofort auf.“

Wenn es schon nicht zu spät ist, dachte Wolf bei sich, verschwieg Greger aber seine Befürchtungen.

27

Frankfurt am Main
Samstag
6. Oktober Anno Domini 1509

Die Dämmerung kündigte sich bereits leise an, als Wolf und Greger durch das Allerheiligentor aus Frankfurt hinaus ritten. Sie folgten dem Weg, von dem nach etwa zweihundertfünfzig Ruten eine Abzweigung nach links zur Pfingst Weyl und in Richtung Bornheimer Heide führte. Doch sie hielten sich weiter geradeaus, so wie es Stoltzers Magd gesagt hatte. Der matschige, zerfahrene Weg führte sie kurz darauf über eine Holzbrücke und weiter vorbei an einem künstlich angelegten Fischteich, der von einer Quelle im Riederwald gespeist wurde und das sogenannte Fischerfeld begrenzte. Kurz darauf begann sich auch schon der Riederberg linker Hand zu erheben. Zwar war es ein flacher Ausläufer des nur zwei Meilen entfernt beginnenden Taunus, jedoch war die Bezeichnung Berg von den Frankfurtern wohl eher deshalb gewählt worden, weil es sonst kaum nennenswerte Erhöhungen in der näheren Umgebung gab. Einen Berg kannte Wolf anders, denn die Höhe dieses Hügels schätzte er höchstens auf die zweier Kirchtürme, nicht mehr. Der Weg schmiegte sich sanft an den Fuß der Erhebung an und führte Wolf und Greger weiter nach Norden. Die Frankfurter Landwehr kam in Sichtweite. Dieser baumbesäumte Wall- und Grabengürtel umschloss die Stadt weitläufig und stillte sich seinen Durst durch das Wasser des Mains. Wolf hielt plötzlich an. Ganz wie es die Magd erzählt hatte, streckte sich hier linker Hand ein kaum sichtbarer Trampelpfad dem Riederberg entgegen. Das Wetter war unangenehm kalt und feucht. Trotzdem war Wolf froh, dass er diesen Pfad nicht im Frühjahr oder gar Sommer hatte suchen müssen. Er war sich nicht sicher, ob er ihn, zugewachsen und mit grünen Gräsern getarnt, überhaupt entdeckt hätte. So aber machte er Greger ein Zeichen und Cramers brauner Lastgaul trottete Wolfs Hengst wieder einmal hinterher. Der Pfad führte sie über einen kleinen Buckel und fiel danach wieder ab. In der Mitte dieser Senke begann der Wald.

Wolf stieg vom Pferd und hängte sich das Bündel um, das er vom Sattel losgebunden hatte. „Wir lassen die Gäule besser hier, wenn ich mir den weiteren Verlauf dieses Pfades so betrachte. Der kleine Hügel, den wir zwischen uns und den Waldsaum gebracht haben, wird sie vor den Blicken von Dieben schützen."

Auch Greger stieg nun vom Pferd und sie banden ihre Tiere an zwei junge blattlose Birken, die am Pfadrand Wache standen. Greger beschlich auf einmal ein ungutes Gefühl. Die Dämmerung hatte sich über die Landschaft gelegt und der Eingang des Pfades in den Riederwald gähnte sie an wie ein düsterer Schlund. Der Schrei eines Käuzchens gellte durch den frühen Abend und hallte unheimlich in den Bäumen wider. Wolf bemerkte Gregers Zögern und fasste ihn am Arm.

„Komm, Greger, nur Mut. Die Nacht ist kein Feind, nur die Dunkelheit. Gehen wir."

Wolf lief voran und lenkte die dünnen Äste des Unterholzes geschickt mit den Armen an seinem Kopf vorbei. Die feinen Zweige peitschten Greger mehr als nur einmal ins Gesicht. Weitere zweihundert Ruten, hatte Stoltzers Magd behauptet. Und sie schien ein gutes Gedächtnis zu haben, denn Wolf stoppte mit einem Mal, kaum dass sie diese Wegstrecke zurückgelegt hatten, und hielt Greger die Hand vor die Brust.

„Da! Siehst du den Turm?", flüsterte er.

Greger spähte angestrengt zwischen den Bäumen hindurch. Es war kaum mehr Licht im Wald und der letzte Strahl der Sonne wurde bereits durch einen fahlen Halbmond abgelöst. Er konnte nichts erkennen.

„Wo?"

„Na, da, an der alten Eiche, nur einen Steinwurf entfernt."

Greger entdeckte den knorrigen Baum, der gespenstisch und verwachsen eine kleine Lichtung beherrschte. Aber einen Turm konnte er nicht ausmachen. Doch, jetzt sah er ihn. Greger hatte die Ruine für einen Fels gehalten, so unförmig erhoben sich die Reste des Gemäuers aus dem Dunkel.

„Versteck dich hier neben dem Pfad im Wald und behalte ihn im Auge. Ich gehe zur Ruine und sehe, was ich vorfinde. Wenn jemand kommen sollte, dann pfeif'!"

Wolf nahm das Bündel ab und drückte es Greger in die Hand. Dann zog er sein Schwert und war schon auf dem Weg zur Lichtung. Er pirschte sich geduckt von rechts an die Eiche heran und hielt sich lauschend einige Augenblicke hinter ihrem Stamm verborgen. Nichts war zu hören, nur das Rascheln und Knacken des nächtlichen Waldes. Nun ging er zielstrebig zur Ruine und verschwand in ihren zerfallenen Mauern. Kurz darauf kam er wieder hervor.

„Greger komm her, rasch!", rief er herüber. Greger verließ sofort das Unterholz und wandte sich der Ruine zu, vor der er nur mit Mühe Wolfs Silhouette erkennen konnte. Wolfs Stimme hatte nicht gut geklungen. Greger hatte Angst. Angst vor dem, was er dort finden würde. Angst um das Leben seines Vaters. Greger stolperte durch die Nacht und stürzte mehrmals, weil am Boden liegende Äste und Wurzeln ihm ein Bein stellten. Als er Wolf endlich erreicht hatte, war er außer Atem und hatte einen kleinen Riss an der Stirn.

„Was ist? Was habt Ihr gefunden?", fragte er Wolf aufgeregt.

„Komm mit und gib mir das Bündel."

Wolf steckte sein Schwert in die Scheide zurück und nahm den Leinensack aus Gregers Händen entgegen. Nachdem er ihn geöffnet hatte, zog er zwei Fackeln daraus hervor, die er mit seinem Zündzeug entfachte. Eine der brennenden Fackeln drückte er Greger in die Hand und ging voraus. Greger folgte ihm um die zerfallenen Mauern ins Innere des alten Turms, der auf der Lichtung stand wie ein hohler Zahn. Er konnte unmöglich sagen, wie alt er war, aber sicher älter, als jedes Haus, das er aus Frankfurt kannte. Vielleicht war er auch das Überbleibsel einer älteren Landwehr und in Vergessenheit geraten. Doch eigentlich war es Greger gleich. Er wollte endlich wissen, was Wolf entdeckt hatte. Sie durchschritten die Reste eines abgebrochenen Türbogens und standen nun in der Mitte der Ruine. Das blasse Schiff des Mondes schob sich langsam über die Mauerstümpfe und malte, vermischt mit dem Licht des zuckenden Fackelscheins, bizarre Schatten auf Boden und Wände.

„Da", sagte Wolf und zeigte auf ein paar brüchige Stufen, die am hinteren Ende des Turmes nach unten führten. Sie endeten vor einer Tür. Greger folgte Wolf die Stufen hinab und tastete sie ab. Das Holz war teilweise an seiner Oberfläche zersplittert und zwischen den Fugen der Türplanken quoll Moos hervor. Eine alte, verwitterte Eichentür, doch noch immer stark und widerstandsfähig. Auffällig war, dass ein neuer Balken quer vor den beiden Flügeln in die rostigen Eisenhalterungen gelegt worden war. Er passte genauso wenig zu diesem Bild, wie die Kette, die sich zwischen den beiden Türgriffen hindurchschlängelte. Diese Gegenstände waren neueren Datums. Sie mussten erst unlängst hier angebracht worden sein.

„Jemand war hier", sagte Wolf, „oben habe ich auch die nasse Asche eines Feuers gefunden, das erst vor wenigen Tagen entzündet worden sein muss und auch die Fußspuren mehrerer Männer. Und diese Leute haben etwas hinter dieser Tür eingeschlossen."

Eine furchtbare Ahnung kroch in Greger empor, doch er hatte kaum Zeit zu denken, denn er musste zusammen mit Wolf den dicken Balken aus den Halterungen heben. Das verzogene Holz wehrte sich nach Kräften, doch schließlich konnten sie ihn aus den Eisen zerren. Sie ließen den Balken einen Schritt von der Tür entfernt zu Boden fallen. Greger nahm beide Fackeln wieder auf, die sie zuvor in eine breite Fuge des Mauerwerks geklemmt hatten. Er leuchtete Wolf, der sich nun daran machte, die mit einem Schloss zusammengehaltene Kette mit dem Schwert aufzuhebeln. Die Kette hielt stand, aber es riss nach einigen Versuchen den genagelten Türgriff des rechten Türflügels krachend aus dem Holz. Die Kette schwang herum und donnerte mit einem lauten Klirren gegen die andere Seite der Pforte. Erschrocken sah Greger sich um. Wenn hier jemand im Wald auf der Lauer lag, dann musste er dieses Scheppern gehört haben. Doch nichts rührte sich. Wolf steckte seine Waffe wieder weg und zerrte die klemmenden Türflügel zum Kellergewölbe auf. Das Holz knirschte über den sandigen Boden. Aus dem gähnenden Loch schlug ihnen ein unmenschlicher Geruch entgegen. Der Gestank traf Greger wie eine Ohrfeige und er musste sich angewidert abwenden. Selbst Wolf ging einen Schritt beiseite und wartete einen Moment. Er hatte die Hoffnung, dass die Luft des Waldes etwas Frische in dieses Loch treiben würde. Erst dann nahm er Greger eine der Fackeln aus der Hand und ging hinein. Doch seine Hoffnungen zerstreuten sich. Es stank noch immer bestialisch nach menschlichen Exkrementen, Schweiß und Tod. Dieses Gemisch, diesen säuerlichen, ekelerregenden Odem, den diese Gruft ausatmete, erinnerte ihn an etwas Furchtbares. Er kannte diesen Geruch nur zu gut. Plötzlich war alles wieder da. Wolfs Puls ging schneller und schneller. Schweiß brach aus jeder Pore und die Angst krallte sich in seinen Nacken. Panik. Sein Gesichtsfeld verengte sich zu einem Tunnel. Im Tanz des Fackelscheins sah er Unrat, Kot, einen Menschen, Steine, Wurzeln. Es schnürte ihm die Luft ab. Er stürzte nach draußen.

Greger sah ihn ängstlich an. „Was ist? Was habt ihr gesehen?“

Wolf antwortete nicht. Dieses Loch, diese Mauern, das Dunkel, das die Seele eines Kindes gefressen hatte. Warum konnte er es nicht vergessen? Er war doch kein Kind mehr, war nie eins gewesen. Er war ein Mann. *Nicht schreien, Andreas.* Nur langsam beruhigte er sich wieder. „Es ist nichts. Mir war plötzlich nicht wohl. Ich weiß nicht warum“, log er überzeugend. „Da drin habe ich etwas gesehen. Da liegt ein Mensch!“

„Ein Mensch sagt Ihr? Oh, Gott, mein Vater!“ Greger wartete nicht. Er stürmte gebückt in das niedrige Kellergewölbe und leuchte mit der Fackel in jede Ecke. Der Raum mochte vielleicht nur acht mal fünf Schritte messen, aber er war so voller Geröll, zerbrochenem Gebälk und Unrat, dass man – zumal bei Nacht und im Fackelschein – kaum etwas erkannte. Dann schrie er auf: „Vater, Vater, was haben sie dir angetan? Wolf so kommt doch! Helft mir!“

Doch Wolf stand draußen und hatte Angst. Er hasste sich dafür. Er wurde schon in die aussichtslosesten Kämpfe gezogen. Er würde bei vollem Galopp vom Rücken eines Pferdes ins Wasser springen, wenn es nötig war. Er, der keinen Gegner und auch den Tod nicht fürchtete, stand hier im Wald und hatte Angst vor einem Kellerloch. Wie lächerlich! Er verfluchte die Dämonen, die da unten auf ihn warteten und er verfluchte den roten Ziegenbock, der sie herbeigerufen und ihnen die Macht über ihn gegeben hatte. Wut kochte in ihm hoch. Am liebsten hätte er seine Klinge an den Mauern des Turmes zerschmettert, doch auch das würde nichts ändern.

„Wolf, bitte!“

Es lag ein solches Flehen in Gregers Stimme, die gedämpft aus dem Keller drang, dass Wolf nicht mehr an sich halten konnte. Er steckte seine Fackel wieder in die Mauerfuge, stürmte blindlings in den Keller und hielt auf das zuckende Licht zu, das Gregers Fackel erzeugte. Die ersten Dämonen hingen schon wieder hämisch grinsend an seinen Waden und krochen ihm die Beine hinauf. Er spürte sie ganz deutlich. Sie bissen ihm die Knie weich. Nun war er bei Greger angekommen. Wolf atmete kurz und schnell, konnte aber die Angst ein wenig von sich abschütteln. Gregers Augen waren voller Tränen und er zitterte. Den Kopf seines Vaters auf den Beinen, kniete er auf dem feuchten Boden.

„Diese Mörder! Was haben sie getan? Hängen und brennen sollen sie dafür!“, flüsterte Greger tränenerstickt.

Plötzlich ging ein Zucken durch Jokoffs Körper. Seine vertrockneten Lippen öffneten sich einen kleinen Spalt und leises Stöhnen drang hervor.

„Er lebt noch!", rief Wolf, „schnell, wir müssen ihn hier herausschaffen an die Luft! Heb' ihn vorsichtig etwas am Rücken an."

Die Dämonen stoben erschrocken davon. Wolf hatte sie für einen Augenblick vergessen. Greger legte seine Fackel auf dem Boden ab. Dann neigte er den Oberkörper seines Vaters nach vorne und rutschte etwas zur Seite, bis Wolf seine Arme von hinten unter denen von Jokoff hindurchschieben konnte. Wolf schleifte den halb toten Mann aus der Ecke hervor und Greger griff dessen Füße. In dem Gewölbe vermochte ein normal gewachsener Mann nicht aufrecht zu stehen. Daher schleppten sie ihn in gebeugter Haltung, ächzend und unter größten Mühen, bis zur Tür, bevor sie endlich wieder ins Freie treten konnten. Wolfs Dämonen sahen ihm nach, wollten ihm aber nicht folgen. Sie waren nur Herr über ihn, wenn er ihr Reich betrat. Draußen legten sie Jokoff Cramer ab und Wolf deckte ihn mit seinem Umhang zu. Gregers Vater hatte erschreckend an Gewicht verloren und wog nur noch höchstens einhundertzwanzig Pfund. Er stank wie eine Jauchegrube und seine Wangen waren tief eingefallen. Sein Atem ging rasselnd und unregelmäßig. Aber er atmete.

„Bleib du hier, Greger, ich hole die Pferde. Dein Vater muss sofort ins Warme und er braucht dringend Wasser."

Greger nickte abwesend. Er war erschüttert über den Zustand seines Vaters, aber dennoch dankte er Gott im Himmel, dass er lebte, auch wenn er nicht wusste, wie lange noch. Wolf war bereits im Dunkel verschwunden und Greger konnte das immer leiser werdende Knacken der am Boden liegenden Zweige vernehmen, die unter Wolfs Füßen brachen. Dann war es still. Greger legte den Kopf in den Nacken und sah zum Himmel auf, wo graue Wolken mit schwarzer Seele sich in Schlieren vor den Mond schoben. Er betete und hielt die kalte Hand seines Vaters fest umklammert. Bald darauf konnte Greger die vom Waldboden gedämpften Hufe der Pferde vernehmen. Wolf führte sie über den Pfad und durch das Unterholz bis zu ihm heran. Es dauerte quälend lange, bis er an der Turmruine angelangt war, denn – wie Wolf richtig vermutet hatte – weder Pfad noch Wald boten für die Tiere einen sicheren Tritt. Doch sie hatten keine Wahl.

„Wir setzen deinen Vater zuerst gemeinsam auf mein Pferd. Stütze ihn, bis auch ich im Sattel bin. Euren alten Klepper führst du besser, bis wir die Felder erreicht haben. Der Pfad hier im Wald ist voller Steine und Wurzeln. Am Waldsaum kannst du aufsteigen. Los jetzt!"

Wolf setzte Gregers Vater auf. Jokoff Cramers Kopf fiel kraftlos auf seine Brust herab. Nur ein leises Stöhnen war zu vernehmen. Dann zog Wolf den abgemagerten Mann nach oben auf die Füße und griff geschickt nach, bis er seine Arme fest um die Oberschenkel von Jokoff Cramer schließen konnte. Er hob ihn an und trug ihn einen Schritt bis zum Pferd. Dort beeilte sich Greger, ein Bein seines Vaters über den Rücken von Wolfs Pferd zu hieven, während Wolf seinem Hengst beruhigende Worte zuflüsterte. Der beißende Geruch von Jokoff Cramer und die Anspannung der Männer machten ihn sichtlich nervös. Greger stützte seinen Vater bis Wolf hinter ihm im Sattel saß und ihn mit einem Arm festhalten konnte. Dann ritt Wolf an. Greger folgte ihm stolpernd durch das Dickicht, den Lastgaul am Zügel. Als sie endlich aus dem Wald kamen und die Ebene linksseitig des Fischerfeldes erreicht hatten, fasste Greger neuen Mut und etwas der verlorenen Hoffnung kam zurück. Das helle Licht des Mondes und das Verlassen der bedrückenden Enge der Bäume ließen ihn befreit aufatmen. Vielleicht gab es doch noch eine Möglichkeit, seinen Vater durchzubringen? Wolf beschleunigte den Schritt seines Pferdes und nahm wenig Rücksicht darauf, ob Greger ihm folgen konnte oder nicht. Er hatte seinen Arm um Jokoff Cramer geschlungen und drückte ihn im Sattel fest an sich. Wolf wollte auf dem schnellsten Wege zurück nach Frankfurt. Agnes sollte ihren Mann wiederhaben und die Kinder ihren Vater. Er hatte es ihr versprochen, auch wenn das Leben Jokoffs den Tod seiner Liebe bedeutete.

***

Greger erschien es eine Ewigkeit zu dauern, bis sie endlich wieder das Allerheiligentor von Frankfurt erreichten, durch das sie die Stadt erst am Nachmittag verlassen hatten. Es mochte bereits die neunte oder zehnte Stunde der Nacht angebrochen sein und die Stadttore waren seit Sonnenuntergang verschlossen. Wolf zügelte sein Pferd.

„He, ihr Männer. Öffnet das Tor und lasst uns ein! Wir haben einen Verletzten bei uns", rief er nach oben in die Dunkelheit.

Kurze Zeit später erschien der behelmte Kopf eines Wachsoldaten auf der Stadtmauer neben dem Turm der Warte.

„Wer da?"

„Wolf Besigheim. Öffne das Tor und schicke nach Jakob Heller, dem Stadtrat. Schicke auch nach dem Medicus. Beeile dich, wir haben den verschwundenen Kaufmann Jokoff Cramer bei uns und er ist schwer verletzt."

Der Kopf verschwand und kurz darauf öffnete sich das Tor. Zwei Wachen mit Fackeln traten hervor und kamen zu Wolf und Greger. Der Fackelschein spiegelte sich in ihren Helmen, als sie Wolf und Greger ins Gesicht leuchteten. Als das Licht jedoch auf Jokoff traf, atmeten die Männer erschrocken ein. Es war mehr ein Kadaver als ein Mann, den sie dort zu Gesicht bekamen. Sie nickten sich kurz zu und einer der Männer eilte nach drinnen. Dort benachrichtigte er zwei andere Soldaten der Wachmannschaft, die sich sofort auf den Weg machten, um Jakob Heller und den Medicus herbeizuholen. Wolf trabte noch bis durch das Stadttor, dann halfen ihm die beiden Wachen, Jokoff Cramer vom Pferd zu heben und trugen ihn in die warme Wachstube am Fuß des Turmes. Greger folgte ihnen unverzüglich, um seinem Vater die Lippen mit Wasser zu benetzen, dass eine der Wachen in einem Krug herbeiholte. Der andere Soldat schloss wieder das Stadttor und trat zu Wolf.

„Wo habt ihr ihn gefunden?", wollte er wissen.

„Im Riederwald."

„Wer macht denn so etwas und warum?" Der Soldat schüttelte nur ratlos den Kopf.

„Das wird sich weisen", entgegnete Wolf knapp und sah die Allerheiligengasse hinunter, wo sich durch Schritte und tanzende Lichtpunkte bereits das Kommen Jakob Hellers und des Medicus ankündigte. Er hoffte nur inständig, dass es nicht zu spät sein würde. Denn unabhängig von Jokoff Cramers Wohlbefinden, wünschte sich Wolf auch, dass er ihn noch etwas befragen könnte. Die vielen Fußspuren hatten Wolf stutzig gemacht. Schmied war nicht alleine gewesen. Er hatte Verbündete und Jokoff Cramer war der einzige, der ihm vielleicht einen Hinweis geben konnte. Die Schuldigen sollten dafür bezahlen und das Dokument war noch immer verschwunden.

28

Mainz
19. Sonntag nach Trinitatis
7. Oktober Anno Domini 1509

Wie so oft in diesen Tagen hatte Agnes Cramer heute die Augustinerkirche, ganz in der Nähe des Hauses ihres Bruders, besucht. Ihre Tochter Grite und die ganze Familie von Albertus Meister hatten sie zu dieser frühen Morgenstunde begleitet. Agnes flehte inbrünstig zu Gott, dass all das Leid, welches über sie hereingebrochen war, wieder von ihnen genommen werden würde und dass Er ihr die Kraft geben würde, diese Prüfung zu bestehen. Kurz, nachdem sie aus der Kirche heimgekehrt waren, klopfte es an der Tür zum Haus von Albertus Meister. Draußen stand ein Mönch, die Hände fromm vor den dürren Leib gefaltet.

„Geheiligt sei Jesus Christus, Herr Meister. Darf ich eintreten?"

„In Ewigkeit Amen", grüßte Albertus Meister angemessen höflich, aber doch sehr überrascht zurück und machte eine einladende Handbewegung, „Gewiss, kommt herein." Mit der Visite eines Mönches in seinem Haus hatte er nun wirklich nicht gerechnet.

Zusammen gingen sie in die Küche und alle Augen hefteten sich sofort auf den unerwarteten Besucher. Agnes kam herbei und sagte ängstlich: „Ich grüße Euch, Frater. Weshalb seid Ihr hier? Gibt es etwas Neues von meinem Mann?"

Valtin lächelte sanft. „Ihr müsst Agnes Cramer sein."

„Ja, die bin ich", entgegnete Agnes.

Bruder Valtin fuhr fort und schüttelte mitfühlend den Kopf. „Nein, Agnes, damit kann ich Euch leider nicht dienen. Mein Name ist Frater Valtin von Kriftel vom Orden der Augustiner und in Diensten seiner Eminenz Uriel von Gemmingen, Kurfürst des Reiches und Erzbischof zu Mainz. Ich bin hier, weil ich mit Euch reden möchte, wenn es denn Eure Zeit erlaubt. Ich habe Wolf Besigheim versprochen, ab und an nach Euch zu sehen und mich ein wenig um Euch zu kümmern."

Nun lächelte auch Agnes. Diesem Besigheim schien wirklich etwas an ihr zu liegen. Sie hatte es sich also nicht bloß eingebildet. „Allein?", fragte sie.

„Nun ja, wenn es möglich ist."

Agnes sah fragend zu ihrem Bruder hinüber. Doch der zuckte nur mit den Achseln. Damit gab er stillschweigend sein Einverständnis dazu, dass zum wiederholten Male ein fremder Besucher seine Schwester unter seinem Dach und ohne sein Beisein sprechen wollte.

„Kommt", sagte Agnes daraufhin und Bruder Valtin folgte ihr aus der Küche über den Flur, der Haustür und Hof miteinander verband. Sie gingen in eine kleine Abstellkammer, die ihr Bruder leer geräumt und als Schlafraum für sie und Grite notdürftig hergerichtet hatte. Es war allemal besser als auf dem Küchenboden zu schlafen, aber es war eng. Der nur drei mal drei Schritte große Raum, dessen Dielenboden als Schlafstatt fast gänzlich mit Stroh ausgelegt worden war, beherbergte ansonsten lediglich einen kleinen, krummen Tisch von der Größe dreier Holzscheite sowie einen wackligen Schemel. Gelbliches Herbstlicht fiel schwach durch ein mit Tierhaut bespanntes Fensterloch, das in Kopfhöhe an der linken Seite des Raumes in den Hof starrte. Trist und schummrig schien diese Kammer alle Farben zu fressen. Agnes schloss die Tür und bat Bruder Valtin, sich auf den Schemel zu setzen. Er warf ihr einen dankbaren Blick zu, denn ihm schmerzten die Knochen bei dieser feuchten Herbstkälte. Agnes setzte sich auf den Boden vor den Mönch ins Stroh und sah ihn erwartungsvoll an.

„Agnes", begann Valtin, „ich bin hier, um Euch mein Gehör zu schenken und Eure Sorgen mit Euch zu teilen. Wenn Ihr etwas auf dem Herzen habt, so nur heraus damit."

Agnes überlegte nicht lange. „Alles, was ich an Trost und Zuversicht brauche, habe ich heute Morgen bereits durch Gott, unseren Herrn, in der Kirche erhalten. Es ist schwer für mich in diesen Tagen, den Glauben an das Gute und Gerechte nicht zu verlieren."

Valtin nickte verständnisvoll. „Ja, da habt Ihr wohl recht und Ihr tut gut daran, die Kirche oft zu besuchen. Es ist nicht nur Gott der Herr, der in diesen geweihten Mauern wohnt. Es ist nicht nur der Heilige Geist, der uns durchströmt und das warme, gleißende Licht seiner unfassbaren Liebe und Gnade in unsere Herzen gießt. Es ist auch die Gemeinschaft der Gläubigen. Ihr seid nicht allein, Agnes, auch wenn Ihr denkt, alles wäre Euch genommen worden. Die Liebe des Herrn und das Mitleid ehrlicher Seelen kann Euch nicht einmal der Teufel stehlen, obwohl seine Kraft nicht eben gering ist in unseren Zeiten."

Agnes war ergriffen von diesen Worten, deren Ausdruckskraft so im Gegensatz zum Äußeren dieses schmächtigen Mannes stand, dass sie nur noch mehr an Wirkung gewannen.

„Ich danke Euch für diese Worte. Doch eines mag ich Euch noch fragen, Bruder, denn ich habe Angst und ich schäme mich."

Valtin lächelte gütig und faltete die Hände in seinem Schoß wie zum Gebet.

„Wovor und warum?", wollte der Augustiner wissen.

Agnes zögerte zuerst, so als suchte sie nach den richtigen Worten. Dann sagte sie „Es ist Scham und Sünde, weil ich unzüchtige Gedanken verschwende, obwohl mein Mann doch vielleicht in Lebensgefahr schwebt. Und es ist die Angst vor einem Menschen und um ihn."

Valtins Gesichtsausdruck veränderte sich nicht, aber er nickte leise und wissend. „Wolf Besigheim", sagte er nur. Kein Wort mehr, aber er traf es genau.

Agnes wurde rot. Gerne hätte sie die Frage an den Mönch allgemeiner gehalten und Besigheims Namen unerwähnt gelassen, aber nun war er heraus und sie fühlte sich ertappt. Trotzdem schlug ihr das Herz bis zum Hals, als sie ihn vernahm.

„Ja“, sagte sie mit gesenktem Blick, „Wolf Besigheim.“

Bruder Valtin beugte sich nach vorne und seine gefalteten Hände verschwanden im Stoff seines Habits. Das Lächeln hatte sein Gesicht verlassen, aber dennoch war kein einziges Anzeichen eines Vorwurfes in seinem Ausdruck zu erkennen. „Agnes, es ist gut, dass Ihr ehrlich seid. Die Versuchung des Fleisches ist immerdar und kommt, wie es ihr gefällt. Doch Ihr habt den Gedanken noch keine Taten folgen lassen, wie ich Euch ansehe, oder?“

Agnes schüttelte vehement den Kopf.

„Gut, das dachte ich mir. Ihr wisst, dass Euch der Bund der heiligen Ehe – der Schwur, den Ihr und Euer Mann vor Gott getan habt – mit Eurem Mann verbindet, bis dass der Tod Euch scheidet. Und ich bete, dass dies noch lange dauern möge“, fügte er leise hinzu und zog seine rechte Hand aus dem Habit hervor, um sich zu bekreuzigen. „Aber“, fuhr er fort, „ich habe schon zu viele Beichten, zu viele Geständnisse gehört und in meinem Leben in noch mehr Herzen geschaut, als dass ich es nicht besser wüsste. Die meisten dieser Schwüre bestehen nur noch aus Zweckmäßigkeit und der Angst, eine noch größere Sünde zu begehen, wenn man sie bräche. Die Liebe“, sagte er und hob den Zeigefinger, „die Liebe ist allzu oft nie Gast gewesen oder hat sich einen anderen Ort gesucht als beim Eheschwur. Es wäre das gleiche, als wenn man die Liebe zu Gott und Jesus Christus erzwänge. Wahrer Glaube ist bedingungslose Liebe und die wird nur im Herzen geboren. Auch wenn ich mit meiner Meinung oft alleine dastehe bei vielen Mitbrüdern, so sehe ich Begehren und derlei Gedanken nicht als große Sünde an. Dies ist nach meinem Ermessen nur dann der Fall, wenn man ihnen Taten folgen lässt und den Schwur bricht. Dazu kommt, dass man einer Frau, bei einem Mann wie Wolf Besigheim, den Gott wahrlich mit Ausstrahlung und Kraft gesegnet hat, solche Gedanken nicht verübeln kann. Ich kann es zumindest nicht und ich wünsche mir, dass es Gott, unser Herr, auch nicht tut. Betet zehn Rosenkränze und tut Gutes und es soll Euch vergeben sein. *Ego te absolvo a peccatis tuis in nómine Patris et Fílii et Spíritus Sancti.* Amen. "

Mit diesen Worten legte er der verdutzten Agnes die linke Hand sanft auf den Kopf und beschrieb mit der anderen ein Kreuz über ihr. Agnes blickte verwundert auf. Was war das denn für ein seltsamer Mönch? Der Mann faszinierte sie. Es war kaum zu glauben, aber dieses Männchen von einem Augustiner schien mit seinen schmalen Schultern, seinem grauen, ausgemergelten Gesicht und seinem gesamten Wesen den Raum fast vollständig auszufüllen. Seit Langem das erste Mal fühlte sie eine so tiefe Ruhe in sich einkehren, dass sie am liebsten eingeschlafen wäre. Es hätte sie nicht gewundert, wenn plötzlich ein Leuchten Valtins kantigen Schädel umstrahlt hätte, auf dem nur noch wenige Haare versuchten, sich in die Tonsur einzureihen. Agnes griff nach seiner Hand.

„Ich danke Euch von Herzen, Frater. Es ist viel geschehen und ich bin haltlos, verwirrt und meine Seele findet auch nachts oft keine rechte Ruhe mehr."

Draußen hörte Agnes schnelle Schritte näher kommen und nur einen Augenblick später riss Albertus Meister die Tür auf. Er war so außer sich, dass er nicht einmal angeklopft hatte. „Schnell, Agnes, komm. Wolf Besigheim hat Jokoff gefunden. Soeben habe ich Nachricht aus Frankfurt erhalten", rief er in den Raum hinein.

Agnes sprang augenblicklich auf und stürzte zu ihrem Bruder. „Was ist mit ihm?"

„Ich weiß es nicht genau. Der Bote kam von Jakob Heller, dem Stadtrat aus Frankfurt. Er sagte nur, Wolf Besigheim habe Jokoff gestern Nacht schwer verletzt gefunden und es ginge ihm schlecht, aber er lebe. Greger ist wohlauf. Jakob Heller hat beide bei sich aufgenommen. Sie befinden sich auf dem Hellerhof, etwa eine halbe Meile nordwestlich von Frankfurt. Ihr sollt so schnell wie möglich dorthin kommen."

***

Nur zwei Stunden später ritt der Bote Jakob Hellers neben Bruder Valtin auf dem Weg von Mainz nach Frankfurt voraus. Ihm folgten Agnes und Grite, denen Gregers Onkel seinen Lastkarren und seinen Gaul geliehen hatte. Valtin war, sofort, nachdem er die Botschaft gehört hatte, in die Martinsburg geeilt und hatte seinen Herrn, Erzbischof Uriel von Gemmingen, um Erlaubnis ersucht. Er wolle für einige Tage Mainz verlassen dürfen, um der Familie Cramer geistiger Beistand zu sein. Der Erzbischof hatte keine Einwände gehabt und Bruder Valtin ein Pferd gestellt. Drei weitere Stunden später erreichte der Tross den Hellerhof. Es war ein weitläufiges Gelände, in der Fläche wenigstens so groß wie ein Morgen im Quadrat und grenzte im Osten direkt an den Frankfurter Landwehrgraben, von dem das Gut auch mit Wasser versorgt wurde. Der Hof bestand aus zwei Teilen, die nur einen Steinwurf voneinander entfernt lagen. Der etwas weiter südöstlich gelegene, war ein reiner landwirtschaftlicher Zweckbau und von Anbauflächen umgeben. Der nördlichere hingegen war erheblich repräsentativer und stattlicher. Dort befand sich auch das ausladende, gänzlich aus Stein gebaute Haupthaus mit Gästeräumen, angrenzenden Lagerhallen und den Pferdeställen. Der Bote von Jakob Heller hielt zielstrebig auf diesen Teil zu und kurz darauf durchritten sie den von großen Linden gesäumten Eingang. Im Hof sprang der Bote vom Pferd und machte Meldung, doch Greger und Wolf hatten die Ankunft des Zuges bereits bemerkt und waren nach draußen geeilt. Zwei Knechte führten die Pferde und den Lastkarren fort, um auszuspannen und die Tiere zu versorgen. Greger lief zu seiner Mutter und umarmte sie und Grite innig.

„Du bist unversehrt, Greger. Gott sei's gedankt", sagte Agnes erleichtert.

„Wie geht es Vater?", wollte Grite wissen.

Greger blickte betrübt drein. „Schlecht", antwortete er, „der Medicus ist noch immer bei ihm, aber es sieht nicht gut aus. Er ist so schwach". Greger kämpfte mit den Tränen.

Wolf gab Bruder Valtin, der mittlerweile auch hinzugekommen war, die Hand. „Ich freue mich. Es ist schön, Euch hier zu wissen, Bruder Valtin."

„Ich bin gerne gekommen".

Agnes trat hinzu. Sie sah Wolf betroffen in die Augen. „Ich danke Euch, Wolf Besigheim. Ich stehe tief in Eurer Schuld."

„Nein", entgegnete Wolf, „das tut Ihr nicht. Ich hätte Euch Euren Mann gerne in einem besseren Zustand zurückgebracht, und dass Greger unversehrt geblieben ist, das hatte ich Euch versprochen."

Bruder Valtin beobachtete die beiden sehr genau, ließ sich aber nichts anmerken. Er hatte Agnes' Blick und ihre Beichte in Mainz nicht vergessen. Er erkannte nur zu schnell, was hier vor sich ging. Diese Frau und dieser Mann liebten sich und durften es doch nicht. Sie konnten vielleicht sich selbst, aber nicht ihm etwas vormachen.

„Geht hinein zu Jokoff", sagte Wolf, „er liegt im ersten Stock. Jakob Heller ist noch in Frankfurt, um mit dem Richter und dem Rat über die Sache zu sprechen und wird erst am frühen Abend zurückkommen."

Agnes warf Wolf noch einen dankbaren Blick zu, dann eilte sie, gefolgt von Greger und Grite, ins Haupthaus des Hellerhofes. Eine Magd wartete bereits in der Eingangshalle auf sie und führte die Familie die Treppe hinauf ins Krankenzimmer. Wolf sah ihnen nach.

„Steht es wirklich so schlecht um ihn?", fragte Bruder Valtin.

„Er wird es nicht schaffen", antwortete Wolf knapp.

„Was ist geschehen?"

„Jeckel Schmied, der ehemalige Handlanger des Kaufmannes Benisch Stoltzer, hat ihn entführt und tagelang ohne Wasser und Brot in ein dunkles Loch geworfen. Aber Schmied war nicht allein. Er hatte Verbündete."

„Wen?"

„Ich weiß es noch nicht, aber ich werde es herausfinden. Den Spuren nach zu urteilen müssen es mehrere Männer gewesen sein. Mindestens vier oder sogar mehr."

Bruder Valtin fasste Wolf am Arm und sah ihn durchdringend an. „Was ist der Grund für all das? Es geht doch nicht nur um eine unbedeutende Schuld, oder?"

„Fragt Ihr mich das als Beichtvater oder als Freund?", wollte Wolf wissen.

„Was wäre Euch denn lieber?", lächelte Valtin verschmitzt.

„Einen Freund könnte ich mehr brauchen, aber meinem Beichtvater würde ich es eher sagen, denn er muss sein Maul halten."

Valtin musste lachen. „Dann seht mich doch einfach als Euren befreundeten Beichtvater an, denn der möchte ich für Euch sein."

Nun musste auch Wolf schmunzeln. Doch dann wurde er wieder ernst. „Ich will Euch nicht mit Dingen belasten, die Euch in Gefahr bringen könnten."

„In Gefahr? Mich? Lieber Gott, was sollte das schon sein? Nicht nur der Erzbischof hat bereits mehrfach die Beichte bei mir abgelegt, sondern auch andere wichtige Männer im Laufe meines Lebens. Wenn Ihr wüsstet, was ich da alles zu hören bekam, da müsste ich schon dreimal tot sein."

Ein Windstoß fuhr durch den Hof und wirbelte feuchte Laubgerippe kurz zu einem tanzenden Turm auf. Valtin sah Wolf scharf an. „Oder ist es, weil Ihr mir und nichts und niemandem traut?"

„Lasst uns zu Agnes und den Kindern gehen", lenkte Wolf ab und wandte sich zum Gehen. Bruder Valtin bewegte sich nicht.

„Wolf", rief Valtin. Wolf Besigheim drehte sich zu ihm um. „Erst an dem Tag, an dem Ihr Euer großes, aber verbittertes Herz den Menschen öffnen und wieder vertrauen könnt, erst dann werdet Ihr Frieden finden. Ihr steht im Wald und versucht mit einer stumpfen Axt, die dicken Bäume der Vergangenheit zu fällen, um sie auszulöschen. Doch das vermögt Ihr nicht. Niemand kann das."

Wolfs Augen funkelten. „Dann sollte ich mir wohl besser eine schärfere Axt besorgen, nicht wahr?"

„Und der Teufel gibt Euch den Wetzstein dafür", warf Bruder Valtin ein, dann lächelte er besänftigend. „Es ist Euer Weg Wolf, ich will mich nicht einmischen, aber mich bekümmert es, zu sehen, dass Ihr Euer Unglück nicht vertreiben könnt, obwohl es in Eurer Macht stünde. Ich will Euch nur helfen, denn ich war auch einmal wie Ihr. Erst Vergebung hat mich davon befreit. Doch genug. Lasst uns hineingehen."

Valtin wartete keinen neuen Einwand von Wolf ab und ging voraus zum Eingang des Gutshauses. Dieser Wolf Besigheim musste aus freien Stücken zu ihm kommen, nicht umgekehrt. Mehr als seinen Beistand anbieten, konnte er nicht. Doch Bruder Valtin war nicht verärgert. Er hatte über die Jahre gelernt, lange auf Dinge zu warten. An der Tür hatte ihn Wolf eingeholt und öffnete. Gemeinsam traten sie ein. Eine breite Treppe führte am Ende der Eingangshalle in das Obergeschoss des zweistöckigen Hauses. Nach rechts und links ging hier jeweils ein Gang in die restlichen Teile des Erdgeschosses ab. Diese Halle war prächtig und zeugte vom Reichtum Jakob Hellers, aber sie hatte nicht diese unangenehme Überladenheit, wie etwa die des Stoltzerhofes. Das Geld präsentierte sich zurückhaltend und im Dienste der Frömmigkeit, die hier zuhause war. Einige Sakralgemälde bedeutender Künstler schmückten die Wände des Treppenaufganges, den Bruder Valtin und Wolf nun hinaufstiegen. Oben angekommen, trafen sie auf eine Magd und den Medicus, der sich gerade die Hände mit einem feuchten Tuch säuberte. Zu seinen Füßen stand eine Schüssel mit Blut. Die Magd nahm dem Medicus das Tuch ab und hob die Schüssel mit der schwappenden dunkelroten Flüssigkeit vom Boden auf. Sie ging an Wolf und Bruder Valtin mit gesenktem Kopf vorbei nach unten in die Küche. Wolf und Valtin traten zum Medicus. Ein Mann von etwa vierzig Jahren mit schulterlangen Haaren und kurz gestutztem Vollbart, der sehr übernächtigt aussah. Er nickte Wolf und Bruder Valtin zu. „Gott zum Gruß, Bruder. Herr Besigheim".

Valtin nickte zurück und Wolf fragte: „Gibt es etwas Neues?" „Wie steht es um ihn?"

Der Medicus schüttelte den Kopf. „Nichts Neues, sein Zustand hat sich nicht verbessert, obwohl ich nun schon sieben Aderlässe an ihm durchgeführt habe. Schlechte Säfte können nicht mehr in ihm sein. Ich habe getan, was ich konnte. Nun hilft nur noch beten, denn Gott wird bestimmen, ob er ihn zu sich holt oder nicht und zu beten vermögt Ihr sicher besser als ich", sagte er an Valtin gewandt. „Er muss viel Wasser und Kräutertee zu sich nehmen, um die Säfte zu ersetzen, die aus seinem Körper geflossen sind, und wechselt alle Stunde die Wadenwickel gegen das Fieber. Versucht ihm etwas zu Essen zu verabreichen, auch wenn er keinen Hunger hat. Er muss zu Kräften kommen. Mehr kann ich nicht tun. Ich werde mich nun ein wenig ausruhen. Wenn Ihr mich braucht, dann ruft mich. Ich liege in der Kammer gleich hier gegenüber." Er deutete auf eine Tür, die nur drei Schritte entfernt auf der anderen Seite des Gangs gelegen war.

„Ist gut, wir danken Euch", sagte Wolf und auch Valtin nickte zustimmend. Wolf klopfte an die Tür zum Krankenzimmer und trat ein. Beide Männer stellten sich nebeneinander einen Schritt vom Ende des Krankenbettes entfernt. Nur kurz hatten Agnes und die Kinder aufgesehen, dann wandten sie ihre Blicke wieder dem todkranken Vater und Ehemann zu. Die Stille des Raumes wurde nur von den gleichmäßigen, aber rasselnden Atemzügen Jokoff Cramers unterbrochen. Ein beständiges Geräusch, das kaum noch menschlich klang und auf- und abschwoll wie ein müder Blasebalg. Agnes saß zur Linken, Greger und Grite zur Rechten der Bettstatt. Sie hatten je einen Arm des Kranken zu sich gezogen und hielten und streichelten seine Hände. Jokoff Cramer lag unter einem Kissen- und Deckengebirge, um seinem vom Fieber ausgezehrten Körper Wärme zu spenden. Kerzengerade, die Arme zur Seite gestreckt, beschrieb er die Form eines Gekreuzigten. Die letzten Sonnenstrahlen des Tages fielen durch das Butzenfenster zum Hof und erhellten Jokoffs Oberkörper mit einer verzerrten, diffusen Raute aus kraftlosem Licht. Ein verlöschender Schein, der die scharfen Konturen seines ausgemergelten Gesichtes noch verstärkte. Die eine Seite schwach erhellt, die andere im Schatten. Leben und Tod, beide wohnten in dieser Kammer und tobten still um ihr Recht auf den Körper des Kaufmanns. Jokoffs Augen waren offen und starrten mit getrübtem Blick abwesend zur Decke empor. Schweißperlen sammelten sich in regelmäßigen Abständen auf seiner Stirn, vereinigten sich zu kleinen Rinnsalen und liefen ihm über die Schläfen und im Gesicht herunter. Seine Haare klebten feucht am Kopf und es roch nach Urin und Schweiß.

Bruder Valtin schlug das Kreuz über dem siechenden Mann und murmelte ein Gebet.

„Hat er etwas gesagt?", fragte Wolf an Agnes gerichtet. Doch die schüttelte nur den Kopf.

„Nein, kein Wort. Er scheint mit offenen Augen zu schlafen. Greger, Grite, geht hinaus, ich will kurz mit Wolf und Bruder Valtin alleine sprechen."

Greger und Grite erhoben sich folgsam, verließen Arm in Arm die Kammer und schlossen die Tür.

„Wer hat das getan? Steckt dieser Stoltzer dahinter?", fragte Agnes zornig. Sie legte Jokoffs feuchte Hand behutsam auf die Decke und stand ebenfalls auf.

„Es war Jeckel Schmied, aber Stoltzer hat damit nichts zu tun, antwortete Wolf. „Er ist ein rücksichtsloser Mann und hat viel Leid über Euch gebracht, aber was die Entführung Jokoffs angeht, so glaube ich ihm, denn Schmied scheint ihn selbst auch hintergangen zu haben."

„Schmied hat Stoltzer hintergangen?", zweifelte Agnes.

„Ja. Aber er hat das alles nicht allein getan. Er hatte Männer, die ihm dabei geholfen haben. Ich habe Spuren an dem Ort gefunden, wo sie Jokoff gefangen hielten."

„Diese Hunde. Warum haben sie ihm das angetan und warum haben sie ihn nicht besser gleich ermordet?"

„Sie werden ihn nach allen Mitteln der Kunst verhört haben. Als sie dann bemerkten, dass er nichts weiß oder er ihnen das gesagt hatte, was sie hören wollten, haben sie ihn einfach zum Verhungern und Verdursten zurückgelassen. Nicht einmal diese Form der Gnade kannte Schmied in all dem Unrecht, das er stiftete. Wurzeln hat Euer Mann fressen müssen und das vermoderte Wasser von den Wänden geleckt, um nicht zu sterben. Schmied ist ein dreckiger Teufel", zischte Wolf, „und das wird er noch bereuen."

Agnes griff Wolfs Hand. „Es ist nicht Eure Schuld und nicht Eure Rache. Ihr habt schon viel für mich getan." Dann bat sie Bruder Valtin: „Ehrwürdiger Frater, würdet ihr meinem Mann beistehen. Vielleicht spricht er ja mit Euch und Ihr könnt ihm die Beichte abnehmen und die heiligen Sakramente spenden."

„Gewiss, Agnes. Ich werde sehen, was ich tun kann. Doch dann lasst mich bitte nun mit Eurem Mann allein."

Valtin ging an Agnes vorbei, kniete sich neben die Bettstatt, legte die gefalteten Hände dicht neben Jokoff Cramers Kopf und begann zu beten. Er beachtete Wolf und Agnes nicht mehr, die zur Tür gingen und auf den Gang hinaustraten. Greger und Grite warteten dort und sahen mit angsterfüllten Blicken auf Wolf Besigheim und ihre Mutter.

„Ist Vater ...", hob Greger an, doch Agnes schüttelte sanft den Kopf.

„Nein, Greger. Gott hat unseren Vater noch nicht zu sich geholt."

Die Magd erschien am Treppenaufgang. „Frau Cramer, Herr Besigheim. Mein Herr, Jakob Heller, ist aus der Stadt zurück und bittet Euch, in die Esstube zu kommen. Ich habe auf sein Geheiß hin Wein, Bier, Brot, Fleisch und Käse aufgetragen. Eine Stärkung würde Euch gut tun, meint der Herr." Dann verschwand sie auch schon wieder um die Ecke und ihre Schritte verklangen leise im Treppenhaus. Außer Wolf verspürte niemand so recht Appetit. Dennoch leisteten sie der Bitte des Hausherrn Folge, denn zum einen wäre es nicht höflich gewesen, diese Einladung auszuschlagen und zum anderen würden Jakob Heller und dessen Ehefrau gewiss erfahren wollen, wie es um Jokoff stand. Vielleicht hatte der Kaufmann sogar Neuigkeiten aus der Stadt mitgebracht.

Jakob und Katharina Heller standen neben dem gedeckten Tisch. Heller hielt ein Weinglas in der Hand. Als Wolf Besigheim, gefolgt von Agnes und den Kindern, den Raum betrat, stellte er es auf dem Tisch ab und kam ihnen entgegen. „Ich grüße Euch, Agnes und auch dich Grite."

Agnes Cramer ergriff mit beiden Händen die von Jakob Heller. „Ich danke Euch, dass Ihr meinen Mann aufgenommen und versorgt habt. Ich kann den Medicus nicht bezahlen und werde Euch die Kosten, sobald ich kann, zurückerstatten."

Jakob Heller legte seine Hand behutsam auf Agnes' Schulter. „Ich habe bereits so viele Marienfiguren und Heiligenbilder gestiftet, dass sich die Kosten für den Medicus dagegen winzig klein ausnehmen. Darüber hinaus ist dies hier ein Werk der Nächstenliebe, dessen Kosten ich niemals von Euch verlangen würde. Eine Hälfte zahle ich, die andere Hälfte die Gilde. Macht Euch darüber keine Gedanken. Setzt Euch stattdessen lieber zu meiner Frau und lasst Euch Trost zusprechen. Sie tut es aufrichtig gern."

Dann wandte er sich Wolf zu. „Wie geht es ihm?"

„Unverändert. Der Medicus ist mit seinem Latein am Ende und hat sich niedergelegt. Bruder Valtin ist bei Herrn Cramer."

Heller nickte. „Dann wollen wir uns setzen und ein gemeinsames Gebet für Jokoff Cramer sprechen. Danach sollten wir etwas essen, denn geht es ihm auch schlecht, so müssen wir deshalb nicht hungern. Damit ist niemandem gedient."

Vater vnser der dw pist in den himeln.
geheiligt werdt dein nam,
zu chöm vns dein reich,
dein will geschech als ym himel vnd in erd.
Gib vns hewt vnser tägleich prot,
vnd vergib vns vnser schuld
als wir vergeben vnsern schuldigern,
vnd lass vns nit in versuechung,
sunder erlös vns von uebel.
Amen.

Nachdem das gemeinsame Tischgebet verklungen war, kam die Magd aus der angrenzenden Küche. Sie füllte den Gästen die Becher mit Wein oder Bier und reichte ihnen Teller, um sich vom Essen zu bedienen, das auf Platten in der Mitte des Tisches angeordnet war. Es war kein fröhliches Essen und wirkte eher wie ein Leichenschmaus. Greger und Grite schwiegen die gesamte Zeit über. Nur Wolf und Jakob Heller unterhielten sich leise. Agnes sprach derweil mit Katharina Heller, deren beruhigende Art ihr wirklich gut tat. Dennoch machte sie es mehr aus Höflichkeit, denn aus Interesse. Ihre Gedanken waren bei Jokoff und die meiste Zeit streichelte sie schweigend Grites Hand, die neben ihr saß und lustlos an einem Kanten Brot herumkaute. Sie waren beisammen, bis der Abend angebrochen war. Die Magd hatte bereits vor einiger Zeit brennende Kerzenleuchter auf den Tisch gestellt, als plötzlich Bruder Valtin mit ernstem Gesicht in der Tür erschien. Agnes und die Kinder schreckten hoch und auch Wolf und Jakob Heller sahen angespannt auf den Augustiner.

„Liebe Agnes, Greger und auch du Grite, meine Tochter. Es schmerzt mich zutiefst, euch das sagen zu müssen, aber mit eurem Vater geht es zu Ende. Gott, unser Herr, ruft nach ihm und er wird folgen, noch ehe die Nacht vergangen ist. Ich habe ihm bereits die Letzte Ölung angedeihen lassen. Er ist bei Bewusstsein und möchte sich von euch zu verabschieden."

Agnes sprang auf und hastete sofort an Valtin vorbei, die Treppe nach oben. Greger und Grite, die mittlerweile begonnen hatte, zu weinen, folgten ihr überstürzt. Jakob Heller bat Valtin, sich zu setzen, der daraufhin am Kopfende Platz nahm. Die Magd brachte ihm ein neues Gedeck, aber er rührte nichts an. Nur ein Bier schlug er nicht aus und nahm einen tiefen Zug.

„Er wünscht auch Euch zu sehen", sagte Valtin an Wolf und Jakob Heller gewandt. „Er will sich bedanken für das, was Ihr für ihn und seine Familie getan habt. Aber wartet noch und lasst der Frau und den Kindern etwas Zeit. Es ist noch nicht so weit. Aufgrund meiner Erfahrung aus Hospizen und Siechhäusern kann ich sagen, dass die meisten Leute in den frühen Morgenstunden von uns gehen."

***

Als die Nacht angebrochen war und die Männer bereits einige Gläser geleert hatten, kam Greger nach unten, um Wolf zu holen. „Herr Besigheim, mein Vater ruft nach Euch. Kommt."

Wolf erhob sich und folgte Greger nach oben. Im Gang vor Jokoffs Sterbezimmer stand Agnes mit feuchten Augen und hielt ihr Mädchen im Arm, das von Weinkrämpfen geschüttelt wurde. Greger stellte sich zu ihnen und Agnes sagte: „Geht nur hinein, Wolf, er mag Euch einen Augenblick alleine sprechen."

Wolf nickte und öffnete vorsichtig die Tür. Der Tod hatte viele Gesichter. Wolf fürchtete sich vor keinem, aber das hier war etwas anderes, als ihm auf dem Schlachtfeld oder in einer dunklen Straßenecke zu begegnen. Ein Schlag, ein Bolzen oder ein Pfeil und es war vorbei. Doch hier hatte man Zeit. Man sah den Tod kommen. Man sah, wie er mit eisigen Fingern langsam das Leben aus einem Menschen herausdrückte, bis seine Seele ihn verließ. Es forderte Wolf Respekt ab. Als er die Tür leise hinter sich geschlossen hatte und an Jokoffs Lager herangetreten war, sah er dem Kaufmann ins Gesicht. Verwundert musste Wolf feststellen, dass er gesünder aussah, als noch vor einigen Stunden.

Er wirkte jünger, fast knabenhaft. Ja, sein Gesicht war das Gesicht eines Kindes geworden. Und doch wusste Wolf, dass es nur ein übles Possenspiel des unbarmherzigen Schnitters war. Er gaukelte den Trauernden falsche Hoffnung vor, nur um sie dann mit durchgezogener Sense noch tiefer ins Leid zu stürzen. Jokoffs Lider zitterten, er war schwach. Wolf zog sich den Stuhl aus der Ecke neben der Bettstatt heran und setzte sich nahe zu Jokoff.

„Wolf Besigheim", hauchte Jokoff Cramer aus trockenen Lippen und sah an ihm vorbei aus dem schwarzen Fenster in die Nacht. Die zierliche Kerzenflamme, die auf einem Beistelltischchen neben Jokoffs Lager stand, spiegelte sich schwach und verzerrt darin wieder wie ein einsamer Stern.

„Ja, ich bin hier. Ihr wolltet mich sprechen?"

Jokoff schluckte und es schien ihm Schmerzen und große Mühen zu bereiten, denn er verzog unnatürlich das Gesicht. Seine Stimme klang dünn und hohl, so als könne sie jeden Augenblick versagen. „Ich will Euch dafür danken, dass Ihr mich befreit habt. Trete ich auch bald vor meinen Schöpfer, so kann ich das dank Eurer Hilfe inmitten meiner Lieben tun und nicht einsam und verlassen in einem Erdloch. Der Herr möge es Euch auf ewig vergelten."

Wolf legte seine Hand auf Jokoffs Unterarm und merkte, dass er glühte. „Ich habe es getan, weil ich es tun musste, und glaubt mir, wenn einer weiß, was es heißt, in einem solchen Loch eingesperrt zu sein, dann ich. Ihr seid ein starker Mann, Jokoff."

Jokoff mühte sich, sein Gesicht in ein Lächeln zu verwandeln. „Nicht stark genug, wie mir scheint." Plötzlich flackerte etwas Leben in seinen Augen auf. „Es war dieser Schmied, Stoltzers Schmied, dieser Hund. Er hatte vier oder fünf Männer bei sich und einer von ihnen war ein Mönch, ich könnte es schwören."

„Ein Mönch?", wunderte sich Wolf, „woher wisst Ihr das? Habt Ihr ihn gesehen?"

„Nein, nicht gesehen. Sie haben mir die Augen verbunden und mich gefesselt, als sie mich geschlagen haben. Dabei stand einer von ihnen ganz nah bei mir. Und er hat mich mit dem Umhang gestreift. Bei Gott, es war der derbe Stoff einer Kukulle, ich bin mir sicher. Und auch wie er sprach. Er war gebildet, nicht wie die anderen. Die waren nur brutal."

„Es wird immer seltsamer", sagte Wolf leise. Dann fragte er Jokoff: „Konntet Ihr ihnen etwas sagen?"

Jokoff zögerte. „Ihr wisst es, nicht wahr?"

„Die Maschine und das Dokument."

„Ja", flüsterte Jokoff, „die Maschine und das Dokument. Der Fluch, er hat mich nun eingeholt. Erst Abraham und nun mich. Alle, die das Dokument besaßen, sind verflucht und müssen sterben."

„Was wisst Ihr?"

Jokoff zögerte. „Gebt mir einen Schluck Wasser, ich habe Durst, bitte."

Wolf sah sich um. Auf der Fensterbank standen ein Krug und ein Becher. Er goss etwas ein, setzte sich zu Jokoff zurück und fuhr mit seiner linken Hand zwischen das nass geschwitzte Kissen und Jokoffs klamme Haare. Dann hob er dessen Kopf ein wenig an und führte ihm das Gefäß an die Lippen. Jokoff lechzte regelrecht danach, aber ein großer Teil des Wassers folgte seinen Mundwinkeln und lief ihm ins Hemd, statt in den Rachen. Dennoch schluckte er gierig weiter, bis er Wolf durch einen erstickten Laut das Zeichen gab, dass er genug habe. Wolf ließ ihn sanft auf das Kissen gleiten und stellte den Becher auf den Beistelltisch.

Jokoff Cramer tat einen holprigen Atemzug. „Im Angesicht meines nahen Todes schwöre ich: Ich weiß nichts. Abraham hat mir das Dokument nur ein einziges Mal gezeigt, danach hat er es irgendwo im Haus versteckt. Und die Maschine habe ich nie zu Gesicht bekommen. Schmied wollte in den Besitz des apparatus kommen und Abraham muss ihn irgendwo verborgen gehalten haben, wenn es ihn überhaupt gibt. Aber ich weiß nicht, wo das sein könnte und auch Schmied hat ihn nicht entdeckt. Aber er hat das griechische Dokument gefunden."

Wolf Besigheim fuhr entsetzt auf. „Schmied hat es gefunden?"

„Ja", sagte Jokoff und schwache Genugtuung schwang in seinen Worten mit, „aber sie konnten nichts damit anfangen, diese Halunken. Keiner von ihnen hat anscheinend verstanden, was darin geschrieben stand. Auch dieser Mönch nicht. Als sie mich ins Loch warfen und mir zu verstehen gaben, dass ich nun verrecken würde, konnte ich sie belauschen. Sie gaben sich keine Mühe, es vor mir zu verbergen. Sie waren sich ihrer Sache ganz sicher, dass ich nie wieder zu jemandem würde sprechen können."

„Was haben sie vor?"

Jokoff konnte nicht antworten. Ein krampfartiger Hustenanfall schüttelte seinen Körper durch und warf ihn im Bett auf und nieder. Dann lag er still da und sah wieder mit glasigem Blick an die Zimmerdecke empor. Wolf tupfte Jokoffs Stirn mit dem Tuch sauber, das neben ihm auf dem Kopfkissen lag, und nahm den Becher vom Beistelltisch, um Jokoff noch etwas zu trinken zu geben. Als Wolfs Hand schon hinter Jokoffs Kopf war und der Becher nahe an seinen Lippen, packte Jokoff plötzlich mit unerwartet hartem Griff den Arm von Wolf Besigheim. Das Wasser schoss aus dem Becher und ergoss sich über den Beistelltisch. Mit einem kurzen Zischen erstarb die Kerze und es war sofort stockdunkel. Jokoff bäumte sich im Bett auf und seine Stimme war ein einziges wütendes Gurgeln und Zischen. „Besigheim versprecht mir, dass Ihr diesen Hunden nachstellt und sie zur Strecke bringt. Holt dieses Dokument zurück. Sie dürfen es nicht behalten. Schmied und seine Schergen wollen nach Nürnberg. Dort soll es einen Dominikaner geben, der des Griechischen mächtig ist. Der Mönch will ihn kennen. Ich weiß seinen Namen nicht, aber findet Schmied, dann habt ihr die Wahrheit."

Wolf atmete hörbar aus. Endlich eine Spur. „Ich werde gehen, ich verspreche es Euch. Und ich verspreche Euch noch etwas. Ich verspreche Euch, dass Schmied und seine Mörderbande keine Freude an dem Dokument haben werden, wenn ich sie in die Finger bekomme. Das haben sie Euch und Eurer Familie nicht umsonst angetan."

Erleichtert sank Jokoff auf sein Lager zurück. „Ich danke Euch. Geht jetzt und dankt auch Herrn Heller für alles. Ich wollte es selbst tun, aber ich habe keine Zeit mehr. Ich spüre es. Schickt meine Familie jetzt zu mir. Lebt wohl, Wolf Besigheim." Dann sagte er nichts mehr. Nur sein rasselnder Atem klang in dem dunklen Zimmer wie ein fernes Grollen. Wolf erhob sich und tastete nach der Kerze auf dem Tisch. Als er sie in seinen Fingern spürte, nahm er sie an sich und ging zur Tür. „Geht zu Gott, Jokoff, ich bete für Euch". Draußen im Gang reichte er Agnes die Kerze. „Geht wieder zu ihm. Er braucht Euch jetzt. Das Licht ist verloschen."

Greger nahm seiner Mutter die Kerze aus der Hand und entzündete sie an einer Talgleuchte, die in einer Mauernische im Gang brannte. Wortlos betrat die Familie den Raum und schloss die Tür. Wolf rieb sich den Nacken. Nürnberg also. Er ging wieder nach unten zu Jakob Heller und Bruder Valtin, zu denen sich mittlerweile auch der, noch immer etwas schlaftrunkene, Medicus gesellt hatte. Das Warten auf das Sterben hatte begonnen.

29

Frankfurt am Main
Am vorletzten Mittwoch vor Lukas
10. Oktober Anno Domini 1509

Der Tod hatte den Kampf mit Jokoff Cramer bereits am nächsten Tag gewonnen, aber – ganz wie Bruder Valtin es vorhergesagt hatte – erst in den frühen Morgenstunden. Lange hatte Jokoff sich gewehrt und lange mussten seine Frau Agnes und die beiden Kinder an seinem Totenbett ausharren, bis er für immer die Augen schloss. Doch Jokoff hatte keine Schmerzen gehabt. Er war friedlich entschlafen und den Verletzungen und Entbehrungen, – die er aufgrund seiner Entführung durch Jeckel Schmied und dessen Mörderbande hatte erleiden müssen, – schließlich erlegen. Seiner Familie hatte Gott jedoch genügend Zeit eingeräumt, um sich von ihm zu verabschieden, ein Glück, das nicht vielen Menschen zuteil wurde.

Agnes ging gesenkten Hauptes und mit dunkel umrandeten Augen neben Wolf Besigheim her. Sie wirkte schwach und ausgezehrt. Vor ihnen lief Bruder Valtin mit feierlichem Gesichtsausdruck. Agnes hatte ihn um die Durchführung der Zeremonie gebeten und seine Worte hatten Jokoff Cramers Familie Kraft und Trost am Grab des Verstorbenen gespendet. Ihnen folgten Greger und seine Schwester, neben denen Dorothye Hausner, ihr Vater Bechthold und Jakob Heller bedächtig einherschritten. Zur Beisetzung hatten sich auch die meisten Mitglieder der Frankfurter Kaufmannsgilde eingefunden, Benisch Stoltzer jedoch war nicht persönlich erschienen. Er sei unpässlich, hatte er durch seinen Sohn Johann ausrichten lassen, der an seiner statt zur Beisetzung auf den Gottesacker vor die Stadtmauern Frankfurts gekommen war. Johann Stoltzer wirkte anders als sein Vater. Wolf hatte bemerkt, dass ihm die Verschlagenheit in den Augen fehlte. Aber was wollte man schon über einen Menschen urteilen, den man erst einmal zu Gesicht bekommen hatte und dann auch noch zu einer solchen Stunde? Dass Benisch Stoltzer nicht unpässlich, sondern, nach Wolfs Ansicht, schlichtweg zu feige war, um selbst zu kommen, behielt er für sich. Dieser Tag war traurig genug und er wollte Agnes nicht auch noch mit Streit oder unangebrachten Äußerungen belasten, auch wenn sie es gewiss genau so sah. Wolf war ihr verächtlicher Blick nicht entgangen, als es an Johann Stoltzer gewesen war, in der kleinen Kapelle nach vorne zu treten, um sein Beileid zu bekunden. Aber auch Agnes hatte geschwiegen. Sie war müde und leer. Sie hatte keine Tränen mehr. Als sie nur noch vielleicht hundert Ruten vom Hellerhof entfernt waren, hakte sie sich plötzlich bei Wolf Besigheim unter. Doch Wolf spürte, dass es keine Suche nach Nähe war. Es war die Suche nach Halt.

„Was habt Ihr jetzt vor, Wolf?“, fragte sie unsicher.

„Ich werde diese Männer suchen und finden. Ich werde das zurückholen, was sie geraubt haben und Euren Mann rächen. Das werde ich tun.“

Wolfs Blick richtete sich wieder nach vorne. Er starrte wütend auf die vom Oktoberhimmel verschleierten Höhenzüge des Taunus, die sich dunkel am Horizont auftürmten. Er hatte genug vom untätigen Warten und vom Fischen im Trüben, wer wohl was wann gemacht haben könnte. Es stand fest, dass Schmied hinter allem steckte und ihn musste er finden. Eine geheimnisvolle Maschine und ein verfluchtes Dokument, ein toter Jude und ein abgefallener Mönch, ein brutaler Halunke und seine Männer und jetzt Nürnberg. Dort musste er hin. Ein paar Helme verbeulen, die richtigen Leute verhören und die Wahrheit suchen. Für Agnes, für sich und für die Gerechtigkeit. Wie das alles zusammenhing, das würde sich weisen, nur es musste etwas geschehen. Jetzt.

„Ich werde übermorgen aufbrechen.“

Agnes sah ihn überrascht an. „Übermorgen schon? Aber wohin wollt Ihr?“

„Nach Nürnberg. Alle Zeichen weisen dorthin. Ob es nun der seltsame Mönch ist, den Euer Mann – Gott hab ihn selig – gehört haben will oder der fahrende Händler, von dem Abraham dieses Dokument angeblich gekauft haben soll, wie mir Greger berichtete. Ja, selbst unser Freund Jakob Heller steht in engem Kontakt mit dieser Stadt. Es sind nicht nur die Spuren, die nach Nürnberg führen, es ist auch mein Gefühl, das mich dorthin zu ziehen scheint."

Agnes zögerte, dann fragte sie: „Nur ein Gefühl?"

Wolf lächelte düster. „Ihr kennt mich nur kurz und doch besser als alle anderen. Ich vermag es nicht zu unterscheiden. Vielleicht ist es ein wenig von beidem, Gefühl und Wunsch, ich weiß es nicht. Fest steht für mich jedoch, dass ich diesen Fall nicht in Frankfurt werde lösen können. Ich muss gehen."

„Nehmt Greger mit", warf Agnes plötzlich ein. Wolf hielt inne und ließ Agnes untergehakten Arm los.

„Greger? Wie stellt Ihr Euch das vor? Es kann äußerst gefährlich werden, das könnt Ihr Euch doch sicher selbst ausmalen, oder? Warum sollte ich ihn mitnehmen? Ich müsste ständig nach ihm schauen. Er ist ohne Frage ein tapferer junger Mann und gewiss auch nicht gänzlich nutzlos, aber in dieser Sache wäre er mir doch eher im Weg. So Leid es mir tut, das sagen zu müssen, aber das werde ich nicht tun."

Agnes legte ihre Hand auf Wolfs Arm. „Er hat am Sterbebett meinem Mann geschworen, dass er alles tun würde, um den Namen unserer Familie wieder reinzuwaschen und Euch zu helfen, diesen Fall aufzuklären. Ich bitte Euch." Agnes sah Wolf flehend an.

Wolf schüttelte verständnislos den Kopf. „Warum um alles in der Welt wollt Ihr Euren Sohn einer solchen Gefahr aussetzen? Habt Ihr keine Angst um ihn?"

Empört fuhr Agnes Wolf Besigheim an: „Ach, was wisst Ihr denn schon von der Sorge um ein Kind? Ich habe vier verloren! Habt Ihr selbst welche? Nein. Und natürlich habe ich Angst, aber ich kenne Greger. Er wäre nur noch unglücklich und wer weiß, ob er nicht am Ende noch irgendwelche Dummheiten anstellen würde, um seinen Schwur zu erfüllen. Damit brächte er noch mehr Leid über sich und uns. Jokoff hat ihm auf dem Sterbebett noch seinen Segen für die Ehe mit Dorothye Hausner gegeben, etwas, das er immer abgelehnt hatte, weil diese Verbindung nicht standesgemäß ist. Auch wenn Greger deswegen nie gut auf seinen Vater zu sprechen war, auch wenn er oft aufbrauste, so ist er doch schlau genug, tief im Inneren zu verstehen, warum sein Vater so handeln musste. Dass ihm Jokoff nun diesen Segen gegeben hat, war für ihn so unglaublich, dass er sich grämen würde bis ans Ende seiner Tage, wenn er seinen Schwur nicht erfüllen würde. So etwas müsstet Ihr doch am besten verstehen, Herr Besigheim."

Wolf sah Agnes schweigsam an. Sie hatte ihn gebeten. Nein, eigentlich hatte sie ihn angefleht. Nicht mit Worten. Ihre Augen waren es. Und sie hatte recht. Wolf wusste nur zu gut, was ein solcher Schwur bedeutete.

„Gut", gab er schließlich nach, „ich werde ihn mitnehmen. Aber ich kann Euch lediglich versprechen, dass ich so gut auf ihn aufpassen werde, wie ich nur kann. Doch ob ich ihn heil zurückbringen werde, das liegt allein in Gottes Hand."

Agnes lächelte. „Es liegt in Eurer Hand, Wolf, aber ich werde beten, dass Gott sie lenkt. Ich danke Euch."

Sie hatten den Hof von Jakob Heller am Landwehrgraben erreicht und betraten das Gutshaus. Die Mägde und Knechte standen mit angemessen betroffenen Gesichtern Spalier und knicksten und verbeugten sich vor den Gästen und ihrem Herrn. Alle versammelten sich im Esszimmer zum Leichenschmaus. Bruder Valtin hielt noch eine andächtige Rede, bevor man nach einem gemeinsamen Tischgebet begann, zu trinken und zu essen. Wie es Sitte war, blieb ein Platz leer, war aber eingedeckt. Es war der Platz des Toten, der sinnbildlich an diesem Mahl teilhaben sollte. Das gemeinsame Essen zog sich bis spät in die Nacht hinein. Greger erfuhr erst gegen Abend davon, dass Wolf sein Einverständnis dazu gegeben hatte, ihn begleiten zu dürfen. Ganz wie Agnes es vorhergesagt hatte, konnte man das erste Mal seit langer Zeit wieder etwas Freude und Zufriedenheit in seinem Gesicht erkennen. Seine Mutter ermahnte ihn auch nicht zur Mäßigung, als er sich im Laufe des Abends einen Rausch antrank. Was hätte sie ihm auch vorwerfen können, nach all dem, was in den letzten Tagen und Wochen an Unglück über ihn gekommen war? Auch Dorothye, die den Platz neben Greger eingenommen hatte, ließ ihn gewähren. Es genügte ihr, zu fühlen, dass ihr zukünftiger Ehemann bei ihr war und ab und an, wenn niemand hinsah, ihr Bein unter dem Tisch zärtlich und verstohlen berührte. Auch sie hatte Angst um Greger. Doch Dorothye wusste genau so gut wie Agnes Cramer, dass bei einem Dickschädel wie ihm, ein wenig ungewisse Gefahr allemal besser wäre, als die Gewissheit des Unglücks. Letztlich vertrauten alle auf Wolf Besigheim. Morgen, am Donnerstag, würden er und Greger die Vorbereitungen für ihre Reise treffen. Am Freitag bereits würden sie aufbrechen, um einer gefährlichen Wahrheit entgegen zu ziehen. Einer Wahrheit, von der noch nicht einmal Wolf Besigheim wusste, wie düster sie sein würde, wäre sie erst einmal ans Licht gebracht.

30

Frankfurt am Main
Donnerstag
12. Oktober Anno Domini 1509

Es war noch sehr früh am Morgen und nur die Magd und der Knecht standen in der Küche, als Wolf eintrat. Er erbat sich einen Kanten Brot und ein Dünnbier zum Frühstück und verzehrte beides still auf einem Küchenschemel sitzend. Dann verließ er das Gutshaus des Hellerhofes in die Frische des Oktobermorgens hinaus. Zielstrebig ging er zum Stall und sattelte sein Pferd. Die Packtaschen waren mit Proviant, Umhängen für schlechtes Wetter und einem weiteren Hemd für jeden gefüllt. Sie lagen schon im Stall bereit, wohin sie Hellers Knecht gestern Abend noch geschafft hatte, nachdem Wolf und Greger mit dem Packen fertig geworden waren. Wolf zog es fort. Die Suche nach der Wahrheit drängte ihn, sich zu beeilen. Es war eine Unruhe in ihm, ein unbefriedigter Durst und eine unbestimmte Angst davor, zu spät zu kommen. Aber zu was? Wolf wusste es selbst nicht. Noch vor dem Mittagessen wollten er und Greger sich auf die mehrtägige Reise nach Nürnberg begeben, doch Wolf hatte beschlossen, zuvor ein letztes Mal in das Haus von Abraham Siebenthal zu gehen. Vielleicht gab es dort doch noch einen Hinweis, etwas, an das er nicht gedacht hatte, ja nicht denken konnte, weil er nicht wusste, was er denn eigentlich suchte. Wolfs Plan war schlicht und einfach. Er war davon überzeugt, dass ihm Benisch Stoltzer den Zutritt zu Abrahams alten Haus, das nun ja Stoltzers Eigentum war, nicht verwehren würde. Auch mit etwas zeitlichem Abstand zu dem Gespräch mit Stoltzer, glaubte Wolf immer noch, dass es sich bei ihm um einen zwar berechnenden, gewinnsüchtigen Mann handelte, der nichts Gutes im Schilde führte. Doch eigenhändig einen Mord oder ein ähnliches Verbrechen zu begehen, das traute er ihm einfach nicht zu. Es war natürlich nicht auszuschließen, dass er die Fäden im Hintergrund in der Hand hielt, aber ein Benisch Stoltzer machte sich seine Hände nicht schmutzig. Wer zu feige war, die Beerdigung eines Schuldners zu besuchen, der auch noch Gildebruder gewesen war und den er zuvor mit Rücksichtslosigkeit enteignet hatte, um an das Geld für die Bezahlung von Schulden zu kommen, der hatte selbst kein Gift im Ring, sondern nur in der Seele. Aber vielleicht täuschte sich Wolf auch und Stoltzer war tiefer in die Verbrechen verwickelt, als er scheinheilig vorgab? Er würde es herausfinden und Herrn Stoltzer einer Prüfung unterziehen.

Wolf ritt am Galgenfeld vorbei. Von dort aus konnte er in der Ferne sehen, wie sich Krähen und Raben an einem Gehenkten gütlich taten. Man hatte ihn, wohl aufgrund der Schändlichkeit seiner begangenen Tat, dort am Seil baumeln lassen, bis er auseinanderfallen würde. Der Kadaver drehte sich langsam schaukelnd im Wind und die Krähen lachten hämisch um die Wette, während sie kleine Stücke verwesenden Fleisches aus dem geschundenen Körper rissen. Kurz darauf überquerte er den Wassergraben der Stadt über eine Brücke, die ihm den Weg zum Galgentor wies. Wolf war froh, dass er von dieser Seite und frei durch das Tor reiten durfte; nicht, wie die vielen Verurteilten. Die sahen das Tor zum letzten Mal im Leben von der Stadtseite aus – in Ketten und auf dem Karren des Schinders. Die Wachen nickten ihm beiläufig einen Gruß zu. Wolf folgte der sich dem Tor anschließenden Galgengasse bis zum Ende. Dann hielt er sich links und überquerte den Rossmarkt, bis er an dessen Ende auf die Zeyl traf. Dort wandte er sich nach rechts und folgte der breiten Straße ostwärts, bis er schließlich vor Benisch Stoltzers Kontor, dem Stoltzerhof, anlangte. Wolf band sein Pferd an einen der derben Eisenringe, die zu diesem Zweck eigens neben dem Tor eingemauert worden waren und betrat den Hof. Stoltzer stand draußen und begutachtete eine Wagenladung Tuchstoffe, die wohl erst vor wenigen Augenblicken eingetroffen sein musste, denn die Tore der Stadt waren noch nicht lange geöffnet. Als er Wolf erblickte, verfinsterte sich seine Miene. Dennoch ließ er sofort von der Warenprüfung ab und stieg vom Wagen des Lieferanten herunter.

„Herr Besigheim, was wollt Ihr?", fragte er kalt.

„Ich möchte Euch ersuchen, mir zu gestatten, dass ich mich in Eurem Haus in der Judengasse einmal umsehen darf."

Stoltzer sah Wolf argwöhnisch an. „Was wollt Ihr da?"

„Ich suche nach Hinweisen auf den Verbleib bestimmter Dinge und Personen", entgegnete Wolf vorsichtig und schielte zum Wagen herüber. Die beiden Knechte und der Händler, die dort standen, hatten lange Ohren bekommen.

Benisch Stoltzer folgte Wolfs Blick und drehte sich um. „He, ihr da, habt ihr nichts zu schaffen? Für`s Herumstehen gibt es nichts. Macht, dass ihr die Tuche ins Lager tragt." An den überraschten Händler gewandt sagte er in einem etwas gemäßigterem, aber immer noch bestimmenden Ton: „Und Ihr werdet Euer Geld gleich erhalten. Vielleicht wollt Ihr derweil den Knechten zur Hand gehen oder Euch in der Küche bei einem Bier stärken? Ihr habt die Wahl."

Der Händler hatte verstanden, was ihm Stoltzer damit sagen wollte. Da er ohnehin nicht viel Gewinn an dieser Ladung machen würde, hatte er nicht auch noch Lust, Benisch Stoltzer unbezahlt die zu günstig verkauften Waren ins Lager zu schleppen. Er machte sich daher, die Hände in den Taschen, pfeifend auf den Weg zur Küche und verschwand um die Hausecke in Richtung Hintereingang.

„Das habe ich mir gedacht", murmelte Stoltzer und drehte sich wieder zu Wolf. „Was sucht Ihr dort? Dieses ominöse Dokument?"

„Das weiß ich, wenn ich etwas gefunden habe. Gestattet Ihr es mir nun oder habt Ihr etwas zu verbergen?", fragte Wolf mit einem Lächeln.

Statt zu antworten, kramte Stoltzer einen Bund aus seiner Ledertasche am Gürtel hervor, löste einen alten, rostigen Eisenschlüssel vom Ring und hielt ihn Wolf entgegen. „Ich habe nichts zu verbergen und Ihr gebt ja doch keine Ruhe, bis Ihr Euren Willen habt."

„Ich hatte mit mehr Widerstand gerechnet, Herr Stoltzer", wunderte sich Wolf.

„Soll ich mir wieder das Gezeter über arme, tote und von mir enteignete Kaufmänner anhören? Ich weiß um Euer Verhältnis zu Heller. Nicht, dass ich Angst hätte, denn ich habe nichts mit dem Tod von Jokoff Cramer zu tun, aber es ist schon genug geredet worden. Je eher ich meine Ruhe habe, desto besser."

Wolf lächelte zufrieden. „Ob Ihr etwas damit zu tun habt, wissen nur Ihr und Gott." Wolf nahm den Schlüssel aus Stoltzers Hand und steckte ihn in die Tasche. „Ich bringe ihn nachher wieder zurück". Damit drehte sich Wolf grußlos um und verließ den Stoltzerhof. Am Ende der Zeyl bog er nach rechts in die Judengasse ein. Nach etwa achtzig Ruten stieg er vor dem ehemaligen Haus des Abraham Siebenthal aus dem Sattel. Einige Bewohner der Judengasse warfen ihm teils neugierige, teils ängstliche Blicke zu, als er den Schlüssel in die Tür zu Abrahams Haus steckte und aufsperrte. Die Nacht der Bücherverbrennung war noch nicht vergessen und die Juden wussten, dass sie der Willkür der Christen ausgeliefert waren. Standen auch viele zu ihnen, so war es doch nicht gewiss, dass auch die Mächtigen immer auf ihrer Seite waren. Und diese Seiten wurden schnell und oft gewechselt. Das, was Pfefferkorn angerichtet hatte, das konnte jederzeit wieder geschehen, darüber waren sie sich im Klaren, auch wenn es nicht zu ändern war.

Die Tür quietschte und Wolf schob mit ihr einige herabgestürzte Metallwaren zur Seite. Er schloss sie hinter sich und besah das Chaos, das die Bücherverbrenner und Schuldscheinvernichter in der Nacht des Überfalls hinterlassen hatten. Schmied hatte gewiss auch seinen Teil zu dieser Unordnung beigetragen. Der Raum glich mehr einer Abstellkammer voller wertlosem Gerümpel als dem ehemaligen Laden eines Metallhändlers. Benisch Stoltzer hatte das Haus seit Schmieds Flucht nicht mehr betreten. Wahrscheinlich wusste er nicht einmal, wie es hier aussah. Aber es war nicht Wolfs Aufgabe, ihm das zu sagen. Es war ihm gleich. Er war gekommen, um etwas zu finden. Irgendetwas. Wolf durchsuchte jedes Regal, jede Lade, jede Holzkiste und drehte jedes Stück Eisen um, das auf dem Boden lag. Noch immer wusste er nicht, was er eigentlich suchte. Das Dokument? Das konnte er nicht mehr finden. Es war fort. Schmied hatte es. Die wenigen Pergamentseiten, die Wolf entdeckte, mussten beim Überfall auf die Juden aus Abrahams Büchern und Folianten gefallen oder gerissen worden sein. Ein unbeschädigtes Buch konnte er nirgendwo mehr entdecken. Er durchsuchte den Laden, die Werkstatt, Abrahams Kammer, ja selbst den Abort. Sogar die Stiegen zum Dachboden kletterte er empor. Er wühlte sich von der Bodenklappe aus bis zum Ende des Daches durch die unzähligen Bauteile, Materialien und Kisten hindurch, die auch dort unübersichtlich neben- und übereinander gestapelt waren. Selbst hier öffnete er jede Truhe, doch er fand nichts. Gar nichts. Als er gerade wieder vom Dachboden herabsteigen wollte, hatte er plötzlich ein seltsames Gefühl. Hier stimmte etwas nicht. Er wanderte mit den Augen, die Füße auf den knarzenden Stufen, die Dachsparren und den Kniestock ab. Er ließ seinen Blick noch einmal über alle Gegenstände gleiten und prüfte eingehend die beiden Holzwände am Ende des Giebels. Er konnte nichts entdecken. Was war es nur, das sein Empfinden und seine Sinne störte? Sah er den Wald vor lauter Bäumen nicht? Was war es? Schornstein, Wände, Sparren, Gebälk, Schindeln, Dielen, Kisten, Staub, Spinnen, Mäusekot und auf jeder Seite des Kniestocks drei schmale Fensterchen. Wolf kam einfach nicht darauf. Bildete er es sich nur ein? Resigniert ging er zwei Stufen nach unten, schloss die Dachluke und stieg wieder die steile Treppe bis in den Laden hinab. Dort sah er sich noch einmal um. Das Gefühl wollte ihn nicht verlassen, aber er hatte alles in Augenschein genommen. Hier war nichts. Keine Spur, kein Zeichen, kein Hinweis.

Nichts. Wolf verließ den Laden und ritt zurück zu Benisch Stoltzer. Doch dieser war nicht mehr anwesend und so händigte er den Schlüssel der neuen Magd aus, die nach einigem Klopfen an der Haustür erschienen war. Dann setze er seinen Rückweg zum Hellerhof fort.

Als er schließlich wieder auf dem Gut eintraf, kam ihm Greger schon aufgeregt entgegen gelaufen. „Ich dachte schon, Ihr wäret ohne mich geritten“, platzte er heraus.

Wolf musste lachen. „Es wäre sicher das Beste für alle, aber versprochen ist versprochen. Ich musste nur noch eine Kleinigkeit erledigen; wir können in Kürze aufbrechen, wenn du bereit bist.“

„Das bin ich“, sagte Greger sichtlich erleichtert und hob seine Jacke etwas an. Ein einfacher, aber solide gearbeiteter Dolch kam zum Vorschein kam. Das Halfter hatte Greger an seinem Gürtel befestigt. „Herr Heller hat ihn mir geschenkt“, erklärte Greger voller Stolz.

Wolf hoffte, dass Greger ihn nicht zu etwas Anderem, außer zum Schneiden von Brot oder Dörrfleisch würde benutzen müssen. „Das ist ein wertvolles Geschenk und gebrauchen kannst du ihn gewiss auch“, sagte Wolf und stieg vom Pferd. Der Knecht kam hinzu, nahm Wolf die Zügel ab und führte seinen Hengst vor die Stallungen, um ihn noch einmal zu tränken und mit den Packtaschen zu beladen. „Lass uns hineingehen und uns verabschieden. Wir haben eine weite Reise vor und sollten heute bereits ein paar Meilen zwischen uns und Frankfurt bringen. Wenn wir unsere Tiere nicht schinden wollen, so werden wir wenigstens sechs oder sieben Tage im Sattel sitzen.“

Im Haus wurden sie von Jakob Heller und seiner Frau Katharina sowie Agnes, Grite und Bruder Valtin in der Eingangshalle empfangen. Auch die Mainzer hatten ihre Sachen bereits gepackt und waren reisefertig. Sie würden noch heute in die Hauptstadt des Erzbistums zurückkehren. Es gefiel Wolf, Agnes in der Obhut von Valtin zu wissen. Er würde sie und Grite sicher zurück zu Albertus Meister geleiten und sich auch dort weiter um sie kümmern.

„Ah, Herr Besigheim, da seid Ihr ja", begrüßte ihn Jakob Heller, „hier wurden schon Stimmen laut, die befürchteten, Ihr wäret alleine geritten."

„Es war wohl eher eine Stimme, nicht wahr?", scherzte Wolf und nickte in Gregers Richtung, „oder habt Ihr ernsthaft gedacht, ich würde ohne Greger ziehen?"

„Nein, das hat niemand ernsthaft geglaubt."

Jakob Heller deutete den vor der Tür wartenden Knechten an, den Wagen und die Pferde herbeizuholen und sagte: „Gut, dann ist es nun wohl an der Zeit, Abschied zu nehmen". Er machte einen Schritt auf Wolf zu und schüttelte ihm freundschaftlich die Hand. Seht Euch vor, Herr Besigheim. Ich weiß nicht, worauf Ihr Euch da einlasst, aber wahrscheinlich wisst Ihr es nicht einmal selbst. Wenn Ihr in Nürnberg angekommen seid, dann begebt Euch zu Benedikt Tössler in die Tuchergasse. Er ist einer meiner Nürnberger Händler und wird Euch gewiss für`s Erste bei sich aufnehmen oder weiß zumindest aber um eine gute Unterkunft. Sagt ihm, Ihr kämet von mir und bestellt ihm einen herzlichen Gruß. Ich gebe Euch einen Brief für ihn mit." Dann wandte er sich an Greger. „Und du pass` auch auf dich auf, Greger, auf dass dich deine zukünftige Frau und deine Mutter wieder wohlbehalten zurückbekommen."

„Auf ein Wort noch, Herr Heller", unterbrach ihn Wolf. Jakob Heller sah ihn fragend an. „Wenn sich bei Euch in den nächsten Tagen eine Magd melden sollte, die um Arbeit bittet, so würdet Ihr mir einen Gefallen tun, wenn Ihr sie unterbekämt. Sie ist ein gutes Weib und hat auch unter Benisch Stoltzer gelitten. Ohne sie hätte ich Jokoff Cramer niemals gefunden."

„Ich werde sehen, was ich tun kann", antwortete Jakob Heller. Mit diesen Worten ging er aus dem Gutshaus voran auf den Hof. Valtin und Wolf umarmten sich kurz und fest. „Gott sei mit Euch, Wolf Besigheim."

„Und mit Euch", entgegnete Wolf.

Greger hatte sich gerade aus den Armen seiner Mutter gelöst und drückte seine Schwester zum Abschied, da trat Agnes zu Wolf und ergriff seine Hand. „Auf Wiedersehen, Wolf. Passt auf meinen Sohn auf und kommt auch Ihr unversehrt zurück."

„Das werde ich", sagte Wolf und hielt ihre Hand mit beiden Händen fest umschlossen und eine tiefe Wärme stieg in ihm auf. Es war nicht die richtige Zeit für einen Kuss. Noch immer nicht, auch wenn ihn diese Lippen mit ihrer kleinen Narbe sehnsüchtig dazu aufforderten. „Auf Wiedersehen, Agnes. Betet für uns und", er zögerte, „vertraut mir."

Agnes wollte etwas entgegnen, doch Wolf war schon aus der Tür verschwunden und bestieg sein Pferd. Greger folgte ihm und setzte sich ebenfalls in den Sattel. Sie hoben die Hände zum Abschied und Wolf konnte für einen Augenblick Agnes nur für sich alleine haben. Ein Augenblick, doch der genügte ihm, um zu fühlen, dass diese Frau seine Rückkehr wirklich herbeisehnte. Dann trabte er an und Greger folgte ihm. Agnes sah ihnen nach, bis sie hinter den laublosen Linden am Eingang des Gutes verschwunden waren, um danach Grite auf den Wagen zu helfen, auf dem bereits Valtin saß, der die Zügel in der Hand hielt und bereit zur Abfahrt war. Sie selbst stieg neben ihre Tochter auf den Kutschbock. Als der Wagen aus dem Gutshof rumpelte, verbarg sie ihre Tränen vor Grite und Valtin. Ja, sie vertraute Wolf Besigheim, aber würde Gott ihm und Greger auch beistehen? Sie hatte Angst. Sie würde es nicht ertragen können, noch mehr zu verlieren. Nicht noch mehr.

31

Wertheim
am Montag vor Lukas
15. Oktober Anno Domini 1509

„Wann machen wir Rast", stöhnte Greger, denn ihm tat ordentlich das Hinterteil weh und das, obwohl heute erst der vierte Tag ihrer Reise angebrochen und es noch nicht einmal Mittag war. Um seine Reitkünste war es nicht zum Besten bestellt. Wolf musste sein Tempo immer wieder zügeln. Greger suchte, den Schmerz in seinem Steiß zu verteilen, indem er fortwährend von einer Seite des Sattels auf die andere rutschte. So verharrte er zumindest solange, bis es auch in der augenblicklich belasteten Gesäßhälfte wieder brannte und er von neuem die Seite wechseln musste.

„Wenn wir in Nürnberg sind, hast du Hornhaut am Hintern. Doch bis dahin musst du die Zähne zusammenbeißen", sagte Wolf, der kurz angehalten und sich im Sattel zu Greger umgedreht hatte. Greger schloss zu Wolf auf und hielt neben ihm an.

„Es tut mir Leid, Wolf, aber mein Gesäß ist nicht so geübt wie das Eure."

Wolf lachte. „Es wird sich daran gewöhnen. Eine Reise kann einem Mann manchmal mehr abfordern als ein Gefecht, aber das schaffst du schon."

Greger sah nicht danach aus, als würde er Wolfs Zuversicht teilen und moserte herum: „Können wir es heute nicht bei einem Ritt bis nach dem Mittag belassen. Mein Hintern braucht ein wenig Ruhe."

„Vergiss nicht, dass die, die wir suchen, nicht auf Deine Befindlichkeiten Rücksicht nehmen werden. Jede Stunde, die wir ruhen, machen wir denen zum Geschenk, die dir und deiner Mutter das angetan haben."

„Wenn die überhaupt in Nürnberg sind", hielt Greger leise dagegen.

„Wenn du zweifelst, warum bist du dann mit mir gekommen?"

Wolf fixierte Gregers Gesicht, während sein Hengst unruhig auf der Stelle trat.

„Ich will nichts unversucht lassen, darum."

„Du glaubst nicht daran, nicht wahr?"

„Ich weiß es nicht. Es ist so viel Unrecht geschehen und nichts hat uns bisher geholfen."

Wolf schüttelte den Kopf. „Wer nicht glaubt, an was auch immer, der wird versagen. Und wer nur Mitleid für sich selbst übrig hat, der wird diesen Glauben niemals finden. Hör auf zu jammern, es steht dir nicht, Greger. Gegen Nachmittag werden wir an Würzburg vorbeikommen. Dort werden wir uns eine Unterkunft suchen. Aber bis dorthin werden wir heute reiten."

Wolf gab seinem Pferd einen Schenkeldruck und trabte an. Greger stieg aus dem Sattel und rieb sich den Hintern. Dann setzte er sich wieder stöhnend und folgte Wolf. Er hatte sich eine Reise zu Pferde erheblich angenehmer vorgestellt. Er holte Wolf ein und ritt neben ihm. Der Weg von Frankfurt nach Nürnberg, die Via Imperii, war eine breite, einigermaßen befestigte Straße, die von vielen Kaufleuten und Reisenden schon seit langer Zeit als Handelsroute genutzt wurde. Er bot fast immer so viel Raum, dass man bequem nebeneinander herreiten konnte.

„Ich will nicht klagen", hob Greger an.

„Ich weiß", antwortete Wolf, „aber du tust es dennoch."

„Was gibt Euch die Kraft, an das zu glauben, wofür ihr kämpft?"

Wolf blickte starr nach vorne. Ihm klangen noch Valtins Worte im Ohr. *Erst an dem Tag, an dem Ihr Euer großes, aber verbittertes Herz den Menschen öffnen und wieder vertrauen könnt, erst dann werdet Ihr Frieden finden.* Er hatte sie nicht vergessen, denn sie hatten ihn tief im Inneren berührt. Er sah zu Greger herüber. „Es ist eine Suche, die schon andauert, solange ich nur denken kann, die Suche nach der Wahrheit. Mein ganzes Leben lang. Auch mir wurde etwas genommen, nämlich meine Vergangenheit und ich weiß weder, wer das getan hat noch wer ich bin. Daher kann ich mir gut vorstellen, was in dir vorgeht, doch lasse dir gesagt sein, dass man erst dann wirklich alles verloren hat, wenn man aufgibt, an Gerechtigkeit zu glauben. Das ist das Einzige, was dir niemand jemals nehmen kann, und das treibt mich an."

Greger sah erstaunt zu Wolf herüber und war betroffen. „Das wusste ich alles nicht."

„Woher hättest du es auch wissen können?", antwortete Wolf.

„Trotzdem schäme ich mich für mein Gejammer nun noch umso mehr."

Wolf lächelte. „Das solltest du nicht. Vertreibe die Scham mit angemessener Demut und glaube an dich."

„Ich will es versuchen", antwortete Greger leise.

„Ich weiß, dass du es schaffen kannst, ich habe es auch gelernt. Doch glaube mir, dass das manchmal mehr wehtut, als ein wund gerittener Hintern."

Greger sagte nichts mehr und versuchte die Schmerzen zu ignorieren. Er wollte durchhalten. Das war er seiner Familie und sich selbst schuldig und wahrscheinlich sogar diesem undurchsichtigen Mann, der da neben ihm ritt, der sich Wolf Besigheim nannte und sich selbst nicht zu kennen schien. Greger versuchte sich abzulenken und stellte sich vor, wie schön die Landschaft, die sie bereits seit Aschaffenburg durchquerten, im Sommer aussehen würde. Sanfte, bewaldete Hügel stiegen vom Main her an und vereinigten sich am Horizont beiderseits des Flusses mit dem tief hängenden Herbsthimmel. Am Wegesrand lagen überall Weiler, Felder und Mischwald, durch die – vielleicht eine halbe Meile entfernt – der Main sein Wasser gemächlich in Richtung Frankfurt schob. An den Ufern des Flusses und in seiner Nähe hatten sich auf beiden Seiten Dörfer und Städte angesiedelt. Aufgrund ihrer Lage hatten diese es zu einigem Wohlstand und politischer Bedeutung gebracht. Aschaffenburg, Wertheim, Marktheidenfeld, Würzburg, Kitzingen und natürlich Nürnberg, das Ziel ihrer Reise, eines der wichtigsten Handelszentren im Reich.

***

Wie es Wolf vorhergesagt hatte, passierten sie am frühen Nachmittag Würzburg. Da hatte er endlich Erbarmen mit Greger, der seit ihrem Gespräch keinen Ton mehr wegen seiner Schmerzen hatte verlauten lassen. An dessen Gesicht jedoch konnte man deutlich ablesen, wie es um ihn stand. Greger belohnte Wolf dafür mit einem strahlenden Grinsen, als er vorschlug, in einem kleinen Dorf, das etwa ein Hubland von Würzburg entfernt lag und an dem die Handelsstraße direkt vorbei führte, Rast zu machen und den Ritt für heute zu beenden. Gleich drei Schänken mit Herberge lagen hier fast Tür an Tür. Sie mussten ihren Besitzern trotz der direkten nachbarschaftlichen Konkurrenz immer noch ein ordentliches Auskommen sichern, denn die Häuser waren gut belegt und die Wirte nicht sonderlich freundlich. Ein untrügliches Zeichen dafür, dass man sich um das Geld der Gäste nicht über die Maßen bemühen musste. Das wunderte Wolf überhaupt nicht, als er in Gedanken überschlug, wie viele Reisende hier wohl jedes Jahr vorbeikamen. Greger und Wolf entschieden sich für diejenige Schänke, die dem Ortsausgang in Richtung Nürnberg am nächsten lag und eines der letzten Häuser im Dorf war. Abgesehen davon, dass dieses Haus von allen drei Schänken am gepflegtesten wirkte, hatte der Wirt dort außerdem noch eine kleine Kammer mit zwei Lagern frei. Wolf machte es nichts aus, in einer Herberge auf dem strohbedeckten Boden neben vielen anderen Gästen zu schlafen. Doch wenn er die Wahl hatte, zog er es vor, die Nacht lieber ohne schnarchende und furzende Gäste zu verbringen, auch wenn ihm die Kammer unverschämt teuer erschien. Sie führten ihre Pferde hinter das Haus in den Stall und Wolf gab dem Knecht eine Münze. Er wies ihn an, auf die Tiere gut Acht zu geben, sie anständig zu versorgen und stellte ihm für den nächsten Tag eine weitere Entlohnung in Aussicht. Besser etwas Silber dem Knecht gegeben, als am nächsten Tag schlecht versorgte Pferde vorzufinden. Oder gar keine mehr. Beides hatte Wolf schon erlebt. Der Mann nickte anerkennend und führte die Tiere sofort zur Tränke. Wolf und Greger, gingen ums Haus, betraten den Gastraum und brachten ihr Gepäck in die Kammer im Obergeschoss. Greger setzte sich auf das Lager und sah, wie Wanzen und Flöhe ein Fest auf dem strohgefüllten Bett feierten. Doch er würde trotzdem hervorragend schlafen in der kommenden Nacht, Hauptsache, er musste nicht mehr im Sattel sitzen. Alles andere war ihm gleich. Sie ruhten sich ein wenig aus. Dann, als der Tag sich bereits dem Ende zuzuneigte, beschlossen sie, dass es nun Zeit für eine ordentliche Mahlzeit sei. Sie gingen wieder hinab in die Schankstube. Wolf bestellte zwei Portionen Braten mit Brot und Kraut, dazu unverdünntes Frankenbier.

„Das ist ein leckeres Gebräu", sagte Greger anerkennend, nachdem er den Krug abgesetzt hatte.

„Ja, das verstehen die Leute hier ganz passabel zu brauen", schmunzelte Wolf.

Greger schob sich ein Stück Braten in den Mund und riss einen Brocken Brot vom halben Laib, den er gleich hinterher stopfte.

„Wie gehen wir vor, wenn wir in Nürnberg angekommen sind?", schmatzte er, „Wir wissen doch gar nicht, wo sich Schmied aufhält."

„Nein, das wissen wir nicht. Aber dein Vater hat mir kurz vor seinem Tod gesagt, dass dieser ominöse Mönch, den Schmied im Schlepptau hatte, sich an die Nürnberger Dominikaner wenden will. Es scheint dort jemanden zu geben, der ihm helfen kann, das Dokument zu übersetzen. Das wird unsere erste Anlaufstelle sein."

„Und wenn er dort nicht ist", bohrte Greger nach.

„Dann sehen wir weiter."

Die Schänke füllte sich. Immer mehr Reisende, Händler und Kaufleute betraten den Raum, setzten sich an die Tische und aßen. Es war mittlerweile kaum noch ein Platz frei. Die Gespräche und das Klappern und Klopfen der Krüge, Näpfe und Schüsseln durchzog die Schankstube. Es fiel bereits schwer, das Wort seines Gegenübers zu verstehen, auch wenn er nur eine Elle entfernt am Tisch saß. Wolf tunkte das letzte Stück Brot in den Sud des Sauerkrauts, der sich am Boden der Holzschüssel gesammelt hatte. Da trat ein Mann an ihren Tisch. Wolf blickte auf.

„Darf ich mich zu Euch setzen?"

Wolf musterte den Mann eingehend. Sein Aussehen und sein gebrochenes Deutsch waren auffällig. Er stammte nicht von hier. Wolf machte dem Mann ein Zeichen mit der Hand und deutete auf die Bank neben Greger.

„Nur zu."

Der Fremde nickte freundlich und nahm neben Greger Platz. Sein Bündel platzierte er zwischen den Beinen und bestellte Bier und Essen beim Wirt. Wolf betrachtete den neuen Tischnachbarn ausdruckslos. Irgendetwas sagte ihm, dass sie vorsichtig sein mussten. Wieder dieses Gefühl.

Der Mann bemerkte das. „Mein Name ist Joseffo Será", sagte er freundlich und streckte Wolf die Hand über dem Tisch entgegen.

„Wolf Besigheim und das ist Greger Cramer, der Sohn eines Freundes."

„Piacere", begrüßte er Greger ebenfalls mit Handschlag.

Wolf ließ seinen Blick nicht von dem Mann. Er suchte nach Anzeichen für seine Vermutung. Er wirkte nicht unsympathisch oder verschlagen, aber er gefiel Wolf trotzdem nicht. Etwas Gefährliches blitzte in seinen dunklen Augen. Trotzdem bemühte sich Wolf, keinen zu skeptischen Eindruck zu machen, denn vielleicht hatten ihn die Vorkommnisse der vergangenen Wochen einfach zu misstrauisch werden lassen. Er wollte einen Fremden nicht beleidigen. „Woher kommt Ihr und wohin geht die Reise, wenn man fragen darf?"

Der Fremde biss in sein Brot. „Man darf", sagte er kauend, „Ich komme in geschäftlichen Dingen aus Mailand und bin die ganze Via Imperii hinaufgeritten. Nun bin ich auf dem Weg nach Frankfurt."

„Nach Frankfurt? Daher kommen wir gerade. Ich stamme aus Frankfurt", rief Greger erfreut. Sie waren nicht einmal eine Woche von zuhause weg und schon ließ ihm auch nur die Erwähnung seiner Heimat das Herz höher schlagen.

„So?", sagte der Fremde wenig interessiert, „und was ist euer Reiseziel?"

„Nürnberg", antwortete Greger.

Der Mann nahm einen Schluck Bier. Dann sagte er: „Nürnberg. Ja, da bin ich auch vorbeigekommen und habe zwei Nächte dort verbracht. Eine interessante Stadt. Man kann dort die wundersamsten Dinge erleben. Ihr seht nicht aus wie Händler", wandte er ein. Ihm waren Wolfs Schwert und sein wettergegerbtes Gesicht nicht entgangen. Beides passte eher zu einem Abenteurer als zu einem Kaufmann.

„Nein, sind wir nicht. Wir suchen jemanden in Nürnberg", platze Greger heraus.

Das klang schon interessanter. Der Fremde stellte seinen Krug ab und blickte in die Gesichter von Greger und Wolf. Greger quasselte zu viel für Wolfs Geschmack, aber er wollte ihn nicht hier am Tisch zurechtweisen, warf ihm jedoch einen strengen Seitenblick zu.

Der Fremde hatte das nicht bemerkt. „Na, dann haben wir ja etwas gemeinsam, denn ich bin auch auf der Suche nach jemandem, allerdings in Frankfurt. Aber wenn ihr von dort kommt, wie ihr erzählt, dann könnt ihr mir vielleicht sogar sagen, wie ich in die Judengasse in Frankfurt gelange. Ich suche dort einen Metallhändler namens Abraham Siebenthal."

Gregers Mund stand offen. Er brachte kein Wort heraus. Wolf zog unbemerkt sein Messer aus dem Gürtel und legte es sich unter dem Tisch auf die Knie. Er war angespannt und fixierte den Mann, der vor ihm saß, und der nun überrascht mit dem Kauen aufhörte und seine Tischnachbarn ratlos anstarrte.

„Was ist? Sitzt mir ein Frosch auf dem Haupt oder was glotzt ihr so?" Dann begriff er und sein Gesicht wurde ernst. „Ihr kennt diesen Mann, nicht wahr? Was ist mit ihm?"

„Greger, du bist müde und wolltest im Moment ins Bett gehen, oder?"

Greger rührte sich nicht und sah Wolf verständnislos an. Wolf wiederholte seine Aufforderung nun deutlicher und etwas lauter. „Greger, geh'!"

Murrend erhob sich Greger, stand noch kurz am Tisch und ging dann beleidigt nach oben in die Kammer. Beiden Männer saßen sich nun gegenüber und ließen sich nicht aus den Augen. Keiner sagte ein Wort, sie starrten sich nur an. Es lag eine unerträgliche Anspannung zwischen ihnen, die sich jeden Augenblick entladen konnte. Wolf griff den Dolch unter dem Tisch und spielte mit seiner rechten Hand am Heft herum. Er war bereit, ihn jederzeit blitzschnell nach oben zu reißen und zuzustechen, wenn nötig. Auch wenn das in dem überfüllten Schankraum unwahrscheinlich war.

Der Italiener brach das Schweigen. „Was ist mit Siebenthal?"

„Er ist tot", antwortete Wolf knapp, „und er ist nicht von der Leiter gestürzt, wenn Ihr versteht, was ich damit sagen will."

Zu Wolfs Überraschung wandelte sich der Gesichtsausdruck des Fremden. Die Anspannung wich Überraschung und Enttäuschung. „Tot sagt Ihr? Verdammt!"

„Was wolltet Ihr von ihm?"

„Er hat Hehlerware gekauft. Meine Auftraggeber wünschen, dass ich ihnen wiederbeschaffe, was ihnen gehört."

„Was ist das für eine Ware?"

Der Italiener lehnte sich zurück. „Das geht Euch nichts an", sagte er bestimmt.

Wolf schmunzelte. Dann sah er dem Mann tief in die Augen. Nichts sollte ihm entgehen. Kein noch so kleines Zukken der Pupille oder Flattern der Lider. „Wie Ihr meint. Aber sagt Euch, der Ihr doch ebenfalls aus Italien stammt, der Name Bernardo oder Bernhardo Tanini etwas? So oder so ähnlich muss er heißen."

Wolf hätte den Mann gar nicht so genau zu beobachten brauchen, denn der starrte Wolf nun fassungslos und mit weit aufgerissenen Augen an. Er zuckte zusammen, machte eine kurze Bewegung, sich zu erheben, doch ließ schnell davon ab. Er sah sich um und krallte seine Hände in die Tischplatte. „Ihr meint Bernardo Tagnini. Wer zur Hölle seid Ihr?"

Es war also keine Einbildung, sondern wahr. Wolfs Gegenüber wusste genau, worum es ging. Die Frage war nur: Wie viel wusste er? Wolf senkte seine Stimme. „Ich hatte mich bereits vorgestellt und wahrscheinlich, im Gegensatz zu Euch, auch mit meinem richtigen Namen. Aber nennt Euch wie Ihr wollt. Es interessiert mich nicht sonderlich. Was mich aber sehr wohl interessiert ist, wie es Bernardo Tagnini geht."

Der Fremde setzte ein gleichgültiges Gesicht auf. „Tagnini? Was interessiert Euch das? Wie soll es ihm schon gehen?"

„Hört zu", zischte Wolf, „verkauft mich nicht für dumm. Ich weiß nicht, welcher Wink des Schicksals oder der Hölle uns hier zusammengeführt hat. Aber wenn Ihr beim Namen des Bernardo Tagnini zusammenfahrt und Ihr auch noch den Juden Siebenthal in Frankfurt sucht, dann heißt das, dass Ihr es nur von Tagnini wissen könnt. Ihr sucht das griechische Dokument, für wen auch immer, und mich würde es nicht wundern, wenn es diesem Tagnini nicht mehr so gut ginge."

Der Schreck stand dem Italiener ins Gesicht geschrieben. „Ihr wisst von dem Dokument?", stammelt er, „aber woher ...?"

„Sagt Ihr mir nicht, was Ihr wisst, dann sage ich Euch nicht, was ich weiß, so einfach ist das. Reitet nur schön nach Frankfurt. Ihr werdet nicht finden, was Ihr sucht."

Der Fremde gab sich geschlagen. Dieser Auftrag war die schlimmste Verkettung von unglücklichen Zufällen, die Giacomo di Vernaccia in seiner langen Laufbahn als geheimer Gesandter der Medici je erleben musste. Erst musste er diesen Tagnini in drei Städten suchen, bis er ihn fand. Und als er dann endlich vor ihm stand und er ihn aus Mitleid ziehen lassen wollte, war er ihm auch noch buchstäblich ins Messer gelaufen. Und jetzt saß er einem, anscheinend zu allem entschlossenen, völlig fremden Mann in einer Schänke in einem kleinen Nest im Nirgendwo gegenüber. Obendrein schien dieser Mann vermutlich weiter in der Erfüllung seines Auftrages zu sein, als er selbst. Und das Schlimmste von allem war, dass dieser Mann ihn auch noch entlarvt hatte, nein, dass Giacomo sich sogar selbst verraten hatte. So etwas wäre ihm vor ein paar Jahren noch nicht passiert. Aber nun war es zu spät und er musste zusehen, das Beste aus dieser vermaledaiten Situation zu machen.

„Mein richtiger Name ist Giacomo di Vernaccia. Ich komme nicht aus Mailand, sondern aus Florenz und glaubt es mir oder nicht, aber es war ein Unfall."

„Was war ein Unfall?", fragte Wolf verwundert.

„Tagnini", antwortete der Mann, „ich wollte ihn laufen lassen, aber dieser Dummkopf wollte mich umbringen, weil er mich des Mordes an seinem Vater verdächtigte und da musste ich mich wehren."

„Und habt Ihr seinen Vater umgebracht?"

„Nein", fuhr der Mann auf, „natürlich nicht. Ich verstümmele keine alten Männer und werfe sie in den Graben vor die Tore der Stadt. Und das mit Tagnini war ein Unfall, das sagte ich Euch doch bereits!"

„Ein Unfall also?", hakte Wolf ungläubig nach.

„Ja, ein Unfall, verflucht." Giacomo trank fahrig einen Schluck Bier. Seine Kehle war trocken und er wusste im Moment nicht mehr, wo ihm der Kopf stand.

„Auch der Mann, den Ihr sucht, Abraham Siebenthal, ist wegen dieses Dokumentes gestorben. Auch der Vater des Jungen, der bei uns am Tisch saß, Greger, ist tot. Und das war beides kein Unfall. Dieses Dokument soll angeblich verflucht sein."

„Ja, das hat mir Tagnini auch erzählt, doch ich glaube nicht an solchen Unfug", wiegelte Giacomo ab.

„Ich auch nicht", sagte Wolf, „aber es ist schon seltsam, dass alle, die es je besessen haben, nun unter der Erde liegen."

„Dio santo, was muss denn in diesem Dokument stehen, dass alle Welt es haben will und sich dafür die Menschen gegenseitig auslöschen?"

Wolf ließ sich seine Freude darüber, dass der Mann anscheinend nicht wusste, was darin stand, nicht anmerken. Dieser di Vernaccia ahnte auch nicht, dass Wolf weitaus bessere Informationen hatte und Wolf wollte es dabei belassen.

„Ja, das würde ich auch gerne wissen."

„Ihr wisst es auch nicht? Und doch jagt Ihr diesem Schriftstück nach? Soll ich Euch das wirklich glauben?"

„Dasselbe frage ich Euch. Man erzählt sich, es sei ein altes, verschollen geglaubtes Dokument. Aber mehr weiß ich auch nicht."

„Für ein altes Schriftstück schlagen sich die Leute die Köpfe ein? Das muss ja ein tolles Dokument sein. Vielleicht vermag man damit Gold herbeizuhexen? Es muss jedenfalls eine Menge wert sein, denn meine Auftraggeber bezahlen mich immerhin äußerst großzügig dafür. Und diese Entlohnung werde ich mir nicht streitig machen lassen." Dann wurde er nachdenklich. „Wie machen wir jetzt weiter? Wenn Ihr nach Nürnberg reitet, dann werdet Ihr wissen, warum. Ich könnte mich Euch anschließen. Gemeinsam haben wir bessere Möglichkeiten, das Dokument zu finden."

„Und wenn wir es haben?", fragte Wolf provokant. Giacomo di Vernaccia zögerte. Er kannte die Antwort, aber Wolf sprach es aus. „Ich werde es Euch sagen. Wenn wir es haben, dann schlagen wir uns die Köpfe deswegen ein, nicht wahr?"

„Vielleicht."

„Nein, ganz gewiss. Aber ich kann damit leben. Das Dokument ist eins, aber vor allem habe ich auch den Mann zu finden, der es geraubt hat, denn er ist ein hinterhältiger Mörder und Dieb. Ich weiß nicht, ob ich Euch trauen kann, Giacomo, aber wir sollten unsere persönlichen Interessen so lange vergessen, bis wir im Besitz des Dokumentes sind. Dann möge der Bessere gewinnen. Wir wissen nun so oder so voneinander und würden uns gegenseitig nachstellen. Bevor wir uns messen, sollten wir unsere Kräfte sparen und sie lieber für die Lumpen aufheben, die das Dokument geraubt haben."

„Ein Pakt also mit offenem Ende? Das gefällt mir."

„Ja, ein Pakt und ein offenes Ende. Eine Bedingung stelle ich allerdings, abgesehen natürlich von der, dass Ihr Euch an diesen Pakt auch haltet."

„Die wäre?"

„Ganz gleich, wie es ausgeht. Lasst Eure Finger von dem Jungen. Schwört es mir bei Gott."

Giacomo zuckte mit den Schultern. „Meinetwegen. Ist er vielleicht doch Euer Sohn?"

„Nein, aber er ist mir genauso viel wert."

„Gut, wenn Ihr das zur Bedingung macht. Ich hätte ohnehin nichts davon, ihn zu beseitigen. Ich bin weich geworden auf meine alten Tage."

Wolf sah dem Mann in die Augen. Er wusste, dass das zum Teil vielleicht sogar stimmte. Doch Wolf war sich auch darüber im Klaren, dass Giacomo di Vernaccia keinen Augenblick zögern würde, zu seiner Waffe zu greifen, wenn er sich dadurch in den Besitz des Dokumentes bringen könnte.

„Gut. Dann ist es abgemacht?"

Giacomo reichte Wolf die rechte Hand herüber. Wolf legte seinen Dolch neben sich auf den Tisch und schlug ebenfalls mit der rechten Hand ein. Als Giacomo das Messer sah, musste er lächeln. Dieser Wolf Besigheim war mit allen Wassern gewaschen und es würde nicht leicht werden, ihm am Ende das Dokument abzunehmen.

„Es ist abgemacht und ich will niemals Hand an den Jungen legen, was immer auch geschieht."

„Dann sehen wir uns morgen früh hier in der Schänke. Ich will jetzt schlafen gehen und Greger noch berichten, auf was wir uns da eingelassen haben. Und noch etwas, di Vernaccia. Falls Ihr – warum auch immer – auf die Idee kommen solltet, uns ungefragt in unserer Kammer zu besuchen, dann lasst Euch gesagt sein, dass ich schlechte Träume habe und einen leichten Schlaf. Besser, Ihr versucht es erst gar nicht. Mein Schwert steht neben meinem Bett und ich würde es ungern an Euch versuchen."

„Habt Ihr etwa Angst?", schmunzelte Giacomo di Vernaccia.

„Nicht vor Euch."

Giacomo di Vernaccia sah Wolf nach, bis er auf der Treppe nach oben verschwunden war. Was für ein Auftrag und welch Verwirrspiel! Wenn er den Medici das Dokument gebracht hätte, dann würde er sich mit dem Geld, das sie ihm dafür schuldeten, tatsächlich endgültig zur Ruhe setzen. Er hatte soeben beschlossen, dass dies sein letzter Auftrag sein sollte. Aber erfüllen wollte er ihn um jeden Preis und daran würden ihn weder ein Wolf Besigheim noch dessen Schwert hindern.

32

Im Wald vor Nürnberg
Am Montag vor Lukas
15. Oktober Anno Domini 1509

„Wenn uns dieses Mönchlein noch länger warten lässt, dann werde ich ihm persönlich nachreisen, und wenn ich ihn dann erwische, will ich nicht in seiner Haut stecken.“ Jeckel Schmied schnickte mit dem Fuß wütend einen dürren Ast ins Feuer. Die Funken stoben in die Nacht. Er starrte den verlöschenden Lichtpunkten hinterher.

Thomas Ulrepforte verdrehte entnervt die Augen. „Ich habe dir schon einmal erklärt, dass in diesem Fall Kraft und Tatendrang nichts helfen werden, sondern nur Geduld. Eine Tugend, mit der der Herr bei dir recht geizig gewesen zu sein scheint. Bruder Anselm ist zu Übersetzungen in Speyer beim Erzbischof und kommt zurück, wenn er zurückkommt. Ich werde weiterhin jede Woche nach Nürnberg reiten, um zu sehen, ob er bereits wieder heimgekehrt ist. Mehr können wir im Augenblick nicht tun.“

Jeckel Schmied fuhr herum und spuckte aus „Pah! Erzähl du mir nichts von Tugenden und Gott. Von allen Lumpen, die hier am Feuer hocken, bist du doch der verderbteste.“

Ulrepforte lächelte zynisch. Das flackernde Lagerfeuer malte dämonische Schatten in sein hageres Gesicht. Dieser Schmied verstand nicht, denn Thomas Ulrepforte diente einem höheren Zweck, zumindest war er selbst davon fest überzeugt. Kannte man seine innerste Überzeugung nicht, mochte es sein, dass man sein Verhalten für einen Abfall vom Glauben hielt, wenigstens aber für den Verrat an seinen Dominikanern. Doch dem war nicht so. Pfefferkorns Sache war es, die ihn antrieb. Dieser Mann kannte als einziger die Wahrheit. Den Fehler, die Juden nicht gänzlich auszulöschen, damals bei den Kreuzzügen, den würde Pfefferkorn nicht begehen. Er war ein heiliger Mann und Thomas Ulrepforte sehnte sich danach, ihm mit Geld und Tat zu Diensten zu sein, um diese Sache zu unterstützen.

„Sprich nicht über Dinge, die du nicht begreifen kannst", warf er Schmied hin.

Jeckel Schmied trat zum Feuer und baute sich vor Ulrepforte auf. Die vier Männer, die Jeckel in Frankfurt angeheuert hatte und die mit dem Dominikaner ums Feuer herum auf Baumstämmen und Steinen saßen, stießen sich gegenseitig an. Sie sahen dem Ausgang der Szene amüsiert und mit Spannung entgegen. Es waren keine Gestalten, denen man gern im Dunkeln begegnet wäre. Peter und Enewalt waren Diebe und Mörder. Cunrath war ein Schläger und Frauenschänder und Hanns ein ehemaliger Söldner. Er war wegen Verrats zum Tode verurteilt worden und nur durch Flucht knapp dem Galgen entgangen. Auch ihnen ging die Warterei in der alten Köhlerhütte, inmitten der fränkischen Tannenwälder, gehörig gegen den Strich. Gewiss, Geld für etwas zu erhalten, wofür man nichts tun musste, war auch in Ordnung. Für eine gewisse Zeit zumindest. Doch diese Zeit neigte sich dem Ende zu und damit auch ihre Geduld. Sie hatten einfach keine Lust mehr, nur tatenlos herumzusitzen. Dieser Jeckel Schmied und der Dominikaner hatten ihnen Reichtum versprochen, aber bisher nur drei Groschen pro Nase springen lassen. Für diese Summe hätten sie in der Frankfurter Gegend auch einen Händler überfallen oder einem Dorfpfaffen aufs Maul hauen und ein paar Silberteller aus seiner kleinen Kirche rauben können. Dafür allein hatten sie die Entführung dieses Kaufmanns, die beschwerliche Reise nach Nürnberg und diese elende Warterei nicht auf sich genommen. Der Überfall auf den Köhler und dessen Familie hatte ihnen ein wenig Zerstreuung gebracht, denn die Frau des Köhlers hatte noch aus einigermaßen frischem Fleisch bestanden. Dennoch waren seitdem bereits wieder einige Tage vergangen und nichts war geschehen. Mit dem Verscharren der Leichen des Köhlers, seiner geschändeten Frau und denen der beiden Kinder im Wald hinter dem Haus, war auch ihre gute Laune zu Grabe getragen worden. Darum sahen nun acht verschlagene Augen genau darauf, wie die Diskussion zwischen Jeckel Schmied und Thomas Ulrepforte wohl ausgehen mochte.

„Was gibt es hier zu begreifen?“, pöbelte Jeckel Schmied, der die Blicke seiner Männer wohl bemerkt hatte. „Wir hocken im Wald, langweilen uns und bis jetzt hat uns die Sache nur Geld gekostet, jedoch nichts eingebracht.“

„Du bist ein Dummkopf, Jeckel.“

Jeckel Schmied zog wutentbrannt sein Messer, sprang zu Ulrepforte in die Hocke, packte ihn mit einer Hand am Habit und hielt ihm die Klinge unter das rechte Auge. „Halt bloß dein vorlautes Maul, Mönch. Glaubst du wirklich, deine Kutte macht dich unverwundbar? Wenn du gedenkst, als heiliger Märtyrer in den Himmel einzuziehen, dann sprich ruhig weiter. Ich helfe dir dabei!“

Im ersten Augenblick noch war Thomas Ulrepforte starr vor Schreck, doch dann kam die höhnische Überlegenheit in sein Gesicht zurückgekrochen, mit der er Jeckel Schmied die meiste Zeit über bedachte. Jeckel und Ulrepforte fochten einen Kampf um Respekt aus und der Dominikaner spürte ganz genau, dass sein Gegner sich vor den Männern beweisen wollte. Er verachtete ihn, brauchte ihn jedoch als willfähriges Werkzeug. Konzentriert fixierte er den blanken Stahl in seinem Gesicht, in dem sich der Feuerschein bedrohlich widerspiegelte. Er war Schmied in fast jeder Hinsicht überlegen, aber gewiss nicht körperlich. Und als Preis zum Beweis seiner Überlegenheit war er nicht bereit, ein Auge oder gar sein Leben zu opfern. Schmieds Hand begann zu zittern. Ulrepforte wusste: Noch ein unbedachtes Wort und Jeckel würde vielleicht die Kontrolle verlieren. Dennoch musste er ihn in die Schranken weisen. Schmied hatte zwar das Dokument gefunden und er war es auch gewesen, der die Männer angeheuert und von dem Unterfangen überzeugt hatte. Selbst wenn sie bisher nur auf seine Kosten gefressen und gesoffen hatten, so gaben sie der ganzen Sache doch die nötige

Sicherheit und persönlichen Schutz, doch trauen konnte man ihnen allerdings genau so wenig wie Schmied selbst.

„Tötest du mich, wer leitet dann alles mit Bruder Anselm in die Wege? Dir würde man nicht einmal die Luke in der Klostertür zu Nürnberg öffnen. Du hast den Schlüssel zu dem, was wir suchen, aber nur ich vermag ihn ins rechte Schloss zu stekken. Vergiss das nicht. Ohne mich ist das Papier, das du Tag und Nacht in dem Lederköcher unter deinem Hemd verborgen hältst, als wäre es der Heilige Gral, nicht einmal die Tinte wert, mit dem es beschrieben wurde. Du suchst nur das Gold und wähnst dich am Ziel, sobald du es gefunden hast. Ich aber brauche es. Ich werde die gerechte und wahre Sache Gottes und der heiligen römischen Kirche unterstützen. Ich werde damit Häresie und Ketzerei verbannen, ein Vorhaben, das nicht mit allem Gold dieser Welt aufzuwiegen ist. Ich bin die Seele unseres Unterfangens. Mit mir wirst du von allen Sünden frei sein, ganz gleich, was du tust, weil ich nur Gott alleine diene. Ohne mich hingegen bist du nur ein Dieb und Mörder. Töte mich und du wirst alles verlieren, auch dein Seelenheil. Also?"

Schmieds Gesicht blieb starr vor Wut. Wie gerne hätte er diesem vorlauten Mönch ein Auge herausgeschnitten oder ihm die Nase zertrümmert. Dann würde er für den Rest seines Lebens an die Stunde denken, in der er Jeckel Schmied beleidigt hatte.

„Lass ihn, Jeckel, er hat recht", sagte Hanns der Söldner plötzlich. Er erhob sich von dem Stamm der alten Buche, auf dem er und seine Gefährten vor dem Feuer Platz genommen hatten. „Nicht dass ich etwas gegen tote Mönche hätte, aber was er sagt, stimmt. Auch wenn er sich für etwas Besseres hält und mir das genau so wenig schmeckt wie allen hier. Sollte er draufgehen, dann hätten wir nichts gewonnen. Und wir hier", dabei zeigte er mit der Hand in die Runde der drei Gauner am Feuer, „würden uns dann fragen, ob wir noch gut auf dich zu sprechen wären."

Jeckel Schmied ließ von Thomas Ulrepforte ab, der erleichtert ausatmete. Schmied drehte sich mit dem Messer in der Hand zu Hanns um. „Willst du mir drohen, du Hund?"

Hanns schmunzelte. „Drohen? Nein. Ich sage dir nur, dass wir nicht gut auf dich zu sprechen wären. Ich sage nicht, dass wir dich dann im Schlaf ermorden oder dir einen Knüppel auf den Kopf schlagen würden, wenn du vielleicht gerade beim Pinkeln bist. Ich sage auch nicht, wir würden dich zu viert schon überwältigen können und dich an einem Baum aufhängen. Ich sage nur, dass du der Anführer bist. Du bezahlst uns, aber du stehst auch dafür gerade, dass alles eintritt, was du uns vollmundig versprochen hast. Mehr nicht. Dieser Mönch dort ist mir vollkommen gleich. Ich möchte nur nicht, dass du einen Fehler machst, für den wir alle zahlen müssen. Also steck` dein Messer weg und setz' dich zu uns. Und du Mönch", rief er an Thomas Ulrepforte gewandt, „du solltest besser auf dein vorlautes Maul aufpassen. Es gibt auch andere Methoden, einen aufsässigen Gernegroß zur Besinnung zu bringen. Dafür muss man ihm nicht gleich den Hals durchschneiden, wenn du verstehst, was ich meine."

Dann setzte sich Hanns wieder zu den drei anderen ans Feuer, die ihm durch Gemurmel und Schulterklopfen ihre Zustimmung auszudrücken. Schmied war immer noch wütend. Er hatte diese Auseinandersetzung eindeutig verloren und steckte sein Messer nur widerwillig in den Gürtel zurück. Als er sich zu den vier Männern zurück ans Feuer setzte, konnte er Thomas Ulrepfortes hämisches Grinsen im Rücken richtiggehend spüren. Es galt nun, gute Miene zum bösen Spiel zu machen. Hätte er erst einmal die Übersetzung dieses Dokumentes, würde er niemanden mehr benötigen, weder einen großkotzigen Mönch noch diese vier Lumpen hier. Er würde immer ein paar andere Männer finden, die diese hier ersetzen könnten und sie – ohne lange zu fragen, warum und weshalb – für ein paar Silberstücke um die Ecke brächten. Aber diesen Ulrepforte, den würde er sich ganz alleine vornehmen, wenn die Zeit gekommen wäre. Doch das war sie noch nicht. Noch brauchte er ihn und auch die anderen.

33

In der Nähe von Neustadt
am Dienstag vor Lukas
16. Oktober Anno Domini 1509

Gregers Unmut über ihren neuen Begleiter war noch nicht gänzlich verflogen und auch Wolf war weiterhin äußerst vorsichtig. Zwar entpuppte sich Giacomo di Vernaccia als unterhaltsamer Gefährte, doch Wolf ließ sich von dessen scheinbarer Freundlichkeit nicht täuschen. Die Blicke, die ihm Giacomo in der Schänke bei Würzburg zugeworfen hatte, waren Beweis genug für ihn. Di Vernaccia verbarg hinter seiner jovialen Fassade die Entschlossenheit eines zu allem bereiten Mannes. Die Weichheit des Alters, die ihn angeblich überfallen und wegen der er auch in Nürnberg versucht habe, den Florentiner Händler, Bernardo Tagnini – entgegen seines Auftrages – am Leben zu lassen, auch dies war für Wolf beileibe kein Grund, diesem Mann länger als nötig den Rücken zuzukehren. Di Vernaccia würde skrupellos und ohne einen Wimpernschlag zu zögern, versuchen, Wolf das Dokument, so sie es denn tatsächlich jemals in den Händen halten sollten, abzunehmen. Wenn nötig, mit Gewalt. Und sein Schwur, Greger nichts zu tun? Giacomo wirkte auf Wolf nicht ehrlos, aber dennoch glaubte er nicht daran. Wolf hatte in seinem Leben schon mehr Meineide als ehrliche Worte gehört und hatte nicht vor, Gregers Leben als Einsatz für den Beweis von di Vernaccias Aufrichtigkeit herzunehmen. Es lag also bereits am Tag nach ihrem Aufbruch von der Schänke des kleinen Dorfes vor den Toren Würzburgs eine gewisse Spannung in der Luft.

Am Horizont tauchte die Silhouette von Neustadt auf. Von da aus waren es nur noch rund drei Meilen bis Nürnberg, dem Ziel ihrer Reise. Der Tag neigte sich dem Ende zu. Daher beschlossen sie, sich in der Stadt langsam nach einem Platz für die Nacht umzuschauen. Sie wurden dort auch schnell in einem Gasthaus mit Schankwirtschaft, direkt am Neustädter Kornmarkt, fündig. Diesmal begnügten sie sich damit – zusammen mit zehn anderen Gästen – die Nacht auf dem Boden zu verbringen. Die Angriffe von Läusen und Flöhen hielten sich in Grenzen. Der Wirt war einigermaßen auf Sauberkeit bedacht und wechselte zumindest ab und zu das Stroh auf dem Dielenboden. Dazu kam, dass der Schornstein der angrenzenden Küche die Stube erwärmte. Sie hätten es schlimmer treffen können.

***

Früh am nächsten Morgen machten sie sich wieder auf den Weg. Die erholsame Nacht und das kräftige Frühstück hatten ihnen gut getan und so trabten sie, die aufgehende Oktobersonne im Rücken, aus dem Westtor von Neustadt heraus und Nürnberg entgegen. Etwa auf der Hälfte des Ritts – es mochten noch rund ein und eine halbe Meile bis Nürnberg sein – ließ sich Giacomo di Vernaccia zurückfallen, bis er auf der Höhe von Wolf anlangte. Bis dahin war er mit Greger vorangeritten. Greger drehte sich im Sattel um, wandte sich dann aber kurz darauf wieder nach vorne, als er bemerkte, dass es nichts Außergewöhnliches zu sehen gab. Wolf hatte übrigens recht behalten. Gregers Hinterteil schien sich tatsächlich an die tägliche Belastung zu gewöhnen und die Schmerzen, die Greger das Sitzen im Sattel noch vor wenigen Tagen bereitet hatte, verschwanden mehr und mehr. So gelang es ihm immer häufiger, ihre Reise nicht nur als Qual, sondern auch als spannendes Abenteuer zu begreifen, obwohl ihm Giacomo di Vernaccia kein wirkliches Vertrauen einflößte. Und auch die Trauer über den Verlust seines Vaters hatte er noch längst nicht überwunden. Darüber konnte ihn die Abenteuerlust genau so wenig hinwegtäuschen wie die Begegnungen mit fremden Menschen, Sprachen, Städten und Landschaften. Ihm fehlten Dorothye, seine Mutter und seine Schwester. Außerdem wusste Greger, dass er mit diesen beiden Männern nicht aus reinem Vergnügen nach Nürnberg ritt. Er war mit ihnen unterwegs, um das rätselhafte Verbrechen um den Tod und die Entführung seines Vaters Jokoff aufzuklären und natürlich, um den Tätern etwas wegzunehmen, das ihnen nicht gehörte. Das verfluchte Dokument war an allem Schuld. Er wünschte sich so manches Mal, Abraham Siebenthal hätte ihm niemals davon erzählt. Denn dann wäre sein Vater auch niemals zu Abraham gegangen, hätte mit ihm diese unselige Übereinkunft getroffen. Er wäre deshalb nie entführt worden. Und wer wusste schon, ob Gott ihnen – in seiner unbegreiflichen Gnade und Allmacht – nicht doch noch, kurz vor dem Ablauf von Stoltzers Zahlungsfrist, ein gewinnbringendes Geschäft zukommen lassen hätte? Vielleicht war das alles auch eine Strafe für die Gier seines Vaters. Greger schreckte aus seinen Gedanken auf. Sie mussten zur Seite reiten, um einen Zug von vier Karren vorbeizulassen, der wahrscheinlich aus Nürnberg kam. Er transportierte die geladenen Waren auf dem Handelsweg in den Norden, um sie dort mit Gewinn wieder zu verkaufen. Das Wetter war kühl und feucht. Trotzdem rentierte es sich oftmals, die Waren nicht über die Flüsse zu befördern. Die Städte machten allzu gerne von ihrem Stapelrecht Gebrauch oder erhoben willkürliche Zölle, die den Gewinn zu einem großen Teil wieder auffraßen. Den beschwerlichen und nicht ungefährlichen Landweg wählten allerdings nur die, deren Waren auch auf einem Karren Platz fanden oder diejenigen, die keine Mühen scheuten, um etwas mehr Profit zu machen. Dem Zug folgten zwei Bewaffnete zu Pferd, so wie ihm auch zwei vorangeritten waren, denn es war sinnvoll in diesen Tagen, sich seiner Haut durch Söldner zu erwehren. Zu viele Vaganten und anderes räuberisches Gesindel trieben sich in den Wäldern längs des Handelsweges umher. Sie warteten bloß darauf, Reisende – am liebsten reiche Händler mit vollen Taschen oder Ladeflächen – auszurauben. Viele der Opfer verloren dabei nicht nur Hab und Gut, sondern auch ihr Leben.

Als der Zug vorüber war und das Knarzen der Achsen und Räder hinter ihnen verebbte, ritten die Drei auf den Weg zurück und setzten ihre Reise fort. Giacomo di Vernaccias Pferd schritt noch immer neben dem von Wolf Besigheim her. „Sagt mir, Wolf, schlaft Ihr immer so unruhig und faselt eigentümliches Zeug dabei?"

Wolf sah kurz auf. „Was meint Ihr?"

„Na, Ihr wälzt Euch herum, stöhnt, erzählt etwas von Tod und Teufel und vor allem von einem roten Ziegenbock, was auch immer dabei in Eurem Kopf herumspukt."

„Euer Schlaf scheint auch nicht der beste zu sein, wenn Ihr des Nachts noch Zeit findet, andere Leute beim Träumen zu belauschen", antwortete Wolf gereizt.

Di Vernaccia lachte beschwichtigend. „Nein, ich kann eigentlich ganz gut schlafen. In meinem Alter muss man jedoch nachts zuweilen austreten. Ich bin froh darüber, dass mich dieser Drang noch aufwachen lässt, statt dass ich unter mich mache wie ein Greis. Es ließ sich also nicht vermeiden, Euch zuzuhören, denn Ihr wart zudem nicht eben leise."

Wolf schwieg und sah starr nach vorne. Dann sagte er: „Fragt mich nicht nach meinen Träumen. Sie sind fast so alt wie ich und werden vielleicht nie wieder vergehen. Abgesehen davon gehen sie Euch nichts an."

Giacomo di Vernaccias Lächeln erstarb. „Nein, das tun sie nicht. Aber wir reiten immerhin zusammen und so lässt es sich wohl kaum vermeiden, dass ich etwas davon mitbekomme. Doch wenn Ihr nicht wollt, dass Euch Eure Begleiter danach fragen, dann behaltet Eure Träume auch nachts gefälligst für Euch."

Wolf hielt an, woraufhin auch Giacomo di Vernaccia sein Pferd zügelte. „Ich würde viel darum geben, wenn ich sie los wäre, di Vernaccia, aber es liegt nicht in meiner Macht, sonst hätte ich es schon längst getan. Und dass wir zusammen reiten, bedeutet nichts. Wir haben einen Waffenstillstand geschlossen, keinen Frieden. Vergesst das nicht und lasst mir meine Ruhe."

Mit diesen Worten stieß Wolf Besigheim seinem Hengst die Fersen in die Seite und trabte schnellen Schrittes Greger hinterher. Der hatte von diesem Gespräch nichts mitbekommen und war weiter unbeirrt einen sanften Anstieg auf dem Weg nach Nürnberg hinaufgeritten. Die Mauern und Türme der bedeutenden Handelsstadt zeichneten sich bereits am Ende des lang gezogenen Tals ab, das am Fuße des Hügels auf sie wartete.

34

Nürnberg
die Tage um Lukas
17. bis 19. Oktober Anno Domini 1509

Das Haus von Benedikt Tössler in der Tuchergasse war leicht zu finden. Jeder schien ihn zu kennen. Zuerst hatte ein Schuster bereitwillig Auskunft gegeben. Dann, als Wolf sich durch das Gewirr von Gässchen, Stadthöfen, Handwerksbetrieben, Plätzen und kleinen Gärten bis zum Obstmarkt durchgekämpft hatte, auch eine Magd. Sie kam ihnen mit einem Korb Nüsse unter dem Arm entgegen und wies mit der Hand die Tuchergasse hinunter. Diese führte vom Marktplatz zur Pegnitz. „Reitet bis ans Ende der Gasse, ganz in der Nähe des Flusses. Dort hat Herr Tössler sein Haus und sein Lager. Es ist das letzte auf der rechten Seite. Ihr könnt es nicht verfehlen."

Wolf bedankte sich mit einem Lächeln und gab dem Mädchen eine Münze. Greger und Giacomo folgten ihm auf ihren Pferden im Schritt durch die Gasse der Tuchmacher und -händler, der Pegnitz entgegen. Es war früher Nachmittag geworden, bevor sie die mächtigen Mauern Nürnbergs erreicht hatten und durch das Stadttor geritten waren. Die Stadt stand, wenngleich sie auch etwa um die Hälfte kleiner war, Frankfurt in Reichtum und Glanz in nichts nach. Unablässig durchströmten Menschen die Plätze und Gassen. Bauern aus der Umgegend priesen ihre regionalen Waren hinter den Verkaufsständen genau so lautstark an wie die ausländischen Händler ihre Tuche, Stoffe und Pelze. Untermalt wurde das geschäftige Treiben von der Musik fahrender Spielleute. Gaukler hatten sich am Rande der Plätze an strategisch günstigen Stellen positioniert. Sie erhielten zum Lohn für ihre Darbietungen Gejohle und Applaus des begeisterten Publikums, das deren Kunststücke bestaunte. Junge Burschen pfiffen Weibern hinterher. Kurzum: Trotz des vorgerückten Herbstes pulsierte das Leben in den dicken Mauern der Reichsstadt und bot mehr Eindrücke feil, als das Auge erfassen konnte.

Wolf stieg von seinem Pferd. Sie hatten das Haus des Benedikt Tössler erreicht. „Wartet hier. Ich werde sehen, ob Herr Tössler anzutreffen ist“, sagte er zu Greger und Giacomo und hielt Greger die Zügel hin. Dann klopfte Wolf an die Tür zum Wohnhaus des Händlers. Kurz darauf öffnete ein kleiner, ziemlich dicker Mann die Tür. Ein paar lebendige Augen stachen aus einem fleischigen Gesicht hervor, das von einem feinen Netz roter Äderchen durchzogen war. Wolf betrachtete den dünnen Kranz aus grauen Haaren, die sich spärlich und in einer natürlichen Tonsur bis in den wulstigen Nacken legten. Tössler hatte eine auffällig große Nase, die sich schief und frech wie ein spitzer Knochenberg aus den Fleischhügeln erhob. Der Mann war schon recht alt, wenigstens sechzig Jahre, schätzte Wolf. Ihm waren auch nicht die Hände des Kaufmannes entgangen, deren faltige, fast knabenhafte Glieder in einem zu groß geratenen Handschuh aus Fett und Haut zu stecken schienen. Sie lugten aus einem prall gefüllten Wams aus teurem Samt hervor und ein Finger der rechten Hand war mit einem goldenen Siegelring geschmückt. Das konnte nur Benedikt Tössler persönlich sein.

„Herr Benedikt Tössler?“

„Der bin ich wohl. Was wünscht Ihr?“

„Mein Name ist Wolf Besigheim und diese beiden dort sind meine Begleiter Greger Cramer und Giacomo di Vernaccia. Wir kommen aus Frankfurt und Herr Jakob Heller bat mich, Euch das zu geben und Euch zu fragen, ob Ihr uns vorübergehend beherbergen könntet.“ Mit diesen Worten zog Wolf das Schreiben von Jakob Heller aus dem Hemd und hielt es Benedikt Tössler hin.

Das Gesicht des Mannes hellte sich schlagartig auf. „Ah, von Jakob. Wie schön. Ich hoffe, es geht ihm gut und die Geschäfte laufen ordentlich." Tössler nahm den Brief, brach das Siegel und las angestrengt. Schließlich faltete er das Papier zusammen und sah Wolf an.

„Wolf Besigheim. So, so. Seid mir willkommen und auch Eure beiden Begleiter. Jakob schreibt zwar nur von einem, der mit Euch käme, aber einer mehr oder weniger, darauf kommt es mir nicht an. Ich kann Euch für eine Woche Unterkunft geben, dann aber muss ich selbst nach Augsburg verreisen. Es gibt wieder Probleme mit den willkürlichen Kupferpreisen und Zöllen des Herrn Jakob Fugger. Und da ich Mitglied im Rat und in der Nürnberger Kaufmannsgilde bin, ist es an mir, dort Verhandlungen zu führen. Und das bei dieser Kälte, meinen Gichtknochen und zudem noch mit aufgebrachten Parteien auf beiden Seiten. Aber das soll Eure Sorge nicht sein", fügte Benedikt Tössler lächelnd hinzu. „Führt Eure Tiere nur hier ums Eck zum Hoftor hinein. Ich schicke meinen Knecht, der sie Euch abnehmen und versorgen wird. Dann kommt herein. Ihr werdet Durst und Hunger haben und es soll nicht heißen, dass im Hause Tössler Freunde von Jakob Heller umgekommen seien, weil nichts auf dem Tisch stand." Wolf bedankte sich und der Nürnberger Tuchhändler wies nochmals auffordernd mit der Hand in Richtung der Hausecke, bevor er die Tür hinter sich zuzog und im Haus verschwand.

***

Das Essen erwies sich in der Tat als Segen. Alle drei waren hungrig von der langen Reise und, was sie unterwegs aufgetischt bekommen hatten, konnte sich nicht einmal annähernd mit dem messen, was Benedikt Tössler ihnen von seiner Köchin hatte zaubern lassen. Weder mit dem teuren Wein, den er ihnen unablässig in die Zinnbecher nachschenkte, noch mit dem Mahl selbst. Wolf konnte sich nicht erinnern, wann er das letzte Mal derart gut gespeist hatte und Greger hatte derlei Dinge noch nie gesehen, geschweige denn vor sich auf dem Teller gehabt. Er dachte an die Vielzahl ärmlicher Grützvarianten, die ihm seine Mutter in den vergangenen Monaten, in Ermangelung finanzieller Mittel, hatte zubereiten müssen. Greger kam zu dem Schluss, dass er sich körperlich im Moment sehr gut fühlte. Sein Hintern hatte das Schmerzen verlernt und nun noch ein fetter Aal in Safran-Weinsoße, dem sich eine mit Eiern, Rosinen, Möhren und Innereien gefüllte Poularde anschloss. Und ganz am Ende die Krönung des Mahls durch einen Mandelmilchpudding mit in Honig karamelisierten Äpfeln. Herr Tössler wusste zu leben. So viel stand fest. War auch die Einrichtung seines Hauses eher schlicht gehalten, so schien er doch über ein beträchtliches Vermögen zu verfügen. Wer konnte sich schon Mandeln oder gar Safran leisten und tischte diese edlen Zutaten dann auch noch in verschwenderischer Menge wildfremden Gästen auf? Das war nur reichen Leuten möglich. Für Giacomo war diese Art von Zutaten zwar nichts Besonderes, gediehen sie doch in den südlichen Gefilden seiner Heimat beinahe an jeder Ecke und hinter jedem Haus. Doch auch ihm war bewusst, dass sie sich in Nürnberg aufhielten und nicht im Süden, was den Preis für Mandeln enorm in die Höhe trieb. Ganz zu schweigen vom Safran, der fast in Gold aufgewogen wurde. Darüber hinaus musste Giacomo zufrieden feststellen, dass er zum ersten Mal einen Wein diesseits der Alpen trinken durfte, der diesen Namen auch verdiente. Von daher schien in der prallen, fast bäuerlich wirkenden Hülle des alten Tuchhändlers ein sehr wohlhabender Mann zu stecken. Dieses Mahl, das Tössler schlicht als Abendessen bezeichnete, hätte jeden noch so verwöhnten Gaumen eines Adligen zufrieden gestellt. Der Abend brachte zum ersten Mal eine etwas entspanntere Atmosphäre mit sich. Sie bekamen in dessen Verlauf auch eine Ahnung davon, warum Benedikt Tössler so lebte, wie er es tat. Er war reich und einsam. Er hatte ansonsten keine Sinnesfreuden. Seine Frau war schon vor über zehn Jahren gestorben und seine Ehe war kinderlos geblieben. Für einen Besuch bei den Hübschlerinnen fühlte er sich mittlerweile wohl bereits zu alt. Er hatte niemanden, nicht einmal einen entfernten Verwandten, dem er seine Besitztümer hätte vererben können. Anders als Jakob Heller, der seine Gewinne mit der Kirche teilte, unterstützte Tössler ein Siechenhaus vor den Toren Nürnbergs namens Sankt Jobst. Auch mit sonstigen Hilfen für Bedürftige geizte er nicht.

„Geld kann ich weder fressen noch mitnehmen, wenn der Herr mich zu sich ruft", hatte er im Laufe des Essens und mit vollen Backen erklärt. Er knabberte dabei genüsslich Knorpel von einem Poulardenschenkel. „Und bevor ich mir noch eine dicke Goldkette überwerfe, hole ich mir lieber hundert Pfund geschälte Mandeln, ein Säckchen Safran und ein Jahr lang jeden Tag Fleisch und guten Frankenwein auf den Tisch." Benedikt Tössler glich seine geringe Kirchenverbundenheit mit tatkräftiger Hilfe für diejenigen aus, die es schlechter getroffen hatten als er. Und die Welt war voll von ihnen. Wolf gefiel der alte Mann, dessen feuchte Augen und gerötetes Gesicht zeigten, dass ihm der unerwartete Besuch wirklich Freude bereitete. Wolf konnte die Einsamkeit Tösslers gut nachvollziehen. Vielleicht empfand er deshalb so. Doch sie erfuhren noch mehr. Benedikt Tössler kannte so ziemlich jeden in Nürnberg. Als Wolf beiläufig die Frage nach einem Gelehrten für das Übersetzen griechischer Schriften stellte, fiel dem Händler sofort ein Name ein. Er wunderte sich anfangs ein wenig darüber, dass Wolf sich danach erkundigte. Einem solchen Mann traute Tössler eher einen Schwertkampf auf Leben und Tod zu, als den Aufenthalt in einer Schreibstube. Doch er gab bereitwillig Auskunft. Wer mit einer Empfehlung von Jakob Heller in der Tasche anreiste, der mochte eigen und wunderlich sein. Aber diesen Leumund anzuzweifeln, daran verschwendete Benedikt Tössler nicht einmal einen einzigen Gedanken.

„Bruder Anselm von den Dominikanern", sagte er und fuhr schmatzend fort. „Vielleicht gibt es auch noch andere in der Stadt, aber dieser ist für seine Gelehrtheit bekannt und – meines Wissens nach – auch der Kundigste, was die alten Sprachen, die

Sternenkunde und auch die Mathematik anbelangt. Geht zu ihm. Wenn er nicht wieder auf einer seiner unzähligen Reisen ist, dann findet ihr ihn im Dominikanerkloster an der Ecke, wo Burggasse und Dielinggasse aufeinandertreffen. Dort hockt er tagein, tagaus über seinen Schriften, wenn er nicht betet", erzählte Benedikt Tössler mit einem Unterton, in dem Bedauern mitschwang. Dann rülpste er herzhaft und wischte sich gleich darauf die fettigen Finger am Tischtuch ab. Wolf war zufrieden und nickte Greger und Giacomo zu. Der angebliche Mönch, von dem Jokoff Cramer erzählt hatte, könnte diesen Bruder Anselm gemeint haben. Vielleicht stimmte die Vermutung des verstorbenen Kaufmanns tatsächlich, denn nun wies ihnen Benedikt Tössler den Weg zu einem Dominikanerkloster. Das fügte sich in die wenigen Hinweise ein, die Wolf hatte.

„Ihr Herren", sagte der Gastgeber plötzlich gähnend in die Runde und streckte ungeniert die kurzen Arme nach hinten, so weit es sein straffes Wams zuließ. „Ich muss gestehen, dass mir Eure Gesellschaft ganz außerordentlich gefällt und ich hoffe, wir werden ein solches Mahl bald gemeinsam wiederholen, doch nehmt es mir nicht krumm. Ich fühle mich ermattet. Morgen früh, wenn es selbst noch für die Sonne zu zeitig ist, wird mich ein wichtiger Kunde aufsuchen und sich mit mir über meine Preise streiten wollen. Er handelt schlimmer als jeder Geldverleiher und da muss ich besonders wach sein. Dann will ich morgen auch gleich noch einen Brief an meinen alten Freund Jakob Heller nach Frankfurt senden und ihm mitteilen, dass ihr wohlbehalten in Nürnberg angekommen seid. Doch nun, mit Verlaub, ruft mich mein Bett." Benedikt Tössler erhob sich und läutete mit einem kleinen Messingglöckchen nach der Magd, die kurz darauf aus der Küche in das Esszimmer trat und einen Knicks vollführte. „Zeige den Herren ihre Kammer und schicke Albrecht jetzt gleich mit drei Kohlepfannen nach oben. Meine Gäste sollen es warm haben. Eine geruhsame Nacht gehört zu einem guten Essen wie erlesener Wein", zwinkerte er in die Runde und verließ unter einem Gutenachtgruß den Raum.

Auch Wolf, Greger und Giacomo di Vernaccia erhoben sich kurz darauf von ihren Stühlen, nachdem sie ihre Weingläser ein letztes Mal geleert hatten. Sie folgten der Magd, die geduldig an der Küchentür auf sie gewartet hatte, über den Hof und nach oben in die Gästekammern. Wolf musste zwar nicht über Preise verhandeln am nächsten Morgen, doch es galt, mit nicht minder klarem Kopf dem Hinweis des Benedikt Tössler nachzugehen. Daher kam auch ihm das Ende dieser Tafel nicht ungelegen.

***

Ein Novize riss mit dem Übermut der Jugend die dicke Holztür fast aus den Angeln, nachdem Wolf mit der Faust mehrmals an die Pforte zum Dominikanerkloster gehämmert hatte. Er mochte noch zwei Jahre jünger als Greger sein, denn seine Oberlippe krönte nur ein erster zarter Flaum. Die von Osten durch die Gassen fließenden Sonnenstrahlen ließen die Haut seines makellosen Gesichtes noch blasser erscheinen, als es ohnehin schon war. Es war unerwartet kalt geworden über Nacht. Zum ersten Mal in diesem Jahr hatte sich eine zarte Schicht aus Eiskristallen über die Häuser, Mauern und Bäume gelegt wie ein fadenscheiniges Tuch. Wolf hatte absichtlich bis nach der Prim damit gewartet, zum Kloster zu gehen. Er wollte Informationen von den Mönchen und die bekam man leichter, wenn man sie nicht mitten aus ihren Morgengebeten riss. Er hatte Greger und Giacomo gebeten, im Haus des Benedikt Tössler auf seine Rückkehr zu warten. Drei Männer würden auch nicht mehr erfahren als einer, hatte er ihnen erklärt. Sie sollten sich lieber ein warmes Würzbier gönnen und von der Köchin ein ordentliches Frühstück zubereiten lassen. Beide waren darüber eher erfreut gewesen. Denn wenn man schon vor die Wahl zwischen einem guten Essen und einem frühmorgendlichen Spaziergang durch den Oktoberfrost gestellt wurde, fiel die Entscheidung nicht sonderlich schwer. Aber das war nur die halbe Wahrheit. Wolf wollte kein Aufsehen erregen. Ein Mann, der bei den Mönchen klopft, war nichts Außergewöhnliches, aber derer drei und dann auch noch solche, wie sie unterschiedlicher nicht sein konnten, das war unnützes Risiko. Man würde sich an sie erinnern, wenn es darauf ankam. Besser, wenn die anderen beiden erst gar nicht in Erscheinung traten. Schließlich war einer von ihnen auch noch Giacomo di Vernaccia. Es war Wolf schon unwohl gewesen, mit ihm durch Nürnberg zu reiten. Giacomo hatte hier in dieser Stadt einen Mann ermordet, ob es nun Notwehr, ein Unfall oder hinterhältige Absicht war, spielte dabei keine Rolle. Kein Handelsplatz konnte es sich erlauben, dass ausländische Kaufleute, die immerhin eine Menge Geld in der Stadt ließen, von irgendwelchen Halunken in dunklen Gassen erstochen wurden. Man würde den Mörder suchen. Es brauchte nur einen Zeugen oder jemanden, der sich dafür hielt, und einen dummen Zufall und Giacomo könnte ergriffen werden. Wären Greger und er dann mit ihm zusammen, würde man sie auch festsetzen. Zwar hatten sie mit dem Mord nichts zu schaffen und würden das auch schnell belegen können, aber ein solcher Vorfall würde Zeit kosten und vielleicht den falschen Leuten zu Ohren kommen.

„Geheiligt sei Jesus Christus", fistelte der Jüngling.

„In Ewigkeit Amen", grüßte Wolf fromm zurück. „Sag, mein Junge, kann ich einen deiner Mitbrüder sprechen? Ich suche einen, der Bruder Anselm heißt und des Griechischen mächtig sein soll. Seine Kunst ist weit über die Grenzen Nürnbergs berühmt."

Der junge Mönch sah Wolf freundlich an. „Oh, Bruder Anselm ist nicht in Nürnberg, mein Herr. Er ist zu wichtigen Übersetzungen eigens zum Speyrer Erzbischof bestellt worden. Es ist ungewiss, wann er wieder zurückkommen wird, aber da er nun bereits vier Wochen fort ist, dürfte es nicht mehr allzu lange dauern. Vielleicht höchstens noch einen weiteren Monat."

„Einen Monat nennst du *nicht mehr allzu lang*?", wunderte sich Wolf und musste über das Zeitgefühl des Novizen schmunzeln. Gemessen an der Ewigkeit hatte er gewiss recht, aber gemessen an der Zeit, die Wolf sich vorstellte, *war* das eine Ewigkeit. Und dennoch war Wolf in diesem Augenblick eines klar geworden: Sollte dieser Bruder Anselm tatsächlich der Mann sein, den der mysteriöse Mönch in Jokoff Cramers Kellerverlies in Frankfurt gemeint hatte, dann konnte Schmied ihn ebenfalls noch nicht gesprochen haben. Die Entführung Jokoffs lag erst zwei Wochen zurück und Schmied würde Bruder Anselm wohl kaum nach Speyer nachreisen. Wie sollte er denn dort am Hof des Erzbischofs, umgeben von Wachen, an ihn herankommen? Nein, wenn diese Fährte stimmte, dann war Schmied auch nicht weiter als Wolf.

„Wenn Gott will, wird er ihn früher zurückführen", entgegnete der junge Mönch scheinbar ungerührt von Wolfs Verwunderung und riss ihn aus seinen Gedanken. „Aber es ist seltsam ..."

„Was ist seltsam?", wollte Wolf wissen.

„Nun, es scheint, als seien Bruder Anselms Kunstfertigkeit und Wissen selten so gefragt gewesen wie in den letzten Tagen. Vor nicht einmal einer Woche hat sich bereits ein Mitbruder aus Köln nach ihm erkundigt."

Wolf tat desinteressiert, wurde aber schlagartig aufmerksam. „Ach, das ist ja in der Tat bemerkenswert. Bruder Anselm scheint seinen Ruf wahrlich zu verdienen. Aus Köln sagst du?"

„Ja, aus Köln."

„Weißt du denn auch, wie er hieß? Vielleicht besuche ich auch diesen Frater einmal, wenn mich meine Reisen wieder nach Köln führen, denn er scheint mir ebenfalls ein gelehrter Mann zu sein."

Doch der junge Dominikaner winkte ab. „Sein Name war Bruder Thomas und ich will Euch wirklich nicht von Eurer Reise abhalten, die im gottgefälligen Zeichen der Suche nach Wissen und Erkenntnis zu stehen scheint. Dieser Bruder aber schien mir nicht sonderlich gelehrt zu sein. Ich glaube, für Bücher hat er nie viel Zeit gehabt, denn in seinem Herzen schien nur die reine Lehre Gottes Platz gefunden zu haben." Der

Mönch beugte sich zu Wolf vor und fuhr mit gesenkter Stimme fort. „Außerdem soll man zwar nicht über die Hülle richten, denn nur im Innern strahlt das Licht, so sagt der Herr, aber dennoch muss ich sagen, dass dieser Bruder einen Mann bei sich hatte, der gewiss schon lange Zeit kein Gotteshaus mehr betreten haben dürfte. Ein großer Mann, der aussah wie ein, wie ein …"

„Wie ein Henker?", führte Wolf den Satz zu Ende.

Der Novize wich erschrocken zurück und bekreuzigte sich hastig. „Ja, woher wisst Ihr das?"

„Nur eine Vermutung", sagte Wolf. „Weißt du, wo sich dieser Bruder Thomas und der Mann, der ihn begleitete, jetzt aufhalten?"

Der Novize schüttelte den Kopf. „Nein, das hat er nicht erwähnt. Allerdings hat er mir auf die Frage, ob ich ihm denn bei Eintreffen unseres Bruders Anselm Bescheid geben solle, geantwortet, dass das nicht möglich sei. Er halte sich nicht in Nürnberg auf. Er würde wiederkommen."

Wolf nickte. „Gut, ich danke dir jedenfalls, du hast mir sehr geholfen."

„Soll ich Euch denn wenigstens Bescheid geben, wenn Bruder Anselm eintrifft?"

„Nein, das ist nicht nötig. Auch ich werde wiederkommen. Leb' wohl und der Herr sei mit dir."

Wolf ließ den verdutzten Novizen einfach in der halb geöffneten Tür des Klosters stehen. Er hob die Hand zum Abschied und begab sich sofort auf den Rückweg zum Haus von Benedikt Tössler. Ein sterbender Kaufmann, ein Florentiner Mörder, ein dicker Nürnberger Händler, der die beste Köchin der Welt hatte und nun noch ein geschwätziger Dominikanernovize. Alle hatten ihm ein kleines Stück des Weges gewiesen. Wolf wusste nicht, was ihn am Ende seiner Suche erwarten würde. Trotzdem war er äußerst gespannt darauf, welchen eigensinnigen Hinweis ihm das Schicksal als nächstes vor die Füße zu schleudern gedachte. Als er bereits wieder auf dem Marktplatz angelangt war, von dem aus die Tuchergasse zur Pegnitz hinunterführte, hielt er mit einem Mal inne und dachte nach. Die Informationen, die er von dem Novizen an der Pforte des Dominikanerklosters erhalten hatte, kreisten in seinem Kopf und ließen ihm keine Ruhe. Gut, dieser Mönch, der sich Frater Thomas nannte, war mit ziemlicher Sicherheit in Begleitung von Jeckel Schmied beim Kloster gewesen und hatte sich dort nach dem gelehrten Bruder Anselm erkundigt. Wolfs erste Freude über diese Spur wich einem unbehaglichen Gefühl von Ratlosigkeit, denn auch wenn dies ein wichtiger Hinweis war, so fehlten doch die nächsten Schritte. Wie sollte er erfahren, wohin die beiden Männer verschwunden waren? Wen sollte er fragen? Er konnte ja schlecht von Gasthaus zu Gasthaus eilen und sich nach einem Mönch in Begleitung eines Henkersgesichtes erkundigen, die dort eventuell genächtigt hätten. Ganz abgesehen davon, dass dies, in Anbetracht der unzähligen Schänken, Braustuben und Spelunken in Nürnberg, ein schier aussichtsloses Unterfangen gewesen wäre, so wäre diese Suche auch nicht unbemerkt geblieben. Denn noch auffälliger als das ungleiche Gespann würde den Leuten jemand vorkommen, der sich nach ihnen erkundigte. Kein guter Gedanke also. In Nürnbergs Gassen umher zu irren, wäre ebenfalls wenig erfolgreich. Dass ihm dabei zufällig jemand in die Arme lief, der wusste, wohin Schmied und dieser Mönch gegangen sein konnten, war nahezu ausgeschlossen. Wolf beschlich das ungute Gefühl, dass das Maß an glücklichen Umständen, das ihm bisher so treu geholfen hatte, bald voll sein würde. Es war nun an ihm selbst, eine Spur zu finden. Doch dann kam ihm ein Gedanke. Was, wenn Schmied und der Mönch gar nicht in Nürnberg waren? Was, wenn es stimmte, was der Mönch dem Novizen erzählt hatte? Dann mussten sie folglich die Stadt kurz nach ihrem Besuch des Klosters wieder verlassen haben. Denn seit diesem Tag wussten sie, genau wie Wolf jetzt, dass Frater Anselm nicht hier war und wahrscheinlich erst in einigen Wochen zurückkommen würde. Dies würde auch ihre Entscheidung rechtfertigen, denn für eine unbestimmte Zeit in Nürnberg zu bleiben, war zum einen auffällig und zum anderen kostspielig. Für einen erheblich geringeren Preis konnte man etwas außerhalb der Nürnberger Mauern unterkommen. In den kleinen Weilern und Höfen draußen vor der Stadt war man auch lange nicht so neugierig wie in Nürnberg selbst. Dort verbreiteten sich Gerüchte und Getratsche schnell in den engen Gassen. Greger und Giacomo mussten sich noch etwas gedulden, denn Wolf beschloss, die einzigen Männer zu befragen, die seinen Verdacht bestätigen konnten. Wenn überhaupt jemand wusste, ob Schmied und der Mönch wieder abgereist waren, dann die Wachen an den Stadttoren. Vielleicht hatte er Glück und einer dieser Männer würde sich an das markante und gegensätzliche Paar erinnern? Wolf schob sein Schwert am Gürtel etwas nach hinten und schritt zielstrebig los.

Nürnberg hatte fünf Stadttore, zwei schmale Tore für Fußgänger sowie das Vestnertor, welches zur Burg führte. Letzteres hatten Schmied und der Mönch gewiss gemieden, aber dennoch würde es einiges an Laufarbeit mit sich bringen, denn Wolf musste die gesamte Stadt umrunden, um alle Tore zu erreichen. Das bedeutete mehr als eine halbe Meile Fußmarsch. Doch der Aufwand war es wert und wenn sich am Ende nur herausstellen sollte, dass keine der Torwachen sich erinnern konnte. Es war immer noch besser, als tatenlos bei Benedikt Tössler herumzuhocken und zur frühen Stunden Wein oder Bier aus Untätigkeit in sich hineinzugießen. Von Wolfs jetziger Position lag das Laufertor am nächsten und er beschloss dort zu beginnen. Die Sonne hatte mittlerweile ein Viertel ihrer flachen Himmelsbahn erklommen, wärmte die Erde jedoch nur halbherzig. Immerhin stark genug, dass der Raureif, dort, wo ihre Strahlen seit Sonnenaufgang hingefallen waren, zu verschwinden begann. Er löste sich in hauchzartem Frühdunst auf. Immer mehr Leben kam langsam in die Gassen Nürnbergs zurück, doch Wolf hatte kaum einen Blick für das erwachende Treiben übrig. Zielstrebig wanderte er von Stadttor zu Stadttor, immer der Innenseite der mächtigen Stadtmauer folgend. Doch es schien, als hätte ihn das Glück verlassen, das ihm der Beginn dieses Tages durch das unverhofft aufschlussreiche Gespräch mit dem Dominikanernovizen noch versprochen hatte. Mittlerweile, nach gut einer Stunde, war er bereits beim Spittlertor angekommen. Es war das fünfte der Stadttore auf seinem Weg. Doch wie schon bei allen anderen zuvor, konnte sich auch dort keine der Wachen daran erinnern, einen Dominikanermönch in Begleitung eines auffällig henkersgesichtigen Kerls gesehen zu haben. Natürlich wusste Wolf auch um die mögliche Sinnlosigkeit seines Unterfangens. Jedes Stadttor hatte – je nach seiner Größe – eine Besatzung von vier bis sechs Mann, die zusammen Dienst taten. Darüber hinaus gab es noch einmal die doppelte Anzahl Männer, die die Wachablösung bildeten, die Reservisten nicht mitgerechnet, die in Kriegs- oder Krankheitsfällen einsprangen oder zusätzlich hinzugezogen wurden. So verfügte jedes Tor damit über eine Mannschaft von bis zu zwei Dutzend Mann. Bei acht Stadttoren waren das fast zweihundert Mann allein für die Tore. Wenn man dann noch bedachte, dass diese auch mit den regulären Stadttruppen wechseln konnten, manche starben, neue hinzu kamen ... Wolf hatte keine Lust mehr, sich seine geringen Möglichkeiten auszurechnen. Sie waren klein, aber dennoch gab es sie. Wenn nötig, musste er eben am Nachmittag noch einmal diese halbe Meile laufen und vielleicht sogar auch noch einmal des Nachts, wenn die letzte Wachablösung nach dem Torschluss geschehen war.

Als Wolf am Frauentor ankam, flankierten zwei Wachen das dicke, eisenbeschlagene Holzportal und musterten die Ankömmlinge, die Einlass in die Mauern Nürnbergs begehrten. Es waren Händler, Spielleute, Bauern und Landadlige, aber auch zwielichtiges, fahrendes Volk. Wer den Wachen verdächtig vorkam, wurde ausgefragt und musste Herkunft und Grund der Reise in die Stadt glaubhaft belegen. Man wollte nicht noch mehr Gesindel hereinlassen, als sich ohnehin schon in der Stadt herumtrieb. Die anderen beiden Soldaten lehnten am Gemäuer des Wachturmes. Sie unterhielten sich miteinander und einer der beiden biss herzhaft in einen Apfel, den ihm wohl ein Bauer mehr oder weniger freiwillig zum Verzehr überlassen hatte. Ihre Spieße hatten sie neben sich an die Wand gelehnt. Als Wolf zu ihnen trat, blickten beide auf und unterbrachen ihr Gespräch. Der mit dem Apfel ließ den Arm, der die Frucht hielt, sinken und löste sich von der Mauer des Turms. Der andere blieb ungerührt an der Wand lehnen und sah Wolf fast schon herablassend an, als er bemerkt hatte, dass niemand von Rang und Namen auf sie zugekommen war. Er schien der Hauptmann dieser Mannschaft zu sein, was Wolf nicht nur an seinem Verhalten, sondern auch an seinem Rock erkannte, der sich durch ein zusätzlich aufgebrachtes rotes Band von denen der anderen Männer abhob.

„Was ist Euer Begehr?“, fragte die Wache kauend und spuckte einen Apfelkern auf den Boden.

Wolf wiederholte freundlich, was er schon zuvor an allen anderen Toren gesagt hatte: „Ich suche einen Mönch, der in Begleitung eines anderen Mannes vor etwa einer Woche vielleicht durch Euer Tor gekommen sein könnte. Könnt Ihr Euch an ihn erinnern?“

Die Wache mit dem Apfel hörte auf zu kauen und wandte sich fragend zu seinem Kameraden um. Der Hauptmann löste sich nun ebenfalls von der Mauer und kam näher.

„Ein Mönch und ein anderer Mann sagt Ihr? Warum sucht Ihr sie? Haben sie etwas ausgefressen?“

Wolf lachte überzeugend. „Ein Mönchlein? Nein, gewiss nicht. Ich komme aus Köln und habe den Auftrag, den Mönch zurückzuholen, denn auch er stammt von dort und ist auf Reisen. Er ist der Beichtvater meines Herrn, eines Kölner Kaufmanns, dessen Name hier nichts zur Sache tut. Nun aber geht es meinem Herrn sehr schlecht und er hat Angst, nicht ins Himmelreich einziehen zu können, weil er keine Beichte mehr ablegen kann. Dieser Mönch mit Namen Thomas ist seit vielen Jahren der Beichtvater meines Herren und nur ihm will er anvertrauen, was nur Gott allein hören soll.“

„So, so“, sagte der Hauptmann, „ein dünner Mönch, etwa in Eurem Alter in Begleitung eines seltsamen Burschen, der ein wenig aussieht, wie ein ...“

„ ...Henker?“, warf Wolf erwartungsvoll ein.

„Ja, wie ein Henker“, bestätigte der Hauptmann. „Nein, genau die habe ich leider nicht gesehen.“

Wolf hatte verstanden. Die meisten Wachen waren doch vom gleichen Schlag. „Wenn ich nun dort um den Mauervorsprung ginge“, sagte Wolf und zeigte auf eine Kopfmauer, die die Flanke des rechteckigen Wachturmes als Windfang um etwa drei Schritte verlängerte, „und dort – wie zufällig – über meine eigenen Füße stolperte, sich dabei meine Geldkatze verschluckte und versehentlich zwei Pfennige ausspie, wie würdet Ihr das nennen?“

Der Hauptmann grinste unverschämt. „Das würde ich zu wenig nennen. Wäre es ein halber Groschen, so könnte man meinen, dass mein schwacher Geist, dem die Erinnerungen von Zeit zu Zeit abhanden kommen, wieder neue Kraft gewinnen könnte.“

„Das würde ich wiederum als ziemlich viel bezeichnen“, sagte Wolf knapp. „Ich denke, bei einem ordentlichen Stolpern könnte ich meiner Geldkatze vier Pfennige abringen, aber nicht mehr. Ihr seid zu zweit, habt je zwei Augen und zwei Ohren und ich suche zwei Mann. Jeder von euch könnte dann zwei Pfennige finden. Das passt.“

„Zähle ich das zusammen, so komme ich auf acht Pfennige.“

Wolf trat einen Schritt auf die Wachen zu. Sein Grinsen war verschwunden. „Werdet nicht unverschämt, Ihr bestechliches Gesindel. Nehmt die vier Pfennige oder lasst es. Wenn Ihr es vorzieht, kann ich auch mit Benedikt Tössler wiederkommen, nachdem ich ihm berichtet habe, wie einige Männer der Stadttruppen ihren Dienst auf Kosten unbescholtener Bürger verrichten. Also?“, fragte Wolf drohend. Er hoffte, den Hauptmann damit genug beeindruckt zu haben. Es war ein Spiel. Denn auch wenn Wolf das Angedrohte tatsächlich so durchführen könnte, würde das wieder nur unnötig Zeit kosten und Aufsehen erregen. Doch die Drohung hatte gesessen. Der Name Tössler hatte Gewicht in Nürnberg und die beiden Männer konnten ihr Gegenüber nicht einschätzen. Sie wussten nicht, in welcher Verbindung dieser Mann mit einem ehemaligen Ratsherren und einem der angesehensten Kaufleute der Stadt stand. Am Ende würde es nur Ärger und gar keine Pfennige geben.

„Vier sind in Ordnung, ich habe nur Spaß gemacht", versuchte der Hauptmann Wolf zu beschwichtigen.

„Ich nicht", zischte Wolf. „Also, ich höre?"

„Es war vor fünf oder sechs Tagen. Da sind die beiden, von denen Ihr spracht, hier durchgekommen. Ich erinnere mich noch gut daran, weil mir der mit dem Henkersgesicht ganz und gar nicht gefiel. Es war etwa zur gleichen Zeit wie jetzt. Ich habe gefragt, wo sie hin wollten, weil mir dieses Gespann verdächtig vorkam, Dominikaner hin oder her. Doch nur der Mönch hat gesprochen. Angeblich wollten sie nach Würzburg, aber das habe ich ihnen nicht abgekauft."

„Warum?", wollte Wolf erstaunt wissen.

„Würzburg liegt in dieser Richtung", antwortete der Hauptmann und zeigte mit dem Daumen über seine Schulter in Richtung Nordosten.

„Warum, so frage ich mich, will einer nach Würzburg und geht dann zu diesem Tor hinaus, das doch eher in die entgegengesetzte Richtung zeigt. Sie sind auch nicht abgebogen, sondern geradewegs auf den Wald und in Richtung Freiried geritten. Die Gegend hier vor der Stadt ist flach und ich konnte sie lange genug beobachten."

Wolf kratzte sich am Kinn und nickte nachdenklich. „Wie weit ist es bis zum Wald?"

Der Hauptmann zuckte mit den Schultern. „Eine Meile, vielleicht anderthalb."

Wolf hatte genug gehört. Er ging hinter die Mauer am Fuß des Turms und warf beiläufig die vier vereinbarten Münzen auf den Boden. Dann beeilte er sich, wieder quer durch die Stadt zum Haus von Benedikt Tössler zu kommen. Es würde nun schneller gehen, denn er konnte den direkten Weg durch die Stadt nehmen und musste nicht den langen Umweg an der Nürnberger Stadtmauer entlang zurücklaufen. Die beiden Wachen sahen ihm etwas ratlos nach. Dann schüttelten sie die Köpfe und der Hauptmann ging hinter die Mauer, um die Pfennige, die Wolf dort fallen gelassen hatte, aufzuheben. Ein sonderbarer Kerl, aber er hatte wenigstens für eine kleine Aufbesserung des kargen Solds gesorgt und schien keinen Ärger mehr machen zu wollen. Alles andere interessierte den Hauptmann ohnehin nicht sonderlich.

35

Im Freirieder Wald vor Nürnberg
Freitag nach Lukas
19. Oktober Anno Domini 1509

Der Fichtenwald war dunkel. Gierig schluckte er das Licht, das die Sonne versuchte, auf seinen feuchten Boden zu werfen. Die schuppigen Stämme standen dicht an dicht und der schmale Weg nach Freiried, der in seiner Breite kaum fünf Ellen maß, schlängelte sich mühsam zwischen den Bäumen hindurch. Mächtige Findlinge, von Moosen und Nadeln bedeckt, an deren Fuß sich bräunliche Farne kringelnd vor dem Winter zurückzogen, säumten seinen Verlauf. Wolf, Giacomo und Greger wären heute Morgen gerne zeitiger aus Nürnberg aufgebrochen. Benedikt Tössler hingegen hatte noch auf einem ausgiebigen Frühstück bestanden und diese Bitte hatte Wolf dem alten Kaufmann aus Höflichkeit und Dankbarkeit nicht abschlagen wollen.

Der Hauptmann am Frauentor hatte recht behalten. Der Wald lag nur wenig mehr als eine Meile von der Stadt entfernt. Dennoch hatten sie beinahe zwei Stunden gebraucht, um den Gürtel aus Korn- und Getreidefeldern rund um Nürnberg zu durchqueren. Es ging daher nun bereits auf die Mittagsstunde zu, als sie den Wald endlich erreicht hatten. Plötzlich wurde es stiller. Nicht nur das Licht schien der Forst in sich aufzunehmen, sondern auch die Geräusche der Wiesen und Felder, die sie bis dahin begleitet hatten. Krähen, Raben und das sanfte Raunen des Windes, wenn er über die Stoppeln der abgeernteten Äcker strich, verschwanden. Der Wald, so schien es, wollte davon nichts wissen. Er sprach eine andere Sprache. Zweige knackten, es raschelte, doch nie konnte man ausmachen, woher dieses oder jenes Geräusch wohl gekommen war. Es war fast ein wenig unheimlich. Und doch hatte Wolf das Gefühl, hier zuhause zu sein. Es kam ihm hier so merkwürdig vertraut vor, dass er sich selbst keinen Reim darauf machen konnte. Doch er behielt seine Gedanken für sich.

Nach etwa dreihundert Schritten erreichten sie eine Lichtung. Dort führte der Hauptweg nach Freiried am rechten Waldrand vorbei, doch Wolf geleitete die beiden anderen zielstrebig geradeaus weiter und tiefer in den Wald hinein. Benedikt Tössler hatte ihm von dieser Abkürzung, dem alten Hohlweg, erzählt und ihm im gleichen Augenblick von seiner Benutzung abgeraten. „Ich bin weitab davon, an düstere Geschichten zu glauben und weder ein Zwerg noch eine Hexe sind mir je selbst begegnet“, hatte der Nürnberger Kaufmann Wolf schmunzelnd erklärt. „Aber man erzählt sich, was man sich immer erzählt, wenn es um undurchdringliche Wälder geht. Es spuke dort und man solle sich hüten, nach Einbruch der Dunkelheit den alten Weg zu beschreiten. Ich glaube hingegen, dass das die Hirngespinste einfältiger Bauern sind. Dort wird man wahrscheinlich auf niemanden treffen, außer auf ein paar Vogelfreie, die ihr Dasein mit Wilderei und Überfällen fristen. Wobei ich eine Begegnung mit diesen Räubern allerdings nicht ungefährlich nennen würde.“

Wolf hatte nur gelächelt. Er würde die Dämonen, die er fürchtete, nicht im Wald treffen. Sie reisten mit ihm, wohin auch immer er ging. Sie hatten Zeit und warteten geduldig, ihn wieder heimzusuchen. Doch ein paar Bäume vermochten sie nicht hervorzulocken, das wusste Wolf. Benedikt Tössler war eine gute Seele, doch er erzählte gerne und vor allem viel.

Kurz bevor sie losgeritten waren, war ihm noch die Geschichte der Freirieder Burg eingefallen. Sie schien spannend zu sein, denn sie handelte von Verrat, Mord und Totschlag. Eine Familientragödie ersten Ranges. Auch ein Zeuge sollte angeblich noch leben, doch der habe den Aussatz und sterbe im Siechkobel von Sankt Jobst vor sich hin. Der Name dieses Mannes wolle ihm aber nicht einfallen. Wolf hatte lachend abgewunken. „Erzählt uns diese Geschichte, beim nächsten Mal, Herr Tössler", hatte er gerufen und war angeritten. Die Zeit drängte.

Der Freirieder Wald, der nicht mehr Teil des Reichsforstes war, erstreckte sich in ihrer Richtung über die wahrhaft gewaltige Fläche von wenigstens einem Hubland mal einem Hubland. Es war eine dünn besiedelte Gegend. Nur wenige Höfe, Köhlerhütten und Weiler waren dort anzutreffen. Und natürlich die Freirieder Burg und der Freirieder See, welcher sich wie eine Zunge in die Wälder schnitt. So hatte Tössler jedenfalls berichtet. Die Freirieder Feste sei ein Ort des Unglücks und des Unrechts und habe eine überaus traurige Geschichte. Sie sollten sich vorsehen, denn mit dem Adligen, der dort herrsche, sei nicht zu spaßen. Das Schicksal anderer Menschen ginge an ihm spurlos vorbei, ganz anders als die Zölle eines kleinen, aber nicht unbedeutenden Handelsweges von Nürnberg nach Augsburg, der sein Territorium durchschnitt und die er gerne in Anspruch nehme. Nicht nur Wolf war wegen dieser Informationen auf der Hut. Auch Giacomo musterte mit wachem Blick die Bäume vor und neben ihnen und wandte sich von Zeit zu Zeit im Sattel um. Sie fuhren jedes Mal hoch, wenn der Wald wieder einmal ein Seufzen oder Knacken von sich gegeben hatte, dessen Herkunft man nicht orten konnte. Würde man hier auf eine Rotte Vaganten treffen, so musste man schnell und entschlossen handeln. Diese Leute hatten nichts zu verlieren, was sie nicht schon verloren hatten. Sie gingen in der Regel entsprechend skrupellos zur Sache, wenn sie ein paar Münzen, Waffen oder anderes, für sie wertvolles Gut erblickten. Normalerweise waren es keine Gegner, die man als erfahrener Kämpfer fürchten musste. Doch sie kannten das Gelände und konnten ihre geringen Fähigkeiten im Kampf und ihre minderwertige Bewaffnung durch Überraschung und zahlenmäßige Überlegenheit wettmachen. Sie waren gefährlich. Auf Hilfe konnte man in dieser gottverlassenen Gegend nicht hoffen, anscheinend auch nicht aus Freiried.

„Wie lange werden wir noch brauchen, bis wir die Burg erreichen", fragte Greger besorgt.

„Du warst doch selbst dabei, als Benedikt Tössler es uns erzählt hat“, entgegnete Wolf. „Ich denke, es wird sicher noch einige Zeit dauern, denn er sprach von fünf Stunden Ritt durch den Wald und ich denke, davon sind wir erst zwei unterwegs.“

Greger stöhnte leise. Ihm jagte dieser Wald Angst ein. Seine Augen huschten unruhig zwischen den Bäumen umher, stets darauf gefasst, einen Gegner zu erblicken oder – was noch furchtbarer gewesen wäre – einen Waldgeist oder eine Hexe. Zwar hatte auch Greger sich amüsiert, als Tössler die Legenden dieses Waldes zum Besten gegeben hatte, aber so recht mit Überzeugung war ihm das Lachen nicht über die Lippen gekommen. Spätestens jedoch, nachdem sie von den Bäumen eingeschlossen worden waren und Greger den kleinen ersterbenden Lichtpunkt, der die Weggrenze zu den Nürnberger Feldern markierte, aus den Augen verloren hatte, war ihm das Lachen gänzlich vergangen. Er redete sich fortwährend ein, dass er doch bereits fast ein Mann sei und darüber hinaus auch von zwei erfahrenen und mutigen Gefährten begleitet wurde. Aber es wollte alles nicht so recht helfen.

„Verdammt!“ Wolf zügelte sein Pferd. Greger erschrak, ritt neben ihn, und auch Giacomo, der sich immer drei Pferdelängen hinter ihnen gehalten hatte, schloss auf. Wolf deutete nach vorne und Greger sah, was er meinte. Vor ihnen gabelte sich der Weg erneut. Davon hatte Benedikt Tössler nichts erwähnt. Vielleicht hatte er es vergessen oder gar nichts davon gewusst. Jedenfalls mussten sie sich nun für einen der beiden Wege entscheiden.

„Das ist in der Tat ungünstig“, murmelte Giacomo di Vernaccia.

„Ja, das ist es“, pflichtete Wolf ihm bei, „Was machen wir? Eine Münze werfen? Mit Nachdenken allein werden wir hier nicht weiterkommen. Die beiden Pfade entfernen sich nur langsam voneinander und sehen gleichermaßen unbenutzt aus.“

Beide Wege machten eine seichte Kurve nach links, der eine etwas mehr, der andere etwas weniger. Sie verloren sich zwischen den Bäumen. Man konnte deutlich sehen, dass der Abstand zwischen ihnen nach fünfzig Schritten immer noch erst fünf oder sechs Ruten betrug. Doch man konnte auch erkennen, dass sie sich stetig voneinander entfernten.

„Vielleicht treffen sie später wieder aufeinander?", merkte Greger an, um sich selbst Mut zu machen. Sich hier zu verirren, darauf hatte er keine Lust. Und zum Umkehren war es bereits zu spät. Sie würden Nürnberg heute nicht mehr vor Torschluss erreichen.

„Mag sein", sagte Wolf trocken, „aber entscheiden müssen wir uns dennoch hier und jetzt. Wir reiten nach rechts weiter. Kommt. Die Wahrscheinlichkeit, dass wir richtig entscheiden, liegt immerhin bei der Hälfte aller Möglichkeiten. Wir werden es nicht herausfinden, wenn wir hier stehen bleiben."

Ohne weitere Worte zu verlieren, gab Wolf seinem Pferd einen leichten Schenkeldruck und folgte dem rechten der beiden Pfade. Giacomos Meinung dazu wollte er nicht hören, denn er hatte hier das Kommando. Aber der Italiener machte auch keine Anstalten, Wolfs Führungsanspruch infrage zu stellen und folgte ihm und Greger wortlos.

„Seid Ihr sicher, dass Schmied und seine Männer hier im Wald sind? Heute Morgen wolltet Ihr mir darauf nicht antworten."

„Sie sind hier im Wald", beantwortete Wolf Gregers Frage. „Ich kann sie riechen. Sie werden sich hier irgendwo versteckt halten. Und wenn wir sie nicht selbst aufspüren können, dann weiß vielleicht jemand auf der Burg etwas über sie. Große Teile dieses Waldes gehören dem Herrn von Freiried. Er sollte wissen, was in seinen Wäldern vor sich geht und wenn nicht, dann werden wir ihm sagen, welches Gesindel sich hier herumtreibt und auf seine Unterstützung hoffen. Auch wenn er laut Benedikt Tössler kein angenehmer Zeitgenosse sein soll, muss das selbst ihn kümmern. Jedenfalls allemal besser als in Nürnberg wochenlang auf einen Dominikaner zu warten, von dem nur Gott und der Erzbischof von Speyer wissen, wann er zurückkommt."

„Und wenn sie uns entdecken und angreifen?"

Nun meldete sich auch Giacomo zu Wort. „Das sollen sie ruhig versuchen. Mit einer Handvoll Kerlen können wir es schon aufnehmen und mehr wird dieser Schmied nicht haben, denn er muss sie schließlich auch bezahlen. Aus Liebe werden sie ihm nicht dienen. Ganz abgesehen davon, glaube ich nicht, dass sie über Waffen verfügen, wie wir es tun", fügte er hinzu und klopfte auf seine Armbrust. Die wertvollen Waffen hatte ihnen Benedikt Tössler als Gastgeschenk überreicht, eine für jeden. Dazu je dreißig Bolzen pro Schütze. Auch durch Wolfs Einwände hatte er sich nicht davon abbringen lassen und darauf bestanden.

„Ich denke auch, dass sie es schwer haben würden mit uns. Die Spuren, die ich in Frankfurt am alten Wehrturm gesehen habe, sprechen für vier bis maximal sechs Mann insgesamt. Sollte es wirklich zu einem Kampf kommen, so haben wir die Hälfte von ihnen bereits mit unseren Schusswaffen niedergemacht, bevor die anderen überhaupt ahnen, wie ihnen geschieht", pflichtete Wolf Giacomo bei. Er wusste aber, dass es hier im Wald schwer werden würde, Schmied und seine Bande zu fassen. Noch hatte er eine Rechnung mit Schmied offen, der die Frau, die er liebte, ins Unglück gestürzt hatte und dazu noch ein elender Dieb und Mörder war. Und dann war da vor allem das geheimnisvolle Dokument, welches Wolf für Agnes um jeden Preis zurückholen wollte.

***

„Wir sollten uns langsam nach einem Unterschlupf für die Nacht umsehen", rief Giacomo aus drei Pferdelängen Entfernung hinter ihnen nach vorne und hatte recht damit. Die Dämmerung war nicht mehr fern. Sie hätten Freiried schon längst erreichen müssen. Wolf musste erkennen, dass er den falschen Weg gewählt hatte, und nickte zustimmend: „Ja, das sollten wir."

„Was? Eine Nacht in diesem Wald verbringen? Wo ist die Burg?“, entfuhr es Greger aufgeregt.

„Irgendwo, aber nicht hier“, sagte Wolf knapp. „Es war eben die falsche der beiden Möglichkeiten. Umkehren hat keinen Sinn mehr. Wir würden auch die Weggabelung heute nicht mehr erreichen. Und wenn wir in stockfinsterer Nacht auch noch vom Weg abkommen, wird es nicht unbedingt leichter, wieder zurückzufinden.“

Greger wollte gerade etwas entgegnen und holte Luft, da hob Wolf die Hand und brachte seinen Hengst abrupt zum Stehen.

„Was ist?“, wollte Giacomo wissen und kam näher.

„Riecht ihr es nicht?“

Giacomo und Greger sogen prüfend die Luft ein. Jetzt bemerkten sie es auch. Brandgeruch lag in der Luft.

„Feuer.“ Giacomo schwang sich vom Pferd, hielt Greger die Zügel hin und zog sich die Armbrust über die Schultern. Am Boden kniend, begann er sie mit der Kurbel zu spannen. Wolf folgte ihm nach und machte Greger ein Zeichen, ebenfalls vom Pferd zu steigen. Dann übergab auch er ihm die Zügel. „Du wartest hier, verstanden?“

Greger nickte. Er hatte ohnehin keine Lust, sich mit Schmieds Männern herumzuschlagen und führte die drei Pferde abseits des Weges ins Dickicht, wo er sie an Bäumen festmachte. Wolf und Giacomo legten Bolzen in ihre Schusswaffen ein.

„Hast Du schon einmal mit einer Armbrust geschossen?“, wollte Wolf von Greger wissen, doch der schüttelte nur den Kopf. „Das hätten wir wohl üben sollen, als wir noch Zeit dazu hatten. Versuch’ sie mit der Kurbel zu spannen. Hier steckst du sie hinein“, sagte Wolf und deutete auf eine mit einer Messinghülse eingefassten Bohrung, rechts oberhalb des Abzugs. „Kurbele links herum, bis die Sehne einrastet, du kannst es nicht überhören. Dann leg einen Bolzen ein und warte. Aber sieh’ dich vor. Das ist kein Spielzeug. Und halte sie nur auf Dinge, die du auch wirklich zu treffen gedenkst, also vor allem nicht auf uns, wenn wir zurückkommen.“

„Ich habe das noch nie gemacht, ich …“, stammelte Greger sichtlich überfordert.

„Versuch es einfach“, sagte Wolf. Dann waren er und Giacomo auch schon zwischen den Bäumen verschwunden und schlichen geduckt dem Brandgeruch entgegen.

Es war schwer, sich durch das dichte Unterholz zu schlagen. Die nadellosen Zweige der Fichten und Tannen, die den unteren Teil der Stämme bewuchsen, stachen den beiden Männern entweder ins Gesicht oder brachen mit einem trockenen Knacken ab. Es war schier unmöglich ohne Schmerzen oder Geräusche durch den Wald zu kommen, so sehr sich Wolf und Giacomo auch mühten. Der Waldboden begann, sanft anzusteigen. Schließlich erreichten sie einen etwa einen Mann hohen, natürlichen Erdwall und erklommen ihn. Plötzlich hielt Giacomo Wolf an der Schulter fest und legte gleichzeitig den Finger auf die Lippen. Wolf spähte angestrengt durch die Bäume. Vor ihnen öffnete sich eine Lichtung. Der Wall führte die Wasser eines kleinen Bachlaufs zu ihren Füßen vorüber. Am Ende der Lichtung, dreißig Ruten entfernt, stand eine baufällige Kate, aus deren Rauchloch weißliche Wolken quollen, die sich über der Lichtung auflösten. Wolf konnte weder Männer noch Pferde erspähen, doch vielleicht hatten Schmied und seine Bande die Tiere hinter der Hütte angebunden und waren selbst im Haus.

„Warte hier und gib mir Deckung“, flüsterte Wolf, „ich werde mich links um die Lichtung schleichen und sehen, wer da auf uns wartet.“

Giacomo nickte und legte die Armbrust mit dem Kolben an die Schulter, bereit zum Schuss in Richtung Kate. Wer auch immer dort ins Freie treten würde, auf diese Entfernung wäre das Opfer bereits tot, bevor es das Schnurren der Sehne wahrnehmen würde. Wolf erhob sich leise und machte sich daran, in geduckter Haltung den kleinen Bach zu übersteigen.

„Na, wen haben wir denn da?“, krächzte es plötzlich lautstark hinter den beiden Männern durch den Wald. Wolf strauchelte und stürzte fast vor Schreck in den Bach, während

Giacomo herumfuhr und anlegte. Dann ließ er die Armbrust wieder sinken und lachte.

„Du hättest tot sein können, Mütterchen. Bist du verrückt, uns so zu erschrecken?"

Wolf richtete sich auf und trat wieder auf den Wall. Ein Fuß war nass. Verwundert sah er die in Lumpen gehüllte Frau an, der die strohigen, grauen Haare wirr vom Kopf sprossen und sich widerspenstig wie ein Heiligenschein um das zerfurchte Gesicht legten. Es war unmöglich, ihr Alter zu schätzen. Sie konnte sechzig oder aber auch hundert Jahre alt sein. Unwillkürlich musste Wolf an Benedikt Tösslers Worte denken: *Ich bin weitab davon, an düstere Geschichten zu glauben und weder ein Zwerg noch eine Hexe sind mir je selbst begegnet.* Vielleicht war Tössler einfach nur noch nie weit genug im Wald gewesen?

„Bist du allein?", wollte Wolf wissen.

„Oh", sagte die alte Frau, „lang ist`s her, dass ich eine andere Stimme als meine eigene und die des Waldes vernommen habe. Aber ich meine mich zu erinnern, dass man grüßt, bevor man fragt, Herr Ritter."

Giacomo musste lachen. „Na, da haben wir ja eine tolle Bekanntschaft gemacht. Sieht aus wie eine Kräuterhexe und spricht wie eine Gräfin. Herrlich!"

Wolf erschrak. Er fühlte sich seltsam zu dieser Frau hingezogen. War sie auch alt und zerschunden, dreckig und bettelarm, so gab es etwas zwischen ihnen, dass er nicht verstand und dass ihn verwirrte. Ein unsichtbares Band, zerrissen und mit einer losen Ahnung verknotet. „Da hast du recht", gestand er ein, „wir grüßen dich, aber ein Ritter bin ich nicht."

„Nein?", fragte die Frau erstaunt und kratzte sich ungeniert am Hintern, „du siehst aber aus wie einer."

„Wie sieht denn ein Ritter aus? Trägt er nicht Schild und Rüstung?", wollte Giacomo spöttelnd wissen.

„Du bist keiner", fuhr die Alte zu ihm herum. „Es braucht weder Schild noch Rüstung, um das zu erkennen. Es sind die Augen, die es verraten."

Giacomo erhob sich und trat vor die Greisin.

„So, die Augen also. Und was verraten dir meine Augen?"

Lange sah sie ihn an, dann sagte sie: „Ein Ritter bist du nie gewesen, sondern vielleicht ein gut bezahlter Laufbursche, ein Halunke, der weiß, wann er zuschlagen kann und wann es etwas zu holen gibt."

Giacomos Gesicht zuckte und er kam drohend noch einen Schritt näher auf die Alte zu. „Sieh dich vor", zischte er, „du hast ein großes Maul auf deine alten Tage und es könnten deine letzten sein, wenn du so weiter machst."

„Es reicht", gebot Wolf. „Lass sie. Sie ist ein altes Weib und nicht ganz bei Trost. Spar dir deine Kräfte für andere auf." Dann wandte er sich an die Alte. „Sag, hast du hier Männer gesehen, die einen Mönch bei sich hatten? Es mögen vier oder fünf gewesen sein."

Die alte Frau bleckte ihre restlichen Zähne, die wie abgebrochene Stümpfe schwarz und krumm aus dem Zahnfleisch ragten. „Fünf Mann und ein Mönch? Ja, vielleicht habe ich sie gesehen."

Giacomo packte die Alte unsanft am Arm und schüttelte sie. „Red' schon, Vettel oder ich lehre dich das Sprechen!"

Zuerst quietschte die Frau vor Schmerz. Spitz und schrill, doch dann begann sie zu lachen. „Wie willst du mich das Sprechen lehren? Mit Furcht? Du machst mir keine Angst. Ein Mann, der sich von einem greisen Weib von hinten beschleichen lässt, mit dessen Kunst kann es nicht weit her sein. Willst du mich töten? Dann mach es jetzt. Aber dann werdet ihr nichts mehr von mir erfahren, denn ich weiß, wo die sind, die ihr sucht. Oder aber lass mich los."

„Hör schon auf, Giacomo", ärgerte sich Wolf, der sah, dass sie so nicht weiterkommen würden. Er zog zwei Pfennige aus seinem Geldbeutel und hielt sie der Alten hin. „Hier. Vielleicht hilft das deinem Verstand auf die Sprünge."

Die alte Frau löste sich aus Giacomos Griff und sah auf die beiden Silberstücke in Wolfs Hand. „Geld? Ritter, Ihr enttäuscht mich. Was soll ich mit Münzen hier im Wald? Davon werd` ich auch nicht satt und zu den Menschen gehe ich nicht mehr. Ich sage euch, was ich verlange, damit ihr erfahrt, was ihr wissen wollt. Holt den anderen Burschen, der da zitternd bei euren Gäulen steht und die Armbrust so ungelenk hält wie einen toten Hund und kommt zu mir. Ich brate uns drei Igel, die ich gefangen habe, und ihr leistet mir Gesellschaft für eine Nacht. Ihr könnt auf dem Boden schlafen. Nur eine Nacht ohne Einsamkeit, das ist meine Bedingung. Dafür sage ich Euch auch noch die Zukunft voraus." Sie lachte wieder schrill.

Wolf wunderte sich über diese Alte, die anscheinend mit seltsamen Fähigkeiten und Eigenarten versehen war. Wie sonst hätte sie Greger entdecken und sich kurz darauf von hinten an Giacomo und ihn so geräuschlos anschleichen können? Die Jahre im Wald mussten ihre Sinne geschärft und ihren Verstand verwässert haben. Sie ähnelte eher einem Tier des Waldes als einem Menschen. Wolf warf Giacomo einen skeptischen Blick zu. Doch der zuckte nur gleichgültig mit den Schultern und hob seine Armbrust vom Boden auf. „Ich würde sie schon zum Sprechen bringen, aber Ihr, Wolf, trefft hier ja die Entscheidungen, nicht wahr? Ich hole Greger und die Pferde", sagte er noch, dann war er auch schon im Unterholz verschwunden.

„Warum meine ich nur, ich würde dich schon einmal gesehen haben?", murmelte die Alte und sah Wolf aus ihren milchigen Augen prüfend an. „Warum nur? Es war nicht in diesem Leben, aber ich kenne dich. Du glaubst das auch, nicht wahr, Ritter? Aber du weißt es ebenso wenig wie ich."

„Gar nichts weiß ich", wiegelte Wolf forsch ab und versuchte damit, seine Unsicherheit zu überspielen, denn die Frau hatte recht. „Ich weiß nur, dass ich keine Lust habe, eine Nacht unter deinem Dach zu verbringen, es muss wohl aber so sein, weil du sonst deinen Mund nicht aufbekommst."

„Ja, so ist es, Ritter", lachte die Alte fröhlich und spuckte auf den Boden. „Ich gehe schon einmal voraus und packe die Igel in Lehm und Kräuter. Lecker, das wird ein Festmahl und dann auch noch in so edler Gesellschaft." Plötzlich hielt sie inne, wandte sich noch einmal zu Wolf um und reckte den verkrümmten Zeigefinger in die Höhe. „Aber Ritter, sieh dich vor. Der, den du Giacomo nennst, ist gefährlich. Ich sehe es an seinen Augen. Denk` an meine Worte." Dann zog sie in Richtung ihrer Hütte davon.

36

Freiried
Vor mehr als 25 Jahren
Einen Tag vor Ascensio Domini
26. Mai Anno Domini 1484

Der brennende Pfeil stieg fast senkrecht in die Nacht empor. Das war das vereinbarte Zeichen. Bartisch Strittmatter zog das Schwert und gab seinem Pferd die Sporen. Seine Männer, die sich mit ihm im Wald verborgen gehalten hatten, folgten ihm. Zwanzig Pferde donnerten die Anhöhe zur Feste der Freirieder hinauf und hielten auf das geöffnete Burgtor zu. Die Leichen mehrerer Männer lagen bereits zerschmettert vor der Mauer. Bastian Greimold von Freiried hatte seine Sache gut gemacht und mit nur einer Handvoll Getreuer die Wachen herabgestürzt. Sie hatten ihm vertraut. Der letzte Fehler, den diese Männer in ihren Leben gemacht hatten. Erst als Bartisch Strittmatter mit seinen Männern in den Burghof ritt, hatte es einer der Freirieder geschafft, die Glocke zu läuten. Doch für die Burgmannschaft war es ohnehin zu spät. Die meisten wurden im Schlaf erschlagen. Diejenigen, die es ohne Rüstung, mit dem blanken Schwert in der Hand tatsächlich aus den Unterkünften bis nach draußen geschafft hatten, wurden entweder von Armbrustbolzen getroffen oder einfach niedergeritten. Es war kein Kampf, es war ein Abschlachten.

„Keine Gefangenen, niemand darf entkommen!“, brüllte Bartisch seinen Männern zu und sprang vom Pferd, um einer schreienden Magd den Stahl in den Rücken zu treiben.

Bastian Greimold von Freiried trat zu ihm. Er war außer Atem und sein ganzer Rock war voller Freirieder Blut. „Folgt mir. Mein Bruder und seine Familie sind noch in der Burg.“

Bartisch gab einigen seiner Männer ein Zeichen und zusammen mit Bastian stürmten sie in die Burghalle und nach oben in die Räume des Burgolt von Freiried und seiner Frau. Sie fanden beide in ihren Gemächern und konnten ihn, nachdem er zwei der Angreifer erschlagen hatte, schließlich überwältigen. Ihm und seiner Frau Elisabeth von Freiried wurden die Hände auf den Rücken gebunden, dann stießen sie die Männer vor sich her und die Treppe hinunter. Als der Burgherr unten aufschlug, sich aufraffte und seinen Bruder erkannte, sprang er sofort wutentbrannt auf ihn zu. Aus Leibeskräften trat er ihm zuerst zwischen die Beine und dann ins Gesicht. Burgolt von Freiried tobte wie von Sinnen. „Du dreckiger Verräter, du Mistschwein. Ist das dein Dank? Ich hätte auf unseren Vater hören und dich zum Teufel schicken sollen. Er hat mich gewarnt. Das wirst du büßen, dafür wirst du in der Hölle schmoren. Ich verfluche dich und jeden, der sich mit dir einlässt. Ich verfluche deinen Samen und alle deine Nachkommen. Verrecken sollst du elendig. Pest und Aussatz sollen dich holen. Mach mich los und kämpfe wie ein Mann, du niederträchtiger Hund."

Bastian Greimold von Freiried hielt sich stöhnend die Hände zwischen die Beine. Dann rappelte er sich langsam wieder hoch. „Du hast mich zum letzten Mal in deinem Leben beleidigt", zischte er schmerzverzerrt und schlug seinem Bruder, den zwei Männer nur mit Mühe festhalten konnten, mit der Faust ins Gesicht. „Schafft ihn raus und hängt ihn am Tor auf. Und mit der Metze hier", er deutete mit einem bösen Lächeln auf Elisabeth von Freiried, „könnt ihr anstellen, was ihr wollt, bevor ihr sie auslöscht." Dann griff er Elisabeth am Kinn und riss ihren Kopf herum. „Wo sind eure Bälger? Los rede!"

„Such sie selbst, du Missgeburt", fauchte sie ihn an und spuckte ihm mitten ins Gesicht. Gefasst wischte sich Bastian Greimold von Freiried den Speichel ab. „Ich werde sie mit oder ohne deine Hilfe finden, werte Schwägerin, und ihnen das geben, was sie verdient haben. Genau wie dir, du Hure." Mit diesen Worten schmetterte er Elisabeth von Freiried den

Schwertknauf ins Gesicht, dass es ihr die Nase brach und rief: „Schafft sie raus in den Hof. Die anderen haben gewiss auch Hunger auf ein bisschen feuchtes Fleisch. Und vor allem sucht mir die Bälger. Niemand darf überleben, niemand darf als Zeuge übrig bleiben."

Unter Geschrei und Gezeter zerrten die Männer ihre Gefangenen nach draußen, wo man Elisabeth in den Staub warf und ihre Peiniger sich sofort an ihr zu schaffen machten. Viele Gegner waren nicht mehr übrig. Die Söldner des Bartisch Strittmatter hatten ganze Arbeit geleistet. Nur vereinzelt drang noch das Klirren von Schwertern durch die Nacht. Der Hof war übersät mit Leichen und das frische Blut formte dunklen Schlamm aus der Erde. Vier Männer warfen ein Seil über den Querbalken zum Wehrturm, der das Burgtor unter sich barg, und knüpften Burgolt von Freiried daran auf. Er wehrte sich nach Kräften, fluchte und verdammte die Täter, aber es half ihm nichts. Mit einem Ruck zogen ihn die Soldaten in die Höhe, wo er zu röcheln begann und sein Leben unter furchtbaren Krämpfen aushauchte.

„Nun Bruder, wie fühlt es sich nun an, ganz oben zu sein? Jetzt bist du so weit über mir und trotzdem wollte ich nicht mit dir tauschen. Seht nur, wie er sich bepisst, der edle Herr", rief Bastian Greimold von Freiried den Männern zu, die in sein Gelächter einstimmten und den Todeskampf von Burgolt von Freiried genüsslich betrachteten.

„Wir haben die Kinder", rief plötzlich einer der Männer über den Hof. Bartisch Strittmatter und Bastian Greimold von Freiried liefen sofort los. Drei Männer hielten die weinenden und sich windenden Kinder fest und sahen ihre Befehlshaber fragend an.

„Diese Ehre überlasse ich Euch. Kinder zu meucheln, ist nicht im Preis enthalten", sagte Bartisch Strittmatter zu Bastian Greimold von Freiried. Der lächelte und sah auf die Kinder herab. Dann zog er seinen Dolch und schnitt einem nach dem anderen die Kehle durch. Die Soldaten ließen die kleinen Leiber los; sie fielen gurgelnd auf den Boden, wo ihr Winden und Zucken nach einigen Augenblicken verging. Regungslos wischte sich Bastian Greimold von Freiried die Klinge des Messers am Waffenrock ab und steckte es weg.

„Es ist vollbracht“, sagte er zu Bartisch Strittmatter, doch dann blickte er sich suchend um. „Waren es nur diese drei Kinder?“, fragte er an die Söldner gewandt.

Die nickten und sahen ihn ratlos an. „Einer fehlt. Der jüngere der beiden Söhne. Mein Neffe Andreas. Er darf uns nicht entwischen. Er könnte gesehen haben, dass wir gemeinsame Sache machen. Er ist der einzige Zeuge. Los! Lauft und schafft ihn herbei. Ich muss ihn haben.“ Sofort verteilten sich die Männer und riefen ihren Kampfgenossen zu, dass man noch ein Kind suche. Die anderen Soldaten töteten die letzten Verwundeten und schlossen sich der Jagd nach dem Jungen an.

Jetzt fuhr Bastian Greimold von Freiried Bartisch Strittmatter an: „Und du steh’ nicht tatenlos und faul herum. Wenn du schon nicht genug Mumm in den Knochen hast, drei Bälgern den Hals durchzuschneiden, dann schwing’ dich wenigstens auf den Gaul und such ihn außerhalb der Mauern. Der Zufall will es und dieses Mistvieh von Kind hat es geschafft, unbemerkt aus der Burg zu entkommen. Wer mir den Jungen bringt, der soll zwei ganze Gulden von mir erhalten. Findet ihn. Los!“ Das ließen sich die Männer nicht zweimal sagen. Sie rannten umher und durchsuchten jeden Winkel der Burg. Bartisch Strittmatter lief zu seinem Pferd und preschte kurz darauf aus dem Burghof in die Dunkelheit davon. Bastian Greimold von Freiried sah ihm nach, bis ihn die Nacht verschluckt hatte.

37

Im Freirieder Wald vor Nürnberg
Freitag nach Lukas
19. Oktober Anno Domini 1509

Als Wolf, Giacomo und Greger das Haus der Alten betraten, war sie gerade dabei, das Feuer zu schüren. Es war ein armseliges Häuschen, windschief und sicher doppelt so alt wie die Greisin selbst. Der Wind zog durch alle Ritzen. Außer der geöffneten Tür, die schief und halb verrottet in den Angeln hing, ließ nur ein kleines Fensterloch die letzten Sonnenstrahlen des Tages hinein. Die Kate bestand aus einem einzigen Raum, der vielleicht vier mal fünf Schritte maß und in den die krummen Deckensparren so tief hineinragten, dass jeder der drei Männer den Kopf einziehen musste, um sich nicht den Schädel anzuhauen. Eine Holzkiste, ein Tisch mit zwei grob zusammen gezimmerten Schemeln und die Feuerstelle, mehr hatte die Einrichtung nicht zu bieten. Ein befremdlicher Geruch von getrockneten Kräutern, die überall an den Deckenbalken befestigt waren, hing schwer und süß in der Luft. Er vermengte sich mit dem beißenden Rauch des frischen Holzes, das die Alte neu anfachte. Einen richtigen Rauchfang gab es nicht. Die weißen Schwaden der verbrennenden Fichtenstücke waberten an einer mit getrocknetem Lehm und Tonerde verschmierten Holzwand unter dem offenen Giebel empor. Die Schwaden mühten sich, durch den Rauchabzug im Dach ins Freie zu gelangen. Sonst bot die karge Behausung der Alten lediglich ein kleines schartiges Messer, einige Schlingen aus Hanfseil und einen verbeulten Topf. Neben dem Ring aus Steinen, den sie sich als Feuerstelle geschichtet hatte, lagen drei kindskopfgroße Klumpen Lehm, die sie nun neben die knisternden Flammen in die Glut legte.

„So, nun müssen unsere Freunde noch eine Zeit neben dem Feuer garen, dann brechen wir den Lehm auf und ziehen ihnen die Stacheln vom Leib“, sagte sie und rieb sich voller Vorfreude die Hände. Dann wandte sie sich um. „Die beiden Herren können am Tisch Platz nehmen, und du da“, sagte sie an Greger gerichtet, „bist noch jung genug, um auf dem Boden zu sitzen. Nimm einen Span und zünde das Talglicht auf dem Tisch an. Ich nutze es kaum, doch wenn ich schon einmal Besuch bekomme, dann wollen wir es uns schön machen, nicht wahr?“ Sie kicherte leise in sich hinein und Greger war blass geworden. Das war eine Hexe. Davon war er überzeugt. Unruhig sah er von Wolf zu Giacomo.

„Hast du Angst vor einer alten Frau oder was stehst du da noch herum?“, lachte sie gackernd und Wolf musste grinsen.

„Nein, natürlich nicht“, antwortete Greger weit mutiger, als ihm zumute war und ging zur Feuerstelle, um einen Fichtenzweig herauszuziehen, der gerade Feuer gefangen hatte. Doch er bemühte sich, einen möglichst großen Abstand zwischen sich und der alten Frau zu wahren und sie auf keinen Fall zu berühren.

Plötzlich fuhr die Alte herum und fasste ihn am Arm. Sie flüsterte: „Du musst keine Angst haben, Greger.“

Erschrocken riss Greger seine Hand zurück und machte einen Satz nach hinten. „Woher weißt du meinen Namen, Hexe. Lass ab von mir“, rief er und wandte sich an Wolf. „Warum sind wir hier an diesem Ort. Hat sie euch schon verzaubert? Ich will weg von hier! Woher weiß sie meinen Namen?“

Die Alte bleckte wieder ihre schwarzen Zahnstümpfe. „Die Tiere des Waldes haben es mir verraten“, murmelte sie mit einem verzückten Blick. Greger ging noch einen Schritt nach hinten und bekreuzigte sich. „Vater unser, der du bist im Himmel, geheiligt werde Dein Name, Dein Reich komme ...“, begann er zu beten, kreidebleich und zitternd.

„Ach Greger, du Einfaltspinsel“, ärgerte sich Wolf über soviel Dummheit. „Woher soll sie deinen Namen wohl schon kennen? Von uns natürlich. Giacomo hat ihn vorhin erwähnt, bevor er dich geholt hat. Lass dich doch nicht von dieser Vettel ins Bockshorn jagen. Sie ist schlauer und durchtriebener als man ihr zutraut, aber keine Hexe. Glaube doch nicht an derlei Unfug. Los, hebe den Zweig vom Boden auf, bevor diese armselige Hütte noch Feuer fängt, und zünde endlich das Licht an. Man sieht ja kaum noch etwas."

Sicherheitshalber betete Greger leise zu Ende, bevor er den mittlerweile nur noch glimmenden Zweig aufhob. Erst danach entzündete er ihn von Neuem am Feuer und hielt die Flamme an das Talglicht auf dem Tisch, bis es spuckend zu brennen begann.

Die Alte wendete die Igel in der Glut mit zwei Ästen. „Ihr seid nicht minder schlau, Herr Ritter", sagte sie zu Wolf, ohne das Feuer aus den Augen zu lassen. Der glutrote Flammenschein radierte der Alten die Falten aus dem Antlitz und die Schatten, die ihre knochigen Konturen warfen, veränderten ihr Aussehen. Mit einem Mal wirkte sie jünger, ganz so als hätte man ihr die harten Züge mit dem Finger verwischt wie bei einer Kohlezeichnung. Wolf starrte sie an. Bei Gott, er kannte sie. Dieses Gesicht, das sich aus der Vergangenheit herausschälte wie das Innere einer Zwiebel, die Dämonen, das andere Leben. Er war verwirrt.

„Wer bist du?", fragte er sichtlich verstört. Giacomo, der mittlerweile Platz genommen hatte und hoffte, dass der wacklige Schemel ihn noch wenigstens diesen Abend tragen würde, blickte auf. Was war mit Wolf Besigheim los? Der Ton seiner Stimme war ein anderer. Fort war der schlachterprobte Mann, der Gegner, vor dem man sich besser in Acht nehmen sollte. Was geschah hier? Giacomo stützte das Kinn auf die verschränkten Hände und wartete gespannt, wie es weitergehen würde. Vielleicht versprach eine Nacht in dieser Hütte doch noch ein paar Überraschungen. Auch Greger, der sich möglichst weit entfernt von der vermeintlichen Hexe auf den Boden gesetzt hatte, sah auf. Auch er schien zu spüren, dass etwas Eigentümliches in der Luft lag.

„Wer ich bin?", fragte die Alte, „Nun, das will ich dir sagen. Ein altes Weib bin ich, dass es sich nicht mehr erlauben kann, unter die Leute zu gehen. Ein halbes Menschenleben lang schon verstecke ich mich hier nun. Und ich hatte noch Glück, dass ich diese Kate, für die sich wohl niemand mehr interessiert, seinerzeit gefunden habe. Sonst wäre ich schon tot. Und zum Glück spukt es in diesen Wäldern und daher kommt auch niemand vorbei, der mich suchen und meucheln würde", kicherte sie.

„Wer soll denn schon kommen, um *dich* zu töten", fragte Giacomo ungläubig, „die Vogelfreien in den Wäldern?"

„Die Vogelfreien? Nein, Bursche, die lassen mich in Ruhe. Hin und wieder bekomme ich sogar etwas Wild von ihnen. Dafür kümmere ich mich um sie, wenn sie krank oder verletzt sind. Ich bin die Einzige, die sich mit den Kräutern und der Heilung von Gebrechen auskennt und die sie versorgt. Leben und leben lassen"

„Nenn' mich nicht Bursche, du alte Hexe!" rief Giacomo wütend und schlug mit der Faust auf den Tisch, dass es krachte.

„Warum nicht?", fragte die Alte ungerührt, „kannst du die Wahrheit nicht ertragen?" Mit den beiden Zweigen hob sie nun einen Igel nach dem anderen aus der Glut und legte sie neben die Feuerstelle auf die heißen Steine. „Bald können wir essen."

„Du hast meine Frage nicht beantwortet", sagte Wolf und ging näher zu der Greisin. „Wer bist du?"

„Du stellst die falsche Frage, Herr Ritter. Du willst nicht wissen, wer ich bin, denn das siehst du selbst. Du willst wissen, wer ich war."

Giacomo sprang auf. Der Schemel fiel mit einem hölzernen Geräusch nach hinten um. „Es reicht", schrie er, „Wortklauberei. Wir sind nicht gekommen, um uns das wirre Geschwätz einer verrückten Alten anzuhören, sondern weil wir wissen wollen, wo die Männer sind, die wir suchen. Also raus jetzt damit und zwar rasch, oder ..."

Giacomo wollte drohend auf die alte Frau zugehen, doch Wolf war schneller. Er drehte sich um und funkelte Giacomo wütend an: „Sei endlich still und setz dich, du Narr. Wir haben eine Vereinbarung mit dieser Frau, ob es dir nun passt oder nicht. Wir essen mit ihr und bleiben eine Nacht und dafür erzählt sie uns, wo die Männer sind, die wir suchen."

„So ist es, Herr Ritter", grummelte die Greisin zufrieden vom Feuer aus und pochte prüfend auf die gehärtete Oberfläche des Lehms, „und daran halte ich mich. Seht ihr nun, warum ich glaube, dass Ihr ein Ritter seid und der andere nur ein Bursche?" Sie wartete die Antwort nicht mehr ab. Sie griff sich zwei der gegarten Igel, indem sie ihre Hände vor der Hitze des Lehms durch das verdreckte Leinenkleid schützte, und trug sie zum Tisch. „Wohl bekomm's, ihr Männer". Sie ließ die beiden Lehmkugeln aus ihrer Schürze auf den Tisch rollen. Dann ging sie zum Feuer zurück, hob den dritten Lehmklumpen auf die gleiche Weise von der Feuerstelle auf und ließ ihn auf die Steine fallen. Bröckelnd platzte der Lehm auf und gab den gegarten Igel frei. Ganz wie sie es gesagt hatte, blieb die stachelige Haut des Tieres, die sich tief in den einstmals feuchten Lehm gebohrt hatte, darin haften. Auf diese Weise konnte sie ihn geschickt wie eine reife Frucht schälen, bis das saftig glänzende Fleisch zutage trat. Es dampfte und ein erdiger, aber nicht unangenehmer Geruch verbreitete sich in der Kate. Sie schlug ihre verbliebenen Zähne in das Tier und riss große Stücke heraus, die sie schmatzend und trotz der Hitze des Fleisches gierig herunterschlang. Giacomo hob den Schemel auf, setzte sich langsam und auch Wolf nahm wieder Platz. Je näher sie dem Dokument kamen, desto weniger traute er Giacomo. Er hatte nicht vergessen, was sie in der Schänke vor Würzburg besprochen hatten. Wenn Giacomo di Vernaccia sich an alle Vereinbarungen so hielt, wie an die mit der Alten, dann würde das Ganze sicher nicht glimpflich enden. Greger kam zum Tisch und holte sich die Hälfte eines Igels ab, den Wolf mit seinem Messer zerlegt hatte. Dann setzte er sich wieder auf den Boden ins Halbdunkel der Kate. Er staunte nicht schlecht, denn das Tier schmeckte – anders als erwartet – gar nicht übel; wie eine Mischung aus Kaninchen und Rind. Das Fleisch war dunkel und fett, denn die Igel hatten sich bemüht, möglichst viel Speck für den Winterschlaf anzufressen. Keiner sagte ein Wort während des Essens und alle hingen ihren Gedanken nach. Auch von der Alten, die nur ab und zu herzhaft rülpste und fortwährend schmatzte, war nichts weiter zu hören.

Schließlich drehte sich Wolf zu ihr um, die gerade mit spitzen Fingern Fleisch von einem Knöchelchen pulte. „Also, wer warst du und wie ist – oder meinetwegen auch war – dein Name?"

Die Alte spuckte ein Stück Knorpel vor sich auf den Boden und leckte sich die Finger ab. Ihre Lippen glänzten von Fett und Fleischsaft, als sie mit leiser, klarer Stimme zu singen begann

„Splendor paternae gloriae,
De luce lucem proferens,
Lux lucis et fons luminis,
Dies diem illuminans."

Andächtig lauschten die drei Männer der Melodie. Die Stimme der Alten war jung, das Schrille, Keifende verschwunden. Es schien, als würde eine in der ewigen Vergangenheit verborgene Schönheit nach oben kommen wie die Wasser einer jungen Quelle. Nichts an dieser Frau passte zueinander. Selbst Giacomo, der die Greisin am liebsten geschüttelt hätte, um an die Informationen über Schmieds Bande zu kommen, schwieg. Die Schönheit verschwand mit der letzten Silbe, die zart auf der Melodie tanzte. Die Frau bekam ihre spröde Stimme zurück. „Was fragst du mich, Herr Ritter? Du sollst mir deine Seele öffnen, so hatten wir es verabredet, nicht wahr?", fragte sie Wolf fordernd.

„So war`s vereinbart", warf Giacomo nicht ohne Genugtuung dazwischen.

Wolf sah ihn ungehalten an, doch dann sagte er: „Ja, so war`s vereinbart."

„Gut, dann werde ich dir etwas brauen, das dir ein Tor zum Verborgenen deiner Seele öffnen wird". Die Alte schlich zu dem verbeulten Topf, der an einem Haken neben der Feuerstelle hing, nahm ihn herab und ging hinaus in die Dunkelheit.

Kaum war sie verschwunden, sprang Greger auf. „Seid Ihr verrück, Wolf? Ihr wollt doch nicht ernsthaft einen Trunk anrühren, den Euch diese Hexe zusammenbraut? Sie wird Euch vergiften!"

Auch Giacomo schüttelte den Kopf. „Diesmal hat er recht, Wolf. Ich würde eher den Teufel auf den Hintern küssen, als auch nur einen einzigen Schluck eines Trunkes dieser Verrückten in mich hineinzulassen."

„Sie wird mich nicht vergiften. Warum sollte sie? Sie hätte auch giftige Kräuter oder Pilze in die Igel stecken können, dann wäre sie uns alle drei auf einmal losgeworden. Habt ihr daran schon einmal gedacht?"

Greger wurde kreidebleich. „Oh, Gott im Himmel, das stimmt. Vielleicht waren die Igel vergiftet. Mir ist schon ganz seltsam. Wolf, wir werden sterben."

Greger griff sich an den Hals und wischte sich den Schweiß von der Stirn, der sich plötzlich dort gebildet hatte. „Mir ist schon ganz heiß. Oh, Gott!"

Wolf lachte. „Greger hör auf damit. Wir haben auch davon gegessen und ich spüre nichts. Du machst dir gleich in die Hosen vor Angst, darum ist dir schwindelig. Also nimm dich zusammen und denk an den Schwur, den du deinem Vater auf dem Sterbebett gegeben hast. Niemand hat behauptet, seine Erfüllung würde ein Kinderspiel werden. Willst du dich nicht doch ein wenig wie ein Mann benehmen? Stell' dir vor, Dorothye könnte dich so sehen."

Das hatte gesessen. Schlagartig beherrschte sich Greger wieder, auch wenn ihm alles andere als wohl war. Beschämt setzte er sich zurück auf den Boden an die Rückwand der Kate und war still.

„Ich werde sie fragen, was es mit diesem Trunk auf sich hat, denn ich habe auch keine Lust, mich meucheln zu lassen. Aber das wird sie nicht tun. Frag' mich nicht, warum ich das denke, aber ich bin davon überzeugt."

„Du musst wissen, was du tust. Ich sage dir nur, dass ich die Alte ausweiden werde, wenn du auch nur ein wenig Schwäche zeigst oder sie dir etwas antun will", warf Giacomo ein.

Wolf schmunzelte. „In diesem Fall hättest du sogar meine Erlaubnis."

Die Alte kam zurück. Sie hatte Wasser aus dem Bach geholt und stellte den Topf nun ins Feuer. Im Halbdunkel der Kate kramte sie einen Leinenbeutel aus der Holzkiste hervor, öffnete ihn und entnahm eine Handvoll getrockneter Pflanzenteile. Diese warf sie ins Wasser und rührte den Sud mit einem Stöckchen um.

„Was hast du vor mit mir?", fragte Wolf.

„Hast du Angst, Herr Ritter?", kicherte die Alte. „Das musst du nicht." Sie zeigte mit dem Stöckchen auf Giacomo. „Der Bursche da würde mich sofort erschlagen, wenn ich dir etwas antäte, nicht wahr?"

Giacomo schwieg.

„Du musst nicht antworten, Bursche, ich weiß, dass ich recht habe." Dann wandte sie sich wieder an Wolf. „Ich war so lange allein, dass ich vergessen habe, bereits schon einmal gelebt zu haben. Du bist die Brücke in mein Leben. Uns verbindet etwas. Ich will wissen, was es ist. Uns wurde etwas gestohlen und jeder von uns hat vielleicht ein Stück davon in sich, ohne es zu wissen. Deine Augen sind voller Mut und Aufrichtigkeit und doch rauben dir dunkle Schatten den Glanz, den sie in sich tragen. Etwas verdeckt deine Seele wie die Schwingen eines Raben. Du hast Angst, Ritter. Nicht vor Schwertern, Tod und Teufel, aber vor einem Schicksal, das du selbst nicht kennst und das dich ständig heimsucht."

„Woher willst du das wissen?“, fragte Wolf aufgeregt.

„Wer so viele Jahre mit den Tieren und Bäumen lebt, der entwickelt Sinne für das Unfassbare, der tauscht Wissen gegen Instinkte. Meine Knochen sind alt und schmerzen, doch mein Blick wurde geschärft, obwohl mein Augenlicht langsam vergeht. Ich kann sehen.“

Das Wasser im Topf begann zu blubbern und Dampf stieg auf. Die Alte rührte den Sud noch einmal um, dann nahm sie den Topf aus der Glut und zog eine hölzerne Kelle hervor. Sie tauchte die Kelle in das Gebräu und reichte es vorsichtig an Wolf weiter.

„Du musst es trinken, solange es heiß ist, Ritter. Hab keine Angst. Dir wird kein Leid geschehen, aber du wirst eine Reise antreten.“

Wolf sah die Alte an, dann auf die Flüssigkeit, die in der Kelle stand und unangenehm roch. Er zögerte, doch schließlich nahm er der Alten die Kelle aus der Hand und führte sie an die Lippen. Der erste Schluck schmeckte gallbitter. Zudem war das Gebräu noch siedend heiß. Wolf schüttelte sich, blies den Dampf aus der Holzkelle und trank weiter. Der Geschmack verblasste zunehmend und Wolf wurde ruhig. Von Zeit zu Zeit spürte er kleine weiche Bröckchen in der Flüssigkeit, doch er schluckte sie einfach mit hinunter. Als er den Inhalt der Kelle geleert und sie der Alten wiedergegeben hatte, ging sein Herz schon ganz langsam. Er wollte sich vom Schemel erheben, um ein paar Schritte zu gehen, doch seine Beine gehorchten ihm nicht mehr. Wie nasses Leder fühlten sie sich an. Das Äußere verlor sich um ihn herum und er versank in einem Morast aus Wärme und Tiefe. Er ging unter, doch ertrank nicht. Er durchdrang eine Schwelle des Bewusstseins, die er nicht kannte. Es gab keine Angst, es gab nur Wärme und Zähigkeit. Ein Brei, der seine Glieder festhielt, der seine Gedanken verklebte und sich wie ein dünnes Tuch über seine Sinne legte. Wolf sah und hörte anders als zuvor. Nach innen waren seine Sinne gerichtet, das Äußere verlor zunehmend an Bedeutung.

„Was hast du da hineingemischt?“, fragte Giacomo zornig, als er sah, dass Wolf blass wurde und seine Augen kaum noch offen halten konnte.

„Du würdest es nicht verstehen, Bursche“, antwortete die Alte knapp, „Pilze, Kräuter, Rinden. Mehr musst du nicht wissen.“

„Was machst du mit ihm?“, rief Greger, den wieder die Furcht übermannt hatte, „tu’ ihm nichts an!“

„Nichts dergleichen wird geschehen, junger Herr Greger“, sagte die Alte sanft. „Der Schlaf hat einen Bruder, doch noch viele andere Geschwister. Zu ihnen wird euer Gefährte gehen und auch wiederkommen.“

Wolf begann, etwas Unverständliches zu murmeln. Seine Lippen bewegten sich ohne Unterlass, doch man konnte es nicht verstehen.

„Es ist soweit“, sagte die Alte zufrieden. „Ritter, hört Ihr mich?“

Wolf murmelte weiter.

„Herr Ritter, hört Ihr mich?“, wiederholte die Alte.

Wolf nickte.

„Wo seid Ihr?“

„An einem See. Eine Burg. Es ist Nacht. Ich bin im Bett. Es ist warm.“

Wolfs Stimme klang schwach und wie die eines Jungen.

„Was seht Ihr?“

„Einen Traum, einen Traum. Es ist warm.“

„Wer bist du?“

„Wolf Besigheim. Ich bin Wolf Besigheim.“

„Was für ein Unfug!“, donnerte Giacomo plötzlich los. „Was soll das? Dein Trunk hat ihn seiner Sinne beraubt, wie zwanzig Krüge Würzbier. Falsche Hexe.“

Mit einem Mal ging ein Beben durch Wolfs Körper und kalter Schweiß rann ihm die Stirn hinab. „Mutter. Sie weckt mich. Es ist kalt. Ich habe Angst. Die Männer. Sie kommen. Wir rennen in den Hof.“

„Was siehst du“, fragte die Alte und ignorierte Giacomo einfach.

„Im Hof. Mutter, Vater. Wir verstecken uns. Das Heu, das Heu. Dort sehe ich die Männer. Jemand hat sie eingelassen. Verrat. Sie kommen. Oh, nein!“

Wolf begann still zu weinen.

„Was siehst du noch?“

„Sie töten alle. Meinen Vater. Sie hängen ihn. Oh, Gott im Himmel, ich kann nichts tun. Sie suchen uns. Nicht schreien. Mutter, wo bist du? Sie zerren sie hinaus. Sie wälzen sich auf ihr. Viele Männer. Sie töten sie. Mein Bruder, meine Schwestern. Tot. Blut, überall Blut. Nicht schreien, Andreas!“

Die Greisin zuckte wie vom Blitz getroffen zusammen und riss ihre Augen auf. Rasch kam sie einen Schritt näher zu Wolf. „Weiter, Andreas, weiter“, forderte sie Wolf nachdrücklich auf.

„Ich krieche. Ich blute am Auge. Ich klettere die Mauer hinauf. Ich springe. Der Wald, der Wald, ich muss hinein, mich verstecken. Ich renne. Nein, nein. Der Reiter. Hilfe, er will mich holen. Er holt mich ein. Es ist ein roter Ziegenbock. Rot wie Blut. Und weiß.“

Die Alte schrie auf. Nun war sie blass geworden. Sie taumelte und röchelte. „Das kann nicht sein, das kann nicht sein“, stammelte sie.

„Er reißt mich auf`s Pferd, nimmt mich mit. Die anderen Männer sind fort, in der Burg. Das Messer an meinem Hals. Jetzt tut er es fort. Ich muss nicht sterben. Er reitet mit mir lange. Sehr lange. Ein Haus, eine Kammer. Dunkelheit. Er wirft mich hinein. Angst, überall Angst, drei Tage voller Angst. Die Dämonen kriechen meine Beine hinauf. Niemand ist da. Mutter, Vater? Wo seid ihr? Helft mir, helft eurem Sohn. Ich kann schreien. Schrei Andreas, schrei doch. Niemand hört mich. Der Ziegenbock, er kommt immer wieder. Brot, altes Brot und Wasser. Dann kann ich hinaus. Er hat die Tür vergessen, ich meinen Namen. Ich laufe in den Wald. Die Dämonen kommen mit mir. Sie wohnen in mir. Helft mir!“

Mit diesen Worten fiel Wolf vom Schemel und blieb bewusstlos im Stroh liegen. Greger sprang auf und eilte zu ihm.

„Lebt er noch?", fragte Giacomo.

„Ja", rief Greger aufgeregt, „er atmet tief und ruhig. Er sieht aus, als würde er schlafen. Wird er wieder erwachen?", fragte er an die Alte gewandt.

Die war bleich geworden und fiel auf die Knie, die Hände zum Gebet gefaltet. „Oh, Gott im Himmel. Er ist es, er ist es! Wie kann das sein?" Die Augen waren ihr aus den Höhlen getreten und sie rang nach Luft.

Giacomo erhob sich vom Schemel und ging ebenfalls zu Wolf. Er riss dessen Hemd ein Stück auf und legte ihm die Hand auf. Beruhigt nahm er zur Kenntnis, dass sich Wolfs Brust langsam rhythmisch hob und senkte. Er schien tatsächlich nur zu schlafen. Dann ging er zu der Alten. „Rede, Weib. Was ist mit ihm? Was war das? Was ist hier geschehen?"

Die alte Frau hatte Mühe zu atmen. Sie sah schlecht aus, so als hätte sie einen Geist gesehen. Die störrischen Haare klebten ihr fettig und nass am Schädel. „Er ist es, er ist es", wiederholte sie fortwährend. „Er wird erwachen. Morgen früh wird er erwachen und nichts wird mehr so sein, wie es war. Er ist es, er ist es", flüsterte sie schwach.

„Wer ist er zur Hölle?", schrie Giacomo nun und schüttelte die Greisin heftig. Kraftlos schlackerte ihr der Kopf auf dem dünnen Hals umher.

„Hör auf, Giacomo, du bringst sie noch um!", rief Greger und kam hinzu. „Wir sollten sie besser hinlegen. Tot nützt sie uns gar nichts mehr."

Greger und Giacomo zogen die Alte vom Feuer fort und betteten sie mit Gregers Jacke unter dem Kopf auf den Boden. Greger hatte plötzlich Mitleid mit der alten Frau bekommen. Sie war verrückt, vielleicht sogar eine Hexe, doch sie spielte ihnen nichts vor. Ihr ging es schlechter als Wolf.

„Um zu den Männern zu gelangen, die ihr sucht, müsst ihr euch von hier aus in nordwestlicher Richtung durch das Dikkicht schlagen, bis ihr auf einen etwa zehn Mann hohen Hügel trefft. Dort steigt hinauf und haltet nach einer Eiche Ausschau, die höher ist, als alle anderen Bäume. Sie ist eine Freundin aus vergangenen Tagen. In diese Richtung lauft, und wenn ihr an der Eiche angekommen seid, wendet euch nach Osten. Nach einiger Zeit stoßt ihr unweigerlich auf die Hütte eines Köhlers, wo sich die Männer aufhalten. Sie haben alle ermordet."

Sie atmete nur noch schwach und unregelmäßig. Ihr linkes Auge war geschlossen und ihr Gesicht zu einer erbärmlichen Fratze verzerrt. „Junge, komm näher", hauchte sie mit letzter Kraft und Greger hielt sein Ohr ganz dicht an ihren Mund. Sie sprach so leise, dass Greger sie kaum verstehen konnte, obwohl ihre ledernen Lippen fast sein Ohr beim Sprechen berührten. Als sie dem verstörten Greger endlich ihre letzten Worte zugeflüstert hatte, ging ein Zittern durch ihren Körper und sie atmete erleichtert aus: „Nun kann ich gehen. Endlich."

Greger war ergriffen. Tränen rannen ihm die Wangen hinab. Er nahm die kalte Hand der sterbenden Frau und hielt sie fest umschlossen, bis der Tod sie mit sich genommen und sie ihren letzten Atemzug getan hatte. „Ich werde es ihm sagen", versprach er, doch sie konnte ihn nicht mehr hören.

„Was ist mit ihr? Was hat sie erzählt?", fragte Giacomo ungehalten in die andächtige Stille hinein. Greger erhob sich. Langsam.

„Sie ist tot", flüsterte er betroffen.

„Verflucht", ärgerte sich Giacomo. „Hat sie dir wenigstens noch erzählt, wo wir die Männer finden, bevor sie den Löffel abgegeben hat?"

Greger ging wortlos an dem Italiener vorbei in die Nacht hinaus.

38

Frankfurt
Samstag nach Lukas
20. Oktober Anno Domini 1509

Was ist denn bloß los mit dir?“, wollte Bechthold Hausner von seiner Tochter wissen. Sie hatte heute bereits zum zweiten Mal den Stapel Töpfe am Verkaufstisch umgerissen, der daraufhin scheppernd auf den Boden gestürzt war. Dorothye bückte sich und sammelte die gusseisernen Töpfe zusammen, um sie wieder ineinander zu stapeln.

„Das Warten und diese Ungewissheit machen mich verrückt.“

„Warten? Auf was?“, wollte Dorothyes Vater wissen.

Dorothye steckte den letzten Topf in den Stapel und stand vom Boden auf. „Ach, Vater. Was schon? Auf Greger natürlich. Ich weiß nicht, wie es ihm geht. Vielleicht ist ihm etwas zugestoßen?“

Bechthold Hausner nahm seine Tochter in den Arm. „Meine kleine Amsel“, sagte er tröstend, „Greger ist doch noch nicht einmal zwei Wochen fort und allein die Reise nach Nürnberg dauert gut und gerne sechs Tage. Was also soll ihm denn zugestoßen sein und wie soll er dir in so kurzer Zeit Nachricht zukommen lassen?“

Dorothye zuckte ratlos mit den Achseln. „Ich weiß es doch auch nicht, aber ich habe Angst um ihn.“

„Ja, das verstehe ich gut. Wenn man verliebt ist, dann hat jeder Tag hundert Stunden, sobald der Geliebte nicht da ist und nur zehn, wenn man den Tag gemeinsam verbringt. Aber Wolf Besigheim begleitet ihn und du hast doch gesehen, was für ein Mann das ist. Solange du Besigheim bei Greger weißt, solltest du dir keine Sorgen machen. So, und nun komm und hilf deinem Vater, den Wagen für den Markt in Offenbach zu beladen. Das wird dich auf andere Gedanken bringen. Wenn ich zu spät dort ankomme, sind die besten Plätze schon lange weg und ich kann mit meinem Zeug gleich wieder heimfahren. Das Geld haben wir dringend nötig, wie du weißt."

Bechthold Hausner gab seiner Tochter einen Kuss auf die Stirn und sie folgte ihm nach draußen in den Hof, wo ihr Vater bereits angespannt hatte. Nachdem alle Waren geladen waren, rumpelte Bechthold Hausner hinaus auf die Allerheiligengasse und verschwand im Getümmel der Menschen. Als er nicht mehr zu sehen war, ging Dorothye in den Laden zurück und dachte nach. Sie hatte Angst um Greger und musste erfahren, ob es etwas Neues gab. Ihr fiel dabei nur ein Mensch ein, der möglicherweise wissen konnte, wie es um Wolf und Greger stand. Kurzerhand verriegelte sie die Tür des Krämerladens, warf sich den dicken Umhang über, ging nach hinten aus dem Haus und schloss das Hoftor hinter sich. Besser, wenn ihr Vater nichts davon erfuhr. Er hätte es gewiss nicht gern gesehen, dass seine Tochter sich einmischte. Vor allem nicht, dass sie so früh am Morgen – gerade wenn die beste Zeit für den Verkauf war – eigenmächtig den Laden schloss. Doch Dorothye war das gleich. Er würde es nicht erfahren und sie musste wenigstens versuchen, etwas herauszubekommen, sonst würde sie keine Ruhe finden.

Als sie kurze Zeit später am Nürnberger Hof eintraf, stand Jakob Heller vor dem Tor seines Kontors. Er unterhielt sich angeregt mit Richter Behrendts. Dorothye konnte nicht verstehen, worum es ging, denn sie blieb höflich in gebührendem Abstand stehen und wartete. Als Jakob Hellers Unterhaltung beendet war und er dem Richter die Hand zum Abschied reichte, bemerkte er sie schließlich und winkte sie zu sich.

„Fräulein Hausner. Was für eine Überraschung. Wolltet Ihr zu mir?"

Dorothye nickte.

„Ah, ich verstehe", sagte der Kaufmann mit einem Lächeln, „Greger, nicht wahr? Zufällig habe ich gerade gestern Nachricht aus Nürnberg erhalten. Mein Freund und Geschäftspartner Benedikt Tössler hat mir durch einen Kaufmann einen Brief zukommen lassen, in dem er mir geschrieben hat, dass Wolf und Greger wohlbehalten in Nürnberg angekommen seien. Sie sind allerdings schon wieder fort und in der Umgegend der Stadt unterwegs. Warum genau, haben sie ihm nicht gesagt."

„Wie schön, danke, Herr Heller", freute sich Dorothye und machte einen Knicks.

Jakob Heller wurde plötzlich ernst. „Ja, aber eines ist seltsam und ich verstehe es nicht. Hat Greger Euch gegenüber einmal erwähnt, dass sie noch jemand begleiten wird?"

„Noch jemand?", wunderte sich Dorothye nun. „Nein. Wer soll das sein?"

„Genau das ist es ja, was ich so eigenartig finde. Benedikt Tössler schrieb etwas von einem Italiener, der sie begleite. Und es schien nicht nur eine zufällige Begegnung oder Bekanntschaft gewesen zu sein, denn er ist auch nun wieder mit ihnen unterwegs."

„Ein Italiener?" Dorothye kam aus dem Staunen nicht mehr heraus. „Was hat denn ein Italiener mit Greger und Wolf Besigheim zu schaffen?"

„Ich habe keine Ahnung", sagte Jakob Heller, „aber das wird sich sicher aufklären." Er wollte Dorothye nicht noch mehr beunruhigen, als sie es ohnehin schon war, deshalb verschwieg er ihr, dass ihm diese Tatsache überhaupt nicht schmeckte. Er hatte kein gutes Gefühl dabei.

„Meint Ihr, Benisch Stoltzer, könnte Licht in dieses Dunkel bringen?"

Heller verzog das Gesicht. „Daran glaube ich nicht, Fräulein Hausner. Verbindungen nach Italien hat er gewiss, wenn auch nur über Mittelsmänner. Doch das ist nichts Besonderes. Auch ich kaufe Waren aus Venedig, Florenz und Bologna. Einen Grund, warum ausgerechnet ein Italiener Wolf Besigheim und Euren zukünftigen Mann begleiten sollte, werde ich auf diesem Wege nicht erfahren", fügte er hinzu.

Dorothye war der Unterton bei Hellers letzten Worten nicht entgangen. „Ihr glaubt nun auch, dass Benisch Stoltzer etwas mit der Sache zu tun hat?"

„Fräulein Hausner. Es ziemt sich nicht, mich über Mitglieder der Gilde und des Rates zu äußern. Ob er etwas mit dieser Sache zu tun hat, das kann ich nicht sagen. Davon würde ich mich – aller Gefühle zum Trotz – nur von handfesten Beweisen überzeugen lassen und nicht von meiner Nase, die ich auch nicht ungebeten in anderer Leute Angelegenheiten stecke, wie ein gewisser Wolf Besigheim."

„Aber es wäre möglich, nicht wahr?"

Jakob Heller schmunzelte. „Was möglich sein könnte und was nicht, Fräulein Hausner, das tut nichts zur Sache. Ich glaube nur, was ich sehe. Ihr hingegen seid heute zu mir gekommen gekommen, um zu erfahren, wie es Eurem Greger geht und das wisst Ihr nun. Auch wenn ich das Gespräch mit einer so ausgesprochen hübschen jungen Dame sehr schätze, so werde ich mich nun meinen Geschäften zuwenden müssen, die im Kontor auf mich warten."

Dorothye verstand diese höfliche Andeutung. „Ich danke Euch, dass Ihr mir Auskunft gegeben habt. Würdet Ihr mich informieren, sobald Euch etwas Neues zugetragen wird?"

„Natürlich, das mache ich."

„Danke und der Herr sei mit Euch."

„Und mit Euch", antworte Jakob Heller, bevor er sich umwandte, um in sein Lager zu gehen.

Dorothye beeilte sich, wieder nach Hause zu kommen und hoffte, dass ihr Vater in Offenbach gut verkaufen konnte, denn dann wäre er sobald noch nicht zurück. Sie hatte erfahren, was sie wissen wollte, musste sich aber eingestehen, dass diese Informationen ihre Sorgen nicht hatten vertreiben können. Fast wäre es ihr lieber gewesen, Jakob Heller hätte keine Neuigkeiten gehabt, denn das plötzliche Auftauchen dieses Italieners gefiel ihr nicht. Was wurde hier eigentlich gespielt und wie hing das alles zusammen?

39

Im Freirieder Wald vor Nürnberg
Sonntag nach Lukas
21. Oktober Anno Domini 1509

„Und? Wie geht es Euch?"

Giacomo di Vernaccia beugte sich über Wolf Besigheim, der gerade erst die Augen aufgeschlagen hatte. Er blinzelte in die Sonne, die durch die geöffnete Tür der Kate in den Raum fiel.

„Müde", antwortete er, „müde und etwas benommen."

„Na, wenn das alles ist, dann bin ich ja froh." Di Vernaccia erhob sich. „Wir dachten gestern Abend nämlich schon, dass Ihr nie wieder erwachen würdet, als Ihr zuerst nur wirres Zeug geredet habt und dann auch noch wie ein nasser Sack vom Schemel gestürzt seid."

„Ich bin vom Schemel gestürzt?", wunderte sich Wolf und setzte sich auf, „davon weiß ich gar nichts. Und auch sonst ist mein Schädel wie leer gefegt. Das letzte, woran ich mich zu erinnern glaube, ist, dass ich eine Holzkelle mit dem Gebräu dieser Alten getrunken habe. Danach ist nur noch Dunkel."

Wolf rieb sich den Nacken und sah sich um. „Wo ist Greger und wo ist die Alte?"

„Sie sind beide draußen ...", antwortete Giacomo und räusperte sich.

Wolf sah ihn verwundert an. „Was habt Ihr? Was ist los?"

„... jedoch ist nur noch Greger am Leben. Die Alte ist tot", schloss der Italiener schließlich.

„Tot? Habt Ihr sie etwa doch noch erschlagen?" Wolf erhob sich, doch musste innehalten und sich an der Wand abstützen. Ihm war schwindelig. Nur langsam verschwanden die hellen Lichtpunkte vor seinen Augen.

„Gemach, gemach“, sagte Giacomo und stütze ihn. „Nein, ich habe damit nichts zu tun. Sie ist umgefallen und gestorben, ganz ohne mein Zutun.“

„So wie der Florentiner Händler in Nürnberg?“, fragte Wolf zynisch und schob Giacomos Hand zur Seite.

„Nein. Nicht so. Ich sagte doch: ohne mein Zutun. Außerdem war das in Nürnberg ein Unfall. Ich habe das nicht gewollt.“

„Ich weiß, ich weiß, ein Unfall“, wiegelte Wolf ab und ging zur Tür. Draußen sah er, wie Greger am Rande der Lichtung Steine zusammentrug, um ein Grab für die alte Frau zu schichten. Wolf ging mit weichen Knien über die Lichtung zu ihm. Als Greger seinen Kameraden erblickte, ließ er sofort den Stein fallen, den er in den Händen gehalten hatte, und kam ihm lächelnd entgegen. Die Erleichterung stand ihm ins Gesicht geschrieben.

„Wolf, Ihr lebt und seid wohlauf. Was für ein Glück.“ Völlig überraschend nahm er Wolf in die Arme und drückte ihn an sich.

Wolf musste lachen über soviel Freude. „Ja, was für ein Glück. Nachdem, was mir Giacomo erzählt hat, bin ich auch froh darüber, dass ich noch lebe.“

Greger löste sich von Wolf. Sein Gesicht war plötzlich ernst geworden. „Was hat er Euch erzählt?“

Verwundert sah Wolf Greger an. „Was ziehst du auf einmal für ein Gesicht? Er hat mir lediglich berichtet, dass ich vom Schemel gefallen bin, nachdem ich angeblich wirres Zeug geredet habe.“

„Mehr nicht?“

„Mehr nicht.“

Wolf ging weiter bis zum Leichnam der alten Frau und kniete sich neben sie. Er strich ihr die Haare aus dem kalten Gesicht. „Arme alte Waldhexe. Das habe ich nicht gewollt. Hättest du uns doch gleich gesagt, was wir hören wollten, dann wäre das alles nicht passiert.“

„Ich glaube, sie wollte es so.“

Wolf drehte sich um und sah Greger fragend an, der hinter ihn getreten war.

„Wie meinst du das?"

„Ich glaube, sie wollte Euch etwas mitteilen, weil sie Euch erkannt hat und dafür ist sie gestorben."

Wolf stand auf. „Sie hat mich *erkannt*. Wie meinst du das?"

„Sie wusste, dass Ihr Euch heute nicht mehr daran erinnern würdet und ich habe ihr, bevor sie gestorben ist, versprochen, dass ich Euch diese Wahrheit sagen werde."

„Was für eine Wahrheit, Greger? Rede jetzt oder lass es, aber sprich heute nicht in Rätseln zu mir. Mir brummt der Schädel wie nach einem Besäufnis und ich mag nicht denken."

„Ihr seid nicht, wer ihr glaubt zu sein. Sie hat Euch erkannt. Und Ihr kennt sie auch, aber ohne es zu wissen. Ihr seid nicht Wolf Besigheim, sondern ..."

„He, ihr zwei. Was gibt es da zu tuscheln", rief Giacomo di Vernaccia plötzlich. Erschrocken drehte sich Greger um. Giacomo war bereits mitten auf der Lichtung und nur noch wenige Schritte von Wolf und Greger entfernt. Sie hatten gar nicht bemerkt, wie er aus dem Haus und auf sie zu gekommen war.

„Was wolltest du mir sagen?", fragte Wolf.

„Nicht jetzt, Wolf. Später", flüsterte Greger, „Giacomo muss das nicht erfahren. Ich traue ihm nicht. Seid auf der Hut."

Wolf schielte an Greger vorbei auf den Italiener, der nun fast bei ihnen angelangt war und raunte: „Das hättest du mir nicht sagen müssen. Das bin ich auch so."

„Na, was haben die Herren für Geheimnisse vor mir?"

„Keine Geheimnisse. Ich habe Wolf nur gerade erzählt, was ich Euch auch schon mitgeteilt habe, nämlich dass mir die alte Frau noch sagen konnte, wo sich Schmied und seine Gesellen vermutlich verstecken."

„So", fragte Giacomo ungläubig, „hast du das?"

„Ja", fuhr Greger fort, „und ich meine auch, dass ein Fußmarsch von einem halben Tag kein Problem für uns darstellen sollte, bis wir die Köhlerhütte erreichen."

Skeptisch blickte Giacomo di Vernaccia von Wolf zu Greger. Er wusste, dass ihm Greger nicht die Wahrheit gesagt hatte. „Haben wir noch eine gültige Abmachung, Herr Besigheim?"

„Wir haben noch eine Abmachung und an die werde ich mich auch halten."

„Gut. Dann sollten wir schnellstens aufbrechen. Vielleicht erwischen wir sie heute."

Wolf nickte und warf Greger einen Blick zu. „Die Frau muss noch unter die Erde. Los Giacomo, packt mit an."

Giacomo di Vernaccia lächelte zynisch. „Wenn Ihr meint. Hexen bestattet man für gewöhnlich, indem man ihre Asche in einen Fluss streut, doch wenn Euer Herz an dieser hängt, dann will ich Euch helfen. Die Ratten werden sie ohnehin anfressen, begraben oder nicht."

Er ging um Wolf und Greger herum und packte die alte Frau unter den Armen, während Wolf ihre Füße nahm. Sie hoben sie hoch und betteten sie in das Oval aus Steinen, welches Greger zuvor bereits am Rand der Lichtung angelegt hatte. Die Greisin war leicht wie eine Feder, abgemagert und knochig. Greger und Giacomo di Vernaccia begannen den Körper der Toten von den Beinen an mit Steinen zu bedecken und rasch bildete sich ein kleines Hügelgrab. Wolf stand am Fußende und rührte sich nicht. Er stand einfach nur da und betrachtete das eingefallene, bleiche Gesicht der Frau, bis es unter den grauen Steinen verschwunden war. Was rief ihm die Tote zu? Ihr Gesicht. Er kannte es. Es war wie der Schemen eines Menschen in der Dämmerung. Umriss und Statur, Bewegung und Gestik verrieten eine Person, auch wenn es nur ein Schatten war. Wolfs Gedanken tobten in seinem Schädel. Er konnte es nicht zuordnen. Ein dunkles Wasser, weit fort und vergangen, aus dem ihn das Antlitz dieser Frau anstarrte und ihm zurief *„Ich bin es, erkennst du mich nicht, du Tor?"*

„Dafür, dass wir die Hexe wegen Euch verscharren, legt Ihr Euch aber nicht gerade ins Zeug, Besigheim!", sagte Giacomo di Vernaccia ungehalten und mit Schweiß auf der Stirn.

Wolf schüttelte seine Gedanken ab. Wortlos begann er den anderen beiden zu helfen und griff sich einen großen Findling, den er zu den anderen auf das Grab legte. Als sie fertig waren und alle Steine sorgsam geschichtet hatten, suchte Greger sich zwei trockene Äste. Diese band er mit einem Stück Hanf aus dem Haus der Frau zu einem Kreuz und reichte es Wolf. Der klemmte es zwischen zwei Steine am Kopfende des Grabhügels, ging zum Fuß des Grabes, kniete nieder und betete.

„Splendor paternae gloriae,
De luce lucem proferens,
Lux lucis et fons luminis,
Dies diem illuminans.
Ruhe in Frieden, alte Frau.“

„Es ist das gleiche Lied“, wunderte sich Greger.

„Ich habe es gestern zu ersten Mal gehört und doch habe ich es behalten. Es ist, als hätte ich es auf einmal auswendig gelernt“ entgegnete Wolf und erhob sich wieder. „Wo ist Schmied?“

„Wie ich bereits sagte, hat die Alte fünf Mann und einen Mönch gesehen, die in der Hütte eines Köhlers hausen. Sie liegt weniger als einen halben Tagesmarsch von hier entfernt.“

„Warum Marsch? Wir haben Pferde“, wandte Wolf ein.

Greger schüttelte den Kopf. „Ja, aber auf dem Weg, den sie mir beschrieben hat, werden sie uns nichts nützen.“ Er streckte seine Hand nach Nordwesten aus. „Hier entlang müssen wir gehen, quer durch den Wald und es ist mühsam, sagte sie. Viele Steine, dichtes Unterholz.“

Giacomo di Vernaccia stöhnte missmutig.

„Ihr könnt ja reiten. Greger und ich werden laufen.“

„Allein habt Ihr doch keine Chance gegen diese Bande“, widersprach Giacomo.

„Ihr auch nicht, di Vernaccia“, lächelte Wolf.

Giacomo zog ein verärgertes Gesicht, gab sich aber geschlagen. Zusammen gingen sie zum Haus der alten Frau zurück, holten ihre Waffen und packten sich etwas Proviant aus den Satteltaschen zusammen. Dann füllten sie eine ihrer Flaschen mit Wasser aus dem Bach und brachen auf.

Am Rand der Lichtung fragte Wolf: „Kennst du den Weg genau, Greger?"

„Ja."

Wolf nickte. „Gut, gehen wir", sagte er und schritt voraus.

***

Die Alte hatte scheinbar nicht gelogen und ihre Wegbeschreibung war so gut, dass Wolf den ganzen Weg, den er sich von Greger hatte erklären lassen, durch die dichten Freirieder Wälder voranging, ohne sich einmal zu verlaufen. Nur selten drehte er sich dabei nach seinen Begleitern um. Es ging auf die Mittagsstunde zu und dichte, gelbliche Wolken schoben sich von Westen heran. Den ganzen Tag über war es immer kälter geworden und es roch nach Schnee. Sie erklommen gerade eine Anhöhe, als Wolf mit einem Mal die Hand nach oben hielt und sich hinter einem Fichtenstamm versteckte. „Da ist es", flüsterte er.

Giacomo und Greger, die sich sofort bei Wolfs Zeichen geduckt hatten, schlichen nebeneinander zum Kamm der Anhöhe und starrten angestrengt durch die Bäume nach unten. Dort, umgeben von Holzstößen und derb gezimmerten Unterständen, konnten sie die Hütte des Köhlers sehen. Ein frisch geschichteter und bereits mit Lehm verputzter Meiler stand ein gutes Stück von der Hütte entfernt und wartete darauf, entfacht zu werden.

„Zwei Mann", sagte Giacomo leise, „sie gehen gerade in die Hütte. Sonst ist niemand zu sehen." Greger robbte ängstlich auf allen Vieren zurück zu Wolf an den Baum.

„Was machen wir jetzt?"

Wolf nahm seine Armbrust vom Rücken. „Die Waffen spannen und laden. Deswegen sind wir hierher gekommen."

Greger nickte und nahm seine Armbrust ebenfalls ab. Er stellte sich vor Aufregung äußerst ungeschickt an, so dass Wolf ihm zur Hand gehen musste, nachdem er mit seiner Waffe fertig geworden war.

„Was schlägst du vor?“, fragte Giacomo.

„Wir schleichen uns in eine gute Schussposition. Unten am Abhang steht links eine Gruppe junger Bäume. Von dort aus sind es vielleicht noch dreißig Schritte bis zur Hütte. Dort wirst du dich verstecken, Giacomo. Ich werde sehen, dass ich rechts hinter die Felsen komme, die dort unter uns liegen. Es ist ein wenig weiter von der Hütte entfernt, aber dort kann ich die Waffe auflegen und in Ruhe zielen. Wir müssen verflucht vorsichtig sein, der Abhang ist steil.“

„Und ich?“, warf Greger ein.

„Du wartest hier.“

Greger war erleichtert und empört zugleich. „Aber soll ich hier tatenlos ausharren, während Ihr und Giacomo gegen diese Kerle kämpft?“

„Tatenlos?“, fragte Wolf, erhob sich und hockte sich an den Rand des Abhanges, ohne die Hütte aus den Augen zu lassen. „Nein, Greger, du wirst uns Rückendeckung geben. Sobald wir nämlich geschossen haben, werden sie wissen, dass sie angegriffen werden, und versuchen, sich zu verteidigen. Entweder, sie verkriechen sich in der Hütte, was mir am liebsten wäre, denn Holzhäuser brennen bekanntlich gut oder aber sie werden auf uns losstürmen. Wenn Giacomo und ich beide treffen, dann gehst du zu dem, der dir am nächsten ist. Du gibst ihm deine geladene Armbrust und lädst seine sofort nach. Wenn einer von uns daneben schießen sollte und die Männer nach oben stürmen, dann ist es an dir, den Ersten zu erschießen. Ziele gut, atme ruhig und warte, bis du dir sicher bist, dass du auch triffst. Du hast nur einen Schuss, und wenn der daneben geht, sind wir in großer Gefahr. Sobald du geschossen hast, zieh dein Messer, denn wer weiß ...“

Plötzlich konnte man ein Zischen hören und Wolf schrie auf. Ein Pfeil hatte sich in seinen linken Oberschenkel gebohrt.

Der Schmerz und die Überraschung des Angriffs ließen ihn wanken. Schließlich konnte er sich nicht mehr halten und kippte rückwärts den Abhang hinunter.

„Überfall, Männer heraus, Überfall!", schrie eine heisere Stimme hinter ihnen. Es knackte im Unterholz und Greger konnte die Gestalt eines Mannes erkennen, der in geduckter Haltung an ihnen vorbei in Richtung Köhlerhütte lief. „Überfall, Überfall! Alarm, zu den Waffen!", brüllte der Mann, doch dann ging seine Stimme in einem Schrei unter. Er wurde mit Wucht seitlich gegen einen Stamm geschleudert und blieb dann röchelnd auf dem Boden liegen. Giacomo hatte ihn voll erwischt und ihm den Bolzen der Armbrust von hinten in die Lunge getrieben.

„Gib' mir deine", rief er Greger zu und nahm dessen Waffe. Greger versuchte Giacomos Armbrust zu laden, war aber nun noch aufgeregter und tat sich schwer damit.

„Verdammter Hund", fluchte Giacomo, „zum zweiten Mal in so kurzer Zeit schleicht sich jemand hinter mich." Dann huschte er an den Rand des Abhangs und sah nach Wolf. Der war noch immer nicht zum Stillstand gekommen und purzelte in einer Staubwolke immer tiefer hinab, begleitet von Ästen, Wurzeln und Steinen, die er mit sich riss. Seine Armbrust hatte er verloren. Sie lag nun zehn Schritte vom Rand des Abhangs entfernt. „Sie kommen", sagte Giacomo zu Greger und deutete auf vier Männer, die neben der Hütte in Deckung gegangen waren. Zwei von ihnen lösten sich plötzlich und rannten von der Hütte weg zu den Bäumen und in Richtung der Anhöhe.

Wolf hatte endlich eine Wurzel packen können und seinen Fall gestoppt. Dennoch hatte ihn sein Sturz fast bis ganz nach unten, nur etwa zwanzig Schritte vor die Hütte gebracht. Dort gab es keine Deckung. Schwindelig und benommen versuchte er sich zu erheben und sein Schwert zu ziehen. Die beiden Männer, die sich beiderseits des Waldsaums am Abhang ins Unterholz geschlagen hatten, kamen geduckt auf ihn zu und zogen ihre Waffen.

„Giacomo, tu doch etwas", rief Greger verzweifelt.

Giacomo kniete sich an den Rand des Abhanges und zielte nach unten. Doch auf diese Entfernung war ein sicherer Schuss reine Glückssache. Der Linke der Männer war zuerst bei Wolf und hieb mit dem Schwert auf ihn ein. Wolf wehrte sich nach Kräften. In einem Kampf unter normalen Bedingungen wäre er diesem Gegner wahrscheinlich überlegen, wenigstens jedoch ebenbürtig gewesen. So aber, mit Sand und Staub in den Augen, ausgezehrt von einer unruhigen Nacht und einem anstrengenden Fußmarsch und dann noch mit einem abgebrochenen Pfeil im Oberschenkel, hatte es Wolfs Gegner nicht schwer, ihn zu bedrängen. Die Schwerter klirrten und von rechts nahte der zweite Gegner.

„Ich will ihn lebend", donnerte eine Stimme herauf und ein hünenhafter Mann mit dunklem Haar löste sich aus dem Schatten der Köhlerhütte. Ein Schlag des Angreifers und Wolf verlor sein Schwert. Vielleicht hatte er die Anweisungen von unten nicht gehört. Wieder holte der Mann mit dem Schwert aus. Giacomo schoss. Er traf den Mann in den Hintern. Der schrie auf und ließ sein Schwert sinken. Da stieß Wolf nach vorne und rammte ihm das Messer in die Brust, dass er geistesgegenwärtig gezogen hatte. Das Schwert des Angreifers fiel zu Boden und er hielt sich röchelnd für einen kurzen Augenblick mit beiden Händen die Brust, bevor er vornüber in den Staub fiel. Ein tiefroter Fleck bildete sich um den Körper des Mannes im sandigen Waldboden. Wolf taumelte und griff nach seinem Schwert. Der andere Angreifer war fast bei ihm und die Männer von der Hütte schlichen sich auch heran.

Greger reichte Giacomo die geladene Armbrust. Wieder legte er an und zielte. Am Fuße des Abhangs fuhr Wolf herum. Er war bereit, sich auch dem zweiten Gegner entgegen zu stellen, doch plötzlich schleuderte der Angreifer Wolf mit voller Wucht einen faustgroßen Stein an den Kopf. Unter einem Stöhnen taumelte Wolf noch einen Moment, dann gaben seine Beine nach und er brach zusammen.

„Oh, Gott im Himmel." Greger war außer sich. Giacomo schoss auf den zweiten Mann, doch der Bolzen surrte eine Handbreit an ihm vorbei und bohrte sich unter einem lauten Schlag in einen Baum hinter ihm. Zumindest hatte es genügt, den Männern da unten zu zeigen, dass noch andere hier versteckt lagen und nur darauf warteten, einen von ihnen vor die Waffen zu bekommen. Der Angreifer, der Wolf den Stein an den Kopf geschmettert hatte, warf sich sogleich auf den Boden und robbte zu Wolf hinüber, um ihn als Deckung zu benutzen. Auch die anderen Männer duckten sich.

„Wir müssen fort. Wenn sie erst einmal hier sind, dann sind auch wir verloren", sagte Giacomo.

„Ihr wollt Wolf im Stich lassen?", empörte sich Greger. „Nein, niemals. Er hätte das auch nicht getan."

„Mach', was du willst. Ich gehe und hole Hilfe aus Nürnberg."

„Aber das dauert Tage, bis wir wieder hierher zurück sein werden."

„Wenn sie uns erwischen, bevor wir Land gewonnen haben, dann werden wir niemals mehr irgendwohin zurückkommen", entgegnete Giacomo kühl. „Wolf wird nicht wollen, dass du hier im Freirieder Wald ins Gras beißt, oder? Wir nutzen ihm nichts hier. Wir brauchen Unterstützung. Es war von vornherein ein waghalsiges Unterfangen, aber nun ist es aussichtslos. Komm', du Narr und verwechsele Mut nicht mit Dummheit."

Greger sah vom Rand des Abhangs aus, wie Wolf von seinem Gegner rücklings immer weiter zur Hütte geschleift wurde. Er fühlte sich elend und verzweifelt. Wolf würde nun sterben, ohne zu wissen, wer er eigentlich war. Doch Greger hatte keine Wahl. So folgte er schließlich Giacomo, der bereits im Unterholz verschwunden war.

40

Nürnberg
Etwa 25 Jahre zuvor
vier Tage vor Epiphanias
Montag, 2. Januar 1484

Das dichte Schneetreiben verwusch die Konturen des Mannes, der an die Tür eines Nürnberger Hauses im Armeleuteviertel klopfte. Er war in einen dicken Umhang eingehüllt und hatte die gefütterte Mütze tief ins Gesicht gezogen. Über seiner Schulter trug er ein dickes Stoffbündel. In diesem Viertel wohnte niemand von Rang und Namen, nur diejenigen, deren Broterwerb gerade genug abwarf, um nicht betteln zu müssen. Es stank fürchterlich und die Gasse der heruntergekommenen Häuser bot eine traurige Kulisse. Die fünfte Stunde des Nachmittags war angebrochen und seit zwei Tagen schon schickten die Wolken fast ununterbrochen das kalte Weiß vom Himmel, dass es eine Last war, zu laufen. Der Mann schlug sich den Schnee von den Kleidern und wartete. Dann wurde geöffnet und ein junger Mann stand in der Tür. Sein Bart war ungepflegt und sein Gesicht trug einige Narben zur Schau. Doch seine Statur und seine Bewegungen ließen darauf schließen, dass er Kraft und Geschicklichkeit vereinte. Es waren die Bewegungen eines Kämpfers. Er mochte bereits um die fünfundzwanzig Winter erlebt haben, aber sicher auch noch keinen, der so kalt und schneereich gewesen war.

„Kommt“, sagte er bloß und bat seinen Besucher mit einer auffordernden Geste, ihm zu folgen.

Der Mann nahm seine Mütze ab und klopfte sie an der Hauswand aus, bevor er das Haus betrat. Gemeinsam gingen die beiden Männer in die Wohnstube, die den einzigen Raum des ärmlichen Hauses darstellte. Ein Feuer prasselte in der offenen

Feuerstelle. Der Mann legte seinen Umhang ab und hing ihn daneben an einen Haken, um ihn trocknen zu lassen. Das Bündel ließ er auf den Boden fallen. Dann setzte er sich an den kleinen Küchentisch und sah sich um. „So eng und ärmlich wirst du zukünftig nicht mehr wohnen müssen, Strittmatter“, lächelte er.

„Das habe ich auch nicht vor“, entgegnete der junge Söldner und stellte seinem Besucher einen Tonkrug mit warmem Würzbier hin. „Wenn Ihr für mich dabeihabt, was mir zusteht“, fügte er fordernd hinzu und setzte sich ebenfalls an den Tisch. „Das habt Ihr doch, oder?“

Sein Gegenüber überhörte die Frage. „Noch ein paar Überfälle, um der ganzen Sache noch mehr …“, er suchte nach einem passenden Wort, „sagen wir einmal, Glaubwürdigkeit zu verleihen, dann, sobald der Mai den Schnee vertreibt, schlagen wir endgültig zu. Und jetzt höre meine Worte, wie das Ganze von statten gehen soll. Du kannst nun die Männer unter Sold nehmen, die wir benötigen und wirst mit ihnen in der Nacht vor Ascensio Domini zur Burg kommen. Halte dich in den Wäldern auf, die links an die Burg grenzen. Du wirst ein Feuerzeichen erspähen, sobald das Tor in meiner Hand ist. Wir werden einen Brandpfeil abschießen. Wenn du ihn siehst, reite los wie der Teufel und stoße zu uns. Insgesamt solltest du zwanzig einigermaßen taugliche und bewaffnete Reiter zusammen bekommen. Das genügt für Burg Freiried. Zwar mögen die Mauern stark sein und der Berg steil und schwer zu erstürmen, aber was nützen Burgolt von Freiried die besten Verteidigungsanlagen, wenn sein Tor offen steht wie das einer Scheune?“

„Habt Ihr das Geld?“, fragte Bartisch Strittmatter nun mit Nachdruck.

„Ja, das habe ich. Ich pflege mein Wort zu halten.“

„Sehr gut“, brummte Bartisch und prostete seinem Gast zu. Dann schmunzelte er. „Ihr seid schon ein durchtriebener Halunke, Euren eigenen Bruder ans Messer zu liefern“, entfuhr es ihm, nachdem er seinen Becher abgestellt hatte. In seinen Worten schwang jedoch wohlwollendes Anerkennen mit.

„Was für einen Bruder? Ich habe keinen Bruder mehr!“, regte sich Bastian Greimold von Freiried auf. „Meinst du etwa den Mann, der sich mein Erbe unter den Nagel gerissen hat, nur weil meinem verwirrten Vater mein Lebenswandel nicht schmeckte und er mich behandelte wie einen unerwünschten Kegel? Ich bin der Erstgeborene und ich nehme Burgolt nur, was ihm nie gehört hat. Oder meinst du den Mann, der mich heuchlerisch und in seiner unendlichen Güte als gedemütigter Ganerbe auf meiner eigenen Burg bei sich hausen lässt? Jeder bekommt, was er verdient. Ich eine Burg und er den Tod. Nichts wird von dieser Familie übrigbleiben, gar nichts“, zischte Bastian Greimold von Freiried und nahm hastig einen tiefen Zug des wärmenden Getränks, um seinen Ärger herunterzuspülen. Das Bier schmeckte gallbitter und billig, obwohl es mit viel Wasser verdünnt worden war. Dann griff er in seinen Umhang, befreite einen Geldbeutel vom Gürtel und setzte ihn vor sich auf den Tisch. Bartisch Strittmatters Augen begannen gierig zu leuchten, als er die Geldkatze erblickte und seine Hand zuckte reflexartig, so als müsse er sofort danach greifen.

„Moment noch“, sagte Bastian Greimold. „Du weißt, dass es Teil der Abmachung ist, dass du auch zukünftig dein Maul hältst, oder?“

Der Söldner nickte. „Was hätte ich davon, Euch zu verraten? Ich würde mir ins eigene Fleisch schneiden.“

Bastian Greimold von Freiried lächelte zynisch. „Noch mehr Geld könnte ein guter Grund sein. Leute wie du sind nützlich, aber setzen Loyalität mit Gold gleich. Lass dir gesagt sein, dass meine Hände weit reichen können; wenn es nötig sein sollte, auch weit über die Grenzen Nürnbergs hinaus.“

Bartisch Strittmatter blickte seinen Auftraggeber zornig an und zog seine Hand zurück, die er unmerklich bereits wieder nach dem Geldbeutel ausgestreckt hatte. „Ihr zahlt und ich diene Euch dafür. Was danach geschieht, ist meine Sache.“

„Wenn du deinen Auftrag erledigt hast, erhältst du die andere Hälfte deines Lohnes. Doch sieh dich vor und schweig, das ist alles, was ich von dir will." Dann schob er dem Söldner das Geld über den Tisch und erhob sich. „Willst du es zählen?"

„Wenn es nicht stimmt, dann werdet Ihr von mir hören, seid gewiss." Er deutete auf das Bündel, dass sein Besucher neben den Tisch gelegt hatte. „Was ist das?"

„Eure Wappenhemden. Ein alter Gewandschneider hat sie mir für ein paar Pfennige gemacht. Doch er wird das Geld nicht mehr ausgeben können." Bastian Greiomold von Freiried grinste.

„Wappenhemden?", fragte Bartisch Strittmatter erstaunt, aber völlig ungerührt vom Schicksal des Schneiders. Er machte sich daran, das Bündel zu entknoten. „Wozu das?" Er zog eines der Hemden hervor und hob es hoch. Es war einfach geschnitten, weiß und mit einem roten Wappentier versehen.

„Ein Ziegenbock?", lachte der Söldner.

„Wichtig ist nicht, dass es gut aussieht, wichtig ist, dass es sich herumspricht. Das werden sich die Leute merken, wenn sie es zu Gesicht bekommen. Der Raubritter mit dem roten Ziegenbock treibt sein Unwesen in diesen Wäldern." Aufgesetzt theatralisch hob Bastian Greimold von Freiried die Arme nach oben. „Und, o Graus, der böse Ritter hat auch die arme Familie des gerechten Herren von Freiried gemeuchelt. Der tapfere Bruder des Ermordeten eilte zur Hilfe, doch es war zu spät. Nur mit Mühe entkam er als Einziger den Klingen der Mörder und verteidigte den Besitz der Familie mit seinem Blut. Er wird nun die Burg beherrschen anstelle seines armen, armen Bruders ohne Nachkommen. Wie furchtbar."

Er ließ die Arme sinken. „Verstehst du jetzt? Also tragt diese Lumpen bei euren Überfällen, so dämlich sie auch aussehen mögen und auch in der vereinbarten Nacht."

Bastian Greimold von Freiried nahm seinen Umhang vom Haken und setzte den Hut wieder auf den Kopf. „*Dicere argentum, silere aurum est.* Denk daran." Mit diesen Worten öffnete er die Haustür und verschwand im Dunkel der Winternacht in den Gassen Nürnbergs.

41

Im Freirieder Wald vor Nürnberg
Sonntag nach Lukas
21. Oktober Anno Domini 1509

Greger fiel kopfüber in den kleinen Bachlauf an der Kate der alten Frau und trank gierig. Er verschluckte sich mehrmals, so sehr war er noch von der Flucht außer Atem. Auch Giacomo kniete sich neben ihn und schöpfte sich mehrere Hände des kühlen Wassers in Mund und Gesicht. Es war geglückt. Zwei der Männer hatten sie anfangs noch verfolgt, doch diese hatten bald aufgegeben. Der Vorsprung von Giacomo und Greger war zu groß gewesen. Die Verfolger waren einfach zu erschöpft vom Erklimmen des Abhangs, so dass Greger und Giacomo von Beginn an fast einen Bogenschuss Abstand zwischen sich und die Männer hatten bringen können. Greger hatte sich auch danach, während der anstrengenden Flucht durch die Freirieder Wälder, immer wieder gehetzt umgesehen, aber niemanden mehr ausmachen können. So hatten sie nach einiger Zeit guten Gewissens ihren Laufschritt aufgeben können und waren nur noch zügig marschiert. Aber das war anstrengend genug gewesen. Greger brannten die Beine wie Feuer und er war völlig ausgedörrt. Proviant und Wasser hatten sie bei ihrer überstürzten Flucht zurücklassen müssen. Auch seine Armbrust und den Köcher mit den Bolzen hatte Greger kurz hinter dem Rand des Abhangs in den Wald geworfen. Es war ein teurer Verlust, für den ihn Giacomo auch ordentlich gescholten hatte, doch die Waffe hatte ihn zu sehr beim Laufen behindert. Wieder senkte Greger den Kopf bis zur Wasseroberfläche und trank in tiefen Zügen. Dann sah er auf. Wasser tropfte aus seinen Haaren und vom Kinn.

„Sie werden ihn töten, nicht wahr?“

Giacomo schwieg. Dann sagte er: „Wahrscheinlich."

„Wir waren dumm, uns darauf einzulassen", ärgerte sich Greger und schlug mit der Faust auf den Waldboden.

„Nein, nicht dumm, sondern mutig und tollkühn. Das zeichnet gute Männer aus. Es hätte gelingen können. Wir mussten es versuchen. Dumm wären wir nur gewesen, wenn wir geblieben wären, nachdem sie Besigheim überwältigt hatten. Das ist der Unterschied, Greger."

Greger stand auf und stellte sich vor Giacomo. „Wollt Ihr ihm überhaupt helfen?" Seine Stimme bebte.

„Ich habe einen Auftrag", antwortete Giacomo, „einen Auftrag, der mir soviel einbringt, dass ich danach nicht mehr arbeiten muss. Und ob du es glaubst oder nicht, aber selbst ich, der dir so kalt und berechnend vorkommt, fühle mich dem Wort meiner Auftraggeber gegenüber verpflichtet. Wenn ich allerdings die Wahl zwischen der Erfüllung meines Auftrages und dem Leben von Wolf Besigheim hätte, so sehr ich ihn auch respektiere, würde ich immer den Auftrag wählen. Das weiß Wolf Besigheim."

Greger spuckte aus. „Ihr habt kein Herz!"

Giacomo di Vernaccia zuckte bloß ungerührt mit den Schultern. „Wenn du glaubst. Ich schulde diesem Mann nichts, warum also soll ich mich für ihn sinnlos in Gefahr begeben und mein eigenes Leben riskieren? Aber da die Erfüllung meines Auftrages zufällig in diesem Fall auch das Leben von Wolf Besigheim bedeuten kann, spricht nichts gegen einen Versuch, ihn zu retten."

Greger schüttelte angewidert den Kopf. „Man kann also nur auf Euch zählen, wenn man Eurem Auftrag nicht im Wege steht?"

„So könnte man sagen."

„Die alte Frau hatte recht, Ihr seid ein Bursche und kein Ritter", presste Greger verächtlich hervor.

Blitzschnell und völlig ansatzlos verpasste ihm Giacomo eine schallende Ohrfeige, die Greger fast zu Boden warf. „Beleidige mich nicht, Junge“, zischte er wütend, „ich habe Besigheim versprochen, dir nichts anzutun, aber beleidige mich nie wieder, sonst vergesse ich mein Versprechen. Du nützt mir nämlich gar nichts und es ist mir völlig gleich, ob du lebst oder tot bist. Und jetzt hol' die Pferde.“

Greger sah Giacomo hasserfüllt an und rieb sich die gerötete Wange. Dann begab er sich widerspruchslos hinter die Kate der alten Frau und führte die Pferde nach vorne. Sie tränkten die Tiere noch einmal am Bach und füllten die verbliebenen beiden Flaschen mit Wasser, bevor sie aufsaßen. Wolfs Hengst hatte Giacomo an langer Leine hinter sich am Sattel festgemacht und gab seinem Pferd nun einen Schenkeldruck. Er ritt voraus, zurück auf den falschen Pfad, den Wolf gestern gewählt hatte. Vielleicht war dieser Weg nicht falsch gewesen, sondern Gottes Wille? Noch einmal blickte sich Greger um und betrachtete das schmucklose Grab der alten Frau. Dort unter den Steinen lag nicht nur ihr geschundener Körper, sondern auch die Wahrheit über Wolf Besigheims Vergangenheit. Greger war nun der einzige, der sie kannte. Inständig betete er, dass ihm Gott noch einmal die Gelegenheit schenken würde, ihm seine wahre Geschichte zu erzählen. Er hätte verdient, sie zu erfahren, um nicht unter falschem Namen ins Himmelreich einziehen zu müssen, wenn seine Zeit gekommen sein würde.

***

Die Pferde schnaubten weißen Dampf in die feuchtkalte Luft und die gelblichen Wolken, die sich bereits am frühen Morgen von Westen her angeschlichen hatten, begannen, ihr Versprechen zu halten. Langsam fielen vereinzelte Flocken vom Himmel herab, doch der Schneefall nahm rasch zu und wurde dichter. Es war viel zu früh für den ersten Schnee, nicht einmal November. Der Boden war noch nicht gefroren. Der Schnee blieb nur kurz liegen, bevor sich die Kristalle in Wasser verwandelten. Er weichte zunehmend den Boden auf und die Hufe der

Pferde hinterließen immer tiefere Abdrücke in der Erde. Das Fortkommen wurde mühsamer. Endlich erreichten sie die Abzweigung. Giacomo hielt an, wandte sich im Sattel um und zeigte auf den rechten Pfad. „Hier entlang hätten wir reiten sollen."

Greger ritt neben ihn. Er hatte Giacomos Ohrfeige noch nicht vergessen und war dementsprechend kurz angebunden. „Vielleicht. Doch wir sind es nicht." Ohne ein weiteres Wort zu verlieren, trabte er wieder an und ließ Giacomo mit den beiden Pferden hinter sich zurück. Sie waren noch keine hundert Ruten weit gekommen, da trat plötzlich ein Mann vor ihnen auf den Weg. Er war mit Spieß und Schwert bewaffnet und trug Waffenrock und Helm. Erschrocken zügelten Greger und Giacomo ihre Pferde.

„Wohin des Wegs?", rief der Mann sie an und baute sich nur zwanzig Schritte vor ihnen auf. „Vielleicht wollen die beiden Herren kurz von ihren Rössern herabsteigen und mir das erklären?"

„Ich wüsste nicht, was dich das angeht", rief Giacomo verärgert, „und für gewöhnlich bestimme ich selbst, wann und wo ich vom Pferd steige. Sag` mir lieber, was du willst, damit ich entscheiden kann, ob ich weiter mit dir spreche oder dich lieber gleich über den Haufen reite." Giacomo zog sein Schwert und sah den Mann wütend an.

„Lass es fallen, wenn dir dein Leben lieb ist", rief nun eine weitere Stimme direkt hinter ihnen. Greger und Giacomo fuhren herum. In ihrem Rücken und nur einen Steinwurf entfernt, war ein zweiter Soldat aus dem Wald auf den Weg getreten. In seinen Händen hielt er eine geladene Armbrust und kam, Greger und Giacomo abwechselnd anvisierend, auf sie zu. „Ihr habt gehört, was mein Kamerad gesagt hat. Runter von den Pferden und die Waffen auf den Boden, sonst seid ihr fällig!"

Unvermittelt traten noch zwei weitere Männer aus dem Wald, einer ebenfalls mit der Armbrust im Anschlag und der andere mit gezogenem Schwert. Er schien kein Soldat dieser Truppen zu sein, denn er trug einen anderen, aufwändiger gearbeiteten Waffenrock und keinen Helm. Er zeigte mit dem Schwert auf Giacomo. „Mach' schon, Lump. Endlich haben wir euch!"

Greger beeilte sich, sein Messer, das Geschenk Jakob Hellers, aus dem Gürtel zu ziehen und warf es neben sein Pferd zu Boden. Giacomo ließ ebenfalls sein Schwert aus den Händen gleiten und zog die Armbrust vom Rücken, die er wütend von sich schleuderte. „Wer zur Hölle seid ihr und was fällt euch ein, uns hier aufzulauern? Wollt ihr unser Geld, dann habt ihr Pech. Wir besitzen nämlich nicht viel. Wollt ihr unser Leben, dann macht schnell, denn ich bin es Leid, auf etwas zu warten, was ohnehin gleich kommen wird."

„Du hast ein großes Maul, Vagant. Runter vom Gaul sage ich", wiederholte der Mann ohne Helm entschlossen.

Daraufhin stiegen Greger und Giacomo von den Pferden. Der Soldat vor ihnen eilte herbei, nahm die Tiere an den Zügeln und führte sie ein paar Schritte fort. Die anderen Männer kamen näher und behielten Giacomo und Greger im Visier. Der Mann mit dem Schwert legte Giacomo die Spitze seiner Waffe an den Hals. „Ich bin Gottschalk von Freiried, Sohn des Grafen Bastian Greimold von Freiried, in dessen Wäldern ihr euer Unwesen treibt. Das sind die Männer meines Vaters, die sich freuen dürften, ihm die frohe Kunde zu überbringen, dass sie wieder einmal ein paar Vaganten und dreckiges Diebesgesindel eingefangen haben. Ihr werdet schön baumeln an den Zinnen unserer Burg und den Krähen werden eure Augen schmecken".

„Vaganten?", fuhr Giacomo wütend auf. „Seid Ihr von Sinnen? Was fällt Euch ein, unbescholtene freie Männer zu beschuldigen. Ich bin Giacomo di Vernaccia, Händler aus Florenz und dieser hier ist Greger Cramer der Sohn eines Kaufmanns aus Frankfurt."

Gottschalk von Freiried lachte und drückte Giacomo die Schwertspitze fester an den Hals, so dass dieser einen Schritt zurückweichen musste. „Gewiss, gewiss, zwei unbescholtene Freie. Habt ihr das gehört, Männer?" Auch die anderen Soldaten stimmten nun in das Lachen des Grafensohns ein. „Ein Händler aus Italien und ein Frankfurter Kaufmannssohn. Kaufleute ohne Waren, mit einem Pferd zu viel und bewaffnet. Ihr treibt schon auf eine seltsame Art und Weise Handel in Italien und Frankfurt, meine Herren." Dann gefror sein Lachen. „Los, bindet sie und setzt sie auf die Pferde zurück. Wir wollen sehen, was mein Vater dazu sagt."

„Herr von Freiried, Ihr irrt Euch", rief Greger voller Verzweiflung. „Was mein Begleiter sagt, stimmt. Wir sind nur harmlose Leute auf dem Weg nach Nürnberg und ich bin der Sohn des Gildekaufmanns Jokoff Cramer aus Frankfurt. Fragt doch den Benedikt Tössler aus Nürnberg. Er kann Euch das alles bestätigen. Nicht wir sind die Vaganten, sondern andere. Auch wir sind überfallen worden und man hat einen Freund von uns gefangen gesetzt. Sie werden ihn töten, wenn Ihr uns nicht beisteht."

Gebieterisch hob Gottschalk von Greimold daraufhin die Hand und seine Männer hielten inne. „Benedikt Tössler, sagst du? Eine guter Name, um die Wahrheit zu bestätigen, sollte es denn tatsächlich die Wahrheit sein. Tössler ist mir bekannt. Es mag sogar sein, dass es stimmt, was ihr mir erzählt, aber Nürnberg ist einen Tagesritt von hier entfernt und wir haben euch in den Wäldern meines Vaters aufgegriffen. Er soll entscheiden, was zu tun ist, denn ihr untersteht hier seiner Gerichtsbarkeit und nicht der der Stadt. Bis die Geschichte, die du mir aufzutischen versuchst, geklärt ist, werden wir euch sicherheitshalber auf die Burg bringen. Wenn mein Vater euren Worten Glauben schenken und entscheiden sollte, es wäre ihm dienlich, dem nachzugehen, dann wird er gewiss tätig werden. Ansonsten empfehle ich euch schon jetzt, euren Frieden mit Gott zu machen. Mein Vater ist auf Vaganten, die auf seinem Gebiet ihr Unwesen treiben und ihm die Zölle streitig machen, nicht gut zu sprechen. Er macht gerne kurzen Prozess mit ihnen."

„Greift in meine Satteltasche", fauchte Giacomo. „Dort befindet sich ein Geleitschreiben meines Auftraggebers, Lorenzo

II. de'Medici, Fürst von Urbino. Überzeugt Euch selbst davon, dass ich die Wahrheit spreche."

Gottschalk von Freiried sah Giacomo di Vernaccia ungläubig an. „Ein Geleitbrief der de'Medici sagst du? Wir werden sehen." Er ging zu Giacomos Pferd und griff in die Satteltaschen. Nach einiger Zeit beförderte er tatsächlich einen gesiegelten Brief daraus hervor und las ihn konzentriert. Schließlich faltete er ihn wieder zusammen und steckte ich zurück.

„Seht Ihr?", fragte Giacomo triumphierend.

„Was ich da gelesen habe, ist für mich nur schwer verständlich. Der Brief sieht echt aus, in der Tat. Auch glaube ich dir aufs Wort, dass du aus Italien stammst, allerdings könntest du den Brief auch genau so gut gestohlen haben und dich als Giacomo di Vernaccia ausgeben."

„So ein Unsinn", rief Greger nun. „Ich kann es doch auch bezeugen. Ihr dürft nicht länger zögern. Unser Freund wurde von den Männern gefangen genommen, die ihr sucht. Sie sind die Vaganten, nicht wir!"

Gottschalk von Freiried dachte kurz nach. Dann sagte er: „Gut. So recht glauben will ich euch eure Geschichte nicht, aber andererseits hättet ihr nichts davon, mir eine Entführung eures Freundes vorzugaukeln. Wir werden dorthin reiten, wo ihr uns haben wollt, doch ich traue euch nicht über den Weg. Eine falsche Bewegung und ihr seid fällig, verstanden? Bindet sie", rief er seinen Männern zu, „und dann auf die Pferde!"

Er steckte sein Schwert zurück in die Scheide. Die Soldaten des Grafen banden Giacomo und Greger die Hände mit Lederriemen auf den Rücken und setzten sie auf ihre Pferde. Sie klaubten die Waffen zusammen, die verstreut auf dem Weg lagen und zwei der Männer führten die Tiere der Freirieder Soldaten aus dem Wald heraus. Dann saßen sie auf und nahmen Greger und Giacomo zwischen sich. Gottschalk von Freiried ritt in die der rettenden Stadt Nürnberg entgegengesetzten Richtung voran. An der Weggabelung angekommen, hielt er sich rechts, genau auf dem Pfad, den Wolf gestern nicht hatte nehmen wollen. Die Lederriemen schnitten Greger ins Fleisch. Er hatte Angst. Vielleicht würde er weder Mutter noch Schwester und auch nicht seine geliebte Dorothye jemals wiedersehen. Vielleicht war Wolf schon tot und lag kalt und mit offenen Augen auf dem Waldboden vor der Köhlerhütte. Erschlagen von Jeckel Schmied und seiner Bande, die sich nun grinsend die Hände rieben und gewarnt waren. Dieses verfluchte Dokument. Wäre sein Vater doch nie damit in Berührung gekommen. Gott im Himmel baute den steinigen Weg des Schicksals und am Ende dieses Weges glomm der Schein eines friedlichen Lichtes, das man Hoffnung nannte. Doch Gregers Weg war dunkel geworden. Das Licht war verloschen und die kalten Nadeln des einsetzenden Eisregens stachen ihm wie eine böse Vorahnung ins Gesicht.

42

Im Freirieder Wald vor Nürnberg
Sonntag nach Lukas
21. Oktober Anno Domini 1509

Schrei, Andreas, schrei! Der rote Ziegenbock hielt Andreas fest gepackt vor sich auf dem Sattel. Das Messer war von seiner Kehle verschwunden. Bei jedem Sprung, den das Pferd im Galopp vollführte, schlug Andreas der Sattelrand in den Magen und nahm ihm die Luft, dass er von Zeit zu Zeit würgen musste. Warum tötete ihn dieses grauenhafte Wesen nicht endlich, so wie die Männer seine Eltern und Geschwister ermordet hatten? Warum ritt der Ziegenbock mit ihm in die Wälder, fort von der Burg? Andreas machte sich nass vor Angst und die Geschwindigkeit des Rittes trieb ihm das Wasser in die Augen. Die nachtschwarzen Schatten der Bäume rasten an ihm vorbei und er wusste nicht, wo er sich befand. Der Reiter verringerte das Tempo und schlug sich nach rechts ins Unterholz. Der Wald fraß die Konturen, verschluckte Zeit und Raum. Andreas konnte nicht mehr schreien. Er wimmerte ganz leise und begann zu zittern. Er spürte die Hand des Reiters fest in seinem Nacken. Dann hielt der Mann an, sprang vom Pferd und zerrte Andreas mit sich, klemmte ihn unter den Arm wie ein zappelndes Bündel Reisig. Ein Haus stand dort. Lichtlos und düster. Es starrte sie an. Andreas wehrte sich. Zum ersten Mal. Er versuchte den Mann zu beißen und trat nach ihm. Plötzlich schlug ihm der Söldner die Faust ins Gesicht und warf ihn zu Boden. „Du kleiner Bastard! Dir werde ich helfen!"

Andreas schrie auf. Der Mann packte ihn an den Haaren und schleifte ihn hinter sich her. Er stieß die Tür auf und warf Andreas zu Boden. Die Tür fiel ins Schloss. Stille, unsichtbare Schritte. Andreas wimmerte wieder. Sternenregen und eine kleine Flamme. Der Soldat blies das Feuer an. Rote Dämonenzungen baten zum Reigen. Sie tanzten immer höher. Der Ziegenbock war verschwunden und doch konnte Andreas ihn sehen, auf dem Wappenhemd des Söldners.

„Hast du Hunger?"

Andreas wimmerte.

„Gut, dann eben nicht. Benimm dich und dir soll nichts geschehen. Benimmst du dich nicht, bekommst du meine Faust zu spüren. Verstanden?"

Andreas wimmerte.

„Ach, was soll`s. Mit dir ist nichts anzufangen. Los, komm' her und geh' in die Kammer."

Andreas wimmerte.

„Verdammt, bist du taub? Ich habe dich gewarnt." Der Mann trat zu Andreas und schlug ihn mit der flachen Hand ins Gesicht. Andreas brach in Tränen aus und schrie. Daraufhin zerrte ihn der Mann wieder an den Haaren hinüber zur Abstellkammer und stieß ihn hinein. Mit einem lauten Knall warf er die Tür zu und verriegelte sie. Jetzt war Andreas allein mit seiner Angst, aus der grauenhafte Gestalten erwuchsen. Es war dunkel und doch waren sie zu sehen. Sie krochen ihm die Beine hinauf und bissen sich in seinem Nacken fest. Sie flossen in seinen Adern und soffen sein Blut. Sie schüttelten ihn und nahmen ihm die Luft und seine Seele. Er verwandelte sich in ein Nichts. Er war kein Mensch mehr. Alles war fort, das Leben vergangen. Nicht nur tot, sondern ausgelöscht. In diesem Augenblick verboten ihm die Dämonen der Dunkelheit, sich jemals wieder an sich selbst zu erinnern. Sie schlugen ihm die Tür zu seinem bisherigen Leben vor der Nase zu und vernichteten den Schlüssel. Sie hatten Andreas' Vergangenheit aufgefressen. Wer keine Vergangenheit besaß, der war niemand mehr, dessen Leben war ausgelöscht. Nur der Atem blieb, lustlos angetrieben von einem dumpfen Herzschlag. Eine Zukunft ohne Anfang. Das war der Preis für sein erbärmliches Weiterleben.

„Wie heißt du?“, riefen ihm die Dämonen höhnisch aus der Dunkelheit herüber und lachten geifernd, doch er wusste es nicht mehr, hatte es nie gewusst. Gesichter und Menschen zogen in Schlieren vorbei. Ihre Züge schienen ihm vertraut. Andreas meinte noch einen Augenblick, sie zu erkennen, doch hatte er ihre Namen bereits vergessen. Fratzen ohne Sinn und Herkunft. Vater, Mutter, Geschwister, sein Kindermädchen, die Knechte und Mägde, die Wachen am Burgtor. Waren sie es wirklich oder waren es nur Schemen höllischer Träume, die mit Schmerz und Qual durch seinen leeren Verstand tobten? Alles war ausgelöscht. Und doch, ganz am Ende des zeitlosen Raumes, meinte Andreas ein Licht zu erkennen. Klein und zart war es, aber voller Energie und Kraft. Mühsam wollte er sich erheben, doch seine Glieder schmerzten unendlich und seine Sinne brannten wie im Fegefeuer. Schatten und Dämonen züngelten ihm beruhigende Lügen ins Ohr, hielten ihn fest, wie an dehnbare Ketten gefesselt, wie in nassen Ton getaucht. Andreas schrie vor Wut und Verzweiflung. Er wollte nicht mehr am Boden liegen, nicht mehr in dieser Kammer ohne Zeit und Raum gefangen bleiben. Ein Gefängnis ohne Mauern und doch so eng, dass ihm der Atem verging. Er wollte sich befreien, frei sein. Gegen den Willen der Dämonen drückte sich Andreas auf die Knie und stützte die schwere Last seines Oberkörpers auf den Armen ab. Das Licht wurde heller, pulsierte und leuchtete bereits einige Fußbreit mehr in die Dunkelheit hinein. Es malte seichte Konturen und erweckte lange vergessene Gefühle in seinem Herzen. Andreas schrie aus Leibeskräften und richtete sich auf. Die Dämonen fielen von ihm ab. Sie fauchten wütend, doch sie vermochten ihn nicht länger zu halten. Das Licht drehte sich, flackerte, flüsterte und machte Andreas Mut, weiterzukämpfen.

Da traf ihn ein Fußtritt in den Magen. Erschrocken und schweißnass riss Wolf die Augen auf. Das einfallende Licht blendete ihn und so konnte er nur die Umrisse eines großen Mannes erkennen, der vor ihm in der weit geöffneten Tür stand. Wolfs

Oberschenkel brannte wie Feuer. Die Spitze des abgebrochenen Pfeiles biss in sein Fleisch.

„Hast du Fieberträume?", rief der Mann verächtlich und trat ihn noch einmal, „ich werde dich davon befreien." Er packte Wolf am Kragen, zerrte ihn aus der Kammer hinaus in die Wohnstube der Köhlerhütte und ließ ihn zu Boden fallen. Als Wolf aufblickte, sah er in die Gesichter von vier Männern. Einer von ihnen war ein Mönch und er erkannte ihn: Es war Thomas Ulrepforte, der willige Gehilfe des Johannes Pfefferkorn. Der Mann, der Wolf hinausgezerrt hatte war Benisch Stoltzers ehemaliger Handlanger Jeckel Schmied. Die anderen Männer waren ihm fremd.

Schmied grinste, beugte sich zu Wolf hinunter und drückte ihn zu Boden. „Gut, hängen wir ihn auf, damit es ein Ende hat und wir morgen endlich nach Nürnberg zurückkehren können. Cunrath, greif' dir das Seil dort", wies er den Mann an und zeigte auf ein dickes Tau, das von einem Dachsparren herunterhing. „Das scheint mir gut genug für den Hals unseres Freundes hier zu sein. Und du Enewalt", forderte er den anderen auf, „hilf' mir, ihn nach draußen unter die Buche neben das Haus zu befördern. Da will ich den Wald mit seinem baumelnden Kadaver schmücken."

Der Angesprochene beugte sich nach unten und griff nach Wolfs Füßen. Doch Wolf zog sie im letzten Augenblick geschickt zurück. Er trat dem Mann mit voller Wucht und beiden Stiefeln ins Gesicht, so dass dieser mit erhobenen Händen umfiel. Jeckel Schmied reagierte sofort und hieb Wolf mit der Faust so fest an die Schläfe, dass ihm schwarz vor Augen wurde und er regungslos liegen blieb.

„Ich habe dir doch versprochen, dass ich dich von deinen Fieberträumen befreien werde. Bald wirst du keine mehr haben. Nie wieder."

Uber die Gottlosen wird er
Strick, Feuer, Regen tone,
Und Wind, des Ungewitters mehr,
Einschenkt er ihn' zu Lohne.
Der Herr hat lieb Gerechtigkeit,
Darum, daß ihr Angsicht allzeit
Hie schaut auf das Gerechte.

Aus „Der II. Psalm Davids"
von Hans Sachs, anno salutis 1526

TEIL IV
EXSECRATIO CAUDICIS

Der Fluch des Dokumentes

43

Im Freirieder Forst
Sonntag nach Lukas
21. Oktober Anno Domini 1509

Als Wolf aus dem Dunkel seiner Ohnmacht erwachte, schnürte ihm etwas die Luft ab und er vermochte sich nicht zu bewegen. Er musste röcheln und husten, bäumte sich auf, doch unsichtbare Klauen hielten ihn wie in einem eisernem Griff. Mühsam drehte er schließlich seinen Kopf zur Seite und begriff erschrocken, was vor sich ging. Neben ihm standen Jeckel Schmied und Thomas Ulrepforte, die ihn grinsend betrachteten. Wolf wollte sich losreißen, doch seine Hände waren ihm auf dem Rücken zusammengebunden worden und sein Kopf steckte in einer Schlinge. Das derbe Seil schnitt ihm ins Fleisch.

„Ah, kommst du endlich wieder zu dir?", rief Schmied und zerrte ihn auf die Beine, „dann wirst du nun deine letzten Momente auf Erden genießen können. Zieht ihn hinauf!"

Schlagartig wurde Wolf die Luft noch mehr abgeschnitten und er erkannte, dass man im Begriff war, ihn aufzuknüpfen. Sie hatten das Seil über einen starken Buchenast geworfen und zogen nun an dessen Ende, so dass Wolfs Hals gestreckt wurde und seine Füße Mühe hatten, nicht den Boden zu verlassen. Wolf würgte und wusste, dass dies sein Ende bedeutete. Hier würde ihm nun niemand mehr zur Hilfe kommen. Er war verloren.

„Gold", presste er mit letzter Kraft hervor, „Das Gold! Das Dokument!" Das Seil lockerte sich und Wolf spürte wieder das volle Gewicht seines Körpers auf den Füßen.

Schmied war außer sich vor Wut und herrschte seine beiden Männer an: „Habt ihr nicht gehört? Zieht ihn hinauf, habe ich gesagt oder soll ich euch helfen?"

Doch entgegen Jeckel Schmieds Anweisungen verlor das Seil nun gänzlich an Spannung und Wolf sank auf die Knie, bevor er nach Luft japsend zur Seite fiel und liegen blieb. Jeckel Schmied sprang vor und wollte nun selbst danach greifen. Cunrath jedoch kam ihm zuvor und stellte sich schützend vor den am Boden röchelnden Wolf, die Hand fest am Griff seines Kurzschwertes.

„Genug, Jeckel. Von was spricht dieser Mann? Was für Gold? Red' schon!"

Schmieds Gesicht hatte jede Farbe verloren. Woher konnte Besigheim von dem Dokument und dessen Inhalt wissen? Doch er fasste sich schnell wieder. Es war gleichgültig, wie er an sein Wissen gelangt war. Fest stand, dass er einen lästigen Zeugen mehr darstellte und sterben musste. Und zwar schnell. Jeckel Schmied blieb stehen. „Glaubst du einem zum Tode Verurteilten mehr als dem, der dich bezahlt? Dummkopf! Dieser Kerl versucht doch nur, seine Haut zu retten. Gehst du ihm so leicht auf den Leim?"

Hanns war mittlerweile ebenfalls hinter der Buche hervor und zu Cunrath getreten. „Du uns bezahlen?", fuhr er wütend dazwischen: „Ja, Jeckel, da magst du recht haben, aber was ist das für eine Bezahlung? Geld und sonstige Reichtümer hast du uns versprochen und bisher haben wir nur ein paar lächerliche Silbermünzen bekommen. Wir entscheiden ab sofort mit, was geschieht und wir haben soeben beschlossen, dass wir diesen Mann zuerst befragen wollen, was es mit dem Gold und diesem Dokument auf sich hat. Lügt er, um seine Haut zu retten, dann hängen wir ihn dir so hoch in diese Buche, wie auch immer du es willst. Doch wenn sich herausstellen sollte, dass du ein falsches Spiel mit uns treibst, Jeckel, dann müssten wir überlegen, ob wir nicht ohne dich schneller reich werden können. Müssten uns Gedanken darüber machen, ob wir einen solchen Mann noch neben uns haben wollen. Du und dieser seltsame Mönch dahinten", dabei nickte Hanns in Richtung Thomas Ulrepforte, der verängstigt und etwas ratlos einige Schritte vom Geschehen entfernt stand und den Streit beobachtete. „Ihr beide verbergt etwas vor uns. Hältst du uns für so einfältig, dass wir das nicht bemerkt haben? Der Lederköcher um deinen Hals interessiert uns genauso wie das, was uns dieser Kerl hier über Gold zu berichten hat. Befindet sich darin am Ende das Dokument, von dem er spricht?“ Hanns stieß Wolf, der mittlerweile wieder ohnmächtig geworden war, mit dem Fuß an.

Jeckel Schmieds Gesicht verzog sich zu einer Grimasse. Seine Augen blitzten gefährlich und er dachte nach. Er hatte nie vorgehabt, den Männern etwas von der Wahrheit zu erzählen, nichts von dem griechischen Dokument, nichts von der Goldmaschine. Sie waren nur austauschbare Helfer, die, nachdem sie ihm gedient hatten, ihren Lohn in Form einer Elle blanken Stahls in den Wanst erhalten würden. Genauso wie Thomas Ulrepforte. Doch ihn brauchte Schmied noch. Im Moment wenigstens, auf die anderen konnte er getrost verzichten. Sie waren ihm zu neugierig geworden. Jeckel Schmied verschränkte die Arme vor der Brust und ging bedächtig einen Schritt näher auf Cunrath und Hanns zu, die sich nun beide vor den ohnmächtigen Wolf geschoben hatten. Sofort zogen sie die Schwerter ein Stück heraus, doch Schmied blieb ruhig stehen und sah sie lächelnd an. Niemand hätte in diesem Augenblick sagen können, was hinter dem ausdruckslosen Gesicht und den kalten Augen vor sich ging und was er vorhatte.

„Habt ihr etwa Angst vor mir? Zwei so tapfere Diebe und Meuchelmörder haben Angst vor einem einzelnen Mann?“ Schmied stieß ein kurzes, verächtliches Lachen hervor.

„Sag, was du zu sagen hast, Jeckel, aber keinen Schritt näher“, rief Cunrath, dessen Hand sich nicht vom Schwertgriff lösen wollte. Er fixierte Jeckel Schmied, der nur drei Schritte vor ihm stand und folgte jeder seiner Bewegungen.

„Der Mann hat recht“, hob Schmied an, „es geht um Gold, so viel Gold, wie ihr es in euren Leben nicht ausgeben könnt. So viel Gold, dass ihr darin baden könntet. Der Schlüssel dazu hängt um meinen Hals und dieser Mann glaubt, die Wahrheit zu kennen, aber er weiß nichts. Allerdings weiß er genug, dass er damit vielleicht am Ende noch andere auf dumme Gedanken bringt. Leute wie euch. Daher muss er sterben."

Hanns und Cunrath sahen sich an und grinsten. „Na also", hob Cunrath an, „es geht doch, Jeckel." Dann verfinsterte sich sein Gesicht. „Zeig' uns dieses Dokument endlich und sag' uns, was es damit auf sich hat. Was müssen wir tun, um an das Gold zu gelangen? Du hast uns lange genug für dumm verkauft, Schmied. Los jetzt!"

Cunrath beging nun den letzten Fehler in seinem Leben. Er löste die Hand vom Schwert und streckte sie stattdessen Jeckel Schmied entgegen, um das wundersame Dokument entgegenzunehmen, das ihnen den Weg zu geheimen, überquellenden Goldkammern öffnen sollte. Noch immer stand Jeckel Schmied ausdruckslos und mit verschränkten Armen vor den Männern. Als jedoch Cunrath einen Schritt auf ihn zu machte, die Hand nach vorne gestreckt, sprang er ihm plötzlich entgegen. Schmied riss seine Arme auseinander und hieb Cunrath mit einem kraftvollen Schlag ins Handgelenk. Jeckel Schmied hatte seinen Dolch in der Jacke verborgen gehalten und im Sprung gezogen. Aus Cunraths tiefer Wunde spritzte das Blut, eine Sehne war durchtrennt worden. Mit weit aufgerissenen Augen starrte er Jeckel Schmied an und schien noch gar nicht begriffen zu haben, was soeben geschehen war. Jeckel Schmied gab ihm auch dafür keine Zeit. Ein weiterer schneller Schritt und er stand bei dem erstarrten Cunrath und bohrte ihm den Dolch bis ans Heft unterhalb des Kehlkopfes in den Hals. Schmied drehte die Waffe knirschend im Fleisch des Mannes, dann riss er sie heraus und stieß Cunrath achtlos weg. Der taumelte zwei Schritte rückwärts, besah seinen Stumpf, mit dem er sich hilflos an den offenen Hals langen wollte, und brach schließlich gurgelnd zusammen.

Weder Hanns, der noch immer mit offenem Mund vor dem am Boden liegenden Wolf Besigheim stand, noch Thomas Ulrepforte hatten mit dieser Attacke gerechnet. Es waren nur wenige Augenblicke gewesen, in denen sich Schmieds Angriff abgespielt hatte und es schien, als hinkte die Wirklichkeit der mörderischen Übung des Jeckel Schmied hinterher. Der ließ nun seinen blutüberströmten Dolch fallen und zog das Schwert.

„Nun darfst du Angst haben“, fauchte er Hanns an, die Augen starr vor Mordlust und Wut. Wie ein Marder im Blutrausch stürzte er Hanns entgegen, der nun endlich begriffen zu haben schien, dass er in Lebensgefahr schwebte, wenn er nicht sofort reagierte. Er machte einen Schritt rückwärts und stolperte dabei über Wolfs leblosen Körper. Noch in der Bewegung rappelte er sich wieder auf die Beine und zog sein Schwert. Doch Schmied war bereits bei ihm und hieb wie von Sinnen auf seinen ehemaligen Gefolgsmann ein, der Mühe hatte, unter den gewaltigen Schlägen nicht zusammenzubrechen. Plötzlich ließ Hanns das Schwert sinken und starrte Schmied wie hilflos an. Hanns‘ Schwertspitze berührte den Boden und das Heft lag nur noch leicht in seiner Hand. Schmied stand verdutzt vor ihm, doch fasste sich schnell. Gerade wollte er den Todesstoß ausführen, da hielt er inne. Hanns schien ihm etwas sagen zu wollen und öffnete seine Lippen. Doch statt Worten quoll ein dünner faden schleimvermengten Blutes hervor und lief ihm den Mundwinkel herunter. Er sank still nach vorne auf die Knie, blickte nochmals zu Jeckel Schmied empor, dann brach sein Blick und er kippte wie ein nasser Sack nach vorne um. Jeckel Schmied sah zuerst ratlos und völlig überrascht auf seinen toten Gegner herab, der eigentlich gar nicht hätte tot sein dürfen, denn er hatte ihn nicht ernsthaft verletzen können. Und doch starb er zu seinen Füßen. Plötzlich entdeckte er den Bolzen, der Hanns zwischen den Schulterblättern steckte und begriff, was hier vor sich ging. Er fuhr zu Ulrepforte herum. „Los Mönch, hol’ die Gäule, wir werden angegriffen. Wir müssen verschwinden!“ Schon schlug ein weiterer Armbrustbolzen in die Rinde der Buche, nur einen Schritt von Jeckel Schmied entfernt. Aus dem Unterholz brachen plötzlich vier Bewaffnete hervor und stürmten auf Jeckel Schmied los. Sie waren nur noch dreißig, vielleicht vierzig Schritte von ihm entfernt. Schmied sprang über Wolfs Körper. Er zögerte und hob sein Schwert, um diesen unliebsamen Zeugen ein für alle Mal loszuwerden. Doch ein weiterer Bolzen zischte dicht an seinem Kopf vorbei, weshalb er den Schlag nicht ausführen konnte. Mit dem Schwert in der Hand stürzte er über die steinige Lichtung vor der Köhlerhütte auf Thomas Ulrepforte zu, der zwei Pferde hastig von den Bäumen losgebunden hatte. Schmied hatte ihn erreicht und brüllte: „Du dämlicher Mönch! Wirst du dich wohl in den Sattel schwingen, bevor sie auch dich erwischen. Mach', du Tölpel! Rasch!"

Doch der Dominikaner machte keine Anstalten, sich zu bewegen. Stattdessen stellte er sich Jeckel Schmied in den Weg und flüsterte: „Der Herr sei mit mir!" Mit diesen Worten riss er dem völlig überraschten Schmied den Köcher mit dem Dokument vom Hals und rannte über die Lichtung davon, den Angreifern entgegen.

„Zu Hilf, ihr Leut', so helft mir doch! Einen Diener Gottes will man töten, so helft mir doch und euren Seelen!"

Fassungslos starrte Schmied dem Mönch hinterher. Er hatte ihn hereingelegt. Ihm blieb keine Zeit mehr, weiter zu zögern. Ein weiterer Bolzen durchschnitt die Luft und traf eines der Pferde in die Flanke. Es stieg wiehernd auf die Hinterläufe und galoppierte ein paar letzte Schritte in panischer Angst, bevor es schließlich zusammenbrach. Schmied schwang sich in den Sattel und preschte davon, am Rand der Lichtung entlang und in den Wald hinein, bis ihn das Dunkel der Bäume verschluckte. Die Männer des Grafen von Freiried schickten ihm noch einige Bolzen hinterher, doch keines der Geschosse erreichte sein Ziel. Jekkel Schmied war entkommen.

„Oh, Ihr Herren, ich danke und segne Euch *in nomine patri et filii et spiritu sancti,* Amen." Thomas Ulrepforte sank inmitten des Staubes der Lichtung auf die Knie, die Hände abwechselnd wie zum Gebet gefaltet und wie zum Segnen der Soldaten, die ihm entgegenkamen, erhoben. Die beiden Armbrustschützen erreichten ihn als Erste und standen unschlüssig vor dem betenden und sie segnenden Dominikaner. Kurz darauf traten auch Gottschalk von Freiried, gefolgt von einem weiteren Soldaten sowie Greger und Giacomo di Vernacccia aus dem die Lichtung begrenzenden Strauchwerk heran.

Der Sohn des Freirieder Grafen sah dem Mönch einige Augenblicke bei seinen übereifrigen Segnungen zu. Dann wies er ihn höflich, aber bestimmt an: „Erhebt Euch, Bruder und sagt mir endlich, wer Ihr seid und was hier vorgefallen ist. Wir suchen eine Bande von Mördern und Strauchdieben, dass aber auch ein Mönch unter diesen Männern ist, erscheint mir unfassbar. Sprecht also und erklärt Euch, Bruder."

Thomas Ulrepforte gab sich große Mühe, bestürzt zu wirken. „Oh, Herr, wie könnt Ihr nur so etwas von einem einfachen und getreuen Diener Gottes annehmen? Diese Männer hier, die nun ihre Sünden in der Hölle büßen, waren die Gefolgsleute desjenigen Mannes, der Euch – mit dem Teufel im Bunde – entkommen konnte. Ich hingegen", fuhr er fort und stellte über den gefalteten Händen ein derart leidendes Gesicht zur Schau, dass es eine Zier war, „ich hingegen war bis zu jener Stunde ihr Gefangener. Ich weiß um die Verbrechen, die sie begangen haben. Für die Opfer dieser Halunken musste es so aussehen, als steckte ich mit ihnen unter einer Decke. Doch ich war selbst ein Opfer. Denn gegen meinen Willen zwangen sie mich, dass ich an ihren Raubzügen teilnahm, um ihnen einen leichteren Zutritt zu Gehöften und das Vertrauen der Reisenden zu erschleichen."

„Ich frage mich nur", hakte Gottschalk von Freiried nach, der bereits überzeugt klang, „warum Ihr Euch nicht widersetzt habt. Es kann doch nicht im Sinne der Kirche und der Gelübde Eures Ordens sein, dass Ihr, um Eures eigenen Lebens willen, Raubzüge begeht. Euren Tod hättet Ihr für Euer Seelenheil und das der vielen unschuldigen Opfer in Kauf nehmen müssen."

Ulrepforte ergriff flehendlich die Hände des Grafensohnes. „Herr, ich bitte Euch, glaubt mir. Das wollte ich tun. Ich fürchte nicht um mein Leben, doch diese Teufel sagten mir, dass sie mich auf die grausigste Art foltern würden, wenn ich mich verweigere. Nicht meinen Körper wollten sie schinden, sondern meine Seele. Sie sagten, sie wollten allen Frauen und Kindern solange die Hälse durchschneiden, bis ich mich für sie verwende. Käme ich mit, so würden sie nur töten, wenn es sich nicht vermeiden ließe. Ich tat es nicht um meinetwegen, sondern um das der unschuldigen Opfer dieser Missetäter. Zum Glück ist es nie dazu gekommen, denn Ihr habt mich mit Mut und der Kraft Eurer Männer vor diesem grausigen Schicksal bewahrt. Ich danke Euch Herr, ich danke Euch!“

Gottschalk von Freiried sah diesen seltsamen Mönch genau an. Er glaubte ihm, denn er hatte wenig Grund anzunehmen, dass dieser Mann, der dort vor ihm im Staub kniete, tatkräftiges Mitglied einer Bande von Vaganten war. Es gab nichts, was er ihm konkret zum Vorwurf hätte machen können. Gottschalk von Freiried atmete hörbar aus, dann sagte er: „Gut, Bruder. Erhebt Euch in Gottes Namen und zieht Eures Weges.“

„Glaubt ihm kein Wort. Ich kenne diesen Mann“, rief Greger, den sein Bewacher nun auch auf die Lichtung geführt hatte, und wollte einen Schritt nach vorne machen.

Der Sohn des Grafen wandte sich erstaunt um. „Du kennst ihn? Woher?“

„Aus Frankfurt. Thomas Ulrepforte ist sein Name und er hat sich in meiner Stadt durch Verrat und Intrige an den Juden und meinem Vater hervorgetan. Außerdem ist er ein Dieb.“

„Pass auf, was du hier von dir gibst, Bürschchen“, rief ihn Gottschalk von Freiried zur Ordnung. „Dass er gegen Juden vorgegangen sein soll? Nun, es gibt Schlimmeres. Dass er gegen deinen Vater intrigiert haben soll, das kann ich nie und nimmer überprüfen und außerdem ist Frankfurt weit weg. Hier sind wir in den Wäldern von Freiried, in denen das Gesetz meines Vaters herrscht. Aber, dass er ein Dieb sein soll, dass wiederum macht mich neugierig. Was hat er denn gestohlen?“

Thomas Ulrepforte hatte sich mittlerweile erhoben und klopfte den Staub des Waldbodens aus dem Habit. Er faltete die Hände fromm vor den Leib und blickte Greger scheinheilig an. „Ja, mein Junge, was habe ich denn gestohlen? Sag es nur frei heraus! Nur zu, ich höre." Ein zynisches, von allen anderen unbemerktes Lächeln umspielte die dünnblassen Lippen des Dominikaners.

„Ein Dokument."

„So, ein Dokument. Was denn für eins?", hakte Ulrepforte nach und Greger merkte erst jetzt, dass er sich auf dünnes Eis begeben hatte. Er steckte in der Klemme. Sagte er die Wahrheit, würde er vielleicht das Interesse des jungen Grafen wekken und unter Umständen das Geheimnis des griechischen Dokumentes preisgeben müssen. Sagte er nichts, so würde Ulrepforte fraglos entkommen. Greger war hin- und hergerissen. Giacomo di Vernaccia stellte sich neben Greger und zischte: „Halt den Mund, du Trottel, du redest dich um Kopf und Kragen!"

„Ist doch etwas dran an dieser Sache oder warum verbietet ihr Eurem Freund den Mund?", mischte sich der Grafensohn ein. „Nur heraus damit Greger, aber nur, wenn du es auch belegen kannst. Jemanden ungerechtfertigt des Diebstahls zu bezichtigen – zumal einen Ordensbruder – ist ein schweres Vergehen, überlege dir also gut, was du sagst."

Greger sah Thomas Ulrepforte hasserfüllt an. Dessen Lächeln hatte sich in ein überhebliches Grinsen verwandelt.

„Nichts", gestand Greger zähneknirschend ein, „nichts hat dieser ehrenwerte Bruder gestohlen. Ich muss mich wohl getäuscht haben. Ich bitte um Vergebung."

„Gut", sagte Gottschalk von Freiried, „dann würde ich vorschlagen, dass wir nun zu meinem Vater reiten. Und ihr, Bruder", rief er Thomas Ulrepforte zu, „Ihr seid frei. Geht, wohin es Euch beliebt."

„Ich danke Euch, Herr", antwortete der Dominikaner demütig und bekreuzigte sich. „Nach Nürnberg werde ich gehen. Dort ist ein Kloster meiner Brüder. Ich muss beichten und werde Buße tun."

Der Sohn des Grafen winkte einen seiner Männer herbei. „Alwin, du wirst Bruder Thomas zum Kreutzthaler Hof an der Handelsstraße geleiten. Dort soll er sich einem Zug Kaufleute anschließen, die auf dem Weg nach Nürnberg sind. Alle zwei Tage spätestens kommt jemand dort vorbei. Nehmt euch eines der Pferde dieser Vagantenbande und die anderen Gäule werde ich meinem Vater als Entschädigung für die Überfälle übergeben."

Der Soldat nickte und machte sich sofort daran, den Befehlen nachzukommen. Er führte einen Fuchs heran und half Thomas Ulrepforte in den Sattel. Dann holte er sein eigenes Pferd und saß auf.

„Und was ist mit uns?", empörte sich Giacomo di Vernaccia. „Haben wir nicht die Wahrheit gesprochen und Euch zu dieser Bande geführt? Wir haben genauso wenig mit den Überfällen zu schaffen wie dieser Mönch da." Verächtlich nickte Giacomo in Richtung des Dominikaners, der bereits einige Schritte auf Greger und Giacomo zugeritten war.

„Ihr werdet frei sein, aber Ihr solltet Euren Freund begleiten, bis er genesen ist. Außerdem will ich meinem Vater die Gelegenheit geben, noch mit Euch zu reden. Habt Ihr auch zugegebenermaßen die Wahrheit gesagt, was die Vaganten angeht, so würde ich dennoch gerne verstehen, wie das alles zusammenhängt und wer Ihr wirklich seid. Aber seid Euch gewiss: Wenn Ihr nichts zu verbergen habt, dann werdet Ihr bald auch wieder Eurer Wege ziehen können. Außerdem werde ich das Gefühl nicht los, dass Ihr Euch mit Bruder Thomas nicht sonderlich grün seid. Vielleicht wäre es keine gute Idee, Euch hier mit ihm allein zu lassen. Der Morde sind genug geschehen."

Noch immer waren Greger und auch Giacomo die Hände auf dem Rücken gefesselt. Sie hatten keine andere Möglichkeit, als sich zu fügen. Giacomo fluchte etwas auf Italienisch, als ihn einer der Soldaten wieder zurück zu seinem Pferd führte. Man musste dieser Sprache nicht mächtig sein, um zu begreifen, dass dies keine Lobeshymnen waren. Ulrepforte indes folgte seinem

Führer und ritt gemächlich an Greger vorbei. Plötzlich hielt er an und stieg vom Pferd.

Er umarmte Greger und küsste ihn auf beide Wangen. „Ich vergebe Dir, mein Sohn. Gesegnet seien deine Wege und der Herr erleuchte dich."

Greger wehrte sich gegen diese körperliche Annäherung und versuchte sich aus dem Griff des Dominikaners zu befreien. Doch der ließ bereits wieder von ihm ab. Bevor er jedoch die Umklammerung löste, flüsterte er Greger ins Ohr: „Was für eine Fügung des Schicksals, dass sie Jeckel und seine Schergen für die Vagantenbande halten, die hier ihr Unwesen treibt. Du verdammter Hurensohn und deine verfluchten Freunde. Niemals werdet ihr bekommen, was Gott gehört."

„Ihr habt es", stotterte Greger entgeistert, doch Ulrepforte lächelte nur noch kurz, dann stieg er wieder auf und trabte davon, dem Freirieder Soldaten hinterher.

44

Greger und Giacomo erreichten in Begleitung von Gottschalk von Freiried und seiner Bewaffneten den Rükken eines sanft ansteigenden Hügels. Jetzt konnten sie die Freiriedburg bereits in einiger Entfernung vor sich liegen sehen. Sie wurde links und rechts von dichten Tannenwäldern flankiert, die sich wie felsumsäumte Zungen ins Tal streckten und die Burg umschlossen. Die größtenteils aus grauem Gestein erbaute Bastion stand auf einem etwa zwanzig Mann hohen Felsplateau, das an den Seiten zum Wald hin steil abfiel. Kein unüberwindbares Hindernis, aber dennoch ein guter Schutz gegen Angreifer, die beim Erklimmen der Felsflanken ein Ziel für Armbrustbolzen und Pfeile bieten würden. Die Burg des Landgrafen Bastian Greimold von Freiried wachte über drei Weiler, die sich in Sichtweite rund um die Burg und in der Nähe des nahen Freirieder Sees angesiedelt hatten.

Die Männer waren müde. Sie hatten den Ritt von der Köhlerhütte inmitten der Freirieder Wälder bis hierher in nur vier Stunden bewältigt. Eine Distanz, für die selbst geübte Reiter normalerweise genauso lange benötigen würden. Dies allerdings ohne zwei Gefangene und einen Schwerverletzten auf einer eilig zusammengezimmerten Bahre. Die Pferde schnaubten erschöpft, trotteten aber geduldig den Hügel hinab, so als wüssten auch sie, dass der beschwerliche Ritt bald ein Ende haben würde. Sie ritten am östlichen Ufer des Freirieder Sees entlang. Schwerter und Helme blitzten im fahlgelben Licht der bereits tief stehenden Oktobersonne und dünne Nebelschwaden zogen aus der Mitte des Sees zu seinen Ufern heran. Auf den Zinnen über den beiden gewaltigen und um knapp vier Fuß aus der Wehrmauer herausstehenden Türmen wehte das Banner der Freirieder im Abendwind. Greger erschrak, als er die mächtige Burganlage immer näher kommen sah. Er begriff, dass sie dem

Herren von Freiried auf Gedeih und Verderb ausgeliefert sein würden und bekam es plötzlich mit der Angst zu tun. „Sieh' nur! Wir sind verloren. Niemand wird sich um uns scheren. Sie werden uns töten." Giacomo di Vernaccia hatte den gesamten Ritt über nichts gesagt. Stattdessen trabte er mit einem mürrischen Gesichtsausdruck neben Greger und schwieg. Nun hob er seinen Kopf und blinzelte in die untergehende Sonne.

„Das glaube ich kaum", sagte er schließlich. „Und wenn, dann werden sie wenigstens mich ziehen lassen, denn ich vermag mich freizukaufen, wenn es darauf ankommt. Mit den de'Medici legt sich niemand gerne an, selbst nicht der Herr von Freiried".

Greger war fassungslos. „Ja, Ihr denkt wieder nur an Euch. Ist Euch denn unser Schicksal völlig gleichgültig?"

Greger hätte gerne geschrien, Giacomo geschüttelt, aber er presste die Worte so leise hervor, dass ihre Bewacher nichts verstehen konnten. Ohne auf Gregers Einwand einzugehen, wandte sich Giacomo di Vernaccia im Sattel um, soweit das ohne Hände möglich war. Er betrachtete einige Momente lang Wolf Besigheim, dessen ohnmächtiger Körper auf der hölzernen Schleppbahre von Steinen, Wurzeln und Kuhlen hin- und hergeworfen wurde. Dann blickte er wieder zu Greger. „Ihr seid mir in die Quere gekommen. Ich war so nahe dran und nun sitzen wir hier fest. Das ist euer Verdienst. Ohne euch wäre ich bereits am Ziel. Ich brauche weder dich noch Wolf Besigheim."

„Ihr habt nicht nur kein Herz", fauchte Greger wütend, „Ihr habt auch keine Seele!"

Giacomo di Vernaccia lächelte kalt. „Mag sein, aber ich habe einen Kopf und den will ich behalten."

Greger schwieg und sah starr nach vorne. Aus seinem Blick sprach blanker Hass. Dieser Mann war sich selbst der Nächste. Nichts sonst bedeutete ihm etwas.

Sie durchritten eine kleine Senke, die sich zwischen einer mächtigen Kiefer mit ausladenden Ästen und einem mannshohen Felsbrocken in den Boden gegraben hatte. Für einige Augenblicke wurde der Blick auf den Freirieder See und die Burg verdeckt. In dieser Senke hatte sich eine große dunkelbraune Pfütze gesammelt. Es roch faulig, als die Pferde das Brackwasser durchquerten. Auf dem Buckel des nachfolgenden Hügels angekommen, erhob sich die Freirieder Burg grau und düster vor ihnen. Sie schien plötzlich zum Greifen nah, so als hätte sie sich unbemerkt angeschlichen. Ein Gehöft duckte sich rechtsseitig an den Fuß der Felswand, auf dessen Haupt die Wehranlage thronte, die ihre Schatten weit ins Tal warf.

45

In den Wäldern von Freiried
Vor mehr als 25 Jahren
Am Freitag vor Pentecoste
4. Juni Anno Domini 1484

Der Soldat war eingeschlafen. Dröhnend donnerte sein Schnarchen durch die verschlossene Tür. Heute war der andere Mann wieder da gewesen und sie hatten einen Preis ausgehandelt. Einen ganzen Goldgulden hatte der Menschenhändler geboten und nach einer Flasche Schnaps war der Soldat darauf eingegangen. „Ein Gulden", hatte er dem Menschenhändler zugelallt, „ein Gulden ist wahrlich ein guter Preis, so wahr ich Bartisch Strittmatter heiße. Ihr sollt den Jungen haben. Es sei." Ein kleines Stück Metall für ein Kinderleben. Es schien beiden ein treffliches Geschäft gewesen zu sein. Der Soldat, der den Jungen geraubt hatte, konnte seinen Sold aufbessern und der Mann mit dem pockennarbigen Gesicht, der nach verkauften Seelen stank, konnte ein Kind mehr feilbieten. Vielleicht nach Frankreich oder Flandern oder auf ein Schiff. Schon morgen Nacht wollte er mit dem Geld zurückkommen und den Jungen holen. Bis dahin würde der Soldat hier wachen. Doch er wachte nicht, er schlief. Der Junge presste sein Ohr an die narbige Oberfläche des Holzes. Es war dunkel, nur ein schwacher, glutroter Schein quoll unter der Tür hindurch wie Blut. Etwas Licht, aber nicht genug, um die Dämonen davon abzuhalten, nach ihm zu greifen. Er hatte Angst. Seit vier Tagen und Nächten hielt ihn der Soldat in völliger Dunkelheit gefangen. Oder war es bereits eine Woche gewesen? Wenn er einmal am Tag kam, um den Jungen mit einem Kanten verschimmelten Brot und einem abgestoßenen Krug mit stinkendem Wasser zu füttern, fiel kurz Licht in die Kammer. Jedes Mal riss der Junge die Arme schützend nach oben. Er hatte Angst vor der plötzlichen gleißenden Helligkeit, die seine Augen nach der grenzenlosen Düsternis zum Schmerzen brachte. Er fürchtete sich vor den Schlägen des Soldaten, die ihn meist ohne Vorwarnung, immer jedoch grundlos trafen.

„Bald kommst du hier heraus", hatte er gerufen und dabei gelacht, „aber bis dahin halt Ruhe, sonst schmeckst du meine Faust!"

Dann hatte er die Tür wieder ins Schloss geworfen und verriegelt. Nach drei Tagen schließlich hatte der süßliche Gestank von Urin, Schweiß und Kot begonnen, in die Nase des Jungen zu kriechen. Nur wenn die Tür aufsprang und die frische Luft des Waldes für einen Moment durch die alte Kate und in die Kammer zog, erinnerte er sich an eine andere Welt. Eine Welt, die nicht von Dunkelheit und feuchter, stinkender Luft beherrscht wurde. Eine Welt ohne Gesichter und ohne Namen. Dann musste er würgen und sich übergeben. Gestern hatte der Soldat die Tür eine längere Zeit offen gelassen, nur angelehnt. Er war kurz vor die Hütte gegangen, um auszutreten. Vorsichtig hatte sich der Junge auf allen Vieren zur Tür geschleppt und tiefe Atemzüge getan. Die Luft gab ihm Kraft. Er wusste nichts mehr und doch, dass er leben wollte. Sein ängstlicher Blick war den Türrahmen hinaufgekrochen und er hatte verstanden, wie der Riegel funktionierte. Es war ein Haken, der auf einem Eisenring lag und so die Tür festhielt. Der Soldat war plötzlich zurückgekommen.

„He, hau' ab da! Los, zurück oder du lernst mich kennen." Mit vier, fünf ausladenden Schritten war er zu dem Jungen gesprungen und hatte ihm einen Tritt in den Magen verpasst. Das Kind war zurückgeworfen worden und hatte sich wimmernd in der Dunkelheit verkrochen.

Heute Nacht durfte der Junge aber nicht wimmern. Er musste hier heraus. Morgen würde man ihn verkaufen an einen Sklavenhändler. Noch immer schnarchte der Soldat rhythmisch und laut. Den ganzen Tag über hatte der Junge mit den Fingernägeln am splittrigen Holz des Türrahmens gerissen und sich dabei die Fingerkuppen aufgeschnitten. Das Blut der kleinen Hände wurde zum Schluss von dem alten Holz aufgesogen. Der Junge hatte den Schmerz nicht mehr gespürt, denn die Angst war noch größer und regierte seine Seele.

Endlich hatte er einen Span, der lang genug zu sein schien, aus dem spröden Rahmen reißen können. Es war sein Schlüssel aus diesem Kerker. Vorsichtig schob der Junge das dünne Hölzchen zwischen der Tür und dem Rahmen hindurch. Da, wo der verrostete Türknauf zu spüren war, musste sich der Haken befinden. Tatsächlich, der Junge spürte einen Widerstand. Er hielt inne und lauschte angestrengt. Der Soldat schnarchte laut und vernehmlich. Doch das Herz des Jungen übertönte es noch. Er musste es wagen. Behutsam schob er das Holz nach oben und versuchte sich zu erinnern, wie der Eisenring und der Haken an der Tür beschaffen gewesen waren. Da, plötzlich hob sich der Haken etwas an, aber klemmte. Der Junge drückte immer fester. Er bewegte sich nicht mehr. Er erhöhte den Druck ein weiteres Mal und mit einem Knacken zerbrachen der Holzspan und seine Hoffnung. Der Haken, der sich bereits ein wenig bewegt hatte, fiel mit einem leisen Klirren auf den Metallring zurück. Erschrocken atmete der Junge aus. Seine Augen füllten sich mit Tränen und das Herz tobte in seiner kleinen Brust, die sich hektisch hob und senkte. Der Soldat hustete und drehte sich auf dem mit Stroh ausgestreuten Hüttenboden. Doch kurz darauf begann er wieder regelmäßig und tief zu schnarchen. Der Junge schob das Holz wieder in den Spalt. Es war ein gutes Stück abgebrochen. Er hoffte, dass es für sein Vorhaben noch ausreichen würde, sonst wäre er verloren. Da, der Haken. Deutlich spürte er, wie sich das Metall dem Holzspan und seiner Freiheit entgegenstellte. Dann endlich und unerwartet sprang der Haken aus dem Ring. Die Tür schwang eine Handbreit auf. Die Flamme des Talglichtes war das Einzige, was der Junge erkennen konnte. Die Tür knarrte, als er sie aufdrückte. Sie hatte ihn bewacht und er hatte sie überlistet. Nun rief sie nach dem Soldaten. Doch der hörte nichts. Die Dämonen rissen an dem Jungen und wollten ihn zurück in die Dunkelheit der Kammer zerren. Der Junge kroch weiter auf allen Vieren über das Stroh. Er sah die Tür zum Wald. Sie war zum Greifen nah, zwei, vielleicht drei Schritte entfernt. Genau daneben lag der Soldat und schlief. Der Junge kroch zitternd weiter, vorbei an seinem Peiniger und weiter zur Tür. Er zog sich vorsichtig am hölzernen Riegel hoch und schob ihn beiseite. Stück für Stück, bis sich die Tür öffnen ließ. Dann schlich er hinaus und war frei.

Er musste fort, er durfte sich keine Ruhe gönnen. Der Junge rannte durch die Dunkelheit davon. Er wusste nicht wohin, nur fort. Er stürzte und stolperte, zerriss sich die Kleider und schlug sich die Knie auf. Aber er rannte davon, bis sein kleiner Körper der Belastung nicht mehr gewachsen war und er völlig entkräftet zusammenbrach.

***

Gütige alte Augen sahen auf ihn herab, als er wieder zu sich kam.

„Na, mein armer Junge. Endlich bist erwacht. Ich heiße Bruder Melchior, so wie einer der Heiligen drei Könige, die Gottes Sohn einst die Gaben brachten." Er lächelte freundlich. „Und wer bist du?"

Das Kind sah den alten Mönch an, doch sagte nichts.

„Du willst oder kannst nicht sprechen? Das macht nichts."

Der Augustiner erhob sich von der Bettstatt des Jungen und strich ihm über den Kopf. „Ich bete für dich, doch jetzt schlaf. Wir unterhalten uns morgen."

Er wandte sich zum Gehen, da flüsterte der Junge: „Ich habe alles vergessen. Ich weiß nichts mehr. Es ist dunkel. Ich habe Angst. Mein Name ist verschwunden." Eine stille Träne rann über seine zerkratzte Wange und löste sich in seinen Lippen auf. Der alte Mönch kam zurück und ergriff die Hand des Jungen, die die grobe Leinendecke gepackt hielt, als suche sie verzweifelt Halt.

„Du weißt nicht mehr, wie du heißt? Du wirst dich gewiss erinnern“, tröstete ihn Bruder Melchior. „Bis dahin werde ich dir einen Namen geben. Niemand darf keinen Namen haben. Man hat dich gefunden, verdreckt und gehetzt wie einen jungen Wolf, hier im Wald des Klosters von Besigheim. Und so will ich dich nennen, bis Gott dir eines Tages vielleicht die Erinnerung zurückgeben will. Wolf, Wolf Besigheim, das ist ab heute dein Name.“

„Warum hat er mir sie genommen“, hauchte Wolf, den Blick angsterfüllt auf den Augustiner gerichtet.

„Er liebt dich und will dich schützen. Vielleicht vor etwas, das so grauenhaft ist, dass es deine unschuldige Seele verdammen würde. Doch die Wahrheit wird Gottes Geheimnis bleiben bis zu dem Tag, an dem es ihm gefällt, sie dir zurückzugeben. Vertraue ihm und glaube, dann wirst du erlöst, denn er braucht deinen irdischen Namen nicht, um dich zu kennen.“

Der Mönch beugte sich zu Wolf herunter und küsste ihn auf die Stirn. „Du bist hier in Sicherheit. Schlaf nun.“

Dann ging er, und Wolf schloss die Augen. An der Türschwelle, die hinaus aus dem Hospital und auf den Kreuzgang des Klosters führte, drehte Bruder Melchior sich noch einmal um. Einige Augenblicke hielt er inne und dachte nach. Das Talglicht in seiner Hand zitterte. Auch wenn ihn seine Kräfte im Alter langsam verließen, so war sein Geist noch immer hellwach und er wusste, wer dort lag. Nicht nur Gott kannte diesen Jungen. Aber wenn es Gottes Wille war, dass nicht einmal das Kind selbst sich daran erinnerte, dann war es gewiss besser, seinem Willen zu folgen. Gottes Wege waren unergründlich. Wie sonst hätte er Andreas von Freiried als Einzigen dem grauenhaften Überfall auf die Burg seiner Familie entkommen lassen, der erst vor wenigen Tagen stattgefunden hatte? Der Mönch schloss die Tür des Hospitals und folgte den Gesängen seiner Mitbrüder, die zum Nachtgebet in die Klosterkapelle riefen. Gott hatte noch einen Plan für diesen Jungen. Hier war er in Sicherheit und sein Geheimnis sollte die Klostermauern niemals verlassen. Nicht, solange Melchior lebte.

46

Auf Burg Freiried
Sonntag nach Lukas
21. Oktober Anno Domini 1509

„Vater?", rief Gottschalk von Freiried und hämmerte an die Tür. Nach einigen Augenblicken öffnete sich die schwere, aus armdicken Holzbohlen gezimmerte Tür und Graf Bastian Greimold stand vor seinem Sohn. Der Graf füllte den Türrahmen gänzlich aus. Sein wettergegerbtes Gesicht und seine schlichte, grob gewebte Kleidung erinnerten mehr an einen Unfreien als an einen Adligen. Nur die Weinfahne, aus seinem Mund und die von Bratenfett glänzenden Lippen ließen darauf schließen, dass er es sich leisten konnte, gut zu leben. Er blickte seinen Sohn kurz an. Dann nickte er in Richtung Giacomo di Vernaccia und Greger, die Gottschalk von Freiried, flankiert von zwei Wachsoldaten, bei sich hatte. „Wer ist das und warum kommst du so spät? Ich hatte dich bereits kurz nach der Mittagsstunde erwartet."

„Ja, Vater, ich weiß, aber ich wurde aufgehalten. Ich denke, ich kann dir mit Freuden berichten, dass wir die Vaganten, die hier in Freiried in letzter Zeit die Handelswege unsicher gemacht haben, ihrer Strafe zugeführt haben. Sie sind tot. Nur einer konnte leider entkommen."

Bastian Greimold von Freiried rieb sich zufrieden über den Bart, der sein derbes Gesicht überwucherte. „Und diese da? Gehören sie auch zu diesem Pack? Dann in den Kerker mit ihnen und morgen an den Baum!"

„Nein, Vater", entgegnete Gottschalk, „diese gehören nicht dazu, wenngleich ihre Geschichte äußerst rätselhaft ist. Sie schienen die Vaganten zu kennen, wenigstens einen von ihnen, wenn sie auch mit ihnen keine gemeinsame Sache gemacht, sondern sie vielmehr selbst gesucht haben. Ein Kamerad von ihnen wurde sogar von dieser Bande gefangen genommen und übel zugerichtet."

„Wo ist der, von dem du sprichst und wer ist es?"

„Ihm geht es so schlecht, dass ich morgen früh nach den Mönchen schicken werde. Er ist in der Gästekammer im Südturm. Sein Name sei Wolf Besigheim, so berichtete man mir, was äußerst merkwürdig klingt für meinen Geschmack."

Die buschigen Augenbrauen des alten Grafen verdichteten sich zu einem einzigen Tau aus graubraunem Haar. „Besigheim", murmelte er nachdenklich, „das ist in der Tat merkwürdig." Dann wandte er sich Giacomo und Greger zu. „Stammt euer Kumpan von hier?"

Giacomo zuckte zusammen. Seine Augen verengten sich einen Moment lang zu Schlitzen, doch er ließ sich seine Verärgerung über diese unverschämte Anrede weiter nicht anmerken. „Mein Name ist Giacomo di Vernaccia, verehrter Herr Graf, Gesandter der Medici aus Urbino und weder ich noch meine Begleiter sind Kumpane. Mit Verlaub, das klingt mir etwas abfällig. Dies hier ist Greger Cramer aus Frankfurt, Sohn eines befreundeten Kaufmannes, den ich mit auf meine Reisen nahm, um ihm ein wenig die Welt jenseits der Frankfurter Stadtmauern zu zeigen. Der, den Ihr meint, heißt in der Tat Wolf Besigheim. Doch woher er stammt, das wissen wir nicht. Wir trafen ihn in Frankfurt. Er war zu unserem Schutz dabei." Giacomo log, ohne rot zu werden. So wie Greger diesen Mann verachtete, so bewunderte er ihn im gleichen Maß für seine Beherrschung und Abgebrühtheit.

„Ein trefflicher Schutzpatron, Euer Begleiter", bemerkte der alte Graf zynisch.

„Wie kommt es, wenn ich mir diese Frage gestatten darf, dass Ihr vermutet, er stamme von hier", wollte nun Giacomo seinerseits wissen.

Bastian Greimold von Freirieds Augen blitzten zornig auf. „Kümmert Euch um Euren Kram. Eure Beteiligung an den

Überfällen auf meinem Grund und Boden scheint mir nicht zweifelsfrei geklärt zu sein. Doch wenn mein Sohn der Meinung ist, Ihr habt damit nichts zu schaffen, dann wird es wohl so sein. Dennoch will ich Euch nicht länger als irgend nötig beherbergen. Ich habe Euch nicht eingeladen und Eure Fragen behaltet für Euch, verstanden, Abgesandter der Medici?" An seinen Sohn Gottschalk gewandt fuhr er fort: „Morgen Früh schon wirst du diese beiden auf ihre Pferde setzen und freundlich des Weges weisen. Hatten sie etwas von Wert bei sich, mit dem sie für die Kosten aufkommen können, die ihre Beherbergung verursacht?"

Giacomo fuhr auf: „Was fällt Euch ein? Beherbergung, sagt Ihr? Was für eine Art Herberge ist das, in die man mit Waffengewalt gezwungen wird, obwohl man nichts verbrochen hat und dann auch noch dafür bezahlen soll?"

„Es steht dir frei, zu gehen, du italienischer Bastard!", herrschte der alte Graf Giacomo an. „Dann aber sofort. Ich wünsche dir jetzt schon viel Vergnügen mit den Freirieder Wölfen. Sie sind sicher hungrig heute Nacht. Einen Gulden pro Kopf für Kost und Schlafstatt oder eure Waffen." Der Graf zeigte auf die beiden Armbrüste, die einer der Soldaten mit sich trug. Deren Bauweise machte ihm sofort klar, dass es keine seiner eigenen waren und welchen Wert sie besaßen.

„Ihr seid selbst ein Vagant und Dieb!", entfuhr es Giacomo. Im gleichen Augenblick und bevor Bastian Greimold reagieren konnte, hatte Giacomo bereits den Dolch von Gottschalk von Freiried am Hals. „Hütet Eure Zunge, sonst verliert Ihr sie. Ihr habt gehört, was mein Vater gesagt hat. Gold oder Waffen oder aber, Ihr zieht sofort Eures Weges."

Zu Gregers Entsetzen antwortete Giacomo: „Ich gehe".

Gottschalk von Freiried ließ den Dolch sinken.

„Das könnt Ihr nicht zulassen", rief Greger unvermittelt.

Verwundert blickten ihn der alte Graf und dessen Sohn an. „Warum sollte er das nicht dürfen, Jungchen?", fragte Bastian Greimold von Freiried.

Plötzlich war Greger Giacomos Plan klar geworden. Natürlich wollte er sich so schnell wie möglich davon machen, denn so konnte er in aller Ruhe Thomas Ulrepforte mit dem Dokument nachstellen und es sich unter den Nagel reißen. Er würde die Früchte von Wolfs mühsamer und gefährlicher Nachforschung ernten und das Dokument wäre für immer verloren. Greger wusste genau, dass ein Ritt durch den Wald für Giacomo di Vernaccia kein Problem darstellen würde, ob bei Tag oder in völliger Dunkelheit. Er wüsste sich zu verteidigen, wenn es darauf ankam.

„Ja, Greger, mein junger Freund, sag, warum soll ich das nicht tun dürfen?", unterbrach Giacomo Gregers Gedanken. In seinem Blick wechselten sich Schadenfreude und ein gefährliches Blitzen ab. „Aber du kannst mich natürlich begleiten, wenn dir der Preis ebenfalls zu hoch erscheint für eine Nacht auf dem Strohlager und etwas Brot und alten Braten. Komm' doch mit mir. Es steht dir frei."

Nein, das würde Greger nicht machen. Er konnte sich vorstellen, was Giacomo mit ihm anstellen würde, sobald sie die Burg verlassen hätten. Er traute ihm alles zu. Bestenfalls würde er ihm das Pferd abnehmen und ihn allein im Wald zurücklassen. Andernfalls jedoch würde sich Greger morgen früh tot auf dem mit Raureif bedeckten Waldboden wiederfinden. So vertrackt diese Lage auch war, der Verbleib in der Burg bei diesem Halsabschneider von Graf und seinem Sohn war die einzige Möglichkeit, wie Greger sich und Wolf retten konnte. Er war seinem Freund die ganze Wahrheit schuldig. Die letzten Worte der alten Hexe und die Flucht von Ulrepforte und Schmied, das alles würde Wolf nie erfahren, wenn Greger es ihm nicht erzählen konnte. Greger war der Einzige, der diese Wahrheit kannte, außer Gott.

„Nein, ich bleibe", antwortete Greger. „Wenn schon dieser Mann hier seinen Begleiter im Stich lässt, so kann ich das vor meinem Gewissen nicht verantworten."

„Hört, hört!", bemerkte der alte Graf mit gespielter Anerkennung, „ein Jüngling von Ehre. Wie selten dieser Tage." Dann wurde das Gesicht des Grafen wieder ernst. „Aber glaube nicht, dass du hier umsonst bleiben kannst. Für dich gilt der gleiche Preis, zumal ich ohnehin nicht weiß, was ein zarter Kaufmannsbengel wie du mit einer so kostbaren Waffe anfangen will."

Greger nickte. „Ja, Herr Graf. Ihr sollt meine Armbrust haben, aber ich bitte Euch, lasst mich wenigstens so lange bleiben, bis mein Freund wieder gesund ist. Dafür will ich Euch auch in den Ställen oder in der Küche zur Hand gehen. Ich bitte Euch."

Greger stellte ein Knie auf dem Boden ab und neigte sein Haupt vor dem Grafen.

„Meinetwegen", sagte Bastian Greimold von Freiried, nachdem er sich einige Momente lang in Gregers Unterwürfigkeit gesonnt hatte, ohne zu bemerken, wie Greger währenddessen unentwegt leise Flüche nuschelte. „Und du", zeigte er mit dem Finger auf Giacomo, „du verschwindest augenblicklich von meinem Grund und Boden." An seinen Sohn gewandt fuhr er fort: „Gottschalk, sorge dafür, dass er seinen Gaul zurückbekommt, und schließe das Tor hinter ihm. Und nun geht. Alle! Ich will meine Ruhe und muss nachdenken."

Er wandte sich um und warf die Tür zu.

„Gehen wir", forderte Gottschalk von Freiried seine Männer auf. Im Burghof führte ein Knecht Giacomos Pferd herbei und er saß auf. Auf ein Kopfnicken hin überreichte der Soldat Giacomo Schwert und Armbrust.

„Öffnet das Tor", rief Gottschalk von Freiried der Tormannschaft zu. Vier Mann zogen daraufhin die mächtigen Torflügel so weit auf, dass ein Reiter hindurch passte.

„Lasst Euch hier besser nicht wieder blicken. Mit meinem Vater ist nicht zu spaßen, vor allem nicht, wenn man so ein loses Maul hat, wie Ihr. Wäre ich vorhin nicht mit dem Dolch an Euch gegangen, hätte er Euch vielleicht von den Zinnen stürzen lassen. Verschwindet jetzt!" Gottschalk von Freiried ließ die Zügel von Giacomos Pferd los und schlug mit der flachen Hand auf den Hinterlauf des Fuchses.

Nach einigen Schritten, kurz vor dem Tor, riss Giacomo sein Pferd plötzlich herum. „Greger!“, rief er laut und vernehmlich. „Wenn Wolf jemals wieder gesund wird, dann richte ihm von mir aus, der Bessere wird gewinnen!“

Dann galoppierte Giacomo di Vernaccia aus der Freirieder Burg hinaus in die Dunkelheit, dem verfluchten Dokument hinterher. Greger konnte nichts dagegen ausrichten, außer vor ohnmächtiger Wut die Fäuste zu ballen, bis ihm die Finger schmerzten.

47

Dominikanerkloster zu Nürnberg
Mittwoch vor Simon und Lukas
24. Oktober Anno Domini 1509

Die Tür zum Dormitorium mahlte über den sandigen Boden. Zwei Mönche traten ein. Einer der beiden hielt ein Talglicht in der Hand, das die Schatten der beiden Männer gespenstisch verzerrt an die kalten Sandsteinmauern warf. „Dort Bruder", flüsterte der mit dem Licht dem anderen zu und streckte seinen Arm aus dem Lichtkegel in die Finsternis hinaus. „Dort ist noch eine Bettstatt frei. Du hast Glück, dass es so ist, sonst hättest du im Stall nächtigen müssen. Wir haben bereits vor drei Tagen einen Besucher bekommen und so viele Schlafplätze haben wir nicht. Ein paar Stunden sind es noch bis zu den Laudes, also leg Dich getrost nieder. Man wird dich wekken."

„Danke", entgegnete der andere und bekreuzigte sich. „Ihr habt noch einen Gast?", fragte er mit gespielter Neugier.

Die Schatten tanzten, als der Dominikaner nickte. „Ja, einen Bruder aus Köln. Er liegt direkt neben dir, zu deiner Linken. Aber nun schlafe gut und der Herr wache über dich." Als das Licht der Talgleuchte aus der Tür verschwunden war und die schlurfenden Schritte des Dominikaners verklangen, atmete der Mönch erleichtert aus. Man hatte ihm geglaubt. Er stand allein im Dormitorium. Alles schlief. Vorsichtig schlich er auf das leere Bett zu, dass ihm der Dominikaner gewiesen hatte, und setzte sich darauf. Das Stroh raschelte leise. Bis zu den Laudes würde er nicht warten. Angestrengt versuchte er etwas zu erkennen, aber es war stockdunkel. Wie sollte er sicher sein, den zu finden, den er suchte? Zur Linken hatte der Dominikaner gesagt. Von der Tür aus oder wenn man im Stroh lag? Er musste

Gewissheit haben. Vorsichtig ging der Mann in die Hocke und tastete behutsam den schlafenden Mönch ab, der links neben ihm lag. Nein, das konnte er nicht sein. Zu fett. Der Dicke grunzte wohlig. Ihm schien zu gefallen, was er träumte und vielleicht gehörten ja auch die Hände dazu, die seinen Wanst abtasteten. Dem Mann ekelte bei diesem Gedanken und er beeilte sich, die Hände unter der derben Leinendecke wieder hervorzuziehen. Also die andere Seite. So leise wie möglich kletterte er über das raschelnde Stroh und beugte sich über den anderen Bettnachbarn. Wie fünf suchende Schlangen glitten die Finger seiner linken Hand den Oberkörper des schlafenden Mönches entlang. Die Figur stimmte. Das könnte er sein. Da, plötzlich drehte sich der Schlafende aus der Rückenposition nach links um und der Mann spürte, wie ein Lederköcher, den der Schlafende am Hals trug, gegen seine Hand schlug. Er war es, musste es sein. Die fünf Schlangen wurden zur Kralle und schoben sich unaufhaltsam in Richtung Hals nach oben. Da war das Kinn. Nur den Bruchteil eines Augenblicks konnte der Mann die Bartstoppeln des schlafenden Mönches spüren, dann zog er seine Hand wieder einen Fingerbreit zurück. Er sollte schlafen, wenn er starb. Er griff mit der rechten Hand in sein Habit und zog ein Stilett hervor. Er verharrte kurz. Dann stach er zu. Seitlich durch die Rippen direkt ins Herz, so wie er es schon unzählige Male gemacht hatte. Der blanke Stahl schnitt geräuschlos durch das Fleisch des Opfers. Gleichzeitig presste er seine linke Hand so fest es ging auf den Mund des tödlich Verwundeten. Der riss die Augen auf, japste erstickt, bäumte sich einmal auf, zuckte kurz, dann war es vorbei. Die Wunde war so klein, dass sie kaum blutete und dennoch genügte sie, um das Leben aus Thomas Ulrepforte fließen zu lassen. Der Mörder schloss dem Toten die Augen und schnitt ihm den Lederköcher vom Hals. Er hatte es in den Händen. Endlich. Das Dokument war sein. Er steckte es in seine falsche Mönchstracht und deckte den Leichnam zu, als würde dieser weiterhin schlafen. Dann schlich er zur Tür. Es war noch Zeit bis zu den Laudes. Keiner hatte bemerkt, dass hier soeben ein Mensch gestorben war. Es kümmerte niemanden. Alles schnarchte, träumte, furzte, schlief. Morgen würden sie eine Messe für den Mitbruder lesen oder auch zwei und man würde nach den Bütteln rufen oder auch nicht, um Gerede zu vermeiden. Doch das war dem Mörder einerlei, denn bis dahin würde er schon längst nicht mehr in der Stadt weilen. Die Angelegenheit war zwar noch nicht zur Gänze abgeschlossen, doch wer oder was sollte ihm sich nun noch in den Weg stellen? Er hatte das Dokument zurückgeholt und würde bald reich sein.

48

Burg Freiried
die Tage um Simon und Lukas
28. bis 30. Oktober Anno Domini 1509

Am nächsten Tag erschien ein Mönch in der Burg. Gewiss war es der, nach dem Gottschalk von Freiried hatte schicken wollen, aus dem nahe gelegenen Kloster. Greger hatte durch eine Schießscharte der Verbindungswehr, die auf der Mauer zwischen beiden Türmen thronte, einen guten Blick. Er konnte beobachten, wie der Geistliche eingelassen wurde. Gestern war Greger noch bis spät in die Nacht bei Wolf gewesen, doch der wollte und wollte nicht erwachen. Er fieberte und seine Schusswunde eiterte. Es stand schlecht um ihn. Der Pferdeknecht, bei dem Greger seinen Dienst abzuleisten hatte, um nicht vom Grafen von Freiried hinausgeworfen zu werden, hatte ihm eine kurze Pause gestattet. Wolfs Armbrust hatte er noch gestern Abend abgeben müssen. Und wie es Giacomo vorhergesagt hatte, gab es tatsächlich nur altes Brot und harten Käse. Mehr nicht. Nicht einmal kalten Braten.

Seit Sonnenaufgang hatte Greger Pferde gestriegelt, Ställe gemistet, Sättel und Zaumzeuge gefettet und Wassereimer geschleppt. Er war hundemüde. Diese Arbeit war er nicht gewohnt und er wünschte sich einmal mehr nach Frankfurt ins Kontor seines Vaters zurück. Doch das gab es nicht mehr. Genauso wenig wie seinen Vater selbst. Von Gregers Leben war kaum noch etwas übrig, in diesem kümmerlichen Rest jedoch war Wolf Besigheim ein großer Teil geworden. Als Greger jetzt Schritte im Aufgang zum Turm vernahm, waren alle Müdigkeit und die schweren Beine vergessen. Gewiss würde der heilkundige Mönch nun versuchen, Wolf wiederzuerwecken oder ihm Kräutersud einflößen und Salbenwickel anlegen. Greger wollte dabei sein. Er stürmte durch den Gang auf den Südturm zu, in dessen Mitte, im zweiten Stock, sich Wolfs Kammer befand. Er bog um die Ecke, schoss die Stufen hinunter und prallte schließlich fast mit dem Soldaten zusammen, der vor der Kammer Wache stand.

„Entschuldige", stammelte Greger aufgeregt, „kann ich hinein? Ist der heilkundige Mönch bei meinem Freund?"

„Ja", antwortete der Soldat, „er ist bei ihm, aber er will nicht gestört werden. Niemand soll die Gebete und Heilungen unterbrechen."

„Aber er ist mein Freund. Ich muss zu ihm!"

Die Wache schüttelte den Kopf. „Tut mir Leid, mein Junge. Ich habe meine Anweisungen. Geh!" Freundlich, aber bestimmt wies ihn die Wache ab.

Greger verzog missmutig die Mundwinkel. Enttäuscht wandte er sich um und trottete zum Treppenaufgang.

„Sobald es deinem Freund besser geht, wirst du es gewiss erfahren", rief ihm die Wache nach, doch Greger stieg bereits die Stufen hinab. Ein Berg Pferdemist wartete auf ihn und der Hufschmied hatte sich angekündigt. Er hoffte, dass ihn die Arbeit von der Sorge um Wolf ablenken würde und betete, dass der Mönch seinem Freund würde helfen können.

In der Kammer des Südturmes lag Wolf Besigheim rücklings auf seinem Lager und atmete schwer. Seine Augen waren geschlossen. Fiebrige Schweißperlen standen ihm auf der Stirn, vereinten sich von Zeit zu Zeit zu dickeren Tropfen und rannen ihm dann in die Augen oder die Nasenwurzel hinab. Der Augustiner hatte seine Ledertasche mit Heilkräutern und Utensilien auf den Tisch gestellt und aufgeschlagen. Er saß auf einem Schemel und mörserte getrocknete Holunder- und Lindenblüten zu einem Tee. Sie würden die verdorbenen Säfte aus dem Körper des Kranken treiben. Dann noch eine Abkochung aus Weidenrinden, Mädesüßkraut und Hagebutte, die helfen würde, die Temperatur zu senken und Kraft zu spenden. Doch als Erstes musste der abgebrochene Pfeil aus dem Bein des Kranken geschnitten und die nässende Wunde hernach gesäubert und gegen Fäulnis und Brand präpariert werden.

Der Mönch setzte sich auf Wolfs Lager. „Gut, dass du nicht wirklich bei Sinnen bist, mein Freund. Ich hätte mir ein Wiedersehen unter schöneren Umständen gewünscht, aber Gottes Wege sind nicht vorhersehbar."

Der Augustiner befeuchtete ein Leinentuch in der mit kaltem Wasser gefüllten Schüssel und tupfte Wolf damit den Schweiß aus dem Gesicht. Dann machte er sich daran, ihn soweit auf die Seite zu drehen, dass der Oberschenkel, in dem der Pfeil steckte, obenauf lag. Hinter Wolfs Rücken stopfte er Felle und Decken, um ihn zu fixieren. Der Mönch nahm ein Messer mit kurzer, aber äußerst scharfer Klinge und machte zwei Schnitte über Kreuz, direkt am abgebrochenen Pfeil. Eiter spritzte aus der weiß-roten Erhebung an Wolfs Bein auf das Habit des Mönches. Doch es schien ihn nicht zu stören, ganz im Gegenteil. „Ubi pus, ibi evacua", flüsterte er befriedigt. Es war höchste Zeit. Die Wunde begann bereits übel zu riechen. In ein oder zwei Tagen wäre es vielleicht zu spät gewesen. Doch dieser Mann sollte leben, deshalb hatte ihn Gott zu ihm geleitet und nur deshalb war der Wundbrand noch nicht eingetreten. Der Mönch wischte Eiter und Wundwasser ab und schnitt nach. Behutsam. Tiefer. Es begann zu bluten. Wolf stöhnte und begann sich unruhig zu bewegen. Da, das Geschoss. Der Mönch wurde eines blutgetränkten, geborstenen Holzes gewahr. „Hab' ich dich, du Teufel", murmelte er und spreizte das Fleisch mit dem Messer auseinander. Behände griff er sich eine Zange vom Tisch und setzte sie am Pfeilstück an. Zweimal rutschte er am feuchten Holz ab, doch beim dritten Zupacken konnte er das Geschoss schließlich aus der Wunde ziehen. Die Widerhaken der eisernen Spitze hatten glücklicherweise nur geringen Schaden angerichtet. Der Mann würde jedoch sicher noch einige Wochen humpeln. Wenn er diese Verwundung überlebte. Der Augustiner hob die Zange mit der Spitze in die Höhe und besah sie im

Licht der einfallenden Mittagssonne. „So ein kleines Ding und soviel Unheil“, sagte er verwundert, als hätte er noch nie eine abgebrochene Pfeilspitze gesehen. Er legte beides auf ein Tuch, das auf dem Tisch neben Wolfs Bettstatt ausgebreitet war. Dann wusch er sich Gesicht und Hände in der Waschschüssel. Das dünne, graue Haar seiner Tonsur klebte ihm am Schädel, als er sich wieder erhob, um sich trocken zu reiben.

Er wandte sich zu Wolf um und kniete nieder. Er faltete die Hände und sah zur steinernen Decke empor. „Oh, Heilige Mutter Gottes“, begann er hingebungsvoll zu beten, „gib ihm die Kraft, zu gesunden. Ich bitte Dich, hilf' ihn heilen. Er wird noch gebraucht. Rufe ihn noch nicht zu Dir und Deinem Sohne, ich flehe Dich an.

ave maria
gracia plena
dominus tecum
benedicta tui in
mulieribus
et benedictus fructus
ventrus tui ihesu
amen.”

Der alte Mönch bekreuzigte sich und stand auf. Er wusch die Wunde aus und versorgte sie mit Umschlägen aus Honig und Lavendel. Dann flößte er Wolf unter Mühen einen halben Becher des zubereiteten Kräutertees ein. Nachdem das alles vollbracht war, schritt er schließlich erschöpft zur Tür. Diese Behandlung hatte ihn viel Kraft gekostet und es ging ihm nicht mehr so leicht von der Hand wie vor einigen Jahren noch. Das Alter forderte seinen Tribut. Nachdem er kurz verweilt hatte, öffnete er die Tür.

„He, Wache“, rief er hinaus, „du kannst den Jungen jetzt holen.“

„Welchen Jungen?“, fragte der Soldat verwundert und fuhr erschrocken auf. Er schien im Stehen ein Nickerchen gehalten zu haben.

„Na den, der vorhin zu seinem Freund wollte und den du abgewiesen hast.“

„Nur auf Euer Geheiß hin, Bruder“, entrüstete sich der Soldat.

„Ja, ja, ich weiß, was ich gesagt habe“, beschwichtigte ihn der Augustiner und hob versöhnlich die Hände. „Du hast recht gehandelt, mein Sohn. Doch nun kannst du ihn rufen. Ich danke dir.“

Die Wache nickte und ging die Treppe des Südturms hinunter. Der Mönch schloss die Tür und setzte sich wieder auf den Schemel. Er musste nicht lange warten. Die Tür wurde aufgestoßen und Greger polterte völlig außer Atem herein.

„Wie geht es ihm? So sprecht doch, ehrwürdiger Bruder, ich muss es wissen.“

Weiter kam Greger nicht. Die Worte blieben ihm im Halse stecken. Er riss die Augen auf und taumelte einen Schritt rückwärts. Dann blieb er stehen. Der Mönch hatte sich erhoben und legte den Zeigefinger über die Lippen. Das hätte er nicht machen müssen, denn Greger war außerstande, auch nur einen Laut herauszubringen, so überrascht war er.

Der Augustiner schob sich an dem noch immer mit offenem Mund und mittlerweile wie angewurzelt dastehenden Greger vorbei und zog die Tür zu. Dann lächelte er.

„Das hättest du nicht gedacht, nicht wahr, Greger?“

Greger griff beide Arme des Mönches und schüttelte bedächtig seinen Kopf. „Nein, Bruder Valtin, das hätte ich nie und nimmer gedacht. Der Herr sei gepriesen, dass Ihr hier seid. Nun wird alles gut.“ Dann fiel er ihm in die Arme.

Wie als hätte der schwer verwundete Wolf lediglich auf seinen Einsatz gewartet, um Gregers Hoffnungen zunichte machen zu können, stöhnte er mit einem Mal laut auf. Er wälzte sich unruhig wie in einem finsteren Traum. Bruder Valtin löste sich von Greger. Sein Gesicht wurde ernst. „Dein Wort in Gottes Ohr, Greger, aber ob alles gut wird, das wissen wir in zwei Tagen. Entweder wird unser Freund Wolf dann endlich die Augen aufschlagen oder aber Gott wird ihn zu sich befehlen. Lass uns beten. Mehr können wir im Moment nicht für ihn tun."

49

Kloster Besigheim
Etwa 16 Jahre zuvor
Dominica in Palmis de passione Domini
24. März Anno Domini 1493

„Dann ist der Tag also gekommen und ich kann deine Entscheidung nicht mehr rückgängig machen?“ Wolf betrachtete den alten Mann einen Moment lang. Seine Haut wirkte wie Pergament, so dünn und blass, dass man die bläulichen Adern hindurchschimmern sah. Er war nun bereits über siebzig Jahre alt und schon damals, als Wolf sich vor nunmehr neun Jahren hierher geflüchtet hatte, ein alter Mann gewesen. Nun jedoch war er ein Greis, der ohne Hilfe kaum noch laufen konnte und dem die täglichen Arbeiten zur Qual geworden waren. Nur seine Augen hatten kein Quäntchen ihres Glanzes verloren und strahlten noch immer lebendig und hell, ganz so, als hätten sie schlichtweg vergessen, mit dem Rest des Leibes zu altern.

„Nein, Bruder Melchior“, sagte Wolf schließlich bestimmt und schüttelte den Kopf, „ich kann nicht. So sehr ich Euch auch danke für all die Jahre, die ihr mir beigestanden habt, für all die Hilfe, die ich durch Euch und Eure Mitbrüder erhalten habe, für all das Wissen, das Ihr mir vermittelt habt und die Gnade, bei Euch bleiben zu dürfen. Ich kann dem Noviziat nicht zustimmen und werde es nie können. Ich muss fort, weil ich gehen muss, um meine Vergangenheit zu finden und ich muss fort, weil ich nicht im Kloster Besigheim bleiben kann. So sind Eure Regeln und ich verstehe das.“

„Also ist es deine endgültige Entscheidung und Gottes Wille, dass wir uns verabschieden müssen und du deiner Wege ziehst?“

Wolf nickte und ging auf den Mönch zu, der seine Tränen zu verbergen suchte.

„Pass auf dich auf. Der Herr behüte und beschütze dich auf allen deinen Wegen“, flüsterte Bruder Melchior noch, dann zog er Wolf an sich und schloss ihn fest in die Arme.

Als Wolf sich löste, wischte er sich hastig mit dem Handrücken über die Augen. Dann küsste er den alten Mönch auf beide Wangen und sah ihm zum Abschied lange in die Augen. „Danke!“, sagte er schließlich. Dieses eine Wort kam so tief aus Wolfs Herzen, dass es keiner weiteren Worte mehr bedurfte. Wolf nahm sein Bündel und stieg neben den Mann auf den Kutschbock, der sein Fuhrwerk auf dem Weg vor dem Klosterportal abgestellt hatte und geduldig wartete.

„Na, sind wir soweit?“, fragte dieser, als Wolf neben ihm Platz genommen hatte und stieß ihn mit dem Ellenbogen in die Seite.

„Herr Rennert“, rief Bruder Melchior vom Klosterportal hinauf und ging mühsam ein paar Schritte auf den Wagen zu. „Passt mir auf meinen Wolf auf und lehrt ihn nicht nur, wie man sich anderer Menschen erwehrt, sondern auch, wie man ehrlich arbeitet, um sein Brot zu verdienen.“

Michael Rennert grinste vom Kutschbock herab. „Nun, als ehemaliger Landsknecht und neuerdings Krämer vermag ich das eine so gut wie das andere. Sorgt Euch also nicht, Bruder Melchior. Ich werde Wolf alles vermitteln, was nötig ist.“

„Ich weiß Wolf bei Euch zwar nicht in den besten, so doch wenigstens in guten Händen“, konterte der Mönch. „Lebt wohl!“

„Leb’ auch du wohl, Bruder Melchior“, sagte Wolf und hob die Hand, als sich der Wagen schon längst in Bewegung gesetzt hatte. Lange sah Wolf noch auf seinen Retter und Mentor, bis sich die dunklen Fichten zwischen ihn und den Alten geschoben hatten. Wolfs Gefühle kämpften miteinander. Einerseits schmerzte es ihn sehr, Melchior und seine Mitbrüder heute vielleicht zum letzten Mal gesehen zu haben. Andererseits aber wusste Wolf auch, dass er nicht für ein Leben in Klostermauern bestimmt war. Er musste seinen Weg gehen und herausfinden, wer er wirklich war und das konnte er nicht im Kloster Besigheim, sondern nur außerhalb. Dort, wo die Wahrheit verborgen lag.

Als der Wald das Fuhrwerk mit Wolf und Michael Rennert verschluckt hatte, tat Bruder Melchior hörbar einen tiefen Atemzug. All die Jahre hatte er die schwere Last der Wahrheit mit sich herumgetragen und das Geheimnis bewahrt. Nun aber war er nicht mehr davon überzeugt, ob er das Richtige getan hatte. Er faltete die Hände, legte den Kopf in den Nacken und sah flehend zum Himmel empor.

„Habe ich Unrecht getan, dem Jungen nicht zu sagen, was ich weiß, oh Herr?“, flüsterte er in Richtung der Wolken, die wie ein nasses schmutziges Tuch über dem Firmament lagen. Lange verharrte er in dieser Position und sah aus, als würde er entfernten Worten lauschen, die niemand außer ihm zu hören imstande war. Schließlich lächelte er und bekreuzigte sich.

„Ich danke dir, oh Herr. Dann ist dein Wille geschehen und so es dir gefällt, wird Wolf die Wahrheit eines Tages selbst ergründen. Ich bitte dich, ihn zu beschützen und zu führen, welchen Weg auch immer du für ihn auserkoren hast. Amen.“

Mit diesen Worten schob Bruder Melchior die Hände in die weiten Ärmel seines Habits, wandte sich um und schlurfte durch den steinernen Torbogen in das Klosterinnere zurück. Kurz darauf fiel die schwere Klostertür ins Schloss. Endgültig.

50

Burg Freiried
Mittwoch vor Omnium Sanctorum
31. Oktober Anno Domini 1509

Bruder Valtin griff Gregers Hand und blickte ihn nachdenklich an. Was er soeben gehört hatte, schien ihn zwar äußerlich kaum aus der Ruhe zu bringen, aber in seinem Inneren schossen die Gedanken umher wie tolle Hunde. Es war Nacht geworden und die Dunkelheit der mondlosen Finsternis schlich sich durch die Öffnungen der Freirieder Burgmauern in Wolf Besigheims Kammer. Nur das niedergebrannte Holz im Kamin glomm schwach und verstrahlte eine vergehende Wärme. Seit über einer Stunde schon berichtete Greger Bruder Valtin alles, was er wusste. Alles. Von Heller, Stoltzer, Schmied, von der Entführung und Ermordung seines Vaters Jokoff. Von Abraham Siebenthal und dem unsäglichen Geschäft, das dieser mit seinem Vater abgeschlossen hatte. Von dem verfluchten Dokument und der Goldmaschine. Von Giacomo di Vernaccia genauso wie von der Hexe im Freirieder Wald. Einfach von allem, über das er etwas zu berichten wusste, unabhängig davon, ob es Valtin bereits bekannt war oder noch nicht. Anfangs war es Greger schwergefallen, da er das Gefühl nicht loswurde, seinen väterlichen Freund Wolf und die Erfüllung des Schwurs, den er seinem eigenen Vater am Sterbebett gegeben hatte, damit zu verraten. Doch letztendlich war es aus ihm herausgesprudelt und er konnte nicht mehr aufhören. Valtin war Geistlicher. Valtin war Wolfs Freund. Und Greger musste es herauslassen, seine bedrückte Seele erleichtern. Am Ende saß er da und weinte erstickte Tränen. Es war die Last, die von ihm abfiel. Das gebrochene Schweigen war der berstende Damm und die sich ergießenden Fluten waren die Wahrheit.

Als Greger geendet hatte, atmete Bruder Valtin hörbar aus. Er nickte dabei mit dem Kopf und verzog die Mundwinkel, als würde er eine unumstößlich Tatsache anerkennen. Schließlich begann er zu sprechen.

„Also Greger, mein Sohn, von Flüchen und derlei Dingen halte ich nicht viel. Spukende Häuser und Wiedergänger scheinen mir gleichermaßen unglaubwürdig wie verfluchte Dokumente." Er ließ Gregers Hand los, hob den Zeigefinger und fuhr fort: „Dennoch glaube ich, dass dieses Dokument den Menschen, die es besitzen, nicht guttut. Es ist die Strafe für eine der sieben Todsünden, *Avaritia*, der Habgier, für die Gott sie richtet, nicht der Fluch eines Stückes gegerbter und beschriebener Tierhaut. Und unser alter Freund hier", Valtin nickte in Wolfs Richtung, der tief und fest zu schlafen schien, „wird gleichermaßen in Versuchung geführt wie all die anderen, die schon ihr Leben gelassen haben und diejenigen, die vielleicht noch ihr Leben lassen werden. Alles nur wegen der Gier nach Gold. Dass Gott, unser Herr, Wolf noch nicht zu sich geholt hat, rührt vielleicht nur daher, dass Wolfs Motive edler waren als die der anderen. Nicht für sich will er das Dokument und diese Maschine entdecken, aber Gott wird ihm keine zweite Möglichkeit schenken, dies zu beweisen. Man soll Ihn nicht versuchen. Strebt Wolf weiter nach der Macht des Goldes, für welche Zwecke auch immer, so wird er gerichtet werden wie alle die, die es ohne Frage mehr verdienten. Er muss dieses Zeichen verstehen, sonst ist er verdammt! Knie nieder, Greger."

Verdutzt sah Greger den Mönch an, folgte seiner Anweisung jedoch widerstandslos und ließ sich von seinem Holzschemel auf den Steinboden gleiten. Valtin erhob sich und murmelte etwas. Dann schlug er das Kreuz über dem Kaufmannssohn, der eine der offensten und ehrlichsten Beichten abgelegt hatte, die Bruder Valtin je gehört hatte. Es war die Verzweiflung, die keine Lügen oder Beschönigungen zugelassen hatte.

„*Ego te absolvo.* Bete zwanzig Vaterunser und tu eine gute Tat, dann sei dir vergeben. Erhebe dich wieder."

Greger stand zögerlich auf und begriff erst jetzt, dass er vor Valtin die Beichte abgelegt hatte und ihm seine Sünden vergeben werden würden. Doch es bedeutete auch die Verpflichtung des Geistlichen, das Gesagte niemals weiterzuerzählen. Es war ein Treuebeweis und ein Versprechen, das ihm Valtin damit gegeben hatte.

„Ich danke Euch, Bruder Valtin", sagte Greger mit schwacher Stimme. „Werdet ihr Wolf die Wahrheit über sich erzählen?"

Valtin schüttelte den Kopf. „Das wirst du machen, mein Sohn. Du hast es dem alten Weib versprochen und ich weiß von nichts. Mit Rat und Tat stehe ich dir und unserem Wolf Besigheim zur Seite, aber ich kann euch nur den Weg Gottes weisen, gehen müsst ihr ihn selbst."

Dann lächelte er verschmitzt. „Dass deine Mutter und auch deine Dorothye wohlauf sind, hatte ich bei dem vielen Erzählen ganz vergessen, zu berichten. Ich soll dir die allerliebsten Grüße von beiden überbringen. Du fehlst ihnen und sie sorgen sich sehr."

„Mutter. Dorothye", flüsterte Greger und erneut bekamen seine Augen einen feuchten Glanz. Doch Greger hatte keine Zeit, sich Heimweh und Sehnsüchten hinzugeben, denn plötzlich waren klirrende Schritte zu hören. Kurz darauf hämmerte es an die Tür zu Wolfs Kammer. Ohne eine Antwort abzuwarten, stieß Gottschalk von Freiried sie auf und trat ein. Hinter ihm standen zwei Männer der Burgwache.

„Bruder, mein Vater will Euch sehen", sagte er knapp und an Greger gerichtet fuhr er fort, „du wartest hier."

Wortlos erhob sich Valtin, strich sich das Habit glatt und nickte Greger vertrauensvoll zu. Er folgte dem Sohn des Burgherren durch die Tür hinaus auf den Gang. Die Tür schloss sich. Greger konnte noch hören, wie ein Mann vor der Kammer Posten bezog und sich die Schritte der anderen entfernten. Dann wurde es still und nur das schwere Atmen Wolfs und das leise Knistern verglühenden Holzes war zu hören.

Gottschalk von Freiried führte Bruder Valtin durch die Burg. Eine feuchte Kälte hielt sich mit eisernen Klauen in dem Gemäuer fest. Immer wenn Valtin an einer der wenigen Pechfackeln vorbeischritt, konnte er einen kurzen Moment die flakkernd beleuchteten Wolken seines Atems sehen, bevor der Dampf von der Dunkelheit wieder verschluckt wurde. Die Schritte der Männer hallten hohl durch die Treppen und Gänge. Schließlich hielt Gottschalk vor einer doppelflügligen Tür an und klopfte. Nach der Aufforderung seines Vaters trat er ein und wies den Wachsoldaten an, vor der Tür zu bleiben. Bruder Valtin folgte nach und die Tür wurde hinter ihnen geschlossen. Bastian Greimold von Freiried saß vor seinem ausladenden Tisch, die prasselnden Flammen eines riesigen Kamins im Rükken. Dieses Bild hatte etwas des Leibhaftigen an sich. Valtin verscheuchte diesen törichten Gedanken und versuchte die Züge des Grafen zu erkennen. Doch es war unmöglich. Der Schatten seines Kopfes im Feuerschein hüllte die Konturen seines Gesichts in Dunkel.

„Tretet näher." Diese Stimme war alt, aber kraftvoll. Der Sohn des Grafen und Valtin traten vor ihn. Bastian Greimold von Freiried zog die Wachskerze auf seinem Tisch von der rechten Ecke mehr ins Zentrum hinein, vor sich, so dass sein Gesicht mit einem Mal auftauchte. Ein Weinkelch, der bis dahin ebenfalls im Dunkel gestanden hatte, warf nun silbrig mattes Licht zurück. Obwohl sechs weitere Stühle am Tisch standen, bot er Bruder Valtin keinen Platz an. Ohne Begrüßung und unnütze Höflichkeit kam er gleich zum Wesentlichen.

„Wie ist dein Name?"

„Valtin von Kriftel vom Orden der Augustiner zu Mainz. Ratgeber seiner Eminenz des Erzbischofs Graf Uriel von ..."

Weiter kam Valtin nicht. Bastian Greimold von Freiried hob gebieterisch die Hand, um Bruder Valtin das Wort abzuschneiden und zischte: „Genug!"

„Des Erzbischofs Uriel vom Gemmingen", vollendete Valtin seinen Satz ungerührt und etwas lauter. Ihm waren Titel nicht wichtig. Am Tage des Jüngsten Gerichtes würden sie einem nichts nützen. Jedermann wäre nackt und nur die Reinheit der Seele und die Vergebung der Sünden würde vor Gott bei seiner Urteilsfindung eine Rolle spielen. Doch dieser Graf sollte wissen, dass hier kein Laienbruder oder Dorfpfaffe vor ihm stand, sondern ein gelehrter Geistlicher mit höchsten Verbindungen, der nichts mehr verlangte als den Respekt, der ihm zustand.

Erbost schnellte Bastian Greimold von Freirieds Blick in die Höhe und fixierte Valtin. Seine Augen verengten sich und er funkelte den Augustiner wütend an. Valtin zeigte keine Regung. Der Graf suchte nach Worten, schien aber beschlossen zu haben, nichts dazu zu sagen. Stattdessen fuhr fort: „Du bist nicht von hier, wie ich deinen Ausführungen entnehmen darf?"

Valtin nahm die bewusste und fortwährende Beleidigung durch den Grafen schmunzelnd hin. Ihn zu duzen war eine Unverschämtheit, denn auch Valtin war nicht von geringer Geburt, und unabhängig davon, sprach man einen Bruder allein schon aus Höflichkeit nicht an wie einen Laufburschen. Doch diese Genugtuung wollte er dem Grafen nicht gönnen und überhörte die Ansprache geflissentlich.

„Das ist richtig. Ich komme aus Mainz."

Der Graf lehnte sich zurück und strich nachdenklich durch seinen Bart. Sein Gesicht war aus dem Lichtkegel der Kerze verschwunden.

„Ich frage mich Bruder, was dich, als Mann mit angeblich derlei hohen Verbindungen, dazu bewogen hat, die weite Reise von Mainz hierher anzutreten?"

„Es ist der verletzte Mann dort oben in seiner Kammer. Und auch der Junge."

Der Graf bewegte sich ruckartig nach vorne und starrte Valtin an. „Wer zur Hölle ist das, dass du die Gefahren und Kosten dieser langen Reise auf dich nimmst? Rede endlich!"

Valtin verstand. Er musste vorsichtig sein, denn diesem grobschlächtigen Grafen war durchaus zuzutrauen, dass er seine Börse durch etwas Lösegeld aufzubessern gedachte. Auch wenn er die Vaganten auf seinem Gebiet mit äußerster Härte verfolgte, so war das kein Garant dafür, dass er sich nur unliebsame Konkurrenz vom Halse schaffen wollte. Also hieß es, die Bedeutung von Wolf und Greger herunter- und die Gefahr für den Grafen bei ihrer andauernden Gefangenschaft hochzuspielen. Kein leichtes Unterfangen, doch Valtin versuchte es.

„Herr Graf, mit Verlaub, aber es liegt einigen Menschen in Mainz und Nürnberg viel am Wohlbefinden und der unbehelligten Rückkehr des Jungen und seines Begleiters. Darunter übrigens auch Benedikt Tössler, der mit den Eltern des Jungen bekannt ist. Der junge Mann ist Greger Cramer, Sohn eines verstorbenen Kaufmanns, dessen Mutter ihn liebend gerne wieder in die Arme schließen würde. Er wird dringend zur Fortführung des väterlichen Kontors gebraucht. Der verletzte Mann ist Wolf Besigheim, ein Freund von mir. Nichts weiter."

Bei Wolfs Namen zuckte der Graf zusammen. Sein Gesicht versteinerte sich. Auch Gottschalk von Freiried, der bis dahin nur schweigend neben Bruder Valtin gestanden hatte, warf seinem Vater einen eigentümlichen Blick zu.

Nun war es an Bruder Valtin, ein erstauntes Gesicht aufzusetzen, denn er konnte sich beim besten Willen keinen Reim darauf machen, warum Wolfs Name eine solche Verwunderung auslöste. Um den wahren Namen Wolf Besigheims, der Andreas von Freiried war, wussten nur zwei Menschen, nämlich er selbst, Valtin von Kriftel, und Greger. Weder der Graf noch dessen Sohn konnten etwas davon erfahren haben, denn sonst hätten sie schon längst kurzen Prozess mit ihnen gemacht. Aber Besigheim? Was erregte so sehr die Aufmerksamkeit der beiden Männer vor ihm? Valtin beschloss, auf der Hut zu sein.

„Was erstaunt Euch dieser Name so, meine Herren, wenn ich fragen darf?", warf Valtin scheinheilig ein, jedoch mit hoher Schauspielkunst. Er trieb ein gefährliches Spiel mit vielen Unbekannten und musste auf alles gefasst sein.

„Erklär du es mir", blaffte Bastian Greimold von Freiried den Augustiner an. „In meinen Wäldern geschehen seltsame

Dinge. Räuber, Kämpfe, Mönche und solche, die sich dafür halten, treiben ungefragt ihr Unwesen. Ein Fremder wird schwer verletzt auf meine Feste gebracht. Angeblich stammt er aus dem Norden, trägt aber den Namen eines Klosters, nicht einmal einen Tagesritt von hier. Erklär' es mir."

Valtin spürte, wie ihm die Farbe aus dem Gesicht wich. Es war gut, dass der Raum so schlecht beleuchtet war. Bastian Greimold von Freiried verschränkte die Arme vor der Brust und auch Gottschalk sah Bruder Valtin nun erwartungsvoll und gespannt an.

„Ich kann es nicht", gestand Valtin ehrlich ein. „Namen sind Schall und Rauch. Ich kenne Wolf Besigheim seit einigen Jahren und er trug seinen Namen schon immer. Ihr solltet ihn selbst fragen, wenn er wieder zu sich gekommen ist."

„Wenn er je wieder zu sich kommt", hielt der Graf zynisch dagegen. „Wenn er verreckt, dann soll es mir recht sein, wenn er jedoch die Augen aufmacht, wünsche ich umgehend davon unterrichtet zu werden, denn dieser Zufall interessiert mich."

Die letzten Worte hatte Bastian Greimold von Freiried an seinen Sohn Gottschalk gerichtet, der daraufhin eine Verbeugung andeutete.

„Und nun geht hinaus, ich will meine Ruhe. Morgen muss ich in Geschäften nach Nürnberg und werde erst übermorgen zurück sein."

Gottschalk hatte Bruder Valtin bereits sanft, aber bestimmt bis zur Tür geschoben, da schallte die Stimme des Grafen noch einmal durch den Raum.

„Und Mönch. Ob dein Freund nun die Augen aufschlägt oder für immer schließt. Du und der Bengel, ihr wartet in jedem Fall auf meine Rückkehr und habt die Burg nicht zu verlassen. Ansonsten müsste ich annehmen, ihr wolltet fliehen, weil ihr vielleicht am Ende etwas gestohlen habt. Das würde euch nicht sonderlich gut bekommen. Gottschalk, mein Sohn, wird die Wachen entsprechend anweisen. Ich hoffe, wir haben uns verstanden?"

„Ja, Vater", beeilte sich Gottschalk zu sagen.

Bruder Valtin blieb stumm.

Die Tür war nach dem Verlassen des Raumes durch die beiden Männer von der Wache bereits wieder verschlossen worden. Noch immer starrte Bastian Greimold von Freiried auf das vernarbte Holz, das wie eine düstere Öffnung voller schwarzer Pokken in der Mauer steckte. Er lehnte sich zurück, nahm einen tiefen Zug Wein aus dem Silberkelch und dachte nach. Etwas störte ihn an dieser Menge von Zufällen. Besigheim, Besigheim. Dieser Name schmeckte ihm genauso wenig wie der Fremde, der in seinen Mauern vor sich hinsiechte. Es war nur ein Gefühl, aber etwas eigentümlich Bedrohliches schwang darin mit. Und sein Gefühl hatte ihn noch selten getäuscht, sonst säße er nun nicht da, wo er sich befand, sondern wäre noch immer nur ein leidlich geduldeter Gast von seines Bruders Gnaden. Bastian Greimold von Freiried würde jeden, der sich als Bedrohung seines selbst geschaffenen Reichtums und Standes entpuppte, ohne Zögern vernichten, auch wenn es nur ein Verdacht wäre, das hatte der Graf sich vorgenommen. Tote Gegner waren die besten. Dies hatte sich noch stets bewährt. Jedoch musste er nun die Verhandlungen mit der Stadt Nürnberg vorbereiten. Wieder einmal drohte ihm der Rat, weil die Zölle zu hoch waren, die die Kaufleute auf ihrem Weg durch das Freirieder Gebiet zu entrichten hatten. Die Pfeffersäcke dort fürchteten um ihre Einnahmen. Man würde sich einigen, wie immer. Aber unvorbereitet in eine solche Verhandlung zu gehen, bedeutete unter Umständen, dass man möglichen Gewinn verschenkte. Über den Fremden würde er sich wieder Gedanken machen, wenn er zurück wäre.

***

Als Valtin in Begleitung von Gottschalk von Freiried und einer Wache Wolfs Kammer wieder erreicht hatte, musste er vor dem Eingang kurz innehalten. Dass der Name Besigheim bei den Freiriedern eine solche Überraschung, ja beinahe eine grenzenlose Verwunderung auslösen würde, nur weil sich ein gleichnamiges Kloster in der Nähe befand, das hatte er nicht erwartet.

Mit dem Hinweis, dass der Graf Wolf doch lieber selbst dazu befragen solle, hatte er nur ein wenig Zeit gewonnen. Ihm war nichts Besseres eingefallen. Doch wie Kloster Besigheim mit Wolf oder sogar mit Andreas von Freiried zusammenhing, das wusste er nicht. Niemand außer Wolf kannte die ganze Wahrheit. Der aber hatte sie vergessen. Es war komplizierter als er es befürchtet hatte. Valtin hoffte, dass auch er diese Wahrheit erfahren würde und zwar, bevor Bastian Greimold von Freiried aus Nürnberg wiedergekehrt wäre. Vielleicht nämlich stellte sie ein Hindernis dafür dar, Wolfs wirkliche Herkunft auch weiterhin geheimzuhalten. In diesem Fall sollte Valtin schnell davon erfahren, damit noch Zeit blieb, sich eine gute Ausrede oder Erklärung einfallen zu lassen.

„Willst du hier Wurzeln schlagen?“, holte ihn Gottschalk von Freiried unsanft aus seinen Gedanken zurück. Bruder Valtin drehte sich um, sah dem Grafensohn ausdruckslos ins Gesicht, dann drückte er die Klinke herunter und verschwand in Wolfs Kammer. Greger war eingenickt, fuhr aber erschrocken hoch, als sich die Tür öffnete. Er rieb sich verschlafen die Augen und sah fragend zu Valtin auf. Der hingegen legte den Zeigefinger über die Lippen und schüttelte den Kopf. Greger verstand. Als sich die Tür wieder geschlossen hatte und sich Gottschalks Schritte entfernt hatten, setzten sich beide nebeneinander vor Wolfs Bettstatt.

„Was ist geschehen?“, flüsterte Greger, der sehr wohl wusste, dass die Wände Ohren hatten, denn noch immer stand wenigstens ein Soldat vor der Tür Wache.

Ohne auf Gregers Frage einzugehen, zischte Valtin: „Was weißt du über ein Kloster namens Besigheim? Hat dir Wolf je etwas davon erzählt?“

Verwundert blickte Greger in das faltenzerfurchte Antlitz des Augustiners und schüttelte den Kopf. „Kloster Besigheim?“, wiederholte er leise, „nein, nicht ein Sterbenswörtchen“.

Valtin stöhnte ratlos. „Dann mein lieber Greger könnten wir ein Problem bekommen. Den beiden unverschämten Burgherren nämlich schien dieser Name sehr wohl bekannt. Der Graf sagte, es existiere ein gleichnamiges Kloster, nur einen Tagesritt von hier entfernt. Er stellte zurecht die Frage, warum Wolfs Nachname gleichlautend ist. Ich habe gehofft, Wolf hätte dir gegenüber etwas diesbezüglich erwähnt, aber so stehe ich vor einem Rätsel und wir müssen wohl oder übel darauf warten, dass Wolf erwacht."

„Können wir denn sonst nichts tun?", fragte Greger verzweifelt.

„Doch", antwortete Bruder Valtin und faltete die Hände, „Wir können weiterhin beten".

51

Burg Freiried
Um Omnium Sanctorum
1. und 2. November Anno Domini 1509

Mitten in der Nacht wachte Bruder Valtin auf. Er sah aus dem Fenster, doch konnte keine Sterne entdekken. Der Himmel war wolkenverhangen. Vereinzelte Schneeflocken wehten hinein und setzten sich auf Valtins nahezu haarloses Haupt, nur um einen Augenblick später zu schmelzen. Es war kalt geworden und selbst unter den Decken und Fellen fror Valtin. Er beschloss das Kaminfeuer neu zu schüren und erhob sich. Kalte feuchte Gemäuer sind Gift für alte Glieder, dachte er bei sich und wünschte sich nach Mainz zurück, wo der reiche Erzbischof in jedes noch so kleine Mauerloch Fenster aus Glas hatte setzen lassen. Sie hatten ein Vermögen gekostet, doch Uriel von Gemmingen konnte es sich leisten und versteckte seinen Reichtum nicht. Greger schlief tief, fest zusammengekauert und in ein Schafsfell gehüllt vor Wolfs Lager auf dem Boden. Der Augustiner ergriff zwei Holzscheite und legte sie in die Glut. Er warf eine Handvoll Werg aus der Tonschüssel neben dem Brennholz dazu. Kurz darauf war das Feuer neu entfacht und begann an den Scheiten zu lecken.

„Wo bin ich?“, erklang es geisterhaft leise.

Bruder Valtin hielt den Atem an. Spielten ihm seine müden Sinne einen bösen Streich oder war da eben wirklich eine Stimme gewesen?

„Wer seid Ihr?“

Es gab keinen Zweifel mehr. Es war Wolfs Stimme, die Valtin da hören durfte. Überglücklich wandte er sich vom Kamin ab und schritt zu Wolfs Lager hinüber. In der Aufregung vergaß Valtin, dass Greger auch dort lag. Er stolperte über ihn, so dass er fast gestürzt wäre. Valtin zischte verärgert über seine eigene Tollpatschigkeit, doch schließlich fing er sich und setzte sich zu Wolf. Greger war durch Valtins Tritt unsanft aus seinen Träumen gerissen worden und schlug nun ebenfalls die Augen auf.

„Was ist los …?“, stammelte er mürrisch und verschlafen, doch Valtin beachtete ihn gar nicht.

„Wolf, oh der Herr sei gepriesen, Ihr seid erwacht, halleluja!“

„Valtin? Seid Ihr das? Verdammt, wo bin ich und was macht Ihr hier?“ Wolfs Stimme klang leise. Kraftlos. „Ich war zuletzt in einem Wald bei Nürnberg, wenn ich mich recht entsinne. Es gab einen Kampf. Einen Traum. Mein Bein war verletzt.“ Arglos griff sich Wolf an den Oberschenkel und sog die Luft ein. Er hatte sich direkt in den Wundverband gegriffen.

„Verflucht“, presste Wolf unter Schmerzen hervor, „doch kein Traum.“ Sterne tanzten vor seinen Augen.

Mittlerweile war auch Greger so weit erwacht, dass er begriff, was hier vor sich ging.

„Wolf! Wolf! Oh, was für eine Freude. Du bist wach und lebst.“

Valtin dämpfte Gregers überschwänglichen Gefühlsausbruch. „Nicht so stürmisch, Greger. Er ist noch sehr schwach und weiß nicht, wie ihm geschehen ist. Gib’ ihm Zeit.“

Wolf atmete wieder ruhiger. Der brennende Schmerz in seinem Oberschenkel ebbte nur langsam ab. Bruder Valtin entzündete eine Kienspanleuchte mit einem brennenden Holzsplitter aus dem Kamin.

„Greger? Du auch hier? Wo ist Giacomo di Vernaccia?“, wollte Wolf wissen.

Greger blickte zu Valtin. Der zog die Augenbrauen hoch und nickte.

„Er ist fort“, antwortete Greger wahrheitsgemäß.

„Er ist fort? Wohin ist er gegangen und warum?“

Greger zögerte. Schließlich beschloss er, Wolf die Wahrheit zu sagen. „Er verfolgt mit Sicherheit diesen Dominikaner, denn er hat das Dokument.“

Wolf riss die Augen auf. Er machte Anstalten sich zu erheben, doch es gelang ihm nicht. Kraftlos sank er wieder auf sein Strohlager zurück. „Er hat das Dokument", wiederholte er flüsternd und resigniert.

Nun schaltete sich Bruder Valtin ein. „Als Erstes müsst Ihr wieder zu Kräften kommen, Wolf. Was geschehen ist, ist geschehen. Wir werden Euch alles berichten, wenn Ihr wieder auf den Beinen seid. Hier trinkt etwas Wasser. Ihr habt viel geschwitzt und müsst neue Säfte bilden."

Mit diesen Worten reichte er Wolf ein tönernes Gefäß, dass dieser an die Lippen setzte und gierig trank. Einiges lief ihm aus den Mundwinkeln und ins Hemd, aber das meiste gelangte doch in seinen ausgetrockneten und geschwächten Körper.

„Ich will die Wahrheit wissen, Bruder Valtin, aber ich bin so unsagbar müde."

„Schlaft. Die Wahrheit läuft nicht davon. Sie wartet auf Euch", *und reibt sich bereits die Hände voller Vorfreude, Euch ins Gesicht zu springen, mein armer Freund*, fügte er in Gedanken hinzu. Wolf sank zurück auf sein Lager. Das Stroh raschelte. Valtin schob ihm noch eine Decke unter den Kopf und richtete das Fell, das ihn wärmen sollte. Kurz darauf war Wolf bereits wieder entkräftet eingeschlafen.

***

Geweckt wurde Wolf von gleißend hellen Lichtfetzen, die über sein Gesicht wanderten. Er hatte den ganzen gestrigen Tag geschlafen. Er öffnete die Augen, doch schloss sie sofort wieder. Die Strahlen des Gestirns blendeten ihn. Er versuchte es erneut. Behutsam blinzelte er in die Morgensonne, deren Licht durch eine Schießscharte in die Kammer flutete. Nachdem sich Wolf ein wenig daran gewöhnt hatte, versuchte er sich aufzusetzen. Und tatsächlich, es gelang ihm. Zwar war ihm noch immer äußerst schwach zumute und auch der verwundete Oberschenkel brannte weiterhin höllisch, doch es war bereits erheblich besser als gestern Nacht. Oder war es vor zwei Nächten gewesen? Oder wieder nur ein Traum? Er blickte sich in der Kammer um. Er war allein. Kein Bruder Valtin, kein Greger. Waren die Freunde Ausgeburten seiner Fieberträume gewesen, nur Ausdruck eines verzweifelten Wunsches? Es konnte wohl nur so sein. Und doch war Wolf am Leben. Er spürte das ganz deutlich, insbesondere deshalb, weil er das zwingende Bedürfnis hatte, seine Blase zu entleeren. Doch einen Moment wollte er damit noch warten. Zuerst musste er erfahren, wo er sich befand.

Wolfs Bettstatt stand an der Stirnseite der kleinen Kammer, genau gegenüber der Tür. Dazwischen befand sich ein derb gezimmerter Tisch, auf dem sich eine Tonschüssel mit Wasser, ein helles Leinentuch und eine Kienspanleuchte befanden. Zwei Schemel waren halb unter den Tisch geschoben worden. Dahinter häuften sich einige Decken und Felle. Links von Wolfs Lager war der Kamin, dessen erkaltende Asche mehr beißenden Geruch als Restwärme verströmte. Dem gegenüber wiederum befand sich das einzige Fenster des schmucklosen Raumes, wenn man es als ein solches überhaupt bezeichnen konnte. Die kleine Schießscharte, durch die die Sonne das Licht auf Wolfs Gesicht geworfen und ihn geweckt hatte. Sie war kaum breit genug, dass ein Mann seinen Kopf hindurchzwängen konnte und vielleicht ein wenig mehr als eine Elle hoch. Das Loch war leidlich durch eine gefettete Tierhaut abgedichtet, die auf einen Holzrahmen gespannt worden war. Am unteren Rand war die Haut bereits auf voller Breite und vertikal fast bis zur Hälfte eingerissen. Sie flatterte gemächlich im Winterwind und schlug mit einem rhythmischen, verhaltenen Klacken gegen den hölzernen Rahmen. Wolf hinkte zum Fenster und versuchte einen Blick aus diesem Loch zu erhaschen. Er konnte nichts erkennen. Das Fenster lag zu hoch. Er zog einen der Schemel herbei, stieg hinauf und versuchte an den Rand der Schießscharte zu gelangen. Dieses Unterfangen bereitete ihm jedoch erhebliche Mühe, denn die Mauern waren hier oben gut und gerne drei Fuß stark. Der gemauerte Fensterrahmen fiel an seiner Unterseite schräg nach innen ab, weitete sich zum Raum hin. Es kostete Wolf viel Mühe und Schmerzen, bis er sich endlich am eingesetzten Holzrahmen bis zum Rand der Scharte emporgezogen hatte. Mit einem entschlossenen Ruck riss Wolf die Haut so weit aus dem Rahmen, dass er nach draußen schauen konnte.

Es hatte geschneit. Die Landschaft lag weiß, wie mit Mehl bestäubt, unter ihm und sein Atem stieg in zarten Wolken auf. Wolf blickte sich nach allen Seiten um, so weit dies möglich war. Doch er konnte ausmachen, dass sich seine Kammer anscheinend nicht ganz oben im Turm befand, sondern nur rund drei oder vier Ruten über einem schmalen Felssaum, welcher bereits nach nur einem Schritt steil nach unten abfiel und sicher noch einmal zehn Mannlängen über dem Talboden lag. Wie hoch der Turm in den Himmel ragte, vermochte er allerdings aus dieser Position nicht zu sagen. Aus dem Augenwinkel konnte er die Wehrmauer wahrnehmen, die seitlich wie aus dem Turm zu wachsen schien. Ein blendend weißer Wald säumte das Tal, das von einem Flüsschen durchschnitten wurde und Wolf konnte drei einzelne Gehöfte in unterschiedlicher Entfernung zur Burg erkennen. Ein Tal, ein Wald, drei Gehöfte. Nichts, das Wolf tatsächlich eine Hilfe zur Orientierung geboten hätte. Zwar war ihm, als würde er genau diese Aussicht nicht zum ersten Mal erblicken, als wäre er bereits einmal hier gewesen, aber es war doch lediglich ein Tal wie viele andere im Reich. Da wäre es kaum verwunderlich, wenn man ein ähnliches bereits einmal zu Gesicht bekommen hätte. Wolf schob sich zurück und ließ sich langsam aus dem Fensterschacht gleiten, bis sein gesundes Bein Kontakt mit dem Schemel aufgenommen hatte. Mörtel rieselte aus den Fugen der grauen Steine und der Schemel ächzte unter seinem Gewicht.

Es half nichts. Wolf wollte hier heraus und erfahren, was Traum und was Wirklichkeit war, wo er sich befand. Plötzlich musste er innehalten und tastete sich zur Bettstatt vor. Ihm war schwindelig geworden. Mit zitternden Händen trank er etwas Wasser aus der tönernen Schüssel und atmete tief. Vorsichtig erhob er sich, stützte sich am Tisch ab und schritt zur Tür. Auch seine Blase meldete sich wieder. Ein Grund mehr, diesen Raum zu verlassen. Wolf schob und zog an dem Riegel, der die Tür verschlossen hielt, doch sie ließ sich nicht öffnen. Immer kräftiger rüttelte er an der Tür, doch sie blieb verschlossen. Er war eingesperrt. Gefangener. Doch von wem und warum?

„He, hört mich jemand? Öffnet, sofort!"

Mit einem Mal rührte sich etwas. Mit einem metallischen Geräusch wurde ein Riegel von außen zur Seite geschoben und kurz darauf schwang die Tür auf.

„So der Totgeglaubte ist auferstanden und tollt herum. Den Herrn Grafen wird's freuen, wenn er morgen kommt."

Zwei Bewaffnete standen Wolf gegenüber. „Lauf' zum Herrn Gottschalk und sag' ihm Bescheid", wies der eine den anderen an, dann wandte er sich an Wolf. „Und du mach, dass du wieder in deine Kammer kommst, und hör' auf so einen Krach zu schlagen, verstanden?"

Wolf sah dem Mann ins Gesicht. Er war fett und stank nach Bier. Sein ungepflegter Bart spross wild wuchernd in seinem Gesicht wie Disteln auf einem verwahrlosten Acker.

„Ich muss auf den Abort", sagte Wolf knapp.

„Los geh'. Hier, gleich neben deiner Kammer kannst du dich erleichtern.

„Wo bin ich?", fragte Wolf, als er an dem Mann vorbeihinkte und eine volle Ladung aus Bierdunst und Schweiß abbekam.

Ohne Vorwarnung trat der Soldat Wolf in die Kniekehle, dass Wolf rücklings an die Wand stürzte und sich nur mit Mühe auf den Beinen halten konnte.

„Das erfährst du alles früh genug. Du wolltest pissen, also lauf' gefälligst, bevor ich dir Beine mache und dann zurück in die Kammer."

Wolf funkelte den Mann zornig an. „Manchmal begegnet man sich zweimal im Leben. Wenn wir uns das nächste Mal treffen, sieh dich vor."

Die Wache traute ihren Ohren nicht. Ein Verwundeter hatte die Frechheit, einen Händel mit ihm anzufangen. Er holte aus und wollte Wolf gerade die Faust ins Gesicht schlagen, da gellte ein Ruf durch den Gang.

„Was fällt dir ein? Ich habe angeordnet, den Mann in Frieden zu lassen. Er ist meines Vaters Gefangener und nicht deiner. Geh' mir aus den Augen. Für den Rest der Woche kein Bier für dich. Noch so ein Vergehen und du wirst die Peitsche zu schmecken bekommen, das sage ich dir."

Gottschalk von Freiried war soeben die Treppe heraufgekommen. Der Gescholtene ließ augenblicklich die Faust sinken, murmelte mehrere Entschuldigungen und drückte sich eng an die Mauer geschmiegt an Gottschalk vorbei, die Treppe hinunter in Richtung Hof.

Der Sohn des Grafen baute sich vor Wolf auf. „So, du bist also Wolf Besigheim?"

Wolf blickte Gottschalk fest in die Augen und ignorierte dessen Worte. „Ich wiederhole die Frage, die ich Eurem Mann vor gar nicht allzu langer Zeit bereits gestellt hatte: Kann ich auf den Abort oder muss ich Euch ans Bein pinkeln?"

Gottschalks Hand zuckte und seine Augen funkelten wütend. Doch beherrschte er sich und nickte stattdessen in Richtung eines hölzernen Erkers, der über den Mauern der Burg angebracht war. Der Eingang lag nur wenige Schritte von Wolfs Kammer entfernt.

„Gut", sagte Wolf zufrieden und setzte sich dorthin in Bewegung.

Als er sich erleichtert hatte und wieder zurückkam, standen Bruder Valtin und Greger beim Grafensohn.

„Bruder Valtin, Greger! Also doch kein Fiebertraum", rief Wolf freudig und humpelte auf seine Freunde zu, um sie zu begrüßen. Die Wiedersehensfreude währte allerdings nicht lange. Gottschalk von Freiried trennte sie und wies sie an, sich wieder in die Kammer zu begeben. Wolf stützte sich am Türrahmen ab, um sein verletztes Bein weitestgehend zu entlasten.

„Ihr kennt meinen Namen, doch ich nicht den Euren."

„Gottschalk ist mein Name, Sohn des Bastian Greimold, Herr über Freiried. Du wirst auch noch zur Genüge Gelegenheit haben, meinen Vater kennen zu lernen, doch ich erwarte ihn erst morgen zurück. Er weilt in geschäftlichen Dingen in Nürnberg und brennt darauf, deine Erklärung dafür zu hören, wie du zu deinem Namen gekommen bist."

„Wie Ihr zu Eurem, Herr Gottschalk, man hat mich so genannt", antwortete Wolf, doch dann stutzte er. „Freiried, Besigheim", murmelte er, „es sind Namen, die auch mich nun etwas befremden. Ich kenne sie und doch auch nicht. Sie klingen wie das weit entfernte Echo vertrauter Worte. Wie dem auch sei", fuhr er nun wieder mit kräftigerer Stimme fort, „ich bin nicht bereit, mich und meine Freunde hier als Gefangene behandeln zu lassen. Was wirft man uns vor? Den falschen Namen? Glaubt Ihr, Herr Gottschalk, dass Ihr und Euer Vater Euch über Recht und Gesetz stellen könnt?"

„Man hat dich bei einem Haufen Vaganten aufgegriffen, die schon seit Längerem in unseren Wäldern ihr Unwesen getrieben haben."

Wolf trat einen Schritt vor. Der Soldat neben Gottschalk von Freiried griff sofort an sein Schwert, doch der Sohn des Grafen bedeutete ihm mit einer Handbewegung, sich ruhig zu verhalten und sah gespannt auf Wolf. Dessen Blick war klar. Klar und ernst.

„Herr Gottschalk. Zum einen war ich der Gefangene dieser Bande und wäre daran fast gestorben, wie ihr unschwer erkennen könnt. Zum anderen redet Ihr mich mit dem gebührenden Respekt an, so wie ich ihn auch Euch angedeihen lasse, obwohl Ihr es gemäß Eures Betragens nicht verdient hättet, verstanden? Mein Name ist Herr Wolf Besigheim. Ich bin ein freier Mann und will auch als solcher behandelt werden. Ich habe schon Fürsten gedient, die Euch nicht einmal vorlassen würden und das schon zu Zeiten, da Ihr Euch noch im Kindsbett beschmutzt habt. Ich habe schon in Schlachten gestanden, da habt Ihr noch mit einem Holzschwert das Kämpfen geübt und wäre ich gesund, würde ich es dir auch gerne zeigen, Junge."

Gottschalk von Freiried stand der Mund offen. Wolf fuhr fort: „Ich weiß nicht, wie es um Euer Wort als Edelmann bestellt ist, doch mein Wort gilt, das kann ich Euch sagen. Ich verspreche Euch, nicht zu fliehen und bürge dafür, dass meine Freunde dies auch nicht tun, doch in diese Kammer sperrt Ihr mich nicht mehr. Ich will anständig behandelt werden und gehe jetzt in die Küche und werde mir etwas zu Essen für mich und meine Gefährten besorgen. Brot, Käse, Braten und etwas Dünnbier, so wie es sich geziemt für ein Frühstück bei Edelmännern, wie Ihr einer seid. Wenn Ihr mich aufhalten wollt, dann streckt mich nieder, denn anders werdet Ihr das nicht verhindern können. Dann könnt Ihr Eurem Vater erklären, dass Ihr mich wegen eines Kanten Brot und einem verdünnten Bier erschlagen habt. Ich bin auf das Äußerste gespannt, ob er das gutheißt und auch, wie sich das in Nürnberg macht, denn dort weiß man, dass wir hier sind."

Ohne die Antwort des völlig entgeisterten Gottschalk abzuwarten, schob sich Wolf an diesem vorbei. Er bedachte den wenigstens ebenso verdutzt dreinschauenden Soldaten der Freirieder Burgtruppe mit einem entschlossenen Blick und machte sich daran, die Treppe hinunterzuhinken.

Gottschalk von Freiried fasste sich. „Ich habe Euer Wort, dass Ihr keine Anstalten macht, davonzulaufen?"

„Ich laufe niemals davon und mein Wort habt Ihr bereits", hallte die Antwort die gewendelte Treppe des Turmes empor.

Erwartungsvoll sah der Soldat den Sohn seines Herren an. „Es sei", sagte dieser kleinlaut und wandte sich an Valtin und Greger, die diesen Wortwechsel angespannt, doch schweigsam verfolgt hatten. „Geht eurem Freund hinterher. Ich habe sein Ehrenwort."

Damit drehte Gottschalk von Freiried sich auf dem Absatz um und verließ den Turm in Richtung der Burghalle. Der Soldat folgte ihm etwas ratlos. Als auch deren Schritte langsam verhallt waren, sah Bruder Valtin Greger schmunzelnd an.

„So kenne ich ihn. Er ist ein Teufelskerl, das Herz am rechten Fleck und mutig wie drei Mann.“ Sie machten sich eilig daran, Wolf nach unten zu folgen.

Nach dem Frühstück, das sie in der Küche eingenommen hatten, gingen sie wieder hinauf in die Kammer in der Mitte des Turmes. Wolf musste sich ausruhen und es war Zeit, die Wahrheit zu erfahren. Graf Bastian Greimold, Herr der Freirieder Burg, würde morgen hier erscheinen und war gewiss nicht so einfach zu beeindrucken wie sein junger Sohn. Beim Frühstück hatte Wolf dies den Schilderungen Bruder Valtins entnommen, der über sein Gespräch vor zwei Tagen mit dem Grafen berichtet hatte.

Darüber hinaus erfuhren Wolf und Greger nun auch endlich, wie es überhaupt dazu kommen konnte, dass Bruder Valtin hierher gereist war, denn das erschien beiden noch immer wie ein unvorhergesehenes Gottesgeschenk. So sagten sie zumindest. Valtin lachte daraufhin und dankte für das schöne Lob, doch widersprach. Er erzählte, dass er von Jakob Heller in Frankfurt informiert worden sei, dass hier etwas nicht stimmte. Heller wiederum habe ein eigentümliches Schreiben von seinem Freund Benedikt Tössler aus Nürnberg erhalten. In diesem hatte er ausführlich die Umstände der Reise nach Freiried und insbesondere die auffällige Person des Giacomo di Vernaccia geschildert. Daraufhin habe er, Valtin, auch begonnen, sich Sorgen zu machen und auch Agnes Cramer darüber nicht im Unklaren gelassen. Zu allem Überfluss habe er auch noch in ihre flehenden Augen geblickt und daraufhin schließlich den Erzbischof gebeten, nach Nürnberg reisen zu dürfen. Diesem Wunsch habe Uriel von Gemmingen entsprochen. Zu dieser Zeit hatte keine dringende Notwendigkeit für Bruder Valtin bestanden, als Ratgeber in Mainz zu weilen. Bestärkt wurde der Erzbischof in seiner Entscheidungsfindung zudem insofern, als Valtin hatte durchklingen lassen, dass sich auch in Nürnberg der Verdacht von Ausschreitungen gegen die dort ansässigen Juden erhärtet habe. So hatte er schließlich mit dem großzügigen Segen des

Erzbischofs, aber ohne dessen finanzielle Unterstützung, reisen dürfen. Bis spätestens zum Weihnachtsfest wurde er zurückerwartet.

Wolf war aufs Neue beeindruckt von diesem Mann und seiner Treue. Er dankte ihm mit einem festen Händedruck, nicht weil er das, was der Augustiner für ihn getan hatte, nicht zu würdigen wusste. Das Gegenteil war der Fall. Wolf waren keine passenden Worte der Dankbarkeit eingefallen und so hatte er schlichtweg darauf verzichtet, sie vergeblich zu suchen. Doch nun saßen sie in ihrer Kammer um den wackligen Tisch herum.

Valtin reichte Wolf die Tonschüssel. „Trinkt. Es wird Euch stärken."

Dankbar nahm Wolf das Gefäß und leerte es. Daraufhin schickte Valtin Greger, um neues Wasser zu holen. Auch von dem Holzeimer, aus dem man mit der Schüssel schöpfen konnte, war mittlerweile nur noch der Boden spärlich mit Nass bedeckt. Greger schnappte sich den Eimer und ging hinaus. Die Tür war offen und keine Wache stand mehr davor. Gottschalk von Freiried schien tatsächlich auf Wolfs Wort zu vertrauen.

„Seid Ihr bereit für die Wahrheit?", fragte Bruder Valtin unvermittelt, als Greger verschwunden war. Sein Gesicht hatte einen ernsten Ausdruck angenommen.

„Bereit für die Wahrheit?", entgegnete Wolf skeptisch. „Ist man das jemals? Welche Wahrheit meint Ihr?"

„Die Eure."

Wolf rieb sich das Kinn. „Meine Wahrheit? Ich suche sie mein Leben lang und hier in dieser Lage, da wollt Ihr sie mir mitteilen? Ist es das?"

Valtin nickte.

„Warum jetzt und was wisst Ihr? Und vor allem: Woher wisst Ihr es?"

„Greger", antworte Valtin knapp. „Er wird Euch die Wahrheit erzählen, sobald er zurück ist. Ihr müsst es jetzt erfahren, denn heute kehrt der Graf aus Nürnberg heim und Ihr solltet dafür gewappnet sein."

Wolf blickte verwundert auf. „Gewappnet? Wofür?"

Valtin hob beide Hände wie zum Segen. „Greger wird Euch berichten. Ich bin bei Euch."

Kurz darauf erschien Greger wieder im Turmzimmer. Er stellte den schwappenden Wassereimer neben den Kamin. Er hatte es gut gemeint, aber den Eimer am Brunnen zu voll gemacht, so dass sich um den Fuß des Eimers nun eine kleine Lache bildete. Er rieb sich den Arm. Der volle Eimer wog an die zwanzig Pfund und diesen über den Burghof, durch die Halle und die Treppe hinauf bis in diese Kammer zu schleppen, war nicht leicht gewesen.

Eine unendliche Anspannung lag in dem kleinen Raum und verdrängte das leise Geräusch des glucksenden Wassers.

„Schließe die Tür", wies Valtin Greger an, „und setz' dich zu uns."

Greger tat, wie ihm aufgetragen war, und setzte sich vor Wolfs Lager auf das Schafsfell, dort, wo er die Nacht verbracht hatte.

„Du willst mir eine Wahrheit erzählen, berichtete mir Bruder Valtin?"

Greger war nervös. Er hatte es gewusst. Es war einer dieser Augenblicke, dessen sicheres Kommen man ahnt, deren Ankunft einem aber nie passend erscheint. Greger blickte abwechselnd zu Wolf und zu Valtin, auf dem Gregers Blick schließlich erwartungsvoll ruhte. Der Mönch nickte.

„Ja", flüsterte Greger, „ich habe eine Wahrheit für Euch. Es ist Eure Geschichte, die Wahrheit über Eure Herkunft, die Ihr so lange sucht und die Euch in Euren Träumen Nacht für Nacht quält. Die alte Frau im Wald in ihrer Kate, erinnert Ihr Euch? Natürlich erinnert Ihr Euch", beantwortete sich Greger diese Frage kurzerhand selbst, als er merkte, wie töricht sie gewesen war. „Sie hat sie mir erzählt."

„Sie nannte mich Ritter, daran erinnere ich mich. Es hat mich nicht gestört, aber es ergab keinen Sinn“, sagte Wolf in sich gekehrt und versuchte die Eindrücke dieser Nacht wieder aus dem Verborgenen seines Gedächtnisses hervorzuholen. „Ich habe dieses Gebräu gesoffen und Dinge gesehen, aber ich weiß nichts mehr davon. Nur Fetzen von Gedanken und Farben“, fuhr er fort. Dann sah er auf. „Was ist damals geschehen?“

Greger schluckte.

„Ihr seid wie in einen Wachtraum gefallen. Ihr habt fantasiert und von Dingen erzählt, die Ihr gesehen habt. Ein roter Ziegenbock, Eure Eltern und Geschwister kamen darin vor. Ihr habt geschrien und Euch gewunden wie unter einem grausamen, hochnotpeinlichen Verhör. Mir war Angst und Bange und ich dachte, die Hexe hätte Euch verzaubert mit ihrem Gebräu und Euch die Sinne geraubt.“

„Sie war keine Hexe“, warf Wolf ein.

Greger errötete, schüttelte den Kopf und gestand kleinlaut ein: „Nein, sie war keine, das weiß ich jetzt auch.“ Dann fuhr er fort: „Mit einem Mal erschrak sie fürchterlich, weil Ihr etwas gesagt habt in Euren Träumen. Sie schrie und brach schließlich zusammen. In meinen Armen ist sie gestorben, aber sie erzählte mir noch die Wahrheit, bevor sie in Gottes Himmelreich einzog. Ich konnte sie Euch nur nicht mitteilen, denn Giacomo, dieser Lump, war die ganze Zeit bei uns und ich wollte nicht, dass er es erfährt.“

„So, nun rede doch endlich, Greger! Was hat die Alte gesagt?“ Wolfs Hände zitterten und Schweiß stand ihm auf der Stirn. War das der lang ersehnte Augenblick? Der Moment, in dem sich seine Träume auflösten und Vergangenheit wurden? Das Ziel seiner rastlosen Suche und der Tag, an dem er die Dämonen ein für alle Mal aus seinem Schädel vertreiben konnte?

Greger antwortete: „Sie sagte, Ihr hättet es vergessen, das Dunkel und das Böse hätten Euch die Erinnerung geraubt. Ihr sollt Euch und ihr Gerechtigkeit geben, Ihr sollt die Mörder bestrafen, die Euch die Leben geraubt haben. Sie kannte Euch, denn, so sagte sie weiter, sie sei Anna gewesen, Eure Amme und Euer Kindermädchen. Ihr wäret ein Ritter und Euer wirklicher Name sei Andreas von Freiried. Ihr seid der Sohn des Grafen Burgolt von Freiried und seiner Frau Elisabeth und somit rechtmäßiger Herr und Erbe des Freirieder Besitzes. Eure Eltern und Geschwister habe man ermordet vor vielen Jahren. Ihr konntet entkommen und sie, Anna, habe sich im Misthaufen verkrochen, drei Tage und drei Nächte, bis auch sie in die Wälder habe fliehen können. Sie würde Euch einstmals wiedersehen, sagte sie noch und, dass sie nun endlich gehen könne. Dann ist sie gestorben."

52

Rathaus zu Nürnberg
Am Morgen zuvor…

Mit ausladenden Schritten überquerte Benedikt Tössler den Nürnberger Hauptmarkt. Er hielt auf das Rathaus zu, das sich genau gegenüber des Chores von Sankt Sebald befand. Einen Steinwurf vor dem Eingang des vor über 150 Jahren durch den damaligen Stadtbaumeister Philipp Groß in Gänze umgebauten Gebäudes hielt er inne. Er musste verschnaufen. Den ganzen Weg von seinem Kontor bis hierher hatte er in zügigen Schritten durch den matschigen Schnee hinter sich gebracht. Doch nun verlangte sein in die Jahre gekommener und – er musste es sich eingestehen – etwas zu beleibter Körper nach einer kurzen Rast. Außer Atem und mit verschwitztem Gesicht auf einer Ratsversammlung zu erscheinen, war eines Mannes in seiner Position und mit seinen Verbindungen unwürdig. Er versuchte seinen Herzschlag zu beruhigen und zog sich ein fein besticktes Tüchlein aus der Tasche seines pelzverbrämten Mantels. Damit befreite er die Stirn von den Schweißperlen, die sich trotz des kalten Wetters dort gebildet hatten. Bastian Greimold von Freiried und seine unverschämten Zölle, die den guten Handel und die Preise der freien Reichsstadt gefährdeten, waren einer der Gründe, weshalb man Tössler brauchte. Man legte Wert auf seine Meinung. Reguläres Ratsmitglied war er schon seit sieben Jahren nicht mehr, aber ab und an holte man ihn hinzu, weil man seine Erfahrung und seine guten Verbindungen über die Grenzen Nürnbergs hinaus schätzte. Selbst durch Gottes Willen kinderlos geblieben, hatte Kaufmann Tössler beizeiten schon seinen Platz für jüngere Patrizier geräumt. Er wollte sich fortan nur noch der Abwicklung seines Kontors und dem von ihm unterstützten Siechenhaus draußen vor der Stadt widmen. Und natürlich, weil er mittlerweile die Gesellschaft eines guten, in Fett gesottenen Karpfens, gefüllt mit Mandeln, Kapaun und Rosinen und eines Glases Frankenwein weitaus mehr schätzte als die der Ratsherren, die verbissen und ehrgeizig um ihre Pfründe kämpften. Benedikt Tössler hatte diese Kämpfe jahrzehntelang mit ausgefochten, doch nun war er alt und etwas ermüdet von den ewigen Debatten.

Er steckte sich das Tüchlein wieder in die Tasche und stapfte durch den Schnee hinüber zum Rathaus. Dort durchquerte er die mit Spitzbögen gesäumten Säulen, die sich wie ein Ring um den äußeren Teil des Erdgeschosses legten und allerlei Krämerläden, vor allem aber Tuchmachergeschäfte beherbergten. Er schlug sich durch zwei kurze Tritte gegen eine der Säulen den Schnee von den Lederstiefeln und kam vor der doppelflügligen Eingangstür zu stehen. Dort hielten zwei Stadtbüttel, in bestem Zeug und mit Hellebarden bewaffnet, Wache.

„Gott zum Gruße, Herr Tössler", sagte der Ältere der beiden und öffnete eine Türseite, um den Kaufmann einzulassen. Tössler nickte und betrat das Rathaus durch die große Halle. Unter seinen Füßen, im Keller des Gebäudes, waren die Kerkerzellen, die Henkersstube und der Raum für die hochnotpeinliche Befragung. Dieser wurde vom Volksmund wegen seiner Deckenhöhe und der ständigen Möglichkeit, mit Henkers Hilfe direkt in den Himmel aufzufahren, spöttisch *Kapelle* genannt. Im Obergeschoss befand sich der prachtvolle große Saal, der jedoch nur für Reichstage und sonstige, große Anlässe benutzt wurde. Für die regulären Stadtratsversammlungen und Gerichtsverfahren wurde hingegen der Rathaussaal geöffnet. Dieser lag ebenerdig, linker Hand von Benedikt Tössler, im Südflügel des Gebäudes.

Unterschwelliges Gemurmel flutete aus den geöffneten Türen des Saales hinaus in die Halle. Die meisten der Ratsherren waren bereits eingetroffen und standen in kleinen Grüppchen zusammen. Man unterhielt sich mit gedämpften Stimmen.

Geld lag in der Luft. Wie immer. Tössler musste lächeln. Diese Männer, zu denen er einst selbst gehört hatte, boten ein prächtiges Bild. In ihre edlen Stoffe gehüllt und vor der Kulisse dieses Saales, dessen Wände drei meisterhafte Wandgemälde des bedeutendsten Nürnberger Künstlers schmückten, die des Meisters Albrecht Dürer. Doch ein Mann schien nicht so schwatzhaft zu sein wie die übrigen. Auch hatte er sich zu keiner Gruppe gesellt. Er stand abseits, flankiert nur von seinem Advocatus, der eine rindslederne Mappe unter den Arm geklemmt hatte und wichtig dreinschaute. Daneben stand ein Mann, der wie ein Söldner aussah und doch in zivilen Kleidern steckte. Sie passten nicht zu ihm. Benedikt Tössler erkannte den Mann und seine Begleiter. Es war Graf Bastian Greimold von Freiried. Bis zum Beginn der Versammlung würde es sicher noch ein Weilchen dauern. Diese Zeit wollte Tössler nutzen, um diesem Herrn auf den Zahn zu fühlen und ihn vielleicht auch ein wenig zu ärgern. Schaden könnte es jedenfalls nicht. Er ging zu ihm.

„Graf Bastian Greimold von Freiried. Seid gegrüßt! Geheiligt sei Jesus Christus."

Auf eine Entgegnung seines Grußes würde Benedikt Tössler vergebens warten. Doch das hatte er gewusst, bevor er seine Worte ausgesprochen hatte. Stattdessen drehte sich Bastian Greimold von Freiried mit grimmiger Miene zu ihm um.

„Was wollt Ihr, Tössler?"

„Euch grüßen, was sonst?", antwortete der Kaufmann scheinheilig.

„Redet keinen Unsinn, alter Mann. Ich bin hier, um die mir zustehenden Zölle zu verteidigen und Euch hat man geholt, um sie mir streitig zu machen. Glaubt Ihr, ich würde mit Euch über das Wetter plaudern? Lasst mich in Ruhe."

Benedikt Tössler musste schmunzeln. „Nun, Ihr habt recht, Herr Graf, auf den Punkt gebracht ist es wohl genau so, wie Ihr sagt. Dennoch wollte ich mich nach dem Wohlbefinden meiner Freunde erkundigen. Die vier Männer, die Bruder Valtin von Kriftel von meinem Haus aus zu Euch geleitet haben, erzählten mir, dass der ehrwürdige Bruder wohlbehalten an die Mauern Eurer Burg gelangt sei. Doch mehr wussten sie nicht zu berichten, darum frage ich Euch: Geht es ihm gut? Ist er wohlauf? Und was ist mit Wolf Besigheim, dem jungen Greger Cramer aus Frankfurt und ihrem südländischen Begleiter?"

Bastian Greimold von Freiried ballte die Fäuste. Seine Augen sprühte vor Zorn. Er hatte Mühe, seine Stimme gedämpft zu halten. Der Advocatus trat vorsichtshalber beiseite. Er schien die Grillen seines Mandanten zur Genüge zu kennen. Nur der vermeintliche Söldner in Bastians Begleitung blieb stehen, und fasste sich instinktiv in die Jacke, wo Benedikt Tössler einen Dolch vermutete. Ein Leibwächter, so viel war nun klar.

„Ihr wagt es, mir hinterher zu spionieren?" Die Lippen des Grafen zitterten.

„Ich spioniere Euch nicht hinterher. Meine Männer haben Bruder Valtin begleitet und mir berichtet, was sie gesehen haben. Nicht mehr. Aber dennoch seid Ihr mir noch die Antworten auf meine Fragen schuldig. Was ist nun mit den Männern und dem Jungen?"

Bastian Greimold von Freiried schob sein Gesicht nah an das des Nürnberger Kaufmanns. „Kümmert Euch besser um Eure Angelegenheiten, nicht um die meinen. Es lebt sich unbeschwerter und länger so, glaubt mir."

Benedikt Tössler machte erschrocken einen Schritt zurück, lächelte dann aber. „Oh, ich will mich nur um meine Angelegenheiten kümmern, werter Herr Graf, das sei versprochen. Doch ist es auch meine Angelegenheit, wenn Freunde von mir bei Euch weilen, dass ich sie in guter Obhut weiß. Seht, in Kürze werden wir in diesem Saal hier heftig über Zölle und die Nutzung der Freirieder Handelswege streiten, das steht fest. Aber wie ungünstig wäre es, würde der Rat, der – ich verrate Euch damit gewiss kein Geheimnis – nicht eben auf Eurer Seite steht, davon erführe, dass Ihr nicht nur Wucher betreibt, sondern auch Freunden von ehemaligen Ratsherren und Gesandten des Erzbischofs von Mainz keine würdige Behandlung und freies Geleit angedeihen lasst? Ich denke, das wäre äußerst ungünstig. Nürnberg ist freie Reichsstadt und hält sich aus vielem heraus, aber überspannt den Bogen nicht. Ich denke, wir haben uns verstanden.“

53

Burg Freiried
Am Samstag nach Omnium Sanctorum
3. November Anno Domini 1509

Wolf starrte wie versteinert in die Luft. Er schien etwas mit seinen Augen zu suchen, das sich nicht innerhalb dieser Mauern befand, sondern weit dahinter. Was er eben von Greger gehört hatte, erklärte alles, aber war so unglaublich, dass er es nicht fassen konnte.

„Das hat sie gesagt? Ich sei Andreas von Freiried?“, stammelte er.

Greger nickte. Sprachlos. Bruder Valtin indes war bemüht darum, Wolfs Gemütszustand richtig zu beurteilen. Er schien ihm schlichtweg zu ruhig für eine solche Nachricht. Er betrachtete ihn, wie ein Medicus seinen Patienten beschaut. Jederzeit bereit, einzugreifen, sollte dieser auch nur geringste Anzeichen von Schwäche zeigen. Doch nichts dergleichen geschah. Stattdessen erhob sich Wolf und ging zum Fenster, um durch das Loch, das die zerrissene Tierhaut bot, nach draußen zu schauen. Durch sein Fenster sah er auf einen winzigen Ausschnitt seines Landes. Wie heute Morgen, doch da hatte es ihm noch nicht gehört, denn da war er noch Wolf Besigheim gewesen. War. Nun hieß er Andreas von Freiried und war zuhause. Es waren seine Mauern, seine Vergangenheit, seine Burg.

„Andreas“, sagte er zu sich selbst und wiederholte seinen Namen, als wolle er ihn endlos kosten, „Andreas. Es klingt vertraut und doch so weit entfernt. Ich bin Andreas, Andreas von Freiried. Mein Vater hieß Burgolt, meine Mutter Elisabeth, aber wer waren meine Geschwister? Hat sie etwas gesagt?“

Wolf drehte sich zu Greger um.

„Nichts. Nur das, was ich Euch erzählt habe. Nicht mehr.“

Wolf setzte sich neben Bruder Valtin auf das Lager. „Wenn ich der Sohn des Herren von Freiried bin und meine gesamte Familie tot und vergangen ist, dann muss der Hund, der sich nun Graf von Freiried nennt, mein Onkel sein. Ich hatte einen Onkel. Ich sehe kein Gesicht, aber ich weiß, dass es so war. Er ist der Anführer der Mörder in meinen Träumen. Er ist der Herr des roten Ziegenbocks. Ich …“

Weiter kam Wolf nicht. Er zitterte plötzlich am ganzen Körper und Schweiß brach aus allen Poren hervor. Sein Herz raste. Geschüttelt von Krämpfen sank er vornüber zusammen, übergab sich und krümmte sich am Boden.

„Schnell Greger, Wasser!“

Bruder Valtin nahm die von Greger hastig angereichte Schale entgegen und wollte sie Wolf an die Lippen führen, doch der schlug sie ihm aus der Hand, rasend vor Wut. Er sprang auf. Klirrend zerplatzte das Tongefäß an der Wand in tausend Scherben. Wasser ergoss sich die Steine hinab und schwemmte Staub aus den Fugen. Wolf stürzte über den Tisch und riss im Fallen polternd einen Schemel mit sich. Er schrie. Andreas schrie. Er durfte schreien. Endlich!

„Mörder, du dreckiger Mörder! Rache!“

Wieder sprang er auf und machte einen Satz zur Tür. Doch bevor er sie öffnen konnte, brach er erneut geschwächt zusammen, hämmerte, während er zu Boden sank, mit den Fäusten gegen das Holz und weinte. Seine Stimme war leiser, verzweifelt.

„Mörder, ihr elenden Mörder! Ihr habt mir alles genommen. Ich werde mich rächen. Sterben sollt ihr, alle.“

Er schluchzte nur noch. Bruder Valtin ging zu ihm; mit Gregers Hilfe stellte er ihn auf die Füße und stützte ihn, bis er bei seinem Lager angelangt war. Dort half er ihm, sich hinzulegen und deckte ihn zu.

Wolf packte Valtins Arm und flüsterte: „Sie haben mir alles genommen. Meinen Vater. Burgolt war sein Name und Elisabeth, meine Mutter. Wie die Alte gesagt hat. Meine Amme, ja, das war Anna. Christoph, Christina und Enede, das waren meine Geschwister. Ich erinnere mich. Sie sind tot. Alle. Ermordet. Alle."

Wolf brabbelte nur noch unverständlich vor sich hin. Sein Blick war wirr. Speichel warf sich in schaumigen Blasen aus seinem Mund und troff vom Kinn auf das Stroh.

„Los Greger, lauf in die Küche und hol einen Schluck Branntwein. Das steht in keinem der bekannten Bücher über Medizin, hat sich aber oft bewährt. Los, lauf schon!"

Greger zögerte nicht lange und sputete sich, die ihm aufgetragene Aufgabe schnell zu erfüllen. Valtin indes legte beide Hände mit sanftem Druck auf Wolfs Gesicht. Er fixierte ihn ein wenig.

„Wolf hörst du mich? Wolf? Andreas?"

Doch Wolfs Zuckungen und Krämpfe verloren kaum an Intensität.

„Hör zu, mein alter Freund. Du bist nicht allein. Ich bin da, Greger holt dir etwas, um dich zu stärken und Gott, der Herr, ist mit dir. Du hast genug gelitten. Komm zu dir, ich bitte dich."

Es half nur wenig. Noch immer war der Blick des Geschockten wirr, ziellos, hektisch. Valtin dachte kurz nach. Dann sprang er auf, nahm den vollen Wassereimer und leerte dessen Inhalt mit einem einzigen Schwall über Wolfs Gesicht aus. Der Augustiner ließ den Eimer achtlos zu Boden fallen, packte Wolf am Kragen, schüttelte ihn heftig und gab ihm schließlich eine schallende Ohrfeige.

„Komm zurück!", brüllte er, „Los jetzt, sieh mich an!"

Genau in dem Augenblick, als Wolfs Blick langsam wieder klar wurde, öffnete sich die Tür und Greger trat ein. In der Hand hielt er einen Becher mit Branntwein. Valtin blickte auf. Was hatte Greger nur? Er machte seltsame Grimassen und verdrehte die Augen. Doch das Rätsel währte nicht lange, denn eine Hand stieß ihn in die Kammer. Dann stand plötzlich Graf Bastian Greimold von Freiried im Raum. Sein Sohn Gottschalk folgte ihm.

„Was ist hier los?“ Die Stimme des Grafen klang gefährlich beherrscht. Es war nicht allzugut gelaufen für ihn auf der Ratsversammlung in Nürnberg. Er hatte auf Druck der Ratsherren, die fast ausnahmslos den Patrizierfamilien angehörten, seine Zölle nach unten korrigieren müssen. Es war eigentlich sein gutes Recht, Zölle so hoch zu erheben, wie er es für richtig hielt. Doch der Rat hatte durchblicken lassen, dass man dieses Recht nur so lange toleriere, wie es nicht den eignen Säckel schmälerte. Andernfalls werde man das Reichskammergericht anrufen oder nötigenfalls auch eine andere Lösung finden. Das hatte Bastian Greimold von Freiried verstanden und zähneknirschend auf einen offenen Streit mit Nürnberg verzichtet. Dieser Schuss wäre nach hinten losgegangen. Benedikt Tössler hingegen hatte sich zwar geäußert, aber nicht in der gleichen Schärfe, wie man es von ihm gewohnt war. Er hatte also seinen Teil der Abmachung eingehalten und erwartete sicherlich von Bastian Greimold von Freiried, dass er seinen Teil ebenfalls erfüllte. Doch das schmeckte diesem nicht. Er war Burggraf und sah nicht ein, sich von einem Pfeffersack aus dem fernen Nürnberg Vorschriften machen zu lassen. Und das Geheimnis des Namens dieses Fremden musste heraus, denn es blieb immer noch dieses ungute Gefühl, wenn er an ihn dachte.

„Was ist hier los?“, wiederholte Bastian Greimold von Freiried seine Frage. Diesmal in schärferem Ton.

„Ihm ist nicht wohl. Es müssen Fieberträume gewesen sein, die ihn geschüttelt haben“, log Valtin.

„Fieberträume? Die Verwundung?“ Die Stimme des Grafen klang beschwichtigter.

Valtin nickte. „Ja. Ich habe den abgebrochenen Pfeil zwar entfernen können und die Wunde versorgt, aber die Heilung braucht viel Kraft. Das fiebrige Feuer des Körpers treibt die schlechten Säfte aus dem Leib.“

Der Graf trat näher an Wolfs Lager und sah prüfend auf ihn herab. „So fiebrig seht Ihr mir gar nicht aus, Herr Besigheim.“ Er betonte dabei Wolfs Namen so auffällig, dass jeder diese Anspielung verstand. Wolf stützte sich auf den Ellenbogen ab und schob die Beine über den Rand des Lagers, bis er schließlich saß. Dann drückte er sich von Valtins Schulter ab und erhob sich. Auge in Auge mit dem Grafen stand er ihm nun gegenüber. Greger und Valtin hielten den Atem an, denn sie sahen, wie Wolf seine rechte Hand instinktiv an die Stelle seiner Hüfte führte, an der normalerweise sein Schwert hing. Wolf zog die Hand jedoch wieder zurück. Dort war kein Schwert und dem Grafen war diese Handbewegung entgangen. Er starrte Wolf an. Er erkannte ihn nicht, doch man sah, dass es in seinem Schädel tobte.

„Gefällt Euch mein Name?“, fragte Wolf und ließ den Blick nicht von den Augen des Grafen. Dieser Mann war der Mörder seiner ganzen Familie, stand hier und unterhielt sich über seinen falschen Namen. Den Grafen über den Tisch stoßen, dann ein Satz zu seinem Sohn, ein Fausthieb, das Kurzschwert aus der Scheide gerissen, das er am Gürtel trug und beide erschlagen. Den steinernen Boden mit ihrem Blut tränken. Die Bilder liefen vor Wolfs Augen ab. Doch es war sinnlos. Er war noch viel zu geschwächt und die Burgmannschaft bestand aus wenigstens dreißig Mann, wenn nicht noch mehr. Er hätte seine Rache, aber sein Leben wäre dahin, wie das seiner Familie. Und noch schlimmer als das: Auch Valtin und Greger würden höchstwahrscheinlich sterben. Das war kein Plan, das wäre blinde Wut, die niemandem half. Den Lebenden nicht und auch nicht den Toten. Wolf musste entkommen, musste ein Spiel spielen um der Gerechtigkeit willen. Dann würde er wiederkommen, denn er würde nicht ewig hinken, genauso wenig wie der Mann vor ihm ewig leben würde.

„Ein interessanter Name. Wusstet Ihr, dass ein Kloster, das sich nur drei Meilen entfernt befindet, so benannt ist?“, fragte der Graf.

„Nein, das ist mir neu. Ich stamme nicht von hier. Aber es erklärt dennoch, warum ich so heiße.“

„Und?“ Bastian Greimold war gespannt auf die Antwort und auch Greger und Valtin warne neugierig, wie Wolf dies wohl erklären würde.

„Ich bin ein Findelkind, Herr Graf. Man brachte mich in ein Kloster, in die Nähe von Worms. Niemand wusste, wer ich war. Auch ich nicht. Ein Bruder aus dem Frankenland war dort Abt und beschloss, mich Wolf Besigheim zu nennen. Sicher stammte er aus dieser Gegend hier und befand den Namen einfach als wohlklingend.“

Der Graf verzog seinen Mund zu einem amüsierten Lächeln, das jedoch nur kurz währte. Sein Gesicht erhielt wieder den prüfenden Ausdruck, mit dem er Wolf die ganze Zeit musterte.

„Das soll ich Euch glauben?“

Wolf stellte sich breitbeinig vor den Grafen von Freiried.

„Nun, wer soll Euch dazu zwingen? Ihr seid hier der Herr, nicht wahr? Und doch ziemt es sich nicht, freie unbescholtene Männer als Lügner zu bezeichnen, zumal es keinen Grund dafür gibt. Oder gibt es einen?“

Es war totenstill geworden. Nur das Klacken der herausgerissenen Tierhaut pochte an den Holzrahmen des Fensters wie ein knöcherner Finger. Der Graf dachte nach. Er bildete sich ein, diesen Mann zu kennen. Unter Folter würde ihm schon das eine oder andere Geheimnis zu entlocken sein, aber da waren noch dieser unselige Kaufmannsgreis Benedikt Tössler und der Stadtrat von Nürnberg. Tössler würde sicher genau darauf achten, dass seine Freunde nicht zu Schaden kamen. Vielleicht war es auch so, wie dieser Fremde behauptete und er zermarterte sich umsonst das Hirn. Wovor fürchtete er sich? Da war etwas, doch Bastian Greimold wusste sein Gefühl nicht zu erklären.

„Nein es gibt keinen Grund, ich glaubte lediglich einen Moment lang, Euch zu kennen“, gestand er ein.

„Nein“, sagte Wolf lächelnd, „Ihr kennt mich nicht.“

54

Nürnberg
Am Montag nach Omnium Sanctorum
5. November Anno Domini 1509

Am Morgen des übernächsten Tages brachen Wolf, Valtin und Greger von Burg Freiried aus nach Nürnberg auf. Graf Bastian Greimold von Freiried ließ sie ziehen, auch wenn sein ungutes Gefühl nicht vergehen wollte. Aber er musste so handeln, wollte er nicht die erst kürzlich getroffenen Zollvereinbarungen mit dem Nürnberger Stadtrat gefährden und den Zorn dieser reichen Pfeffersäcke auf sich ziehen. Er ärgerte sich und spuckte über die Zinnen der Freirieder Burg. Wütend sah er den drei Männern dabei zu, wie sie unbehelligt das Burgtor mit ihren Pferden durchritten, die er ihnen obendrein hatte zurückgeben müssen. Nur die Armbrust hatte er als Entgelt für Schlafstatt und Beköstigung behalten. Ein stolzer, ja unverschämter Preis, aber ein wenig Entschädigung konnte ihm wohl niemand verübeln. Die Zeiten, als man noch der uneingeschränkte Herr im eigenen Land war, schienen vorbei zu sein. Nichts war mehr wie einst. Besigheim, Besigheim. Das war nie und nimmer ein Zufall. Oder doch? Ach, der Teufel sollte dieses Großmaul holen. Sollte er doch zu Tössler zurückreiten und am besten gleich weiter, dahin wo der Pfeffer wuchs, den Tössler und seinesgleichen verhökerten. Der Herr von Freiried wandte sich um und ging vom vorderen Wehrgang zurück ins Gemäuer. Ein warmes Würzbier würde ihn aufheitern und danach wollte er bei seinen Gehöften nach dem Rechten sehen. Die Bauern waren ihm noch zehn ganze Klafter Brennholz schuldig, die sie ihm mit ihren Karren auf die Burg zu schaffen hatten. Wahrscheinlich bedurften sie wieder einmal einer körperlichen Ermahnung, dass sie es nicht vergaßen.

***

Zu reiten fiel Wolf äußerst schwer. Die Wundheilung hatte zwar gute Fortschritte gemacht und Bruder Valtin hatte ihm eigens für diese Reise noch einen neuen Verband angefertigt, aber Sattel und Hose drückten auf die Verletzung und reizten sie. Es war schmerzhaft und störte erheblich. Entsprechend langsam kamen sie voran und trafen daher erst gegen Nachmittag an der Kate der Alten ein, die Wolf als einen guten Ort für eine Übernachtung befand. Greger passte das ganz und gar nicht. Ihm war nicht wohl dabei, auch wenn er sich ständig einredete, dass sie keine Hexe, sondern Wolfs oder besser gesagt Andreas' von Freirieds Amme gewesen war. Nachdem sie sich um die Pferde gekümmert hatten, bat Wolf Valtin am Grab der Greisin ein Gebet zu sprechen. Wolf kniete nieder und verharrte auch noch so, als Valtin seine Gebete beendet hatte. Es dämmerte bereits und Wolf kniete andächtig vor dem Steinhügel, unter dem ein Teil seiner Vergangenheit begraben war. Valtin nahm Greger mit sich und trug ihm auf, ein Feuer in der Kate zu entzünden, denn es war kalt und die funkelnden Sterne über ihnen versprachen eine eisige Nacht.

Kurz nachdem Valtin in die armselige Hütte gekommen war, folgte auch Wolf. Sein Blick war klar. Klarer als je zuvor. Valtin bemerkte das, sagte aber nichts, doch sein Herz war voller Freude. Wolf würde lernen, Andreas von Freiried zu sein und er sah aus wie ein Mann, der einen langen, zähen Kampf für sich hatte entscheiden können. Die Dämonen waren auf der Flucht, denn einen solchen Gegner waren sie nicht gewohnt. Während des kargen Mahls, das sie zusammen einnahmen, sprachen sie wenig. Es war, als wäre alles gesagt worden, was nötig war. Wolf schwieg. Erst am Ende des Abendbrotes sagte er: „Greger, du wirst mit Bruder Valtin nach Mainz zu deiner Mutter zurückkehren. Es ist das Beste. Alles, was jetzt folgt, ist meine Aufgabe. Du hast mich begleitet und mir beigestanden, nun kannst du mir nicht mehr helfen."

Greger begehrte auf: „Aber ich muss bei Euch bleiben, denn ich habe es meinem Vater geschworen.“

„Du hast bereits mehr getan, als ich je für möglich gehalten hätte. Dein Vater wäre stolz auf dich. Ich habe deiner Mutter versprochen, auf dich achtzugeben und dieses Versprechen, gedenke ich zu halten. Die Sache ist zu gefährlich, Greger. Thomas Ulrepforte, dieser fanatische und falsche Diener Gottes, hat das Dokument und ich werde es zurückbeschaffen. Für deine Familie. Mein Onkel hat etwas, das mir gehört und auch das werde ich mir zurückholen. Und dann läuft immer noch Jeckel Schmied frei herum und ich glaube nicht, dass er bereit ist, aufzugeben. Nicht zu vergessen Giacomo di Vernaccia. Zu viele Gegner.“

„Gerade deshalb braucht Ihr mich“, warf Greger verzweifelt ein.

„Nein“, wiegelte Wolf bestimmt ab. „Gerade deshalb wirst du Valtin nach Hause begleiten. Ich komme alleine zurecht und wir werden uns in Mainz wiedersehen. Auch das habe ich deiner Mutter versprochen. Du gehst mit Valtin und ihr beide mit Gott.“

Nun war es an Greger zu schweigen. Er war enttäuscht und verärgert. Man konnte es ihm deutlich ansehen. Wortlos stand er vom Tisch auf und legte sich auf den Boden, um zu schlafen.

„Ihr nehmt ihn mit?“, holte sich Wolf erst jetzt das Einverständnis seines Freundes Valtin.

„Ihr kennt doch die Antwort. Aber der Junge hat recht. Es ist zu gefährlich allein. Und vergesst nicht, dass Ihr verletzt seid“

„Ich weiß, aber es geht von Tag zu Tag besser. Noch eine Woche vielleicht, dann werde ich wieder anständig reiten können. Ich hoffe, dass ich dann Ulrepforte erwische, bevor es Giacomo oder Schmied schaffen.“

***

Am nächsten Tag erreichten sie Nürnberg noch lange vor Torschluss. Und wie Wolf angekündigt hatte, ritt er wirklich bereits erheblich besser als noch am Vortag. Sein Körper war zäh, doch noch zäher waren sein Geist und sein Wille. Nachdem sie in der Mitte der Stadt angelangt waren, hielten sie sich wieder in Richtung Pegnitz und stoppten vor dem Kontor von Benedikt Tössler, der sich über alle Maßen freute, sie wohlbehalten wiederzusehen.

„Dem Himmel sei Dank. Ich dachte schon, der Wald hätte Euch verschluckt oder der Herr von Freiried würde Euch nicht gehen lassen!"

„Es war Euer Verdienst, nicht wahr?", fragte Wolf mit einem Lächeln, denn er mochte diesen kugelrunden, kauzigen Kaufmann sehr.

„Na, was heißt schon mein Verdienst. Ich habe ihm beim letzten Ratstreffen lediglich die möglichen Konsequenzen eines falschen Handelns dargelegt und er scheint der gleichen Meinung gewesen zu sein."

Wolf drückte ihm die Hand. „Danke. Stellt das, was Ihr für uns getan habt, nicht unter den Scheffel, Herr Tössler. Das vergessen wir Euch nicht."

Tössler winkte ab. „Ach was, hört schon auf. Es war mir ein Vergnügen diesem Wegelagerer von Grafen ein wenig in die Suppe zu spucken."

Dann schaute er zum Himmel hinauf.

„Wo ich soeben von Suppe sprach. Seht nur, der Mond steigt bereits empor und scheucht die Sonne hinter die Stadtmauern. Es ist wahrhaft Zeit, sich über das abendliche Mahl Gedanken zu machen. Niemand soll sagen, bei Benedikt Tössler sei er verhungert oder verdurstet. Kommt hinein, kommt."

Tössler pfiff nach einem Pferdeknecht, der die müden Tiere der drei Gefährten in die Stallungen führte und versorgte. Dann betrat er das Haus. Sofort wies er auch hier die Mägde an, sich der Gäste anzunehmen und umgehend ein kräftiges, warmes Bier aufzutischen. Danach solle man in ausreichender Menge Wasser erwärmen und den Badezuber füllen. Außerdem, eben weil man Gäste habe, sollten die abendlichen Speisen dementsprechend gehalten sein. Er wünsche, in absehbarer Zeit zu essen, aber lieber etwas später, wenn das Mahl dafür noch schmackhafter zubereitet würde.

Nur eine Stunde später saßen Wolf Besigheim, Bruder Valtin von Kriftel und Greger Cramer zusammen mit Benedikt Tössler am Tisch und genossen Würzbier und Wein. Es gab viel zu erzählen, doch Wolfs Geheimnis wurde natürlich ausgespart. Bald darauf kündigte die Magd das Abendessen an. Sofort stellte Benedikt Tössler das Gespräch ein und steckte sich ein schneeweißes Tuch aus bestem Stoff in den Kragen. Das war eine Sitte, die er von Florentiner Kaufleuten übernommen hatte, die es satt gewesen waren, sich fettige Münder an ihren Jacken- oder Hemdsärmeln abzuwischen. Nun blickte er erwartungsvoll in Richtung Küche.

Und dann kam das Essen.

Hechtsuppe mit Safran und Zimt. Halbe, mit Kräutern und Hühnerklein gefüllte Eier, überbacken mit Honig, Pfeffer und Safran. Gebackenes Kalbshirn im Semmelbröseleierteig, gewürzt mit Nelken, Essig und Gelbwurz. Rindfleischpastete, gefüllt mit Hühnerbrust und gewürzt mit zerstoßenen Fenchelsamen. Und zu guter Letzt noch mit Honig und Zimt ausgebackene Äpfel im Weißweinsud.

Besser als das Essen war nur noch die Glückseligkeit, die sich in Benedikt Tösslers Gesicht während und nach diesem reichhaltigen Mahl widerspiegelte. Zufriedenheit in ihrer reinsten Form.

„*Gula*", hob er an und tupfte sich mit dem schneeweißen Tuch einen Tropfen Weißweinsud vom Mund. „Gula, die Völlerei, ist eine der sieben Todsünden. Ich mühe mich sehr und tue Buße. Ich gebe den Armen, wo ich nur kann, aber ich gebe mich allzu oft den Genüssen hin, wohlwissend, dass es nicht im Sinne unserer heiligen Mutter Kirche ist und wider dem Wort Gottes. Sind ich und meine Seele noch zu retten, Bruder Valtin?"

Er sah Valtin an. In seinem Blick lag zwar keine wirkliche Verzweiflung, wohl aber der sehnliche Wunsch nach Vergebung dieser Sünde.

„Herr Tössler“, antwortete Valtin nach einem Moment des Nachdenkens, „die Völlerei ist eine der sieben Todsünden, die Sechste, um genau zu sein, da stimme ich Euch zu. Doch die deutsche Übersetzung für Gula ist nicht nur Trägheit. Dieses lateinische Wort bedeutet neben anderen Übersetzungen gleichermaßen auch Maßlosigkeit und Unmäßigkeit. Beides bezieht sich nicht nur auf das Leibliche. Es ist vielmehr auch Ausdruck eines lasterhaften Lebens, das hier verurteilt werden soll. Wie ich feststellen kann, seid Ihr nicht maßlos, nicht unmäßig. Im Gegenteil bemüht Ihr Euch um das Wohl der armen Leute, beschränkt Euch, was den Gewinn Eures Kontors angeht, auf das, was Ihr benötigt und lasst andere teilhaben. Ihr seid, wie mir Wolf Besigheim erzählt hat, großzügiger Gönner des Siechenhauses Sankt Jobst, nordöstlich von Nürnberg gelegen. Dass man erlesen speist, ist nicht zwingend allein mit dieser Sünde bezeichnet, auch wenn ich sagen muss, dass dieses Mahl hier durchaus als Völlerei bezeichnet werden kann. Mäßigt Euch auch in diesem Punkt und Eurem Einzug in den Himmel steht nichts im Wege, seid Euch dessen gewiss.“

Erleichtert lehnte sich der Nürnberger Kaufmann in seinen Stuhl zurück. „Ich bin froh, das zu hören und gelobe fortan, maßvoller zu speisen.“

Valtin musste schmunzeln und auch Wolf konnte sich eines Lächelns nicht erwehren. Beide wussten, dass dieser fromme Vorsatz genau bis zum nächsten Schweinebraten halten würde. Sie sahen es ihm nach und hofften, dass Gott genauso dachte.

„Doch Bruder, wo Ihr gerade Sankt Jobst angesprochen habt, da fällt mir ein, dass ich Herrn Besigheim noch etwas schuldig bin. Die Geschichte nämlich, die ich eigentlich bereits beim letzten Mal erzählen wollte. Ein seltsamer Zufall vielleicht, dass es mir nach all den Jahren wieder einfällt, aber so ist es. Ich hatte doch, wie Ihr wisst, unlängst das unliebsame Vergnügen, mit dem Grafen Bastian Greimold von Freiried während der Ratsversammlung zu sprechen."

Eine Maus huschte durch den Raum und verschwand in der Küche.

„Und sicher erinnert Ihr Euch auch, dass ich Euren Namen – mit Verlaub – bei unserem Kennenlernen seltsam fand, wegen des gleichnamigen Klosters unweit von Nürnberg?"

Wolf nickte gespannt. Benedikt Tössler hingegen hob seinen Weinkelch, leerte ihn und schenkte nach.

„Es ist warm und stickig hier", rechtfertigte er seinen Durst, bevor er fortfuhr. „Wo war ich? Ach ja, das Kloster und der Graf. Als ich Bastian Greimold von Freiried so ansah, da fiel mir diese alte Geschichte wieder ein. Sie ist eine halbe Ewigkeit her und doch war es ein so grausames Morden damals, dass ich es nicht vergessen kann. Der heutige Graf von Freiried nämlich war eigentlich der Bruder des damaligen Grafen Burgolt von Freiried, wisst Ihr. Zwei Ganerben. Der Vater der beiden war mit seinem Erstgeborenen alles andere als zufrieden und wollte, dass beide Söhne sich die Herrschaft teilen. Er machte aus Freiried eine Ganerbenburg. Nach dem Tode des Vaters begann die gemeinsame Herrschaft auch recht gut. Dann jedoch häuften sich in dieser Gegend die Überfälle durch eine Bande von Vaganten. Sie bezeichneten sich selbst als Raubritter, doch für mich waren es nur einfache Mörder und Diebe. Nur weil sie ein Wappen trugen, machte das für mich keinen Unterschied. Jedenfalls hat sich Bastian Greimold von Freiried sehr mit der Verfolgung dieser Bande hervorgetan. Er hat ihnen mit Duldung durch den damaligen Nürnberger Rat und mit tatkräftiger Unterstützung einiger selbstfinanzierter Söldner nachgestellt, doch gefasst hat er nicht einen. Diese Bande drehte dann eines Nachts den Spieß um und überfiel die Freirieder Burg. Damit hatte niemand gerechnet und irgendwie konnten sie tatsächlich in die Burg eindringen. Dort haben sie alle abgegeschlachtet, haben den Bruder des heutigen Grafen und seine ganze Familie erschlagen. Ich glaube sogar, sie haben alles und jeden erschlagen, der damals dort war. Eben nur mit Ausnahme von Bastian Greimold von Freiried und drei oder vier Mann der Burgtruppen. Das war schon auffällig. Man munkelte sogar, er habe mit der Bande gemeinsame Sache gemacht und das Burgtor von innen geöffnet. Aber es sind nur Gerüchte. Eine furchtbare Tragödie jedenfalls. Ich erinnere mich noch gut daran. Burgolt und Elisabeth von Freiried waren gute Leute, ganz anders als dieser Bastian Greimold. Es trifft eben immer die Falschen."

Wolf war ernst geworden. „Ja, so ist es. Ich habe von dieser traurigen Geschichte gehört."

„So? Habt Ihr das. Verzeiht, ein alter Mann will Euch mit fast ebenso alten Geschichten wahrlich nicht langweilen, zumal Ihr sie nun auch noch zu kennen scheint. Ich habe es nur erzählt, weil nun alles zusammengekommen ist. Seltsam, fürwahr. Der Graf, Euer Name und das Kloster in der Nähe von Freiried und nun auch noch Sankt Jobst."

„Sankt Jobst, das Siechenhaus? Was ist damit?", wollte Wolf wissen.

Benedikt Tössler trank wieder seinen Kelch leer und schenkte aufs Neue nach.

„Ja wisst Ihr, als ich vor nicht einmal zwei Wochen dort vorbeischaute, was ich von Zeit zu Zeit zu tun pflege, um mich zu vergewissern, dass mein Obolus auch gut verwendet wird, da fiel mir ein Mann auf, dem ich wohl zuvor keine Beachtung geschenkt hatte. Es liegen so viele da, sie sterben, neue kommen hinzu. Ich kann sie unmöglich alle kennen. Jedenfalls war es ein alter Mann mit wildem Bart und kräftigem Körperbau. Eine auffällige Gestalt, ohne Frage und aufs Schrecklichste vom Aussatz bestraft. Ich erkundigte mich beim Prior von St. Jobst über ihn und siehe da, es scheint sich um einen der Söldner zu handeln, die damals mit Bastian Greimold von Freiried diese Raubritterbande gejagt haben sollen. Das ist immerhin über zwanzig Jahre her und viele dieser Männer dürfte es nicht mehr geben. Ein bemerkenswerter Zufall nicht wahr? Sein Name ist Bartisch Strittmatter."

Wolf vernahm diesen Namen und zuckte kurz zusammen. Er glaubte, ihn schon einmal gehört zu haben. Er war Teil seiner Vergangenheit, doch wo genau er ihn einsortieren musste, darauf kam er nicht. Nur ein bedrohliches Gefühl blieb zurück. Niemand hatte Wolfs Verhalten bemerkt. Auch nicht Benedikt Tössler, der munter weitererzählte.

„Aber es ist noch mehr geschehen in Eurer Abwesenheit. Zum Beispiel der Mord im Dominikanerkloster. Ungeheuerlich. Der Stadtrat und der Abt waren außer sich. Wenn man nicht einmal mehr in den Mauern eines Klosters vor derlei Gesindel sicher ist, wo dann noch?"

Nun schaltete sich Bruder Valtin ein. „Ein Mord im Kloster? Was ist geschehen und wer wurde ermordet?"

„Ein Mitbruder des hiesigen Ordens, ein Dominikaner, allerdings aus Köln. Seinen Namen weiß ich nicht. Er war nur auf der Durchreise, soviel ist mir bekannt. Doch das Ungeheuerlichste und Gotteslästerlichste ist, dass man einen Mönch als Täter im Verdacht hat."

„Einen Mönch?", fragte nun Wolf ungläubig.

„Ja, tatsächlich", antwortete Tössler, „ein fremder Dominikaner, nicht aus dieser Gegend, auch das ist bekannt, denn sein Deutsch war schlecht. Er tauchte nach Einbruch der Dunkelheit vor dem Kloster auf und man wies ihm eine Bettstatt zu. Am nächsten Morgen war er verschwunden und der Mitbruder ermordet. Ganz Nürnberg spricht davon und man sucht den Täter fieberhaft."

„Schlimme Dinge passieren hier, Herr Tössler und wir danken höflichst für diese Neuigkeiten, doch seid uns nicht gram, wenn wir Euch darum bitten, uns nun zur Nachtruhe begeben zu dürfen. Ich bin rechtschaffen müde vom Ritt, dem Wein und diesem beinahe sündhaften Essen und mein Bein schmerzt. Ich muss nochmals den Verband wechseln, fürchte ich."

Wolf machte eine Andeutung, sich zu erheben.

„Aber nein, ich bitte Euch, wie könnte ich. Schlaft nur, schlaft. Wie unhöflich von mir, Euch nicht bereits früher zu entlassen. Nun musstet Ihr Euch, müde wie Ihr seid, mein Getratsche anhören. Verzeiht und seht es mir nach. Ich habe nicht oft Gäste, wie Ihr wisst." Benedikt Tössler erhob die Hände gestikulierend und stand ächzend von seinem Stuhl auf. Die anderen folgten seinem Beispiel und wünschten dem gastfreundlichen Kaufmann eine gute Nacht.

Vor der Schlafkammer nahm Wolf Bruder Valtin beiseite. „Der Mönch, der schlechtes Deutsch spricht, ist Giacomo di Vernaccia, nicht Jeckel Schmied. Ich habe es mir gedacht. Er hat das Dokument. Übermorgen werde ich reiten."

„Denkt an Eure Verletzung, Wolf."

„Ja, aber denkt Giacomo auch daran? Ich glaube kaum. Es ist keine Zeit zu verlieren. Morgen werde ich mir noch etwas Ruhe gönnen, doch dann muss ich los."

„Aber wohin?"

„Ich hefte mich an die Fersen von Giacomo und habe schon eine Idee, wo ich ihn mit Gottes Hilfe finden kann. Es ist Zeit für ein Wiedersehen."

55

Nürnberg
Mittwoch vor Consecratio Basilicae Lateranae
7. November Anno Domini 1509

Nach dem Frühstück war die Zeit des Abschieds gekommen. Alle hatten sich bei Benedikt Tössler dieses letzte gemeinsame Essen als eine etwas einfachere Mahlzeit ausgebeten. Bruder Valtin hatte am Ende sogar das durch Völlerei gefährdete Seelenheil des Kaufmanns als Argument ins Rennen geführt. In Wirklichkeit jedoch hatte er noch immer Sodbrennen vom gestrigen Abendessen, das dem der beiden Tage zuvor in nichts nachgestanden hatte. Es war fett und viel zu reichhaltig gewesen.

Nun aber standen er und Greger, in dicke Jacken gepackt, die Gesichter hinter Krägen und Kapuzen verborgen, vor dem Kontor des Nürnberger Kaufmanns und drückten Benedikt Tössler die Hand. Dieser Mittwoch versprach ein stürmischer und schneereicher Tag zu werden, denn bereits jetzt hatte Schneefall eingesetzt und ein pfeifender Wind peitschte die Flocken in Böen durch die Nürnberger Gassen. Dann verabschiedeten sie sich von Wolf. Greger ging zuerst zu ihm.

„Ich würde so gerne mit Euch kommen, aber Ihr wollt es nicht. Ich muss es respektieren, doch versprecht mir, dass Ihr auf Euch aufpasst. Und seht Euch vor diesem di Vernaccia vor. Glaubt ihm nicht. Er ist nur auf seinen Vorteil bedacht und würde seine eigenen Eltern verraten, wenn er damit nur seinen Auftrag erfüllen kann."

Wolf lächelte. „Ich danke dir für deinen Rat und verspreche, mich vorzusehen. Mach dir keine Gedanken um mich. Ich habe das Schlimmste bereits hinter mir und das habe ich auch dir zu verdanken, mein junger Freund."

Er zog ihn an sich und drückte ihn fest. „Danke", sagte er noch einmal, „geh mit Gott und grüße deine Mutter von mir. Ich werde wiederkommen. Richte ihr das von mir aus."

„Das werde ich", entgegnete Greger, dem eine Träne aus dem rechten Auge lief, die er hastig mit seiner behandschuhten Hand fortwischte. „Auf Wiedersehen, Wolf!"

„Auf Wiedersehen, Greger!"

Dann kam Bruder Valtin. „*I ad deus et deus te protegat, filius meus.*" Mehr sagte er nicht. Er berührte Wolf mit der Handfläche an der Wange, behutsam, fast wie bei einem kleinen Jungen.

Wolf fasste Valtins Hand und entgegnete leise „*Te adaeque.*" Er machte eine kurze Pause. „*Amicus*", fügte er schließlich hinzu.

Dann zog Valtin die Hand zurück, wandte sich zu Greger um und Tösslers Knecht half, das Gepäck der beiden auf den bereitstehenden Wagen zu laden. Der Wagen rumpelte in Richtung des nördlichen Stadttores davon, vor dem man sich mit den anderen Kaufleuten verabredet hatte, um gemeinsam nach Frankfurt zu fahren. Tössler stellte Fuhrwerk und Kutscher, denn er hatte ohnehin Waren nach Frankfurt zu transportieren und so konnte man dieses Vorhaben trefflich mit der Heimreise von Greger und Bruder Valtin verbinden. Beide winkten zum Abschied vom Kutschbock herab. Die Häuser der Gasse und der sich verstärkende Schneefall lösten die bräunlichen Konturen des Fuhrwerks langsam auf. Schließlich verschwanden sie im milchigen Licht der nur träge aufgehenden Morgensonne.

„Wollt Ihr wirklich reiten bei diesem Wetter?", fragte Benedikt Tössler.

„Ich muss, ich habe keine andere Wahl."

„Gut, dann gehen wir hinein, Herr Besigheim, nehmen noch ein wärmendes Würzbier zu uns und dann sollt Ihr meinetwegen abreisen, wenn Ihr nicht umzustimmen seid. Kommt, wir wollen Euch noch ein wenig Proviant mit auf den Weg geben und einen guten, wetterfesten Umhang habe ich auch für Euch besorgen lassen. Doch zuerst noch ein Würzbier. Und vielleicht eine kleine Zwischenmahlzeit? Meine Magd versteht sich trefflich auf Eierpfannkuchen. Dazu etwas Honig, das ist ein Genuss, das kann ich Euch sagen."

***

Es musste bereits zwei Stunden vor Mittag gewesen sein, als Wolf sich hatte von Benedikt Tössler verabschieden können. Nun lenkte er sein Pferd durch die Gassen Nürnbergs zum südlich gelegenen Stadttor hin. Der ihm von Tössler zum Abschied geschenkte Umhang schützte Wolf gut vor Wind und Wetter. Er war aus bester Wolle gefertigt und mit Schafspelz gefüttert. Sonst trug Wolf nur einen Dolch und sein Schwert mit sich. In den Satteltaschen waren Proviant, in einer lederumhüllten Tonflasche Wasser und ein zusätzliches Hemd verstaut. Und etwas Geld. Mehr brauchte er nicht. Mehr wäre hinderlich gewesen bei Giacomo di Vernaccias Verfolgung. Die Eierpfannkuchen lagen Wolf im Magen, denn der Nürnberger Kaufmann hatte es sich nicht nehmen lassen, ihm zum Abschied welche zubereiten zu lassen. Das war Wolf zwar gänzlich ungelegen gekommen, aber er wollte den Mann, der ihm und seinen Freunden so großen Dienst erwiesen hatte, nicht enttäuschen. Tössler war einsam und auf ein oder zwei Stunden kam es nicht mehr an. Giacomo hatte ohnehin einen Vorsprung von mehreren Tagen. Wolf würde ihn nur mit viel Geschick, aber vor allem nur mit Gottes Hilfe finden. Wenn es nicht bereits zu spät war.

Als er die steinernen Torbögen der Nürnberger Stadtmauer hinter sich gelassen hatte und auf dem offenen Nürnberger Stadtfeld stand, hielt er inne. Der Wind blies bissig über die kahle Ebene, in der nur vereinzelte, schneebeladene Bäume die Weite markierten. Der noch immer anhaltende Schneefall kalkte alle Konturen und tauchte die Welt in ein unwirkliches Bild. Wolfs Pferd tänzelte unruhig auf der Stelle. Es behagte ihm ganz und gar nicht, bei diesem Wetter stillzustehen. Im stetigen Rhythmus gleicher Abstände stob der Atem von Tier und Reiter in dichten Wolken hervor, bis er wieder von einer Windböe zerrissen wurde. Plötzlich, wie auf Kommando, galoppierte Wolf an. Doch er verließ den eingeschlagenen Weg und ritt stattdessen um die östliche Seite der Stadt herum nach Norden. Es war nicht die Richtung, in der Wolf Giacomos Fluchtweg vermutete. Es war die Richtung, in der das Siechenhaus von Sankt Jobst lag.

***

Wolf betrat die weitläufige Halle des *Siechkobels*, wie ihn die Bevölkerung nannte. Ein Bruder, der mit der Pflege und Betreuung der Aussätzigen betraut war, geleitete Wolf hinein. Trotz der stetigen Bemühungen der frommen Brüder von Sankt Jobst verströmten die geschundenen Leiber einen bestialischen Gestank. Die meisten der Leprosen gingen auf dem Gelände des Siechenhauses einer ihnen zugewiesenen Tätigkeit nach. Sie kochten, wuschen, kümmerten sich in den warmen Monaten um die hauseigenen Gärten und das Kleinvieh oder reparierten und fertigten Dinge an, die man in Sankt Jobst entweder selbst benötigte oder Händlern für den Verkauf auf einem der umliegenden Märkte mitgab. Mit dem Erlös wurden das Haus und die Leibrenten finanziert, wofür die Spenden vermögender Gönner, wie Benedikt Tössler einer war, nicht immer genügten. In der Halle lagen nur diejenigen Leidenden, die kurz vor dem Tod standen oder wenigstens derart geschwächt waren, dass sie sich nur unter Mühen hätten erheben, geschweige denn arbeiten können.

Dreißig Betten waren nebeneinander aufgereiht, fünfzehn auf jeder Seite des Raumes. Fast alle waren belegt. Stöhnen, Schreien und hilfloses Gewimmer drangen an Wolfs Ohr. Der Geruch von warmem Kräutersud vermengte sich mit dem von Schweiß, Blut, Eiter, Kot und Urin zu einem schweren Duft nach Tod und Leid. Es war kein Ort, an dem Wolf sich hätte enden sehen mögen.

„Hier ist der, nach dem ihr gefragt habt“, sagte der Mönch und deutete mit ausgestrecktem Arm in Richtung eines Strohlagers, auf dem ein großer Mann lag. Er hatte Wolf den Rücken zugekehrt. „Macht es kurz, mein Herr. Gott wird ihn bald zu sich rufen und wir sollten ihm die letzten Tage seines Lebens so leicht wie möglich gestalten."

Wolf nickte, dann ließ er den Mönch stehen und schritt auf den Mann zu. Er ging um das Lager herum und erschrak. Wenn der Aussatz tatsächlich eine Strafe Gottes für die Sünden war, die ein Mensch in seinem Leben begangen hatte, so musste dieser Mann, der da zu Wolfs Füßen gekrümmt auf dem Stroh lag und vor sich hin murmelte, Schreckliches begangen haben. Die Strafe Gottes war grausam. Dem Mann, er mochte an die fünfzig Jahre alt sein, vielleicht sogar noch älter, klebte das wirre Haar am Kopf. Er schwitzte unablässlich und stank wie ein Haufen Pferdemist. Sein Bart war ungepflegt und spross wild in alle Richtungen. Doch der Aussatz hatte ihn so entstellt, dass von seinen Zügen kaum mehr etwas zu erkennen war. Hautwucherungen und wulstige Fleischklumpen, überzogen mit bräunlich verfärbter Haut, erhoben sich aus seinem Gesicht. Es schien, als zeichneten die Narben, die ein gnadenloser Racheengel mit einem stumpfen Messer in das Gesicht des Mannes getrieben hatte, gänzlich andere Linien, als Gott es bei der Schöpfung vorgesehen hatte. Die teuflische Krankheit vernichtete Gottes Werk am Menschen. Sein Schädel hatte keine Form mehr, kein Gesicht. Er war nur noch ein verwuchertes Stück Fleisch, in dem zwei schwarze Löcher die Vorderseite markierten, worin die Augen steckten, die sich nun öffneten und Wolf anstarrten.

„Wer seid Ihr?", krächzte der Mann heiser und schwach.

Wolf zog sich einen Schemel heran und setzte sich in gut einem Schritt Abstand neben das Lager des Mannes. Er sah in die Augen des Siechen, nur in die Augen. Der Rest des Gesichtes war ohnehin völlig entstellt. Ganz gleich, wie er einmal ausgesehen haben mochte, Wolf würde ihn nie und nimmer wiedererkennen. Es blieben nur die Augen, die Tiefe des Abgrunds dahinter. Und Wolf erkannte ihn, hatte ihn immer gekannt.

„Wer seid Ihr?", wiederholte der Mann.

„Wolf Besigheim nennt man mich. Du kennst mich, hast mich schon einmal gesehen. Erinnerst du dich?“

Der Mann hob ein wenig den Kopf. Wolf sah, dass er angestrengt nachdachte. Er suchte nach diesem Gesicht, ging die Jahre seines vertanen Lebens durch, Orte, Menschen, Geschehnisse, doch der Blick blieb fragend.

„Nein, ich kenne Euch nicht. Ihr müsst Euch irren“, erwiderte er. Sein plötzlicher Hustenanfall klang trocken wie das Bellen eines alten Hundes. Ein zäher Schleim troff aus seinem Mundwinkel und schlug Blasen, als er weitersprach.

„Woher soll ich Euch kennen?“

„Du hast mich entführt vor bald fünfundzwanzig Jahren. Mich verschleppt an dem Tag, als Bastian Greimold von Freiried seinen eigenen Bruder und dessen gesamte Familie ermordete. Meine Familie. Ich konnte als einziger fliehen, bis du mich ergriffen hast. Du bist Bartisch Strittmatter, der gnadenlose Söldner in Diensten meines Onkels. Du bist der rote Ziegenbock, das geifernde Untier, das mich Nacht um Nacht verfolgt hat, all die Jahre meines Lebens. Doch statt mich zu erschlagen oder mir gar zu helfen, mir, einem Kind von gerade einmal sechs Jahren, wolltest du mich verschachern an einen Sklavenhändler. Für Geld wolltest du mich verkaufen wie ein Stück Vieh. Sieh mich an, du Hund. Ich bin Andreas von Freiried, den ihr vergessen habt, zu töten. Ich bin gekommen, dass du mir ins Gesicht blicken kannst, bevor ich Rache nehme an dir und meinem Onkel. Was sagst du? Erkennst du mich jetzt?“

Wolf brauchte die Antwort des Mannes nicht abzuwarten. Seine vor Schreck aufgerissenen Augen sprachen Bände. Er erkannte ihn; und hatte der Aussatz ihm auch das Gesicht zerfressen, so schien sein Geist noch rege. Plötzlich schlich sich ein Grinsen in sein Gesicht und verwandelte sein Aussehen in das einer dämonischen Fratze. Er lachte. Und auch wenn es sich anhörte, als ob er hustete, so lachte er doch.

„Du willst Rache? Nur zu. Du bist mir damals entwischt, du kleines Aas, und hast mich damit um meinen wohlverdienten

Lohn gebracht. Du warst eben geschickter als ich. Aber wenn du dich nach Vergeltung sehnst, dann los, nur zu, erschlag mich. Mit was willst du mich jetzt noch schrecken? Sieh mich doch an!"

Wolf betrachtete diesen Mann mit Abscheu. Er ekelte ihn, so wie er dalag, ihn auslachte, stank und lebendig verfaulte. Wollte Wolf wirklich noch Rache? Ja, aber der Mann hatte recht. Ihn konnte man kaum mehr strafen, als Gott es bereits beschlossen hatte, zu tun. Doch plötzlich wandelte sich das Gesicht des Aussätzigen. Das höhnische Lachen verschwand und ein Ausdruck des Flehens lag mit einem Mal in seinen Augen. Eine wulstige, mit dunklen und roten Flecken übersäte Hand griff nach Wolfs Arm. Ein bräunlich nässender Verband, in dem drei der fünf Fingerstümpfe steckten, tastete nach vorn, suchte Wolf zu erreichen. Doch es gelang ihm nicht. Wolf saß zu weit von dessen Krankenlager entfernt. Kraftlos ließ der Sieche den Arm sinken.

„Erlöst mich", hauchte er flehend. „Vergebt mir und erlöst mich damit, dann will ich Euch ein Geheimnis verraten, das Euch helfen soll, das Unrecht, welches man Euch und den Euren angetan hat, wiedergutzumachen. Ihr sollt Eure Rache bekommen. Ich verspreche es."

Wolf stutzte. „Was für ein Geheimnis?"

„Schwört mir auf Gott, dass Ihr mir vergeben werdet, wenn ich es Euch verrate. Schwört Ihr es?"

„Wie soll ich dir vergeben? Das kann nur Gott allein."

„Verzeiht mir, ich bitte Euch."

Wolf dachte nach und betrachtete den Aussätzigen. Er schien es ernst zu meinen.

„Ihr seid gekommen, um Euch zu rächen", fuhr der Sieche fort. „Ich gebe Euch die Gelegenheit dazu. Vergebt mir und Ihr werdet Euch an dem rächen können, der für alles verantwortlich ist. An Eurem Onkel. Er hat Eure Geschwister erschlagen, nicht ich. Er hat die Schändung Eurer Mutter zugelassen und Euren Vater aufgehängt, nicht ich."

Wolf schwieg, sah auf und ließ seinen Blick über die stöhnenden Menschen im Krankensaal schweifen. Welches Leid diese Leute befallen hatte. Wie sie sich quälten. Er holte tief Luft und ließ den verbrauchten Atem langsam entweichen. Dann sah er dem Mann wieder in die Augen.

„Ich will es tun."

Die Augen des Siechen hellten sich auf.

„Doch eine Bedingung stelle ich", sagte Wolf knapp. „Ich werde nach einem Mann schicken, der hierher an dein Lager kommt. Du wirst das, was du mir sagst, auch ihm erzählen. Wort für Wort. Du wirst es im Beisein eines Geistlichen erzählen. Er und Gott sind deine Zeugen. Man wird deine Worte mitschreiben und dann wirst du dieses Protokoll unterzeichnen. Wirst du das tun?"

„Ja, ich verspreche es", antwortete der Mann ohne Zögern.

Wolf nickte bedächtig. „Gut, dann vergebe ich dir das, was du getan hast. Soll Gott darüber am Jüngsten Tage befinden. Ob meine Vergebung auch ihm genügt, um dich nicht in die Hölle oder das Fegefeuer zu schicken bis in alle Ewigkeit, vermag ich nicht zu sagen."

„Ich danke Euch, ich danke Euch."

„Doch ich vergebe dir nur dann", warf Wolf mit scharfer Stimme ein, „wenn das, was du mir zu berichten hast, auch wirklich die Wahrheit ist und mir hilft. Ansonsten lädst du die Sünde der Lüge auf dich und meine Vergebung sei widerrufen. Sprich nun!"

„Gut, ich will Euch erzählen, was damals geschehen ist und auch, wie Ihr zu dem Beweis kommt, um Euch Euren Besitz zurückzuholen. Euer Onkel wird sich herauswinden wie ein Wurm, wenn Ihr ihm das vorwerft."

„Was für einen Beweis?", wollte Wolf ungeduldig wissen.

„Geht zum Mönch, der Euch hereingeführt hat. Sein Name ist Hermann. Er verwahrt auch die Sachen der Kranken bis zu ihrem Tod. Sagt ihm, ich hätte verfügt, dass Ihr meinen Beutel erhalten sollt. Ich werde ihn nicht mehr brauchen."

Wolf blickte den Mann verwundert an.

„Was soll ich mit deinen verlausten Sachen?"

Bartisch Strittmatters Gesicht verzerrte sich zu einem gequälten Lächeln. „Lasst Euch überraschen. Ihr werdet es erkennen, glaubt mir."

„Gut", sagte Wolf tonlos und drehte sich um. Er ging hinaus in den Hof von Sankt Jobst. Die Kirche erhob sich rechter Hand von ihm. Es hatte aufgehört zu schneien und der Schnee, eine Elle hoch, dämpfte alle Geräusche um Wolf herum. Das Blau des Himmels kämpfte mit gelblichen Schneewolken und die Sonne blinzelte um die Wolkenränder herum. Es war hell geworden. Sollte es gelingen? Konnte Wolf sich wirklich das zurückholen, was ihm zustand? Wenn Gott nicht ein perfides Spiel mit ihm trieb, dann sah es ganz danach aus. Der Mönch, der Wolf in den Krankensaal geleitet hatte, kam aus der Kirche und stapfte durch den Schnee auf ihn zu.

„Seid Ihr Frater Hermann?"

„Ja, der bin ich."

Wolf erzählte ihm von Bartisch Strittmatters Verfügung und bat ihn, dessen Sachen zu holen. Bruder Hermann blickte zuerst etwas ungläubig drein, aber nachdem Wolf ihm in paar Münzen als Spende für die Siechen übergeben hatte, war er schnell mit einem unglaublich dreckigen Lumpen zurückgekehrt, den Wolf mit spitzen Fingern entgegennahm.

„Ich danke Euch, Frater. Noch etwas. Bitte schickt nach dem Kaufmann Benedikt Tössler. Er möchte seinen Schreiber mitbringen, denn der Bartisch Strittmatter möchte eine wichtige Aussage machen, die es aufzuschreiben und zu bezeugen gilt. Wollt Ihr das für mich tun?"

Der Geistliche nickte und versprach, dem ihm Aufgetragenen schnellstmöglich nachzukommen. Dann stieg Wolf auf sein Pferd und trabte aus dem Hof von Sankt Jobst. Bereits kurz hinter dem Tor siegte die Neugier und Wolf öffnete den Beutel des Bartisch Strittmatter. Er war froh, dass er Handschuhe trug, als er ein zerfetztes Beinkleid und ein dreckiges Leinenhemd aus dem stinkenden Stoff hervorholte. Sollte das alles gewesen sein? Nein, am Grund der Tasche war noch etwas, Wolf konnte es deutlich fühlen. Noch ein Kleidungsstück. Er steckte seinen Arm tiefer in den Beutel, bis er den Gegenstand zu fassen bekam und zog ihn heraus. Als er den uralten Stoffetzen auseinanderschlug, wurde ihm heiß und kalt. Strittmatter hatte recht behalten. Wolf hatte es erkannt, er würde es nie vergessen. Strittmatters Beutel und die beiden Lumpen, die vor Jahren einmal als Kleidung hätten bezeichnet werden können, flogen in hohem Bogen in den Graben, nur das letzte Stück steckte sich Wolf unter den Umhang.

„Du bist auf dem Rückweg fällig, Onkel", zischte er, dann gab er seinem Pferd die Sporen und preschte in Richtung Süden davon. Wenigstens zwei Meilen würde er heute noch reiten müssen, denn auch mit Giacomo di Vernaccia hatte er noch das eine oder andere Wort zu wechseln.

56

Auf den Spuren Giacomo di Vernaccias
Tag des Heiligen Martin von Tours
11. November Anno Domini 1509

Erst am vierten Tag seines Rittes traf Wolf Besigheim in Ingolstadt ein. Er ließ den Ort an der Donau, der unter der Regentschaft der Landshuter Herzöge stand, jedoch bald wieder hinter sich. Er gönnte sich und seinem Pferd nur eine kurze Rast. Etwas Heu und Wasser für das Tier, eine Kohlsuppe und ein wärmendes Bier für seinen Reiter. Dann saß er wieder auf. Er war, wie es Giacomo di Vernaccia bei ihrer ersten Begegnung in der Schänke erzählt hatte, immer auf dem Handelsweg, der sogenannten *Via Imperii* geblieben. Er hoffte, dass dies die Wahrheit gewesen war, denn Giacomo war alles zuzutrauen, selbst eine vorausschauende Lüge. Dennoch war Wolf überzeugt davon, dass seine Vermutung zutraf. Denn zum einen hatte der Italiener ihm und Greger von seiner Route erzählt, bevor er ahnen konnte, dass Wolf hinter demselben Dokument herjagte wie er selbst. Zum anderen war dieser Handelsweg der schnellste Weg in den Süden. Und das war zweifelsohne Giacomos Ziel. Er hatte Thomas Ulrepforte im Dominikanerkloster zu Nürnberg ermordet. Er hatte das verfluchte Dokument an sich genommen und wollte es nun bei seinen Auftraggebern abliefern.

Die *Via Imperii* war eine der bekanntesten Fernhandelsstraßen des Kontinents. Sie verlief von Nürnberg aus in Richtung Süden über Augsburg, Innsbruck, den Brennerpass und dann über Verona bis hinunter ins reiche Venedig. Nürnberg lag in ihrer Mitte. In nördlicher Richtung führte sie hinauf bis zu den Hansestädten an der Ostsee. So konnten Waren per Schiff sogar den gefährlichen Weg weiter hinauf bis nach Skandinavien gehandelt werden. Doch die Sorgen der Kaufleute der Hanse, die die Güter auf ihren Koggen über die stürmische See und vorbei an Dutzenden von Piratenschiffen lenken mussten, trieben Wolf nicht um. Er hatte seine eigenen Sorgen, etwa die, dass es bereits wieder zu dämmern begann und er sich nach einer Bleibe für die Nacht umsehen musste, wollte er nicht erfrieren.

Er hatte sich verschätzt. Eigentlich hatte er wenigstens drei Meilen pro Tag reiten wollen, doch die kurzen Tage und die widrigen Wetterbedingungen hatten es ihm und seinem Pferd schwer gemacht. So legte er im Schnitt gerade einmal etwas mehr als zwei Meilen täglich zurück. Das ärgerte ihn, war aber nicht zu ändern. Wolfs einziger Trost bestand darin, dass es Giacomo auch nicht besser ergangen sein konnte und er seinen Vorsprung wohl kaum hatte ausbauen können. Im Gegenteil. Nach Wolfs Rechnung musste Giacomo nun ungefähr am Brennerpass angelangt sein und bei diesem Schnee war es fragwürdig, ob er es überhaupt wagen würde, über die Berge zu gehen. Wolf musste über seine eigenen Gedanken schmunzeln. Natürlich würde Giacomo di Vernaccia es versuchen, genauso wie es Wolf getan hätte, wäre er an seiner Stelle auf der Flucht.

Der Weg war verschneit, nur braune, scharfkantige Furchen, gefüllt mit Eis und Wasser, zeugten davon, dass diese Route häufiger benutzt wurde. Niemand war zu sehen. Die Dämmerung warf ein fahles Licht auf die weiße Natur, die sich schemenhaft und nur begrenzt durch ein Band aus verschneiten Tannen auf beiden Seiten des Weges präsentierte. Wolf wand sich im Sattel um. Ingolstadt lag bereits weit hinter ihm und bis nach Augsburg waren es gut und gerne noch zwei weitere Tage Ritt bei diesem Wetter. Eine Brücke aus Baumstämmen, die mit dicken Hanfseilen zusammengebunden war, führte über ein etwa ein Mann breites Flüsschen, dessen schilfbewachsenes Ufer bis fast zu dessen Mitte mit dünnem Eis überzogen war. Es war eines der unzähligen kleinen Gewässer, die sich der Donau irgendwo in ihrem Verlauf anschlossen. Die Balken waren rutschig und klangen hohl, als Wolf sein Pferd am Zügel hinüberführte. Er war vorsorglich abgestiegen. Was für einen Karren gut genug war, konnte einen Reiter das Leben kosten. Sein Pferd musste auf dem glitschigen Untergrund nur stürzen und ihn unter sich begraben oder konnte ihn gar ins eiskalte Wasser schleudern, was bei diesen Temperaturen den sicheren Tod bedeutete.

Auf der anderen Seite angekommen, wollte sich Wolf gerade wieder in den Sattel schwingen, als er innehielt. Er blickte durch die Tannen und Fichtenstämme hindurch, die auf dieser Seite der einfachen Brücke den Weg fast berührten. Da war ein Licht. Er täuschte sich nicht. Es musste ein Weiler oder Waldhof sein. Wolf dachte an die Worte des Wirtes, der ihm in Ingolstadt für viel Geld dünne Kohlsuppe und ein noch dünneres Würzbier verkauft hatte. „Wenn Ihr hier nicht nächtigen wollt, dann müsst Ihr immer auf dem Handelsweg bleiben, mein Herr. Etwa eine und eine halbe Meile nach Ingolstadt kommt Ihr in einen kleinen Ort namens Markt Reichertshofen. Dort gibt es eine Schankwirtschaft, wo Ihr auch übernachten könnt."

Doch ein und eine halbe Meile weit war Wolf noch nicht gekommen. Eine Meile allerhöchstens. Er beschloss, auf diesem Weiler zu fragen, ob man ihm – gegen ein angemessenes Entgelt – einen Schlafplatz und etwas zu essen anbieten könne. Er hoffte, dass die Bewohner nicht so arm waren, dass sie ihm nichts abgeben konnten oder ihm vielleicht sogar seinen Besitz streitig zu machen versuchten. Doch das Risiko bei völliger Dunkelheit und Eiseskälte bis in den nächsten Ort zu reiten, war ihm zu hoch. Also suchte er einen Pfad, der in das Licht führte, und wurde nach kurzer Suche fündig. Nur etwa zweihundert Schritte nach der Holzbrücke kämpfte sich ein schmaler Weg, kaum zwei Schritte breit, durch den Forst. Wolf zögerte nicht und ritt hinein. Obwohl das dichte Unterholz und die am Weg wachsenden blattlosen Sträucher ihm noch mehr des ohnehin kaum vorhandenen Lichtes nahmen, fand er am Ende des Weges ein einfaches Gehöft. Es bestand aus einem gedrungenen Häuschen und einer windschiefen Scheune. Aus dem Schornstein quoll dichter Rauch. Licht schimmerte durch die mit Tierhäuten bespannten Fenster. Wolf stieg ab, band sein Pferd an eine junge Fichte und schritt zum Haus hinüber.

Doch bevor er an die niedrige Tür des Hauses pochen konnte, wurde sie geöffnet und ein Mann stand in der Tür. In der Hand hielt er ein schartiges Messer. Wolf trat einen Schritt zurück und fasste an sein Schwert.

„Guter Mann, was ist das für eine Art der Begrüßung? Ist das üblich bei euch in der Gegend?"

Argwöhnisch betrachtete der Mann seinen ungebetenen Gast. Er schielte nach beiden Seiten, ob sich nicht noch mehr Fremde auf seinem Hof eingefunden hatten und darauf lauerten, ihm ans Leben zu wollen.

„Wer seid Ihr? Kommt Ihr allein?"

„Mein Name ist Wolf Besigheim und ich komme allein. Ich bin auf der Durchreise und suche eine Schlafgelegenheit für die Nacht, und wenn du hast, dann auch etwas zu essen und ein wenig Wasser und Heu für mein Pferd. Nichts weiter. Das soll dein Schaden nicht sein, denn ich kann dich dafür angemessen entlohnen. Allerdings solltest du dein Messer wieder wegstekken, sonst könnte ich noch annehmen, du wolltest mir ans Leder und mich genötigt sehen, dir eine Lektion zu erteilen. Also?"

Der Mann steckte das Messer in den Gürtel. Seine Stimme klang mit einem Mal freundlicher.

„Nichts für ungut, mein Herr. Ich grüße Euch. Anselm Weidenflechter ist mein Name. Ich bin etwas vorsichtig dieser Tage. Erst vor zwei Tagen nämlich ist ein Mord geschehen, hier ganz in der Nähe in Markt Reichertshofen, eine halbe Meile von hier. Einem Kaufmann hat man im Schlaf die Kehle durchgeschnitten und seine Leiche ausbluten lassen wie ein Schwein. Ausgeraubt hat man ihn obendrein. Da frage ich besser zweimal nach, bevor ich einen Fremden in mein Haus lasse. Aber Ihr scheint mir rechtschaffen zu sein, darum kann ich Euch wohl verköstigen, wenn Euch ein einfaches Mahl genügt, wie wir es essen. Zum Schlafen könnt Ihr Euch zu uns in die Stube legen. Unser

Haus ist klein, aber dafür warm. Meine Frau hat just heute den Boden gefegt und mit frischem Stroh ausgelegt. Sind drei Pfennige zu viel dafür?"

„Nein", antwortete Wolf erfreut, „sicher nicht. Fünf Pfennige sollst du bekommen, wenn du auch mein Pferd absattelst und versorgst."

Das ließ sich Anselm Weidenflechter nicht zweimal sagen. Wolf nahm noch die Satteltaschen mit seinen Habseligkeiten vom Rücken des Tieres, dann führte Anselm Wolfs Pferd auch schon in den Stall und gab ihm Heu und Wasser. Wolf betrat derweil das Haus und schloss die Tür. Fünf Hühner liefen aufgeregt zwischen zwei Ziegen herum, als er über die Schwelle trat. Auf dem Boden vor dem offenen Kamin saß eine junge Frau und gab einem Säugling die Brust. Über dem Feuer hing ein verrußter gusseiserner Topf, aus dem der Duft von Essen in den Raum strömte und sich mit dem Geruch von verbrennendem Holz und dem der Tiere vermengte. Ein Junge von etwa vier Jahren saß daneben und versuchte die vorbeilaufenden Hühner an den Schwanzfedern zu ziehen.

„Geheiligt sei Jesus Christus", sagte die Frau.

„In Ewigkeit Amen", entgegnete Wolf. „Dein Mann hat mir angeboten, bei Euch zu übernachten."

Anselms Frau legte den Säugling in eine mit Stroh ausgelegte Krippe und deckte ihn mit einer Leinendecke zu. Dann ließ sie ihre Brust unter das Hemd gleiten und zog die Riemchen straff, damit sie auch in ihrem Stoffgefängnis blieb. Sie erhob sich. „Habt Ihr Hunger? Wir haben leider kein Fleisch. Nur Rüben, Zwiebeln, Kohl und Brot, aber davon könnt Ihr gerne haben."

Wolf nickte und setzte sich an den Tisch, der neben den vier Schemeln das einzige Möbelstück in dem Haus darstellte. „Gerne, ich danke dir."

Kurz darauf stand eine tönerne Schüssel mit dampfendem Eintopf vor Wolf sowie ein Becher dünnes Bier. Hungrig begann Wolf zu essen und tauchte das steinharte Brot in die Suppe, bis er es abbeißen konnte und jeweils mit einem Löffel

Eintopf hinunterschluckte. Es war hart, aber wenigstens nicht verschimmelt. Die Tür öffnete sich und Anselm kam ins Haus. Ein eisiger Hauch eilte ihm von der Tür ins Innere des Raumes voraus. Rasch zog er sie hinter sich zu und schob den Riegel vor.

„Es klart auf. Es wird verflucht kalt werden heute Nacht", sagte er und legte seinen Umhang ab. Er setzte sich zu Wolf an den Tisch. „Weib, bring mir auch ein Dünnbier zur Feier des Tages. Wir haben so selten Gäste und noch seltener so ehrenwerte."

Sie brachte widerspruchslos auch ihrem Mann ein Bier und gesellte sich wieder zu den Kindern ans Feuer. Anselm aber hob den Becher und stieß mit Wolf an. „Wohl bekomm's!"

Nachdem er einen Schluck getrunken hatte, griff der redselige Bauer die Geschichte des ermordeten Kaufmanns wieder auf. Es schien, als würde sich wirklich kaum jemand hierher verirren. Anselm Weidenflechter hatte das unstillbare innere Bedürfnis, aufgestaute Geschichten und Neuigkeiten an jeden loszuwerden, der nur in seine Nähe kam.

„Ich will Euch berichten, was sich hier zugetragen hat und warum ich so vorsichtig geworden bin. Es treibt sich allerlei Gesindel in dieser Gegend herum. Den Kaufmann hat man in einer Schänke ermordet. Stellt Euch das vor, in einer Schänke", wiederholte Anselm betont empört und versuchte nebenbei eine Maus zu zertreten, die sich für die Brotkrümel auf dem Boden interessierte. Doch er verfehlte sie knapp und grummelte missmutig darüber. Die Maus huschte auf geübten Füßen blitzschnell in die Raumecke und verschwand durch ein Astloch unter den Bodendielen.

Anselm Weidenflechter fuhr mit seiner Schilderung unbeirrt fort. „Stellt Euch vor, was die Leute sagen, wenn sie hören, dass irgendwelches Lumpenpack ungestraft ehrenwerte Kaufleute in bayrischen Schänken ermorden kann, ohne dass es dabei erwischt wird. Wie sieht denn das aus?"

„Ja, das ist in der Tat unrühmlich", sagte Wolf wenig interessiert, in der Hoffnung, der Redeschwall des Bauern würde in Kürze verebben. Doch er hatte sich getäuscht.

Anselm zuckte mit den Schultern. „Gewiss haben sie ihn bereits auf dem Gottesacker neben der Kirche von Markt Reichertshofen in geweihter Erde begraben, so wie es einem guten Christenmenschen zusteht. Letztes Jahr gab es auch so einen mysteriösen Mord. Direkt vor dem Stadttor haben sie ebenfalls einen Krämer gemeuchelt und um sein Silber erleichtert. Furchtbar, nicht wahr?"

Wolf nickte und schluckte dabei den letzten Bissen des eingeweichten Brotes hinunter. Dann streckte er sich und gähnte ungeniert.

„Ich bin wahrhaftig müde, Anselm. Die Sonne ist schon längst verschwunden und morgen früh will ich beizeiten weiter. Ich werde in Markt Reichertshofen vorbeikommen. Dort wird man mir gewiss die letzten Neuigkeiten dieser unglaublichen Geschichte erzählen können, aber nun will ich schlafen."

Etwas enttäuscht ob des abrupten Gesprächsabbruchs erhob sich Anselm Weidenflechter und nickte. „Ja, da habt Ihr recht. Seht nur, meine Frau ist bereits im Sitzen eingeschlafen und auch mein Sohn hat den Daumen im Mund. Ich werde noch ein, zwei Scheite in den Kamin legen und dann legen wir uns zur Nachtruhe." Der Bauer trank den letzten Schluck Bier im Stehen aus und verlöschte das Talglicht auf dem Tisch. Nur das schwach flakkernde Kaminfeuer verbreitete noch einen letzten Rest Helligkeit. Wolf sah sich um und beschloss, sich rechts neben den Kamin zu legen. Seine Satteltasche nahm er mit. Er würde sie als Kopfkissen verwenden. Anselm Weidenflechter ging derweil zu seiner Frau, bettete sie sanft neben dem Kleinen und kontrollierte noch einmal, ob der Säugling in seiner Krippe gut zugedeckt war. Dann legte er, so wie er es angekündigt hatte, noch zwei Buchenscheite ins Feuer und ließ sich neben seiner Frau nieder.

Das Stroh raschelte und die Flammen fraßen sich leise in das neue Holz, als Wolf sich ebenfalls niederlegte. Morgen würde er weiterreiten, Giacomo di Vernaccia hinterher, auf den Spuren des Dokuments, auf den Spuren der Goldmaschine des Abraham Siebenthal. Agnes brauchte das Geld. Agnes. Ihm fehlte ihr Lachen. Würde er sie jemals küssen können? Das rhythmische Schnarchen von Anselm Weidenflechter machte es Wolf leicht. Bald schlief auch er ein und träumte.

***

Andreas hielt sich hinter einem Heuballen versteckt. Er zitterte am ganzen Leib und krallte seine Finger in das getrocknete Gras. Seine Mutter hatte ihn und seine Geschwister panisch aus dem Schlaf gerüttelt, als die Männer kamen, und ihnen befohlen, sich draußen zu verstecken. Warum nur war er noch nicht so groß und stark wie sein Vater? Warum hatte er kein Schwert? Er wollte die Männer töten. Alle. Einen nach dem anderen, doch er konnte nicht. Hilflos musste er mit ansehen, wie vier der Mörder in die Feste stürmten und seine Eltern nach draußen zerrten. Den Vater warf man in den Staub und trat und schlug auf ihn ein, bis er sich nicht mehr wehrte. Dann holten zwei der Männer ein Seil und hängten ihn am Hals an einem Balken über dem Tor auf. Er zappelte wie ein Fisch am Angelhaken. Seine Zunge trat blau hervor und er nässte sich im Todeskampf ein. Die Männer lachten. Nicht schreien, Andreas! Nicht schreien! Er durfte nicht damit anfangen. Er wusste, er hätte nie wieder aufgehört. Er würde sterben, wenn er schrie, und Andreas wollte leben. Er wollte laufen, seinen Vater vom Balken schneiden. Andreas wollte rennen und seine Mutter unter den stöhnenden, schwitzenden Männern hervorzerren, die sich nicht einmal die Mühe machten, ihre Schändung hinter einer Ecke zu begehen. Er konnte nicht. Er war nur ein Kind.

Er konnte nicht? Doch er konnte! Und er schrie aus Leibeskräften. Er sprang aus seinem Versteck hervor. Zornig, wie es nur Gott sein konnte. In ihm brannte der Durst nach Rache und Vergeltung. Die Männer hatten ihn gesehen. Sie zeigten mit behandschuhten Fingern auf ihn und zwei machten sich daran, mit gezogenen Schwertern zu ihm zu laufen. Andreas verstummte. Er sah die Männer kommen, doch bewegte sich keinen fußbreit von der Stelle. Die Soldaten mit dem Wappentier des roten Ziegenbocks auf den Hemden stolperten bedrohlich auf ihn zu. Doch er stand ganz still. Dann waren sie bei ihm. Einer streckte den Arm nach Andreas aus, wollte nach ihm greifen. Plötzlich duckte sich Andreas, schlüpfte unter dem ausgestreckten Arm des Mannes hindurch, trat ihm seitlich in die Kniekehle und entriss dem überraschten Soldaten das Schwert aus der Waffenhand. Andreas packte es und mit einem einzigen Stoß trieb er es dem Mann von hinten durch den Leib. Blut schoss hervor, Blut quoll unter einem gurgelnden Laut aus seinem Mund. Andreas drehte den Stahl im Körper des Gegners. Wirbel knirschten. Dann zog er das Schwert heraus und trat dem sterbenden Mann in den Rücken, dass er vornüber fiel. Blut lief die Klinge hinab über seine Hand, seinen Arm. Alles war voll Blut. Die Welt wurde dunkelrot. Der andere der beiden Männer starrte noch immer überrascht auf Andreas herab, als dieser ihm bereits mit einem schräg von unten geführten Streich den Leib aufgeschnitten hatte. Gedärme quollen heraus, die der Mann vergeblich suchte, zurück in seinen Körper zu stopfen. Ein Schlag und sein Kopf fiel mit einem dumpfen Geräusch auf den Boden. Doch der abgetrennte Schädel wollte nicht verharren, wo er war. Er begann zu rollen. Schneller und schneller. Er rollte auf die anderen Männer zu, die eben noch Andreas' Mutter geschändet hatten. Vor den Männern blieb der Kopf liegen. Plötzlich schlug er die toten Augen auf und sah sie an. Dann begann er zu sprechen und seine Stimme war nur ein düsteres Grollen.

„Ihr werdet sterben, alle! Lauft um euer Leben, denn das Kind ist kein Kind, es ist der Herrscher von Freiried und wird euch richten."

Der Schädel begann zu lachen. Dann verstummte er plötzlich und rollte zur Seite. Nichts war mehr zu hören. Nur der Wind, der durch den Burghof strich. Die Männer starrten auf Andreas von Freiried, wie er langsam auf sie zukam und sie liefen um ihr Leben. In ihren Gesichtern stand das Grauen, als hätten sie in die Seele des Teufels geblickt. Nur Bastian Greimold von Freiried stand noch immer am Burgtor, in dessen Höhe Andreas' Vater röchelnd baumelte. Neben ihm stand ein roter Ziegenbock. Er stank nach Tod und Bier. Bis zu Andreas' Mutter stank es herüber. Dort hielt Andreas an, legte seine kleine Hand zärtlich auf ihren Unterleib, bedeckte ihre geschundene Scham mit dem Stoff ihres zerrissenen Kleides. Das Blut verschwand und sie begann zu leben, erhob sich, lächelte.

„Ich bin gekommen, um dich zu retten, Mutter", sagte Andreas.

„Ich weiß. Das hast du getan, mein Sohn. Ich bin stolz auf dich!"

Dann fuhr Andreas herum und mit einem einzigen Satz war er bei Bastian Greimold von Freiried. Es war ein ungleicher Kampf. Ein Hieb links, eine Drehung, ein Hieb rechts und beide Arme des Mörders fielen in den Dreck.

„Büße!", rief Andreas und stieß seinem Onkel blitzschnell das Schwert bis ans Heft in den Hals. Er starb. Blut spritzte in Fontänen aus ihm hervor. Er torkelte rückwärts an die Mauer des Burgtores, rutschte rücklings herab und blieb zuckend liegen. Sein Blick brach. Andreas ging zu ihm, zog das Schwert heraus und schleuderte es hinauf zu seinem Vater. Er traf das Seil und durchtrennte es. Sein Vater fiel herab, doch Andreas fing ihn auf, stellte ihn auf die Füße, küsste ihn zärtlich auf die Stirn.

„Ich bin dein Sohn. Ich rette dich vor diesem Verrat, rette deine Ehre und bin gekommen, um uns alle zu rächen. Lebe und verzeih mir."

„Das werde ich", antwortete Burgolt von Freiried lächelnd, „und ich werde leben in deinen Träumen und deiner Erinnerung. Du bist wahrlich würdig, mein Sohn zu sein"

Ein Geräusch ließ Andreas herumfahren. Der rote Ziegenbock stöhnte. Sein Gesicht war voller Geschwüre. Der Aussatz hatte ihn befallen.

„Geh", sagte Andreas von Freiried, „ich vergebe dir."

Der rote Ziegenbock nickte stumm. Plötzlich sprangen unzählige Dämonen aus der Dunkelheit hervor. Sie grinsten frech und lachten böse. „Ich nehme sie von Euch, ihr braucht sie nicht mehr fürchten“, sagte das rote Fabelwesen und machte den Dämonen ein Zeichen. Gemeinsam verschwanden sie zum Burgtor hinaus in die Dunkelheit. Sie würden nie wieder zurückkommen.

Hinter seinem Vater hatten sich Andreas‘ Geschwister eingefunden und winkten ihm zu. Anna, die Amme begleitete sie. „Guten Tag, Herr Ritter. Ich habe mich nicht in Euch getäuscht. Ich wusste, Ihr würdet uns und Euch selbst retten. Lebt wohl und erwacht. Erwacht!“

Wolf fuhr aus dem Schlaf.

Anselm Weidenflechter beugte sich über ihn. „Erwacht, so erwacht doch! Gott gütiger, welche Qualen erleidet Ihr im Schlaf? Erwacht, es beginnt bereits zu dämmern. Ihr wolltet fort.“

Wolf Besigheim setzte sich auf. Er wischte sich den Schweiß von der Stirn und strich sich das Stroh aus dem Haar.

„Diese Qualen sind vorbei“, sagte er dem besorgt dreinschauenden Mann. Sein Blick fiel auf das Schwert, das er wie jede Nacht neben sich gelegt hatte. Es war kein Blut an der Klinge. Noch nicht.

57

Markt Reichertshofen
Montag nach Sankt Martin von Tours
12. November Anno Domini 1509

Nur zwei Stunden später trabte Wolf durch Markt Reichertshofen. Er hatte sich den Ort kleiner vorgestellt, doch die günstige Lage an der *Via Imperii*, zwischen Augsburg und Nürnberg, hatten ihm einen mehr als bescheidenen Wohlstand eingebracht. Verwunderlich war dies nicht. Das Örtchen besaß seit etwa zwei Generationen das Marktrecht, damals erteilt noch von Herzog Heinrich von Landshut, der sich mit Ludwig dem Gebarteten von Ingolstadt darum erfolgreich geschlagen hatte. Seitdem jedoch vor nicht einmal vier Jahren der Landshuter Erbfolgekrieg beendet worden war, hatten sich die Wittelsbacher das Städtchen ins Fürstentum Pfalz Neuburg einverleibt. Anselm Weidenflechter hatte Wolf während des kurzen Frühstücks fast die gesamte Stadtgeschichte erzählt. Die letzten Worte hatte er ihm noch auf dem Hof hinterhergerufen, als Wolf bereits längst wieder auf seinem Pferd saß.

Etwa in der Ortsmitte befand sich die Kirche. Ein einfaches Gebäude, weiß gekalkt mit Spitzbögen aus roten Ziegeln. Und ganz wie es Anselm Weidenflechter, neben vielen anderen Dingen, erzählt hatte, lag der Friedhof zu Füßen des Gotteshauses. Wolf zügelte sein Pferd. Eine kleine Gruppe streitender Männer auf dem verschneiten Kirchhof erregte seine Aufmerksamkeit. Sie standen nur einen Steinwurf von Wolf entfernt. Es waren drei. Einer davon schien der Pfarrer zu sein. Die anderen beiden gehörten zusammen und redeten aufgebracht und ohne Unterlass auf ihn ein. Ihre fadenscheinige und verdreckte Kleidung ließ darauf schließen, dass es sich wahrhaftig nicht um wichtige

Persönlichkeiten handeln konnte. Doch auch mit ihrem Benehmen war es nicht zum Besten bestellt. Eine Zeit lang betrachtete Wolf die Streithähne. Dann sah er, wie einer der beiden Burschen, der jüngere, handgreiflich wurde und den Pfarrer am Arm packte. Nun reichte es. Wolf lenkte sein Pferd direkt auf die Männer zu.

„He, was soll das?“, rief er drohend. „Lasst den Mann in Frieden. Ihr seid zu zweit und ein Geistlicher ist er obendrein. Wenn ihr Händel sucht, dann kommt zu mir. Ich bin gerade in bester Laune dazu.“

Überrascht wandten die beiden Männer ihre Köpfe zu Wolf um und verstummten augenblicklich. Auch der Pfarrer blickte auf, nutzte jedoch die Ablenkung der anderen und riss verärgert den Arm zurück. Er rieb sich die Stelle, an der ihn der junge Bursche festgehalten hatte. Die beiden, die dem Pfarrer gegenüberstanden, prüften Wolf mit ihren Blicken. Man konnte ihnen ansehen, dass sie überlegten, ob sie wohl zu zweit eine Chance gegen den Fremden hatten, der sich hier dreist in ihre Angelegenheiten mischte. Doch sie zögerten. Dieser Mann auf dem Rücken des Pferdes war von großer Statur und zudem bewaffnet. Wolf entgingen diese Blicke nicht.

„Nur zu, meine Herren, versucht es ruhig.“

Keiner der beiden rührte sich.

„Das habe ich mir gedacht“, lächelte Wolf überlegen. „Was ist hier los?“, wandte er sich nun an den Pfarrer, ohne die beiden anderen aus den Augen zu verlieren.

„Danke, mein Herr, wer auch immer ihr seid. Dieses Pack will nicht arbeiten. Sie werden von mir bezahlt, die Gräber auszuheben. Ich zahle immer gut und in barer Münze. Und nun weigern sie sich und wollen mehr als vereinbart.“

„Die Erde ist steinhart!“, rief der ältere der beiden. Es war der Schinder der Stadt mit einem Gehilfen etwa in Gregers Alter. Die Ähnlichkeit der Gesichtszüge ließ vermuten, dass es sich dabei um seinen Sohn handelte. Der Schinder war ein Unehrenhafter. Wer mit ihm umging, lief Gefahr, selbst als unehrenhaft zu gelten und konnte von der Gemeinde ausgeschlossen werden. Doch Wolf kümmerte derlei recht wenig, zumal er nicht vorhatte, hier sesshaft zu werden.

„Wir haben gesagt acht Heller pro Grab und nicht acht Heller pro Grab im Sommer", entgegnete der Pfarrer aufgebracht. Er war ein kleines, dickes Männchen mit einem grauen Kranz aus dünnem Haar. Er schien vor Wut zu kochen, wobei Wolf nicht sagen konnte, ob seine puterrote Gesichtsfarbe der Aufregung oder dem ständigen Genuss von Messwein und Bier zuzuschreiben war. „Seit fünf Tagen liegt der Mann nun schon tot im Beinhaus neben der Kirche, nur weil ihr zu faul und gierig seid. Das geht gegen Gott! Nur der Kälte haben wir es zu verdanken, dass es hier noch nicht stinkt wie in der Hölle."

„Im Winter verrecken sie alle und im Sommer nur ein paar. Ihr macht einen guten Schnitt dabei, Herr Pfarrer", rief nun der Schinder, nicht weniger wütend. Er sah aus, als würde er dem Pfarrer am liebsten an den Hals gehen. „Und ganz abgesehen davon", fuhr er fort, „ist dieser Kerl nicht einmal aus Reichertshofen. Ein Fremder ist er und wir müssen das Grab mit Hacken in den Boden treiben. Zu zweit sind wir einen halben Tag beschäftigt, wofür wir im Sommer in der Hälfte der Zeit nur einen Mann benötigen."

„Ich bin nicht hier, um mich zu schlagen oder zu streiten, Männer", versuchte Wolf nun die aufgebrachten Gemüter zu beschwichtigen, „aber einen Geistlichen geht keiner an, solange ich hier stehe, verstanden? Was wollt ihr dafür haben, dass ihr diesen Fremden unter die Erde bringt?"

Der Schinder und sein Sohn sahen sich an und begannen zu tuscheln.

„Zwölf Heller", sagte der Schinder. Er verschränkte die Arme vor der Brust, wohl um seinem Standpunkt mehr Ausdruck zu verleihen.

„Entschuldigt euch beim Pfarrer und ihr sollt zehn bekommen. Die Acht aus dem Säckel der Kirche und zwei von mir", sagte Wolf ungerührt. „Andernfalls bekommt ihr nichts und vielleicht noch Ärger dazu."

Wieder sahen sich die beiden an. Doch sie zögerten nicht lange. Sie hatten kein Interesse an einer Auseinandersetzung mit Wolf und zehn Heller waren nicht schlecht. Sie reichten dem Geistlichen die Hand. Wolf Besigheim griff in seine Geldkatze, suchte zwei Münzen heraus und warf sie den Männern zu. Der Schinder fing sie auf, nickte Wolf knapp zu und verschwand mit seinem Sohn links neben der Kirche auf dem Friedhof. Kurz darauf erklangen die Schläge der Hacken auf dem gefrorenen Boden gedämpft herüber.

Der Pfarrer kam auf Wolf zu und reichte ihm die Hand. „Ich segne Euch, mein Sohn. Das war eine wahrhaft edle Tat. Macht mir die Freude und trinkt einen Wein mit mir. Meine Hausmagd bereitet ihn trefflich zu. Heiß mit Honig, Zimt und Nelken."

„Ich danke Euch", lachte Wolf, der augenblicklich an Benedikt Tössler denken musste. „Doch nehmt es mir nicht krumm, wenn ich Eure Einladung ablehne, ich muss weiter."

„Dann geht wenigstens mit mir und seht Euch den Mann an, dessen Begräbnis Ihr so großzügig mitbezahlt habt. Ich will Euch zum Dank für Eure Tat an seinem toten Leib segnen und ein Gebet für Euch und seine arme Seele sprechen. Für Euch, der für das Seelenheil eines ihm unbekannten Mannes so viel getan hat und für ihn, der auf so brutale Weise aus dem Leben gerissen wurde. Kommt, das Beinhaus ist hier gleich um die Ecke."

Der Pfarrer trug diese Bitte mit solcher Inbrunst vor, dass Wolf nicht anders konnte, als abzusteigen. Er machte sein Pferd vor der Kirche fest und folgte ihm. Der Geistliche war bereits in Richtung des Beinhauses losgelaufen. Wolf machte drei große Schritte und schloss zu ihm auf.

„Ist es dieser Kaufmann, dem man hier in einer Schänke den Garaus gemacht hat?"

„Ihr wisst davon?", fragte der Geistliche etwas argwöhnisch. „Woher?"

„Ich habe bei Anselm Weidenflechter übernachtet, draußen, vor Reichertshofen in Richtung Ingolstadt."

Der Pfarrer schmunzelte erleichtert. „Ah, daher. Ja wenn Ihr dort übernachtet habt, dann wisst Ihr nun wahrscheinlich sogar mehr als ich. Anselm redet recht gern."

„Das ist mir nicht entgangen", antwortete Wolf mit einem Lächeln.

Das Beinhaus lag nur dreißig Schritte vom Kirchenschiff entfernt auf dessen rechter Seite. Ein niedriges Gebäude, das halb in die Erde gebaut war. Vier schmale Stufen aus Stein führten hinab. Schnee und Eis häuften sich darauf. Es war rutschig und beide Männer mussten sich beim Hinabsteigen an der Mauer festhalten, die die Stufen beiderseits flankierte. Der Pfarrer drückte die dicke Tür auf und betrat von Wolf gefolgt das Gemäuer. Eine muffige feuchte Kälte schlug ihnen entgegen.

„Wartet, ich mache Licht", hallten die Worte des Geistlichen durch das Gewölbe. Irgendwo tropfte Wasser von der Decke herab. Der Pfarrer nestelte in seiner Kukulle herum. „Wo ist denn nur mein Zündzeug? Ah, da haben wir es ja."

Kurz darauf leuchtete die Flamme einer Kerze auf und erhellte den Raum spärlich. Der Pfarrer hielt die Hand vor die Flamme, dass sie durch den Luftzug nicht wieder verlöschen konnte, und lief tiefer ins Beinhaus hinein.

„So, hier ist es. Hier liegt der geschundene Körper des Kaufmanns. Kommt nur her. Seht nur, wie man ihn zugerichtet hat."

Der Pfarrer entfernte die Hand vor der Kerze und hielt sie näher an das Gesicht des Toten.

„Seht Ihr?"

Wolf sagte nichts, er war außerstande. Im flackernden Licht der Kerze sah er das entstellte Gesicht des Toten. Seine Kehle war von Ohr zu Ohr durchtrennt worden. Der Mörder hatte tief und fest geschnitten. Rotes Fleisch klaffte aus dem Schnitt. Geronnenes Blut, braun wie Rost, klebte im Bart und auf der Kleidung des Toten. Doch es war nicht die grausame Entstellung des Opfers, die Wolf Besigheim die Sprache verschlagen hatte. Es war die Tatsache, dass er den Toten kannte. Es war Giacomo di Vernaccia.

***

Wolf ritt nicht, er flog förmlich auf dem Rücken seines Hengstes durch die verschneite Landschaft. Vorbei an dem Hof des geschwätzigen Anselm Weidenflechter und weiter nach Ingolstadt. Er ließ die Stadt hinter sich und suchte sich ein Nachtlager in einem Weiler. Noch zweimal musste er übernachten, bis er die Silhouette der Reichsstadt Nürnberg endlich vor sich auftauchen sah und das erste Mal etwas durchatmen konnte.

Giacomo di Vernaccia war tot. Ermordet. Für Wolf kam nur einer infrage, der diese Tat begangen haben konnte. Jeckel Schmied, der ehemalige Gehilfe des Kaufmanns Benisch Stoltzer aus Frankfurt. Wer sonst hätte die Frechheit besessen, den Mord in einer Schänke zu begehen, vom vollen Schankraum nur durch zwei Lagen Holz getrennt? Und wer hätte vor allem einen Grund, den Italiener zu töten? Die Geschichte, dass es sich vermutlich um einen dahergelaufenen Mörder gehandelt habe, hatte Wolf dem Pfarrer in Markt Reichertshofen nicht abgekauft. Genau so wenig, wie er daran glauben konnte, dass es ein Zufall war. Als der Geistliche dann auch noch anmerkte, einigen Leuten in Reichertshofen sei ein Fremder mit einem bösen Gesicht aufgefallen, den man kurz vor der Tat gesehen haben wollte, waren Wolfs letzte Zweifel zerstreut worden. Giacomo di Vernaccia hatte das Dokument besessen. Es musste so gewesen sein. Niemals wäre er ohne es nach Italien aufgebrochen. Wolf hatte also die richtige Spur verfolgt, auch wenn ihm diese Erkenntnis nun nicht mehr allzu viel nutzte. Er war sich ganz sicher, dass es Giacomo di Vernaccia gewesen war, der wiederum Thomas Ulrepforte, den fanatischen Mönch und Judenhasser, auf dem Gewissen hatte. Er hatte dessen Leben im Dominikanerkloster zu Nürnberg ein jähes Ende gesetzt. Aber das alles bedeutete auch, dass Jeckel Schmied nun im Besitz des Dokuments war. Jeckel Schmied würde nach Frankfurt zurückkehren. Das lag für Wolf Besigheim ebenso auf der Hand, wie Giacomos Versuch, es nach Italien zu bringen. Vielleicht steckte

Benisch Stoltzer doch tiefer in dieser Sache, als Wolf es vermutet hatte. Vielleicht aber war Jeckel Schmied auch nur so sicher wie Wolf selbst, dass Abraham Siebenthal seine Goldmaschine irgendwo versteckt haben musste. Nach Nürnberg konnte Schmied nicht zurück. Das war zu riskant. Der Kontakt zu dem gelehrten Dominikaner war mit dem Tod von Thomas Ulrepforte gestorben. Welche Wahl hatte Schmied noch? Seine Männer waren tot und in seinem Dunstkreis würde sich kein Gelehrter finden, der der griechischen Sprache mächtig wäre. In der Frankfurter Gegend war er zuhause. Dort kannte er sich aus, hatte vielleicht Verbindungen. Dort würde er sich verstekken können und warten, bis er das Geheimnis des Dokumentes und der Goldmaschine würde lösen können.

Wolf musste zurück nach Frankfurt. Musste? Er war unschlüssig, denn noch eine viel größere Ungerechtigkeit wartete darauf, gesühnt zu werden. Etwa dreißig Ruten vor dem Tor hielt Wolf an. Er war müde von dem Gewaltritt, den er in den letzten drei Tagen hinter sich gebracht hatte und seinem Pferd ging es nicht besser. Er setzte sich aufrecht in den Sattel und starrte auf Nürnberg. Die Tore der Stadt waren geöffnet. Zwei behelmte Stadtbüttel in ihren bunten Uniformen standen je an einer Seite des massigen Torbogens. Sie traten auf der Stelle und bliesen sich Atem in die zusammengeballten Hände, um sie zu wärmen. Der Frost hatte die Welt in eisigem Griff. Genau in dieser Richtung verlief der Handelsweg weiter, durch Nürnberg hindurch. Er würde Wolf an Würzburg vorbeiführen und schließlich nach Frankfurt und Mainz geleiten. Doch er sah nach links. Dieser Weg führte nach Freiried. Bastian Greimold dort auf der Burg, die er Wolfs Eltern, geraubt hatte, die er verraten und ermordet hatte. Dort verschanzte er sich in einer Feste und auf einem schönen Stück Land, das ihm nicht gehörte. Und hier, vor den Toren der Stadt, saß der Mann, dem das alles rechtmäßig zustand, auf seinem Gaul in der Kälte; mit nicht viel mehr, als er am Leibe trug. In Wolf kämpfte es. Er hatte den Beweis, hatte die Aussage des roten Ziegenbocks. Er könnte Bastian

Greimold von Freiried den Besitz abnehmen. Niemand würde ihn daran hindern können. Doch dafür brauchte er Zeit und Geld. Mit Geld würde ihm vielleicht Benedikt Tössler aushelfen können. Viel brauchte er nicht. Was kosteten schon zwanzig, dreißig Söldner? So viel konnte es nicht sein. Tössler bekäme es zurück. Die Zeit müsste er sich jedoch nehmen und würde Schmied nicht länger verfolgen können. Wut kochte in ihm hoch. Vielleicht sollte er es einfach wagen, sich sein Leben zurückzuholen. Doch dagegen sprach das Versprechen, welches er Agnes Cramer gegeben hatte. Sie baute auf ihn. Er traf eine Entscheidung. Er hatte Agnes noch immer nicht geküsst.

Wolf ritt in Richtung Stadttor. Dort führte der Handelsweg Richtung Norden weiter nach Frankfurt. Ihm würde er folgen und nicht dem Ruf nach Gerechtigkeit und Rache. Noch nicht.

58

Burg Freiried
Montag nach Sankt Martin von Tours
12. November Anno Domini 1509

Bastian Greimold von Freiried speiste zusammen mit seinem Sohn Gottschalk zu Abend, wie er es oft zu tun pflegte. Es war ein einsames Mahl. Wie immer. Dem Grafen war vor drei Jahren die zweite Ehefrau weggestorben. Seine erste, Gottschalks Mutter, war so ungeschickt vom Gaul gestürzt, dass sie sich dabei den Hals gebrochen hatte. Die zweite war die Tochter eines Landadligen aus der Gegend von Würzburg gewesen. Der hatte sich nicht ohne Grund darüber gefreut, auch die letzte seiner drei Töchter mit fast dreißig Jahren unter die Haube gebracht zu haben, denn sie war hässlich gewesen wie die Nacht. Ihre Familie hingegen war wenigstens einigermaßen wohlhabend und einflussreich. Diese Ehe war für alle Beteiligten ein Zweckbündnis gewesen, nicht mehr. Bastian Greimold von Freiried hatte eine Gräfin gebraucht, die sich um das Gesinde und die Ordnung in der Burg kümmern konnte. Und eine, die ihm – bei düsterem Licht und mit etwas Fantasie und Würzwein – auf gräfliches Verlangen hin, Bettstatt und Unterleib wärmen konnte. Doch ihre Lungen hatten wohl das feuchtkalte Klima, das sich in den dunklen Tagen ständig wie ein unsichtbarer Nebel in den dicken Steinmauern von Freiried hielt, nicht recht vertragen. Nach monatelangem Husten, zu dem sich am Ende noch ein blutiger Auswurf gesellt hatte, war sie schließlich gestorben. Und sein Sohn? Die Zeiten waren hart. Obwohl er ein junger, nicht einmal unansehnlicher Mann war und immerhin ein Adliger, so wollte sich die rechte Verbindung nicht finden lassen. Eine Ehe musste bedacht sein. Sie musste sich rechnen, denn was nutzte einem die schönste Frau, wenn der Brautfamilie nur eine winzige Parzelle Land gehörte und sie politisch und wirtschaftlich unbedeutend war? Eine solche Braut kostete immer ein kleines Vermögen und sie konnte sogar den Mann überleben. Nicht auszudenken. Und zu hoffen, dass sie eines Tages von den Zinnen stürzte oder plötzlich einging, wie Bastian Greimolds letzte Frau, davon konnte man nicht ausgehen.

Aus diesen Gründen speisten die beiden Herren von Freiried wie immer allein vor dem Kamin in der Kammer des Grafen. Eine Magd trug die Speisen auf, stellte Wein und Wasser auf den Tisch und verschwand lautlos. Bastian Greimold von Freiried schmatzte und kaute und hatte sich gerade noch ein Stück Schweinebraten abgeschnitten, da klopfte es an der Tür.

„Verflucht! Kann man nicht einmal in Ruhe essen? Tritt' ein."

Ein Soldat betrat den Raum.

Bastian Greimold hielt das Stück Braten in den Fingern und sah ungehalten auf seinen Mann, der in der Tür stand. Diesem war anzusehen, dass es ihm lieber gewesen wäre, den Grafen nicht gestört zu haben. Die Wutausbrüche und Strafen seines Herren waren bekannt und wer konnte, versuchte diesen zu entgehen, wo es nur ging. Er hielt ein Bündel in der Hand. Ein Bündel aus Leinen, in das etwas eingewickelt zu sein schien.

„Ich hoffe, du hast einen triftigen Grund, deinen Herrn bei seinem wohlverdienten Mahl zu stören, sonst gnade dir Gott. Also?" Erst jetzt bemerkte der Graf das Bündel und deutete, ohne die Antwort des Soldaten überhaupt erst abzuwarten, mit ausgestrecktem Arm darauf. „Was ist das?"

„Ich weiß nicht, Herr. Ein berittener Bote hat es am Tor abgegeben, doch er war schneller wieder verschwunden, als wir gucken konnten."

„Das kann ich mir lebhaft vorstellen", sagte Graf Bastian zynisch. „Steh nicht dumm herum und gib' schon her. Von wem stammt es?"

Der Soldat zuckte mit den Schultern und entgegnete kleinlaut: „Wie gesagt Herr, er verschwand, ohne dass wir ihn fragen konnten. Er sagte nur, er solle ausrichten, Ihr würdet es verstehen."

„Nun verschwinde auch du besser, bevor ich dir Beine mache", herrschte der Graf den Mann an. Das ließ sich der Soldat nicht zweimal sagen, verbeugte sich hastig und tief, schritt rückwärts zur Tür und verließ sichtlich erleichtert den Raum.

„Was mag das sein, Vater?", fragte nun auch Gottschalk, der sich erhoben hatte und neugierig auf das Leinenbündel sah, das der Soldat auf den Tisch gelegt hatte.

„Bin ich Prophet?", antwortete Bastian Greimold von Freiried ungehalten. „Ich werde es öffnen, dann wissen wir es. Und danach essen wir weiter. So einfach ist das."

Der alte Graf nahm sein Messer, wischte sich die Bratenreste am Hemd ab und durchschnitt die Hanfkordel, die das Bündel zusammenhielt. Er drückte auf dem Bündel herum. Der Inhalt war weich, fühlte sich an wie Stoff. Doch wer sollte ihm einen Fetzen Tuch durch einen Boten zustellen lassen? Er drehte das Bündel so, dass die beiden umgeschlagenen Seiten nun zu ihm zeigten, und begann es behutsam auszuwickeln. Zum Vorschein kam tatsächlich ein Fetzen Stoff. Dreckig war er, dunkelbraun verfärbt, an den Rändern zerschlissen. Es war ein ärmelloses Hemd. Zögerlich nahm es der Graf heraus und hielt es hoch. Einst schien es weiß gewesen zu sein, doch es musste jahrelang in feuchter Umgebung gelegen haben, denn von seiner ursprünglichen Farbe war nicht mehr viel zu erkennen und es stank.

„Sieh nur Vater, ein Wappen! Dreh' es um! Wie eigenartig", sagte Gottschalk von Freiried plötzlich. Sein Vater wendete das Wappenhemd und legte es mit der Rückseite auf den Tisch.

Er schrie auf, taumelte rückwärts und konnte sich nur mit Mühe am Kaminsims festhalten. Gottschalk war wenigstens genauso erschrocken wie sein Vater.

„Mein Gott, willst du mich zu Tode bringen? Was ist denn nur los? Jemand sendet dir ein altes Hemd und du stirbst fast vor Schreck."

Bastian Greimold von Freiried war noch immer außerstande, ein Wort zu sagen. Er stöhnte und brabbelte unverständliche

Worte in seinen Bart. Speichel troff ihm aus den Lippen. Seine Augen waren vor Schreck geweitet.

„Dort steht ja etwas geschrieben", bemerkte Gottschalk, der das Wappenhemd nur von der Kopfseite her besehen konnte und ging um den Tisch herum. Er mühte sich redlich, die schlecht leserlichen Buchstaben zu entziffern, die dort mit Tinte ins Gewebe gezeichnet worden waren. Er griff sich die Kerze und hielt sie näher an den Stoff heran. „Du hast mich vergessen. Ich komme bald und hole mir, was mein ist, und du wirst büßen. Andreas", las er stockend und Wort für Wort vor.

Der Graf war an der Kaminmauer heruntergerutscht und saß nun neben dessen Öffnung auf dem Boden. Ihm war schlecht und schwindelig.

„Was hat das zu bedeuten?", wollte der Sohn des Grafen wissen und sah auf, „wer ist Andreas?"

Der Graf antwortete nicht. „Lass mich allein", flüsterte er stattdessen.

„Vater, was soll das alles? Wer ist Andreas?"

Plötzlich brüllte Bastian Greimold von Freiried „Geh'! Lass mich allein! Verschwinde!"

Gottschalk beherrschte sich. Er fühlte nicht viel für diesen Mann, doch er war sein Vater. Respektvoll deutete er eine Verbeugung an. „Wie du wünschst." Er verließ den Raum. Doch als er nachdenklich durch die Gänge der Burg von Freiried ging, immer noch ratlos über das Verhalten des Grafen, fragte er sich, was seinen Vater an einem verrotteten Wappenhemd so erschreckt haben konnte. Er verstand es einfach nicht. Und wer war dieser Andreas? Sein Vater schien ihn zu kennen, genauso wie das Wappen auf der Vorderseite des Hemdes. Gottschalk kramte in den Tiefen seiner Erinnerung. Doch so sehr er sich auch mühte, es wollte ihm kein Geschlecht einfallen, von dem er je gehört hatte, dass einen roten Ziegenbock als Wappen führte.

59

Mainz
Freitag vor dem dritten Advent
14. Dezember Anno Domini 1509

Agnes Cramer stellte den Eimer mit dem Brunnenwasser auf den Küchentisch neben dem Herd. Zum Abendessen sollte es einen Eintopf aus getrocknetem Wurzelgemüse, Kräutern und einem Stück Speck geben. Brot hatte sie gestern erst gebacken, so dass es gewiss war, ihren Bruder und seine Familie samt Greger und Grite satt zu bekommen. Bruder Valtin griff ihr und der Familie ihres Bruders Albertus Meister oft mit Lebensmitteln unter die Arme. Die schwatzte er der erzbischöflichen Küche ab und brachte sie entweder selbst vorbei oder ließ sie von Greger oder Grite abholen. Trotzdem war die Winterzeit für alle hart und entbehrungsreich.

Agnes mühte sich redlich, ihrem Bruder nicht zur Last zu fallen. Sie stand früh auf, noch lange bevor die Sonne über die Dächer von Mainz lugte, und legte sich erst weit nach Einbruch der Dunkelheit wieder schlafen. Auch Greger und Grite hatten ihre Aufgaben. Grite half ihrer Mutter und ihrer Tante, wo es nur ging im Haushalt. Greger für seinen Teil begleitete den Kaufmann Meister auf Märkte und räumte regelmäßig das Lager auf. Seit seiner Rückkehr aus Nürnberg war er sogar manches Mal mit dem Führen der Bücher betraut worden. Sein Onkel hatte sich mit Freude davon überzeugen können, dass die Zahlen eine von Gregers Stärken darstellten und vertraute ihm. Im Verhalten ihres Bruders war kein Murren, keine Unzufriedenheit zu entdecken. Doch Agnes wusste, dass er nichts dagegen gehabt hätte, einem tüchtigen Mann die Munt über sie abzutreten und hätte einer Ehe sicher eher heute als morgen zugestimmt. Freier waren jedoch nicht in Sicht. Wen sollte eine besitzlose Witwe mit einem zudem angekratzten Ruf schon interessieren? Dass sie einmal mit einem ehrbaren Frankfurter Kaufmann und Ratsmitglied verheiratet gewesen war, tat nichts mehr zur Sache. Im Gegenteil. Jokoff Cramer war enteignet worden und verstrickt in einen seltsamen Fall, der mit seinem Tode geendet hatte. Ein ruchloser Mord, dem ein düsterer Beigeschmack anhaftete. Man redete darüber. Das war nicht gut für den Ruf eines Mannes und seiner Familie. Männer, die sich für derlei Weiber interessierten, waren nicht die, die sich eine Frau oder ein Schwager wünschte. Also sah es so aus, als ob Agnes ihre Tage noch lange Zeit bei ihrem Bruder als Magd verbringen müsste.

Wenn es die Zeit zuließ, dann saßen alle abends in der verrauchten niedrigen Küche des Hauses von Albertus Meister zusammen, redeten, sprachen, spielten oder beteten gemeinsam um bessere Zeiten. Zum einen war die Küchenstube der mit Abstand wärmste Raum im Haus und zum anderen versuchten Agnes und ihre Kinder, die tiefsitzende Traurigkeit, die ihre Seelen umklammerte, im Kreise der Familie zu vertreiben. Doch sie kam immer wieder. Jede Nacht in den Träumen und sogar in den Gedanken des Tages. So wollte man wenigstens eine oder zwei Stunden lang beisammen sein und den Schmerz lindern. Manchmal stieß Bruder Valtin dazu, aß mit ihnen, sprach eine Andacht, erzählte Geschichten aus dem Leben Jesu oder seinem eigenen und spendete Trost und Zuversicht. Meistens brachte er bei dieser Gelegenheit wieder einen Korb mit Obst, Brot oder sogar Dörrfleisch mit, was die Freude über seinen unverhofften Besuch noch steigerte.

Auch heute war er überraschend zu Besuch gekommen und hatte wieder etwas mitgebracht.

Nach dem gemeinsamen Abendessen stellte Agnes die Reste des Eintopfes in die Speisekammer. Sie würden morgen gut nochmals davon essen können, denn sie hatte eine ausreichende Menge zubereitet. Grite und die Frau von Albertus Meister kümmerten sich darum, die Teller und Schüsseln zu säubern und zum Trocknen neben den Ofen zu stellen. Greger, Valtin und Agnes' Bruder saßen am Tisch und sprachen miteinander. Sie tranken warmes Würzbier und es würde gewiss nicht das letzte an diesem Abend werden.

„Danke für Eure Gaben, Bruder Valtin. Sie sind mir immer äußerst willkommen und ich stehe in Eurer Schuld."

Valtin lächelte. „Dankt nicht mir, Herr Meister, dankt seiner Eminenz, unserem Erzbischof Uriel von Gemmingen. Die Gaben stammen schließlich aus seiner Küche, nicht aus meiner. Ihr steht in seiner Schuld, nicht in meiner. Ich bin nur der Esel, der sie bringt." Dann lachte er herzlich über seine eigene Beleidigung.

„Wenn der Herr Erzbischof überhaupt davon weiß", wandte Greger scherzhaft ein, der sich allerdings gut vorstellen konnte, dass dieser keine Ahnung hatte.

Valtin nippte an seinem Bier und lächelte wieder. „Sein Herz ist noch viel größer als sein Vermögen. Von daher gibt er gerne, wo er kann. Ich muss es wissen, denn ich stehe in seinen Diensten und kenne ihn seit Jahren. Ist das nicht auch die ureigenste Bestimmung unserer Mutter Kirche? Den rechten Glauben an unsere Schäfchen zu geben und den Bedürftigen zu helfen? Abgesehen davon, wäre ich sonst ja ein Dieb. Will das jemand hier im Raum behaupten?", erhob er die Stimme in gespielter Entrüstung.

Agnes kam aus der Speisekammer zurück und schüttelte lächelnd den Kopf. „Wer wollte das je behaupten, Bruder Valtin? Ihr seid ein gütiger, weiser Mann und kein Dieb, selbst, wenn Ihr einer wäret."

Valtin blinzelte Agnes zu. Eine gescheite und starke Frau war sie, die den Kopf oben trug, ohne jemals hochmütig zu sein, die ihr Schicksal annahm, aber nie aufgab. Eine solche Frau war es wert, selbst den Papst zu bestehlen, wenn es darauf ankam, dachte er bei sich. Doch ein Geräusch unterbrach seine Gedanken.

Es klopfte. Mehrmals und fest.

Fragend schauten sich die in der Küche versammelten Menschen an. „Wer kommt denn jetzt zu dieser späten Stunde?" Albertus Meister brach als Erster das Schweigen und wollte sich erheben, doch Greger kam ihm zuvor.

„Bleibt nur sitzen, Onkel. Ich gehe schon, wenn es recht ist."

Albertus Meister nickte und Greger eilte zur Tür, denn es klopfte erneut. Es klang ungeduldig. Greger verschwand aus der Küchenstube. Angespannt lauschten alle auf die Geräusche, die aus dem Flur nach innen drangen. Schritte, ein metallisches Geräusch, das Knarren der Eingangstür. Stille. Dann ein erstickter Schrei. Albertus Meister, Bruder Valtin und auch Agnes sprangen auf und wollten nach vorne, nachsehen, was dort vor sich ging. Doch dann wurde die Haustür geschlossen und schnelle Schritte eilten herbei. Greger erschien in der Tür. Sein Gesicht glühte und seine Augen waren feucht.

„Mutter, Valtin, seht nur. Gott ist mit uns", stammelte er, doch weiter kam er nicht. Hinter ihm erschien die hochgewachsene Statur eines Mannes. Die Kapuze seines Umhanges tief ins Gesicht gezogen, die Haut rot vor Kälte.

„Guten Abend", sagte der Mann mit tiefer Stimme. Er musste den Kopf einziehen, um nicht an die niedrigen Deckenbalken zu stoßen. Er ließ ein Paar Satteltaschen auf den Boden fallen und streifte die Kapuze ab. „Ich bin zurück, so, wie ich es euch versprochen habe." Es war Wolf Besigheim und seinem Gesicht war anzusehen, dass er überglücklich war. Sein Blick fiel auf Agnes, die immer noch mit offenem Mund am Tisch stand und nicht fassen konnte, was sie sah.

„Wolf", hauchte sie nur. Tränen liefen ihr die Wange hinunter. War das Dasein auch nicht mit einem Schlag ein anderes, besseres geworden, so war dieser Mann wie ein Licht in ihrem Leben. Er strahlte Zuversicht und Hoffnung aus. Sie liebte ihn, hatte ihn eher geliebt, als sie es sich nach dem Tod ihres Mannes Jokoff hatte eingestehen wollen. Und nun war er zurück. Sie lief auf ihn zu und fiel ihm in die Arme. Fest umschloss Wolf sie und spürte die Wärme auf sich übergreifen, die der Körper dieser Frau ausstrahlte.

„Ich bin zurück, Agnes“, flüsterte er ihr ins Ohr, „alles wird gut.“

Sie löste sich von ihm und sah ihm in die Augen. Dann küsste sie ihn auf die Wange, auch wenn von seinen Lippen ein sinnlicher Strom unkeuscher Gedanken ausging, den sie kaum zu beherrschen imstande war. Nicht küssen, Agnes! Es durfte nicht sein, es ziemte sich nicht. Beide spürten den Schwindel, der von ihrem Verlangen ausging. Dem Verlangen, zueinanderzufinden, zu verschmelzen, die Welt sein zu lassen, ineinander aufzugehen und für den Bruchteil der göttlichen Ewigkeit den anderen zu fühlen wie sich selbst. Wolf lächelte und schob Agnes sanft von sich. Beide hatten es gespürt, beide wussten, dass die Zeit dafür noch nicht gekommen war. Valtin und die anderen hatten sich ebenfalls gefasst. Nun war es der Augustiner, der Wolf freundschaftlich in die Arme schloss.

„Wolf, dem Himmel sei Dank, Gott sei gepriesen. Ich vertraue auf den Willen unseres Herren und auf seine Güte und dennoch bin ich vor Sorge fast vergangen.“

Greger schloss sich an und begrüßte Wolf ebenfalls aus vollem Herzen. Fortwährend musste er sich mit dem Handrücken verstohlen seine Tränen fortwischen. Die unglaubliche Freude über das unerwartete Wiedersehen ließ sich nicht verbergen. Selbst Grite, die selten Gefühlsausbrüche an den Tag legte, umarmte Wolf. Der feuchte Schimmer ihrer Augen ließ auch hier keinen Zweifel daran, dass sie die Ankunft dieses Mannes, der so viel für sie und ihre Familie getan hatte, zutiefst ergriff. Albertus Meister und dessen Frau begrüßten Wolf mit festem Händedruck, aber nicht weniger herzlich. Dann setzten sich alle zusammen an den Tisch und es war nun an Wolf Besigheim, all das, was er erlebt hatte, all das, was geschehen war, zu berichten.

Albertus Meister und seine Frau wussten, was sie wissen mussten. Ihnen war bekannt, dass es um ein Dokument ging, ein Schriftstück, das für seinen Besitzer einen hohen Wert hatte. Und ihnen war bekannt, dass man es Jokoff einst entwendet hatte. Was aber wirklich darin geschrieben stand, das erfuhren sie nicht und so sollte es auch bleiben. Weder Agnes noch Valtin oder Greger hatten je ein Wort darüber verloren. Darum erzählte Wolf in seiner Geschichte nur von dem *Brief* oder dem *Schriftstück*, nannte es aber nie beim Namen. Nannte es nie einen Bauplan für eine Maschine, die Gold herstellen konnte. Seine eigene Geschichte, die Wahrheit über sich und seine Vergangenheit, war den anderen bekannt. Sie war kein Geheimnis mehr und Valtin und Greger hatten Agnes, Grite und die Familie ihres Onkels eingeweiht. Was hätte es genutzt, hätte man es ihnen verschwiegen? Wenig, denn sie konnten damit nicht viel anfangen. Für sie war es nur eine weitere Ungerechtigkeit in einer ungerechten Welt. Das Schicksal eines Mannes, den sie schätzten und der mehr für sie tat, als sie es umgekehrt hätten für ihn bewerkstelligen können.

Doch dass Wolf seinem Onkel, dem Mörder seiner Familie eine Nachricht geschickt hatte, verschwieg er. Bastian Greimold von Freiried wusste nun genau, dass sein eigener Neffe Andreas noch lebte. Das Wappenhemd sollte Beweis genug dafür gewesen sein. Wolf hatte es persönlich zur Burg gebracht und hoffte, es würde diesem ehrlosen Mörder schlaflose Nächte und ein angsterfülltes Leben bereiten. Wenn Wolf eines Tages die Mittel dazu hätte, würde er seine Albträume wahr werden lassen und Rache nehmen. Es würde nicht mehr lange dauern, denn sein Feind war nun aus Fleisch und Blut, kein Dämon, der in Wolfs Hirn tobte. Bis dahin sollte Bastian Greimold zittern.

Als Wolfs Erzählung geendet hatte, war seine Kehle trocken. Er sah in seinen Becher, doch der war leer. Ein Krug erhob sich wie von selbst und füllte ihn wieder mit warmem, duftendem Würzbier. Wolf lächelte Agnes an. Sie verfolgte jede seiner Bewegungen, hing an seinen Lippen, als wären sie das Ufer in einem tosenden Fluss.

„Ich danke dir, Agnes."

Valtin räusperte sich, als er die Blicke sah, die die beiden austauschten. „Du meinst also, Jeckel Schmied, dieser gottlose Geselle, hat Giacomo di Vernaccia auf dem Gewissen und nun das Dokument in seinem Besitz?"

Wolf trank einen tiefen Zug. „Ohne Zweifel, mein Freund."

Valtin donnerte mit der Faust auf den Tisch, dass die anderen zusammenfuhren. „Dann sollten wir Jakob Heller informieren, dass man in Frankfurt auf der Hut ist. Ich habe genug von diesem Mörder. Er muss gerichtet werden."

„Der Meinung bin ich auch", antwortete Wolf, „aber wir sollten damit warten, bis er sich zeigt."

„Wo sollte er sich zeigen?", fragte Greger erstaunt.

„Er kann mit dem Dokument nichts anfangen. Er kann es nicht lesen, denn dafür benötigt er jemanden, der des Griechischen mächtig ist. Er kann es aber auch nicht verkaufen, denn er weiß nicht einmal, was darin geschrieben steht. Welchen Preis will er verlangen?"

„Und wenn er es an Benisch Stoltzer verkauft?", wandte Agnes ein.

„Daran habe ich auch schon gedacht. Aber das wäre dumm von ihm, denn eigentlich gehört es ja Benisch Stoltzer und der wird ihm für seinen eigenen Besitz wohl kaum etwas zahlen. Eher landet Schmied im Turm oder am Galgen."

„Es gehört uns", entrüstete sich nun Agnes.

„Leider nicht", erläuterte Valtin. „Es *gehörte* eurer Familie, bis zu dem Tag, an dem ihr alles an Stoltzer verloren habt. Wolf hat leider recht. Eigentlich ist es Stoltzers Besitz."

„Zumindest ist er davon überzeugt", sagte Wolf, „aber das hält mich nicht davon ab, es für uns wiederzubeschaffen". Er schmunzelte diebisch. „Ich verfolge nur einen Mörder und Dieb. Was der so alles bei sich trägt, wer kann das schon wissen?"

Valtin rieb sich am Kinn. „Das ist ja alles schön und gut, aber wo ist Schmied? Ohne ihn ist auch das Dokument nicht aufzufinden."

„Vielleicht brauchen wir das Dokument gar nicht mehr“, sagte Wolf plötzlich und lehnte sich im Stuhl zurück.

Alle sahen ihn überrascht an. „Wie meint Ihr das?“, wollte Bruder Valtin wissen.

„Seht, Bruder Valtin, man hat viel Zeit zum Nachdenken, wenn man so durch die Lande reitet. Ich habe Euch doch erzählt, dass mir an Abraham Siebenthals Haus etwas aufgefallen ist, aber dass ich nicht wusste, was, nicht wahr? Könnt Ihr Euch erinnern?“

Valtin nickte.

„Ich glaube nun, zu wissen, was es ist.“

„Spannt uns nicht auf die Folter, Wolf. Heraus damit, was meint Ihr?“

„Es ist ein Fenster.“

Die am Tisch Sitzenden sahen sich verstört an.

„Ein Fenster?“, staunte Greger.

Wolf lachte. „Ja, Ihr denkt nun, der entbehrungsreiche Ritt und das Würzbier haben mir die Sinne geraubt, aber es ist wahr. Es ist ein Fenster, das mir die Augen geöffnet hat. Ich glaube, ich werde dem Haus des jüdischen Metallhändlers einen Besuch abstatten müssen, um zu erfahren, ob mich meine Sinne und meine Erinnerungen wirklich trügen oder ob ich recht habe.“

„So wie ich Euch kenne, werdet ihr mir nicht verraten, was Ihr damit meint, nicht wahr?“

„Ihr kennt mich gut, Bruder Valtin. Lasst mich nur machen. Ist es lediglich eine verrückte Idee, dann ist es eben so. Habe ich aber recht, dann erfahrt ihr es als Erstes.“

Valtin zuckte mit den Schultern. „Ihr müsst wissen, was Ihr tut. Aber bitte seht Euch vor. Das Haus des Abraham Siebenthal gehört noch immer Benisch Stoltzer, dessen Einfluss in Frankfurt nach wie vor hoch ist. Und mit Jeckel Schmied, diesem Halunken, ist wahrhaftig nicht zu spaßen.“

***

Wolf hatte es sich auf seinem Lager so bequem gemacht, wie es der harte Untergrund zuließ. Er nächtigte auf dem Boden in der Küche, denn seitdem Agnes, Greger und Grite auch bei Albertus Meister wohnten, war es schlecht um Schlafplätze im Hause bestellt. Wolf war trotzdem froh, hier zu sein. Ein paar steife Knochen am Morgen tauschte er liebend gerne gegen die Gewissheit ein, wieder bei Menschen aufzuwachen, die ihm etwas bedeuteten. Wie hatte er es all die Jahre nur ausgehalten, ohne jemanden, der auf ihn wartete? Jemanden, der sich nicht nur für seine Dienste interessierte, sondern für ihn, den Mann, den Menschen Wolf Besigheim. Oder war er nun bereits wieder mehr Andreas von Freiried, als er es sich selbst eingestehen wollte? Wolf wusste keine Antwort darauf. Dennoch war es ein Gefühl, das er zum ersten Mal in all den Jahren spürte. Es war neu für ihn und wurde ihm erst hier bewusst. Er tat etwas, ohne ans Geld zu denken, tat es für einen anderen. Nein, nicht für einen anderen, er tat es für Agnes. Denn natürlich war er überglücklich gewesen, seinen alten Freund Valtin wiederzusehen und auch Greger war ihm in der langen Zeit ihrer gemeinsamen Reise wirklich ans Herz gewachsen. Er hatte sich gut gemacht, der Junge. Greger trug das rechte Maß von Mut und Vernunft im Herzen. Ohne ihn wäre Wolfs Schicksal in der Hütte des Köhlers in den Wäldern von Freiried, als ihn Schmieds Schergen gefangen genommen hatten, vielleicht besiegelt gewesen. Auf Giacomo di Vernaccia hätte er nicht zählen brauchen. Greger war es, der die Männer seines Onkels zur Köhlerhütte geführt hatte, auch wenn er nicht wissen konnte, welchen Dienst er Wolf damit letztlich erwiesen hatte.

Vor allem war es Agnes, die Wolfs Herz höher schlagen ließ. Sie war es, wegen der er all das auf sich genommen hatte. Hatte Wolf es schon immer gewusst, sich nur etwas vorgemacht? Es spielte keine Rolle mehr, denn nun war er sich sicher, was er für sie empfand. Morgen würde er weiter nach Abrahams Geheimnis forschen. Für sie. Wolf wusste genau, was es mit dem Fenster auf sich hatte. Sein Gedanke klang verrückt, doch auf seine Nase hatte er sich noch immer verlassen können.

Plötzlich zuckte er zusammen. Die Tür zur Küche hatte sich leise geöffnet und jemand schlich auf lautlosen Sohlen hinein.

„Wer ist da?“, fragte er leise, um die anderen nicht zu wekken. „Greger?“

„Nein, ich bin es, Wolf.“

Es war Agnes Stimme.

Wolfs Herz schlug schneller.

„Was ist mit dir? Hast du etwas vergessen? Suchst du etwas?“

„Dich“, sagte sie bloß und kam näher.

Lediglich die Reste eines Holzscheits spendeten ein wenig verglühendes Licht. Ein schwacher roter Schein fiel unwirklich auf Agnes Cramer. Sie tastete sich durch den nahezu stockfinsteren Raum bis zu der Stelle vor, wo Wolf am Boden lag, und kniete sich neben ihn. „Dich habe ich gesucht“, flüsterte sie.

Ihre Hand fuhr zärtlich durch Wolfs Haar. Er griff danach und führte sie an seinen Mund. „Du hast zu mir gefunden. Endlich!“

„Habe ich das?“, fragte sie zögerlich.

„Ja, das hast du, bei Gott.“

Wolf küsste diese zierlichen Finger. Einen nach dem anderen, so zart und sanft, als könnten sie unter den kaum spürbaren Berührungen seiner Lippen zerbersten wie dünnes Glas.

Agnes sagte nichts mehr. Sie zog sich ihr Nachthemd über den Kopf und schob sich unter Wolfs Fell. Er konnte das Glühen ihres Körpers durch sein Leinenhemd spüren, den Druck ihrer Brüste an seinem Oberkörper. Ihr Atem ging schnell. Sie war nicht mehr dieses besonnene Eheweib und die besorgte Mutter, die Wolf kannte. Nicht mehr Agnes Cramer. Sie war nur noch Frau, nur noch sie selbst. Und sie war voller Sehnsucht und Leidenschaft. Sie wollte Wolf, wollte ihn wie ein Verdurstender das Wasser, koste es, was es wolle. Sie setzte sich mit angewinkelten Schenkeln auf Wolf, auf seinen Unterleib und zog das Fell über ihren Rücken. Dann ließ sie den Oberkörper nach vorne sinken, atmete in Wolfs Gesicht, in seine Seele hinein, griff nach seinen Haaren und fuhr mit beiden Händen hindurch. Ihre Lenden kochten und Wolf stöhnte auf. Küss' sie, du Narr! Du darfst sie küssen. Endlich! Ihre Lippen berührten sich. Vorsichtig tasteten sie nacheinander, umspielten sich, rieben einander, knabberten einen Hauch lang vom heißen Fleisch des anderen, zogen sich zurück, öffneten sich leicht, tauschten den Atem aus, bis sie begannen, sich aufzufressen. Sie küssten sich so leidenschaftlich, dass es nichts mehr sonst gab. Sie raubten Gott diesen Moment der Ewigkeit. Wie lange hatten sie auf diesen Augenblick gewartet? Ihre Zungen tanzten zusammen. Es war feucht, es war unendlich heiß und es gab nichts mehr, was in diesem Moment sonst noch Platz gehabt hätte. Agnes riss Wolf das Hemd vom Körper, zerrte es über seinen Kopf. Er presste Agnes an sich, spürte, wie sie sich für ihn öffnete, spürte die Hitze, das stechende Haar, den feuchten Spalt.

„Komm!", stöhnte sie und Wolf war in ihr. Sie küssten sich weiter, pressten ihre Körper aneinander, verbogen sich wie glühende Eisen, schnellten vor wie windgepeitschte Äste. Agnes bäumte sich auf, krallte ihre Finger in Wolfs Brust, ließ sich fallen, rieb ihren Leib an seinem und Wolf drückte ihr Gesäß mit aller Kraft an sich. Tiefer, nur tiefer wollte er hinein, eins sein mit dieser Frau, mit diesem Wesen, das ihn verwandelt hatte. Heiße Tropfen rannen von ihrem Hals hinab und durch das Tal zwischen ihrem Busen und Wolf trank sie. Er küsste sie überall, wohin seine liebstrunkenen Lippen nur gelangen konnten. Vier Hände suchten alles zu berühren, suchten die Steigerung dieses Verlangens, wollten diesen Augenblick bis in alle Ewigkeit verlängern und verkürzten ihn damit. Ein Beben erfasste die Liebenden und die Welt explodierte. Die Brandung dieser Woge verschüttete sie, begrub Agnes und Wolf unter sich, dass nichts mehr blieb als das reine Glück.

Erschöpft sank Agnes auf Wolfs Brust. Sie legte sich neben ihn, atmete noch immer in heftigen Stößen. Wolf hatte einen

Arm unter seinen Kopf gelegt, sah befriedigt und gedankenlos in die Dunkelheit des Raumes. Mit dem anderen Arm hatte er Agnes ein Nest gebaut, in das sie sich kuschelte.

Als ihr Atem sich langsam wieder beruhigte, sagte sie „Ich schäme mich."

Wolf hob den Kopf an und wendete seinen Blick zu ihr. „Weil du ein schlechtes Gewissen gegenüber Jokoff hast?"

Sie nickte. Wolf konnte es nicht sehen, aber er spürte, wie sich ihre Wange auf den Haaren seiner Brust auf- und abbewegte.

„Ich hätte warten können. Auch wenn ich es widerwillig getan hätte", fügte er hinzu und lächelte. Er zog den Arm unter seinem Nacken hervor und streichelte ihr über den Kopf, zupfte ihr die Haarsträhnen aus dem Gesicht, die an der feuchten Haut klebten. „Dein Mann ist tot. Du lebst, du musst weiterleben. Dort, wo er jetzt ist, spielen Dinge, wie wir sie gerade getan haben, keine Rolle mehr. Du hast zu ihm gestanden in der härtesten Zeit eures Lebens. Du warst ihm eine treue und gute Frau. Mehr kann ein Mann nicht verlangen und es ist mehr, als viele Männer von ihren Weibern bekommen. Glaube mir, du hast keinen Grund, dich zu schämen."

„Wir sind nicht verheiratet", warf sie ein. Doch der Einwand klang wenig überzeugt. Fast so, als suche sie händeringend einen Grund, um ihrem schlechten Gewissen Nahrung zu geben, das dabei war, durch Wolfs Nähe und seine Worte zu vergehen.

„Nein, das sind wir nicht, aber wir sind erwachsene Leute und haben einander gebraucht, tun es noch. Ist es nicht so?"

Wieder bewegten sich Wolfs Brusthaare.

„Auch ich habe deinen Mann geschätzt, habe sein Weib nicht angetastet. Nun habe ich es jedoch mit Freuden und ohne Reue getan, denn du bist nicht mehr sein Weib. Er ist tot und du lebst."

Wolf drückte Agnes an sich und er spürte, wie sie den Arm fest um seinen Oberkörper schlang.

„Ich liebe dich, Wolf."

„Ich dich auch“, gestand er ein und wunderte sich, wie heiß und unbekannt sich dieser einfache Satz anfühlte.

„Geh nicht mehr weg.“ Agnes kämpfte mit den Tränen und Wolf dachte nach. Schließlich sagte er: „Wenn ich dir das verspreche, dann würde ich lügen. Aber, dass ich zu dir zurückkehre, wie ich es jetzt bereits gemacht habe, das verspreche ich dir.“

Agnes fuhr hoch, löste die Umarmung und stützte sich auf ihrem Ellbogen ab. „Du willst fort?“ Ihre Stimme klang erregt.

„Ich will nicht, ich muss.“

„Wer sagt das? Warum musst du fort und wohin?“

„Ich muss meine Familie rächen. Ich will mir zurückholen, was mein ist und den Namen meines Vaters reinwaschen. Ich muss den Mörder seiner Strafe zuführen, muss zu Ende bringen, was ich in Nürnberg begonnen habe.“

„Kommst du zu mir zurück?“

„Natürlich. Glaubst du, ich verschwende das Wort Liebe, als hätte ich genug davon, um es umherzuwerfen? Ich habe das noch nie in meinem Leben zu einer Frau gesagt. Ich weiß, dass du Angst hast. Die habe ich auch. Ich habe erst in den letzten Monaten meines Lebens gemerkt, wie es sich anfühlt, einen Ort und Menschen zu haben, zu denen man zurückkehren will. Mein ganzes Leben lang habe ich gesucht, wurde getrieben von meinen Ängsten, von Dämonen, die mich quälten, Nacht für Nacht. Ich habe sie besiegt, weil ich nicht allein war und nun besiege auch du deine Angst, denn du bist nicht allein. Du sagst, dass du mich liebst. Ist es wirklich so?“

„Natürlich, glaubst du ich …“

„Aber vertraust du mir auch?“, schnitt ihr Wolf das Wort ab.

Agnes schwieg. „Ich habe Angst“, sagte sie ausweichend.

„Vertraust du mir?“, wiederholte Wolf seine Frage eindringlich.

Agnes atmete schwer. Nach einem Moment sagte sie „Ich will es versuchen.“

Wolf ließ den Kopf zurücksinken. „Siehst du, das ist auch ehrlich. Es ist gut. Versuche, mir zu vertrauen. Ich hoffe, ich mache es dir leicht."

Agnes schluchzte und fiel Wolf um den Hals. „Es tut mir Leid."

„Ich weiß. Es ist schwer. Ich nehme es dir nicht krumm. Ich liebe dich und ich werde zurückkommen."

„Wann musst du fort?"

„Ich weiß es nicht. Sobald ich diese Sache hier zu Ende gebracht habe. Wann das sein wird, weiß Gott allein."

Dann liebten sie sich ein zweites Mal.

60

Frankfurt am Main
Montag nach dem dritten Advent
17. Dezember Anno Domini 1509

Wolf hatte sich eine Verschnaufpause von zwei Tagen gegönnt. Dann hatte er sich am Montagmorgen auf die Reise von Mainz nach Frankfurt gemacht. Es kam ihm entgegen, dass die Tage kurz und dunkel waren, denn er legte keinen Wert darauf, dass man in Frankfurt zu früh von seiner Ankunft erfuhr. Er würde es nicht einmal Jakob Heller mitteilen, dass er angekommen war und es galt auf jeden Fall zu vermeiden, dass Benisch Stoltzer etwas davon mitbekam. Gerede und lästige Fragen brauchte Wolf nicht. Zudem war Stoltzers Bedeutung sowie sein Verhältnis zu Jeckel Schmied nicht zweifelsfrei geklärt worden, auch wenn sich Stoltzer stets bemüht hatte, Schmied Betrug an ihm zu unterstellen. Steckten sie dennoch unter einer Decke, lief Wolf Gefahr, dass er mit Jeckel Schmied aneinandergeriet. Nicht dass er sich davor fürchtete, im Gegenteil verlangte es ihm förmlich danach, mit diesem ruchlosen Verbrecher die Schwerter zu kreuzen. Doch nicht jetzt. Er brauchte weder einen Kampf noch Stoltzers Aufmerksamkeit. Nur das Resultat des keineswegs rechtmäßigen Unterfangens würde seine Tat im Nachhinein vielleicht rechtfertigen. Jedoch ohne einen Beleg für seine Vermutung wäre er nichts weiter als ein Gesetzesbrecher. Und Stoltzer könnte fordern, dass man Wolf dafür zur Rechenschaft zöge.

Wolf Besigheim wollte sich Zutritt zum ehemaligen Haus des Abraham Siebenthal verschaffen, welches seit dessen Tod Stoltzers Eigentum war. Es würde schwer genug werden, nach Einbruch der Dunkelheit unbemerkt über die Mauer zu gelangen, die das Judenviertel von Frankfurt an der Ostseite abtrennte.

Die Stadtwachen ließen ihn passieren, sahen nur kurz auf, als Wolf am Mainzer Tor eintraf. Er nahm sich wieder eine Kammer in der Schänke am Kornmarkt, in der er auch vor einigen Wochen mit Greger während der Suche nach dessen Vater gewohnt hatte. Er zahlte dem Wirt eine Woche im Voraus. Wolf wollte keine Fragen, keine Probleme. Sein Geld ging langsam zur Neige. Seine Geldkatze hing fast wieder so schlaff am Gürtel, wie sie es getan hatte, als er vom Hellerhof aus nach Mainz zum Erzbischof geritten war. Er hoffte, die Sache schnell zu Ende bringen zu können, denn entweder musste er zusehen, wie er Geld auftreiben konnte, oder sich doch Jakob Heller anvertrauen. Der hätte sich Wolf bestimmt nicht in den Weg gestellt, aber Antworten eingefordert und sicher nicht gutgeheißen, was Wolf vorhatte.

Wolf war kurz eingenickt. Es war ein oberflächlicher Schlaf gewesen. Traumfetzen der vergangenen Nacht, der Nacht mit Agnes, schossen ihm durch den Kopf. Er konnte sie nicht vergessen. Und er wollte es auch nicht. Nie mehr. Wolf setzte sich an den Rand der Bettstatt und fuhr sich durch Gesicht und Haare. Er musste einen klaren Kopf bekommen. Er stand auf und warf sich zwei Hände Wasser ins Gesicht. Der tönerne Wasserkrug und die Waschschüssel standen auf einem Tischchen in seiner Kammer neben dem Fenster zum Kornmarkt. Es dämmerte bereits. Die letzten Wagen rumpelten vom Platz und dunkle Menschengestalten verschwanden in den Gassen und Häusern. Der Markt leerte sich. Die bald hereinbrechende Nacht und Kälte des Winters vertrieben die Leute. Und das war gut, denn so gab es keine Zeugen.

Wolf zog sich das Hemd über. Dann band er sich seinen Schwertgurt um und hielt inne. Er durchdachte seinen Plan. Das Schwert war keine gute Idee. Die lange Waffe würde ihn nur behindern und Lärm machen, wenn sie gegen Wände schlug. Andererseits würde er sich gegen einen Angreifer mit seinem Dolch nur schwer verteidigen können. Schließlich traf er eine Entscheidung und legte den Waffengurt wieder ab. Er schob ihn unter das Holzgerüst der Bettstatt. Die Schänke war zwar nicht eine dieser dreckigen Spelunken, so wie man sie in Sachsenhausen, am gegenüberliegenden Ufer des Mains häufig vorfand und die von zwielichtigem Volk besucht wurde. Dennoch schien es Wolf angebracht, das Schwert nicht offen herumstehen zu lassen. Eine gute Waffe, wie seine es war, kostete ein halbes Vermögen. Er warf sich den Umhang über, den er von Benedikt Tössler in Nürnberg erhalten hatte und griff nach dem Bündel, das er sich eigens für seine Unternehmung geschnürt hatte. Eine Kerze, Zündzeug, ein Seil und eine Eisenstange hatte er darin zusammengepackt. Er hängte es sich um die Schulter und verließ den Raum. Dann schloss er die Tür seiner Kammer hinter sich und stieg die steile Treppe zum Schankraum hinunter. Viele Zecher hatten sich hier noch nicht versammelt. Lediglich ein Betrunkener schlief mit dem Kopf auf einem Tisch seinen Rausch aus. An einem anderen hatten sich vier einfache Kaufleute eingefunden, spielten Karten und lachten. Der Wirt stellte ihnen gerade ein paar Biere vor die Nasen. Als er Wolf erblickte, grüßte er stumm. Wolf verließ das Wirtshaus und trat auf den Kornmarkt hinaus. Er sah sich nach allen Seiten um, zog die Kapuze über und stapfte durch die dünne Schicht aus überfrierendem Schnee in Richtung Judengasse davon.

Wolf nahm nicht die Zeyl, sondern gelangte über Seitenwege und schmale Nebengassen zur inneren Stadtmauer. Er hörte das Rufen des Nachtwächters, doch es klang fern. Das Judenbrückchen, das westliche Tor zur Judengasse, war längst geschlossen. Er hätte es ohnehin nicht benutzt; man hätte sich seiner vielleicht erinnert. Stattdessen wandte er sich nach rechts, folgte der Fahrgasse in Richtung des Dominikanerklosters. Auf seinem Weg kam er am ehemaligen Haus der Familie Cramer vorüber. Das Gesicht von Agnes erschien ihm für einen Moment und Wolf spürte, wie Wärme durch sein Herz strömte. Schließlich erreichte er die Predigergasse und kurz darauf das Kloster des Frankfurter Dominikanerordens. Neben dem düsteren Gemäuer erstreckte sich der schmale Weg in die Dunkelheit hinein und reichte bis an die Mauer der Judengasse. Hier hatte er Benisch Stoltzer und Jeckel Schmied beobachtet. Damals, als sie – wie sich später herausgestellt hatte – ihren hinterhältigen Angriff gegen die Frankfurter Juden und die Vernichtung und Konfiszierung ihrer Schriften geplant hatten. Wolf hatte nicht vergessen, dass es sich um eine Sackgasse handelte, an deren Ende die Stadtmauer jedoch auf einem breiten Sockel fußte. Ihre Steigung verringerte sich dort mit zunehmender Höhe ein wenig. Zudem hatte er damals bemerkt, dass sie mit dicken Efeuranken überzogen war. Es war leicht, hier hinüber zu kommen. Der symbolische Wert dieser etwa zwei Mann hohen Bruchsteinmauer war bedeutend größer als sie selbst und – was für eine Ironie des Schicksals – sie grenzte genau an die Rückseite des Dominikanerklosters. Wie bissige Hunde wachten die Dominikaner über die Juden, jederzeit wieder bereit, gnadenlos zuzupacken. Wolf schlich durch die Gasse zur Mauer hinüber. Der Schnee knirschte leise. Die Dunkelheit verschluckte ihn. Neumond war erst vor einer Woche gewesen und das karge Licht des Himmelskörpers reichte noch immer nicht, um die Gasse wirklich zu erhellen. Er sah sich noch einmal um, dann erklomm er die Mauer. Es ging genau so leicht, wie er es sich erhofft hatte. Oben sah er sich um. Erfreut stellte er fest, dass er das Seil aus seinem Bündel gar nicht zu verwenden brauchte. Auf dieser Seite der Mauer klafften faustgroße Lücken im Gestein, so dass er ohne Schwierigkeiten hinabsteigen konnte.

Er hastete im Schatten der Häuser durch die Judengasse. Es war nicht mehr weit. Plötzlich presste er sich dicht an die Hauswand. Folgte ihm jemand? Er hatte ein Geräusch gehört und durchbohrte die Nacht mit seinen Blicken. Konzentriert lauschte er in die Dunkelheit hinein, die Hand am Heft seines Dolches, bereit, ihn einzusetzen. Doch da war nichts. Eine Katze schlich sich über die Gasse auf die andere Seite hinüber. Wolf schalt sich einen Narren. Wer sollte ihn verfolgen? Ein jüdischer Geldverleiher oder ein Goldschmied? Unfug. Er schlich geduckt weiter, bis er an das ehemalige Haus des Abraham Siebenthal gelangt war. Doch zuvor wollte er sich vergewissern, dass ihn sein Gefühl nicht getrogen hatte und er vielleicht alles umsonst auf sich nahm. Es war keine Menschenseele zu sehen. Mit drei geduckten Sprüngen überquerte Wolf die Gasse und schmiegte sich rücklings an das Haus, das dem von Abraham Siebenthal gegenüber stand. Das Mondlicht reichte gerade aus, um zu überprüfen, was er im Sinn hatte. Unter dem Dach des Hauses des ermordeten Metallhändlers und Erfinders, dort, wo die Traufe auf der rechten Seite an das Gefache der Hauswand stieß, befanden sich kleine Lichtschlitze. Vier kleine Glasfenster, nur eine Elle breit und einen halben Fuß hoch. Sie ließen zumindest ein wenig Licht in den bis unter die Decke mit Abrahams Gerümpel vollgestellten Dachboden. Vier kleine Fenster waren es. Wolf hatte genug gesehen. Er eilte leichtfüßig und schnell zum Eingang von Abrahams Haus zurück. Nun kam der riskante Teil seiner Unternehmung. Er musste hinein. Den Schlüssel hatte Benisch Stoltzer, doch Wolf hatte sich seinen eigenen mitgebracht. Aus dem Bündel zog er die Eisenstange hervor, deren Ende vom Schmied in Mainz flach geschlagen worden war. Wolf setzte im Türspalt an und drückte das Eisen so tief zwischen Holz und Rahmen, wie er nur konnte. Er zog an diesem Hebel, zuerst vorsichtig und dann immer fester. Das Öffnen der Tür ging recht einfach vonstatten. Sie gab nach und unter dem Splittern von Holz sprang sie plötzlich aus dem Schloss. Wolf hielt den Atem an, sah sich wieder um. Nichts. Späne rieselten auf den vereisten Boden. Er zog die Tür auf und verschwand im Dunkel des Hauses.

Wolf benötigte einige Minuten, bis er mit seinem Zündzeug den Zunder zum Glühen brachte und die daraus erwachsene Flamme auf die mitgebrachte Kerze gewandert war. Zuckend und knisternd fraß die Flamme Docht und Wachs. Als die Kerze schließlich nach einigen Augenblicken ruhig und gleichmäßig brannte und sich Wolfs Augen an die Lichtverhältnisse in Abrahams Laden gewöhnt hatten, erkannte er die Umrisse der Unordnung wieder. Hier hatte sich seit der unsäglichen Nacht der Bücherverbrennung, seit dem Mord an dem jüdischen Metallhändler, nichts verändert. Der neue Besitzer des Hauses, Benisch Stoltzer, hatte nicht für Ordnung gesorgt. Kreuz und quer lagen umgestürzte Kisten, Buchseiten, Eisen, Hölzer und zertrümmerte Teile umher. Wolf hielt die Kerze tiefer zum Boden hin. Ein rostbrauner Fleck getrockneten Blutes von der Größe eines Kopfes hatte sich in die Dielen gefressen. Graue Fäden klebten darin. Es waren das Blut und die Haare des alten Abraham Siebenthal. Wolf lief ein Schauer über den Rücken. Der Geist des alten Juden lebte in diesem Haus weiter. In jedem Gegenstand und jeder Ritze zwischen den abgelaufenen Bodendielen konnte Wolf ihn spüren. Es war sein Haus, seine Welt, Fremde hatten hier nichts zu suchen. Vielleicht hatte dies auch Benisch Stoltzer gespürt und das Haus daher so unordentlich gelassen, wie es war. Vielleicht vermutete Stoltzer ebenfalls, dass Abraham hier etwas versteckte und hatte es deshalb noch nicht erneuert und weiterverkauft oder vermietet. Wolf musste diesem Rätsel auf den Grund gehen. Und wenn es ein Geheimnis gab, das sich in den Mauern dieses Hauses verbarg, dann wusste Wolf, wo er es zu suchen hatte. Zielstrebig schritt er durch Unrat zur Stiege zum Dachboden.

Oben drückte er die Luke auf. Krachend fiel sie auf den Dachboden. Wieder lauschte Wolf. Hatte er nicht leise Schritte auf der Gasse vernommen, das Knirschen von Schnee? Nein, da war nichts, vielleicht wieder die Katze? Er stieg die letzten Stufen hinauf und streckte den Arm mit der Kerze nach vorne. Auch hier hatte sich nichts verändert, außer, dass nun noch mehr Spinnweben von den Dachsparren herunterhingen als zu dem Zeitpunkt, an dem Wolf das letzte Mal hier oben gewesen war. Kleine Schatten huschten zwischen dem Gerümpel umher. Hundertfache, tippelnde Schritte. Die Mäuse schienen sich hier oben prächtig zu vermehren. Er stand nun an der Giebelseite des Hauses zur Judengasse hin, doch was ihn interessierte, war an der rechten Seitenwand des Dachbodens zu suchen. Wolf hangelte sich so vorsichtig wie möglich zwischen dem Gerümpel hindurch. Er überstieg Laden, Kisten und Gestänge, doch es ließ sich nicht vermeiden, dass reihenweise Gegenstände scheppernd oder rasselnd zu Boden fielen. Immer wenn etwas umstürzte, biss Wolf die Zähne zusammen, sog zischend Luft durch die Zähne, hörte angespannt ins Dunkel hinein, ob ihn nicht jemand bemerkt hatte. Doch es schien niemand zu bemerken, dass er das Haus des Ermordeten durchsuchte.

Dann hatte er sich endlich durch die Berge von Teilen und Kisten bis zur Seite des Dachbodens hindurchgearbeitet. Nun erkannte er die kleinen Fenster, die er schon von der Judengasse aus geprüft hatte. Er zählte sie. Es waren drei. Sie lagen – wie schon von außen ersichtlich – jeweils etwa zwei Schritte auseinander. Doch es waren nur drei. Von außen jedoch waren vier Fenster zu sehen. Das Haus maß in seiner Breite ungefähr sechs und in seiner Tiefe etwa zehn Schritte. Wolf durchmaß den Dachboden mit den Augen, soweit es die schlechten Lichtverhältnisse zuließen. Nun, er mochte sich täuschen und sich um einen oder zwei Fuß vertan haben, aber es fehlte etwas. Es fehlten ein Fenster und rund drei bis vier Schritte des Bodens. Der Dachboden war erheblich kürzer als das Haus tief war. Das konnte nur bedeuten, dass sich hinter einer der beiden Giebelwände etwas verbarg, was etwa zwölf oder mehr Schritte im Quadrat als Grundfläche hatte. Es konnte nicht anders sein. Zur Gasse hin würde so etwas eher auffallen, als nach hinten hinaus, wo das Haus an die Stadtmauer grenzte und ohnehin nie jemand hinkam. Also bahnte sich Wolf seinen Weg durch Abrahams Hinterlassenschaften und schob sich eine Schneise zurecht, bis er schließlich vor der hinteren Giebelwand stand. Hier wollte er suchen. Wolf tropfte etwas Wachs auf eine Holzkiste und presste die brennende Kerze einige Momente hinein, bis das Wachs wieder erhärtet war und die Kerze hielt. Nun besah er Balken für Balken der Giebelwand und tastete mit den Händen die Struktur des Holzes ab. Seine Finger konnten einen kleinen Spalt fühlen, der sich durch alle Balken zog. Und hier, noch einer. Beide lagen nur einen Schritt auseinander. Wolf brach die Kerze aus dem harten Wachs und beleuchtete seine Entdeckung. Tatsächlich. Die Balken waren durchgesägt worden. Sauber gearbeitet, fein und sehr exakt geschnitten, doch wenn man es wusste, waren die beiden dünnen Spalte, die am Boden begannen und etwa in Brusthöhe endeten, nicht zu übersehen. Es war eine verborgene Tür, bei deren Einbau man sich allergrößte Mühe gegeben hatte, das zu verstecken, was sich hinter ihr befand. Wolf konnte kein Schloss entdecken. Er drückte und zog an der vermeintlichen Tür herum, doch sie hielt stand. Da stolperte er über eine kleine Stange. Er hob erneut die Kerze an und leuchtete hinab. Es war ein zum Griff gebogenes Eisen. Es stand nur einen Fingerbreit aus dem Holz heraus. Man konnte es nur durch Zufall entdecken, so geschickt, war das Stück Metall in das Holz eingearbeitet worden. Wolf kniete sich auf den Dachboden. Er drehte das Gestänge nach allen Seiten, doch nichts geschah. Er hob es an, drückte es zum Boden, es ließ sich nicht bewegen. Er drückte und zog es in jede erdenkliche Richtung. Plötzlich hörte er, wie hinter der Wand ein Riegel zu Boden fiel. Hatte sich die Tür bewegt? Rasch stand er auf und drückte gegen die Balken. Sie bewegte sich kein Stück. Dann krallte er seine Finger in die Fugen der Hölzer und zog. Plötzlich schwang die Tür derart überraschend leicht auf, dass er fast nach hinten umgefallen wäre. Ein schwarzes Loch gähnte ihn an. Er hatte den geheimen Raum des Abraham Siebenthal entdeckt. Aufgeregt griff er nach der Kerze und leuchtete hinein. Es verschlug ihm den Atem.

***

An der hinteren Giebelwand erhob sich ein Regal. Im oberen Teil standen Phiolen, kleine Fläschchen, Gefäße und Tiegel, soweit das Auge reichte. Gefüllt mit wässrigen Flüssigkeiten, Fetten, Stoffen, Gekörntem, Undefinierbarem. Darunter Werkzeug, Bleche, Drähte, Ketten, Kerzen, Eisenstücke. Links vom Regal ein Ofen. Der Abzug führte an der Rückseite des Giebels zwischen Haus und Stadtmauer hinaus. Wer hätte ihn je entdecken können? Auf dem Boden vor dem Regal standen Eimer, Schüsseln und Gefäße. Es roch verdorben, faulig und alt. Doch in der Mitte stand ein Tisch. Und darauf die Maschine, der Apparatus, das Wunder. Sie war golden, war rund, hatte zwei seltsame Öffnungen, die sich kunstvoll und wie dünne Schnäbel aus ihrer kugelförmigen Oberfläche erhoben. Die Kugel wurde von zwei Armen seitlich auf einer Achse gehalten. Diese Arme vereinigten sich in einem geschlossenen Behältnis, das direkt unter der Kugel saß. Dieses wiederum stand auf vier metallenen Füßen, eine Handbreit über einer Öllampe mit breitem Docht. Wolf folgte dem Licht der Kerze und sah, wie ein kleines Zahnrad an der Achse der Kugel angebracht war. Er bemerkte nicht das Knarren der Stiegen. Er sah wie dieses Zahnrad in ein anderes griff, auf dessen Achse ebenfalls ein Rad montiert war, auf dem wiederum ein dünnes und straff gespanntes Lederriemchen saß. Wolf hörte nicht die näher kommenden Schritte. Leise Schritte, wie von einer Katze im Schnee. Das Lederriemchen war mit einem etwa eine Elle langen Gestänge verbunden, auf dem weitere Rädchen saßen, die alle über filigrane gespannte Lederriemen mit noch mehr seltsamen Teilen verbunden waren. Modelle waren es, Miniaturen von Dingen mit komplexesten Mechaniken. Eine Windmühle konnte Wolf erkennen. Sie mochte hundert Mal kleiner sein, als in der Realität, doch es war unverkennbar eine Windmühle. Die Schritte verstummten, doch Wolf hörte nicht den Atem, der ihm fast im Nacken saß. Einen Lastkran, wie man ihn zum Löschen der Schiffsladung am Mainhafen verwendete, sah Wolf. Doch er sah nicht den Holzknüppel, der sich hinter seinem Kopf erhob und hart auf seinen Schädel niederfuhr. Wolf erkannte noch für den Bruchteil eines Augenblicks die Miniatur einer Wassermühle. Die Kerze fiel zu Boden. Dann wurde es schwarz und still.

Il dolce tempo ancor tutti c'invita
lasciare i pensier' tristi e' van' dolori:
mentre che dura questa brieve vita,
ciascun s'allegri, ciascun s'innamori.

Die angenehme Zeit fordert uns alle auf,
traurige Gedanken und unnützen
Kummer zu vergessen:
solange dieses kurze Leben dauert,
soll jeder froh sein, jeder sich verlieben.

Aus: Canti carnascialeschi,
Canzona dei sette pianeti
Lorenzo de'Medici (1449-1492)
Deutsche Übersetzung: Nino Barbieri

TEIL V
PRINCIPIUM FINISQUE

Anfang und Ende

61

Sankt Jobst
Montag nach dem dritten Advent
17. Dezember Anno Domini 1509

Benedikt Tössler eilte über den tief verschneiten Hof des Siechenhauses von Sankt Jobst. Sein Schreiber, ein dünner Mann mit ebensolchem, schulterlangem Haar und einem Vogelgesicht, eilte ihm hinterher. Seine Bewegungen waren staksig. Wie ein Kranich im Schnee. Unter dem Arm trug er sein Schreibzeug. Tössler hatte sofort nach ihm geschickt, als er Nachricht aus Sankt Jobst erhalten hatte, und sich umgehend hierher fahren lassen. Am Eingang zum Siechenhaus erwartete sie bereits der Abt.

„Kommt schnell, Herr Tössler, hoffentlich ist es noch nicht zu spät."

Die drei Männer eilten hektisch durch den Gestank und die Ausdünstungen der Aussätzigen. Der Schreiber stieß versehentlich einen Nachttopf um. Der dünnflüssige stinkende Inhalt ergoss sich über den Steinboden. Am Lager des Mannes, wegen dem Benedikt Tössler gekommen war, kniete ein weiterer Bruder. Er hatte die Hände zum Gebet gefaltet und sprach leise Worte. Als er die Männer kommen sah, blickte er auf und schüttelte bedächtig den Kopf.

„Ihr seid zu spät gekommen. Der Herr hat ihn vor wenigen Augenblicken zu sich geholt."

Kraftlos ließ der Nürnberger Kaufmann die Arme sinken. „Verflucht, hätte er nicht noch einen Augenblick warten können?"

„Herr Tössler, ich bitte Euch", empörte sich der Mönch, der sie geführt hatte. „Den Willen Gottes hat keiner von uns Geringen zu beurteilen."

„Ja, Ihr habt recht, Bruder“, gestand Tössler ein, „vergebt mein Aufbrausen, doch das protokollierte Geständnis dieses Mannes wäre äußerst wichtig gewesen.“

„Ich habe Euch nichts zu vergeben, Herr Tössler“, korrigierte ihn der Mönch schulmeisterhaft, „es ist Gott, den Ihr um Vergebung bitten solltet. Doch sagt, woher wollt Ihr wissen, dass es so wichtig war, was er uns zu sagen gehabt hätte?“

„Es war der Name des Mannes, den er in diesem Zusammenhang nannte. Auch nur deshalb habe ich mich so beeilt.“

„Wolf Besigheim?“

Benedikt Tössler nickte. „Ja, genau dieser. Er ist mir gut bekannt und ich lege meine Hand für ihn ins Feuer. Wenn dieser Tote da“, Tössler zeigte auf die blasse, von Aussatz grässlich entstellte Leiche, „wenn dieser etwas zur Fürsprache des Wolf Besigheim zu sagen hatte, dann war es wichtig.“

„Das werden wir nun nie erfahren. Gott sei seiner sündigen Seele gnädig“, sagte der Mönch am Lager des Toten und erhob sich.

Die Männer schlugen gemeinsam das Kreuz und sahen auf den Toten herab, der das Geheimnis des Andreas von Freiried mit ins Grab nehmen würde. Doch wie sollten sie das erahnen?

62

Frankfurt am Main
Montag nach dem dritten Advent
17. Dezember Anno Domini 1509

Wolf Besigheim fühlte sich wie in Flüssigkeit gefangen. Untergetaucht in einem Trog undurchdringlicher, zäher Brühe. Langsam nur kamen seine Sinne wieder frei. Die Geräusche wurden lauter, das Sichtfeld weitete sich. Blut klebte an seinem Hinterkopf. Man hatte ihn gut erwischt. Wie lange er ohnmächtig gewesen war, konnte Wolf unmöglich sagen. Aber dass sein Kopf schmerzte, als hätte er den Schlag eines Pferdehufes abbekommen und dass er sich nicht bewegen konnte, registrierte er sofort. Man hatte ihm die Hände auf den Rücken gebunden und den ganzen Oberkörper an einen Stützbalken des Daches gefesselt. Das Seil schnitt Wolf ins Fleisch und seine Handgelenke schmerzten. Der Täter schien ihn nicht nur handlungsunfähig machen zu wollen, sondern hatte gewiss wenig übrig für das Schmerzempfinden anderer Leute. Angestrengt hob Wolf den Kopf. Tränen machten ihm das Sehen schwer, doch er konnte viele helle Lichtpunkte erkennen, die vor ihm in Kopfhöhe zu schweben schienen. Er schüttelte sein Haupt und sah schließlich, dass es Kerzen waren, die auf dem Tisch mit der Goldmaschine aufgestellt und entzündet worden waren. Daneben erhob sich eine große Gestalt, dunkel und nur schemenhaft zu erkennen. Als der Mann bemerkte, dass Wolf erwacht war, wandte er sich zu ihm um.

Es war Jeckel Schmied.

„Ah, unser lieber Herr Besigheim ist wieder unter uns. Wie schön."

Schmieds Stimme barg Bosheit in sich.

„Ich dachte schon", fuhr er fort, „ich hätte zu fest zugeschlagen und würde mich selbst um das Vergnügen bringen, in dein Gesicht zu blicken, wenn du meinem Triumph beiwohnst."

Er lachte heiser und fügte hinzu: „Kurz, bevor ich dich für immer zum Schweigen bringe, du Hund." Diese Stimme nun war wirklich er selbst. Jeckel Schmied. Gnadenlos.

„Irgendwann wirst auch du deine Strafe erhalten", zischte Wolf.

Schmied beeindruckte das wenig. „Ja, das mag sein. Aber wenn überhaupt, dann gewiss nicht durch dich und gewiss nicht heute. Heute nämlich ist die Nacht, in der ich Gold machen werde und es ist die Nacht, in der du stirbst. Zwei schöne Dinge fallen auf einen Tag."

„Ich Idiot hätte besser aufpassen sollen", ärgerte sich Wolf leise, doch Jeckel Schmied verstand seine Worte.

„Ja, das hättest du wohl", pflichtete er Wolf bei. „Gräme dich nicht zu sehr. Wenn ich jemandem folge, dann ist es auch schwer, mich zu entdecken. Glaube mir, du bist nicht der Erste, dem es so ergangen ist. Aber ich muss sagen, dass du von allen, die ich bis jetzt zur Strecke gebracht habe, der Hartnäckigste warst. Das muss ich ohne Neid eingestehen. Und vielleicht honoriere ich es, indem ich dich schnell töte und nicht zu sehr leiden lasse. Mal sehen, wonach mir später ist."

„Du meinst, du willst mich nicht so quälen wie Jokoff Cramer, sondern rasch erledigen wie Giacomo di Vernaccia?"

Schmied drehte sich um. Das teuflische Lächeln setzte wieder ein. „Ja, genau. So in etwa. Doch nun störe mich nicht, ich habe zu tun, sonst schneide ich dir die Zunge heraus." Er sagte das so beifällig, fast schon höflich, als würde er sich ein Bier bestellen, aber Wolf wusste, dass er es todernst meinte.

Wolf lachte laut. „Du Narr willst mir doch nicht weismachen, dass du wirklich verstanden hast, wie man diese Maschine bedient?" Er zog wie beiläufig die Beine an und drückte sich rücklings gegen den Stützbalken. Das obere Ende des Balkens verjüngte sich ein wenig und Wolf konnte einen Nagel auf der

Rückseite des Balkens ertasten. Er war etwa vier Ellen über dem Boden ins Holz getrieben worden und stand wenigstens drei Fingerbreit heraus. Das war eine kleine Möglichkeit, doch besser als keine. Wolf schob sich mit leichtem Druck nach oben und tatsächlich konnte er mit den Fesseln über das Holz vorsichtig hinaufrutschen. Mühsam am Anfang, doch Stück für Stück ging es leichter.

Aber Schmied bemerkte es und sprang zu Wolf. Er trat ihm fest gegen den Oberkörper. „Ich warne dich", donnerte er, „ich kann dich auf Stunden quälen, bis du darum bettelst, dass ich dich erschlage wie einen tollen Hund. Ich weiß, wie man das macht, glaube mir! Bleib' sitzen und halt' dein Maul oder du wirst es bereuen!" Wieder trat er gegen Wolf. Der stöhnte und musste husten, als er wieder Luft bekam.

Schmied wandte sich erneut der geplanten Goldproduktion zu. Seine Stimme hatte diesen dämonisch freundlichen Klang eines Wahnsinnigen zurückerhalten. „Es ist ganz leicht. Der Judd hat es sogar auf die Maschine geschrieben. Auf Latein. Doch ich bin nicht dumm. Hier steht *aqua*, das heißt Wasser und dort steht *oleum*, was Öl bedeutet. Ich brauche das Dokument gar nicht mehr. Wozu? Die Maschine habe ich und sie gehört mir. Hier, schau, das Dokument. Ich schenke es dir. Hast du nicht ewig danach gesucht. Ich werde es mit dir zusammen verscharren, dann hast du es auf ewig bei dir. Schmied zog Abrahams Lederköcher unter dem Hemd hervor, öffnete ihn und entnahm das griechische Dokument, das Schriftstück, wegen dem so viele Menschen gestorben waren und das Wolf seit Monaten suchte. Mit einer gönnerhaften Geste warf er es vor Wolfs Füße.

„Du darfst es für immer behalten. Doch nun Ruhe, ich muss mich konzentrieren."

Wolf hörte, wie Schmied etwas aufschraubte. Er sah, wie er sich nacheinander zwei verkorkte Gefäße griff und etwas von deren Inhalt in verschiedene Öffnungen der goldenen Maschine goss.

„Verflucht, das war zu viel“, ärgerte sich Schmied plötzlich. Eine der Flüssigkeiten rann vom Tisch und tropfte auf den Boden. Der Geruch von Öl verbreitete sich in dem kleinen Raum. „Dann werde ich vom Wasser auch noch mehr hineingießen, damit beides wieder im Einklang ist. So wird es funktionieren.“

Er nahm noch einmal das erste Gefäß hinter sich aus dem Regal. Es gluckerte.

„So“, rief Schmied triumphierend. „Es ist vollbracht. Ein Wunder, das dieser Judd entdeckt hat. Wasser, Öl und Feuer zusammenbringen und man wird Gold erhalten. Nur das Verhältnis ist wichtig und das erledigt dieser Apparatus von ganz alleine, da bin ich sicher. Es sind diese vielen Gefäße und Röhren und kleinen Nachbauten, die alle zusammenwirken, um Gold zu machen. Vielleicht ist es Hexerei, aber da scheiße ich drauf, wenn ich erst einmal reich bin. Sieh gut hin, Besigheim. Du darfst als einziger Mensch mein Geheimnis betrachten.“

Wolf hatte erneut die Beine angewinkelt und drückte sich Handbreit um Handbreit langsam und vorsichtig wieder nach oben. Er durfte nicht aufgeben. Er hatte nur diese eine Möglichkeit. Wolf befand sich schon in der Hocke, als Schmied mit einer der Kerzen den Docht der Öllampe unter der Goldmaschine entzündete. Daraufhin trat er einen Schritt zurück, um jede Kleinigkeit des Wunders, das er nun erwartete, genau sehen zu können.

Doch es geschah nichts.

Zuerst.

Dann begann sich die Flamme der Öllampe immer weiter hinaufzurecken, leckte an dem Behältnis unterhalb der Kugel. Das Wasser darin gab nach einiger Zeit eigenartige Geräusche von sich. Es blubberte. Zuerst nur vereinzelt, dann immer häufiger und schließlich begann das Wasser zu sieden. Jeckel Schmied und Wolf starrten wie gebannt auf die Maschine. Es mutete seltsam an, fast grotesk, doch Schmied und Wolf, Täter und Opfer, schienen in diesem Augenblick vereint in ungläubiger Neugier. Keiner der beiden sagte etwas. Es gab nur noch die Maschine.

Und dann bewegte sie sich.

Die Kugel mit den beiden gegenüberliegenden Schnäbeln, gehalten von einer Röhrenkonstruktion, gelagert auf Achsen, deren eines Ende mit einem Zahnrad versehen war, begann zu rotieren. Dampf trat aus den Schnabelenden hervor. Es zischte und pfiff. Tropfen kondensierten Wassers bildeten sich am Austritt des Dampfes und fielen auf die Tischplatte herab. Die Flamme wuchs weiter. Sie war bestimmt schon einen halben Fuß hoch. Zu hoch für Wolfs Gefühl. Er erwachte aus seiner Starre und versuchte die Lage zu überblicken. Er drückte sich weiter an den Stützbalken, der ihn festhielt. Gleich würde er stehen. Jetzt spürte er den Nagel. Dick und rostig ragte er auf der Rückseite des Balkens hervor. Unter Anstrengung hob Wolf die gebundenen Hände hinter dem Balken an, bis er das Seil seiner Fesseln an das scharfkantige Metallstück herangeführt hatte. Er schabte mit den Fesseln darüber. Vor und zurück. Immer wieder. Er spürte, dass das Seil sich langsam aufzwirbelte und durchtrennt wurde. Schmied bemerkte nichts. Er starrte weiter wie gebannt auf die Maschine, die sich unter blubberndem Gezische immer schneller bewegte. Vom Atem der Schnäbel angetrieben, drehte sich die Kugel um die eigene Achse. Schneller, immer schneller, so dass ihre Konturen mehr und mehr verschwammen. Sie wurde zu einem goldglänzenden Objekt, das zu schweben schien und mit Leben erfüllt war. Die Achse trieb das Zahnrad an, dieses das nächste und dieses die Achse mit den Lederriemchen. Die Kraft der Zauberkugel mit den Dampf speienden Schnäbeln übertrug sich auf die Miniaturen. Die Windmühle drehte sich wie in einem Orkan und wackelte auf dem Tisch herum. Der Lastkran hob ein kleines Stück Holz an, nur um es, sobald es oben angelangt war, wieder fallen zu lassen und mit seinem Werk von Neuem zu beginnen. Das Wasserrad rotierte wie wild. Die ganze Konstruktion tobte. Dampf und der Geruch verbrannten Öls erfüllten die geheime

Kammer des Abraham Siebenthal mit dichten Schwaden. Wie der leibhaftige Fürst der Hölle stand Jeckel Schmied mit weit aufgerissenen Augen inmitten des Getöses und den Nebeln, die von der Maschine ausgingen. Ihr Atem, den sie fauchend in die Kammer spie. Seine Augen suchten nach dem Gold, das irgendwo aus der Maschine springen musste. Dieser Judd war ein Hexenmeister gewesen, da war sich Schmied gewiss. Niemand sonst wäre in der Lage gewesen, einen derartigen Apparatus zu bauen. Eine Höllenmaschine. Der Teufel selbst musste ihm geholfen haben. Vielleicht hatte Thomas Ulrepforte doch recht mit seinen Behauptungen. Die Juden standen mit dem Bösen im Bunde. Das Dokument stammte aus der Hölle, nicht aus Griechenland. Jeckel Schmied trat unter einem zischenden Schmerzenslaut noch einen weiteren Schritt zurück. Ein siedender Tropfen Wasser hatte ihn im Gesicht erwischt.

„Wo ist das Gold?“, rief er. „Wo ist es? Gib es mir, Siebenthal! Was geschieht hier?“

Wolf hatte das Seil durchschnitten. Er wand und schüttelte die Hände hinter seinem Rücken, bis es zu Boden fiel. Nun führte er die Arme nach vorne und bewegte Ellbogen und Schultern so, dass sich auch das Seil, mit dem er am Balken angebunden war, lockerte.

Unvermittelt drehte sich Schmied um.

„Diese Maschine macht kein Gold!“, schrie er. „Was ist das für ein Höllending? Was ist das für ein Dokument? Es ist verflucht!“ Dann sah er, dass Wolf sich der Fesseln entledigt hatte und verzweifelt versuchte, auch die restlichen Seile abzustreifen. Mit irrem Blick zog Schmied sein Messer und stürzte sich auf Wolf.

In diesem Augenblick explodierte die Maschine.

Es war nur ein dumpfer, kurzer Knall, doch von großer Wucht. Wolf spürte den Luftdruck im Gesicht. Die Kugel zerbarst. Splitter und kleine Teile flogen umher, bohrten sich ins Holz der Wände. Die Miniaturen stürzten vom Tisch, zerbrachen. Einige der Phiolen fielen aus dem Regal und zerplatzten auf dem Boden.

Schmied stand mit einem Mal ganz still. Er griff sich an den Rücken und ließ das Messer sinken. Mit leerem Blick starrte er Wolf an. Das Gesicht des Henkers verwandelte sich in das eines Gehenkten. Er suchte krampfhaft mit der freien Hand an eine Stelle seines Rückens zu gelangen, drehte und krümmte sich, wand sich wie ein Wurm am Haken. Als er Wolf dabei kurz den Rücken zuwandte, war es zu sehen. Ein großes Stück goldfarbenen Metalls steckte tief in Schmieds Lunge. Plötzlich drehte er sich wieder um. Blut lief aus seinem Mund. Er hustete.

„Dich nehme ich mit in die Hölle, Besigheim!", fauchte er und machte einen Satz mit erhobenem Messer auf Wolf zu, um ihm den Stahl in die Brust zu rammen. Wolf reagierte sofort. Die Fesseln hielten ihn noch immer fest am Balken. Er hob beide Beine gleichzeitig vom Boden an und trat Jeckel Schmied mit aller Kraft in den Magen. Der taumelte zurück, ließ den Dolch fallen und stürzte in den Tisch. Im Fallen riss er die Korbflasche voller Öl aus dem Regal mit sich, die neben ihm auf dem Boden aufschlug und zerplatze. Der Inhalt fing sofort Feuer. Jeckel Schmied brannte. Er schrie und versuchte die Flammen seiner ölgetränkten Kleider mit den Händen auszuschlagen, doch es gelang ihm nicht. Noch einmal erhob er sich brennend, haarlos und mit abgelöster Gesichtshaut aus dem Feuer. Wie ein Dämon tobte er. Dann brach er schreiend zusammen und stürzte in die Flammen.

Diese fanden reichlich Nahrung in der Kammer und verbreiteten sich schnell. Die ersten fraßen sich bereits auf den Dachboden hinaus. Abrahams Gerümpel würde bald Feuer fangen. Dann wäre es zu spät, um hier herauszukommen. Wolf wusste, dass er sich beeilen musste, wollte er noch lebend aus dieser Falle entkommen. Schließlich konnte er sich von den Fesseln befreien und stürzte vornüber auf die Knie. Es gab nur noch Flammen und Rauch. Haut und Lunge brannten wie das spröde Holz von Abraham Siebenthals geheimer Kammer. Durch das Knistern der Flammen hörte Wolf die ersten Rufe, die von der Judengasse hinaufklangen. Man hatte den Brand bemerkt und eilte sich, Wasser herbeizuschaffen. Auf allen Vieren kroch Wolf vorwärts, um möglichst wenig des todbringenden Rauches einzuatmen. Da bemerkte er ein Stück Pergament unter seiner Hand. Es war das Dokument. Er griff es und steckte es sich ins Hemd. Jeder, der es bis jetzt besessen hatte, war tot. Lastete wirklich ein Fluch auf diesem Schriftstück, dann würde er das hier nicht überleben. Doch das wollte Wolf herausfinden. Endlich war er an der Luke angekommen und ertastete mit den Beinen, wo die Stufen der Stiege begannen. Dann kroch er hustend und spuckend die Treppe zum Dachboden hinunter. In Abrahams Haus waren mittlerweile Nachbarn und Stadtbüttel eingetroffen. Jeder, der zwei gesunde Hände und einen Eimer sein Eigen nennen konnte, half mit. Die Männer bildeten eine Löschkette. Die Mutigsten kletterten die Stiege zum Dachboden hinauf, mit feuchten Tüchern vor Mund und Nase, und gossen das Wasser in die Flammen.

Wolf wurde von zwei Helfern ins Freie geleitet, wo er sich in den Schnee setzte und wieder husten musste. Er sah den Löscharbeiten zu. Das Haus würde einen beträchtlichen Schaden nehmen, aber es sah aus, als wären die Männer mit dem Wasser im richtigen Moment gekommen. Für gewöhnlich brachen Feuer im Erdgeschoss aus, dort wo der Kamin saß. Brannte erst einmal alles ebenerdig, so hatte man keine Möglichkeit mehr, das Dach zu retten und das Gebäude war verloren. Hier aber war das Feuer unter dem Dach ausgebrochen, so dass es nach oben hin nicht viel Nahrung finden konnte. Passte man auf, dass das Feuer nicht zum angrenzenden Haus übersprang und hatte genug helfende Hände, so hatte man wenigstens einigermaßen gute Aussichten, einen Brand einzudämmen.

„Seid Ihr das, Besigheim?“, fragte plötzlich eine Stimme. Wolf sah auf. Jakob Heller stand in Begleitung von Benisch Stoltzer und dessen Sohn vor ihm.

„Das, was von mir übrig ist“, antwortete Wolf.

„Was habt Ihr in meinem Haus zu suchen?“, donnerte Benisch Stoltzer los.

Wolf erhob sich. „Da frage ich doch Euch, was der gesuchte Verbrecher und Mörder Jeckel Schmied in Eurem Haus zu suchen hat?"

„Schmied war in dem Haus?" Jakob Heller sah Wolf ungläubig an.

„So ist es. Ihm haben wir dieses Feuer zu verdanken und mich wollte er auch töten."

„Wo ist er?", wollte Johann Stoltzer wissen.

„Da wo er schon seit Langem hingehört hätte. In der Hölle."

„Ihr werdet mir einiges genau ausführen müssen, Herr Besigheim", sagte Jakob Heller. „Aber das klären wir morgen. Habt Ihr eine Bleibe?"

„Danke, das habe ich. Soll ich mich morgen bei Euch einfinden?"

„Ja, kommt doch gegen Mittag auf den Hellerhof. Und überlegt Euch eine gute Geschichte, denn hier geht es um Mord, Brandstiftung und mehr. Ich werde noch zwei Ratsmitglieder als Zeugen dazubitten sowie Herrn Stoltzer, denn es geht ja um seinen Besitz. Ich vertraue Euch, Besigheim. Ihr kommt?"

„Gegen Mittag", antwortete Wolf, „mein Wort darauf."

„Gut", sagte Jakob Heller, „dann würde ich die Herren bitten, mich zu entschuldigen. Es sieht aus, als wäre die Gefahr eines Großbrandes gerade noch an uns vorübergegangen. Ich werde mich wieder schlafen legen. Mein Weib Katharina wird es mir danken."

Mit diesen Worten ging Jakob Heller in Begleitung der beiden Büttel davon.

„Was ist da geschehen, Besigheim? Ich bin nicht so vertrauensselig wie Euer Freund Heller."

Wolf sah Benisch Stoltzer zornig an. „Herr Stoltzer. Ihr habt wahrlich keinen Grund, Euch hier aufzuspielen. Schmied war Euer Mann und das Gerede in Frankfurt wird hochkochen, wenn man erfährt, was alles geschehen ist und wie Ihr da mit drinsteckt."

„Wagt es nicht …"

„Ihr droht mir?“, lachte Wolf. „Nur zu, das haben schon einige versucht. Wisst Ihr Stoltzer, eigentlich bedauere ich Euch. Ihr schwimmt im Geld und seid doch nur ein armer Hanswurst, der nicht genug bekommen kann.“

„Beleidigt meinen Vater nicht oder …“, brauste nun Johann Stoltzer auf.

„Oder was, Junge?“ Wolf sprach diesen kurzen Satz so scharf aus, dass es keiner weiteren Worte bedurfte. „Zügele dich und bleib, wo du bist!“ Dann fuhr Wolf fort. „Ich sage Euch nun, was geschehen ist und dann sage ich Euch, was geschehen wird. Keine Spielchen, sonst schwöre ich Euch, werdet Ihr mich kennen lernen. Kommt.“

Wolf ging ein Stück von Abrahams Werkstatt weg in Richtung des Untertores. Zögerlich folgten ihm Benisch Stoltzer und dessen Sohn. Fragend sahen sie Wolf an.

„Ihr wollt wissen, was vorgefallen ist, in diesem Haus? Nun gut, ich sage es Euch. Abraham hat tatsächlich die Goldmaschine gebaut. Es war kein Hirngespinst. Sie existierte.“

Benisch Stoltzer wurde blass.

„Was für eine Goldmaschine?“, fragte Johann Stoltzer völlig entgeistert.

„Oh, Ihr habt es nicht einmal Eurem Sohn erzählt. Das nenne ich wahrhaft verschwiegen“, bemerkte Wolf schmunzelnd. „Aber das ist einerlei und mir gleich. Jedenfalls braucht Ihr Euch aus zweierlei Gründen nicht darum zu grämen. Zum einen ist dieser Apparatus in Rauch aufgegangen, weil Jeckel Schmied ihn nicht recht zu bedienen wusste und einfach zu gierig war. Zum anderen hätte sie auch niemals Gold gemacht.“

„Was denn sonst, um Himmels willen?“, fragte Benisch Stoltzer bestürzt.

„Dampf. Sie hat einfach nur Dampf gemacht und Dinge damit bewegt. Es war ein Spielzeug, nichts weiter. Ich habe es genau gesehen. Das Spielzeug eines verrückten alten Mannes. Er hat uns alle zum Narren gehalten.“

Benisch Stoltzer stützte sich bei seinem Sohn ab. „Aber, das Dokument, die Maschine. Dann war alles umsonst, dann hat Schmied umsonst gemordet?“

„Ja, so sieht es aus. Wäre Abraham Siebenthal nicht schon von uns gegangen, spätestens heute hätte er sich totgelacht. Über die dummen Männer, die ernsthaft geglaubt haben, eine Maschine könne Wasser, Öl und Flammen in das begehrte Edelmetall verwandeln. Und das Dokument, das wir alle gesucht haben, das habe ich hier.“ Mit diesen Worten zog Wolf das Pergament aus seinem Hemd hervor und hielt es dem überraschten Benisch Stoltzer unter die Nase. Es war an den Rändern verkohlt und roch unangenehm nach Rauch, aber ansonsten war es unversehrt.

„Das Dokument“, flüsterte er und versuchte ein wenig des Lichtes der Fackeln in der Judengasse mit dem Pergament einzufangen. Er sah Zeichen, Skizzen, Formeln, aber er verstand es nicht. Dann griff er mit zitternden Händen danach, doch Wolf steckte es zurück in sein Hemd.

„Es ist meins“, sagte Benisch Stoltzer voller Zorn. „Es gehört mir.“

Wolf lächelte kalt. „So, tut es das? Ihr entscheidet, wie Euer Leben weitergeht, Herr Stoltzer. Ich habe Euch vorhin gesagt, dass ich Euch sagen werde, was geschehen ist. Das habe ich bereits getan. Ich versprach Euch auch, zu erzählen, was geschehen wird. Das will ich hiermit tun. Das Dokument ist verflucht, das steht für mich fest. Glaubt daran oder lasst es. Abraham Siebenthal ist tot. Er hat es von einem Florentiner Händler gekauft. Der ist auch tot. Dessen Vater hat es vor ihm besessen. Auch er ist Vergangenheit. Dann erhielt es Jokoff Cramer. Sein Schicksal dürfte Euch bekannt sein. Danach hatte es der Mönch Thomas Ulrepforte geraubt, um damit seine irrsinnigen Ideen einer von allem gereinigten Welt zu finanzieren. Er ist ebenfalls tot. Ermordet von Giacomo di Vernaccia, der seinerseits nun in der kalten Erde bei Markt Reichertshofen auf den Jüngsten Tag wartet. Ermordet von Jeckel Schmied, dessen verkohlten Kadaver Ihr in den Trümmern des Dachgeschosses hier finden werdet.

Keiner, der das Dokument je besessen hat, ist noch am Leben und keiner starb eines natürlichen Todes. Was sagt Ihr nun? Nichts, wie ich Eurem Gesicht entnehme."

Wolf verschränkte die Arme und ergötzte sich sichtlich an dem schockierten Gesichtsausdruck seines Gegenübers.

„Was wollt Ihr, Besigheim", zischte Benisch Stoltzer, „Geld? Wollt Ihr Geld? Wie viel?"

„Nein, kein Geld. Nur eine Sache fordere ich, dann wird niemand je von der Wahrheit erfahren. Nicht von Euren Verstrickungen und nicht von dem Dokument und der Maschine. Erfüllt meine Forderung nicht und ich schwöre Euch, dass ich Jakob Heller alles erzählen werde. Er wird mir glauben, seid Euch gewiss. Ich habe Fürsprecher in Diensten des Erzbischofs von Mainz, die meine Aussagen werden beeiden können. Deren Wort wiegt mehr als Eures. Es wird zu Diskussionen im Stadtrat kommen. Euer Name wird fallen, der Name Eurer Familie wird beschmutzt werden und Ihr werdet verlieren, was Euch am meisten bedeutet: Reichtum und Macht."

„Was geschieht mit dem Dokument. Ihr wollt es für Euch. Ihr wollt die Maschine bauen!"

„Nein, das will ich nicht. Ich werde das Dokument denen zurückgeben, denen es gehört. Ich will damit nichts mehr zu tun haben."

„Wem gehört es?"

„Einer mächtigen Familie. Mehr braucht Ihr nicht zu wissen."

„Ihr wollt kein Geld, also was wollt Ihr dann?"

„Ihr gebt der Familie Cramer Haus und Kontor zurück und vergesst Jokoff Cramers Schulden."

„Niemals!" Benisch Stoltzer tobte. „Ihr seid ein Dieb und Erpresser."

Einige der Helfer, die an den Löscharbeiten von Abrahams Haus beteiligt waren, wurden aufmerksam und begannen, einen Kreis um die drei Männer zu bilden. Wolf bemerkte das und befand, dass es nun an der Zeit war, die Diskussion zu beenden, um nicht noch mehr Aufmerksamkeit zu erregen.

„Ich wohne in der Schänke am Kornmarkt, Herr Stoltzer. Überlegt es Euch gut. Ich werde morgen Mittag hinaus zum Hellerhof reiten. Ihr werdet ja auch zugegen sein, wie ich vernommen habe. Das trifft sich gut, denn so könnt Ihr Zeuge meiner Schilderungen über Eure Missetaten werden. Was ich dort nämlich berichten werde, hängt von Euch ab. Und noch etwas. Falls Ihr dem verlockenden Gedanken verfallen solltet, mir einen Halunken wie Jeckel Schmied nachzusenden, lasst Euch gesagt sein, dass ich zuerst ihn und dann Euch in Stücke reißen werde. Dann hilft Euch niemand mehr, so wahr ich hier stehe. Gute Nacht."

Wolf ließ Benisch Stoltzer und dessen Sohn einfach stehen und machte sich auf den Weg zur Schänke. Er überquerte das Judenbrückchen, das trotz der späten Stunde wegen des Brandes wieder geöffnet worden war und ging in Richtung Zeyl. Plötzlich hörte er Schritte hinter sich. Wolf huschte blitzschnell in den Schatten einer Hauswand und duckte sich. Sein Dolch war in den Flammen geblieben. Schmied hatte ihn Wolf abgenommen, bevor er ihn an den Balken gefesselt hatte. Keine guten Karten, wenn man so auf einen bewaffneter Angreifer traf. Es blieben nur die Fäuste und die Überraschung. Der Verfolger kam um die Ecke. Wolf zögerte nicht. Mit einem Satz sprang er ihn an und riss ihn zu Boden. Mit einer Hand packte er ihn an der Gurgel, mit der anderen holte er weit aus und wollte dem Mann die Faust ins Gesicht schlagen.

„Herr Besigheim, nicht, ich bin es."

Wolf hielt inne. Er kannte diese Stimme. Er lockerte seinen Griff und fragte. „Wer bist du?"

Als Antwort kam zuerst ein Husten, dann sagte der am Boden Liegende: „Ich bin Johann Stoltzer. Ich bin Euch gefolgt, weil ich Euch von meinem Vater ausrichten soll, dass er auf Eure Forderung eingeht."

„Und dann schickt er dich?"

„Ich bin schneller zu Fuß als er", antwortete Johann Stoltzer ausweichend.

„So wie damals bei der Beerdigung des Kaufmanns Jokoff Cramer?“ Wolf schnaufte verächtlich. „Dein Vater ist ein Feigling, das ist die Antwort. Komm, steh’ auf.“

Wolf reichte Johann Stoltzer die Hand und zog ihn auf die Beine.

„Gut, einverstanden. Sag’ deinem Vater, dass ich meinen Teil der Abmachung einhalten werde, doch ich traue ihm nicht. Er soll mir die Eigentumsübertragung und den Schuldenerlass der Familie Cramer schriftlich bestätigen und unterzeichnen, mit seinem Siegel verbrieft. Stellt mir die Urkunde bis morgen Mittag in die Schänke am Kornmarkt zu, dann gilt es. Sonst nicht, verstanden?“

„Ja, Herr Besigheim.“

„Gut. Und noch ein Wort an dich. Überdenke, ob du so enden willst wie dein Vater, besessen vom Geld und ungeliebt. Wenn die Familie Cramer ihre Besitztümer zurückerhalten hat, solltest du dich einmal mit Greger Cramer zusammensetzen, sogar gegen den Willen deines Vaters. Auch ein Benisch Stoltzer wird nicht ewig leben und irgendwann einmal wirst du an seiner Statt die Geschäfte führen. Der junge Cramer ist ein heller Kopf, weitaus begabter als sein Vater, ein geschickter Kaufmann. Von ihm kannst du lernen, was Ehrlichkeit und Loyalität bedeuten. Denke darüber nach.“

„Das werde ich“, versprach Johann Stoltzer und ging in Richtung Judengasse davon.

63

Frankfurt am Main
Philippus und Jakobus, Freitag vor Ascensio Domini
3. Mai Anno Domini 1510

Der Atem des Frühlings wehte über das Land. So kalt der vergangene Winter auch gewesen war, desto zeitiger und wärmer hatte das Frühjahr begonnen. Vom Gottesacker vor den Toren Frankfurts aus konnte Wolf Besigheim die mit der Aussaat beschäftigten Bauern sehen. Mit ihren Ochsen, die im Joch vor die eisernen Pflugscharen gespannt waren, zogen sie tiefe Furchen in die braunschwarze Erde und brachten das Saatgut ein. Fuhrwerke fahrender Händler und Kaufleute strömten nach Frankfurt hinein. In einer Ulme, deren frischgrüne Triebe sich aus den Ästen reckten, balgten sich zwei Meisen um den besten Nistplatz. Die Luft roch nach Wiedergeburt und Erneuerung.

Wie zum Trotz reckte sich das steinerne Kreuz vor Wolf Besigheim aus dem Boden. Die ersten Moose hatten begonnen, es zu bewachsen und in ein paar Jahren würde es so aussehen wie die vielen anderen Grabsteine auf dem Friedhof vor der kleinen Kapelle. Es waren die Mahnmale des Vergänglichen. In ihnen war die Zeit vergangen und stehen geblieben. Sie erlebten den Frühling wie alles andere, doch waren nicht länger Teil von ihm.

† Jokoff Cramer †
Geliebter Vater und Ehemann
Geehrtes Mitglied der Frankfurter Kaufmannsgilde
Geboren zu Frankfurt am Main am
3. Mai Anno Domini 1464
Uns brutal und zu Unrecht genommen am
10. Oktober Anno Domini 1509

Wolf fuhr die gemeißelte Inschrift Zeichen für Zeichen ab und atmete hörbar aus.

„Was denkst du?" Agnes war zu ihm getreten und hakte sich unter.

„Ohne seinen Tod wären wir nicht hier. Ohne seinen Tod wären wir nicht zusammengekommen. Ihr wäret glücklicher."

„Schicksal ist, was man daraus macht und was Gott uns zugesteht. Ich mag nicht darüber nachdenken, was wäre, wenn es nicht so gekommen wäre. Wir hatten keine Wahl. Wir können nur das tun, was wir tun dürfen. Den Tod halten wir nicht im Zaum." Agnes strich Wolf über die Wange. „Was ist? Bedauerst du, wie es ist?"

Wolf lächelte. „Nein, gewiss nicht. Ich wollte nicht klagen, denn dazu gibt es keinen Grund, aber ich erkenne, wie alles zusammenhängt, wie klein eine Sache sein muss, um eine riesige Veränderung zu bewirken. Sieh nur, was alles geschehen ist. Greger und Dorothye haben geheiratet, du wirst bis Ende des Sommers Großmutter und ihr habt euren Besitz zurückerhalten. Es ist nur gerecht, dabei auch an die zu denken, die auf der Strecke geblieben sind."

„Ja, das stimmt, mein Liebster. Wir haben uns gefunden. Denkst du, Jokoff würde das gutheißen?"

„Wenn er noch leben würde, bestimmt nicht. Doch wenn er dich wirklich geliebt hat, wird er im Paradiese sein und wollen, dass du glücklich bist."

„Ich liebe dich, Wolf."

„Ich dich auch, meine Sonne. Doch nun lass uns gehen. Ich denke, wir haben genug Zeit bei den Toten verbracht. Wir sollten uns um die Lebenden kümmern und ich habe Greger versprochen, ihm heute noch im Lager zu helfen."

Sie bekreuzigten sich vor Jokoffs Grab und gingen über den steinigen Weg zum Ausgang des Friedhofs.

Agnes lächelte. „Du als Kaufmann, das hätte ich mir nicht träumen lassen."

„Ich bin auch kein Kaufmann“, gab Wolf schmunzelnd zurück, „ich helfe nur aus. Ich lebe als euer Knecht im Nebengebäude“, doch dann wurde sein Gesicht ernst. „Es ist nicht für immer, das wissen wir beide.“

Agnes nickte bedrückt. „Ich weiß, Wolf. Es kann nicht für immer sein. Die Leute reden bereits jetzt über uns. Selbst Jakob Heller hat dich darauf angesprochen und gemahnt, dass es keinen Grund gäbe, mit unserer Hochzeit noch länger zu warten. Meine Trauerzeit ist vorbei und niemand würde das Wort gegen unsere Verbindung erheben, nach all dem, was geschehen ist.“

Sie schritten den Weg nach Frankfurt entlang. Die Silhouette der Mainstadt erhob sich mächtig vor ihnen und bildete mit ihren Mauern einen scharfen Kontrast zum stahlblauen Himmel. Eine Schar schreiender Kraniche zog unmittelbar über ihren Köpfen vorüber und verschwand in Richtung Taunus.

„Aber das Wichtigste ist“, fuhr Agnes fort und senkte den Blick, „dass du noch nicht bereit dafür bist.“

Wolf schwieg. Wortlos ging er neben der Frau, der er sein Herz geschenkt hatte. Ein Fuhrwerk kam vorbei. Die beiden Männer auf dem Kutschbock grüßten. Wolf sah an ihnen vorbei.

Dann sagte er: „Du hast recht, Agnes, ich muss fort.“

„Wann?“, hauchte sie und ihre Augen füllten sich mit Tränen.

„Ich weiß es nicht, doch es wird bald sein. Ich komme wieder. Wenn du mir vertraust, dann warte auf mich.“

EPILOG

Frankfurt am Main
Eine Woche später …
10. Mai Anno Domini 1510

Die Stadtwachen nickten Wolf Besigheim zu. Es war noch früh. Der Morgen kündigte sich durch ein hellrotes Band am Horizont an, als er das Stadttor durchritt. Sein Herz war schwer. Er ritt in eine ungewisse Zukunft, zurück zu den Wurzeln seiner Vergangenheit und ließ dafür eine sichere Zukunft mit der Frau, die er liebte, hinter sich. Eine Familie, Freunde und einen Ort, an dem er Geborgenheit und Glück gefunden hatte. War es das wert? Er war außerstande, diese Frage zu beantworten. Und doch tat er es. Das Unrecht, das seiner Familie angetan worden war, musste gesühnt werden. Wenn er auch nichts gewönne, so sollten die, die dafür verantwortlich waren, alles verlieren. So wie es Wolfs Familie einst angetan worden war. Er fasste sich ans Hemd. Das verfluchte Dokument befand sich darin, eingerollt in einen neuen ledernen Köcher und angekohlt vom Brand in Abraham Siebenthals Haus. Der Geruch des Verderbens haftete ihm an. Die de'Medicis wollten Giacomo di Vernaccia soviel dafür zahlen, dass er sich zur Ruhe hätte setzen können. Genug für eine stattliche Truppe. Nun, seine Ruhe hatte Giacomo jetzt. Für immer. Vielleicht würde diese mächtige Florentiner Familie die gleiche Summe auch an Wolf aushändigen, wenn er Giacomos Auftrag zu Ende brächte? Geld war nötig, um die Pläne zur Rückeroberung der Freirieder Burg zu verwirklichen. Wenn Gott wollte, dann würde Wolfs Rechnung aufgehen. Dann hielt Benedikt Tössler auch das Protokoll des einzigen Zeugen der Untat gegen Wolfs Familie in den Händen, und er könnte den Nürnberger Stadtrat hinter sich bringen.

Ob Agnes bereits seinen Abschiedsbrief gefunden hatte? Sie konnte ihn nicht übersehen. Wolf hatte ihn mitten auf den Küchentisch gelegt, kurz bevor er sich davongeschlichen hatte wie ein Dieb in der Nacht. Wie gerne hätte er noch einmal ihre Lippen gespürt, ihren Duft in sich aufgenommen, doch es ging nicht. Er musste fort und wollte keine Tränen. Wolf würde wiederkehren. Zurück zu Agnes. Er würde sie zu sich holen, auf seine Burg. Ob sie ihn genug liebte, um ihm so sehr zu vertrauen?

Bestimmt. Wenn Gott wollte.

Er gab seinem Pferd einen leichten Schenkeldruck und ritt aus Frankfurt hinaus, hinein in die aufgehende Sonne.

- E N D E -

NACHWORT

Es hat sich bei historischen Romanen mittlerweile etabliert, dass die Leserschaft am Schluss einen kurzen Überblick über den Wahrheitsgehalt der der Geschichte zugrundeliegenden Tatsachen erhält. Also kurzum eine Antwort auf die Frage: Was hat sich so zugetragen und was ist den Hirnwindungen und der Fantasie des Autors entsprungen?

Diese Antwort will natürlich auch ich keinem Leser und keiner Leserin schuldig bleiben.

Das Herstellen von Gold ist ein ewiger Traum der Menschheit gewesen. Sicher gibt es auch heute noch Hobbyalchemisten, die davon zutiefst überzeugt sind, dass es einen Weg geben muss, Gold herzustellen. Das ist natürlich kompletter Unfug. Gold ist ein reines, chemisches Element, das bei der Explosion von Sternen entsteht, und kann daher nicht synthetisch hergestellt werden. Zumindest nicht mit den heutigen Technologien, aber gewiss niemals mit einem Zauberelixier.

Nichtsdestotrotz glaubte man im Mittelalter fest daran, dass es den Stein der Weisen geben müsse: Das Elixier, unter dessen geringer Zugabe man „unreine" Metalle, wie etwa Blei oder Eisen, in Gold verwandeln könne. Bis ins 19. Jahrhundert hinein hing man teilweise auch in Deutschland diesem Glauben noch an. Doch der Stein der Weisen konnte noch mehr. Rotwein beigemischt etwa, bezeichnete man das Resultat als trinkbares Gold, dass neben der Fähigkeit, alle Krankheiten zu heilen, auch die Verjüngung des Trinkenden herbeiführte. Gleiches galt für die Vermengung mit destilliertem Wasser, hier allerdings ohne den Effekt der Verjüngung. Immerhin.

Wie der Stein der Weisen auszusehen hatte, darüber stritten die Geister ebenso, wie darüber, wo er denn zu finden sei. Die Vermutungen reichten von einem tatsächlichen Stein über eine Essenz im übertragenen Sinne (nämlich der Liebe Jesu), bis hin zum Heiligen Gral höchstselbst. Ich unterstelle in meiner Geschichte, dass es sich dabei um eine Maschine gehandelt haben soll, die der jüdische Bastler Abraham Siebenthal auf der Grundlage des alten griechischen Dokuments aus der Sammlung der de'Medici gebaut hatte. Dass der Stein der Weisen wirklich existierte und solche Metalltransmutationen tatsächlich stattgefunden haben, das sollten immer wieder sogenannte „Augenzeugenberichte" bestätigen, die über Jahrhunderte hinweg immer wieder auftauchten. Oft allerdings belegte man einfach das ursprünglich zu verwandelnde Metall mit Blattgold, kassierte Geld von gleichermaßen beeindruckten wie geprellten Opfern und verschwand danach schleunigst. Fertig war der Betrug.

Fest steht jedenfalls eines: Wer den Stein der Weisen besessen hätte und damit gleichsam die Fähigkeit, Gold herzustellen, dessen Macht wäre unendlich groß gewesen, wie man sich leicht vorstellen kann. Kein Wunder also, dass jeder gerne in Besitz dieser Macht gekommen wäre und alles daran setzte, das auch zu erreichen. Das, was Abraham Siebenthal jedoch wirklich gebaut hat, hatte mit einer Goldmaschine nichts zu tun (im Übrigen heizte der Irrtum einer ungeschickten Übersetzung die Verwirrung noch weiter an. Das italienische *Macchina d'oro* wurde als *Goldmaschine* übersetzt, allerdings wäre *Maschine aus Gold* erheblich treffender gewesen, obwohl nicht einmal das stimmte, sondern sie lediglich golden glänzte). In Wirklichkeit fiel Abraham nämlich ein Dokument in die Hände, das den Bau der *Aeolipile des Heron* beschrieb. Ein solches Dokument könnte die Zeiten durchaus überdauert haben. Die erste Dampfmaschine wurde nämlich nicht erst im 18. Jahrhundert geschaffen, sondern bereits vor über zweitausend Jahren von diesem genialen Erfinder und Denker aus Alexandria. Warum sie jedoch so lange in Vergessenheit geraten ist, können selbst Historiker heute kaum mehr beantworten. Dieses Wunder ist fast ebenso groß wie das der frühen Erfindung selbst. Technisch sicher ein äußerst einfaches Gerät, eine Kugel, die sich mithilfe zweier Dampfauslässe um die eigene Achse drehte. Das Drehmoment dürfte hierbei klein gewesen sein, wahrscheinlich viel zu klein, für wirkliche Anwendungen, doch Nachbauten haben erstaunliche Drehzahlen von einigen Hundert pro Minute ergeben. Sie drehte sich wirklich und zwar nicht durch Muskelkraft, sondern rein durch physikalische Kräfte und das zudem unabhängig vom Einsatzort, wie etwa einem Fluss, der dies durch Wasserkraft hätte bewerkstelligen können. Das war ein Novum. Für damalige Verhältnisse auch ein Wunder.

Abraham Siebenthal ist ein wenig verrückt und doch hat er als einziger begriffen, welche Macht in dieser Idee steckt, hat die Maschine nachgebaut und sogar kleine Anwendungen dafür konstruiert. Bis zur ersten wirklich anwendbaren Dampfmaschine des Erfinders Thomas Newcomen (nein, nicht James Watt hat die erste entwickelt, sondern dieser Mann und zwar bereits über fünfzig Jahre vor ihm) sollten noch zweihundert Jahre ins Land gehen.

Fragen Sie sich einmal selbst, wie die Welt heute aussehen würde, wenn die Dampfmaschine einige Hundert Jahre früher entdeckt worden wäre. Ob sie besser wäre, wage ich nicht zu beantworten, aber fortschritlicher in jedem Fall.

Die Geschichte beginnt in Frankfurt im September 1509. Schon kurz darauf findet die Bücherkonfiskation statt, bei der hebräische Bücher und Schriften beschlagnahmt und verbrannt werden. Dies ist genauso historisch belegt wie die Person des Hetzers und Antisemiten Johannes Pfefferkorn, der die Aktion auf Befehl Kaiser Maximilians leitete. Der zum Christentum konvertierte Jude Pfefferkorn behauptete – wie viele andere Fanatiker seiner Zeit – die hebräischen Schriften würden Christenhetze beinhalten und sich ketzerisch gegen Gott und Kirche wenden. Die Dominikaner unterstützten diese Aktionen vielerorts. Allerdings gab es in Frankfurt auch Widerstand. Der Stadtrat war genau so gespalten wie die Frankfurter Bürger, jedoch mehrheitlich gegen diese Umtriebe und verbot sie kurzerhand. Den Ablauf der Bücherkonfiskation habe ich mir ausgedacht, jedoch legen Quellen nahe, dass es sich so ähnlich zugetragen haben muss.

Der reiche Kaufmann und Tuchhändler Jakob Heller existierte wirklich. Die Quellen beschreiben ihn als frommen Mann im christlichen Sinne. Er war äußerst einflussreich, ein großzügiger Spender kirchlicher Kunst und sogar zweimal Bürgermeister von Frankfurt. Meine Unterstellung, er habe sich gegen die Antisemiten engagiert, ist frei erfunden, aber durchaus vorstellbar. Heller verfügte über beste Verbindungen nach Nürnberg und war mit Albrecht Dürer persönlich bekannt. Sein Nürnberger Freund Benedikt Tössler ist jedoch meiner Fantasie entsprungen, genauso wie der Stadtrat und Kaufmann Benisch Stoltzer sowie die Familien Cramer und Hausner.

Der Erzbischof Uriel von Gemmingen hingegen (dessen Nachfahre übrigens unter Papst Benedikt XVI. bis 2009 Sprecher des deutschsprachigen Radio Vatikan war) existierte, wie ich ihn beschrieben habe. Er stand gegen die Verbrennung jüdischer Schriften und beschwerte sich energisch bei Kaiser Maximilian darüber, der die konfiszierten Bücher auf Druck einiger Städte und einflussreicher Kleriker später zurückgeben musste.

Wolf Besigheim alias Andreas von Freiried gab es nicht. Das Geschlecht der Freirieder habe ich mir ausgedacht, genauso wie den gleichnamigen Forst, die Freirieder Burg und Kloster Besigheim. Zwar gibt es einen Ort in der Nähe von Nürnberg, der mir als gedankliche Vorlage diente, jedoch hat dieser mit meiner Geschichte nichts zu tun. Allerdings existierten für Andreas sowie seinen Onkel Bastian Greimold echte Vorbilder. Beide stammen aus dem Odenwälder Ritterkanton. Auch das Meucheln des Ganerben fand dort so ähnlich statt, allerdings ein paar Jahrzehnte vohrer. Weil die Geschichte nicht gerade rühmlich war, möchte ich hier keine Namen nennen.

Die Familie de'Medici musste damals wirklich aus Florenz vor dem Stadtrat und den aufgebrachten Bürgern nach Urbino fliehen. Genauso wie es Alfonsina Orsini (die es gab) im Beisein ihres Sohnes Lorenzo II. (den es gab) Giacomo di Vernaccia (den es nicht gab) schilderte. Der gleichnamige Großvater von Lorenzo II. de'Medici war tatsächlich ein Mäzen und Kunstsammler, der aufgrund seines unermesslichen Reichtums eine der größte Privatsammlungen von Schriften und Folianten im Abendland besaß.

Wenn also jemand auch ein Dokument besessen haben könnte, das die Aeolipile des Heron beschrieb und in den Unruhen der Vertreibung der de‘ Medici aus Florenz verloren ging, dann er, und wer weiß schon, was noch alles in den alten Familienarchiven schlummert?

DANKSAGUNG

Ich möchte mich bei allen bedanken, die mir beim Verfassen dieses Romans auf die eine oder andere Art und Weise zur Seite standen, auch bei denen, die hier keine namentliche Erwähnung finden. Sollte ich jemanden vergessen habe, so geschah das ohne böse Absicht.

Dank gilt meinen Montségur-Autorenkollegen und -kolleginnen BettinavC, PeterW, hpr, Marcel, Kornelia, SabineG und Elfirina, die mich beim Entwurf konstruktiv kritisiert und unterstützt haben, meinen Testlesern Holger und Wiltrud sowie meiner Lektorin Sibylle Schmidt. Einen besonderen Dank möchte ich meinen unermüdlichen Testlesern und Freunden Peter und Hertha sagen, die sich wirklich von keiner meiner Geschichten abschrecken lassen sowie meinem Vater, ohne den vieles in meinem Leben nicht möglich gewesen wäre, in letzter Konsequenz auch nicht dieses Buch.

GLOSSAR

Amicus	lat., Freund
Bettstatt	Alter Begriff für Bett oder Lager
Capelli di ferro	ital. Eisenhaare (Anm.: Erfindung des Autors)
Casus	lat., Fall / Angelegenheit
Consecratio basilicae lateranae	lat., das kirchliche Fest Weihetag der Lateran-Basilika
Dicere argentum, silere aurum est.	lat., Reden ist Silber, Schweigen ist Gold.
Dio santo	ital., wörtlich: Heiliger Gott, frei: Guter Gott oder: Um Himmels willen.
Documento greaco di Alessandria	ital., Griechisches Dokument aus Alexandria
Domini canes	lat., *Die Hunde Gottes.* Mittelalterliche Beleidigung für die Dominikanermönche, die sich in der Verfolgung von Andersdenkenden, insbesondere als Inquisitoren, hervortaten und dabei oft mit äußerster Härte und Brutalität vorgingen.
Ego te absolvo a peccatis tuis in nómine Patris et Fílii et Spíritus Sancti	lat., Ich erlöse dich von deiner Schuld {Anmerkung: eigentlich „von deinen Schulden"} im Namen des Vaters und des Sohnes und des heiligen Geistes.
Elle	Altes Längenmaß. Hier ist die Frankfurter Elle gemeint, die 54,73 cm entsprach.
Florin	(Abkürzung „fl.") entspricht einem (Gold-) Gulden, also ganz grob zwischen 5.000 und 7.000 Euro nach heutiger Kaufkraft.
Fuß, das	Alte Längeneinheit. Ein (hessisches) Fuß entsprach 25 cm, hier also sind 15 Fuß etwas weniger als 4 Meter.
Ganerbe	Gemäß altdeutschem Erbrecht konnten die Ganerben über gemeinsames Familienvermögen nur gemeinsam verfügen, wenn dies vom Erblasser so gewünscht wurde. Dabei handelte es sich oft um Land, Schlösser oder Burgen

(die dann als Ganerbenburgen bezeichnet wurden). Zwar wurden solche Ganerbschaften vertraglich geregelt, doch, wie man sich unschwer vorstellen kann, kam es darüber häufig zu Fehden und Streit.

Goldgulden Er entsprach 240 Silberpfennigen, bzw. 20 (Silber-) Groschen und hätte heute in etwa eine Kaufkraft von rund 1.000 bis 2.000 Euro. Später (ab Mitte des 16. Jhds. Und z.T. auch schon zuvor) wurden auch reine Silbergulden geprägt, da der Goldgehalt des Gulden mehr und mehr nachließ. Es wurde versucht, diesen Silbergulden in seiner Kaufkraft mit dem Goldgulden gleichzusetzen, was jedoch misslang. Der Gulden hatte denselben Wert wie ein Florin oder eine Dukate.

Gran Alte deutsche Maßeinheit. Ein Gran (Herkunft als römisches Gran wahrscheinlich von „Gerstenkorn") wog recht genau 47 mg.

Groschen Alte deutsche Münze. Im Mittelalter entsprach der Wert des Groschens (auch Solidus oder Schilling genannt) nicht 10 Pfennigen, wie wir es noch aus D-Mark-Zeiten kennen, sondern 12 (einem Dutzend). Seine Kaufkraft war auch weitaus höher und betrug in etwa 200 bis 300 Euro.

Heller Der Heller (auch Haller genannt, wegen seiner ursprünglichen Herkunft aus der Stadt Hall am Kocher [heute Schwäbisch-Hall]) hatte den Wert eines halben Pfennigs. Heller wurden seit etwa 1228 als Silbermünzen (Häller Pfennige) geprägt, die „Händelheller" hießen (meistens war auf ihnen eine Hand abgebildet). Im Laufe der Zeit wurde der Silbergehalt zugunsten von Kupfer jedoch nahezu aufgegeben, so dass der Heller schließlich verschwand. Es gab – je nach Metallgehalt – weiße, rote und schwarze Heller. Der alte Spruch, den jeder kennt: „Auf Heller und Pfennig" hat sich jedoch bis heute gehalten (trotz Euro).

Hubland	Alte Längeneinheit. Sie entspricht 30 Morgen, also 19,152 km (= 2,08 hessische Meilen)
I ad deus et deus te	lat., Gott sei mit dir und Gott beschütze dich.
protegat, filius meus	lat., mein Sohn.
Inventoris	lat., Erfinder
Kegel	Bezeichnung für ein uneheliches Kind. Daher auch der Spruch „Mit Kind und Kegel", also mit ehelichen und unehelichen Kindern.
Klafter, das oder der (beides korrekt)	Ist eine alte Längenheit, die 6 Fuß entsprach. Folglich, je nach Region, ungefähr 1,70 bis 1,80 Meter. Ein Klafter Holz als Raummaß entsprach einem Quader von einem Klafter Breite mal einem Klafter Höhe mal der Länge der Holzscheite, die i.d.R. 50 bis 80 cm lang waren (je nach Verwendung). Von diesen Werten ausgehend ist ein Klafter Holz etwa gleichbedeutend mit 1,7 bis zu 2,6 m^3. 10 Klafter folglich etwa mit 17 bis 26 m^3.
Komplet, die	Ist das Nachtgebet im Stundengebet der Christenheit.
Kukulle	Kleidungsstück der Mönche. Ein halblanger Überwurf mit Kapuze
Meile	Hier ist die Hessische Meile gemeint, die 9,2063 Kilometern entsprach. Demnach beträgt eine halbe Meile rund 4,6 Kilometer. Nicht zu verwechseln mit der noch heute üblichen englischen Meile mit rund 1,6 km.
Mi Scusate. Sarebbe possibile ché Voi é il Signore Bernardo Tagini di Firenze	ital., Entschuldigt. Wäre es möglich, dass Ihr Herr Bernardo Tagnini aus Florenz seid?
Metze	Alte Bezeichnung für Hure, bzw. „käufliches Mädchen".
Morgen	Alte Längeneinheit. 1 Morgen entsprach 160 (hess.) Ruten und somit 638,40 Meter. Der hier beschriebene Quadratmorgen entspricht folglich etwa 40 ha.
Munt	bedeutet Schirm, Schutz und Gewalt. Die Munt ist ein zentraler Begriff im Personen-

	recht des Mittelalters. Unter anderem war hier auch geregelt, dass Ehefrau und Kinder dem Hausherren (Ehemann und Vater) unterworfen waren. Eine Frau war nie ohne Munt. Starb ihr Mann, ging diese auf einen männlichen Verwandten über und wurde durch eine eventuelle, erneute Eheschließung wieder an den neuen Ehemann abgetreten.
Nomen est omen	lat., Der Name ist das Zeichen. Frei übersetzt etwa: Der Name sagt alles {über den, der ihn trägt}.
Pentecoste	lat., Pfingsten
Pfeffersack	Eine im Mittelalter geläufige, abfällige Bezeichnung für (geldgierige) Kaufleute, der daher rührt, dass Pfeffer zur damaligen Zeit sehr teuer war und ihn sich nur wohlhabende Leute leisten konnten, bzw. Kaufleute, die damit handelten und mit seiner Hilfe oftmals einen erheblichen Gewinn verbuchen konnten. Ursprünglich aus dem Norden Deutschlands stammend (Hanse), setzte sich dieser Begriff nach und nach im ganzen Reich durch.
Pfennig	(Silber) Hatte etwa den Wert von ca. 20 bis 30 Euro und wog recht genau ein Gramm (exakt: 1,1 gr.). Eine andere Bezeichnung war auch Denar.
Piacere	ital., angenehm (als Entgegnung bei einer Begrüßung)
Prim	Die Prim war eine der so genannten Kleinen Horen (Prim, Terz, Sext, Non) im Stundengebet der Katholischen Kirche. Sie wurde zur ersten Stunde der antiken Tageseinteilung (ca. 06:00 Uhr) gebetet.
Prometheus eram ... Prometheus nunc in caelum est!	lat., Ich war Prometheus ... Prometheus ist nun im Himmel!
Rat der Siebzig	Stadtrat von Florenz, in dem, wie der Name schon besagt, siebzig Bürger saßen, um über die Geschicke der Stadt zu entscheiden.
Refektorium	Klösterlicher Speisesaal

Rheinischer Goldgulden	Der Rheinische Goldgulden war bis in die Neuzeit von zentraler Bedeutung und entwickelte sich zu einer der verbreitetsten Fernhandelsmünzen. Wert: s. Gulden.
Rute	Alte Längeneinheit. Hier ist die Hessische Rute gemeint, die 3,99 Metern entsprach.
Sanctorum	lat., Allerheiligen
Scheffel	Altes Hohlmaß mit teilweise extremen, regionalen Unterschieden. So konnte ein Scheffel zwischen 23 und 222(!) Litern liegen.
Schock	Altes Zählmaß = 5 Dutzend, bzw. 60 Stück.
Si, Io sono Bernardo Tagnini. Peró non Vi conosco, Signore. Chi siete Voi e che cosa vorreste?	ital., Ja, ich bin Bernardo Tagnini. Aber ich kenne Euch nicht, mein Herr. Wer seid Ihr und was wollt Ihr?
Sieben Todsünden	(lat.): Superbia (Hochmut), Avaritia (Geiz, Habgier), Gula (Völlerei), Ira (Zorn, Rachsucht), Luxuria (Wollust), Invidia (Neid, Missgunst) und Acedia (Trägheit des Herzens).
Splendor paternae gloriae, De luce lucem proferens, Lux lucis et fons luminis, Dies diem illuminans.	Abglanz von Gottes Herrlichkeit, Der aus dem Glanz uns Licht verleiht, Des Lichtes Licht, der Klarheit Quell, Tag, der den Tag erleuchtet hell. Ambrosische Hymne (lat.)
Stapelrecht	Das (selbsterteilte) Recht einer Stadt, dass ein Schiffer seine Waren zuerst für die Einwohner der entsprechenden Stadt an deren Hafen „stapeln“ (zum Verkauf anbieten) musste. Die Preise waren von Stadtrat, Zünften und Gilden strikt reglementiert und kamen damit impliziten Zöllen gleich, da sie immer weit unter dem möglichen Warenerlös des Händlers lagen.
Te adaeque	lat., Dich ebenso.
Ubi pus, ibi evacua	lat., Wo Eiter ist, dort entferne ihn.
Una birrá anche per te?	ital., Für dich auch ein Bier?
Via Imperii	lat., Reichsstraße
willfährig	Alter Begriff für „zu Diensten seiend“, „folgsam“, „gefügig“.

Autor

Alf Leue (geb. 1968) war über fünfzehn Jahre lang in den Bereichen IT und Handwerk tätig. Parallel dazu schrieb er Fachbeiträge, aber auch Comedytexte für Audioproduktionen. 2005 wanderte er nach Schweden aus, wo er sechs Jahre verbrachte, bis es ihn 2011 wieder zurück in die alte Heimat zog. Heute lebt der freiberufliche Autor und Texter südlich von Frankfurt. Bisher sind zwei historische Romane und zahlreiche z.T. preisgekrönte Anthologiebeiträge von ihm erschienen.